Nicci French · In seiner Hand

Nicci French

In seiner Hand

Roman

Deutsch von
Birgit Moosmüller

C. Bertelsmann

Die Originalausgabe erschien 2002 unter dem Titel
»Land of the Living« bei Michael Joseph, London

Umwelthinweis:
Dieses Buch und sein Schutzumschlag wurden
auf chlorfrei gebleichtem Papier gedruckt.
Die Einschrumpffolie (zum Schutz vor Verschmutzung)
ist aus umweltschonender recyclingfähiger PE-Folie.

1. Auflage
Copyright © 2002 by Joined-Up Writing
Copyright © der deutschsprachigen Ausgabe 2003
beim C. Bertelsmann Verlag, München,
in der Verlagsgruppe Random House GmbH
Satz: Uhl + Massopust, Aalen
Druck und Bindung: GGP Media, Pößneck
Printed in Germany
ISBN 3-570-00594-1
www.bertelsmann-verlag.de

FÜR TIMMY UND EVE

ERSTER TEIL

Dunkelheit. Lange Zeit nichts als Dunkelheit. Augen auf und zu, auf und zu. Noch immer Dunkelheit, in mir und um mich herum.

Ich hatte geträumt. Wurde umhergeworfen in einem tosenden, schwarzen Meer. Eingekreist auf einem nächtlichen Berg. Ein Tier, das ich nicht sehen konnte, schnüffelte um mich herum. Ich spürte eine feuchte Nase auf meiner Haut. Wenn einem bewusst wird, dass man träumt, wacht man auf. Manchmal gleitet man sofort weiter in den nächsten Traum, aber wenn man aufwacht und sich nichts ändert, dann muss es sich wohl um die Realität handeln.

Dunkelheit. Eine Dunkelheit, in der etwas lauerte. Schmerz. Erst noch weit von ihr entfernt, kam er näher, wurde ein Teil von ihr. Ein Teil von *mir*. Ich war erfüllt von einem stechenden, quälenden Schmerz. Trotz der Dunkelheit konnte ich den Schmerz sehen. Gelbe, rote und blaue Blitze, die lautlos hinter meinen Augen explodierten.

Ich begann nach etwas zu suchen, ohne wirklich zu wissen, wonach. Ich wusste nicht, wo es steckte oder was es eigentlich war. *Nightingale. Farthingale.* Es kostete mich große Anstrengung, als müsste ich ein schweres Paket aus einem tiefen dunklen See hieven. Plötzlich hatte ich es. *Abigail.* Das klang vertraut. Mein Name war Abigail. Abbie. Tabbie. *Abbie the Tabbie.* Der andere Name war schwieriger. In meinem Kopf fehlten ein paar Dinge, und mein Nachname schien verloren gegangen zu sein. Ich erinnerte mich an eine Klassenliste. Auster, Bishop, Brown, Byrne, Cassini, Cole, Daley, Devereaux,

Eve, Finch, Fry. Nein, halt. Zurück. Finch. Nein. Devereaux. Ja, der war es. Ein Reim fiel mir ein. Ein Reim aus einer längst vergangenen Zeit. Nicht Deverox wie Box. Nicht Deveruh wie Schuh. Sondern Devereaux wie Show. Abbie Devereaux. Ich klammerte mich an den Namen wie eine Ertrinkende, als hätte mir jemand bei stürmischem Seegang einen Rettungsring zugeworfen. Dabei spielte sich der Seegang hauptsächlich in meinem Kopf ab: Eine Schmerzwelle nach der anderen rollte herein und klatschte gegen die Innenseite meines Schädels. Ich schloss die Augen erneut, ließ meinen Namen los.

Alles lief ineinander. Alles existierte gleichzeitig. Wie lange dauerte das an? Minuten. Stunden. Dann aber begannen sich die Dinge wieder zu trennen und wie Gestalten aus einem Nebel zu lösen. Ich hatte einen metallischen Geschmack im Mund und einen metallischen Geruch in der Nase, aber der Geruch bekam rasch eine modrige Note, die mich an Gartenschuppen, Tunnel und Keller denken ließ, an feuchte, schmutzige, vergessene Orte.

Ich lauschte. Nichts als das Geräusch meines eigenen Atems, unnatürlich laut. Ich hielt die Luft an. Stille. Nur noch mein Herzschlag. War das überhaupt ein Geräusch oder bloß das Blut, das durch meinen Körper gepumpt wurde und von innen gegen meine Ohren drängte?

Ich fühlte mich unwohl. Mein Rücken schmerzte, ebenso mein Becken und meine Beine. Ich drehte mich um. Nein, ich drehte mich nicht um. Ich konnte mich gar nicht bewegen. Ich hob die Arme, als müsste ich etwas abwehren. Nein. Die Arme bewegten sich nicht. War ich gelähmt? Ich spürte meine Beine nicht. Meine Zehen. Ich konzentrierte mich ganz auf meine Zehen. Die linke große Zehe rieb an ihrer Nachbarzehe. Die rechte große Zehe tat es ihr nach. Kein Problem. Die Zehen ließen sich bewegen. Sie steckten in Socken. Ich trug keine Schuhe.

Meine Finger. Ich drückte sie nach unten. Die Fingerspitzen berührten etwas Raues. Zement oder Stein. War ich in einem Krankenhaus? Verletzt. Ein Unfall. Oder lag ich irgendwo und wartete darauf, gefunden zu werden? Ein Eisenbahnunglück. Das Wrack eines Zugs. Wrackteile auf mir. In einem Tunnel. Hilfe unterwegs. Ich versuchte mir den Zug ins Gedächtnis zu rufen, konnte mich aber nicht erinnern. Oder ein Flugzeug. Ein Auto. Spät nachts am Steuer eingeschlafen. Ich kannte das Gefühl, hatte mich oft genug selbst in den Arm gekniffen, um wach zu bleiben, das Fenster geöffnet, um kalte Luft herein-zulassen. Vielleicht hatte es diesmal nicht geklappt. Von der Straße abgekommen, eine Böschung hinuntergerast. Vielleicht hatte sich der Wagen überschlagen. Wann würde mich jemand als vermisst melden?

Ich durfte nicht warten, bis jemand kam und mich rettete. Womöglich würde ich vorher sterben, während ein paar Meter von mir entfernt die Leute zur Arbeit fuhren. Mir blieb nichts anderes übrig, als mich aufzurappeln. Wenn ich bloß etwas sehen könnte. Kein Mond, keine Sterne. Vielleicht waren es bloß zwanzig Meter. Eine Böschung hinauf. Wenn ich meine Zehen spüren konnte, dann konnte ich mich auch bewegen. Als erstes musste ich mich umdrehen. Den Schmerz ignorie-ren. Ich versuchte es, aber diesmal spürte ich, dass mich etwas zurückhielt. Ich war festgebunden. An den Fußgelenken und auf Höhe der Oberschenkel. An den Unterarmen und knapp über den Ellbogen. Über der Brust. Zumindest konnte ich ein wenig den Kopf heben, wie beim kläglichen Versuch eines Sit-ups. Da war noch etwas anderes. Nicht nur Dunkelheit. Es war dunkel, aber nicht nur das. Mein Kopf war bedeckt.

Ich versuchte, klar zu denken. Es musste einen Grund dafür geben. Gefängnisinsassen wurden festgebunden. Manchmal auch Krankenhauspatienten, um sie vor weiterem Schaden zu bewahren. Beispielsweise, wenn sie auf einem Rollbett zu einer Operation gefahren wurden. Ich hatte einen Unfall gehabt.

Einen Autounfall, das war am wahrscheinlichsten. Ernst, aber nicht lebensbedrohlich. Trotzdem konnte jede abrupte Bewegung gefährliche innere Blutungen zur Folge haben. Bestimmt wartete ich bloß auf die Schwester oder den Anästhesisten. Vielleicht hatte man mir das Narkosemittel schon verabreicht. Oder ein Mittel, das mich auf die Narkose vorbereitete. Daher die Lücken in meinem Gedächtnis. Seltsam, dass es so still war, aber man hört ja oft von Leuten, die im Krankenhaus stundenlang auf einem Rollbett herumliegen, bis ein Operationssaal frei wird.

Aber irgendetwas stimmte nicht. Ich schien nämlich nicht auf einem Rollbett zu liegen. Ganz zu schweigen von diesem Geruch nach Feuchtigkeit und Schimmel, nach alten, vor sich hin modernden Dingen. Meine Finger ertasteten nichts als Beton oder Stein. Mein Körper lag auf etwas Hartem. Ich versuchte nachzudenken. Nach großen Katastrophen wurden die Leichen oft in improvisierten Leichenhallen gelagert. In Sporthallen von Schulen. Gemeindesälen. Vielleicht war ich ein Katastrophenopfer. Vielleicht hatte man jeden freien Fleck genutzt, um die Verletzten unterzubringen – festgebunden, um sie vor weiteren Verletzungen zu bewahren. Aber zog man Katastrophenopfern Kapuzen über den Kopf? Chirurgen trugen kapuzenartige Kopfbedeckungen, jedoch nichts über den Augen. Vielleicht ging es darum, Infektionen zu vermeiden.

Ich hob erneut den Kopf. Mit dem Kinn erfühlte ich ein Shirt. Ich war bekleidet. Ja. Ich spürte Kleidung auf meiner Haut. Ein Shirt, eine Hose, Socken. Keine Schuhe.

Irgendwo in meinem Hinterkopf tauchten andere Gedanken auf. Grausame Gedanken. Gefesselt. Umgeben von Dunkelheit. Eine Kapuze über dem Kopf. Lächerlich. Konnte es sich um einen Scherz handeln? Würden gleich alle aus ihren Verstecken springen, mir die Binde von den Augen reißen und »April April!« schreien? Aber war überhaupt April? Ich konnte mich an kaltes Wetter erinnern. War der Sommer schon vorbei, oder stand er erst noch bevor? Eigentlich eine dumme Frage, denn natürlich gab es immer einen Sommer, der schon vergangen war, und einen neuen, der bevorstand.

Lauter Sackgassen. Ich ging sie alle ab, ohne fündig zu werden. Irgendetwas war passiert, so viel wusste ich immerhin. Möglicherweise handelte es sich dabei um etwas Lustiges, auch wenn es sich nicht lustig anfühlte. Vielleicht hatte sich aber auch etwas Schlimmes ereignet, und von offizieller Seite wurden gerade geeignete Maßnahmen ergriffen. Die Kapuze – oder der Verband, ja, wahrscheinlich handelte es sich um einen Verband. Das war plausibel. Vielleicht hatte ich eine Kopfverletzung davongetragen, meine Augen oder Ohren hatten Schaden genommen, und mein gesamter Kopf war zu meinem eigenen Schutz mit Verbänden umwickelt. Sie würden bald entfernt werden. Es würde ein wenig brennen. Eine freundlich dreinblickende Krankenschwester würde sich über mich beugen. Keine Sorge, es besteht kein Grund zur Sorge, würde sie zu mir sagen.

Es waren noch andere Möglichkeiten denkbar. Furchtbare Möglichkeiten. Ich musste an den Steinboden unter meinen Fingern denken, an die feuchte Luft, wie in einer Höhle. Bis jetzt war da nur der Schmerz und das Chaos meiner Gedanken gewesen, aber plötzlich spürte ich noch etwas anderes. Angst sickerte wie Schlamm in meine Brust. Ich gab ein Geräusch von mir, ein leises Stöhnen. Offenbar war ich in der Lage zu sprechen. Obwohl ich nicht wusste, wen ich rufen oder was ich sagen sollte, versuchte ich es ein wenig lauter. Ich hoffte, das Echo oder die Schärfe des Geräusches würde mir etwas über meinen Aufenthaltsort verraten, aber mein Ruf wurde durch die Kapuze gedämpft. Ich rief erneut, diesmal so laut, dass mein Hals schmerzte.

Nicht weit von mir entfernt bewegte sich etwas. Neue Gerüche stiegen mir in die Nase. Schweiß und Rasierwasser. Ich hörte jemanden atmen, polternd auf mich zukommen. Plötzlich war mein Mund voller Stoff. Ich bekam kaum mehr Luft, nur noch durch die Nase. Irgendetwas wurde fest um mein Gesicht gebunden. Heißer Atem streifte meine Wange, dann drang aus der Dunkelheit eine Stimme an mein Ohr. Es war kaum mehr als ein Flüstern, heiser, gepresst und so undeutlich, dass ich mich anstrengen musste, um die Worte zu verstehen.

»Nein«, sagte die Stimme. »Noch ein Mucks, und ich binde dir auch noch die Nase zu.«

Ich musste würgen. Der Stoff füllte meinen ganzen Mund aus, rieb gegen meinen Gaumen. Mein Hals schmeckte plötzlich nach Fett und ranzigem Kohl. Ein Krampf durchzuckte mich, und Übelkeit stieg wie Feuchtigkeit in mir auf. Ich durfte mich nicht übergeben. Verzweifelt schnappte ich nach Luft, versuchte vergeblich, durch den Stoff zu atmen. Es ging nicht, mein Mund war völlig verstopft. Ich zerrte mit beiden Armen an den Fesseln und versuchte gleichzeitig Luft zu holen. Ich fühlte mich, als würde sich mein ganzer Körper auf dem rauen Steinboden zuckend aufbäumen, als wäre kein bisschen Luft mehr in mir, nur noch schmerzhaftes Vakuum und grelles Rot hinter meinen hervorquellenden Augen, und ein Herz, das hektisch durch meinen Hals nach oben drängte, während ein seltsam heiseres Geräusch aus meiner Kehle drang, wie ein Husten, der nicht zustande kommen wollte. Ich war ein sterbender Fisch. Ein Fisch, der sich auf dem harten Boden hin und her warf. Gefesselt hing ich am Haken, aber in meinem Inneren schien sich alles zu lösen, als würden meine gesamten Eingeweide zerrissen. Fühlt sich das so an? Wenn man stirbt? Wenn man lebendig begraben wird?

Ich musste atmen. Wie atmet man? Durch die Nase. Er hatte etwas von meiner Nase gesagt. Der Mann hatte gesagt, er werde mir als nächstes die Nase zubinden. Ich musste durch die Nase atmen. Jetzt. Es ging nicht, ich bekam auf diese Weise

nicht genug Luft. Wieder versuchte ich, mich keuchend mit
Luft voll zu saugen. Meine Zunge war zu groß, um in dem winzigen Raum Platz zu finden, der in meinem Mund noch übrig
war. Sie stieß immer wieder gegen den Stoff des Knebels. Ich
spürte, wie sich mein Körper erneut aufbäumte. Langsam atmen. Ganz ruhig. Ein und aus, ein und aus. Immer weiter, bis
ich nichts anderes mehr fühlte. Nur so würde ich am Leben
bleiben. Atme, befahl ich mir selbst. Dicke, modrige Luft
strömte in meine Nasenlöcher, ölige Fäulnis lief meinen Ra-
chen hinunter. Ich versuchte, nicht zu schlucken, aber dann
ließ es sich nicht länger vermeiden, und wieder schwappte Ekel
in mir hoch, füllte meinen Mund. Ich konnte es nicht ertragen.
Doch, ich konnte. Ich konnte, ich konnte, ich konnte.
Atme ein und aus, Abbie. Abbie. Ich bin Abbie. Abigail Devereaux. Ein und aus. Denk nicht nach. Atme. Du bist noch am
Leben.

Der Schmerz in meinem Schädel wich ein Stück zurück. Ich
hob den Kopf ein wenig an, der Schmerz strömte hinter meine
Augen. Ich blinzelte ein paarmal. Dieselbe tiefe Dunkelheit,
egal, ob ich die Augen offen oder geschlossen hatte. Meine
Wimpern drückten gegen die Kapuze. Mir war kalt, so viel
spürte ich inzwischen. Meine Füße fühlten sich in den Socken
wie Eiszapfen an. Waren das meine eigenen Socken? Sie kamen
mir so groß und rau vor, gar nicht vertraut. Meine linke Wade
schmerzte. Ich versuchte die Beinmuskeln zu bewegen, um
dieses Gefühl eines Krampfes loszuwerden. Plötzlich begann
eine Stelle an meiner Wange unter der Kapuze zu jucken. Ein
paar Sekunden lang lag ich reglos da, konzentrierte mich nur
auf das Jucken, dann wandte ich den Kopf zur Seite und versuchte, die Stelle mit meiner hochgezogenen Schulter zu berühren. Ohne Erfolg. Ich verdrehte den Kopf, bis ich mein Gesicht über den Boden reiben konnte.
Außerdem war ich nass. Zwischen den Beinen und an den

Oberschenkeln. Ich spürte die klamme Kälte unter meiner Hose. War das überhaupt meine Hose? Ich lag in meiner eigenen Pisse, umgeben von Dunkelheit, eine Kapuze über dem Kopf, gefesselt und geknebelt. Atme ein und aus, befahl ich mir selbst. Atme immer weiter, ein und aus. Versuch, die Gedanken langsam herauszulassen, einen nach dem anderen, damit du nicht darin ertrinkst. Ich spürte den Druck der in mir aufgestauten Angst, mein Körper fühlte sich wie eine zerbrechliche Muschelschale an, zum Bersten gefüllt mit tosenden Wassermassen. Ich zwang mich, nur an die Atemluft zu denken, die durch meine Nasenlöcher ein und aus strömte. Ein und aus.

Jemand – ein Mann, der Mann, der den Knebel in meinen Mund gerammt hatte, hatte mich an diesen Ort gebracht. Er hatte mich hier festgebunden, ich war seine Gefangene. Warum? Darüber konnte ich noch nicht nachdenken. Ich lauschte, ob irgendetwas zu hören war, abgesehen vom Pfeifen meines Atems, dem Schlagen meines Herzens und dem kratzenden Geräusch, das meine Hände und Füße auf dem rauen Boden verursachten, wenn ich mich bewegte. Vielleicht war er noch hier, kauerte irgendwo im Raum. Aber es war kein anderes Geräusch zu hören. Im Moment war ich allein. Ich lag da und lauschte meinem Herzen. Die Stille erdrückte mich.

Ein Bild flatterte durch meinen Kopf. Ein gelber Schmetterling, der sich mit zitternden Flügeln auf einem Blatt niederließ. Es kam mir vor, als wäre plötzlich ein Sonnenstrahl auf mich gefallen. War das etwas, woran ich mich erinnern konnte, ein Augenblick, den ich aus der Vergangenheit herübergerettet und bis jetzt irgendwo aufbewahrt hatte? Oder war dieses Bild bloß ein zufälliges Produkt meines Gehirns, eine Art Reflex oder Kurzschluss?

Ein Mann hatte mich an einem dunklen Ort festgebunden. Offenbar hatte er mich entführt und dann hierher gebracht.

Doch ich konnte mich nicht daran erinnern. Ich zermarterte mir den Kopf, aber er war leer – ein leerer Raum, ein verlassenes Haus, kein Widerhall. Nichts. In meinem Hals kroch ein Schluchzen hoch. Ich darf nicht weinen, ermahnte ich mich. Ich muss nachdenken, aber vorsichtig, ohne die Angst nach oben zu lassen. Ich darf nicht in die Tiefe gehen. Ich muss an der Oberfläche bleiben. Nur über das nachdenken, was ich weiß. Fakten. Langsam werde ich mir ein Bild zusammensetzen, und dann werde ich auch in der Lage sein, es mir anzusehen.

Mein Name ist Abigail. Abbie. Ich bin fünfundzwanzig Jahre alt, und ich lebe mit meinem Freund Terry, Terence Wilmott, in einer winzigen Wohnung in der Westcott Road. Das ist es: Terry. Terry wird sich Sorgen machen. Er wird die Polizei anrufen, mich als vermisst melden. Sie werden mit Blaulicht und heulenden Sirenen herfahren und die Tür einschlagen. Licht und Luft werden hereinfluten. Nein, nur Fakten. Ich arbeite für Jay & Joiner, entwerfe Büroeinrichtungen. Ich habe einen Schreibtisch mit einem weißblauen Laptop, einem kleinen grauen Telefon, einem Stapel Papier, einem ovalen Aschenbecher voller Büroklammern und Gummibänder.

Wann war ich das letzte Mal dort? Das alles erschien mir unglaublich weit weg, wie ein Traum, der einem entgleitet, sobald man versucht, ihn zu fassen zu bekommen. Wie das Leben eines anderen Menschen. Ich konnte mich nicht erinnern. Wie lange lag ich schon hier? Eine Stunde, einen Tag, eine Woche? Es war Januar, das wusste ich inzwischen – zumindest glaubte ich es zu wissen. Draußen war es kalt, und die Tage waren kurz. Vielleicht hatte es geschneit. Nein, ich durfte nicht an Dinge wie Schnee denken, Sonnenlicht auf weißen Flächen. Ich musste mich auf das konzentrieren, was ich wusste: Januar, aber ob Tag oder Nacht konnte ich nicht sagen. Vielleicht war inzwischen schon Februar. Ich versuchte an den letzten Tag zu denken, an den ich mich klar erinnern konnte, doch das war, als würde ich in einen dichten Nebel blicken, in dem sich lediglich undeutliche Schatten abzeichneten.

Ich beschloss, mit dem Silvesterabend zu beginnen. Ich hatte mit Freunden getanzt, und um Mitternacht waren sich alle um den Hals gefallen. Ich hatte alle möglichen Leute auf den Mund geküsst, Leute, die ich gut kannte, und Leute, die ich erst ein paarmal getroffen hatte, sogar Fremde, die mit ausgebreiteten Armen und einem erwartungsvollen Lächeln auf mich zukamen, weil man sich an Silvester nun mal küsst. Aber an all das wollte ich jetzt nicht denken. Nach Neujahr, ja, da regte sich noch etwas in meinem Gedächtnis. Tage im Büro, klingelnde Telefone, Spesenrechnungen in meinem Eingangsfach. Tassen mit kalt gewordenem, bitterem Kaffee. Aber vielleicht war das vorher gewesen, nicht danach. Oder vorher und nachher, tagein, tagaus. Alles erschien mir verschwommen und bedeutungslos.

Ich versuchte mich zu bewegen. Meine Zehen waren vor Kälte ganz steif, mein Nacken schmerzte, und in meinem Kopf pochte es. Ich hatte einen widerlichen Geschmack im Mund. Warum war ich hier, und was würde mit mir geschehen? Wie ein Opferlamm lag ich auf dem Rücken, Arme und Beine festgebunden. Eine Welle der Angst durchlief meinen Körper. Er konnte mich verhungern lassen. Mich vergewaltigen. Foltern. Er konnte mich töten. Vielleicht hatte er mich schon vergewaltigt. Ich presste mich gegen den Boden und wimmerte ganz leise, tief unten in meinem Hals. Zwei Tränen stahlen sich aus meinen Augen. Ich spürte das Kitzeln und Brennen auf meiner Haut, als sie zu meinen Ohren hinunterliefen.

Nicht weinen, Abbie. Du darfst nicht weinen.

Denk an den Schmetterling, der nichts als Schönheit bedeutet. Ich stellte mir den gelben Schmetterling auf seinem grünen Blatt vor. Ich ließ meinen ganzen Kopf voll werden von diesem kleinen Wesen, das so zart und leicht auf dem Blatt saß, dass es jeden Moment weggepustet werden konnte wie eine Feder. Ich hörte Schritte. Sie klangen weich, als wäre der Mann barfuß. Sie kamen näher, brachen ab. Dann hörte ich jemanden heftig atmen, fast keuchen, als hätte er ein Stück klettern müssen, um zu mir zu gelangen. Starr vor Angst lag ich in der Stille. Er stand jetzt über mir. Ich hörte ein Klicken, und trotz meiner Kapuze war mir klar, dass er eine Taschenlampe eingeschaltet hatte. Ich konnte noch immer nichts erkennen, aber ich sah durch den Stoff, dass es nicht mehr völlig dunkel war. Offenbar stand er über mir und leuchtete mit einer Taschenlampe auf meinen Körper hinunter.

»Du hast dich nass gemacht«, murmelte er. Zumindest kam es mir durch meine Kapuze wie ein Murmeln vor. »Dummes Mädchen.«

Ich spürte, wie er sich zu mir herunterbeugte. Ich hörte ihn atmen. Mein eigenes Atemgeräusch wurde lauter und schneller. Er schob die Kapuze ein wenig hoch und befreite mich erstaunlich sanft von dem Knebel. Ich spürte eine Fingerspitze auf meiner Unterlippe. Ein paar Sekunden lang konnte ich bloß erleichtert keuchen, die Luft in meine Lungen saugen. Dann hörte ich mich selbst »Danke« sagen. Meine Stimme klang leise und schwach. »Wasser.«

Er löste die Fesseln an meinen Armen und über meiner Brust, nun waren nur noch meine Beine gefesselt. Dann schob er einen Arm unter meinen Nacken und zog mich in eine sitzende Position. Eine neue Art von Schmerz pulste durch meinen Kopf. Ich wagte mich nicht zu bewegen, sondern ließ teilnahmslos über mich ergehen, dass er mir die Arme hinter den Rücken legte und an den Handgelenken zusammenband – so fest, dass mir die Schnur ins Fleisch schnitt. Handelte es sich überhaupt um eine Schnur? Es fühlte sich härter an, wie eine Wäscheleine oder Draht.

»Mach den Mund auf«, sagte er in seinem gedämpften Flüsterton. Ich tat, wie mir geheißen. Er schob einen Strohhalm

unter die Kapuze und steckte ihn mir zwischen die Lippen.
»Trink.«

Das Wasser war lauwarm und hinterließ einen schalen Geschmack in meinem Mund.

Er legte eine Hand auf meinen Nacken und begann ihn zu massieren. Ich saß da wie gelähmt. Ich durfte weder aufschreien noch irgendein anderes Geräusch machen. Ich durfte mich auch nicht übergeben. Seine Finger drückten sich in meine Haut.

»Wo tut es weh?« fragte er.

»Nirgends.« Meine Stimme war nur ein Flüstern.

»Nirgends? Du wirst mich doch nicht anlügen?«

Wut fegte durch meinen Kopf wie ein herrlicher, tosender Wind, stärker als die Angst. »Du widerliches Stück Scheiße!«, schrie ich mit der schrillen Stimme einer Wahnsinnigen. »Lass mich los, lass mich sofort los, ich bringe dich um, du wirst schon sehen…«

Der Knebel wurde mir wieder in den Mund gerammt.

»Du bringst mich um. Das ist gut. Das gefällt mir.«

Lange Zeit konzentrierte ich mich nur aufs Atmen. Ich hatte von Menschen gehört, die sich in ihrem eigenen Körper eingesperrt fühlten wie in einem Gefängnis. Sie wurden von der Vorstellung gequält, niemals entkommen zu können. Mein Leben war nun reduziert auf das bisschen Luft, das durch meine Nasenlöcher strömte. Sollte mir diese Luftzufuhr auch noch abgeschnitten werden, würde ich sterben. Es gab solche Fälle. Leute wurden gefesselt und geknebelt, ohne dass ihre Entführer die Absicht hatten, sie umzubringen. Nur ein kleiner Fehler beim Binden – der Knebel zu nahe an der Nase –, und sie bekamen keine Luft mehr und starben.

Ich zwang mich, gleichmäßig zu atmen, ein eins-zwei-drei, aus eins-zwei-drei. Ein, aus. In einem Film, einer Art Kriegsfilm, den ich einmal gesehen hatte, hatte sich ein supertaffer Soldat vor dem Feind in einem Fluß versteckt und nur durch einen einzigen Strohhalm geatmet. Der Gedanke, dass ich nun in der gleichen Situation war, ließ meine Brust schmerzen, und mein Atem ging wieder stoßweise. Ich musste mich beruhigen. Statt an den Soldaten zu denken und daran, was passiert wäre, wenn irgendetwas den Strohhalm verstopft hätte, versuchte ich an das Wasser des Flusses zu denken, das in der glitzernden Morgensonne so kühl und ruhig ausgesehen hatte, so träge und schön.

In meinem Kopf floß das Wasser immer langsamer, bis es schließlich zum Stillstand kam. Ich stellte mir vor, wie die Oberfläche langsam zu Eis erstarrte, hart und klar wie Glas, so dass man die Fische darunter lautlos umherschwimmen sehen konnte. Ich konnte nicht anders. Ich sah mich durch das Eis einbrechen, sah mich darunter gefangen. Ich hatte irgendwo gelesen oder gehört, dass zwischen Eisfläche und Wasser eine dünne Luftschicht liegt, und dass man, wenn man einbricht und das Loch nicht mehr findet, diese Luft atmen kann. Aber dann? Vielleicht wäre es besser, einfach zu ertrinken. Vor dem Ertrinken hatte ich immer besondere Angst gehabt, bis ich irgendwann gelesen oder gehört hatte, dass es sich in Wirklichkeit um eine angenehme Todesart handelte. In diesem Moment erschien mir das sehr plausibel. Unangenehm und schrecklich war bloß der Versuch, nicht zu ertrinken. Angst ist der Versuch, dem Tod zu entrinnen. Sich dem Tod zu ergeben ist wie Einschlafen.

Eins – zwei – drei, eins – zwei – drei. Langsam wurde ich ruhiger. Manche Menschen, wahrscheinlich mindestens zwei Prozent der Bevölkerung, wären schon vor Panik oder Luftmangel gestorben, wenn ihnen widerfahren wäre, was mir gerade passierte. Demnach schlug ich mich immerhin tapferer als so manch anderer. Ich lebte noch. Ich atmete.

Jetzt lag ich wieder ausgestreckt, an Händen und Füßen gefesselt, einen Knebel im Mund und eine Kapuze über dem Kopf.

Doch ich war nirgendwo mehr *fest*gebunden. Ich kämpfte mich in eine hockende Position, stand dann ganz langsam auf. Versuchte aufzustehen. Mein Kopf stieß gegen ein Dach. Demnach war der Raum höchstens einen Meter fünfzig hoch. Keuchend vor Anstrengung, ließ ich mich wieder auf den Boden sinken. Wenigstens konnte ich mich bewegen. Mich krümmen und winden wie eine Schlange im Staub. Was ich mich kaum traute. Ich hatte das Gefühl, irgendwo weit oben zu sein. Wenn er den Raum betrat, befand er sich unter mir. Die Schritte und seine Stimme kamen von unten. Er musste irgendwo hinaufsteigen, um zu mir zu gelangen.

Vorsichtig streckte ich die Füße nach vorne aus, spürte aber nur den Boden. Mühsam drehte ich mich herum. Mein T-Shirt hatte sich hochgeschoben, und die nackte Haut meines Rückens schabte schmerzhaft über den rauen Untergrund. Ich streckte erneut die Beine aus. Immer noch Boden unter meinen Füßen. Ganz langsam schlängelte ich mich vorwärts, ständig mit den Füßen tastend. Plötzlich spürte ich nichts mehr – nichts Hartes mehr unter mir. Ausgestreckt über einem freien Raum, einer Leere. Liegend schob ich mich weiter, Zentimeter um Zentimeter. Meine Beine baumelten bereits bis zu den Knien in der Luft. Ich winkelte sie an. Wenn ich jetzt den Oberkörper aufrichtete, würde ich über einem Abgrund sitzen, am Rand einer Klippe. Mein Atem begann panisch in meiner Brust zu flattern. Ich robbte rückwärts. Mein Rücken schmerzte, in meinem Kopf dröhnte und pochte es. Ich schlängelte und schleppte mich weiter rückwärts, bis ich gegen eine Wand stieß.

Ich setzte mich auf, presste meine gefesselten Hände gegen die Wand. Die Fingerspitzen spürten grobe, feuchte Ziegel.

Aufrecht schob ich mich an der Wand entlang, bis ich auf die Ecke stieß, und bewegte mich dann in der Gegenrichtung zurück. Meine Muskeln brannten vor Anstrengung. Der Raum musste etwa drei Meter breit sein. Und etwa eins zwanzig tief.

Es fiel mir schwer, klar zu denken, weil der Schmerz in meinem Kopf mir immer wieder in die Quere kam. Hatte ich einen Schlag auf den Kopf bekommen? Eine tiefe Schramme davongetragen? Oder war mit meinem Gehirn etwas nicht in Ordnung? Die Kälte ließ mich zittern. Ich durfte nicht aufhören nachzudenken, musste meinen Kopf beschäftigt halten, ohne an die falschen Dinge zu denken. Auf irgendeine Art war ich entführt worden. Gegen meinen Willen wurde ich festgehalten. Warum wurden Menschen entführt? Wegen Geld oder aus politischen Gründen. Mein gesamtes Vermögen belief sich – nach Abzug der Beträge, die ich in letzter Zeit mit Kreditkarte bezahlt hatte – auf etwa zweitausend Pfund, wovon die Hälfte in meinem rostigen alten Wagen steckte. Politische Gründe kamen wohl auch nicht in Frage, ich war Beraterin in Sachen Büroeinrichtung, keine Botschafterin. Andererseits konnte ich mich an nichts erinnern. Womöglich befand ich mich in Südamerika oder im Libanon. Dagegen sprach, dass der Mann definitiv ein britisches Englisch gesprochen hatte, Südenglisch, soweit ich das anhand des leisen, undeutlichen Geflüsters beurteilen konnte.

Welche anderen Gründe konnte es geben? Ich hatte mich in eine Richtung manövriert, in der alles richtig übel aussah. Ich spürte, wie mir die Tränen in die Augen stiegen. Beruhige dich. Beruhige dich, Abbie. Du darfst keine verstopfte Rotznase bekommen.

Er hatte mich nicht getötet. Das war ein gutes Zeichen. Obwohl es nicht notwendigerweise ein wirklich gutes Zeichen sein musste – langfristig gesehen konnte es auch ein schlechtes Zeichen sein. Allein bei dem Gedanken wurde mir speiübel. Doch so war die Situation, mehr wusste ich nicht. Vorsichtig spannte ich meine Muskeln an, spürte meine Fesseln. Ich wusste nicht, wo ich war, wusste auch nicht, wo ich entführt worden war, oder wann oder wie. Oder aus welchem

Grund. Ich konnte nichts sehen. Ich wusste nicht mal, wie der Raum aussah, in dem ich lag. Er fühlte sich feucht an. Vielleicht war es ein Keller oder ein Schuppen. Auch über den Mann war mir nichts bekannt. Oder die Männer. Oder wer sonst noch damit zu tun hatte. Wahrscheinlich hielt er sich ganz in der Nähe auf. Ich wusste weder, ob ich ihn kannte, noch wie er aussah.

Das war vielleicht gut so. Wenn ich ihn identifizieren könnte, dann würde er wahrscheinlich... wie auch immer, auf jeden Fall wäre das weniger gut. Profi-Entführer trugen Masken, damit die Geisel ihr Gesicht nicht zu sehen bekam. Dass er mir eine Kapuze über den Kopf gezogen hatte, lief vielleicht auf dasselbe hinaus, bloß andersherum. Er tat auch irgendetwas mit seiner Stimme, dämpfte sie irgendwie, damit sie nicht wie eine menschliche Stimme klang. Es war sogar denkbar, dass er vorhatte, mich bloß eine Weile festzuhalten und dann wieder freizulassen. Er konnte mich in irgendeinem anderen Stadtteil von London aussetzen, und es wäre mir völlig unmöglich, ihn je wiederzufinden. Ich würde nichts über ihn wissen – nicht das Geringste. Das war die erste zumindest ansatzweise gute Nachricht.

Ich hatte keine Ahnung, wie lange ich schon hier war, maximal konnten es drei Tage sein, vielleicht sogar nur zwei. Ich fühlte mich schrecklich, aber nicht besonders schwach. Ich war hungrig, aber noch nicht krank vor Hunger. Vielleicht zwei Tage. Terry hatte mich bestimmt schon als vermisst gemeldet. Ich war nicht zur Arbeit erschienen, sie hatten Terry angerufen, er hatte erstaunt versucht, mich auf meinem Mobiltelefon zu erreichen. Wo das wohl abgeblieben war? Unter Umständen hatte man die Polizei schon nach wenigen Stunden verständigt. Bestimmt war mittlerweile eine große Suchaktion im Gang. Scharen von Polizisten, die Ödland durchkämmten. Absolute Urlaubssperre. Spürhunde. Hubschrauber. Ein weiterer vielversprechender Gedanke. Man kann einen erwachsenen Menschen nicht einfach von der Straße zerren und irgendwo verstecken, ohne Aufsehen zu erregen. Bestimmt waren Polizisten unterwegs, die Häuser durchsuchten, mit Taschenlampen in dunkle Winkel leuchteten. Es konnte nicht mehr lang dauern, dann würde ich sie hören, sie sehen. Ich brauchte bloß am Leben zu bleiben, bis… einfach nur am Leben bleiben. Am Leben bleiben.

Ich hatte ihn angeschrien. Ich hatte gesagt, ich würde ihn umbringen. Sonst hatte ich nichts zu ihm gesagt, zumindest konnte ich mich an nichts erinnern, außer »danke«, als er mir das Wasser zu trinken gab. Inzwischen hasste ich mich dafür, dass ich mich bei ihm bedankt hatte. Als ich ihn angeschrien hatte, war er wütend geworden. Was hatte er noch geantwortet? »Du willst mich umbringen? Das ist gut!« Irgendetwas in der Art. Nicht sehr vielversprechend. »Du willst *mich* umbringen?« Vielleicht hatte er das deswegen so lustig gefunden, weil er seinerseits vorhatte, *mich* umzubringen.

Ich versuchte mich mit einem anderen Gedanken zu trösten. Vielleicht amüsierte ihn meine Drohung bloß deswegen, weil ich mich so vollkommen in seiner Gewalt befand, dass ihm die Idee, ich könnte es ihm heimzahlen, völlig lächerlich erschien. Auf jeden Fall war ich mit meinen heftigen Worten ein Risiko eingegangen. Ich hatte ihn wütend gemacht. Er hätte mich foltern oder schlagen oder alles Mögliche mit mir anstellen können. Aber er hatte nichts dergleichen getan. Das war unter Umständen eine wichtige Erkenntnis. Er hatte mich entführt, hatte mich gefesselt, und ich hatte ihn bedroht. Womöglich fühlte er sich unterlegen und unfähig, mir etwas anzutun, solange ich ihm die Stirn bot. Vielleicht, dachte ich, ist das die beste Art, ihn zu manipulieren. Indem ich mich nicht seinem Willen unterwarf. Möglicherweise hat er eine Frau entführt, weil er Angst vor Frauen hat und darin die einzige Möglichkeit sieht, zumindest *eine* Frau unter Kontrolle zu haben. Wahrscheinlich erwartet er, dass ich um mein Leben bettle und ihm auf diese Weise die Macht über mich gebe, die er sich erhofft. Doch wenn ich nicht kapituliere, dann läuft es nicht nach seinem Plan.

Vielleicht ist aber auch das Gegenteil der Fall. Womöglich hat ihm meine Reaktion bloß gezeigt, dass er mich völlig in der Hand hat. Es ist ihm egal, was ich sage. Er findet es lediglich komisch, hält ansonsten aber an seinem Plan fest. Bestimmt ist es entscheidend, ihm zu zeigen, dass ich ein Mensch aus Fleisch und Blut bin, damit es ihm schwerer fällt, mir etwas anzutun. Doch falls das auf ihn bedrohlich wirkt, macht es ihn womöglich nur noch wütender. Ich konnte nichts tun. Ich konnte mich weder zur Wehr setzen noch fliehen. Ich konnte nur Zeit schinden.

Wie stellte ich das am besten an? Indem ich ihn provozierte? Indem ich alles tat, damit er zufrieden war? Indem ich versuchte, ihm Angst zu machen?

An der Schwärze um mich herum veränderte sich etwas. Ich nahm ein Geräusch und einen Geruch war. Dann hörte ich wieder dieses heisere, krächzende Geflüster.

»Ich werde jetzt deinen Knebel herausnehmen. Wenn du schreist, schneide ich dir wie einem Vieh die Kehle durch. Wenn du verstanden hast, was ich gesagt habe, dann nicke mit dem Kopf.«

Ich nickte hektisch. Die Hände – große, warme Hände – machten sich hinter meinem Nacken zu schaffen. Der Knoten wurde gelöst, der Knebel grob aus meinem Mund gezerrt. Sofort begann ich zu husten. Eine Hand hielt meinen Kopf fest, und ich spürte, wie mir der Strohhalm in den Mund geschoben wurde. Ich saugte, bis mir ein zischendes Geräusch verriet, dass kein Wasser mehr da war.

»Da«, sagte er. »Da steht ein Kübel. Willst du ihn benutzen?«

»Wie meinen Sie das?« Ich musste ihn zum Reden bringen.

»Du weißt schon. Toilette.«

Er klang verlegen. War das ein gutes Zeichen?

»Ich möchte auf eine richtige Toilette.«

»Du gehst entweder auf den Eimer oder bleibst in deiner eigenen Pisse liegen, Süße.«

»Also gut.«

»Ich werde dich neben den Eimer stellen. Du kannst ihn mit deinen Füßen berühren. Dann gehe ich ein Stück weg. Wenn du Faxen machst, schneide ich dich in Stücke. Verstanden?«

»Ja.«

Es klang, als würde er ein paar Stufen hinuntersteigen, dann spürte ich seine Arme unter meinen Achseln, an meinem Rücken. Harte, starke Hände. Ich rutschte auf ihn zu, wurde gegen ihn gepresst. Er roch nach Tieren, Schweiß, etwas anderem, das ich nicht definieren konnte. Ein Arm schob sich unter meine Oberschenkel. Ekel stieg in mir hoch. Einen Moment später wurde ich seitwärts geschwungen und dann sanft auf einem rauen, sandigen Boden abgestellt. Ich richtete mich auf. Meine Beine und mein Rücken schmerzten fürchterlich. Eine Hand packte mich an den Haaren, und ich spürte etwas Hartes, Kaltes an meinem Hals.

»Du weißt, was das ist?«

»Nein.«

»Die Klinge eines Messers. Ich werde jetzt den Draht lösen, mit dem deine Hände zusammengebunden sind. Der kleinste Mucks, und ich benutze das Messer.«

»Ich tu nichts. Ich will nur, dass Sie mich allein lassen.«

»Es ist dunkel. Ich gehe ein Stück weg.«

Ich spürte, wie sich hinter meinem Rücken der Draht lockerte. Er trat zurück. Für den Bruchteil einer Sekunde spielte ich mit dem Gedanken, doch einen Fluchtversuch zu unternehmen, aber dann wurde mir klar, wie sinnlos das war: noch immer teilweise gefesselt, eine Kapuze über dem Kopf, in einem dunklen Raum mit einem Mann, der ein Messer hatte.

»Nun mach schon«, sagte er.

Ich hatte kein dringendes Bedürfnis, auf die Toilette zu gehen. Nur den Drang nach Bewegung. Ich befühlte meine Sachen. T-Shirt, Hose. Ich konnte das nicht.

»Du kriegst den Kübel erst morgen früh wieder.«

Morgen früh. Gut. Wenigstens eine Information. Also gut, also gut. Er behauptete, dass es dunkel war. Ich machte Knopf und Reißverschluss auf, zog Hose und Slip nach unten und setzte mich auf den Eimer. Bloß ein Tröpfeln. Ich stand wieder auf, zog die Hose hoch.

»Kann ich was sagen?«

»Was?«

»Ich weiß nicht, was das alles soll. Aber Sie dürfen das nicht. Sie werden nicht ungeschoren davonkommen. Ihnen ist vielleicht nicht klar, was passieren wird, wenn sie mich finden. Noch können Sie mich gehen lassen. Fahren Sie mich irgendwohin. Lassen Sie mich frei. Das war's dann. Bestimmt bin ich schon als vermisst gemeldet, sie werden nach mir suchen. Ich weiß, dass Sie mit mir machen können, was Sie wollen, und dass wahrscheinlich nichts Gutes für mich dabei herauskommt, aber man wird Sie erwischen. Wenn Sie mich gehen lassen, können wir beide einfach unser Leben weiterleben. Andernfalls werden Sie erwischt.«

»Das sagen sie alle. Wenn sie überhaupt etwas sagen.«

»Was?«

»Halt still.«

»*Alle*?«

Ich spürte, wie meine Hände wieder gefesselt wurden. Anschließend wurde ich hochgehoben und wie ein kleines Kind auf einem hohen Regal abgesetzt. Wie eine Puppe.

»Rühr dich nicht von der Stelle«, befahl er. »Und keinen Mucks!«

Ich blieb reglos sitzen. Ich hoffte, dass er jetzt wieder gehen würde.

»Mach den Mund auf.«

Er war neben mir. Der Knebel wurde mir in den Mund geschoben, ein anderes Stück Stoff fest um mein Gesicht gebunden. Ich hörte Schritte, dann spürte ich plötzlich, wie sich etwas um meinen Hals legte. Fest und eng. Ich wurde nach hinten gezerrt, bis ich die Wand in meinem Rücken spürte.

»Hör zu«, sagte die Stimme. »Das um deinen Hals ist eine Drahtschlinge. Sie ist hinter dir an einem Haken an der Wand befestigt. Hast du mich verstanden? Nicke mit dem Kopf.«

Ich nickte.

»Du befindest dich auf einer Plattform. Verstanden?«

Ich nickte.

»Wenn du dich von der Stelle rührst, fällst du hinunter, der Draht wird dir die Luft abschnüren, und du wirst sterben. Verstanden?«

Ich nickte.

»Gut.«

Dann herrschte Stille. Nur noch Stille. Mein Herz aber toste wie das Meer. Der Draht an meinem Hals brannte. Ich atmete, ein und aus, ein und aus.

Ich stand auf einem hölzernen Steg, vor mir ein spiegelglatter See. Nicht ein Hauch von Wind. Tief unter mir sah ich glatte Kieselsteine, rosa, braun und grau. Ich ging leicht in die Knie, um meine Arme in das kühle, ruhige Wasser zu tauchen, als sich plötzlich etwas um meinen Hals legte, mich mit einem scheußlichen Ruck nach vorne kippen ließ, aber gleichzeitig von hinten festhielt. Das Wasser verschwand, verwandelte sich in tintenschwarze Dunkelheit. Die Schlinge grub sich in meinen Hals. Ich richtete mich auf. Für einen Moment war in mir nur Leere, dann durchflutete mich die Angst, strömte in alle Winkel meines Körpers. Mein Herz raste, mein Mund war trocken. Unter der Kapuze lief der Schweiß über meine Stirn, und ich spürte feuchte Haarsträhnen an meinen Wangen. Am ganzen Körper war mir kalter Angstschweiß ausgebrochen, ich fühlte mich zittrig und klebrig. Ein säuerlicher Geruch stieg mir in die Nase. Meine Angst war jetzt so real, dass ich sie riechen konnte.

Ich war eingeschlafen. Wie war das möglich? Wie konnte ich schlafen, wenn ich eine Schlinge um den Hals hatte wie ein Huhn, das wartete, bis ihm das Genick gebrochen wurde? Ich hatte mich immer gefragt, wie Gefangene in der Nacht vor ihrer Hinrichtung noch Schlaf fanden, doch ich hatte tatsächlich geschlafen. Wie lange? Ich hatte keine Ahnung, vielleicht ein paar Minuten, vielleicht aber auch ein paar Stunden oder noch länger. Ich wusste nicht, ob es noch Nacht war oder schon Morgen. Die Zeit war stehen geblieben.

Natürlich war die Zeit nicht stehen geblieben. Sie lief weiter, lief mir davon. In meinen Ohren dröhnte die Stille. Irgendetwas würde passieren, das wusste ich, auch wenn ich nicht wusste, was und wann. Vielleicht jetzt gleich, sowie ich diesen Gedanken zu Ende gedacht hatte, vielleicht erst in einer Ewigkeit, nach einem endlosen Sumpf von Tagen. Mir fielen seine Worte wieder ein, und mit ihnen überfiel mich ein scharfes Brennen in der Magengegend. Es war, als säße in meinem Inneren ein räudiges Nagetier, das meine Eingeweide fraß. »Das haben sie alle gesagt.« Was hieß das? Ich wusste, was es hieß. Vor mir hatte es schon andere gegeben. Sie waren tot, und ich war die Nächste, die hier mit einer Schlinge um den Hals auf einem Mauervorsprung saß, und nach mir – nach mir …

Atme und denke nach. Lass dir etwas einfallen. Fluchtpläne zu schmieden war sinnlos. Alles, was ich hatte, waren mein Verstand und die Worte, die ich zu ihm sagte – wenn er mir diesen widerlichen Lumpen aus dem Mund zog. Ich begann im Geiste zu zählen. Sekunden wurden zu Minuten, Minuten zu Stunden. Zählte ich zu schnell oder zu langsam? Ich versuchte, mein Tempo zu drosseln. Ich hatte Durst. Das Innere meines Mundes fühlte sich weich und faulig an. Sicher stank mein Atem mittlerweile schon. Ich brauchte Wasser, eiskaltes Wasser. Literweise klares Wasser aus einer Quelle tief unter der Erde. Ich hatte überhaupt keinen Hunger mehr, aber sauberes kaltes Wasser in einem großen Glas mit klirrenden Eiswürfeln, das wünschte ich mir jetzt. Ich zählte weiter. Ich durfte nicht aufhören.

Eine Stunde, achtundzwanzig Minuten, dreiunddreißig Sekunden. Wie viele Sekunden waren das insgesamt? Ich versuchte weiterzuzählen und gleichzeitig die Summe auszurechnen, aber alles geriet durcheinander, und ich verlor beides, die Zeit und die Summe. Tränen liefen mir über die Wangen.

Ich schob die Beine nach vorn, streckte meinen Körper so weit ich konnte aus, und legte den Kopf in den Nacken, bis mir die Schlinge direkt unter dem Kinn in die Haut schnitt. Ein Balanceakt auf dem Mauervorsprung, dessen Kante sich hart in meinen Rücken drückte, während der untere Teil meines Körpers bereits überhing. Demnach musste der Draht knapp einen Meter lang sein. Ich glich einer Wippe, ich konnte nach hinten kippen, um wieder dazusitzen, abzuwarten und die Sekunden, Minuten und Stunden zu zählen, ich konnte aber auch nach vorn in die Dunkelheit kippen. Irgendwann würde er hereinkommen und mich dort hängen sehen, die Drahtschlinge um den Hals. Auf diese Weise würde ich ihm ein Schnippchen schlagen. Der Zeit ein Schnippchen schlagen. So einfach wäre das.

Ich schob mich in eine sitzende Position zurück. Mein Körper zitterte vor Anstrengung. Ich konzentrierte mich auf die Atmung, ein und aus. Ich dachte an den See aus meinem Traum, mit seinem ruhigen Wasser. Dann dachte ich an den Fluss mit seinen Fischen. An den gelben Schmetterling auf dem grünen Blatt. Bebend saß er dort, fast so leicht wie die ihn umgebende Luft. Schon der kleinste Windhauch würde ihn hinunterblasen. So ist das Leben, dachte ich. Auch mein Leben ist nun so zart und zerbrechlich.

Mein Name ist Abbie. Abigail Devereaux. Abbie. Ich wiederholte im Geist meinen Namen, versuchte ihn mir laut ausgesprochen vorzustellen, doch der Klang verlor rasch seine Bedeutung. Was bedeutete es schon, Abbie zu heißen? Nichts. Bloß eine Zusammenfügung von Silben. Zwei Silben. Zweimal ein Mund voll Luft.

»Ich hatte einen Traum«, sagte ich. Meine Stimme klang heiser und schwach, als hätte die Drahtschlinge bereits meine Luftröhre beschädigt. »Ich bin eingeschlafen und habe geträumt. Haben Sie auch etwas geträumt? Oder träumen Sie nicht?« Ich hatte mir diese Sätze zurechtgelegt, während ich auf ihn wartete. Ich wollte ihm nichts Persönliches über mich erzählen, weil mir das gefährlich erschien, wollte andererseits aber auch nichts Konkretes über ihn erfahren, denn wenn ich etwas über ihn wusste, konnte er mich nicht mehr gehen lassen. Ich fragte ihn nach seinen Träumen, weil Träume etwas Persönliches und zugleich Abstraktes sind. Sie erscheinen uns wichtig, aber ihre Bedeutung ist oft vage, schwer greifbar. Nun aber, als ich meine geprobten Sätzchen laut aussprach, klangen sie bloß töricht.

»Doch, manchmal«, antwortete er neben mir. »Trink dein Wasser aus, dann kannst du auf den Kübel.«

»Haben Sie letzte Nacht geträumt?« fragte ich beharrlich weiter, obwohl ich wusste, dass es zu nichts führen würde. Er war nur ein paar Zentimeter von mir entfernt. Wenn ich den Arm ausstreckte, könnte ich ihn berühren. Ich widerstand dem plötzlichen Drang, ihn zu packen und aufheulend um Gnade zu bitten.

»Wenn man nicht schläft, kann man auch nicht träumen.«

»Sie haben nicht geschlafen?«

»Trink.«

Ich nahm wieder nur ein paar kleine Schlucke, um das Trinken so lange wie möglich hinauszuzögern. Mein Hals schmerzte. Es war Nacht gewesen, doch er hatte nicht geschlafen. Was hatte er getan?

»Leiden Sie unter Schlaflosigkeit?« Ich bemühte mich um einen mitfühlenden Ton, aber meine Stimme klang schrecklich gekünstelt.

»So ein Blödsinn«, antwortete er. »Man arbeitet, und dann schläft man, wenn einem danach ist. Egal, ob Tag oder Nacht. Das ist alles.«

Durch die Kapuze drang ein schwaches, körniges Licht. Wenn ich den Kopf anhob und nach unten blickte, konnte ich vielleicht etwas sehen, seine ausgestreckten Beine neben mir, seine Hand auf der Kante des Mauervorsprungs. Ich durfte nicht schauen. Ich durfte nichts sehen, nichts wissen. Ich musste im Dunkeln bleiben.

Ich begann mit gymnastischen Übungen. Zog die Knie hoch und ließ sie wieder sinken. Fünfzigmal. Dann streckte ich die Beine aus und versuchte, mich aus dem Liegen aufzusetzen. Es gelang mir nicht. Kein einziges Mal.

Gefangene in Einzelhaft wurden oft verrückt, das hatte ich mal gelesen. Bestimmt hatte ich mir damals vorzustellen versucht, wie es sich anfühlen mochte, ganz allein eingesperrt zu sein. Manchmal sagten solche Menschen dann Gedichte auf, aber ich kannte keine Gedichte, zumindest fiel mir keines ein. Ich kannte ein paar Kinderreime. Mary hatte ein kleines Lamm. *Hickory, dickory, dock.* Der fröhliche, drängende Rhythmus erschien mir obszön und wahnsinnig, ein beharrliches Pochen im Inneren meines schmerzenden Kopfes. Ich könnte selbst einen Vers dichten. Was reimte sich auf dunkel? Gemunkel? Furunkel? Ich konnte nicht dichten, hatte es noch nie gekonnt.

Ich versuchte noch einmal, mein Gedächtnis zu durchforsten – nicht mein Langzeitgedächtnis, die Erinnerungen an meine Jugend, meine Freunde und meine Familie, an die Dinge, die mich zu dem Menschen machten, der ich war, das Verstreichen der Jahre, die sich wie die Ringe eines Baumstamms aneinanderreihten – nein, daran wollte ich nicht denken. Ich musste mich auf mein Kurzzeitgedächtnis konzentrieren, die Erinnerungen, die mir sagen würden, wie ich in den Raum gekommen war, in dem ich mich jetzt befand. Aber da war nichts. Eine dicke Wand trennte mein Hier und Jetzt von meiner Zeit davor. Ich begann in Gedanken das Einmaleins aufzusagen. Eine Weile ging es gut, dann verheddelte ich mich. Alles geriet durcheinander. Ich fing erneut zu weinen an. Lautlos.

Ich schob mich vorwärts, bis ich unter meinen Füßen die Kante spürte. Ich kämpfte mich in eine sitzende Position. So hoch konnte das doch nicht sein. Er hatte unter mir gestanden und mich hinuntergehoben. Eins zwanzig, vielleicht eins fünfzig, mehr bestimmt nicht. Ich versuchte, meine gefesselten Füße zu bewegen, holte tief Luft und bewegte mich noch ein paar Zentimeter vor, so dass ich auf dem Rand saß. Ich würde bis fünf zählen, dann würde ich springen. Eins, zwei, drei, vier...

Ich hörte ein Geräusch. Am anderen Ende des Raums. Pfeifendes Lachen. Er sah zu. Wie eine Kröte kauerte er in einer Ecke und beobachtete, wie ich jämmerlich auf der Plattform herumzappelte. In meiner Brust stieg ein Schluchzen hoch.

»Nur zu! Spring!«

Ich wich ein Stück zurück.

»Du wirst schon sehen, was passiert, wenn du fällst!«

Noch ein Stück weiter zurück. Meine Beine befanden sich jetzt wieder auf dem Mauervorsprung. Ich schob mich bis zur Wand zurück, wo ich zusammensank und liegen blieb. Unter der Kapuze liefen mir die Tränen über die Wangen.

»Manchmal macht es mir Spaß, dich zu beobachten«, erklärte er. »Das merkst du gar nicht, stimmt's? Du weißt nicht, wann ich hier bin und wann nicht. Ich kann ziemlich leise sein.«

In der Dunkelheit lauerten also Augen, die mich beobachteten.

»Wie spät ist es?«
»Trink dein Wasser.«
»Bitte. Ist noch Vormittag oder schon Nachmittag?«
»Das spielt keine Rolle mehr.«
»Kann ich…?«
»Was?«
Was? Ich wusste es nicht. Worum sollte ich bitten? »Ich bin nur ein ganz normaler Mensch«, sagte ich. »Nicht gut, aber auch nicht schlecht.«
»Jeder erreicht irgendwann den Punkt, an dem er nicht mehr kann«, antwortete er. »Das ist das Entscheidende.«

Kein Mensch weiß vorher, was er in einer solchen Situation tun würde. Kein Mensch kann das wissen. Ich dachte an den See, den Fluß und den gelben Schmetterling auf dem grünen Blatt. Danach stellte ich mir einen Baum vor, einen Baum mit einem silbrig glänzenden Stamm und hellgrünen Blättern. Eine Weißbirke. Ich platzierte sie auf einem sanft geschwungenen grünen Hügel und ließ einen leichten Wind durch sie hindurchfahren, raschelnd ihre Blätter umdrehen, dass sie glitzerten und leuchteten, als würden zwischen den Ästen Lichter aufblinken. Dann ließ ich eine kleine weiße Wolke genau über dem Baum Halt machen. Hatte ich so einen Baum schon einmal gesehen? Ich konnte mich nicht erinnern.

»Mir ist sehr kalt. Könnte ich eine Decke haben? Irgendetwas zum Zudecken.«
»Bitte.«
»Was?«
»Du musst bitte sagen.«
»Bitte. Bitte geben Sie mir eine Decke.«

»Nein.«

Plötzlich war ich wieder von einer rasenden Wut erfüllt. Mein Zorn war so groß, dass ich das Gefühl hatte, daran zu ersticken. Ich schluckte schwer, musste unter meiner Kapuze blinzeln. Ich stellte mir vor, wie er mich betrachtete, während ich reglos dasaß, die Hände hinter dem Rücken gefesselt, den Hals in einer Schlinge, den Kopf mit einer Kapuze bedeckt. In der Zeitung sah man manchmal Fotos von Leuten, die auf einen Platz geführt wurden, um dort von einer bereitstehenden Reihe bewaffneter Männern erschossen zu werden. So kam ich mir auch vor. Wenigstens konnte er meinen Gesichtsausdruck unter der Kapuze nicht sehen. Er wusste nicht, was ich gerade dachte. Ich bemühte mich, meine Stimme möglichst ausdruckslos klingen zu lassen.

»Dann eben nicht«, sagte ich.

Würde er mir wehtun, wenn der Zeitpunkt gekommen war? Oder würde er mich einfach langsam zugrunde gehen lassen? Ich war nicht besonders tapfer im Ertragen von Schmerzen. Bei einer Folterung würde ich sofort zusammenbrechen und jedes Geheimnis preisgeben, da war ich sicher. Doch meine Situation war noch viel schlimmer. Sollte er mich tatsächlich foltern, konnte ich nichts tun, um ihn zum Aufhören zu bewegen, weil ich keine Informationen preiszugeben hatte. Vielleicht würde er ja Sex von mir wollen. In der Dunkelheit auf mir liegen und mich dazu zwingen. Mir die Kapuze vom Kopf zerren, mein nacktes Gesicht betrachten, den Knebel aus meinem Mund ziehen und seine Zunge hineinschieben. Seinen…

Ich schüttelte heftig den Kopf. Der Schmerz in meinem Schädel war fast eine Erleichterung.

Ich hatte mal gelesen oder gehört, dass eine Gruppe von Soldaten, die sich einer besonderen Elitetruppe anschließen wollten, den Befehl bekamen, eine weite Strecke mit einem schweren Rucksack auf dem Rücken zu laufen. Sie rannten und rannten, und als sie schließlich ihr Ziel erreichten, dem Zusammenbruch nahe, gab man ihnen den Befehl, die ganze Strecke wieder zurückzulaufen. Man glaubt, man kann nicht mehr, aber man kann.

In jedem Menschen steckt mehr, als man denkt. Verborgene Tiefen. Zumindest redete ich mir das ein. Wo lag wohl meine eigene Belastungsgrenze?

Ich wachte auf, weil mir jemand eine Ohrfeige verpasste. Ich wollte nicht aufwachen. Wozu auch? Wofür lohnte es sich noch aufzuwachen? Ich wollte mich bloß zusammenrollen und schlafen. Weitere Ohrfeigen. Die Kapuze wurde hochgeschoben, der Knebel aus meinem Mund gezogen.

»Bist du wach?«

»Ja. Hören Sie auf.«

»Ich habe Essen für dich. Mach den Mund auf.«

»Was für Essen?«

»Was zum Teufel spielt das für eine Rolle?«

»Erst trinken. Mein Mund ist so trocken.«

Gemurmel in der Dunkelheit. Sich entfernende Schritte. Das war gut. Ein winziger Sieg. Ein klitzekleines Stück Kontrolle. Ich hörte ihn wieder zu mir heraufkommen. Der Strohhalm schob sich in meinen Mund. Ich war furchtbar durstig, hatte aber auch das starke Bedürfnis, die Fasern und Flusen des schrecklichen alten Lumpens wegzuspülen, der mich so lange am Atmen gehindert hatte.

»Mund auf!«

Ein Metalllöffel wurde mir in den Mund geschoben. Er war mit irgendetwas Weichem beladen. Plötzlich erschien mir die Vorstellung, etwas zu essen, das ich nicht sehen konnte und das mir von diesem Mann in den Mund geschoben wurde, der mich irgendwann umbringen würde, derart ekelhaft, dass ich das Gefühl hatte, gleich auf rohem Menschenfleisch herumkauen zu müssen. Ich begann zu würgen und zu spucken.

»Verdammt noch mal!«, fluchte er. »Entweder du frisst jetzt dieses Zeug, oder ich streiche dir für einen Tag das Wasser!«

Einen Tag. Das war gut. Wenigstens hatte er nicht vor, mich schon heute umzubringen.

»Moment, gleich!«, sagte ich und holte ein paarmal tief Luft. »Jetzt geht es.«

Der Löffel kratzte in einer Schüssel, ich spürte ihn wieder in meinem Mund. Ich leckte ihn ab und schluckte. Es war etwas Haferbreiartiges, bloß fader, weicher und leicht süßlich. Es schmeckte wie einer dieser laschen Babybreis, die man aus Pulver anrührt. Vielleicht war es aber auch eine der Spezialzubereitungen, wie man sie in der Apotheke kaufen kann, gedacht für Leute, die sich gerade von einer schweren Krankheit erholen. Ich schluckte. Eine weitere Portion Brei wurde mir in den Mund geschoben. Insgesamt vier Löffel voll. Er wollte mich offenbar nicht mästen, bloß am Leben erhalten. Als ich fertig war, bekam ich noch ein wenig Wasser.

»Pudding?« fragte ich.

»Nein.«

Mir kam ein Gedanke. Ein wichtiger Gedanke.

»Wann sind wir uns begegnet?«

»Wie meinst du das?«

»Seit ich hier aufgewacht bin, habe ich ganz schreckliche Kopfschmerzen. Waren Sie das? Haben Sie mir auf den Kopf geschlagen?«

»Worauf willst du hinaus? Willst du mich verarschen? Versuch das bloß nicht! Denk dran, was ich dir antun könnte.«

»Ich will Sie nicht verarschen. Das ist überhaupt nicht meine Absicht. Das Letzte, woran ich mich erinnern kann ... nicht einmal da bin ich sicher. Es ist alles so verschwommen. Ich weiß noch, dass ich im Büro war, und ich erinnere mich an ...«

Ich wollte sagen »meinen Freund«, da schoss mir durch den Kopf, dass das vielleicht keine so gute Idee war, weil er vermutlich eifersüchtig werden würde. »Ich erinnere mich an meine Wohnung. Dass ich irgendetwas in meiner Wohnung gemacht habe. Dann bin ich hier aufgewacht und weiß weder, wie ich hergekommen bin, noch, wie wir uns kennengelernt haben. Ich wollte Sie lediglich bitten, mir davon zu erzählen.«

Eine ganze Weile herrschte Stille. Ich fragte mich schon, ob er gegangen war, da hörte ich plötzlich ein pfeifendes Geräusch, das ich geschockt als Lachen identifizierte.

»Was?« fragte ich. »Was ist daran so lustig?«

Sprich weiter, Abbie. Halte die Kommunikation aufrecht. Und denk nach. Die ganze Zeit dachte ich krampfhaft nach. Ich musste daran denken, am Leben zu bleiben, daran denken, nichts zu fühlen, denn irgendwo in meinem Hinterkopf wusste ich instinktiv, wie fatal es für mich wäre, wenn ich mir gestattete, etwas zu fühlen – als würde ich mich von einer Klippe in die Dunkelheit stürzen.

»Ich geh dir nicht auf den Leim«, sagte er.

»Auf den Leim?«

»Du trägst eine Kapuze. Du kannst mein Gesicht nicht sehen. Deswegen versuchst du, clever zu sein. Du glaubst, wenn du es schaffst, mir einzureden, du hättest mich nie gesehen, lasse ich dich vielleicht gehen.« Wieder dieses pfeifende Lachen. »Darüber denkst du nach, während du hier liegst, nicht wahr? Denkst du wirklich daran, in die Welt zurückzukehren?«

Schlagartig fühlte ich mich so elend, dass ich beinahe losgeheult hätte. Aber seine Worte verrieten mir auch, dass wir uns tatsächlich schon über den Weg gelaufen waren. Er hatte mich nicht einfach in einer dunklen Gasse hinterrücks gepackt und mir eines über den Schädel gezogen. Kannte ich diesen Mann? Würde mir sein Gesicht vertraut vorkommen, wenn ich es sehen könnte? Würde ich seine Stimme wiederkennen, wenn er normal mit mir spräche?

»Wenn Sie mir sowieso nicht glauben, dann spielt es doch keine Rolle, wenn Sie mir davon erzählen, oder?«

Der Lumpen wurde mir wieder in den Mund gerammt. Ich wurde hinuntergehoben und zum Eimer geführt. Zurückgetragen. Wieder auf dem Mauervorsprung abgesetzt. Diesmal ohne Drahtschlinge. Ich schloss daraus, dass er nicht vorhatte, das Gebäude zu verlassen. Ich spürte seinen Atem auf meinem Gesicht, nahm deutlich seinen Geruch wahr.

»Du liegst hier und versuchst dir auf alles einen Reim zu machen. Das gefällt mir. Du glaubst, wenn du mich davon überzeugen kannst, dass du nicht in der Lage bist, mich zu identifizieren, dann werde ich bloß eine Weile mit dir spielen und dich dann laufen lassen. Aber du verstehst nicht. Du begreifst nicht, worum es mir geht. Trotzdem gefällt mir das.«

Ich lauschte seinem kratzigen Flüstern, horchte in mich hinein, ob mir die Stimme irgendwie bekannt vorkam. »Jede ist anders. Kelly beispielsweise. Nehmen wir Kelly.« Er rollte den Namen in seinem Mund herum, als wäre es ein Karamellbonbon. »Sie hat nur geheult, die ganze Zeit geflennt. Es war von mir gar nicht geplant, sie flennte bloß dauernd. Da war es eine gottverdammte Erleichterung, ihr einfach das Maul zu stopfen.«

Nicht weinen, Abbie. Du darfst ihm nicht auf die Nerven gehen. Du darfst ihn nicht langweilen.

Der Gedanke kam aus der Dunkelheit. Er hat mich bis jetzt am Leben erhalten. Das hieß aber nicht, dass er meinem Leben nicht trotzdem schon ein Ende gesetzt hatte. Ich befand mich nun seit zwei, drei oder vier Tagen in diesem Raum. Man kann wochenlang ohne Nahrung leben, aber wie lange kommt ein Mensch ohne Wasser aus? Wenn ich einfach nur in diesen Raum gesperrt worden wäre, ohne dass sich jemand um mich gekümmert hätte, dann wäre ich jetzt bereits tot oder läge im Sterben. Das Wasser, das ich getrunken hatte, war sein Wasser. Das Essen in meinem Bauch war sein Essen. Ich war wie ein Tier auf seinem Bauernhof. Ich gehörte ihm und wusste nichts über ihn. Außerhalb dieses Raums, draußen in der Welt, galt dieser Mann wahrscheinlich als häßlich, abstoßend, als Versager. Vielleicht war er zu schüchtern, um mit Frauen zu reden, vielleicht schikanierten ihn seine Kollegen. Hier aber war ich sein Eigentum. Er war mein Gebieter, mein Vater und mein Gott. Wenn ihm danach zumute war hereinzukommen und mich lautlos zu erdrosseln, konnte er das tun. Ich musste jede wache Minute darauf verwenden, über die Frage nachzudenken, wie ich mich ihm gegenüber verhalten sollte. Wie ich ihn dazu bringen konnte, mich zu lieben oder zumindest zu mögen oder aber Angst vor mir zu haben. Falls es ihm darum ging, den Willen einer Frau zu brechen, bevor er sie tötete, dann musste ich stark bleiben. Falls er Frauen wegen ihrer Feindseligkeit ihm gegenüber hasste, dann musste ich nett zu ihm sein. Falls er gern Frauen quälte, die ihn zurückwiesen, dann musste ich… was? Ihn annehmen? Welcher Weg war der richtige? Ich wusste es nicht.

Auf jeden Fall und vor allen Dingen musste ich aufhören, mir einzubilden, dass es wahrscheinlich keine Rolle spielte, was ich tat.

Ich zählte nicht, wie viele Minuten ich die Drahtschlinge nicht trug. Es erschien mir nicht wichtig. Nach einer Weile kam er wieder herein. Ich spürte seine Gegenwart. Eine Hand auf meiner Schulter ließ mich erschrocken zusammenfahren. War er gekommen, um nachzusehen, ob ich noch lebte?

Ich hatte zwei Möglichkeiten. Ich konnte der Situation mithilfe meiner Phantasie entfliehen. Der gelbe Schmetterling. Kühles Wasser. Wasser zum Trinken und zum Untertauchen. Ich versuchte, in Gedanken meine alte Welt wieder auferstehen zu lassen. Meine Wohnung. Ich ging durch die Räume, betrachtete die Bilder an der Wand, berührte den Teppich, benannte die Gegenstände in den Regalfächern. Ich ging durch das Haus meiner Eltern. Es gab seltsame Leerstellen. Den Gartenschuppen meines Vaters, die Schubladen von Terrys Schreibtisch. Trotzdem. Es gab so viel in meinem Kopf. So viele Dinge. Dort drinnen und dort draußen. Aber manchmal, wenn ich durch diese imaginären Räume wanderte, verschwand plötzlich der Boden unter meinen Füßen, und ich fiel. Diese Gedankenspielchen würden mich vielleicht davor bewahren, wahnsinnig zu werden, doch es ging nicht nur darum, dem Wahnsinn zu entgehen. Ich musste vor allem am Leben bleiben. Ich musste Pläne schmieden und versuchen, meinen Wunsch, ihn zu töten, in die Tat umzusetzen. Ich wollte ihn verletzen, ihm die Augen auskratzen, ihn zu Brei stampfen. Alles, was ich brauchte, war eine Gelegenheit, aber ich sah keine Möglichkeit, wie sich eine solche ergeben sollte.

Ich versuchte mir vorzustellen, dass er doch noch niemanden umgebracht hatte. Vielleicht log er, um mir Angst zu machen. Es gelang mir nicht besonders gut, mir das einzureden. Ich hatte es nicht mit einem harmlosen, obszönen Anrufer zu tun. Ich war hier, in diesem Raum. Er hatte es nicht nötig, Geschichten zu erfinden. Obwohl ich nichts über diesen Mann wusste, war mir instinktiv klar, dass er das hier nicht zum ersten Mal machte. Er hatte Übung. Er hatte alles unter Kontrolle. Meine Chancen standen schlecht. Egal, welchen Plan ich mir aus den Fingern saugte, es bestand keine große Aussicht auf Erfolg. Aber mir fiel sowieso nichts ein, was auch nur ansatzweise Erfolg versprochen hätte. Mein einziger Plan bestand darin, alles so lange hinauszuzögern, wie ich konnte. Dabei wusste ich nicht einmal, ob wirklich ich diejenige war, die da etwas hinauszögerte. Ich hatte das schreckliche Gefühl, dass das alles zu seinem Zeitplan gehörte. Mein ganzes Gerede, all meine schwachen Pläne und Strategien waren bloß ein Surren in seinen Ohren, als würde eine Stechmücke seinen Kopf umschwirren. Wenn es an der Zeit war, würde er die Mücke einfach erschlagen.

»Warum tun Sie das?«

»Was?«

»Warum ich? Was habe ich Ihnen getan?«

Ein pfeifendes Lachen. Ein Lumpen in meinem Mund.

Wieder machte ich gymnastische Übungen, zog die Knie an den Körper. Mehr als sechzehnmal schaffte ich nicht. Meine Kondition hatte deutlich nachgelassen.

Warum ich? Ich wollte mir diese Frage eigentlich nicht mehr stellen, aber ich konnte nicht anders. Ich hatte schon öfter Fotos von ermordeten Frauen gesehen, in der Zeitung oder im Fernsehen. Aber keine Fotos von ihren Leichen. Zumindest konnte ich mich nicht erinnern. Nein. Auf den Fotos, die ich gesehen hatte, hatten sie noch nicht gewusst, dass sie mal in die Nachrichten kommen würden. Ich nehme an, die Familien wählen für die Leute vom Fernsehen immer die hübschesten und fröhlichsten Fotos aus. Meist handelt es sich dabei wohl um Aufnahmen aus Highschool-Jahrbüchern, die zu stark vergrößert werden und dadurch leicht verschwommen und gruselig wirken. Die Frauen auf diesen Fotos wissen noch nicht, was ihnen zustoßen wird, aber wir wissen es.

Ich konnte nicht glauben, dass ich eine von ihnen sein würde. Terry würde meine Sachen durchsehen und ein Foto finden. Wahrscheinlich das unvorteilhafte, das ich letztes Jahr für meinen Pass hatte machen lassen, auf dem ich aussehe, als hätte ich etwas im Auge und gleichzeitig einen scheußlichen Geruch in der Nase. Er würde es der Polizei geben, und sie würden es vergrößern, bis es ganz verschwommen wirkte, und ich würde wegen meiner Ermordung berühmt werden. Das war unfair.

In Gedanken zählte ich die Frauen aus meinem Bekanntenkreis durch, die in letzter Zeit Schlimmes erlebt hatten. Da war beispielsweise Sadie, deren Freund sie hochschwanger einen Monat vor Weihnachten sitzen gelassen hatte. Oder Marie, die immer wieder zur Chemotherapie ins Krankenhaus musste und nur noch mit Turban herumlief. Pauline und Liz hatten ihren Job in der Firma verloren, als Laurence letztes Jahr alle überflüssigen Arbeitsplätze wegrationalisiert hatte. Er hatte es ihnen am Freitagabend gesagt, als alle anderen bereits gegangen waren, und als wir am Montagmorgen zur Arbeit kamen, waren sie schon weg. Obwohl seitdem ein halbes Jahr vergangen war, überfielen Liz deswegen immer noch Weinkrämpfe. Trotzdem hatten sie alle mehr Glück als ich. Im Laufe der nächsten Tage würde ihnen das klar werden. Sie würden von meiner Ermordung hören und selbst zu Miniberühmtheiten werden. Aufgeregt würden sie zu Bekannten und Arbeitskollegen sagen: »Du hast doch bestimmt in der Zeitung von dieser Frau gelesen, Abbie Devereaux? Ich habe sie gekannt. Ich kann es noch gar nicht fassen!« Und sie würden alle völlig geschockt sein und sich insgeheim damit trösten, dass sie selbst zwar auch ihre Probleme hatten, aber wenigstens nicht ganz so viel Pech wie Abbie Devereaux. Gott sei Dank hatte es Abbie getroffen und nicht sie selbst.

Aber Abbie Devereaux bin ich, und das alles ist einfach nicht fair.

Er kam herein und legte mir die Schlinge um den Hals. Ich würde erneut die Sekunden zählen. Ich hatte darüber nachgedacht, wie ich es am besten anstellte, mich nicht wieder zu verheddern, und mir einen Plan zurechtgelegt. Sechzig Sekunden pro Minute, sechzig Minuten pro Stunde. Das ergibt 3600 Sekunden. Ich würde mir vorstellen, dass ich in einer Stadt, deren Name mit A beginnt, einen Hügel hinaufstieg, einen Hügel mit dreitausendsechshundert Häusern. Ich würde im Vorbeigehen die Häuser zählen. Leider fiel mir keine Stadt ein, die mit A beginnt. Doch, Aberdeen. Ich ging in Aberdeen den Hügel hinauf. Eins, zwei, drei, vier … Als ich oben angelangt war, begann ich in Bristol von neuem. Dann war Cardiff an der Reihe, dann Dublin, Eastbourne, Folkestone, und als ich in Gillingham die erste Hälfte des Hügels hinter mich gebracht hatte, kam er zurück und nahm mir die Schlinge ab. Sechseinhalb Stunden.

Wer anderen eine Grube gräbt, fällt selbst hinein. Was du nicht willst, dass man dir tu, das füg auch keinem andern zu. Was du heute kannst besorgen, das verschiebe nicht auf morgen. Morgen ist auch noch ein Tag. Zweimal morgen, stimmte das? Was gab es noch für Sprichwörter? Denk nach, Abbie, denk nach. Zu viele Köche verderben den Brei und gleich und gleich gesellt sich gern und Gegensätze ziehen sich an und eine Schwalbe macht noch keinen Sommer. Abendrot Schönwetterbot. Morgenstund hat Gold im Mund. Man muss das Eisen schmieden, solange es heiß ist. Marmorstein und Eisen bricht... Nein, das war etwas anderes. Ein Lied. Ein Liedtext, kein Sprichwort. Wie ging die Melodie? Ich versuchte mich zu erinnern, die Musik in meinen Kopf zu holen und in dieser stillen, bedrückenden Dunkelheit ihren Klang zu hören, aber es gelang mir nicht.

Mit Bildern ging es leichter. Ein gelber Schmetterling auf einem grünen Blatt. Flieg nicht weg. Ein Fluss mit Fischen darin. Ein See mit klarem, sauberem Wasser. Ein sanft geschwungener Hügel, und auf seiner Kuppe ein silbriger Baum, dessen Blätter sich im Wind hoben. Was noch? Nichts mehr. Nichts. Es war zu kalt.

»Hallo. Ich habe gehofft, dass Sie bald kommen.«

»Du hast dein Wasser noch nicht ausgetrunken.«

»Das hat doch keine Eile, oder? Es gibt so vieles, was ich Sie fragen wollte.«

Er stieß einen leisen, kehligen Laut aus. Ich zitterte, aber vielleicht lag das bloß daran, dass ich so fror. Ich konnte mir nicht vorstellen, mich jemals wieder warm zu fühlen oder sauber. Oder frei.

»Schließlich sind wir beide hier ganz allein, zwei erwachsene Menschen. Wir sollten uns besser kennen lernen. Miteinander reden.« Er gab mir keine Antwort, womöglich hörte er mir gar nicht zu. Ich holte Luft und sprach weiter: »Immerhin müssen Sie mich aus einem bestimmen Grund ausgesucht haben. Sie kommen mir vor wie ein Mensch, der nichts grundlos tut, habe ich Recht? Sie gehen immer logisch vor, glaube ich. Das gefällt mir. Logisch.« Ein seltsames Wort. Das alles klang so falsch.

»Sprich weiter«, sagte er.

Sprich weiter. Ein gutes Zeichen. Was sollte ich als Nächstes sagen? Über meiner Oberlippe spürte ich eine wunde Stelle. Ich leckte mit der Zungenspitze darüber. Sie fühlte sich wie ein Bläschenausschlag an. Vielleicht überzog sich mein ganzer Körper langsam mit Blasen und offenen Stellen. »Ja. Logisch. Zielsicher.« Nein. Definitiv das falsche Wort. Versuch es noch mal, Abbie. »Zielgerichtet. Sie sind ein starker Mensch, habe ich Recht?« Er gab mir keine Antwort, aber ich hörte seinen heiseren Atem. »Ja, ich glaube, ich habe Recht. Männer sollten stark sein, obwohl viele von ihnen schwach sind. Viele«, wiederholte ich. »Aber ich glaube, Sie sind auch einsam. Die Menschen erkennen Ihre Hoffnungen nicht. Nein, Ihre Stärken, wollte ich sagen, Stärken, nicht Hoffnungen. Sind Sie einsam?« Es klang so, als würde ich Steine in einen tiefen Brunnen werfen. Ich sprach diese albernen Worte, und sie verschwanden in der Dunkelheit. »Oder sind Sie gern allein?«

»Vielleicht.«

»Wir brauchen doch alle jemanden, der uns liebt«, fuhr ich fort. »Niemand kann ganz allein sein.« Ich würde alles tun, um zu überleben, dachte ich. Ich würde mich von ihm festhalten und vögeln lassen und dabei auch noch so tun, als würde es mir gefallen. Alles, nur um zu überleben. »Bestimmt gibt es einen Grund, warum Sie ausgerechnet mich ausgesucht haben und nicht irgendeine andere.«

»Willst du meine ehrliche Meinung hören? Hm? Soll ich dir

sagen, was ich glaube?« Er legte eine Hand auf meinen Oberschenkel, ließ seine Finger auf und ab gleiten.

»Ja. Sagen Sie es mir.« Lieber Gott, bitte mach, dass ich mich nicht übergeben oder laut schreien muss.

»Ich glaube, du hast keine Ahnung, wie du im Moment aussiehst.« Er stieß wieder sein pfeifendes Lachen aus. »Du glaubst, du kannst mit mir flirten, hm? Mich becircen wie irgendeinen Vollidioten. Aber du hast keine Vorstellung, wie du aussiehst, Herzchen. Du siehst überhaupt nicht wie ein Mensch aus. Du hast nicht mal ein Gesicht. Du siehst aus wie ein – ein – ein *Ding*. Oder ein Tier. Außerdem stinkst du. Du stinkst nach Pisse und Scheiße. Wieder lachte er. Dabei verstärkte er den Druck seiner Finger auf meinem Oberschenkel, bis er mich so fest kniff, dass ich vor Schmerz und Demütigung aufschrie.

»Abbie, die sich solche Mühe gab«, flüsterte er. »Kelly, die weinte, bis sie starb, und Abbie, die sich Mühe gab. Das reimt sich fast. Ich kann ein Gedicht aus euch machen. Abbie, die sich Mühe gab, bis sie am Ende trotzdem starb. Für mich macht es letztendlich keinen Unterschied.«

Abbie, die sich Mühe gab, bis sie am Ende trotzdem starb. Reime in der Dunkelheit. Die Zeit lief mir davon, das wusste ich. Vor meinem geistigen Auge sah ich eine Sanduhr, den gleichmäßigen Strom des abwärts rieselnden Sandes. Erst, wenn der Sand zur Neige ging, schien er schneller zu fallen.

Er hob mich wieder von meinem Mauervorsprung. Meine Zehen kribbelten, als würde jemand mit Stecknadeln hineinstechen, und meine Beine fühlten sich an, als gehörten sie nicht mehr zu mir. Sie waren steif wie Stöcke, nein, nicht wie Stöcke, eher wie Zweige, die jeden Augenblick zu brechen drohten. Ich taumelte so unsicher, dass er mich am Arm festhalten und stützen musste. Seine Finger gruben sich in meine Haut. Vielleicht hinterließen sie blaue Flecken, vier oben und einen unten. Ich spürte, dass im Raum Licht brannte, denn unter meiner Kapuze war es dunkelgrau, nicht schwarz. Er zerrte mich noch ein Stück weiter, dann sagte er: »Hinsetzen. Zeit für den Kübel.«

Er machte sich nicht die Mühe, die Fessel um meine Handgelenke zu lösen. Statt dessen übernahm er es selbst, mir die Hose hinunterzuziehen. Seine Hände glitten über meine Haut. Es war mir egal. Ich ließ mich auf dem Kübel nieder, legte die Finger hinter meinem Rücken an das kalte Metall und versuchte, ruhig zu atmen. Als ich fertig war, stand ich auf, und er zog mir die Hose wieder hoch. Sie war mir inzwischen viel zu weit. Einer spontanen Eingebung folgend, trat ich mit dem Fuß so heftig gegen den Eimer, dass er gegen seine Beine prallte und scheppernd umkippte. Ich hörte ein wütendes Grunzen und warf mich blind in Richtung des Geräuschs, wobei ich so laut schrie, wie es der Knebel in meinem Mund zuließ. Es klang nicht wie ein Schrei, eher wie ein schwaches Krächzen. Mit aller Kraft warf ich mich gegen ihn, aber es war, als würde ich gegen eine Wand laufen. Während er einen Arm hochriss um mich zu stoppen, rammte ich meinen Kopf gegen sein Kinn. Hinter meinen Augen explodierte ein roter Schmerz.

»Oh«, sagte er. Dann verpasste er mir einen Magenschwinger. Schlug ein zweites Mal zu. Hielt mich an der Schulter fest und rammte mir seine Faust in den Magen. »O Abbie!«

Ich saß wieder auf dem Mauervorsprung. Wo spürte ich eigentlich Schmerzen? Überall. Ich konnte die verschiedenen Teile meines Körpers nicht mehr auseinanderhalten, konnte nicht sagen, wo der Schmerz in meinem Kopf aufhörte und der Schmerz in meinem Hals begann, wo die Starre meiner Beine in die Kälte meines restlichen Körpers überging, wo der Eitergeschmack in meinem entzündeten Mund zur Übelkeit in meinem Magen wurde oder wo sich das Dröhnen in meinen Oh-

48

ren in die Stille des Raums verwandelte. Ich versuchte, meine Zehen zu bewegen, doch es gelang mir nicht. Mühsam flocht ich meine Finger ineinander. Welche gehörten zur rechten Hand, welche zur linken?

Ich versuchte es wieder mit dem Einmaleins, kam aber nicht weit. Wie war das möglich? Sogar kleine Kinder können das Einmaleins, singen es in der Schule im Chor. Ich konnte ihren Singsang in meinem Kopf hören, aber die Worte und Zahlen ergaben keinen Sinn.

Was wusste ich eigentlich noch? Ich wusste, dass ich Abbie hieß und fünfundzwanzig Jahre alt war. Ich wusste, dass draußen Winter war. Ich wusste auch noch andere Dinge. Gelb und Blau ergibt Grün – zum Beispiel, wenn das blaue Meer im Sommer über den gelben Sand wogt. Sand besteht aus zermahlenen Muschelschalen. Aus geschmolzenem Sand entsteht Glas. Gläser für klares Wasser mit klirrenden Eiswürfeln. Aus Bäumen macht man Papier. Papier, Schere, Stein. Eine Oktave besteht aus acht Noten. Sechzig Sekunden ergeben eine Minute, sechzig Minuten eine Stunde, vierundzwanzig Stunden einen Tag, sieben Tage eine Woche, zweiundfünfzig Wochen ein Jahr. Die Monate mit dreißig Tagen heißen April, Juni, September und – weiter kam ich nicht.

Ich durfte nicht schlafen. Trotzdem schlief ich ein, versank in unruhige Träume. Irgendwann wachte ich plötzlich mit einem Ruck auf, weil ich ihn neben mir spürte. Diesmal hatte er kein Licht angeschaltet. Und kein Wasser dabei. Zuerst hörte ich ihn nur atmen. Dann begann er zu sprechen. Gedämpftes Geflüster in der Dunkelheit.

»Kelly. Kath. Fran. Gail. Lauren.«

Ich saß reglos da.

»Kelly. Kath. Fran. Gail. Lauren.«

Es klang wie ein schleppender, monotoner Sprechgesang. Er wiederholte die fünf Namen immer wieder. Ich saß da und ließ den Kopf leicht nach vorn hängen, als würde ich noch schlafen. Mir liefen Tränen über die Wangen, was er nicht sehen konnte. Sie brannten auf meiner Haut. Ich stellte mir vor, dass sie wie Schnecken Spuren hinterließen. Silbrige Spuren.

Schließlich stand er auf und ging, ich weinte noch eine Weile lautlos in der Dunkelheit.

»Trink.«
Ich trank.
»Iss.«
Vier weitere Löffel von dem süßen Brei.
»Zeit für den Kübel.«
Mein Name ist Abbie. Abigail Devereaux. Bitte, jemand muss mir helfen! Bitte! Niemand wird mir helfen.
Gelber Schmetterling. Grünes Blatt. Bitte flieg nicht weg.

Fast zärtlich legte er mir den Draht um den Hals. Zum dritten Mal, oder war es schon das vierte Mal?

Ich spürte seine Finger an meinem Hals. Er vergewisserte sich, dass die Schlinge richtig saß. Bestimmt kreisten seine Gedanken ununterbrochen um mich, so, wie ich ständig über ihn nachdenken musste. Was empfand er für mich? Eine Art von Liebe? Oder war er wie ein Bauer mit einem Schwein, das vor der Schlachtung noch ein paar Tage im Stall gehalten und gefüttert werden musste? Ich stellte mir vor, wie er in ein, zwei Tagen hereinkommen und den Draht um meinen Hals zuziehen oder mir die Kehle durchschneiden würde, als wäre es eine lästige Pflicht.

Nachdem er gegangen war, begann ich wieder zu zählen. Diesmal verwendete ich Ländernamen. Ich ging in Australien eine heiße, sonnenbeschienene Straße entlang und zählte die Häuser. Als ich in Belgien die Windungen einer mittelalterlichen Gasse hinaufstieg, regnete es. In China war es wieder heiß, in Dänemark unangenehm kalt. In Ecuador stürmisch.

50

Als ich in Frankreich in einer langen, von Bäumen gesäumten Avenue gerade bei Nummer zweitausenddreihunderteinundfünfzig angelangt war, hörte ich draußen eine Tür zufallen, dann Schritte. Er war ungefähr fünf Stunden und vierzig Minuten weg gewesen. Nicht so lang wie das Mal davor. Er machte sich meinetwegen Sorgen. Oder es war Zufall, wie lange er wegblieb. Was spielte das für eine Rolle?

Wieder bekam ich ein paar Löffel von dem Brei, weniger als beim letzten Mal. Ich wurde nicht gemästet. Er gab mir gerade so viel, dass ich zwar immer dünner wurde, aber am Leben blieb. Zeit für den Kübel. Dann zurück auf den Mauervorsprung.

»Du bist müde«, sagte er.

»Was?«

»Du redest nicht mehr so viel.«

Ich beschloss, noch einmal den Versuch zu unternehmen, geistreich und charmant und stark zu sein. Es war, als müsste ich einen unglaublich schweren Sack einen steilen Berg hinaufzerren.

»Fehlt Ihnen mein Gerede?« Meine Stimme schien von weit her zu kommen.

»Du lässt nach.«

»Nein, ich lasse nicht nach. Ich bin nur ein bisschen schläfrig. Müde. Sie wissen ja sicher, wie das ist. Sehr müde. Ich höre Echos in meinem Kopf.« Ich versuchte mich auf das zu konzentrieren, was ich sagte, aber die Worte schienen nicht mehr richtig zusammenzupassen. »Können Sie damit leben?«, fragte ich, ohne so recht zu wissen, was ich damit eigentlich meinte.

»Du hast keine Ahnung, womit ich leben kann. Du weißt gar nichts über mich.«

»Ein bisschen weiß ich schon. Natürlich gibt es auch vieles, was ich nicht weiß. Immerhin weiß ich, dass Sie mich entführt haben. Ich wüsste gern, warum ausgerechnet mich. Das gehört zu den Dingen, die ich nicht weiß. Bald wird man Sie erwischen. Die Polizei wird kommen. Ich lausche ständig, ob ich ihre Schritte schon höre. Sie werden kommen und mich retten.«

Wieder stieß er neben mir sein pfeifendes Lachen aus. Ich schauderte. Oh, mir war so kalt. Ich war völlig ausgekühlt, dreckig, alles tat mir weh, und ich hatte Angst.

»Das ist kein Witz«, fuhr ich fort, obwohl mich das Sprechen anstrengte. »Jemand wird kommen und mich retten. Irgendjemand. Terry. Ich habe einen Freund, müssen Sie wissen. Terence Wilmott. Er wird kommen. Und ich habe einen Job. Ich arbeite bei Jay & Joiner. In einer verantwortungsvollen Position. Ich sage den Leuten, was sie zu tun haben. Sie werden mein Verschwinden nicht einfach ignorieren.« Es war ein Fehler, ihm solche Sachen zu erzählen. Ich versuchte meine Worte in eine andere Richtung zu lenken. Meine Zunge fühlte sich geschwollen an, mein Mund trocken. »Oder die Polizei. Man wird mich finden. Sie sollten mich gehen lassen, bevor sie mich finden. Ich werde nichts sagen. Ich werde Sie nicht verraten, habe ja auch gar nichts zu erzählen. Es gibt nichts, was ich verraten könnte.«

»Du redest zu viel.«

»Dann reden Sie. Reden Sie mit mir.« Ich wusste nur eins: Ich durfte nicht zulassen, dass er mir wieder einen Lumpen in den Mund stopfte und mir die Drahtschlinge um den Hals legte. »Was denken Sie gerade?«

»Du würdest nicht verstehen, was ich denke, selbst wenn ich es dir sagen würde.«

»Versuchen Sie es. Reden Sie mit mir. Wir könnten uns unterhalten. Gemeinsam einen Ausweg finden. Einen Weg, mich gehen zu lassen.« Nein, solche Dinge sollte ich nicht sagen. Ich sollte meine Gedanken für mich behalten. Mich konzentrieren.

Lange Zeit kam aus der Dunkelheit keine Antwort. Ich

stellte ihn mir vor, wie er da saß, ein widerliches, pfeifendes Ding.

»Du möchtest, dass ich mit dir rede?«

»Ja. Können Sie mir Ihren Namen sagen? Nein, nein, nicht Ihren richtigen Namen. Einen anderen – damit ich Sie irgendwie ansprechen kann.«

»Ich weiß, was du da gerade versuchst. Weißt du es auch?«

»Ich möchte mit Ihnen reden.«

»Nein, das möchtest du nicht, Herzchen. Du versuchst bloß, clever zu sein. Ein cleveres Mädchen. Du versuchst es auf der Psychoschiene.«

»Nein, das stimmt nicht.«

»Du glaubst, du kannst dich mit mir anfreunden.« Er lachte in sich hinein. »Du bist gefesselt, und du weißt genau, dass du mir nicht entkommen kannst. Dir ist klar, dass du mir nichts anhaben kannst. Ich habe die Situation unter Kontrolle. Du bist nur deswegen noch am Leben, weil ich es so will. Natürlich fragst du dich, was du tun kannst. Du vermutest, dass ich ein trauriger, einsamer Mann bin, der sich vor Mädchen fürchtet. Und dass ich dich gehen lassen werde, wenn du es schaffst, dich mit mir anzufreunden. Aber du begreifst überhaupt nichts.«

»Ich möchte nur reden. Die ewige Stille tut mir nicht gut.«

»Weißt du, manche schniefen bloß vor sich hin. Sie sind wie halb totgefahrene Tiere, die hilflos auf der Straße herumzappeln und nur darauf warten, von ihrem Leid erlöst und zu Tode getrampelt zu werden. Andere wiederum haben versucht, mit mir zu handeln. Fran zum Beispiel. Sie hat gesagt, sie werde alles tun, was ich wolle, wenn ich sie dann gehen ließe. Als ob sie irgendwas besessen hätte, womit sie hätte handeln können. Oder wie siehst du das?«

Mir war übel. »Ich weiß nicht.«

»Gail hat ständig gebetet. Jedes Mal, wenn ich ihr den Knebel rausnahm, habe ich sie beten gehört. Das hat ihr auch nichts geholfen.«

»Woher wollen Sie das wissen?«

»Wie meinst du das?«

»Woher wollen Sie wissen, dass es ihr nicht geholfen hat? Das können Sie doch gar nicht wissen.«

»Ich weiß es, das schwöre ich dir. Komisch, nicht wahr? Ein paar haben geheult, ein paar haben versucht, die Verführerin zu spielen. Ein bisschen hast du das auch versucht. Ein paar haben gebetet. Lauren dagegen hat gekämpft und gekämpft, keine Sekunde locker gelassen. Ihr musste ich ganz schnell den Rest geben. Am Ende läuft es auf dasselbe hinaus.«

Am liebsten hätte ich losgeheult. Ich sehnte mich danach, stundenlang vor mich hinzuschluchzen und dabei von jemandem im Arm gehalten und getröstet zu werden. Gleichzeitig wusste ich, dass ich genau das auf keinen Fall tun durfte, denn dann wäre ich das zappelnde verwundete Tier, und er würde mich zu Tode trampeln.

»Ist das wirklich wahr?«, fragte ich.

»Was?«

»Was Sie von diesen Frauen erzählen.«

Wieder dieses hustenartige Lachen.

»In ein paar Tagen wirst du bei ihnen sein. Dann kannst du sie selber fragen.«

Er ging, aber die Situation schien sich verändert zu haben. Nach ein paar Minuten war er wieder da, als würde es ihn unwiderstehlich zu mir zurückziehen. Ihm war noch etwas eingefallen. Nachdem er mir den Knebel vorhin bereits in den Mund geschoben hatte, zog er ihn nun wieder heraus. Ich spürte seine Lippen ganz nah an meinem Ohr, roch feuchte Wolle und seinen süßlichen, nach Fleisch und Zwiebeln stinkenden Atem.

»Eines Tages«, sagte er, »wahrscheinlich schon sehr bald und ohne vorherige Ankündigung, werde ich hier hereinkommen und dir ein Stück Papier und einen Stift in die Hand drücken. Dann kannst du einen Brief schreiben, einen Abschiedsbrief.

Egal, an wen du schreibst, ich werde ihn abschicken. Du kannst schreiben, was du willst, es sei denn, es gefällt mir nicht. Ich will kein Gejammere. Es kann so eine Art Testament sein, wenn du das möchtest. Du kannst jemandem deinen Lieblingsteddy vermachen, was auch immer. Und dann, wenn du den Brief geschrieben hast, werde ich die Tat vollenden. Hast du gehört, was ich gesagt habe? Ja oder nein.«

»Ja.«

»Gut.«

Er schob den Knebel in meinen Mund zurück. Dann verschwand er.

Ich fragte mich, worum Gail wohl gebetet hatte. Liebte ich das Leben ebenso sehr wie diese anderen Frauen? Kelly, die um ihr verlorenes Leben weinte. Fran, sie sich ihm voller Verzweiflung anbot. Lauren, die kämpfte. Gail, die betete. Worum? Vielleicht nur um Frieden. Erlösung. Ich bezweifelte, dass ich eine so gute Christin war wie Gail. Wenn ich betete, würde es nicht um Frieden gehen. Ich würde um eine Waffe und freie Hände beten. Oder um ein Messer. Einen Stein. Einen Nagel. Irgendetwas, womit ich großen Schaden anrichten könnte.

Ein letzter Brief. Keine letzte Mahlzeit, sondern ein letzter Brief. An wen würde ich ihn adressieren? Terry? Was würde ich schreiben? Wenn du eine Neue kennen lernst, dann behandle sie besser, als du mich behandelt hast? Lieber nicht. Meine Eltern? Ich stellte mir vor, einen noblen Brief mit weisen Gedanken über das Leben zu schreiben, der dafür sorgen würde, dass sich alle besser fühlten. Doch ich war weder weise noch großmütig noch tapfer, ich wünschte mir nur, dass das alles endlich aufhörte. Ich würde nicht in der Lage sein, diesen letzten Brief zu schreiben. Ich konnte einen Schrei in der Dunkelheit nicht in Worte fassen.

An meinem ersten Tag in diesem Raum – das ist nun schon sehr lange her – quälte mich der Gedanke, dass vermutlich nur wenige hundert Meter von mir entfernt andere Menschen ihr ganz normales Leben führten. Menschen, die geschäftig irgendwohin eilten, während sie in Gedanken schon beim abendlichen Fernsehprogramm waren, in ihren Taschen nach Kleingeld wühlten oder überlegten, welchen Schokoriegel sie sich kaufen sollten. All das erschien mir nun so weit weg. Ich gehörte nicht mehr in diese Welt. Ich lebte in einer Höhle tief unter der Erde, in die nie Tageslicht drang.

Während der ersten Zeit in diesem Raum quälte mich der Alptraum, lebendig begraben zu sein. Ich konnte mir damals nichts Beängstigenderes vorstellen. Ich war eingesperrt in einer dunklen Kiste und drückte gegen den Deckel der Kiste, aber er ließ sich nicht öffnen, weil er mit einer dicken, schweren Erdschicht bedeckt war, auf der ein Steinblock lag. Das schien mir das Beängstigendste zu sein, was meine Phantasie sich ausmalen konnte. Inzwischen machte mir der Gedanke keine große Angst mehr, denn ich befand mich bereits in diesem Grab. Mein Herz schlug, meine Lungen atmeten, aber das spielte kaum eine Rolle. Ich war tot. Ich lag in meinem Grab.

»Habe ich mich gewehrt?«

»Wovon redest du?«

»Ich weiß nichts mehr. Ich möchte, dass Sie mir erzählen, wie es war. Bin ich freiwillig mit Ihnen gegangen? Oder mussten Sie mich zwingen? Ich habe einen Schlag auf den Kopf bekommen. Ich kann mich an nichts erinnern.«

Das übliche Lachen.

»Versuchst du es immer noch auf diese Tour? Dafür ist es nun zu spät. Aber wenn du dieses Spiel unbedingt spielen willst, meinetwegen. Ja, du hast dich gewehrt. Ich musste dich ziemlich hart anfassen. Du hast dich heftiger gewehrt als alle anderen. Ich musste dir ein paar verpassen, dich ruhig stellen.«

»Gut.«

»Was?«

»Nichts.«

Knie hoch, Abbie. Du darfst nicht schlappmachen. Eins, zwei, drei, vier, fünf. Du musst zehn schaffen. Versuch es. Streng dich an. Sechs, sieben, acht, neun. Einmal noch. Zehn. Eine schreckliche Übelkeit stieg in mir hoch. Du darfst nicht aufgeben. Atme, ein und aus. Nicht aufgeben.

Also gut. Mein letzter Brief. Er ist an niemanden gerichtet. Nun ja, vielleicht an jemanden, der gar nicht existiert, den ich vielleicht in der Zukunft kennen gelernt hätte. Wie bei einem Tagebuch. Als Teenager führte ich eine Weile Tagebuch, aber meine Einträge hatten stets einen peinlichen Tenor, als stammten sie von einer Fremden, noch dazu einer, die ich nicht besonders mochte. Ich wusste nicht, für oder an wen ich das alles schrieb.

Wo war ich stehen geblieben? Ach ja, mein Brief. Wann habe ich das letzte Mal einen Brief geschrieben? Ich kann mich nicht erinnern. Ich schreibe viele E-Mails und ab und zu mal eine Postkarte, aber ein richtiger Brief, das war schon eine Ewigkeit her. Ich hatte eine Freundin namens Sheila, die nach dem Studium für ein Jahr als freiwillige Helferin nach Kenia ging und dort in einem kleinen Dorf in einer Blockhütte lebte. Ich schrieb ihr ab und zu, wusste aber nie mit Sicherheit, ob meine Briefe überhaupt ankamen. Nach ihrer Rückkehr stellte sich heraus, dass sie tatsächlich nur zwei erhalten hatte. Ein seltsames Gefühl, jemandem zu schreiben und nicht zu wissen, ob der Adressat das Geschriebene jemals lesen wird. Es ist so ähnlich, als würde man jemandem etwas erzählen – etwas, das einem wirklich am Herzen liegt –, sich umdrehen und feststellen, dass der andere den Raum verlassen hat.

Mein Mund fühlte sich widerlich an, voller Blasen. Mein Gaumen war weich und geschwollen. Wenn ich schluckte, war es, als würde ich Gift schlucken, den Geschmack des Lumpens und meiner eigenen Fäulnis, also versuchte ich, möglichst nicht zu schlucken, aber das war sehr schwer.

Ich saß in der Dunkelheit und schob die Hände ineinander. Meine Nägel waren länger geworden. Es heißt ja immer, dass die Nägel auch nach dem Tod noch weiterwachsen, aber ich habe gehört, dass das nicht stimmt. Stattdessen schrumpft bloß die Haut, irgendetwas in der Art. Wer hat mir davon erzählt? Ich konnte mich nicht erinnern. Ich hatte vieles vergessen. Es war, als würden die Dinge von mir abfallen, eines nach dem anderen – Dinge, die mich an das Leben banden.

Der Brief. Wem sollte ich meine Habseligkeiten hinterlassen? Besaß ich überhaupt etwas, das ich vererben konnte? Ich hatte weder ein Haus noch eine Wohnung. Mein Auto war schon ziemlich verrostet. Terry verzog immer das Gesicht, wenn er es sah, aber auf eine amüsierte Weise, als wollte er sagen: »Frauen!« Einige Klamotten, nicht allzu viele. Die konnte Sadie haben, allerdings war sie seit der Schwangerschaft dicker als ich. Ein paar Bücher. Ein bisschen Schmuck, nichts Teures. Nicht viel. Es würde bloß zwei Stunden dauern, das alles zu sortieren.

Ich fragte mich, wie das Wetter draußen wohl gerade war. Vielleicht schien die Sonne. Ich versuchte mir vorzustellen, wie das Sonnenlicht auf Straßen und Häuser fiel, doch es gelang mir nicht. Diese Bilder waren aus meinem Kopf verschwunden – der Schmetterling, der See, der Fluss, der Baum. Ich versuchte sie wieder heraufzubeschwören, aber sie lösten sich sofort auf. Vielleicht war es draußen neblig, so dass man nur Schemen erkennen konnte. Ich wusste, dass es noch nicht Nacht war. Abends legte er mir immer eine Schlinge um den Hals und ließ mich für fünf oder sechs Stunden allein.

Ich bildete mir ein, ein Geräusch zu hören. Was war das?

Kam er auf mich zugeschlichen? War es jetzt so weit? Ich hielt den Atem an, mein Herz raste und das Blut in meinem Kopf toste so laut, dass ich einen Moment lang nur das Rauschen in meinem eigenen Körper hörte. Konnte man vor Angst sterben? Nein, da war niemand. Ich war noch immer allein auf meinem Mauervorsprung. Es war noch nicht so weit. Doch ich spürte, dass der Moment bald kommen würde. Er beobachtete mich. Er wusste, dass ich im Begriff war, mich aufzulösen, Stück für Stück. Genau das wollte er. Ich wusste, dass er das wollte. Er wollte, dass ich aufhörte, ich selbst zu sein. Dann konnte er mich töten.

Blind sah ich mich selbst in der Dunkelheit sitzen. Wie kann das Gehirn wissen, dass das Gehirn nachlässt, wie kann der Geist seine eigene Auflösung spüren? Ist das so, wenn man verrückt wird? Gibt es eine Zeitspanne, in der man weiß, dass man verrückt wird? Wann gibt man auf und lässt sich mit einer schauerlichen Art von Erleichterung in den Abgrund fallen? Ich stellte mir ein Paar Hände vor, Hände, die sich an einen Felsvorsprung klammern, beharrlich festhalten, bis sich irgendwann die Finger ganz langsam entspannen und lösen. Man fällt durch den freien Raum, und nichts kann einen aufhalten.

Der Brief. Lieber wer auch immer, hilf mir, hilf mir, hilf mir, ich kann nicht mehr. Bitte. O lieber Gott, bitte!

Meine Augen brannten. Mein Hals schmerzte, noch mehr als sonst. Als würden raue, kleine Steinchen darin feststecken. Oder Glassplitter. Vielleicht hatte ich mich erkältet. Dann würde ich immer weniger Luft bekommen, meine Nase irgendwann völlig verstopfen.

»Trink.«

Ich trank. Diesmal nur ein paar Schluck.

»Iss.«

Vier Löffel Brei. Ich konnte kaum schlucken.

»Zeit für den Kübel.«

Ich wurde hinuntergehoben, wieder hinaufgehoben. Ich fühlte mich wie eine wertlose Plastikpuppe. Einen kurzen Moment lang spielte ich mit dem Gedanken, mich in seinen Armen aufzubäumen und nach ihm zu treten, aber ich wusste, dass er die Kraft besaß, das Leben aus mir herauszudrücken. Ich spürte seine Hände an meinem Brustkorb. Er konnte mit Leichtigkeit meine Knochen brechen.

»Zeit für die Schlinge.«

»Scheißkerl!« sagte ich.

»Was?«

»Du. Abschaum. Scheißkerl.«

Er schlug mir auf den Mund. Ich schmeckte Blut, süß und metallisch.

»Abschaum«, wiederholte ich.

Er stopfte mir den Knebel in den Mund.

Fünf Stunden vielleicht und ein paar Minuten. Wie lange war er fortgeblieben, als ich das letzte Mal gezählt hatte? Bald würde er zurückkommen. Vielleicht würde er ein Stück Papier und einen Stift bei sich haben. Draußen musste es inzwischen Nacht sein. Wahrscheinlich war es schon seit Stunden dunkel. Vielleicht wurde der Himmel durch den Mond erleuchtet oder war mit Sternen übersät. Ich stellte mir unzählige Lichtpünktchen am schwarzen Firmament vor.

Hier war ich, ganz allein unter meiner Kapuze, in meinem Kopf. Hier war ich, und alles andere erschien mir nicht länger real. Anfangs hatte ich versucht, nicht an das Leben jenseits dieses Raums zu denken, an das normale Leben, wie es gewesen war. Ich hatte das Gefühl gehabt, mich mit diesen Gedanken selbst zu verhöhnen und in den Wahnsinn zu treiben. Nun, da ich mich daran erinnern wollte, konnte ich es nicht mehr, zumindest nicht vollständig. Es war, als wäre die Sonne hinter schwarzen Gewitterwolken verschwunden und die Nacht nicht mehr fern. Sie war tatsächlich nicht mehr fern.

Ich versuchte mich gedanklich in meine Wohnung zu versetzen, aber es ging nicht. Ebensowenig gelang es mir, mich im Büro bei der Arbeit zu sehen. Meine Erinnerungen lagen bereits größtenteils im Dunkeln. Folgendes aber wusste ich noch: Ich sah mich in einem See in Schottland schwimmen, mir war entfallen, wann, vor Jahren, und das Wasser war so dunkel und moorig, dass man nicht hindurchsehen konnte. Nicht einmal meine Hände konnte ich richtig sehen, wenn ich sie vor mir ausstreckte. Wenn ich kraulte, sah ich silberne Luftblasen in dem schwarzen Wasser. Prickelnde Bläschen silbriger Luft.

Warum konnte ich mich daran erinnern, während andere Erinnerungen in der Dunkelheit versanken? Die Lichter gingen aus, eines nach dem anderen. Bald würde nichts mehr übrig sein. Dann hatte er gewonnen.

Plötzlich wusste ich, was ich tun würde. Ich würde keinen Brief schreiben. Ich würde nicht warten, bis er mit seinem Stück Papier hereinkam. Es gab ein letztes Restchen Macht, das mir geblieben war. Die Macht, nicht abzuwarten, bis er mich umbrachte. Es war nicht viel, aber alles, was ich hatte. Keine Erinnerung, keine Hoffnung, nur das. Eigentlich war es ganz einfach. Wenn ich weiter hier sitzen blieb, würde er mich früher oder später töten – vermutlich eher früher als später, morgen oder übermorgen, ich spürte, dass der Zeitpunkt nahe war. Ich war ziemlich sicher, dass er die anderen Frauen tatsächlich umgebracht hatte und dasselbe auch mit mir vorhatte. Es würde mir nicht gelingen, ihn zu überlisten. Ich würde ihm nicht entwischen, wenn er mich von meinem Mauervorsprung hob. Ich würde ihn auch nicht dazu überreden können, mich freizulassen. Die Polizei würde nicht plötzlich hereinstürmen und mich retten. Ebensowenig Terry. Niemand würde kommen. Ich würde nicht eines Morgens aufwachen und feststellen, dass alles nur ein Alptraum gewesen war. Ich würde sterben.

Endlich gestand ich mir das ein. Wenn ich noch länger wartete, würde er mich umbringen. Mir blieb nicht die geringste Hoffnung. Meine jämmerlichen Versuche, dem Unabwendbaren zu trotzen, glichen dem Anrennen gegen eine unverrückbare Wand. Wenn ich mich jedoch von diesem Mauervorsprung warf, würde die Drahtschlinge meine Kehle durchtrennen. Das hatte er mir gesagt, und wenn ich mich vorbeugte, spürte ich den Draht um meinen Hals. Er war wohl davon ausgegangen, dass ich es nicht versuchen würde. Kein Mensch, der einigermaßen bei klarem Verstand war, würde sich umbringen, um nicht umgebracht zu werden.

Doch genau das würde ich tun. Mich hinunterwerfen. Weil es das Einzige war, was ich noch tun konnte. Meine letzte Chance, Abbie zu sein.

Mir blieb nicht mehr viel Zeit. Ich musste es tun, bevor er zurückkam. Solange ich den Willen dazu besaß.

Ich atmete ein und hielt die Luft an. Warum nicht jetzt, bevor ich den Mut verlor? Ich atmete aus. Weil es unmöglich ist, deswegen. Man denkt: eine Sekunde noch, eine weitere Sekunde Leben. Eine Minute noch. Nicht jetzt. Jederzeit, aber nicht jetzt.

Wenn man springt, heißt das: kein Atmen mehr und kein Denken, kein Schlaf und kein Wissen, dass man wieder aufwachen wird, keine Angst mehr, aber auch keine Hoffnung. Deswegen schiebt man es vor sich her, so, wie man sich beim Hinaufsteigen auf einen Sprungturm die ganze Zeit einredet, dass man es kann, bis man dann die oberste Stufe erreicht, die wackelige Plattform entlanggeht, einen Blick auf das türkisfarbene Wasser wirft und feststellt, dass es schrecklich weit entfernt ist. Plötzlich weiß man, dass man es doch nicht kann. Dass es einfach nicht geht. Weil es unmöglich ist.

Aber dann tut man es. Widerstrebend. Während man sich in Gedanken umdreht und beeilt, wieder festen Boden unter die Füße zu bekommen, stößt man sich ab und fällt. Kein Warten mehr. Kein Entsetzen. Gar nichts mehr. Vielleicht war es besser so. Wenn ich schon sterben musste, dann zu meinen eigenen Bedingungen.

Ich tue das, wovon ich weiß, dass ich es nicht kann. Ich springe. Ich falle.

Ein stechender Schmerz um meinen Hals. Farbige Blitze auf meiner Netzhaut. Ein kleiner Winkel meines Gehirns sah interessiert zu und sagte sich: So ist es also, wenn man stirbt. Das letzte Ringen nach Luft, die letzten Pumpversuche des Herzens, ehe man verlöscht.

Die Lichter verloschen tatsächlich, doch der Schmerz wurde heftiger und deutlich lokalisierbar. Mein Hals. Ein Kratzer an der Wange. Ein Bein fühlte sich an, als wäre es nach hinten verrenkt. Mein Gesicht, meine Brüste und mein Bauch waren so hart auf den Boden geprallt, dass mir schien, ich hätte die Wand mit mir heruntergerissen, und sie laste nun mit ihrem ganzen Gewicht auf mir.

Doch ich war nicht tot. Ich lebte.

Dann durchbohrte mich wie ein spitzer Stahlschaft ein Gedanke: Ich war nicht mehr festgebunden. Er war nicht da. Wie lang war er schon weg? Denk nach, Abbie. Denk nach! Diesmal hatte ich nicht gezählt. Ziemlich lang. Meine Handgelenke waren noch immer hinter meinem Rücken gefesselt. Ich versuchte, sie zu befreien. Sinnlos. Fast hätte ich aufgeschluchzt. Hatte ich mich hinuntergestürzt, nur um jetzt hilflos auf dem Boden zu liegen? Ich schwor mir, dass ich mich, falls mir gar nichts anderes übrig blieb, umbringen würde, indem ich mir auf dem Steinboden den Kopf einschlug. Wenn schon nichts anderes in meiner Macht lag, dann konnte ich ihm wenigstens seinen letzten Triumph über mich verweigern.

Mein ganzer Körper fühlte sich wund an, mager und schwach. Ich spürte eine neue Angst in mir. Ich hatte mich im wahrsten Sinne des Wortes dem Tod in die Arme geworfen. Es war eine Art Betäubungsmittel gewesen. Jetzt hatte ich eine neue Chance. Dieses Wissen brachte Gefühle in meinen Körper zurück. Ich war wieder in der Lage, große Angst zu empfinden.

Ich schwang mich herum. Nun lag ich rücklings auf meinen gefesselten Armen. Wenn ich sie bloß über meine Füße schieben könnte, damit sie vor meinem Körper wären! Es stellte sich als eine schwierige Turnübung heraus, und ich war alles andere als eine gute Turnerin. Ich hob die Füße vom Boden und streckte sie nach hinten, bis sie knapp meine Stirn berührten. Nun war der Druck von meinen Handgelenken genommen. Ich unternahm einen vorsichtigen Versuch, die Hände über meine Beine zu schieben. Unmöglich. Ich schob und schob. Nein. Ächzend gab ich auf. Doch dann sagte ich mir, dass er bald zurückkommen und mich töten würde. Nie mehr würde ich eine Chance wie diese bekommen. Es musste gehen. Ich hatte ja schon gesehen, wie die Kinder es beim Spielen machten. Wahrscheinlich hatte ich es als kleines Mädchen auch gemacht. Ich würde mir sogar die Hände abhacken, um aus diesen Fesseln herauszukommen. Doch das brauchte ich gar nicht. Ich musste meine Hände bloß vor meinen Körper holen. Ich musste mich nur anstrengen.

Und ich schob mit aller Kraft. Obwohl ich das Gefühl hatte, mir die Arme von den Schultern zu reißen, schob ich immer weiter, bis sich meine Hände hinter meinen Oberschenkeln befanden. Wären meine Fußgelenke nicht ebenfalls gefesselt gewesen, wäre es einfacher gewesen. Nun lag ich da wie ein verschnürtes Schwein, bereit, einen Bolzen in den Kopf gejagt zu bekommen. Ich zwang mich, an dieses Bild zu denken, während ich die Knie an die Brust presste und so weit in Richtung Kinn zurückzog, wie ich nur konnte, um auf diese Weise die Hände über meine Füße zu streifen. Die Muskeln an Rücken, Hals, Armen und Schultern schienen vor Schmerz aufzuschreien, aber plötzlich lagen meine Arme vor meinem Körper.

64

Keuchend hielt ich inne und spürte erst jetzt, dass mir der Schweiß in Strömen herunterlief.

Ich setzte mich auf und zog mir mit meinen zusammengebundenen Händen die Kapuze vom Kopf. Dabei kam mir der Gedanke, dass er möglicherweise die ganze Zeit im Raum saß und mir zusah. Ich nahm den Knebel aus meinem Mund und saugte die Luft ein, als wäre sie kaltes Wasser. Es war dunkel. Nein, nicht völlig dunkel. Von irgendwoher fiel ganz schwaches Licht in den Raum. Ich betrachtete meine Handgelenke. Sie waren mit einem Draht zusammengebunden. Er war nicht verknotet, die Enden waren lediglich umeinander geschlungen. Mit den Zähnen ließ sich der Draht ziemlich leicht lösen, wenn es auch Zeit in Anspruch nahm. Zehn schreckliche Sekunden für jede Drahtwindung. Meine Lippen bluteten bereits. Nachdem ich die letzte Windung gelöst hatte, fiel der Draht einfach zu Boden, und meine Hände waren frei. Kurz danach hatte ich auch meine Füße von ihren Fesseln befreit. Ich rappelte mich hoch, fiel aber mit einem Schmerzensschrei sofort wieder zu Boden. Meine Füße fühlten sich aufgequollen an, als würden sie jeden Moment platzen. Ich rieb meine Knöchel, bis ich wieder stehen konnte.

Ich blickte mich um. Obwohl es im Raum fast dunkel war, konnte ich Ziegelwände und den schmutzigen Zementboden erkennen. An einer Seite waren ein paar robuste Borde angebracht, auf dem Boden stapelten sich kaputte Paletten. Ich konnte den Mauervorsprung sehen, auf dem ich die letzten Tage verbracht hatte. Dann fiel es mir wieder ein. Ich befreite meinen Kopf von der Drahtschlinge. Ein Ende war an einem Haken befestigt, den ich mit meinem Körpergewicht aus der Wand gerissen hatte. Wie viel Glück hatte ich da gehabt? Vorsichtig befühlte ich meinen Hals.

Ich sah in die Richtung, aus der der Mann immer gekommen war. Dort befand sich eine geschlossene Holztür, deren Griff an der Innenseite fehlte. Ich versuchte sie mit den Fingern aufzuziehen, fand aber keinen Halt. Ich musste mir etwas einfallen lassen. Auf der anderen Seite des Raums entdeckte ich einen dunklen Durchgang. Ich ging hinüber und spähte in die Finsternis, konnte jedoch nichts erkennen. Die Vorstellung, dort hineinzugehen, erschien mir schrecklich. Der einzige Weg, von dem ich sicher wusste, dass er nach draußen mündete, führte durch die geschlossene Holztür. Vielleicht war es überhaupt der einzige Weg nach draußen. Was hatte es für einen Sinn, mich von diesem potenziellen Fluchtweg zu entfernen?

Mir war heiß und kalt zugleich. Keuchend rang ich nach Luft. Mein Herzschlag hallte in den Ohren wider, doch ich versuchte, mich zusammenzureißen und nachzudenken. Was konnte ich tun? Mich irgendwo in der Dunkelheit verstecken? Vielleicht würde er in der Annahme, ich wäre entkommen, hinausrennen und dabei die Tür offen lassen. Aber das erschien mir eher unwahrscheinlich. Aller Voraussicht nach würde er das Licht anschalten und mich sofort wieder schnappen. Oder ich suchte mir irgendeine Waffe, versteckte mich damit hinter der Tür und zog ihm eine über, wenn er hereinkam. Eine verlockende Vorstellung. Selbst wenn mein Plan scheiterte – und er würde mit Sicherheit scheitern –, böte sich immerhin eine Gelegenheit, ihm etwas anzutun, und das wünschte ich mir mehr als alles andere auf der Welt.

Nein, die größte Chance hatte ich, wenn ich versuchte, durch die Tür zu entkommen, während er fort war. Ich wusste nicht, ob die Tür abgesperrt war. Ich tastete den Boden ab. Vielleicht lag irgendetwas herum, das ich in den Türspalt schieben und als Hebel benutzen konnte. Erst kamen mir nur ein paar nutzlose Holzstücke unter die Finger, dann stieß ich auf ein schmales Stück Metall. Wenn es mir gelang, es an der Tür festzuhaken, konnte ich sie unter Umständen aufziehen. Falls sich auf der anderen Seite ein Riegel befand, war ich vielleicht in der Lage, ihn durch den Türspalt hindurch mit dem Metallstreifen hochzuschieben. Ich trat an die Tür und tastete nach dem Spalt. Gerade wollte ich das Metall durchschieben, als ich ein Geräusch hörte. Es bestand kein Zweifel: das Klappern einer Tür, dann Schritte.

Die Idee, bei der Tür zu bleiben und mit ihm zu kämpfen, war einfach dumm. Auf Zehenspitzen durchquerte ich den Raum und schlich in die schreckliche Dunkelheit hinein. Falls es sich bloß um einen abgeschlossenen Lagerraum handelte, wäre ich dort gefangen wie ein Tier. Doch es war eine Art Korridor mit Durchgängen zu beiden Seiten. Ich musste mich so weit wie möglich entfernen, Zeit gewinnen. Vielleicht würde er zunächst diese Seitenräume durchsuchen. Ich stolperte weiter, bis ich am Ende des Gangs auf eine Mauer stieß. Auch hier zweigte zu beiden Seiten je ein Durchgang ab. Ich warf einen Blick durch den linken. Nichts als Finsternis. Also nach rechts. Dort war etwas. Ich konnte ein Licht erkennen. Oben an der Wand, auf der anderen Seite des Raums. Irgendetwas Fensterartiges. Hinter mir, weit hinter mir in der Dunkelheit hörte ich ein Geräusch, einen Schrei, eine Tür, Schritte, und von da an war es, als befände ich mich in einem jener Alpträume, in denen alles verkehrt herum läuft. Man läuft so schnell man kann, doch der Boden ist plötzlich wie Morast, man kommt nicht voran, wird verfolgt und tritt auf der Stelle. Ich überließ es irgendeinem primitiven, vom Instinkt gesteuerten Teil meines Gehirns, eine Entscheidung zu treffen und mein Leben zu retten. Ich weiß noch, dass ich mir irgendetwas schnappte. Sekunden später klirrte Glas, und ich zwängte mich durch einen Spalt, der sich viel zu schmal anfühlte, doch schon war ich hindurch. Ein brennender Schmerz durchzuckte meinen Körper. Dann hörte ich einen Knall. Irgendwo hinter mir. Und einen Schrei.

Ich lief ein paar Stufen hinauf. Plötzlich spürte ich Wind auf meiner Haut. Luft. Ich war im Freien. In der Ferne sah ich Lichter. Ich rannte auf sie zu, rannte immer schneller, wie in Trance, ohne meine Umgebung wahrzunehmen. Ich lief einfach weiter, denn sobald ich stehen blieb, war ich tot. Steinchen und scharfe Gegenstände drückten sich in meine Fußsohlen. Bestimmt war er sehr schnell. Wie ein Kaninchen musste ich Haken schlagen. Dabei konnte ich nicht einmal richtig sehen, nach all den Tagen mit der Kapuze. Die Lichter brannten in meinen Augen. Sie wirkten grell und verschwommen zugleich, wie hinter Milchglas. Meine Schritte klangen unnatürlich laut. Lauf einfach weiter, Abbie! Denk nicht an deine Schmerzen. Denk an gar nichts. Lauf!

Irgendwo tief in meinem Inneren wusste ich, dass ich etwas finden musste, das sich bewegte. Ein Auto. Einen Menschen. Ich durfte nicht dort hinlaufen, wo es einsam war. Ich brauchte Menschen. Doch ich konnte nicht mehr rennen, konnte mich nicht mehr konzentrieren. Ich durfte nicht anhalten. Ich durfte einfach nicht. Plötzlich sah ich ein Licht, ein Licht in einem Fenster. Ich befand mich in einer Straße mit Häusern zu beiden Seiten. Einige waren mit Brettern vernagelt. Nein, mehr als das. Schwere Metallgitter schützten Türen und Fenster. Aber da brannte ein Licht. Ich hatte einen Moment großer Klarheit. Am liebsten wäre ich zu der Tür gelaufen und hätte schreiend auf sie eingehämmert, aber ein Rest von Verstand hielt mich davon ab. Ich wollte die Person in dem Haus ja nicht erschrecken, so dass sie einfach den Fernseher lauter stellte und gar nicht an die Tür kam.

Deswegen drückte ich nur wie eine Wahnsinnige auf den Klingelknopf. Weit drinnen hörte ich es läuten. Mach auf mach auf mach auf mach auf. Ich hörte Schritte. Langsam, leise, schlurfend. Endlich, nach einer Ewigkeit, ging die Tür auf, und ich fiel gleichsam mit ihr ins Haus, warf mich auf den Boden.

»Polizei! Bitte! Polizei. Bitte!«

Dann, ausgestreckt auf einem fremden Linoleumboden, stammelte ich nur noch »Bitte bitte bitte bitte bitte«.

ZWEITER TEIL

Möchten Sie, dass ich gleich eine richtige Aussage mache?«
»Später«, antwortete er. »Zunächst unterhalten wir uns ein bisschen.«

Anfangs konnte ich ihn gar nicht richtig sehen. Ich nahm nur seine Silhouette vor dem Fenster meines Krankenhauszimmers wahr. Das Licht war zu grell für meine empfindlichen Augen, so dass ich den Blick abwenden musste. Erst als er näher an das Bett herantrat, war ich in der Lage, seine Gesichtszüge auszumachen, sein kurzes braunes Haar, seine dunklen Augen. Er war Detective Inspector Jack Cross. Der Mensch, dem ich jetzt alles überlassen konnte. Vorher musste ich ihm alles erzählen. Es gab so viel zu erklären.

»Ich habe schon mit jemandem gesprochen. Einer Frau in Uniform. Jackson.«

»Jackman. Ich weiß. Ich wollte selbst mit Ihnen reden. Woran erinnern Sie sich?«

Ich erzählte ihm meine Geschichte. Er stellte Fragen, die ich zu beantworten versuchte. Eine gute Stunde später – ich hatte gerade wieder eine seiner Fragen beantwortet – verstummte er plötzlich, und ich hatte das Gefühl, alles gesagt zu haben, was sich zu der Sache überhaupt sagen ließ. Er schwieg mehrere Minuten, ohne mich ein einziges Mal anzulächeln oder auch nur anzusehen. Ich beobachtete sein wechselndes Mienenspiel. Er wirkte verwirrt, frustriert, tief in Gedanken versunken.

»Zwei Punkte noch«, sagte er schließlich. »Ihr Gedächtnis. Was ist das Letzte, woran Sie sich erinnern können? Waren Sie im Büro? Zu Hause?«

»Tut mir Leid. Das ist alles so verschwommen. Ich habe Tage damit verbracht, über diese Frage nachzudenken. Ich erinnere mich an einzelne Szenen im Büro, aber auch in meiner Wohnung. Es gibt keinen definitiven letzten Moment.«

»Demnach können Sie sich also nicht erinnern, diesem Mann begegnet zu sein.«

»Nein.«

Er zog ein kleines Notizbuch und einen Stift aus einer Seitentasche seiner Jacke.

»Dann wären da noch die anderen Namen.«

»Kelly. Kath. Fran. Gail, Lauren.«

Er schrieb mit, während ich sie aufzählte.

»Fällt Ihnen sonst noch etwas dazu ein? Vielleicht ein Nachname? Oder haben Sie eine Ahnung, wo er auf diese Frauen getroffen ist oder was er mit ihnen gemacht hat?«

»Ich habe Ihnen alles gesagt, was ich weiß.«

Seufzend klappte er sein Notizbuch zu und stand auf.

»Bin gleich wieder da«, sagte er und verließ den Raum.

Ich hatte mich bereits an den Rhythmus des Krankenhauslebens gewöhnt, an das langsame Tempo mit den langen Pausen dazwischen, so dass ich sehr überrascht war, als der Detective keine fünf Minuten später in Begleitung eines älteren Mannes zurückkehrte. Der Mann trug einen perfekt sitzenden Nadelstreifenanzug, aus dessen Brusttasche ein weißes Taschentuch ragte. Er griff nach dem Klemmbrett am Ende meines Bettes und machte dabei den Eindruck, als würde ihn die ganze Situation langweilen. Er fragte mich nicht nach meinem Befinden, sondern sah mich bloß an, als wäre ich ein Gegenstand, über den er auf der Straße gestolpert war.

»Das ist Dr. Richard Burns«, erklärte DI Cross. »Er ist für Ihren Fall verantwortlich. Wir werden Sie auf eine andere Station verlegen. Sie bekommen ein Einzelzimmer. Mit einem Fernseher.«

Dr. Burns legte das Klemmbrett beiseite und nahm seine Brille ab.

»Miss Devereaux«, sagte er. »Wir werden uns eingehend um Sie kümmern.«

Die eisige Luft traf mein Gesicht wie eine Ohrfeige. Keuchend rang ich nach Luft. Mein Atem hinterließ eine weiße Wolke. Das kalte, grelle Licht schmerzte in meinen Augen.

»Sie können sich wieder in den Wagen setzen, wenn Sie wollen«, sagte Jack Cross.

»Nein, ich finde es schön hier.« Ich legte den Kopf zurück und atmete tief durch. Der Himmel war blau, nicht die Spur einer Wolke war zu sehen, und die Sonne wirkte wie eine ausgewaschene Scheibe, spendete aber keine Wärme. Alles funkelte vor Frost. Das schmutzige alte London sah einfach wundervoll aus.

Wir standen in einer Straße, gesäumt von Reihenhäusern. Die meisten Eingänge waren mit Brettern vernagelt, bei einigen waren Metallgitter vor den Fenstern angebracht. Die kleinen Vorgärten standen voller Nesseln und Dornbüsche. Müll lag verstreut herum.

»Es war hier, nicht wahr?«

»Nummer zweiundvierzig«, antwortete Cross und deutete auf die andere Straßenseite. »Hier haben Sie Anthony Russell aus dem Nachtschlaf gerissen und halb zu Tode erschreckt. Können Sie sich wenigstens noch daran erinnern?«

»Nur undeutlich«, antwortete ich. »Zu dem Zeitpunkt war ich völlig panisch. Ich hatte das Gefühl, dass er mir unmittelbar auf den Fersen war. Ich habe so viele Haken geschlagen wie möglich, um ihn abzuschütteln.«

Ich blickte zu dem Haus hinüber. Es sah kaum verlassener aus als die übrige Straße. Cross beugte sich in den Wagen und holte einen Anorak heraus. Ich trug eine seltsame Zusammenstellung fremder Klamotten, die man im Krankenhaus für mich aufgetrieben hatte. Ich versuchte, nicht an die Frauen zu denken, die sie vor mir getragen hatten. Cross gab sich freundlich und entspannt. Fast hätte man meinen können, wir würden zu einem Pub spazieren.

»Ich hatte gehofft, wir könnten Ihren Fluchtweg zurückverfolgen«, erklärte er. »Aus welcher Richtung sind Sie gekommen?«

Das war leicht. Ich deutete die Straße hinunter.

»Das ergibt Sinn«, meinte er. »Lassen Sie uns in diese Richtung gehen.«

Wir gingen die Straße entlang.

»Dieser Mann«, sagte ich. »Der aus Nummer zweiundvierzig.«

»Russell. Tony Russell.«

»Hat er ihn gesehen?«

»Er ist kein sehr hilfreicher Zeuge«, antwortete Cross. »Der alte Tony Russell. Er hat sofort die Tür zugeknallt und die Notrufnummer gewählt.«

Ich rechnete damit, am Ende der Straße auf weitere Straßen mit Reihenhäusern zu treffen, doch plötzlich standen wir an der Ecke eines riesigen, baufälligen Anwesens, bei dem die Fenster eingeschlagen und die meisten Türen mit Brettern vernagelt waren. Direkt vor uns befanden sich zwei offene, bogenförmige Durchgänge, von denen straßabwärts weitere folgten.

»Was ist das?« fragte ich.

»Das Browning-Anwesen«, antwortete Cross.

»Wohnt hier noch jemand?«

»Es soll demnächst abgerissen werden. Eigentlich soll es schon seit zwanzig Jahren abgerissen werden.«

»Warum?«

»Weil es ein einziges Dreckloch ist.«

»Hier muss ich gefangen gehalten worden sein.«

»Können Sie sich erinnern?«

»Ich bin aus dieser Richtung gekommen.« Verzweifelt ließ ich den Blick auf und ab schweifen. »Ich bin unter einem dieser Torbogen hindurchgelaufen. Es muss in diesem Gebäude gewesen sein.«

»Meinen Sie?«

»Ich nehme es an.«

»Können Sie sich erinnern, durch welchen Torbogen Sie gelaufen sind?«

Ich wechselte auf die andere Straßenseite. Ich betrachtete das Gebäude so angestrengt, bis es weh tat.

»Sie sehen alle ziemlich ähnlich aus. Es war dunkel, ich bin wie eine Wahnsinnige gerannt. Es tut mir so Leid. Ich habe tagelang eine Kapuze über dem Gesicht getragen und hatte fast schon Halluzinationen. Ich war in einem schrecklichen Zustand.«

Cross holte tief Luft. Seine Enttäuschung war ihm anzusehen.

»Vielleicht können wir die verschiedenen Möglichkeiten zumindest ein wenig einschränken.«

Wir gingen die Straße auf und ab und traten durch die Torbogen in die verschiedenen Innenhöfe. Es war schrecklich. Ich konnte mir in etwa vorstellen, was der Architekt im Sinn gehabt hatte, als er den Gebäudekomplex plante. Es sollte wie ein italienisches Dorf mit Piazzen werden, offenen Plätzen, wo die Leute sitzen, spazierengehen und sich unterhalten können. Mit vielen kleinen Durchgängen und Querverbindungen. Aber es hatte nicht funktioniert. Cross zufolge hatten sich die Durchgänge als perfekte Verstecke und Fluchtwege entpuppt, als Hinterhalte für Schießereien und Überfälle. Er zeigte mir eine Stelle, an der in einem Müllcontainer eine Leiche gefunden worden war.

Ich fühlte mich immer elender. All diese Plätze und Arkaden sahen gleich aus. Nichts davon kam mir bekannt vor. Cross hatte große Geduld mit mir. Eine Weile stand er einfach nur da und atmete weiße Wolken in die Luft, beide Hände in den Taschen. Dann begann er mich nach der Chronologie der Ereignisse zu fragen und nicht mehr nach der Richtung, aus der ich gekommen war. Ob ich mich erinnern könne, wie lange ich von dem Gebäude bis zu Tony Russells Haus gebraucht hatte? Ich versuchte, mir die Zeitspanne ins Gedächtnis zu rufen, kam aber zu keinem Ergebnis. Er ließ nicht locker. Fünf Minuten? Ich wusste es nicht. Länger? Kürzer? Ich wusste es nicht. War ich die ganze Strecke gerannt? Ja, natürlich. So schnell ich konnte? Ja, ich hatte das Gefühl gehabt, dass er mir dicht auf den Fersen war. Ich war so schnell gelaufen, dass es schmerzte. Wie lange ich wohl in der Lage wäre, mit Höchstgeschwindigkeit zu laufen? Ich wusste es nicht. Ein paar Minuten? Möglich. Die Umstände waren alles andere als normal gewesen. Ich hatte um mein Leben rennen müssen.

Der Tag erschien mir immer kälter und grauer.

»Ich bin Ihnen keine große Hilfe, nicht wahr?«, meinte ich.

Cross wirkte geistesabwesend, schien mich kaum zu hören.

»Was?« fragte er.

»Ich wünschte, ich könnte Ihnen mehr sagen.«

»Lassen Sie sich Zeit.«

Während der kurzen Fahrt zurück zum Krankenhaus war Jack Cross wortkarg und starrte aus dem Fenster. Einmal raunte er dem Fahrer ein paar Worte zu.

»Werden Sie das Anwesen durchsuchen lassen?«, fragte ich.

»Ich wüsste nicht, wo ich anfangen sollte«, antwortete er.

»Es gibt dort über tausend verlassene Wohnungen.«

»Ich war ziemlich weit unten, glaube ich. In einem Keller. Höchstens im Erdgeschoss.«

»Miss Devereaux, das Browning-Anwesen nimmt fast einen halben Quadratkilometer ein. Dafür habe ich nicht genug Leute.«

Er begleitete mich bis zu meinem neuen Einzelzimmer. Das

war immerhin etwas, ein Zimmer ganz für mich allein. Er blieb im Türrahmen stehen.

»Es tut mir Leid«, sagte ich. »Ich dachte, es würde besser laufen.«

»Machen Sie sich deswegen keine Gedanken«, antwortete er mit einem Lächeln, das schnell wieder aus seinem Gesicht verschwand. »Wir sind auf Sie angewiesen. Sie sind alles, was wir haben. Wenn Ihnen noch etwas einfällt…«

»Was ist mit den anderen Frauen – Kelly, Kath, Fran, Gail und Lauren? Können Sie das nicht überprüfen lassen?«

Plötzlich sah Jack Cross aus, als hätte er von der ganzen Sache die Nase voll.

»Ich habe jemanden damit beauftragt. Aber das ist nicht so einfach, wie Sie sich das vorstellen.«

»Wie meinen Sie das?«

»Wie soll ich diese Namen Ihrer Meinung nach überprüfen lassen? Wir haben keine Nachnamen, keine Orts- oder Zeitangaben, nicht einmal ein ungefähres Datum. Wir haben gar nichts. Bloß ein paar gewöhnliche Vornamen.«

»Was kann man da machen?«

Er zuckte mit den Achseln.

Eine Krankenschwester rollte ein Tischchen mit einem Telefon herein und reichte mir ein paar Münzen. Ich wartete, bis sie den Raum wieder verlassen hatte, dann warf ich eine Zwanzig-Pence-Münze ein.

»Mum?«

»Abigail, bist du das?«

»Ja.«

»Ist alles in Ordnung?«

»Mum, ich wollte dir sagen…«

»Mir ging es die letzten Tage ganz fürchterlich schlecht.«

»Mum, ich muss mit dir reden, dir etwas erzählen.«

»Mein Magen. Ich konnte vor Schmerzen nicht schlafen.«

Ich hielt einen Moment inne, holte tief Luft.

»Das tut mir Leid«, sagte ich. »Warst du schon beim Arzt?«

»Ich bin ständig beim Arzt. Er hat mir ein paar Tabletten gegeben, nimmt es aber nicht wirklich ernst. Ich habe kein Auge zugetan.«

»Das ist ja furchtbar.« Meine Hand umklammerte den Hörer. »Du könntest nicht für einen Tag nach London kommen, oder?«

»Nach London?«

»Ja.«

»Im Moment nicht, Abigail. Nicht in meinem Zustand. Ich kann nirgendwohin fahren.«

»Mit dem Zug ist es bloß eine knappe Stunde.«

»Deinem Vater geht es auch nicht gut.«

»Was fehlt ihm?«

»Das Übliche. Aber warum kommst du uns nicht mal besuchen? Du warst schon eine Ewigkeit nicht mehr bei uns.«

»Ja.«

»Ruf aber vorher an.«

»Ja.«

»Ich muss aufhören«, sagte sie. »Ich mache gerade einen Kuchen.«

»Ja. Schon gut.«

»Melde dich bald mal wieder.«

»Ja.«

»Also bis dann.«

»Ja«, antwortete ich. »Bis dann, Mum.«

Ich wurde von einer großen Maschine aufgeweckt, die gerade zur Tür hereingeschoben wurde. Es war das riesige Monstrum einer Bodenreinigungsmaschine mit einer sich drehenden, kreisförmigen Bürste und Düsen, aus denen seifiges Wasser strömte. Zweifellos wäre es wesentlich effektiver gewesen, einen Eimer und einen Wischmop zu benutzen. Insbesondere in einem so kleinen Zimmer wie dem meinen war eine solche Maschine völlig sinnlos. Sie kam weder in die Ecken noch unters Bett, und Tische mochte sie auch nicht besonders, so dass sie der Mann, der ihr folgte, lediglich über die wenigen freien Flächen schob. Hinter ihm hatte ein weiterer Mann den Raum betreten. Dieser zweite Mann sah nicht aus wie jemand vom Reinigungspersonal, aber auch nicht wie ein Krankenpfleger oder Arzt, denn er trug schwarze Schuhe, eine weite braune Hose, eine marineblaue Jacke, die aussah, als wäre sie aus Sackleinen genäht, sowie ein kariertes Hemd mit offenem Kragen. Sein lockiges graues Haar kringelte sich in alle Richtungen. Er trug ein paar Akten unter dem Arm. An seinen Mundbewegungen konnte ich erkennen, dass er etwas zu sagen versuchte, doch der Lärm der Putzmaschine übertönte alles, woraufhin er verlegen an der Wand stehen blieb und wartete, bis die Maschine den Raum wieder verließ. Er blickte ihr skeptisch hinterher.

»Eines Tages wird jemand eine dieser Maschinen überprüfen und feststellen, dass sie überhaupt nichts bringen«, meinte er.

»Wer sind Sie?«, fragte ich ihn.

»Mulligan«, antwortete er. »Charles Mulligan. Ich bin gekommen, um mich ein wenig mit Ihnen zu unterhalten.«

Ich kämpfte mich aus dem Bett. »Können Sie sich ausweisen?«

»Was?«

Ich ging an ihm vorbei auf den Gang hinaus und rief nach einer vorübereilenden Krankenschwester. Sie wirkte nicht begeistert, sah aber an meiner Miene, dass es wichtig war. Ich erklärte ihr, dass ein Fremder zu mir ins Zimmer gekommen sei. Nach einer kurzen Diskussion verließ er mit ihr den Raum, um einen Anruf zu tätigen. Ich legte mich wieder ins Bett. Wenige Minuten später ging erneut die Tür auf, und der Mann wurde von einer älteren Krankenschwester hereingeführt.

»Dieser Mann hat die Erlaubnis, Sie zu sehen«, erklärte sie. »Er wird nur ganz kurz bleiben.«

Mit einem misstrauischen Blick auf Charles Mulligan verließ sie den Raum. Er nahm eine Brille mit Hornrand aus seiner Jackentasche und setzte sie auf.

»Das war wahrscheinlich sehr vernünftig von Ihnen«, sagte er. »Sehr pedantisch, aber wahrscheinlich auch sehr vernünftig. Jedenfalls wollte ich vorhin gerade sagen, dass Dick Burns mich gebeten hat, mich ein wenig mit Ihnen zu unterhalten.«

»Sind Sie Arzt?«

Er legte seine Akten auf den Tisch und zog sich einen Stuhl ans Bett.

»Haben Sie etwas dagegen, wenn ich mich setze?«

»Nein, tun Sie sich keinen Zwang an.«

»Ja, ich bin Arzt. Zumindest habe ich die entsprechende Ausbildung, auch wenn ich nicht viel Zeit im Krankenhaus verbringe.«

»Sind Sie Psychiater? Oder Psychologe?«

Er stieß ein nervöses, abgehacktes Lachen aus.

»Nein, nein, eigentlich bin ich Neurologe, mehr oder weniger zumindest. Ich untersuche das Gehirn, als wäre es ein Gegenstand. Ich arbeite mit Computern und schneide Mäusegehirne in Scheiben, solche Sachen. Natürlich spreche ich auch mit Menschen. Wenn nötig.«

»Sie müssen entschuldigen, vielleicht bin ich ein bisschen schwer von Begriff«, sagte ich. »Aber warum sind Sie hier?«

»Wie gesagt. Dick hat mich angerufen. Ein faszinierender Fall.« Plötzlich nahm sein Gesicht einen besorgten Ausdruck an. »Mir ist natürlich klar, dass es für Sie eine furchtbare Erfahrung war. Es tut mir schrecklich Leid. Aber Dick hat mich gebeten, einen Blick auf Sie zu werfen. Falls Sie nichts dagegen haben.«

»Wozu?«

Er rieb sich mit beiden Händen übers Gesicht und wirkte plötzlich fast übertrieben mitfühlend.

»Dick hat mir ein wenig von dem erzählt, was Sie durchgemacht haben. Eine schreckliche Sache. Ich bin sicher, man wird Ihnen jemanden schicken, der mit Ihnen darüber spricht. Über das Trauma. Das alles.«

Er wirkte leicht verwirrt, als hätte er den Faden verloren. Verlegen fuhr er sich mit den Fingern durch seine störrischen Locken, was aber nicht viel dazu beitrug, sie zu glätten. »Hören Sie, Abigail. Ist es Ihnen Recht, wenn ich Sie so nenne?« Ich nickte. »Und Sie können mich Charlie nennen. Ich würde gern mit Ihnen über Ihren Gedächtnisverlust reden. Fühlen Sie sich dem schon gewachsen?« Wieder nickte ich. »Gut.« Er lächelte leicht. Nun, da er bei seinem eigentlichen Thema angelangt war, wirkte seine Sprechweise, seine ganze Art viel selbstsicherer. Das gefiel mir. »So, jetzt werde ich mich einen Moment lang wie ein richtiger Arzt benehmen und einen Blick auf Ihren Kopf werfen. Ist Ihnen das Recht?« Ich nickte ein weiteres Mal. »Ich habe mir Ihren Krankenbericht angesehen. Demnach hatten Sie eine Menge Blutergüsse am gesamten Körper, aber von Kopfschmerzen oder einer Kopfverletzung, irgendetwas in der Art, war nicht ausdrücklich die Rede.«

»Das ist aber das Erste, woran ich mich erinnern kann. Nach der Phase, an die ich mich nicht erinnern kann, wenn Sie wissen, was ich meine. Ich bin aufgewacht und hatte schreckliche Kopfschmerzen.«

»Aha. Haben Sie etwas dagegen, wenn ich mir Notizen mache?« Er zog ein schäbiges kleines Notizbuch aus der Tasche und schrieb ein paar Worte. Dann legte er es aufs Bett und beugte sich vor. »Später wird man Sie abholen und in die Maschine stecken, um einen raschen Blick auf Ihr Gehirn zu werfen, aber das ist eine andere Art von Untersuchung. Darf ich?« Während er das sagte, beugte er sich noch weiter vor und begann, ganz sanft mein Gesicht zu berühren, dann meinen ganzen Kopf. Ich liebe es, am Kopf angefasst zu werden. Das ist mein geheimer Fetisch. Das Schönste am Haareschneiden ist für mich der Moment, wenn mir ein anderer Mensch die Haare wäscht, seine Finger auf meine Kopfhaut legt. Terry machte das auch ab und zu. Manchmal, wenn wir zusammen in der Badewanne saßen, wusch er mir das Haar. Das ist das Schöne an einer Beziehung, diese kleinen Freuden. Charles Mulligan murmelte leise vor sich hin, während seine Fingerspitzen über meinen Kopf wanderten. Als er eine Stelle über meinem rechten Ohr berührte, stieß ich einen kleinen Schrei aus.»Tut das weh?«

»Ja. Habe ich da was?« Er untersuchte die Stelle genauer. »Es ist ein bisschen geschwollen und blau – ansonsten kann ich nichts Auffälliges entdecken.« Er lehnte sich zurück.»So, das war's auch schon.« Er griff nach einer der Akten. Es dauerte eine Weile, bis er die richtige gefunden hatte.»Jetzt werde ich Ihnen ein paar Fragen stellen, die Ihnen vielleicht ein wenig albern vorkommen werden. Ich bitte das zu entschuldigen. Außerdem wird das Ganze ein bisschen Zeit in Anspruch nehmen. Fühlen Sie sich wirklich schon fit genug? Ich kann auch später oder morgen wiederkommen, wenn Sie eine Pause brauchen. Ich weiß, dass Sie eine harte Zeit hinter sich haben.«

Ich schüttelte den Kopf.»Ich möchte alles in meiner Macht Stehende tun, und zwar so schnell wie möglich.«

»Großartig.« Er öffnete eine große gedruckte Broschüre. »Sind Sie bereit?«

»Ja.«

»Wie heißen Sie?«

»Gehört das schon zum Test?«

»Das ist eine Art philosophische Frage. Sie müssen ein bisschen Geduld mit mir haben.«

»Abigail Elizabeth Devereaux.«

»Wann sind Sie geboren?«

»Am 21. August 1976.«

»Wie lautet der Name unseres Premierministers?«

»Ist das Ihr Ernst? *So* schlimm steht es noch nicht um mich.«

»Ich teste verschiedene Gedächtnisarten. Es wird schon noch schwieriger.«

Also sagte ich ihm den Namen des Premierministers. Ich sagte ihm auch, welchen Wochentag wir hatten und dass wir uns gerade im St. Anthony's Hospital aufhielten. Ich zählte von zwanzig rückwärts, in Dreiersprüngen wieder vorwärts, in Siebenersprüngen von hundert abwärts. Ich war ziemlich stolz auf mich. Dann wurde es schwieriger. Er zeigte mir ein Blatt mit verschiedenen geometrischen Figuren, plauderte einen Moment lang über irgendetwas Albernes mit mir und zeigte mir dann ein weiteres Blatt mit geometrischen Figuren. Anschließend musste ich mir ins Gedächtnis rufen, welche Figuren auf beiden Blättern abgebildet waren. Danach las er mir leicht verlegen eine Geschichte von einem Jungen vor, der ein Schwein zum Markt brachte. Ich musste sie nacherzählen. Er zeigte mir Sterne und Dreiecke, die mit Farben kombiniert waren, dann Wortpaare. Schließlich legte er mir vier graphische Darstellungen vor, von denen jede jeweils komplizierter war als die vorherige. Die vierte sah wie ein von Vandalen verunstalteter Elektrizitätsmast aus. Mir wurde schon vom Hinschauen schwindelig, ganz zu schweigen von der Aussicht, diese Abbildung aus dem Gedächtnis nachzeichnen zu müssen.

»Da kriegt man ja Kopfschmerzen«, meinte ich, während ich mich damit abmühte.

»Fühlen Sie sich nicht wohl?«, fragte er besorgt.

»Ich wollte damit nur sagen, dass mir schon bei dem Anblick ganz schummrig wird.«

»Ich weiß, was Sie meinen«, pflichtete er mir bei. »Ich bleibe bereits beim Rückwärtszählen hängen. Keine Angst, es sind bloß noch ein paar.«

Er begann mir Zahlensequenzen vorzulesen. Dreier- oder Vierergruppen waren ein Kinderspiel. Er hörte bei acht Zahlen auf, was ich gerade noch bewältigen konnte. Als er mich dann auch noch aufforderte, die Sequenzen rückwärts aufzusagen, wurde es wirklich anstrengend. Zum Schluss holte er ein Blatt mit farbigen Quadraten heraus. Er deutete nacheinander auf mehrere Quadrate, und ich musste mir die Reihenfolge einprägen. Wieder rauf bis acht und dann rückwärts.

»Puh!«, sagte ich, als er das Blatt weglegte.

»Ja«, antwortete er. »Das war's. Wir sind fertig.«

»Und? Habe ich bestanden? Habe ich einen Dachschaden?«

Er lächelte verschmitzt. »Schwer zu sagen. Ich habe keine Testergebnisse aus der prämorbiden Phase. Entschuldigen Sie, ich weiß, das klingt ziemlich schlimm. Ich meine damit die Phase vor dem Einsetzen des Gedächtnisverlusts. Allerdings kann ich mir nicht vorstellen, dass Sie vorher noch besser waren. Sie haben ein bemerkenswert gutes Gedächtnis. Insbesondere Ihr räumliches Erinnerungsvermögen ist ausgezeichnet. Da würde ich jederzeit mit Ihnen tauschen.«

Ich spürte, wie ich gegen meinen Willen rot wurde. »Vielen Dank, ähm, Charlie, aber ...«

Einen Moment lang wurde seine Miene ernst, und er betrachtete mich eingehend.

»Was meinen *Sie* selbst?«, fragte er.

»Ich fühle mich gut. Ich meine, nicht wirklich gut. Ich habe Alpträume und durchlebe das, was mir passiert ist, im Geiste immer wieder neu. Aber ich kann klar denken. Da ist nur diese Lücke in meinem Gedächtnis. Ich versuche permanent, mich zu erinnern, aber es ist, als würde ich in absolute Dunkelheit starren.«

Er begann, seine Testblätter wieder einzuordnen.

»Versuchen Sie, einen Blick auf die Ränder zu werfen«, schlug er vor. »Bleiben Sie bei Ihrer bildlichen Vorstellung von einem dunklen Bereich. Man könnte sagen, dass Sie es mit einem völlig dunklen und einem völlig hellen Bereich zu tun haben. Sie könnten sich auf den Teil konzentrieren, in dem die beiden Bereiche aufeinandertreffen.«

»Das habe ich schon getan, Charlie. Und wie ich das getan habe! Die Phase danach stellt kein Problem dar. Ich bin aufgewacht und war an besagtem Ort. Ich weiß nicht, wie ich dort hingekommen bin, ich kann mich an keine Entführung erinnern. Mit der vorhergehenden Phase ist es schwieriger. Ich habe keinen blassen Schimmer, was ich davor als Letztes gemacht habe. Es gibt keinen Punkt, an dem plötzlich alles abbricht. Ich kann mich lediglich dunkel daran erinnern, dass ich gearbeitet habe. Es ist, als wäre ich langsam in die Dunkelheit geglitten, ohne es zu bemerken.«

»Verstehe«, sagte Charles und notierte wieder etwas. Das machte mich nervös.

»Ist das nicht etwas lächerlich? Das Entscheidende, woran ich mich erinnern müsste, ist weg. Es interessiert mich doch gar nicht, wie unser Premierminister heißt. Ich will nur wissen, wie ich entführt worden bin und wie der Kerl aussieht. Aber mir ist da ein Gedanke gekommen – womöglich war das, was ich erlebt habe, so schockierend, dass ich einfach alles verdrängt habe. Halten Sie das für möglich?«

Mit einem Klick versenkte er die Mine seines Stifts. Als er meine Frage schließlich beantwortete, kam es mir fast vor, als müsste er ein leises Lächeln unterdrücken.

»Sie wollen wissen, ob unter Umständen all Ihre Erinnerungen zurückfluten würden, wenn ich meine Armbanduhr vor Ihrem Gesicht hin und her baumeln ließe?«

»Das wäre sehr hilfreich.«

»Vielleicht«, sagte er. »Aber ich bin sicher, Ihre Amnesie hat nichts mit einer Form von posttraumatischem Stress zu tun. Meiner Meinung nach handelt es sich dabei nicht um ein psychologisches Symptom.«

»Wenn ich mit Cross spreche – so heißt der zuständige Polizeibeamte –, dann komme ich mir so lächerlich vor.«

»Ein derartiger Gedächtnisverlust ist sehr bedauerlich und frustrierend«, antwortete er, »aber nicht lächerlich. Eine posttraumatische Amnesie nach einer äußerlichen Kopfverletzung wie der Ihren ist nicht ungewöhnlich. Am häufigsten kommt so etwas bei Autounfällen vor. Die Betroffenen schlagen sich beim Aufprall den Kopf an. Wenn sie hinterher aufwachen, können sie sich an den Unfall nicht mehr erinnern, oft aber auch nicht an die Stunden oder sogar Tage davor.«

Vorsichtig berührte ich meinen Kopf. Er kam mir plötzlich so zerbrechlich vor.

»Post-traumatisch«, wiederholte ich. »Haben Sie nicht vorhin gesagt, es sei nichts Psychologisches?«

»Ist es auch nicht«, erwiderte er. »Psychogene Amnesie – damit meine ich einen Gedächtnisverlust, der eher durch psychologische Einflüsse als durch eine Gehirnverletzung ausgelöst wird – ist in Fällen wie dem Ihren seltener und – wie soll ich sagen – zweifelhafter.«

»Wie meinen Sie das?«

Er stieß ein vorsichtiges Hüsteln aus.

»Ich bin kein Psychologe, deswegen bin ich in dieser Hinsicht vielleicht voreingenommen, aber ein beträchtlicher Prozentsatz aller Mörder behauptet beispielsweise, sich nicht erinnern zu können, den Mord begangen zu haben. Dabei handelt es sich nicht um Leute, die körperliche Verletzungen davongetragen haben. Es sind verschiedene Erklärungen denkbar. Oft sind die Täter stark betrunken, was zu Blackouts und damit verbundenen Gedächtnislücken führen kann. Außerdem ist davon auszugehen, dass ein Mensch, der einen Mord begeht, unter extremem Druck steht, und zwar unter größerem als in fast allen anderen Stresssituationen, die man sich vorstellen kann. Das könnte sich ebenfalls auf das Erinnerungsvermögen auswirken. Ein paar von uns Skeptikern würden vielleicht auch sagen, dass es für einen Mörder oft sehr praktisch ist, wenn er behauptet, sich an das Geschehene nicht erinnern zu können.«

»Aber entführt zu werden und den Tod vor Augen zu haben, ist auch extrem stressig. Könnte diese Situation nicht doch dazu geführt haben, dass mir aus psychologischen Gründen alles entfallen ist?«

»Meiner Meinung nach nicht, aber wenn ich jetzt vor Gericht stünde und Sie wären ein Anwalt, könnten Sie mich dazu bringen zuzugeben, dass es möglich wäre. Ich fürchte, es werden noch einige Leute in Ihnen herumstochern wie in einem Versuchskaninchen, um Antworten auf genau solche Fragen zu erhalten.«

Er stand auf und schaffte es nach anfänglichen Schwierigkeiten, sich alle seine Akten wieder unter den Arm zu klemmen.

»Abigail«, sagte er dann.

»Abbie.«

»Abbie. Sie sind ein faszinierender Fall. Ich glaube nicht, dass ich der Versuchung widerstehen kann, noch einmal herzukommen.«

»Kein Problem«, antwortete ich. »Wie es aussieht, habe ich jede Menge Zeit. Eins muss ich Sie aber noch fragen: Besteht die Chance, dass meine Erinnerungen zurückkehren?«

Er zögerte einen Moment und zog dabei eine seltsame Grimasse, was wohl ein Zeichen dafür war, dass er nachdachte.

»Ja, das ist möglich.«

»Vielleicht durch Hypnose?«

Plötzlich wirkte er geschockt und begann in seiner Tasche herumzukramen, was mit einem Arm voller Akten ein besonders schwieriges Unterfangen darstellte. Schließlich reichte er mir eine Karte.

»Da stehen mehrere Nummern drauf. Falls irgendjemand diesen Raum betritt und anfängt, Dinge vor ihren Augen baumeln zu lassen oder mit beruhigender Stimme auf Sie einzureden, dann rufen Sie mich sofort an!«

Mit diesen Worten ging er, und ich blieb mit meinem schmerzenden Kopf zurück. Einem Kopf mit einem schwarzen Loch.

»Haben Sie schon mit Ihrem Freund gesprochen?«

Ich brachte nur ein Murmeln zustande. Ich war noch gar nicht richtig wach. Besorgt beugte sich DI Cross über mich.

»Soll ich eine Schwester rufen?«, fragte er.

»Nein. Und um Ihre Frage zu beantworten: Nein, habe ich nicht.«

»Er scheint im Moment nicht auffindbar zu sein.«

»Ich weiß«, antwortete ich. »Ich habe schon drei Nachrichten auf seinem Anrufbeantworter hinterlassen. Bestimmt ist er beruflich unterwegs.«

»Kommt das oft vor?«

»Er ist IT-Berater, was auch immer das sein mag. Er fliegt ständig wegen irgendwelcher Sonderprojekte nach Belgien oder Australien oder weiß Gott wohin.«

»Aber Sie können sich nicht erinnern, wann Sie ihn das letzte Mal gesehen haben?«

»Nein.«

»Möchten Sie mit Ihren Eltern sprechen?«

»Nein! Nein, bitte nicht.«

Er schwieg einen Moment. Ich war ihm wirklich keine große Hilfe. Krampfhaft überlegte ich, wie ich Cross eine Freude machen könnte.

»Wäre Ihnen geholfen, wenn Sie sich in unserer Wohnung umsehen könnten? Ich nehme an, ich werde in ein, zwei Tagen ohnehin entlassen, aber vielleicht fände sich dort ein Anhaltspunkt. Vielleicht bin ich dort entführt worden. Unter Umständen habe ich einen Hinweis hinterlassen.«

Cross' ausdruckslose Miene veränderte sich kaum.

»Haben Sie einen Schlüssel, den Sie mir geben können?«

»Wie Sie wissen, besitze ich zur Zeit nichts außer der Kleidung, die ich bei meiner Flucht getragen habe. Aber im Garten vor dem Haus, links neben der Tür, liegen zwei Dinger, die aussehen wie echte Steine. In Wirklichkeit handelt es sich um Scherzartikel, wie man sie bei manchen Versandhäusern bestellen kann. Einer von beiden ist hohl, und wir haben darin einen Ersatzschlüssel versteckt. Den können Sie benutzen.«

»Haben Sie irgendwelche Allergien, Miss Devereaux?«

»Ich glaube nicht. Einmal habe ich allerdings einen Nesselausschlag bekommen, nachdem ich Meeresfrüchte gegessen hatte.«

»Leiden Sie an Epilepsie?«

»Nein.«

»Sind Sie schwanger?«

Ich schüttelte so heftig den Kopf, dass es weh tat.

»Es hat nichts zu bedeuten, aber wir sind gesetzlich verpflichtet, Sie darauf aufmerksam zu machen, dass eine Computertomographie Nebenwirkungen haben kann, allerdings ist die Wahrscheinlichkeit extrem gering, praktisch zu vernachlässigen. Würden Sie bitte diese Einverständniserklärung unterschreiben? Hier und hier.«

Plötzlich klang die Schwester wie eine Stewardess. Ich musste an die Demonstration mit der Schwimmweste denken. Für den unwahrscheinlichen Fall einer Landung im Wasser.

»Ich weiß nicht einmal, was eine Computertomographie ist«, sagte ich, während ich unterschrieb.

»Keine Sorge, unsere Technikerin wird Ihnen gleich alles genau erklären.«

Ich wurde in einen großen, grell erleuchteten Raum geführt. Mein Blick fiel auf das Hightech-Rollbett, auf dem ich gleich liegen würde. Es war weich gepolstert und in der Mitte konkav. Dahinter führte ein weißer Tunnel ins Herz der Maschine. Das Ganze sah aus wie eine seitlich gekippte Kloschüssel.

»Miss Devereaux, meine Name ist Jan Carlton. Bitte nehmen Sie doch einen Moment Platz.« Eine große, spindeldürre Frau, die mit einem Overall bekleidet war, deutete auf einen Stuhl.

»Wissen Sie, was eine Computertomographie ist?«

»Man hört öfter davon«, antwortete ich vorsichtig.

»Wir möchten, dass Sie vorbereitet sind. Ist Ihnen irgendetwas daran unklar?«

»Eigentlich alles, um ehrlich zu sein.«

»Nun, es handelt sich dabei einfach um eine bestimmte Art, ins Innere des Körpers zu sehen. Es ist auch eine Standarduntersuchung für alle Patienten, die eine Verletzung davongetragen haben und unter schweren Kopfschmerzen oder einem Trauma leiden.«

»Was muss ich tun?«

»Gar nichts. Wir werden Sie lediglich in dieses Ding da hineinfahren, das aussieht wie ein weißer Doughnut. Sie werden ein Summen hören und wahrscheinlich ein Licht kreisen sehen. Es wird gar nicht lange dauern. Sie brauchen nur still dazuliegen.«

Ich musste wieder einen Krankenhauskittel anziehen. Dann legte ich mich auf das Rollbett und starrte an die Decke.

»Das fühlt sich jetzt wahrscheinlich ein wenig kalt an.«

Sie massierte ein Gel auf meine Schläfen, strich es in mein frisch gewaschenes Haar. Anschließend schob sie einen harten Metallhelm auf meinen Kopf.

»Ich ziehe jetzt diese Schrauben hier an. Sie werden sich eventuell ein wenig beengt fühlen.« Sie legte ein paar Gurte über meine Schultern, meine Arme und meinen Bauch, zog sie fest. »So, nun wird sich der Tisch in Bewegung setzen.«

»Tisch?« fragte ich schwach, während ich bereits in den Tunnel glitt. Wenige Augenblicke später lag ich im Inneren einer Metallkammer und hörte das Summen, von dem sie gesprochen hatte. Ich schluckte trocken. Es war nicht völlig dunkel, über meinem Kopf konnte ich farbige Linien kreisen sehen. Dort draußen, nur ein paar Schritte von mir entfernt, befand sich ein hell erleuchteter Raum mit einer kompetenten Frau, die sicherstellte, dass alles so war, wie es sein sollte. Dahinter lag ein weiterer Raum mit einem Computer, der Bilder von meinem Gehirn machte. Ein Stockwerk höher waren mehrere Krankenstationen mit Patienten, Ärzten, Schwestern, Pflegern, Reinigungskräften, Besuchern. Menschen, die mit Klemmbrettern bewaffnet Rollbetten durch die Gänge schoben. Draußen wehte der Ostwind, und vielleicht schneite es auch. Ich lag hier unten in einer summenden Metallröhre.

Mir ging durch den Kopf, dass manche Menschen, wenn sie dasselbe durchgemacht hätten wie ich, bestimmt ein Problem damit hätten, auf diese Weise eingesperrt zu sein. Ich schloss die Augen. Ich konnte meine eigenen Bilder heraufbeschwören. Konnte an den blauen Himmel denken, den ich heute Morgen gesehen hatte, dieses leuchtende Blau, das sich von Horizont zu Horizont erstreckt und so wundervoll geglitzert hatte. Ich konnte mir vorstellen, wie der Schnee sanft aus dem grauen, tief hängenden Himmel fiel und auf Häusern, Autos und kahlen Bäumen liegen blieb. In der Dunkelheit schien sich das summende Geräusch irgendwie zu verändern. Es glich plötzlich mehr einem Pfeifen. Und ich hörte Schritte. Schritte, die sich näherten. Schritte in der Dunkelheit. Ich öffnete den Mund, um zu schreien, brachte aber außer einem erstickten Wimmern nichts heraus.

Was passierte mit mir? Ich versuchte es noch einmal, aber irgendetwas verstopfte mir den Mund. Ich konnte nicht richtig atmen, jedenfalls nicht durch den Mund. Keuchend rang ich nach Luft. Ich würde hier ersticken. Meine Brust schmerzte. Ich konnte noch immer nicht richtig atmen. In kleinen, unregelmäßigen Mengen sog ich die Luft ein, jedoch ohne Erleichterung zu verspüren. Die Schritte kamen näher. Ich war gefangen und musste ertrinken. In Luft ertrinken. In meinem Kopf begann es laut zu tosen. Ich öffnete die Augen, um mich herum war es noch immer dunkel, doch als ich die Augen wieder schloss, sah ich Rot. Meine Augen glühten in ihren Höhlen. Dann ging plötzlich ein Riss durch das Tosen, als wäre mein Kopf zerplatzt, um das ganze Entsetzen herauszulassen.

Endlich konnte ich schreien. Die Röhre füllte sich mit dem Klang meines Heulens. Meine Ohren dröhnten, und mein Hals wurde rau, aber ich konnte nicht aufhören zu schreien. Ich versuchte, die Schreie in Worte zu verwandeln und »Hilfe!« oder »Bitte!« zu rufen, aber die Laute brachen sich, schlugen Blasen und flossen ineinander. Alles zitterte und bebte, dann blendete mich plötzlich grelles Licht, und ich spürte Hände auf mir. Hände, die mich festhielten, mich nicht loslassen wollten. Ich schrie. Heulte. Die Schreie strömten geradezu aus mir heraus. Ich konnte in dem grellen Licht nichts sehen. Alles tat mir weh. Alles um mich herum schien mich mit seinem ganzen Gewicht erdrücken zu wollen. Neue Geräusche kamen hinzu, irgendwo waren Stimmen zu hören, jemand rief meinen Namen. Aus dem blendenden Licht starrten mich Augen an, beobachteten mich, aber ich konnte mich nirgends verstecken, weil ich mich nicht bewegen konnte. Finger berührten mich. Kaltes Metall streifte meine Haut. Meinen Arm. Etwas Nasses. Dann etwas Spitzes. Etwas, das sich in meine Haut bohrte.

Plötzlich war alles ruhig, und ich hatte das Gefühl, als würden sich das schmerzende Licht und die schrecklichen Geräusche langsam von mir entfernen, immer schwächer werden. Alles wurde schwächer, entfernte sich und verwandelte sich in Grau, als würde die Nacht hereinbrechen. Gerade, als ich mir nichts sehnlicher wünschte als Tageslicht. Und Schnee.

Als ich aufwachte, wusste ich nicht, wie viele Tage und Nächte seitdem vergangen waren. Die Welt war in Schwarz und Weiß gehüllt, aber mir war klar, dass es nicht an der Welt lag, sondern an mir. Mir schien, als läge ein grauer Filter vor meinen Augen, der allem die Farbe nahm. Meine Zunge fühlte sich trocken und pelzig an. Ich war nervös und gereizt. Am liebsten hätte ich mich am ganzen Körper gekratzt oder aber jemand anderen gekratzt. Ich verspürte den dringenden Wunsch aufzustehen und etwas zu unternehmen, wusste aber nicht, was.

Mein Frühstück schmeckte nach Pappe. Jedes Geräusch ließ mich zusammenzucken.

Ich lag im Bett, hing eine Weile düsteren Gedanken nach und begann Pläne zu schmieden mit der Absicht aufzustehen und mir jemanden zu suchen, der hier etwas zu sagen hatte, um dem oder der Betreffenden mitzuteilen, dass es für mich an der Zeit war, nach Hause zu gehen. Anschließend würde ich Detective Inspector Cross aufsuchen und ihm nahelegen, allmählich mit seinen Ermittlungen in die Gänge zu kommen. Mitten in diesen Überlegungen betrat eine Frau den Raum. Sie trug weder eine Schwesterntracht noch einen weißen Kittel, sondern eine graue Hose aus einem schimmernden Stoff und einen honigfarbenen Pulli dazu. Ich schätzte sie auf gute fünfzig. Sie hatte rotes Haar, blasse, sommersprossige Haut und eine randlose Brille auf der Nase.

»Ich bin Dr. Beddoes«, stellte sie sich lächelnd vor. »Irene Beddoes«, fügte sie nach einer kurzen Pause hinzu. »Ich war bereits gestern Nachmittag hier. Erinnern Sie sich an unser Gespräch?«

»Nein.«

»Sie sind immer wieder eingeschlafen. Ich habe mir schon gedacht, dass Sie nicht viel mitbekommen haben.«

Obwohl ich so lange geschlafen hatte, fühlte ich mich immer noch müde. Müde und grau.

»Ich hatte bereits Besuch von einem Neurologen«, antwortete ich. »Er hat mein Gedächtnis getestet. Außerdem bin ich in eine Maschine gesteckt worden. Man hat meinen Körper nach Verletzungen abgesucht und mich ein bisschen aufgepäppelt. Darf ich fragen, warum Sie hier sind?«

Ihr besorgtes Lächeln verlor nur eine Spur von seiner Herzlichkeit.

»Wir dachten, Sie möchten vielleicht mit jemandem reden.«

»Ich habe schon mit jemandem von der Polizei gesprochen.«

»Ich weiß.«

»Sind Sie Psychiaterin?«

»Unter anderem.« Sie deutete auf den Stuhl. »Haben Sie etwas dagegen, wenn ich mich setze?«

»Nein, natürlich nicht.«

Sie zog ihn zum Bett herüber und ließ sich darauf nieder. Sie trug ein angenehmes, dezentes Parfum, das mich an Frühlingsblumen erinnerte.

»Ich habe mit Jack Cross gesprochen«, erklärte sie. »Er hat mir Ihre Geschichte erzählt. Sie haben wirklich Schreckliches durchgemacht.«

»Ich bin einfach nur froh, dass ich davongekommen bin«, entgegnete ich. »Ich möchte nicht, dass Sie mich als Opfer sehen. Ich glaube, ich schlage mich recht wacker. Ein paar Tage lang war ich tot. Das mag albern klingen, aber es stimmt. Obwohl ich nicht unter der Erde lag, sondern noch atmen und essen konnte, wusste ich, dass ich tot war. Ich gehörte nicht mehr in die Welt der anderen. Wie soll man diese Welt nennen? Das Land der Lebenden? Wo sich die Menschen über Sex und Geld und unbezahlte Rechnungen Sorgen machen. Dass ich entkommen konnte, war hauptsächlich Glück, aber nun lebe ich wieder und betrachte jeden Tag als Geschenk, von dem ich nicht mehr geglaubt habe, dass es mir noch vergönnt sein würde.«

»Ja«, sagte Dr. Beddoes, wirkte aber nach wie vor besorgt.

»Hinzu kommt, dass ich nicht krank bin. Ich weiß, dass ich ein paar Blessuren davongetragen habe. Ich weiß auch, dass mit meinem Gedächtnis etwas nicht in Ordnung ist, weil mir jemand einen Schlag auf den Schädel verpasst hat, aber alles in allem fühle ich mich recht gut. Ein bisschen neben der Spur vielleicht. Ich muss allerdings zugeben, dass ich es mir ganz anders vorgestellt habe.«

»Was? Was haben Sie sich anders vorgestellt?«

»Meine Rückkehr in die Freiheit. Ich liege hier in diesem Bett, trage ein altes kratziges Nachthemd, das mir nicht gehört, bekomme schreckliches Essen vorgesetzt und werde ständig von Leuten besucht, die sich mit besorgter Miene an mein Bett setzen und mit sanfter Stimme auf mich einreden, als müssten sie mich davon abhalten, von einem Fensterbrett in die Tiefe zu springen. Dabei habe ich eigentlich nur den Wunsch, in meine Wohnung zurückzukehren und mein Leben weiterzuleben. Meine Freunde zu sehen. Wieder in einen Pub zu gehen oder in ein Café, in meinen eigenen Klamotten eine ganz normale Straße entlangzuschlendern, tanzen zu gehen. Am Sonntagvormittag im Bett zu liegen, während die Sonne durch das Fenster hereinfällt, zu essen, was und wann ich möchte, nachts unten am Fluß spazierenzugehen … Aber dieser Mann ist noch dort draußen, in der Welt, in der ich wieder leben möchte. Falls es Sie wirklich interessiert – das ist es, was mir nicht aus dem Kopf geht. Der Gedanke, dass er immer noch dort draußen herumläuft.«

Einen Moment lang schwiegen wir beide. Mein Ausbruch war mir ein wenig peinlich, doch sie wirkte nicht allzu geschockt.

»Ihre Wohnung«, sagte sie. »Wo ist die?«

»Es ist nicht wirklich meine«, antwortete ich. »Eigentlich gehört sie meinem … dem Typen, mit dem ich zusammenlebe. Terry.«

»Hat er Sie schon besucht?«

»Er ist nicht da. Ich habe versucht, ihn anzurufen, aber er ist wohl beruflich unterwegs – er reist viel.«

»Haben Sie schon mit jemand anderem gesprochen? Familienmitgliedern oder Freunden?«

»Nein. Ich möchte erst mal hier raus, dann werde ich mich mit ihnen in Verbindung setzen.« Sie sah mich erstaunt an, so dass ich das Gefühl hatte, eine Erklärung abgeben zu müssen. »Ich schiebe es wohl noch ein bisschen vor mir her, allen meine Geschichte erzählen zu müssen«, gab ich zu. »Ich weiß nicht, wo ich da anfangen soll. Ich weiß auch nicht, wie ich sie erzählen soll, denn sie ist ja noch nicht zu Ende. Ich hätte gern ein richtiges Ende, bevor ich mit dem Erzählen anfange, wenn Sie verstehen, was ich meine.«

»Sie wollen, dass er vorher gefasst wird?«

»Ja.«

»Aber vielleicht könnten Sie in der Zwischenzeit mit mir darüber reden?«

»Vielleicht«, antwortete ich vorsichtig. »Mein größter Wunsch wäre allerdings, endlich hier rauszukommen. Das ist das Einzige, was mir am Herzen liegt. Dieses Krankenhaus kommt mir wie eine Zwischenstation auf meinem Weg aus dem Gefängnis in die Freiheit vor. Ich fühle mich hier wie in einem Niemandsland.«

Dr. Beddoes betrachtete mich einen Moment. »Ihnen ist etwas Schreckliches zugestoßen, Abbie. Sie werden in diesem Krankenhaus von mindestens fünf verschiedenen Kapazitäten betreut, von der Polizei ganz zu schweigen. Es ist ein beträchtliches logistisches Problem, all diese Leute dazu zu bringen, miteinander zu kommunizieren. Aber soweit ich es beurteilen kann, ist man sich darüber einig, dass Sie noch ein paar Tage bleiben sollten. Zum einen weiß ich, dass die Neurologen Sie noch eine Weile zur Beobachtung hierbehalten wollen, nur sicherheitshalber. Und bei der Polizei ist man offensichtlich sehr beunruhigt. Der Mann, mit dem Sie zu tun hatten, scheint ausgesprochen gefährlich zu sein, und aus diesem Grund sähen es die Beamten lieber, wenn Sie in einer sicheren Umgebung bleiben würden, bis gewisse Entscheidungen gefallen sind.«

»Glauben sie, ich bin noch in Gefahr?«

»Ich kann nicht für die Polizei sprechen, aber ich denke, diese Frage ist extrem schwierig zu beantworten. Genau das ist ein Teil des Problems. Auf jeden Fall würde ich die nächsten paar Tage gern nutzen, um mit Ihnen zu sprechen. Selbstverständlich liegt die Entscheidung bei Ihnen, aber ich glaube, es könnte Ihnen helfen. Und nicht nur das. Es ist durchaus denkbar, dass wir im Verlauf unserer Gespräche auf Details stoßen werden, die für die Polizei von Nutzen sein können. Natürlich wäre das nur ein positiver Nebeneffekt. Sie haben vorhin davon gesprochen, dass Sie einzig und allein den Wunsch haben, Ihr normales Leben wieder aufzunehmen.« Sie legte eine überraschende, sehr lange Pause ein, die mich irritierte. »Ich weiß nicht, wie ich es ausdrücken soll«, fuhr sie schließlich fort. »Die Rückkehr in Ihr altes Leben wird Ihnen unter Umständen nicht so leicht fallen, wie Sie jetzt vielleicht glauben. Es könnte sein, dass von einer Erfahrung wie dieser etwas zurückbleibt.«

»Sie meinen, ich bin verseucht?«

»Verseucht?« Für einen Moment schien es, als könnte sie die Verseuchung riechen oder würde zumindest versuchen, sie zu erschnüffeln. »Nein. Aber Sie führten ein normales Leben, aus dem Sie plötzlich herausgerissen und in eine schreckliche Situation versetzt wurden. Nun müssen Sie zur Normalität zurückkehren. Sie müssen entscheiden, wie Sie mit dem, was Ihnen zugestoßen ist, umgehen wollen. Wir alle müssen Wege finden, mit Dingen umzugehen, die uns widerfahren sind. Meiner Meinung nach könnten Sie das besser, wenn Sie mit mir über Ihre Erlebnisse reden würden.«

Ich wandte den Blick von ihr ab und sah wieder das Grau der Welt. Als ich erneut zu sprechen begann, waren meine Worte eher an mich selbst gerichtet als an sie.

»Ich weiß nicht, wie ich auf vernünftige Weise mit der Tatsache umgehen soll, dass mich jemand entführt hat und umbringen wollte. Das ist das Erste. Mein zweites Problem ist, dass mein Leben bereits vor dieser Sache nicht wirklich glatt lief. Aber ich will es versuchen.«

»Wir treffen uns einfach zu einem zwanglosen Gespräch«, schlug sie vor. »Sie müssen dabei nicht auf einer Couch liegen. Wenn Sie wollen, können wir uns auch in einer angenehmeren Umgebung unterhalten.«

»Das wäre großartig.«

»Vielleicht finde ich sogar einen Ort, wo es einen anständigen Kaffee gibt.«

»Das wäre die allerbeste Therapie.«

Lächelnd stand sie auf und schüttelte mir die Hand, bevor sie ging. Als Dr. Beddoes gekommen war, hätte ich ihr am liebsten den Rücken zugedreht und die Augen geschlossen. Nun, nachdem sie sich verabschiedet hatte, wurde mir zu meiner eigenen Überraschung klar, dass ich sie bereits vermisste.

»Sadie?«

»Abbie!« Ihre Stimme klang herzlich und klar. Ein Gefühl der Erleichterung durchflutete mich. »Von wo aus rufst du an?«, fragte sie mich. »Bist du immer noch im Urlaub?«

»Im Urlaub? Nein. Nein, Sadie, ich bin im Krankenhaus.«

»O mein Gott! Was fehlt dir denn?«

»Könntest du eventuell vorbeikommen? Ich kann am Telefon nicht darüber reden.«

»Woher weiß ich, dass er mich nicht vergewaltigt hat?«

Jack Cross saß auf dem Stuhl neben meinem Bett und zupfte am Knoten seiner Krawatte herum. Auf meine Frage nickte er zunächst nur, dann erwiderte er: »Wir können das natürlich nicht mit Sicherheit ausschließen, aber es gibt keine Hinweise in diese Richtung.«

»Woher wollen Sie das wissen?«

»Nach Ihrer Einlieferung ins Krankenhaus hat man Sie, nun ja, genau untersucht, und so weiter und so weiter.«

»Und?«

»Und man hat nichts gefunden, was auf einen sexuellen Missbrauch hingedeutet hätte.«

»Das ist ja schon mal etwas.« Ich fühlte mich seltsam leer. »Was ist dann passiert?«

»Wir versuchen uns gerade ein Bild davon zu machen«, antwortete er vorsichtig.

»Aber…«

»Eine der Personen, mit denen wir natürlich gerne sprechen würden, ist Ihr Freund, Terence Wilmott.«

»Und?«

»Wie würden Sie Ihre Beziehung zu Ihrem Freund beschreiben?«

»Warum um alles in der Welt wollen Sie das wissen? Was hat Terry mit der ganzen Sache zu tun?«

»Wie gesagt, wir versuchen gerade, uns ein Bild zu machen.«

»Nun ja, unsere Beziehung ist ganz in Ordnung«, erklärte ich abwehrend. »Natürlich haben wir unsere Höhen und Tiefen.«

»Welche Art von Tiefen?«

»Es war nicht Terry, falls Sie das denken.«

»Was?«

»Er hat mich nicht entführt. Mir ist klar, dass der Mann seine Stimme verstellt hat und ich sein Gesicht nie zu sehen bekommen habe, aber es war nicht Terry. Ich weiß, wie Terry riecht. Ich kenne ihn in- und auswendig. Wo auch immer er gerade sein mag, er wird bald zurückkommen. Dann können Sie mit ihm reden.«

»Im Ausland ist er jedenfalls nicht.«

»Ach?« Ich warf ihm einen fragenden Blick zu. »Woraus schließen Sie das?«

»Sein Pass befindet sich noch in seiner Wohnung.«

»Tatsächlich? Dann treibt er sich wohl irgendwo hier in England herum.«

»Ja. Irgendwo.«

Ich stand vor dem Spiegel und sah mich einer Fremden gegenüber. Diese Person war nicht mehr ich. Ich war eine andere geworden. Eine dünne Frau mit verfilztem Haar und Blutergüssen im Gesicht. Ein Wesen mit kalkgrauer Haut, scharf hervorstehenden Knochen und glasigen, angsterfüllten Augen. Ich sah aus wie eine Tote.

Ich traf mich mit Dr. Beddoes im Garten des Krankenhauses. Trotz der Kälte hatte ich das starke Bedürfnis, draußen an der frischen Luft zu sein. Die Krankenschwestern hatten einen überdimensionalen erdbeerroten Steppmantel für mich aufgetrieben. Der Garten war ganz offensichtlich darauf ausgelegt, nervenkranke Patienten zu beruhigen. Es war zu schattig für Gras, aber es gab Pflanzen mit riesigen dunkelgrünen Wedeln. Das Zentrum der Anlage bildete ein Brunnen, ein großer Bronzetrog, bei dem das Wasser stets überlief und an der Außenseite hinunterrann. Da Dr. Beddoes noch nicht da war, schlenderte ich hinüber und sah ihn mir genauer an. Auf den ersten Blick sah das Ganze aus wie eine richtige Wasserverschwendungsanlage, aber dann entdeckte ich auf dem Grund des Gefäßes eine Öffnung und folgerte daraus, dass das überlaufende Wasser abfließen und wieder hochgepumpt werden konnte. Ein endloser Kreislauf.

Irene Beddoes erschien mit zwei Tassen Kaffee und in Zellophan verpackten Keksen. Wir ließen uns auf einer leicht feuchten Holzbank nieder. Sie deutete auf den wasserüberfluteten Brunnentrog.

»Das Ding ist angeschafft worden, weil ich der Meinung war, es würde entspannend wirken, wie in einem japanischen Zen-Garten«, erklärte sie. »Inzwischen finde ich es eher ein wenig gruselig.«

»Warum?«

»Gab es in der antiken Hölle nicht jemanden, der dazu verdammt war, bis in alle Ewigkeit zu versuchen, einen riesigen Tontopf mit Wasser zu füllen – einen Tontopf, der ein Loch hatte?«

»Das wusste ich nicht.«

»Ich hätte es Ihnen nicht erzählen sollen. Nun habe ich Ihnen womöglich die Freude daran verdorben.«

»Mir gefällt der Brunnen. Das Plätschern des Wassers ist angenehm. Für mich ist es ein fröhliches Geräusch.«

»So war es gedacht«, meinte sie.

Es war ein wundervolles, wenn auch etwas seltsames Gefühl, an diesem sonnigen Wintertag draußen zu sitzen. Ich nippte nur hin und wieder an meinem Kaffee. Ich musste aufpassen. Meine Nerven waren bereits angeschlagen. Zu viel Koffein würde mir vermutlich den Rest geben.

»Wie geht es Ihnen?«, fragte sie. Das schien mir ein ziemlich ungeschickter Einstieg zu sein.

»Wissen Sie, was mich an diesem Krankenhausleben nervt? Obwohl alle nett zu mir sind und ich sogar ein Einzelzimmer mit Fernseher habe, stört es mich, dass die Leute nicht anklopfen müssen, bevor sie eintreten. Menschen, die ich noch nie gesehen habe, stürmen herein und putzen den Raum oder bringen mir etwas zu essen. Die Netten unter ihnen nicken mir wenigstens noch zu, die anderen erledigen einfach ihre Arbeit.«

»Macht Ihnen das Angst?«

»Ja, natürlich. Ich meine, mir machen zur Zeit viele Dinge Angst – es macht mir Angst, darüber nachzudenken, wie es war. Das alles in Gedanken wieder und wieder zu durchleben, als hätte es nie aufgehört. Das Ganze schlägt dann irgendwie über mir zusammen, als befände ich mich unter Wasser. Als müsste ich ertrinken. Die meiste Zeit versuche ich, nicht daran zu denken. Ich versuche, es von mir wegzuschieben. Vielleicht sollte ich das nicht tun. Glauben Sie, es wäre gesünder, sich damit auseinanderzusetzen?« Ich ließ ihr keine Zeit für eine Antwort. »Das andere, was mir Angst macht, ist die Tatsache, dass der Täter noch nicht gefasst ist. Vielleicht wartet er bloß darauf, dass ich mich hier herauswage und er mich wieder schnappen kann. Wenn ich daran denke, bekomme ich sofort Atemprobleme. Alles in meinem Körper scheint vor Angst zu erstarren. Ja. Ja, ich habe Angst. Allerdings nicht immer. Manchmal fühle ich mich auch wie ein richtiger Glückspilz und freue mich, noch am Leben zu sein. Trotzdem wünschte ich, sie würden ihn endlich erwischen. Ich glaube nicht, dass ich mich jemals wieder sicher fühlen werde, bis das nicht der Fall ist.«

In Irene Beddoes Gegenwart hatte ich zum ersten Mal das Gefühl, über das sprechen zu können, was in jenem Raum mit mir passiert war und was ich dabei empfunden hatte. Sie war keine enge Freundin von mir. Ihr konnte ich von meinem Gefühl erzählen, mich selbst zu verlieren und Schritt für Schritt zu einem Tier degradiert zu werden oder zu einem Gegenstand. Ich erzählte ihr von seinem Lachen, seinem Flüstern, dem Kübel. Ich erzählte ihr, dass ich mit nassgepinkelter Hose aufgewacht war. Ich erzählte ihr auch, dass ich alles getan, alles über mich ergehen lassen hätte, um am Leben zu bleiben. Sie hörte schweigend zu, während ich redete und redete, bis meine Stimme müde wurde. Irgendwann hielt ich inne und lehnte mich zu ihr hinüber.

»Glauben Sie, Sie können mir helfen, mich an meine verlorenen Tage zu erinnern?«

»Mir geht es in erster Linie um das, was in Ihrem Kopf vor sich geht, was Sie durchmachen mussten und immer noch durchmachen. Wenn bei meiner Arbeit etwas herauskommt, das die polizeilichen Ermittlungen weiterbringt, dann ist das ein positiver Nebeneffekt. Die Beamten von der Polizei tun alles, was in ihrer Macht steht, Abbie.«

»Ich glaube nicht, dass ich ihnen viele Anhaltspunkte geben konnte.«

»Ihre Aufgabe ist es, wieder ganz gesund zu werden.«

Ich lehnte mich zurück und ließ den Blick die Fassade des Krankenhauses hinaufwandern. Aus dem ersten Stock blickte ein kleiner Junge mit hoher Stirn und ernstem Gesicht auf uns herunter. Von draußen drang Verkehrslärm zu uns herein, Motorengebrumm und Hupen.

»Wissen Sie, was einer meiner schlimmsten Alpträume ist?«, fragte ich sie.

»Was?«

»Ich habe zur Zeit viele Alpträume. Beispielsweise, wieder in jenem Raum zu sein. Es ist allerdings auch unerträglich für mich, hier in dieser Zwischenwelt zu leben, wo ich mir wie in einer Falle vorkomme. Manchmal aber habe ich die größte Angst davor, dass nach meiner Entlassung aus dem Krankenhaus – meiner Rückkehr in mein altes Leben – alles wieder seinen normalen Gang gehen und der Mann niemals gefasst werden wird. Dass die einzige bleibende Spur von ihm die Erinnerungsfetzen in meinem Kopf sein werden, die wie Würmer umherkriechen und mich von innen auffressen werden.«

Irene musterte mich aufmerksam.

»Haben Sie Ihr altes Leben nicht gemocht?«, fragte sie mich. »Ist Ihnen der Gedanke, in dieses Leben zurückzukehren, unangenehm?«

»So habe ich das nicht gemeint«, entgegnete ich. »Ich kann nur die Vorstellung nicht ertragen, dass bei der ganzen Sache unter Umständen nichts herauskommt. Und dass mich das den Rest meines Lebens verfolgen wird. Wie bei den Menschen, die an dieser besonderen Form von Taubheit leiden, Sie wissen schon, eigentlich ist es gar keine Taubheit. Das Problem ist nicht die Stille, sondern ein Geräusch, das die Leute in den Ohren haben, das stets vorhanden ist, bis es sie irgendwann in den Wahnsinn treibt, so dass manche sich sogar umbringen, nur um dieses Geräusch nicht mehr hören zu müssen.«

»Würden Sie mir ein wenig über sich erzählen, Abbie? Über Ihr Leben vor dieser ganzen Sache?«

Ich trank einen Schluck Kaffee. Erst war er zu heiß gewesen, nun war er zu kalt. »Wo soll ich anfangen? Ich bin fünfundzwanzig. Ähm…« Ich hielt inne, wusste nicht, wie ich fortfahren sollte.

»Wo arbeiten Sie?«

»Seit gut zwei Jahren schufte ich wie eine Irre für eine Firma, die Büros ausstattet.«

»Was genau machen Sie da?«

»Wenn ein Unternehmen ein neues Büro einrichtet, machen wir so viel oder so wenig, wie die Auftraggeber wollen. Manchmal kümmern wir uns nur um die richtige Tapete, manchmal um die gesamte Ausstattung, von den Stiften bis hin zum Computersystem.«

»Macht Ihnen das Spaß?«

»Eigentlich schon. Allerdings kann ich mir nicht vorstellen, auch in zehn Jahren noch dasselbe zu machen – wenn ich genauer darüber nachdenke, glaube ich nicht einmal, dass ich in einem Jahr noch dabei sein werde. Ich bin in diesen Job irgendwie hineingestolpert und habe festgestellt, dass ich recht erfolgreich bin. Manchmal sitzen wir bloß herum und drehen Däumchen, aber wenn wir Termindruck haben, arbeiten wir oft bis zum Morgengrauen. Das ist es, wofür uns die Leute bezahlen.«

»Und Sie haben einen Freund?«

»Ja. Ich habe Terry durch meine Arbeit kennengelernt. So lernen sich die meisten Paare kennen, nicht wahr? Ich wüsste nicht, wo ich sonst jemanden kennenlernen sollte. Er ist Informatiker, und ich bin vor etwa einem Jahr bei ihm eingezogen.«

Sie saß schweigend da und schien darauf zu warten, dass ich weitersprach, also tat ich ihr den Gefallen, zum einen, weil ich grundsätzlich zu viel rede, besonders, wenn sonst niemand spricht – und zum anderen, weil mir danach zumute war. Ich wollte endlich über ein paar Dinge reden, die ich nie zuvor in Worte gefasst hatte.

»Ehrlich gesagt waren die letzten paar Wochen nicht gerade berauschend. In vieler Hinsicht waren sie sogar ziemlich übel. Ich habe zu viel gearbeitet, er auch – und wenn er zu viel arbeitet, dann trinkt er auch zu viel. Ich glaube nicht, dass er Alkoholiker ist, er trinkt einfach, um sich zu entspannen. Allerdings entspannt er sich nicht wirklich, jedenfalls nicht lange. Irgendwann wird er entweder weinerlich oder wütend.«

»Wütend worüber?«

»Schwer zu sagen. Alles. Das Leben. Mich. Er wird wütend auf mich, weil ich gerade da bin, glaube ich. Dann wird er, nun ja, er…« Ich hielt abrupt inne. Es fiel mir schwer weiterzusprechen.

»Er wird gewalttätig?«, fragte Irene Beddoes.

Ich hatte das Gefühl, einen Hang hinunterzurutschen, an dessen Fuß Dinge auf mich warteten, von denen ich noch nie jemandem richtig erzählt hatte.

»Manchmal«, murmelte ich.

»Schlägt er Sie?«

»Ihm ist ein paarmal die Hand ausgerutscht, ja. Ich habe mich immer für die Sorte Frau gehalten, die sich bloß ein einziges Mal von einem Mann schlagen lässt. Hätten Sie mich vor ein paar Monaten gefragt, dann hätte ich Ihnen geantwortet, dass ich mich sofort umdrehen und gehen würde, wenn ein Mann auf die Idee käme, mich zu schlagen. Aber das habe ich nicht getan. Ich weiß selbst nicht, warum. Es tat ihm immer gleich so schrecklich Leid, und ich hatte wohl Mitleid mit ihm. Klingt das sehr dumm? Ich hatte das Gefühl, dass er da etwas tat, was ihn selbst mehr verletzte als mich. Wenn ich jetzt darüber spreche – ich habe im Grunde noch nie wirklich darüber gesprochen –, dann kommt es mir vor, als würde ich von einer anderen erzählen, nicht von mir selbst. Ich bin normalerweise nicht die Sorte Frau, die bei einem Mann bleibt, der sie schlecht behandelt. Ich bin – na ja, eher die Sorte Frau, die aus einem Keller entkommen ist und jetzt ihr Leben weiterleben möchte.«

»Sie haben da ein richtiges Heldenstück geliefert«, meinte sie, und es klang herzlich.

»So sehe ich das nicht. Wirklich nicht. Ich habe lediglich getan, was ich konnte.«

»Das war offensichtlich ziemlich viel. Ich habe mich recht eingehend mit diesem Psychopathen beschäftigt…«

»Das haben Sie mir noch gar nicht gesagt«, unterbrach ich sie. »Sie sagten doch, Sie wären Psychiaterin und würden sich für diese ganze Seite des Falls nicht interessieren.«

»Sie haben in dieser Situation zunächst erstaunlich starke Nerven bewiesen, sich ausschließlich aufs Überleben konzentriert. Zudem ist Ihnen diese bemerkenswerte Flucht gelungen. Dafür gibt es kaum einen Präzedenzfall.«

»Sie kennen nur meine Version. Vielleicht habe ich auch übertrieben, um noch heldenhafter dazustehen.«

»Ich wüsste nicht, was es da zu übertreiben gäbe«, widersprach sie. »Schließlich sind Sie hier. Sie sind am Leben.«

»Das stimmt«, pflichtete ich ihr bei. »Jedenfalls wissen Sie jetzt alles über mich.«

»Das würde ich nicht sagen. Vielleicht können wir uns die nächsten ein, zwei Tage noch ein paarmal zusammensetzen.«

»Das wäre schön«, antwortete ich.

»Ich hole uns gleich etwas zu essen. Sie müssen am Verhungern sein. Doch vorher möchte ich Sie noch um einen Gefallen bitten.«

»Um welchen?«

Sie antwortete nicht gleich. Stattdessen begann sie in ihrer Umhängetasche zu kramen. Während ich ihr dabei zusah, schoss mir durch den Kopf, dass sie genau die Art Mutter war, die ich mir selbst ausgesucht hätte: warmherzig, wo meine Mutter kühl war, ruhig und selbstsicher, wo meine Mutter zur Hysterie neigte, intelligent, wo meine Mutter, nun ja, nicht gerade Einstein war – alles in allem eine interessante Frau.

Schließlich zog sie eine Aktenmappe aus ihrer Tasche, legte sie auf den Tisch und nahm ein Blatt heraus, ein Formular, das sie vor mich hinlegte.

»Was ist das?«, fragte ich. »Wollen Sie mir eine Versicherung aufschwatzen?«

Sie blieb ernst. »Ich möchte Ihnen helfen«, antwortete sie.

»Und um Ihren Fall richtig beurteilen zu können, würde ich mir gern ein möglichst vollständiges Bild von Ihnen machen. Ich würde mir gern Einblick in Ihre sämtlichen bisherigen Krankenakten verschaffen, und dafür brauche ich Ihr Einverständnis. Sie müssten hier unterschreiben.«

»Ist das Ihr Ernst?«, fragte ich. »Meine Krankenakten? Das sind doch nur Stapel von Aufzeichnungen über Impfungen vor irgendwelchen Urlauben und Antibiotika, wenn ich die Grippe hatte.«

»Es könnte trotzdem hilfreich sein«, entgegnete sie und reichte mir einen Stift.

Achselzuckend unterschrieb ich.

»Na, dann viel Spaß, ich beneide Sie nicht. Und jetzt, was tun wir jetzt?«

»Ich fände es schön, wenn wir uns noch etwas unterhalten würden«, antwortete sie. »Beziehungsweise, wenn Sie weiter erzählen würden. Fangen Sie doch einfach an, mal sehen, wo uns das hinführt. Aber vorher hole ich uns was zu essen.«

Nachdem sie mit Sandwiches, Salat, Mineralwasser, Tee und Keksen zurückgekehrt war, tat ich wie mir geheißen. Ich ließ meinen Worten freien Lauf. Und während ich erzählte, wanderte die Sonne über den Himmel. Manchmal, wenn ich an die bleierne Müdigkeit dachte, die während des ganzen letzten Jahres mein Leben geprägt hatte, weinte ich auch ein bisschen, doch meist redete ich, hörte gar nicht mehr auf zu erzählen, bis ich völlig erschöpft war, es im Garten bereits dunkel und kalt zu werden begann und Irene mich durch hallende Korridore zurück zu meinem Zimmer führte.

Auf meinem Bett lag ein großer Strauß Narzissen, daneben ein alter Briefumschlag mit einer Nachricht für mich: »Schade, dass du nicht da warst. Ich habe gewartet, solange es ging. Ich komme wieder, sobald ich Zeit habe. Alles Liebe, ich denke an dich, Sadie.«

Ich musste mich aufs Bett setzen, weil mir vor lauter Enttäuschung die Beine den Dienst versagten.

»Wie kommen Sie mit Ihren Ermittlungen voran?«
»Wir haben zu wenig Anhaltspunkte, um richtig ermitteln zu können.«
»Was ist mit den anderen Frauen?«
»Wir haben nur fünf Vornamen.«
»Sechs. Wenn man mich mitzählt.«
»Wenn Sie …«
Cross hielt inne und senkte verlegen den Kopf.
»Wenn mir irgendetwas einfällt«, sagte ich, »werden Sie der Erste sein, der davon erfährt.«

»Dies ist Ihr Gehirn.«
»Mein Gehirn.« Ich starrte auf das Röntgenbild vor uns und berührte meine Schläfen. »Ein seltsames Gefühl, sich sein eigenes Gehirn anzusehen. Und, ist damit alles in Ordnung?«
Charlie Mulligan lächelte mich an.
»Wenn Sie mich fragen, sieht es ziemlich gut aus.«
»Vielleicht ein bisschen düster.«
»Es sieht genau so aus, wie es aussehen soll.«
»Trotzdem kann ich mich noch immer nicht erinnern. In meinem Leben klafft ein Loch.«
»Das wird vielleicht auch so bleiben.«
»Ein katastrophenförmiges Loch.«
»Oder die Erinnerung wird langsam zurückkehren und das Loch füllen.«
»Kann ich das irgendwie beeinflussen?«
»Denken Sie nicht ständig daran. Entspannen Sie sich.«
»Und das sagen ausgerechnet Sie mir.«
»Es gibt Schlimmeres, als ein paar Tage seines Lebens zu vergessen«, sagte er mit sanfter Stimme. »Wie auch immer, ich muss los.«

»Zurück zu Ihren Mäusen.«

Ich griff nach seiner ausgestreckten Hand. Sein Händedruck war warm und fest. »Ja, zurück zu meinen Mäusen. Lassen Sie es mich wissen, falls Sie etwas brauchen.«

Falls ich etwas brauche, wobei Sie mir weiterhelfen können, dachte ich, nickte aber bloß und versuchte dabei zu lächeln.

»Ich habe gelesen, dass man sich im Leben nur zwei- oder dreimal richtig verliebt.«

»Glauben Sie, das stimmt?«, fragte Irene Beddoes.

»Ich weiß nicht. Vielleicht. Was mich betrifft, so habe ich mich entweder überdurchschnittlich oft verliebt oder aber nie so richtig. Es beginnt ja in der Regel damit, dass man weder schlafen noch essen kann, sich ständig schwindelig und atemlos fühlt und nicht so recht weiß, ob man total glücklich oder total unglücklich ist. Man möchte einfach nur bei ihm sein, und der Rest der Welt kann sich zum Teufel scheren.«

»Ja.«

»Dieses Gefühl hatte ich schon oft, aber es hält meist nicht lange an. Manchmal bloß ein paar Tage oder bis man das erste Mal Sex hatte. Danach geht es zurück, und man muss sehen, was einem noch bleibt. Oftmals nicht besonders viel. Wie bei einem Feuer, von dem nur Asche übrig bleibt. Man denkt sich: Wozu eigentlich dieser ganze Wirbel? Manchmal liegt einem der betreffende Mensch weiterhin am Herzen, man mag und begehrt ihn immer noch. Aber ist das dann Liebe? Am heftigsten verliebt war ich während meiner Studienzeit. Wie sehr ich diesen Jungen vergöttert habe! Aber das war auch nicht von Dauer.«

»Hat er Sie verlassen?«

»Ja. Ich habe wochenlang geheult. Ich dachte, ich würde nie darüber hinwegkommen.«

»Und Terry? Ist die Beziehung mit ihm stärker als Ihre früheren?«

»Zumindest länger, was vielleicht auch schon etwas aussagt, auf eine gewisse Bindung hinweist. Oder auch nur auf Ausdauer.« Ich stieß ein Lachen aus, das gar nicht wie mein normales Lachen klang. »Ich meine, ich habe das Gefühl, ihn inzwischen wirklich gut zu kennen. Ich kenne ihn auf eine Weise, wie ich kaum einen anderen Menschen kenne. All die intimen kleinen Dinge, die er vor anderen Menschen verbirgt ... Und je besser ich ihn kenne, desto mehr Grund hätte ich eigentlich, ihn zu verlassen, aber desto schwerer fällt es mir. Ergibt das Sinn?«

»Es klingt ein bisschen so, als hätten Sie das Gefühl, in der Falle zu sitzen.«

»Viele Menschen haben zeitweise das Gefühl, in der Falle zu sitzen, was ihre Beziehungen betrifft, meinen Sie nicht?«

»Sie haben also sowohl in der Arbeit als auch zu Hause das Gefühl, in der Falle zu sitzen?«

»Ganz so dramatisch würde ich es nicht formulieren. Ich habe allerdings zugelassen, dass sich ein bestimmter Trott in mein Leben eingeschlichen hat.«

»Aus dem Sie schon seit längerem ausbrechen wollen?«

»Man rutscht ganz langsam in so etwas hinein. Erst wenn es sich zu einer richtigen Krise ausgewachsen hat, merkt man plötzlich, wo man steht.«

»Das heißt also ...?«

»Dass ich in einer Krise stecke.«

Als Irene am nächsten Tag in mein Zimmer trat ... Mein Zimmer. Ich ertappte mich immer öfter bei diesem Gedanken. Als wollte ich den Rest meines Lebens dort verbringen. Als wäre ich nicht mehr in der Lage, mit der Welt draußen klarzukommen – einer Welt, in der ich wieder gezwungen wäre, Dinge für mich zu kaufen und Entscheidungen zu treffen.

Sie wirkte so ruhig wie immer. Lächelnd fragte sie mich, wie ich denn geschlafen hätte. In der richtigen Welt fragten einen die Leute auch manchmal, wie es einem gehe, wollten es aber gar nicht wirklich wissen, sondern erwarteten die Antwort »gut«. Es kam höchst selten vor, dass jemand fragte, wie man geschlafen habe, ob man auch genug esse und wie man sich fühle, und es auch tatsächlich wissen wollte. Irene Beddoes wollte es wissen. Sie sah mich mit ihren intelligenten Augen an und wartete darauf, dass ich etwas sagte. Also behauptete ich, gut geschlafen zu haben, obwohl es gar nicht stimmte. Das war ein weiterer Punkt, der mich am Krankenhaus störte. Natürlich hatte ich mein eigenes Zimmer, aber solange dieses Zimmer nicht auf einer Insel mitten im Pazifik lag, wurde man trotzdem um halb drei Uhr morgens von einer schreienden Frau geweckt. Jemand eilte herbei und kümmerte sich um sie, ich aber starrte die verbleibende Nacht in die Dunkelheit und dachte an Sterben und Tod, an den Keller und die Stimme in meinem Ohr.

»Gut, danke«, sagte ich noch einmal.

»Ihre Akte ist eingetroffen«, bemerkte sie.

»Welche Akte?«

»Die mit Ihrer Krankengeschichte. Die ich bei Ihrem Hausarzt angefordert habe.«

»Ach so«, sagte ich. »Das hatte ich schon wieder völlig vergessen. Ich nehme an, sie enthält eine Menge schlimme Dinge, die vor Gericht sämtlich gegen mich verwendet werden können.«

»Warum sagen Sie das?«

»War nur ein Scherz. Nun werden Sie gleich sagen, dass es so etwas wie ›nur ein Scherz‹ nicht gibt.«

»Sie haben mir nicht gesagt, dass Sie wegen schwerer Depressionen behandelt worden sind.«

»Wie bitte?«

Sie warf einen Blick in ihr Notizbuch.

»Im November 1995 wurde Ihnen ein Antidepressivum verschrieben.«

»Daran kann ich mich nicht erinnern.«

»Versuchen Sie es.«

Ich überlegte einen Moment. 1995. Da hatte ich studiert. Mein Zusammenbruch.

»Das muss die Zeit gewesen sein, als Jules sich von mir trennte. Ich habe Ihnen gestern davon erzählt. Ich steigerte mich damals in einen schrecklichen Zustand hinein, war fest davon überzeugt, dass mein Herz gebrochen war. Nun ja, wahrscheinlich war es das auch. Ich kam morgens nicht mehr aus dem Bett, weinte die ganze Zeit. Ich konnte gar nicht mehr aufhören zu weinen. Seltsam, wie viel Wasser man in sich hat. Schließlich hat mich eine Freundin dazu gebracht, den College-Arzt aufzusuchen. Er hat mir ein paar Pillen verschrieben, aber ich kann mich nicht mehr daran erinnern, ob ich sie überhaupt genommen habe.« Als ich mir meiner Wortwahl bewusst wurde, musste ich lachen. »Wenn ich sage, ich kann mich nicht erinnern, dann meine ich damit keinen weiteren Fall von Amnesie. Das Ganze ist bloß schon so lange her und war mir später nicht mehr wichtig.«

»Warum haben Sie die Sache gestern nicht erwähnt?«

»Mit sieben oder acht Jahren bekam ich zum Geburtstag ein Taschenmesser geschenkt. Unglaublich, aber wahr. Ungefähr acht Minuten später versuchte ich, im Garten an einem Stück Holz herumzuschnitzen und stieß mir das Messer dabei in den Finger.« Ich hielt die linke Hand hoch. »Sehen Sie, da ist immer noch eine hübsche Narbe. Es hat wie verrückt geblutet. Vielleicht bilde ich mir das bloß ein, aber jedes Mal, wenn ich die Narbe ansehe, spüre ich, wie es sich anfühlte, als ich mit dem Messer abrutschte und die Klinge in meinen Finger glitt. Das habe ich gestern auch nicht erwähnt.«

»Abbie, wir haben über Ihren psychischen Zustand gesprochen. Darüber, wie Sie auf Stress reagieren. Trotzdem haben Sie das nicht erwähnt.«

»Wollen Sie damit andeuten, dass ich es auf dieselbe Weise

vergessen habe wie meine Entführung durch diesen Mann? Außerdem habe ich sehr wohl darüber gesprochen. Ich habe Ihnen doch bei unserem gestrigen Gespräch davon erzählt.«

»Ja, aber Sie haben nicht erwähnt, dass Sie deswegen in ärztlicher Behandlung waren.«

»Nur weil mir das nicht relevant erschien. Ich hatte an der Uni eine Affäre mit einem Jungen, und als die Sache schief ging, wurde ich depressiv. Gut, vielleicht haben Sie Recht, vielleicht ist es tatsächlich relevant. Ich nehme an, in gewisser Hinsicht ist alles relevant. Vielleicht habe ich das nicht erwähnt, weil es so traurig war und ich mich so allein gelassen fühlte.«

»Allein gelassen?«

»Ja. Natürlich. Schließlich war ich verliebt und er nicht.«

»Ich habe bei der Durchsicht Ihrer Akten besonders darauf geachtet, wie Sie auf andere Stresssituationen in Ihrem Leben reagiert haben.«

»Wenn Sie meine Entführung durch einen Psychopathen, der vorhatte, mich zu töten, mit den Phasen meines Lebens vergleichen wollen, in denen ich mich von einem Freund trennte oder unter einem Ekzem litt, das ich zwei Jahre lang nicht mehr loswurde – sind Sie schon an diesem Punkt meiner Akte angelangt? –, nun, dann kann ich dazu bloß sagen, dass sich das einfach nicht vergleichen lässt.«

»Eins haben all diese Situationen gemeinsam: dass Sie sie erlebt haben. Ich suche nach Verhaltensmustern. Dieses Ereignis zählt zu den Dingen, die Ihnen in Ihrem Leben widerfahren sind, und wie alles, was Ihnen widerfährt, wird es Sie auf irgendeine Art und Weise geprägt haben. Ich hoffe, ich kann helfen, dafür zu sorgen, dass es keine schlimmen Auswirkungen auf Sie haben wird.«

»Aber es passieren nun mal Dinge im Leben, die einfach furchtbar sind, und dieses Erlebnis gehört definitiv dazu. Es wird immer ein furchtbares Erlebnis für mich bleiben, ich kann es nicht in etwas Positives umwandeln. Wichtig ist meiner Meinung nach einzig und allein, dass dieser unglaublich gefährliche Mann gefasst und eingesperrt wird, damit er nie wieder einem Menschen so etwas antun kann.« Ich blickte aus dem Fenster. Über dem Krankenhauskomplex leuchtete ein klarer blauer Himmel. Ich konnte die Kälte draußen nicht spüren, aber ich konnte sie sehen. Allein dieser Anblick bewirkte, dass mir die Luft in diesem verhassten Raum plötzlich unerträglich stickig erschien. »Noch etwas.«

»Was?«, fragte Irene.

»Ich muss hier raus. Und zwar schnell, sonst schaffe ich es nie mehr. Ich muss schleunigst wieder ein normales Leben führen. Ich schätze, ich kann nicht einfach aufstehen und diese geborgten Kleidungsstücke anziehen – obwohl, wenn ich es mir recht überlege, warum eigentlich nicht? Nein, ich werde mit Dr. Burns sprechen oder eine Nachricht bei seiner Sekretärin hinterlassen und ihn davon in Kenntnis setzen, dass ich morgen von hier verschwinde. Ich werde bei Jack Cross eine Adresse hinterlassen, unter der ich zu erreichen bin. Und wenn Sie dann immer noch Interesse daran haben, mit mir zu sprechen, dann bin ich gerne bereit, mich an einem Ort Ihrer Wahl mit Ihnen zu treffen. Aber hier kann ich nicht länger bleiben.«

Irene Beddoes reagierte wie immer mit Verständnis, als hätte sie nichts anderes von mir erwartet.

»Vielleicht haben Sie Recht«, meinte sie. »Könnten Sie uns trotzdem noch einen Gefallen tun? Wir haben ja schon darüber gesprochen, dass sich viele verschiedene Ärzte und Abteilungen um Sie kümmern. Es tut mir Leid, dass Sie oft so lange warten mussten, aber Sie können sich sicher vorstellen, wie kompliziert es ist, all diese Leute zu einem bestimmten Zeitpunkt zusammenzubringen und sie zu einer Entscheidung zu bewegen. Ich habe gerade erfahren, dass für morgen früh eine Besprechung mit allen Beteiligten angesetzt ist. Es wird dabei um die Frage gehen, wie in Ihrem Fall weiter verfahren werden soll. Ein wesentlicher Punkt wird Ihre Entlassung sein.«

»Kann ich mitkommen?«

»Wie meinen Sie das?«

»Kann ich mit zu dieser Besprechung?«

Zum ersten Mal erlebte ich Irene für einen Moment sprachlos.

»Tut mir Leid, aber das geht nicht.«

»Sie meinen, da werden Dinge zur Sprache kommen, die ich vielleicht nicht hören möchte?«

Sie setzte ihr beruhigendes Lächeln auf.

»Aber nein. Patienten nehmen an solchen Besprechungen einfach nicht teil. Das ist so geregelt.«

»Meiner Meinung nach handelt es sich hier nicht so sehr um einen medizinischen Fall, sondern um eine polizeiliche Ermittlung, an der ich sehr wohl beteiligt sein sollte.«

»Niemand will Ihnen etwas verheimlichen. Ich werde hinterher sofort zu Ihnen kommen und Bericht erstatten.«

Ich sah sie nicht an. Mein Blick wanderte erneut zum Fenster.

»Ich werde mit gepackter Tasche auf Sie warten«, erklärte ich.

An diesem Nachmittag hatte Jack Cross keine Zeit für mich, er war zu beschäftigt. Statt seiner kam ein minder wichtiger Detective namens Lavis. Er war so groß, dass er aus reiner Gewohnheit ständig den Kopf einzog, und das, obwohl mein Zimmer fast drei Meter hoch war. Er war definitiv nur ein Ersatzmann, behandelte mich aber ausgesprochen freundlich, als hätte er das Gefühl, mit mir gegen den Rest der Welt antreten zu müssen. Der Stuhl, auf dem er neben meinem Bett Platz nahm, wirkte unter ihm lächerlich klein.

»Ich habe versucht, Cross zu erreichen«, sagte ich.

»Er ist unterwegs«, antwortete Lavis.

»Ja, das hat man mir auch gesagt. Ich hatte trotzdem gehofft, er würde mich zurückrufen.«

115

»Er ist recht beschäftigt. Deswegen hat er mich geschickt.«

»Ich wollte ihn darüber informieren, dass ich vorhabe, das Krankenhaus zu verlassen.«

»In Ordnung«, antwortete Lavis, als hätte er gar nicht richtig mitbekommen, was ich gesagt hatte. »Ich werde es ihm ausrichten. Man hat mich geschickt, damit ich ein paar Dinge mit Ihnen bespreche.«

»Und die wären?«

»Gute Nachrichten«, verkündete er in munterem Ton. »Ihr Freund. Terry Wilmott. Wir haben uns seinetwegen langsam ein wenig Sorgen gemacht, aber er ist wieder aufgetaucht.«

»War er beruflich unterwegs oder auf Sauftour?«

»Er trinkt manchmal gern einen über den Durst, oder?«

»Hin und wieder.«

»Ich habe ihn gestern kennen gelernt. Er wirkte etwas blass, aber ansonsten recht fit.«

»Hat er gesagt, wo er war?«

»Angeblich war er krank. Er sagte, er sei in einem Cottage in Wales gewesen, das einem seiner Freunde gehört.«

»Das klingt ganz nach Terry. Hat er sonst noch etwas gesagt?«

»Er hatte nicht viel zu dem Thema zu sagen.«

»Dann hat sich das Geheimnis also gelüftet«, meinte ich. »Der Idiot. Ich werde ihn anrufen.«

»Demnach hat er sich noch nicht bei Ihnen gemeldet.«

»Bis jetzt nicht.«

Lavis schien sich unbehaglich zu fühlen. Er erinnerte mich an einen schüchternen Jugendlichen, der schon rot wurde, wenn man ihn nach der Uhrzeit fragte.

»Der Boss hat mich mit ein paar Nachforschungen beauftragt«, erklärte er. »Ich habe in Ihrer Firma vorbeigeschaut, Jay & Joiner. Nette Leute.«

»Wenn Sie das sagen.«

»Wir versuchen herauszufinden, wann genau Sie verschwunden sind.«

»Ja?«

»Ja.« Er schniefte ein wenig und blickte sich dabei um, als müsste er nach einem Fluchtweg Ausschau halten. »Wie sehen Ihre weiteren Pläne aus?«

»Wie gesagt, ich plane, morgen das Krankenhaus zu verlassen.«

»Und Ihre beruflichen Pläne?«

»Ich werde mich mit der Firma in Verbindung setzen. Bis jetzt habe ich mich noch nicht fit genug gefühlt, aber ich schätze, ich werde in der nächsten oder übernächsten Woche an meinen Schreibtisch zurückkehren.«

»Sie wollen wieder dort arbeiten?« Er klang erstaunt.

»Was sonst? Ich muss schließlich von irgendetwas leben. Aber es ist nicht nur das. Ich muss wieder in mein normales Leben zurückkehren, solange ich dazu noch in der Lage bin.«

»Ja, da haben Sie Recht«, meinte Lavis.

»Sie müssen entschuldigen. Ich weiß, dass ich Sie nicht mit meinen persönlichen Problemen behelligen sollte.«

»Das ist schon in Ordnung.«

»Sie haben mit den Ermittlungen bestimmt alle Hände voll zu tun.«

»Durchaus, ja.«

»Ich weiß, dass ich Ihnen dabei keine große Hilfe war.«

»Wir tun, was in unserer Macht steht.«

»Es tut mir wirklich Leid, dass ich nicht in der Lage war, den Ort zu finden, wo ich festgehalten wurde. Ich bin nicht gerade eine erstklassige Zeugin. Aber ich habe das Gefühl, völlig im Dunkeln zu tappen. Gibt es schon neue Entwicklungen? Ich nehme an, Sie haben inzwischen die Namen überprüft, die ich Cross genannt habe. Die Namen der anderen Opfer. Ich hatte gehofft, sie wären vielleicht ein Anhaltspunkt. Hat sich da etwas ergeben? Offenbar nicht, denn sonst hätte man mich bestimmt informiert. Obwohl ich manchmal das Gefühl habe, dass mir niemand etwas sagt. Das ist auch ein Problem, mit dem man konfrontiert wird, wenn man in diesem Raum in diesem Bett liegt. Jedenfalls habe ich dadurch einen Eindruck gewonnen, wie man sich als alter oder kranker Mensch fühlt. Die Leute behandeln einen, als hätte man einen kleinen Sprung in der Schüssel. Wissen Sie, was ich meine? Alle, die hier herkommen, reden ein bisschen langsamer als sonst und stellen mir extrem einfache Fragen, als wäre ich des Denkens nicht mehr ganz mächtig. Und sie halten es nicht für nötig, mir irgendetwas mitzuteilen. Allen Ernstes, ich glaube, wenn ich nicht ab und zu einen Anfall bekäme, würden sie mich völlig vergessen.«

Dass ich so vor mich hinplapperte lag vor allem daran, dass Lavis den Mund nicht aufbekam, sondern verlegen auf seinem Stuhl hin und her rutschte und dabei einen recht gehetzten Eindruck machte; und je länger ich plapperte, desto gehetzter wirkte er. Ich kam mir schon wie eine dieser armen Kreaturen vor, die auf der Straße ständig vor sich hinmurmelten und jedem, den sie zum Anhalten bewegen konnten, wortreich vorjammerten, wie schlecht es ihnen gehe und dass es alle auf sie abgesehen hätten.

»Ich habe Ihnen wohl nicht sehr viel sagen können«, wandte ich mich erneut an Lavis. »Ich meine, ich habe gerade ziemlich viel geredet, ohne dass es Ihnen weiterhilft.«

»Das ist schon in Ordnung«, erwiderte Lavis und stand auf. Er war im Begriff, das Weite zu suchen. »Ich wollte nur einige Dinge mit Ihnen abklären. Wie ich anfangs bereits sagte.«

»Es tut mir Leid, wenn ich Sie aufgehalten habe«, sagte ich. »Ich bin im Moment wirklich ein bisschen durcheinander.«

»Das ist schon in Ordnung«, sagte Lavis erneut, während er langsam auf die offene Tür zusteuerte. Doch er widersprach mir nicht.

St. Anthony Hospital

Datum: 28. Januar 2002
Fallbesprechung – Abigail Elizabeth Devereaux.

Zimmer 4E, Barrington-Flügel. Einweis.Nr. 923903
Cc. Detective Chief Superintendent Gordon Lovell,
Laurraine Falkner (Verwaltungsdirektorin), Professor
Ian Burke (Medizinischer Leiter)
Protokollführerin: Susan Barton (Medizinische Verwal-
tungsangestellte)

NB: NICHT ZUR ALLGEMEINEN
EINSICHTNAHME

Anwesend: Detective Chief Superintendent Lovell, Detective Inspector Cross, Dr. Burns, Dr. Beddoes, Prof.
Mulligan

Zu Beginn der Besprechung lieferte Detective Inspector Cross
einen Bericht über den Fall und den aktuellen Stand der damit
verbundenen Ermittlungen. Am zweiundzwanzigsten Januar
wurde Ms. Devereaux per Ambulanz in der Ferdinand Road
abgeholt und eingeliefert. Am nächsten Tag befragt, gab sie an,
entführt worden zu sein. Ihr Entführer habe gedroht, sie zu töten. Laut DI Cross werden die Ermittlungen mangels objekti-
ven Beweismaterials erschwert. Ms. Devereaux ist nicht in der
Lage, sich an ihre Entführung zu erinnern. Während ihrer Gefangenschaft war sie gefesselt und trug stets eine Kapuze über
dem Kopf. Das einzig Relevante, woran sie sich erinnern kann,
ist eine Liste weiblicher Vornamen, von denen ihr Entführer
behauptete, sie seien die Namen früherer Opfer.
Ms. Devereaux konnte aus dieser Gefangenschaft entkommen, war aber, als sie unter Polizeischutz in die betreffende

Gegend zurückkehrte, bedauerlicherweise nicht in der Lage, den Ort zu lokalisieren, von dem sie entkommen war.

Dr. Beddoes erkundigte sich, ob erfolgreiche Fluchtversuche dieser Art von Entführungsopfern häufig oder selten vorkämen. DI Cross antwortete, er habe mit solchen Fällen nur sehr begrenzte Erfahrung. Dr. Beddoes fragte, ob in diesem Fall bereits Fortschritte zu verzeichnen seien. DI Cross antwortete, die Ermittlungen befänden sich noch in einem sehr vorläufigen Stadium.

Dr. Burns beschrieb die bei Ms. Devereaux festgestellten, hauptsächlich oberflächlichen Verletzungen. Er berichtete, dass ihr dehydrierter, unterernährter Zustand zwar nicht lebensbedrohlich gewesen sei, aber durchaus auf eine Form von körperlichen Strapazen hingedeutet habe.

Dr. Beddoes fragte, ob der Körper der Patientin irgendwelche Spuren von Gewaltanwendung oder Folter aufgewiesen habe. Dr. Burns antwortete, Blutergüsse an Hals und Handgelenken hätten auf eine Fesselung hingedeutet.

Dr. Burns stellte fest, die Computertomographie habe keinen Befund ergeben, offensichtlich lägen keine Gehirnverletzungen vor.

Professor Mulligan berichtete über seine Beurteilung der Patientin. Er sei zu dem Schluss gekommen, dass Ms. Devereaux' Aussagen über ihre posttraumatische Amnesie mit dem Ergebnis seiner Untersuchung in Einklang stünden.

Dr. Beddoes fragte ihn, ob er konkrete körperliche Beweise für eine derartige Amnesie in Folge einer Kopfverletzung gefunden habe. Professor Mulligan antwortete, derartige »Beweise« seien nicht relevant. Es folgte eine heftige Diskussion zwischen Dr. Beddoes und Professor Mulligan, die hier nicht im Detail wiedergegeben werden kann.

Dr. Beddoes sprach über ihre Beurteilung der Patientin. Ihrer Meinung nach handle es sich bei Ms. Devereaux um eine wortgewandte, intelligente, attraktive junge Frau. Ihr Bericht über ihr Martyrium sei spannend und überzeugend gewesen. Eine eingehendere Untersuchung habe allerdings ergeben, dass Ms. Devereaux in den Monaten vor diesem angeblichen Martyrium beträchtlichem Stress ausgesetzt gewesen sei. Beruflich habe sie derart unter Druck gestanden, dass sie schließlich gezwungen gewesen sei, aus stressbedingten Gründen unbezahlten Urlaub zu nehmen. Aus Ms. Devereaux' Aussagen lasse sich ableiten, dass dieser unbezahlte Urlaub kurz vor ihrer angeblichen Gefangenschaft begonnen habe. Auch die Beziehung zu ihrem Freund sei eine Quelle beträchtlichen Drucks gewesen, bedingt durch seinen exzessiven Alkoholkonsum und sein damit verbundenes gewalttätiges Verhalten.

Dr. Beddoes berichtete, im Verlauf ihrer Untersuchungen seien weitere relevante Faktoren zu Tage getreten. Entgegen ihren eigenen Aussagen habe es in Ms. Devereaux' Leben bereits früher Anzeichen für mentale Labilität gegeben. Sie sei deswegen sogar in ärztlicher Behandlung gewesen, was sie anfangs jedoch nicht erwähnt habe. Hinzu komme, dass die Patientin nicht zum ersten Mal behaupte, Opfer von Gewalttätigkeiten geworden zu sein. Polizeiliche Aufzeichnungen würden belegen, dass sie bereits mehrmals wegen häuslicher Streitigkeiten bei der Polizei angerufen habe, bei denen es sich um Probleme mit ihrem Freund handelte.

Auch in diesen Fällen hatte die Patientin erkennbare Schwierigkeiten, sich an die Ereignisse zu erinnern, offenbar vergleichbar mit der Amnesie, unter der sie derzeit angeblich litt. Dr. Beddoes berichtete, sie habe sich, nachdem sich bei ihr erste Zweifel an der Glaubwürdigkeit der Patientin geregt hätten, ausgiebig mit anderen über den Fall beraten und versucht, objektive Beweise für Ms. Devereaux' Geschichte zu finden. Leider vergeblich. Dr. Beddoes sagte, sie sei zu dem Schluss gekommen, dass Mr. Devereaux' Probleme psychologischer Natur seien und sich am besten mit einer Gesprächstherapie behandeln ließen.

Professor Mulligan fragte, wie dann Ms. Devereaux' Blutergüsse und die Tatsache zu erklären seien, dass man sie stark ab-
gemagert in einem Teil von London gefunden habe, der weit
von ihrer Wohnung und ihrem Arbeitsplatz entfernt lag. Dr.
Beddoes antwortete, Professor Mulligan sei in erster Linie
wegen seines Fachwissens in gewissen, sehr speziellen neuro-
logischen Bereichen hinzugezogen worden.

Detective Chief Inspector Lovell fragte Dr. Beddoes, ob sie
darauf hinaus wolle, dass gar kein Verbrechen geschehen sei.
Dr. Beddoes erklärte, sie könne zwar nicht mit Sicherheit
sagen, was zwischen Ms. Devereaux und ihrem Freund vorge-
fallen sei, sie sei aber ganz sicher, dass es sich bei der Entführung um ein Produkt von Ms. Devereaux' Phantasie handle. Sie
persönlich sehe darin allerdings keine böswillige Lügengeschichte. Eher einen Hilfeschrei.

DCI Lovell verkündete, dass in diesem Fall als Erstes zu klären sei, ob Ms. Devereaux nicht angezeigt werden sollte, weil
sie die kostbare Zeit der Polizei verschwendet habe.

Es folgte eine laute Diskussion. DI Cross bemerkte, er sei
durchaus noch nicht davon überzeugt, dass die Aussagen von
Ms. Devereaux nicht der Wahrheit entsprächen. Professor
Mulligan fragte, ob Dr. Beddoes eigentlich bewusst sei, welche
Folgen es haben könnte, wenn ihre Diagnose sich als falsch er-
wiese. Ohne Polizeischutz befände sich Ms. Devereaux in Le-
bensgefahr. Es folgte erneut eine heftige Diskussion, die hier
nicht im Einzelnen wiedergegeben werden kann.

Professor Mulligan ließ ins Protokoll aufnehmen, dass er
mit der Meinung, die bei dieser Besprechung vorherrsche,
nicht einverstanden sei. Er erklärte, dass alle Anwesenden eine
Mitschuld tragen würden, falls Ms. Devereaux etwas zustoßen
sollte. (Susan Barton ausgenommen; diese Anmerkung wurde
auf Wunsch von Professor Mulligan ins Protokoll eingefügt.)
Professor Mulligan verließ daraufhin die Versammlung.

Nun folgte eine Diskussion über die weitere Vorgehensweise. DCI Lovell gab DI Cross den Befehl, die Ermittlungen einzustellen. Dr. Beddoes kündigte an, umgehend Ms. Devereaux aufzusuchen, um eine geeignete Therapie mit ihr zu besprechen.

Dr. Beddoes dankte den anderen Anwesenden für ihre Kooperation. Sie sprach von einem Paradebeispiel dafür, wie medizinische und gesetzliche Institutionen zusammenarbeiten sollten. Dr. Burns fragte, ab wann Ms. Devereaux' Bett wieder zur Verfügung stehe.

DRITTER TEIL

1

Geh. Geh, Abbie. Setz einen Fuß vor den anderen. Halt nicht
an, bleib nicht stehen, sieh dich nicht um. Kopf hoch und den
Blick nach vorn. Lass die Gesichter um dich herum ver-
schwimmen. Tu, als wüsstest du, wohin du gehst. Du hörst deinen Namen, doch es ist nur ein Echo eines Echos, das von den
weißen Wänden abprallt. Sie rufen eine Fremde, nicht dich.
Hör nicht zu. Das ist nun vorbei, all das Zuhören und Reden
und Tun, was dir gesagt wird. Es stets allen Recht machen. Geh
weiter. Nein, du sollst nicht laufen, du sollst gehen. Durch
diese Doppeltür, die leise aufgleitet, wenn du näher kommst.
Nur keine Tränen. Nicht weinen. Du bist nicht verrückt, Abbie. Du bist nicht verrückt. Vorbei an den Ambulanzen, den
Wagen, den Sanitätern mit den Rollbetten. Bleib jetzt nicht stehen. Tritt in die weite Welt hinaus. Das ist die Freiheit, auch
wenn du nicht frei bist. Nicht frei und nicht sicher. Aber auch
nicht verrückt. Du bist nicht verrückt. Und du bist noch am
Leben. Atme tief durch und geh weiter.

Der Himmel war erstaunlich blau, der Boden gefroren. Die
ganze Welt glitzerte vor Frost. Meine Wangen und Augen
brannten, meine Finger waren von der Kälte schon ganz steif.
Unter meinen Füßen, die in albernen, ausgelatschten Schuhen
steckten, knirschte der Kies. Mit einer Plastiktüte in der Hand
stand ich vor dem hohen viktorianischen Gebäude, in dessen
oberstem Stockwerk unsere Wohnung lag – nun, eigentlich
war es Terrys Wohnung, aber ich lebte seit fast zwei Jahren
dort. Ich war diejenige, die unser Schlafzimmer gestrichen und

den Kamin zum Brennen gebracht hatte. Ich hatte Second-hand-Möbel und große Spiegel gekauft, Bilder, Teppiche und Vasen, den ganzen Krimskrams, der aus einer Wohnung erst ein Zuhause machte.

Vorsichtig legte ich den Kopf in den Nacken und ließ den Blick über die Fassade des Hauses schweifen. Die Bewegung schien den Schmerz in meinem Kopf zum Explodieren zu bringen. Gegenwärtig machte die Wohnung nicht gerade einen einladenden Eindruck. Sie wirkte kalt und leer. Das Badfenster hatte immer noch einen Sprung, und es brannte kein Licht. Die Vorhänge in unserem Schlafzimmer waren zugezogen, was entweder bedeutete, dass Terry noch verkatert, bleichgesichtig und übellaunig im Bett lag, oder dass er sich in der Eile nicht die Zeit genommen hatte, sie aufzuziehen, als er am Morgen viel zu spät aus dem Bett gestolpert war. Ich hoffte, dass Letzteres der Fall war.

Trotzdem drückte ich zuerst auf den Klingelknopf. Wenn ich das Ohr an die Tür legte, konnte ich es weit über mir läuten hören – ein stotterndes Läuten, weil die Batterie langsam den Geist aufgab. Sie schien eigentlich schon seit Monaten den Geist aufzugeben. Nachdem ich einen Moment gewartet hatte, klingelte ich noch einmal. Ich schob die metallene Briefklappe auf und spähte durch den Schlitz, ob jemand die Treppe herunterkam, sah aber nur einen Streifen des kastanienbraunen Teppichs.

Ich holte den Ersatzschlüssel aus unserem hohlen Stein. Zweimal entglitt er meiner Hand, ehe es mir gelang, ihn mit meinen klammen Fingern ins Schloss zu stecken. Sogar noch in der Diele bildete mein Atem weiße Wolken. Ich hoffte, dass Terry die Heizung angelassen hatte oder wenigstens das Wasser noch heiß genug war für ein Bad. Ich fühlte mich schmuddelig, verfroren und seltsam flau, als würden meine Eingeweide durchgeschüttelt. Es war eine traurige Heimkehr. Trauriger ging es gar nicht.

Mühsam schleppte ich mich die Treppe hoch, vorbei an der Wohnung im ersten Stock, in der ich einen Fernseher laufen hörte. Meine Beine fühlten sich an wie Blei, und als ich schließlich ein Stockwerk höher vor unserer Tür ankam, keuchte ich vor Anstrengung. Sobald ich den Schlüssel im Schloss umgedreht hatte, rief ich nach Terry.

»Hallo? Hallo, ich bin's! Ich bin wieder da!« Nichts. »Terry? Hallo?«

Stille, abgesehen von einem Tröpfeln aus dem Bad. Plötzlich, ohne Vorwarnung, durchflutete mich eine Welle der Angst, und ich musste stehen bleiben und mich an der Tür festhalten, weil ich auf einmal ganz weiche Knie hatte. Ich atmete tief durch, ein und aus, bis die Angst verebbt war, dann betrat ich die Wohnung und zog die Tür hinter mir zu.

Ich weiß nicht, was mir als Erstes auffiel. Vermutlich das allgemeine Chaos: die lehmigen Schuhe auf dem Wohnzimmerboden, der dreckige Geschirrberg, der sich im Spülbecken türmte, die verwelkten Tulpen auf dem Küchentisch, die in unmittelbarer Nachbarschaft mehrerer leerer Flaschen und eines überquellenden Aschenbechers die Köpfe hängen ließen. Überall staubige Flächen, abgestandene Luft. Erst jetzt registrierte ich, dass hier und dort seltsame Lücken klafften, wo eigentlich Dinge stehen sollten. Mein CD-Player zum Beispiel, der immer auf einem niedrigen Tischchen im Wohnzimmer neben dem kleinen Fernseher gestanden hatte. Doch inzwischen war dort kein kleiner Fernseher mehr, sondern ein neuer, großer. Automatisch wanderte mein Blick weiter zu dem kleinen Schreibtisch in der Ecke, auf dem normalerweise mein Laptop stand, aber der war ebenfalls weg. Es handelte sich um ein ganz altes Ding, gemessen an den Maßstäben der Computertechnik ein Dinosaurier, aber der Gedanke an all die Daten, die ich darin gespeichert hatte, ließ mich genervt aufstöhnen – allein schon die vielen E-Mail-Adressen, die ich mir nirgends sonst notiert hatte.

Ich ließ mich auf das Sofa fallen, neben einen Stapel alter Zeitungen und Terrys Mantel. Waren wir ausgeraubt worden? Von den Büchern schienen auch einige zu fehlen – in den Regalfächern klafften mehrere Lücken. Ich versuchte mich daran zu erinnern, was dort gestanden hatte: im unteren Fach eine riesige Enzyklopädie, im Fach darüber mehrere Romane, eine Gedichtanthologie, unser Pub-Führer ... und definitiv ein paar Kochbücher.

Ich ging ins Schlafzimmer hinüber. Das Bett war nicht gemacht. Die aufgebauschte Bettdecke hatte noch die Form von Terrys Körper. Auf dem Boden türmte sich ein Berg schmutziger Wäsche, daneben lagen zwei leere Weinflaschen. Ich zog die Vorhänge auf, um das blendende Sonnenlicht hereinzulassen, öffnete das Fenster, um für einen Moment die eisige, saubere Luft auf meinem Gesicht zu spüren. Erst dann blickte ich mich um. Es ist immer schwierig zu sehen, was nicht mehr da ist. Oft fällt gar nicht auf, dass etwas fehlt. Der Wecker an meiner Seite des Bettes. Meine hölzerne Schmuckschatulle, die immer auf der Kommode gestanden hatte. Sie enthielt nichts Wertvolles – ein paar Ohrringe, Armreifen, zwei Ketten, lauter Dinge, dich ich im Laufe der Jahre geschenkt bekommen hatte – aber es handelte sich um Erinnerungsstücke und Geschenke, die sich nicht ersetzen ließen.

Ich zog die Schubladen auf. Von meiner gesamten Unterwäsche war nur noch ein alter schwarzer Slip übrig, lieblos in den hintersten Winkel gestopft. Mehrere meiner T-Shirts fehlten, außerdem ein paar Jeans und bessere Hosen sowie mindestens drei von meinen Pullis, darunter auch der sündhaft teure, dem ich im Winterschlussverkauf erlegen war. Ich zog die Schranktüren auf. Soweit ich sehen konnte, waren alle Sachen von Terry noch da, einige Kleiderbügel auf meiner Seite jedoch leer. Es fehlten mehrere Kleider, mein schwarzer Mantel, meine Lederjacke. Ebenso die meisten von meinen Schuhen – nur noch zwei Paar Sandalen und ein Paar abgewetzte Turnschuhe

standen auf dem Schrankboden. Der Großteil meiner Büro-
garderobe schien allerdings noch da zu sein. Verwirrt sah ich
mich um. Mein Blick blieb an einem Müllsack hängen, der am
Fußende unseres Bettes lehnte, zum Platzen vollgestopft mit
einem Teil meiner fehlenden Sachen.

»Terry«, sagte ich laut. »Du Mistkerl!«

Ich ging ins Bad. Die Klobrille war hochgeklappt. Mit einem
lauten Knall ließ ich sie nach unten sausen. Keine Tampons,
kein Make-up, keine Feuchtigkeitscreme, kein Parfum, kein
Deo. Ich war einfach weggeräumt worden. Sogar meine Zahnbürste war verschwunden. Ich öffnete den Spiegelschrank. Die
Hausapotheke war noch da. Ich schraubte die Flasche mit den
Kopfschmerztabletten auf und schüttete zwei auf meine Hand-
fläche. Ich schluckte sie ohne Wasser. Mein Kopf dröhnte.

Das war nur ein Traum, dachte ich. Ein Alptraum, in dem ich
aus meinem eigenen Leben ausradiert wurde. Bestimmt würde
ich bald aufwachen. Doch genau hier lag das Problem – wo
hatte der Alptraum begonnen, und an welcher Stelle würde ich
erwachen? In meinem alten Leben? War möglicherweise gar
nichts passiert und alles nur eine Fieberphantasie von mir gewesen? Oder würde ich mich erneut auf dem Mauervorsprung
wiederfinden und mit einem Knebel im Mund auf meinen Tod
warten, während sich mein Geist langsam verdunkelte? Oder
aber im Krankenhaus, immer noch der Überzeugung, dass
mich die Ärzte heilen und die Polizisten vor Schaden bewahren
würden?

Ich kehrte in die Küche zurück und setzte den Kessel auf.
Während ich wartete, bis das Wasser kochte, stöberte ich im
Kühlschank, denn mir war plötzlich schwindelig vor Hunger.
Er war fast leer, abgesehen von mehreren Flaschen Bier und
drei oder vier übereinander gestapelten Fertigmahlzeiten. Ich
machte mir ein Sandwich aus Weißbrot, das genauso plastikar-
tig aussah wie das im Krankenhaus. Dick mit Marmite bestri-
chen, ein Salatblatt dazwischen, fertig. Dann hängte ich einen

Teebeutel in eine Tasse und goss das inzwischen kochende Wasser darüber.

Beim ersten Bissen – ich stand noch immer neben dem Kühlschrank, ein Streifen Salat klebte an meiner Unterlippe – kam mir plötzlich ein Gedanke. Wo war meine Tasche mit meiner Börse, meinem Geld, meinen Kreditkarten und meinen Schlüsseln? Ich hob sämtliche Kissen hoch, schaute unter die Mäntel an der Garderobe, zog alle Schubladen heraus. Ich suchte an den unwahrscheinlichsten Orten und dann noch einmal überall dort, wo ich bereits nachgesehen hatte.

Offenbar hatte ich die Tasche bei mir, als ich entführt worden war. Das bedeutete, dass er meine Adresse kannte und meine Schlüssel hatte, während ich gar nichts mehr besaß. Nichts. Ich hatte keinen einzigen Penny. Ich war so wütend und beschämt gewesen, als Dr. Beddoes gekommen war, um mit mir über die »Therapie« zu sprechen, mit der sie mir helfen wollte, mein Leben »wieder in den Griff zu bekommen«, dass ich unverständliche Laute gebrüllt und dann verkündet hatte, falls sie wolle, dass ich mir ein weiteres Wort von ihr oder sonst jemandem aus dem Krankenhaus anhörte, müsse sie mich vorher festbinden und mit Beruhigungsmitteln vollpumpen. Dann war ich in die Sachen geschlüpft, in denen man mich gefunden hatte, und aus dem Krankenhaus marschiert, krampfhaft bemüht, nicht die Kontrolle über meine wackeligen Knie zu verlieren oder in Tränen auszubrechen. Ich hatte alles ausgeschlagen, was mir angeboten worden war – ein Taxi, Geld, genauere Erklärungen, ein Gespräch mit einem Psychiater, sonstige Hilfe. Ich brauchte keine Hilfe. Ich wollte nur, dass sie ihn endlich schnappten und mir mein Gefühl von Sicherheit zurückgaben. Und ich wollte Dr. Beddoes in ihr selbstgefälliges Gesicht schlagen. Das sagte ich ihr allerdings nicht. Es wäre sinnlos gewesen. So viele meiner Worte hatten sich in hinterhältige, zuschnappende Fallen verwandelt. Alles, was ich zur Polizei, zu den Ärzten und zu dieser gottverdammten Irene

Beddoes gesagt hatte, war gegen mich verwendet worden. Das Geld hätte ich jedoch annehmen sollen.

Plötzlich hatte ich keinen Appetit mehr auf mein Sandwich. Ich warf es in den Mülleimer, der aussah, als wäre er nicht mehr geleert worden, seit ich das letzte Mal hier gewesen war, und nahm einen Schluck von meinem langsam abkühlenden Tee. Dann ging ich zum Fenster hinüber und blickte hinaus, presste meine Stirn gegen die eisige Scheibe. Ich rechnete fast damit, ihn unten auf dem Gehsteig stehen zu sehen, lachend zu mir heraufblickend.

Ich würde ihn überhaupt nicht erkennen. Er konnte jeder sein. Der alte Mann, der einen störrischen Dackel mit steifen Beinen hinter sich herzog, der junge Typ mit dem Pferdeschwanz oder der sympathisch aussehende Vater mit Bommelmütze, der ein rotwangiges Kind an der Hand führte. Auf den Bäumen und den Dächern der Häuser und Autos lag eine dünne Schicht Schnee, und die Leute, die vorbeigingen, waren in dicke Mäntel und Schals gehüllt und eilten mit gesenktem Kopf durch die Kälte.

Niemand sah zu mir herauf. Ich war völlig durcheinander, wusste nicht einmal mehr, worüber ich gerade nachgedacht hatte. Ich hatte keine Ahnung, was ich als Nächstes tun oder wen ich um Hilfe bitten sollte. Ich wusste nicht einmal, um welche Art von Hilfe ich bitten sollte: Sagt mir, was passiert ist, was ich tun soll, wer ich bin, sagt mir, in welche Richtung ich von hier aus gehen soll, sagt mir einfach irgendetwas…

Ich schloss die Augen und versuchte zum x-ten Mal, mich an etwas zu erinnern. Ein kleiner schmaler Lichtstreif in der Dunkelheit hätte schon genügt. Doch es gab kein Licht, und als ich die Augen wieder aufschlug, starrte ich erneut auf die Straße hinunter, die mir in ihrem winterlichen Kleid ganz fremd erschien.

Ich ging zum Telefon und wählte Terrys Büronummer. Es

läutete und läutete. Ich versuchte es unter seiner Handynummer, bekam aber nur die Mailbox.

»Terry«, sagte ich. »Terry, ich bin's, Abbie. Ich muss dich ganz dringend sprechen.« Als Nächstes wählte ich Sadies Nummer, doch es sprang nur der Anrufbeantworter an, und ich wollte keine Nachricht hinterlassen. Ich spielte mit dem Gedanken, bei Sheila und Guy anzurufen, aber dann würde ich ihnen alles erklären müssen, und das wollte ich nicht. Noch nicht.

Ich hatte mir oft vorgestellt, wie es sein würde, nach Hause zu kommen und meine Geschichte zu erzählen. In meiner Phantasie wäre ich dabei von Freunden umringt gewesen, die mir mit weit aufgerissenen Augen zuhörten. Ich hätte ihnen eine Schauergeschichte mit einem Happyend erzählt, eine Geschichte der Verzweiflung, dann der Hoffnung, am Ende des Triumphes. Ich wäre eine Art Heldin gewesen, weil ich überlebt hatte und ihnen diese Geschichte erzählen konnte. Die Grausamkeit des ganzen Geschehens wäre durch das Ende wieder wettgemacht worden. Was aber konnte ich ihnen jetzt erzählen? Die Polizei glaubt, dass ich lüge. Sie glaubt, dass ich alles bloß erfunden habe. Ich weiß, was es mit dem Misstrauen auf sich hat: Es breitet sich aus. Wie ein hässlicher Fleck.

Was tut man, wenn man sich verloren, wütend, deprimiert, ängstlich, ein wenig krank und vollkommen verfroren fühlt? Ich ließ mir ein Bad einlaufen, ein sehr heißes Vollbad. Nachdem ich mich ausgezogen hatte, betrachtete ich mich im Spiegel. Nicht nur meine Wangen wirkten eingefallen, auch meine Pobacken. Meine Hüftknochen und Rippen standen scharf hervor. Die Frau im Spiegel war mir fremd. Ich stellte mich auf die Waage unter dem Waschbecken: Ich hatte über zehn Kilo abgenommen.

Vorsichtig ließ ich mich in das heiße Wasser sinken, hielt mir mit Zeigefinger und Daumen die Nase zu, holte tief Luft und verschwand komplett unter der Wasseroberfläche. Als ich schließlich prustend wieder auftauchte, hörte ich jemanden schreien. Jemand schrie mich an. Ich blinzelte. Ein wütendes Gesicht nahm langsam Konturen an.

»Terry!« sagte ich.

»Was zum Teufel machst du da? Bist du total verrückt geworden?«

Er trug noch seine dicke Jacke, und sein Gesicht war von der Kälte rot gefleckt. Ich hielt mir erneut die Nase zu und sank zurück unter Wasser, wo ich ihn nicht mehr sehen und seine Stimme nicht hören musste. Die Stimme, die mich verrückt nannte.

2

Unter Terrys wütendem Blick kletterte ich aus der Badewanne, wickelte mich in ein Handtuch und ging ins Schlafzimmer, wo ich mir die erstbesten Klamotten schnappte, die ich finden konnte – eine alte Jeans aus dem Müllsack, einen kratzigen dunkelblauen Pulli aus der Schublade, die abgewetzten Turnschuhe, den alten, zerknautschten Slip. Wenigstens waren die Sachen sauber. Auf der Ablage über der Badewanne fand ich ein Haarband. Mit zitternden Händen band ich mein feuchtes Haar zusammen.

Terry hatte sich in dem Korbsessel in der Wohnzimmerecke niedergelassen – dem Korbsessel, den ich an einem verregneten Sonntagvormittag in einem Secondhand-Laden gekauft hatte. Ich hatte ihn sogar eigenhändig hergeschleppt, indem ich ihn mir wie einen Schirm über den Kopf hielt. Terry beugte sich vor und drückte seine Zigarette im Aschenbecher aus – dem Aschenbecher, den ich mir als Souvenir aus einem Café mitgenommen hatte, in dem ich als Kellnerin gejobbt hatte. Er nahm eine neue Zigarette aus der Schachtel auf dem Tisch und zündete sie sich an. Mit seinem kupferfarbenen Haar und seiner bleichen Haut sah er sehr schön aus, genau wie damals, als ich ihn kennen gelernt hatte. Die Probleme begannen erst, wenn er den Mund aufmachte.

»Gedenkst du mich denn gar nicht zu fragen, wie es mir geht?«, fragte ich. Natürlich war es dafür jetzt zu spät. Wenn ich ihn erst dazu auffordern musste, war die Frage als Ausdruck seiner Besorgtheit nicht mehr akzeptabel. Genauso sinnlos ist es, wenn man einen Mann erst fragen muss, ob er einen liebt – wenn man ihn erst fragen muss, dann liebt er einen nicht. Jedenfalls nicht genug. Nicht so, wie man es sich wünscht.

»Was?« Seine Stimme klang genervt.

»Was ist los?«

»Das würde ich gern von dir wissen. Du siehst schrecklich aus. Dein Gesicht, dieser Schnitt… Was ist mit dir passiert?«

»Du weißt, dass ich im Krankenhaus war?«

Er nahm einen langen Zug von seiner Zigarette, blies den Rauch langsam und genüsslich wieder aus, als wäre das viel interessanter als meine Person. Es gab zwei schlechtgelaunte Terrys. Der eine wurde zornig und laut. Den hatte ich im Bad für einen Moment zu Gesicht bekommen. Der andere war ruhig, wortkarg und sarkastisch, und genau dieser Terry saß mir nun im Korbstuhl gegenüber und rauchte eine Zigarette.

»Ja, das habe ich mitbekommen«, antwortete er. »Wenn auch erst ziemlich spät. Ich habe es von der Polizei erfahren. Sie war hier.«

»Ich habe versucht, dich anzurufen«, erklärte ich. »Du warst nicht da. Aber das weißt du ja selbst am besten.«

»Ich war unterwegs.«

»Terry«, sagte ich. »Ich habe wirklich – na ja, ich habe eine unsagbar schreckliche Zeit hinter mir. Ich möchte…« Ich hielt inne, weil ich gar nicht genau wusste, was ich wollte oder sagen sollte. Auf keinen Fall wollte ich mit einem zornigen Mann in einem eiskalten Raum sitzen. Eine Umarmung, dachte ich. Eine Umarmung, eine Tasse heiße Schokolade und liebe Menschen, die mir sagten, wie sehr sie sich über meine Heimkehr freuten und wie sehr sie mich vermisst hatten. Liebe Menschen, die mir ein Gefühl von Sicherheit gaben. Das brauchte ich jetzt. »Ich kann mich an nichts erinnern«, sagte ich schließlich. »Ich tappe völlig im Dunkeln und brauche deine Hilfe, um die vergangenen Tage rekapitulieren zu können.« Keine Reaktion. »Wenn ich nicht so viel Glück gehabt hätte, wäre ich jetzt tot.«

Wieder einer dieser langsamen Züge an seiner Zigarette. Manche behaupten, es spüren zu können, wenn sich ein Unwetter zusammenbraut. Ihre alten Kriegsverletzungen fangen wieder zu schmerzen an oder ähnliche Dinge. Ich habe das nie gekonnt. Meine Kriegsverletzungen schmerzen ununterbrochen. Doch wenn mir ein Streit mit Terry bevorsteht, dann spüre ich das. Ich spüre es auf meiner Haut und an meinen Nackenhaaren und in meinem Magen. Diesmal aber regte sich auch in mir so etwas wie Wut.

»Terry! Hast du gehört, was ich gesagt habe?«

»Habe ich was verpasst?«

»Was?«

»Soll das ein Versuch sein, zu mir zurückzukommen?«

»Ich bin aus dem Krankenhaus entlassen worden, das ist alles. Was hat man dir gesagt? Hast du denn gar nichts von der ganzen Sache mitbekommen? Ich habe dir so viel zu erzählen. O Gott, das glaubst du mir nie!« Ich musste schlucken, als ich mich das sagen hörte, und korrigierte mich rasch. »Nur dass es natürlich wahr ist.«

»Ist es dafür nicht ein bisschen spät?«

»Wie bitte? Anscheinend hast du mir auch einiges zu erzählen. Wo bist du gewesen?«

Terry stieß ein bellendes Lachen aus und blickte sich um, als müsste er sich vergewissern, ob wir auch wirklich allein waren. Ich schloss einen Moment lang die Augen. Vielleicht war alles doch nur ein Traum? Als ich sie wieder öffnete, saß er noch immer rauchend im Korbsessel, und ich stand ihm noch immer gegenüber.

»Bist du betrunken?«, fragte ich.

»Was ziehst du hier eigentlich für eine Show ab?«

»Wie meinst du das?«

»Ist das deine Art, dich an mir zu rächen?«

Ich schüttelte meinen schmerzenden Kopf, als könnte ich dann klarer denken. Mir war, als würde ich alles durch einen grauen Nebel wahrnehmen.

»Nun hör mir mal zu, Terry. Ich bin von einem Irren entführt worden. Er hat mir eins über den Schädel gezogen, und ich hatte einen Blackout. Ich weiß nicht, was passiert ist. Oder nur zum Teil. Aber ich hätte dabei sterben können. Wäre wirklich fast gestorben. Anschließend war ich im Krankenhaus. Du warst nicht da. Ich habe versucht, dich anzurufen, aber du hast nie abgenommen. Wahrscheinlich warst du auf Sauftour. Habe ich Recht? Doch jetzt bin ich wieder da.«

Terrys Gesichtsausdruck veränderte sich. Er wirkte verwirrt, vollkommen aus dem Konzept gebracht. Seine Zigarette, die zwischen seinen Fingern glomm, schien er völlig vergessen zu haben.

»Abbie… das muss ich erst mal verdauen.«

Ich setzte mich aufs Sofa. Das Sofa gehörte Terry. Wenn ich mich recht entsann, hatte es ihm seine Mutter vor Jahren vererbt. Ich rieb mir die Augen.

»Ich weiß, dass die Polizei mit dir gesprochen hat«, sagte ich vorsichtig. Ich wollte Terry so wenig wie möglich verraten. Das war vermutlich ein Teil unseres Problems. »Was haben sie dir erzählt?«

Nun war es an Terry, eine vorsichtige Miene aufzusetzen.

»Sie wollten wissen, wann ich dich das letzte Mal gesehen habe.«

»Und was hast du ihnen gesagt?«

Er nahm einen weiteren langsamen Zug aus seiner Zigarette.

»Ich habe nur ihre Fragen beantwortet. Wie gesagt, sie wollten wissen, wann ich dich das letzte Mal gesehen habe, solche Sachen.«

»Und waren Sie mit deinen Antworten zufrieden?«

»Ich habe ihnen gesagt, wo ich war. Ich glaube, sie haben ein, zwei Anrufe getätigt, um meine Angaben zu überprüfen. Das schien ihnen zu reichen.«

»Was haben sie dir über mich erzählt?«

»Sie haben gesagt, du seist verletzt.«

»›Verletzt‹«, wiederholte ich. »Haben Sie wirklich diesen Ausdruck gebraucht?«

Er zuckte mit den Achseln.

»Etwas in der Art.«

»Ich bin überfallen worden«, erklärte ich.

»Von wem?«

»Das weiß ich nicht. Ich habe sein Gesicht nie zu sehen bekommen.«

»Wie bitte?« Er starrte mich mit offenem Mund an. »Was genau ist passiert?«

»Ich weiß es nicht. Ich kann mich nicht daran erinnern. Ich hab einen Schlag auf den Kopf bekommen. Einen festen Schlag. Mir fehlt die Erinnerung an mehrere Tage.«

Nun hatte ich seine Aufmerksamkeit. Ihm war anzusehen, dass er vor lauter Fragen kaum wusste, welche er zuerst stellen sollte.

»Wenn du dich nicht erinnern kannst, woher weißt du dann, dass du nicht einfach hingefallen bist und dir den Kopf irgendwo angeschlagen hast?«

»Ich war seine Gefangene, Terry. Er wollte mich töten. Ich bin ihm entkommen.«

An diesem Punkt hätte ich eigentlich erwartet – naiverweise, nehme ich an –, jeder halbwegs mitfühlende Mensch würde zu mir herüberkommen, mich in den Arm nehmen und sagen: »Wie schrecklich!«, aber Terry setzte seine Befragung einfach fort, als hätte er gar nicht richtig verstanden, was ich da gerade gesagt hatte.

»Ich dachte, du hättest ihn nicht zu Gesicht bekommen.«

»Ich trug eine Kapuze über dem Kopf. Um mich herum war es dunkel.«

»Oh«, sagte er. Dann folgte eine lange Pause. »Mein Gott!«

»Ja.«

»Tut mir Leid, Abbie«, meinte er verlegen. Das war viel zu wenig und kam viel zu spät, als dass es aufrichtig gemeint sein konnte. Ihm stand ins Gesicht geschrieben, dass er sich dessen durchaus bewusst war. Dann fragte er: »Was unternimmt die Polizei?«

Vor dieser Frage hatte ich mich gefürchtet. Deswegen hatte ich eine detaillierte Diskussion vermeiden wollen. Obwohl ich wusste, dass ich im Recht war, schämte ich mich sogar vor Terry und war gerade deswegen furchtbar wütend auf mich selbst.

»Sie glauben mir nicht«, antwortete ich. »Sie glauben, das Ganze ist gar nicht wirklich passiert.«

»Und deine Verletzungen? Diese Blutergüsse?«

Ich schnitt eine Grimasse. Am liebsten hätte ich losgeheult, war aber fest entschlossen, vor diesem Idioten Terry nicht zu weinen. Was ein anderer Teil unseres Problems war.

»So wie ich das sehe, glauben die Leute, die zu mir halten, dass ich mir alles nur eingebildet habe. Diejenigen, die nicht auf meiner Seite stehen, glauben, dass ich alles erfunden habe. Sie glauben, dass sie mir einen großen Gefallen tun, indem sie mich nicht anzeigen, weil ich die kostbare Zeit der Polizei verschwendet habe. Sie haben mich einfach gehen lassen, ohne Polizeischutz. Ich fühle mich wie auf dem Präsentierteller.« Ich rechnete damit, dass er jetzt zu mir herüberkommen würde, aber er rührte sich nicht von der Stelle, starrte mich bloß mit ratloser Miene an. Ich holte tief Luft. »Also, was ist mit meinen Sachen passiert? Wer hat sie mitgenommen?«

»Du.«

»Was? Ich?«

»Vor zwei Wochen.«

»Ich hab sie mitgenommen?«

»Ja.« Terry setzte sich anders hin. Er musterte mich eindringlich. »Ist das wahr? Du kannst dich an nichts erinnern?« Ich schüttelte den Kopf. »Es ist alles vollkommen verschwommen. Als hätte sich eine dicke schwarze Wolke über die letzten Wochen gesenkt. Ich kann mich vage erinnern, im Büro gewesen zu sein und hier. Danach versinkt alles im Dunkeln. Aber wovon sprichst du eigentlich? Was meinst du damit, *ich* habe sie mitgenommen?«

Nun war es an Terry, verlegen zu wirken. Seine Augen flackerten, als würde er krampfhaft überlegen, was er jetzt sagen sollte. Dann wurde sein Blick wieder ruhig. »Du bist gegangen«, sagte er.

»Wie meinst du das?«

»Du hattest es mindestens tausendmal angekündigt. Deswegen brauchst du mich jetzt auch nicht so strafend anzuschauen, als wäre das meine Schuld!«

»Ich schaue dich überhaupt nicht strafend an.«

Er kniff die Augen zusammen. »Du kannst dich wirklich nicht erinnern?«

»Nein, beim besten Willen nicht.«

Er zündete sich eine weitere Zigarette an. »Wir haben uns gestritten.«

»Weswegen?«

»Keine Ahnung. Weswegen streitet man sich? Wegen einer blöden Kleinigkeit. Wahrscheinlich war es der letzte Tropfen, der das Fass zum Überlaufen brachte.«

»Bitte nicht dieses Klischee!«

»Na bitte, da haben wir es ja wieder. Vielleicht habe ich ein Klischee benutzt, das dich gestört hat, oder den falschen Löffel in die Hand genommen. Jedenfalls haben wir uns gestritten.

Irgendwann hast du gesagt, nun sei endgültig Schluss. Ich dachte, du würdest nur Spaß machen und bin gegangen. Als ich zurückkam, warst du damit beschäftigt, deine Sachen zusammenzupacken. Das heißt, einen Teil davon. Du hast alles mitgenommen, was in deine große Tasche passte, und bist abgedüst.«

»Ist das wirklich wahr?«

»Sieh dich um, Abbie. Wer außer dir würde deinen CD-Player wollen?«

»Demnach hatten wir also eine von unseren üblichen Auseinandersetzungen.«

»Eine von unseren schlimmeren Auseinandersetzungen.«

Mir war plötzlich kalt, und ich fühlte mich niedergeschlagen. Ich sah keinen Grund, noch mit irgendetwas hinter dem Berg zu halten.

»Ich habe vieles vergessen«, sagte ich. »Aber ich bin mir durchaus noch bewusst, dass unsere schlimmeren Auseinandersetzungen in der Regel damit endeten, dass du auf mich losgegangen bist.«

»Das ist nicht wahr.«

»Hast du mich geschlagen?«

»Nein«, antwortete Terry, aber sein halb abwehrender, halb beschämter Gesichtsausdruck sagte mir etwas anderes.

»Weißt du, das war einer der Gründe, warum die Polizei mir nicht geglaubt hat. Ich bin ein notorisches Opfer. Ich habe in dieser Hinsicht eine Geschichte. Ich bin eine Frau, die schon öfter geschlagen worden ist. Einmal habe ich deswegen die Polizei gerufen. Erinnerst du dich an den Abend? Wahrscheinlich nicht. Du hattest getrunken, und wir sind in Streit geraten. Den konkreten Anlass weiß ich in dem Fall auch nicht mehr. War es vielleicht der Abend, an dem du ein Hemd anziehen wolltest, das noch nass war, weil ich es gerade erst gewaschen hatte? Und ich dich daraufhin gefragt habe, warum du dein Zeug nicht selbst wäschst, wenn dir das nicht passt?

War das der Grund für unseren Streit? Oder war es einer der Abende, an denen du mir vorgehalten hast, dass ich dein Leben ruiniere, indem ich dauernd auf dir herumhacke? Solche Abende gab es viele. Es ist schwer, sie auseinanderzuhalten. Auf jeden Fall endete es damit, dass du nach dem Küchenmesser gegriffen hast und ich die Polizei anrief.«

»Nein, daran kann ich mich nicht erinnern«, sagte Terry. »Du übertreibst.«

»Nein, ich übertreibe nicht, und ich sauge mir das auch nicht aus den Fingern. Ich schildere lediglich, was passiert, wenn du betrunken bist. Erst bist du ganz fidel, dann kippt deine gute Laune ein bisschen ins Aggressive, dann wirst du eine Weile sentimental und bemitleidest dich selbst, aber spätestens nach dem vierten Drink wirst du so richtig wütend. Wenn ich zufällig gerade da bin, wirst du wütend auf mich. Ich habe nicht vor, wie eine rachsüchtige Xanthippe aufzulisten, was du in betrunkenem Zustand alles geliefert hast. Fest steht, dass dich der Alkohol irgendwie ausrasten lässt. Warum, ist mir schleierhaft. Und aus irgendeinem Grund, der mir genauso schleierhaft ist, glaube ich dir jedes Mal von neuem, wenn du mir weinend versprichst, dass es nie, nie wieder vorkommen wird.«

Terry drückte seine Zigarette aus und zündete sich eine neue an. War es die vierte oder schon die fünfte?

»Abbie, was wir hier gerade veranstalten, ist eine recht gute Imitation unseres letzten Streits.«

»Dann wünschte ich, ich könnte mich daran erinnern, weil mir die Frau, die sich endlich ein Herz gefasst und Schluss gemacht hat, ziemlich imponiert.«

»Ja.« Terry klang plötzlich fast so müde wie ich. »Mir hat sie auch ziemlich imponiert. Hör zu, es tut mir Leid, dass ich dich im Krankenhaus nicht besucht habe. Als ich davon hörte, wollte ich gleich zu dir kommen, aber dann ist mir etwas dazwischengekommen, und plötzlich warst du hier bei mir im Bad.«

»Schon gut«, sagte ich. »Also, wo sind meine Sachen?«
»Das weiß ich nicht.«
»Wie meinst du das?«
»Du hast mich verlassen, hast du das schon wieder vergessen?«
»Wann habe ich dich verlassen?«
»Wann?«
»An welchem Tag?«
»Oh. Am Samstag.«
»Welchem Samstag?«
Er warf mir einen misstrauischen Blick zu, als hätte er noch immer den Verdacht, dass ich mich nur verstellte. »Am Samstag, den zwölften Januar. Gegen Mittag«, fügte er hinzu.
»Das war vor sechzehn Tagen! Und ich kann mich nicht erinnern!« Wieder war ich den Tränen nahe. »Habe ich dir denn keine Adresse hinterlassen?«
»Du wolltest zunächst bei Sadie bleiben. Aber nur für eine Nacht, glaube ich.«
»Und danach?«
»Keine Ahnung.«
»O mein Gott!« Entnervt ließ ich den Kopf in die Hände sinken. »Wo soll ich denn jetzt hin?«
»Du könntest eine Weile hier bleiben, wenn du willst. Das ginge schon in Ordnung. Allerdings nur, bis du alles geklärt hast. Wir könnten noch einmal über alles reden ... Du weißt schon.«
Nachdenklich betrachtete ich Terry, der mir in einer Wolke aus Zigarettenrauch gegenübersaß. Ich musste an die Frau denken, die Frau, an die ich mich nicht erinnern konnte – mich selbst vor sechzehn Tagen, als ich die Entscheidung getroffen hatte, ihn zu verlassen.
»Nein«, antwortete ich. »Nein. Ich muss mich dringend um ein paar Dinge kümmern. Alle möglichen Dinge.«
Ich blickte mich um. Hatte ein kluger Mensch nicht einmal gesagt, dass man, wenn man an einem Ort etwas zurückließ, in-

144

direkt zum Ausdruck brachte, dass man zurückkommen wollte? Aus unerfindlichen Gründen hatte ich das Gefühl, etwas mitnehmen zu müssen. Irgendetwas. Auf dem Kaminsims stand ein kleiner Globus. Terry hatte ihn mir zum Geburtstag geschenkt, meinem einzigen Geburtstag, den wir gemeinsam verbracht hatten. Ich griff danach. Terry sah mich fragend an.

»Er gehört mir«, erklärte ich. »Du hast ihn mir geschenkt. Zum Geburtstag.«

Ich steuerte bereits auf die Tür zu, als mir noch etwas einfiel.

»Ach ja, Terry«, sagte ich. »Meine Geldbörse ist noch nicht wieder aufgetaucht. Ich habe keinen Penny Bargeld. Könntest du mir was leihen? Zehn Pfund. Oder zwanzig. Was du entbehren kannst.«

Mit einem lauten Seufzer stand Terry auf und ging zu seiner Jacke, die über der Sofalehne hing. Er kramte in seiner Brieftasche.

»Ich kann dir fünfzehn geben«, meinte er. »Mehr leider nicht. Den Rest brauche ich heute Abend selbst.«

»Das genügt schon.«

Dann zählte er das Geld ab, als würde er die Zeitungsrechnung bezahlen. Einen Zehn-Pfund-Schein, drei Ein-Pfund-Münzen, eine Menge Silber und Kupfer. Ich nahm alles.

3

Ich gab zwei Pfund achtzig für die U-Bahn aus und legte eine Zwanzig-Pence-Münze in den aufgeklappten Geigenkasten eines Straßenmusikanten, der am Fuß der Rolltreppe gerade »Yesterday« spielte und dabei versuchte, die Blicke der Leute auf sich zu ziehen, die auf ihrem Heimweg nach der Arbeit an ihm vorbeiströmten. Als ich in Kennington ankam, gab ich einen weiteren Fünfer für eine Flasche Rotwein aus. Nun hatte

145

ich noch sieben Pfund. Immer wieder fasste ich in die hintere Tasche meiner Hose, um sicherzustellen, dass das Geld noch da war, ein gefalteter Schein und fünf Münzen. Davon abgesehen besaß ich im Moment nur die Plastiktasche mit den fremden Kleidern, in denen man mich vor sechs Tagen gefunden hatte. Sechs Tage waren seither erst vergangen. Ach ja, und einen Globus. Während ich mit eingezogenem Kopf und roter Nase gegen den Wind ankämpfte, fühlte ich mich seltsam schwerelos, als wäre ich ohne die Dinge aus meinem früheren Leben plötzlich ohne Gewicht und Daseinsberechtigung, als könnte mich der Wind jeden Moment wie eine Feder davonwehen.

Davon hatte ich geträumt: mit einer Weinflasche bewaffnet die winterliche Straße entlangzugehen, um eine liebe Freundin zu besuchen. Jetzt wandte ich immer wieder den Kopf, um festzustellen, wer neben oder hinter mir ging. Warum war mir früher nie aufgefallen, wie seltsam die meisten Leute aussahen, wenn sie bis unter die Nasenspitze in dicke Wintersachen gehüllt waren? Mit meinen alten Schuhen rutschte ich auf dem eisigen Boden immer wieder aus. Einmal hielt mir ein Mann, neben dem ich gerade die Straße überquerte, hilfsbereit die Hand hin, um mich zu stützen. Als ich vor Schreck den Arm zurückriss, starrte er mich erstaunt an.

»Sei da, sei da, sei da«, murmelte ich vor mich hin, während ich vor Sadies Souterrain-Wohnung wartete, ob sie auf mein Klingeln reagieren würde. Ich hätte vorher anrufen sollen. Wenn sie ausgegangen oder weggefahren war, was dann? Normalerweise war sie um diese Tageszeit immer zu Hause. Pippa war erst sechs oder sieben Wochen alt, und Sadie noch ganz euphorisch vor Mutterglück. Sie nahm gerne in Kauf, dass die Kleine ihren Tagesablauf bestimmte. Ich drückte noch einmal auf den Klingelknopf.

»Bin schon unterwegs!«, rief eine Stimme. Durch das geriffelte Glas sah ich sie näher kommen. »Wer ist da?«

»Ich. Abbie.«

»Abbie! Ich dachte, du wärst noch im Krankenhaus. Moment!«

Ich hörte sie fluchend mit dem Vorhängeschloss hantieren, dann sprang die Tür auf, und sie stand mit Pippa auf dem Arm vor mir. Die Kleine war in dicke Handtücher gewickelt, so dass nur ein Teil ihres rosigen, immer noch leicht runzeligen Gesichts hervorlugte.

»Ich habe sie gerade gebadet und …«, begann sie, brach dann aber mitten im Satz ab. »Lieber Himmel, wie siehst du denn aus!«

»Ich hätte vorher anrufen sollen. Ich hatte bloß … du musst entschuldigen, aber ich hatte einfach das dringende Bedürfnis, dich zu sehen.«

»Lieber Himmel!« sagte sie noch einmal, während sie zur Seite trat, um mich eintreten zu lassen.

Ein süßsaurer Geruch schlug mir entgegen – nach Senf, Babypuder, Milch, Erbrochenem und Seife. Ich schloss die Augen und atmete tief ein.

»Wie wundervoll«, sagte ich und wandte mich Pippa zu. »Hallo, Süße, erinnerst du dich an mich?«

Pippa öffnete den Mund so weit, dass ich durch ihren rosigen Schlund bis zu ihren Mandeln hinuntersehen konnte. Dann stieß sie einen kurzen, hellen Schrei aus.

»Nein?«, fragte ich. »Tja, das überrascht mich eigentlich nicht. Ich bin nicht einmal sicher, ob ich mich selbst an mich erinnere.«

»Was um alles in der Welt ist mit dir passiert?« wollte Sadie wissen. Sie zog Pippa noch fester an sich und wiegte sie sanft hin und her, wie es anscheinend alle Mütter instinktiv taten. »Du siehst …«

»Ich weiß. Ich sehe fürchterlich aus.« Ich stellte den Globus auf dem Küchentisch ab. »Der ist für Pippa.«

»Was darf ich dir anbieten? Hier, setz dich. Schieb die Babysachen einfach zur Seite.«

»Kann ich einen Keks oder ein Stück Brot haben? Ich fühle mich ein bisschen wackelig auf den Beinen.«

»Natürlich. Mein Gott, was haben sie mit dir angestellt?« Pippa begann zu quengeln, und Sadie hievte sie ein Stück höher, bis sich der Kopf der Kleinen unter ihr Kinn schmiegte. »Schsch, ist ja gut«, flüsterte sie mit ihrer neuen Singsangstimme, die niemand von uns je zu hören bekommen hatte, bevor Pippa zur Welt kam. »Schon gut, mein kleines Schätzchen!«

»Du musst dich um sie kümmern. Ich bin zu einem ungünstigen Zeitpunkt hereingeplatzt.«

»Sie hat Hunger.«

»Lass dich nicht stören. Ich kann warten.«

»Bist du sicher? Du weißt ja, wo alles ist. Magst du uns Tee machen? Kekse sind auch noch ein paar da, glaube ich. Schau einfach, was du findest.«

»Ich habe eine Flasche Wein mitgebracht.«

»Ich stille noch, da sollte ich eigentlich nichts trinken.«

»Ein Gläschen geht schon, den Rest vernichte ich.«

»Ich ziehe sie schnell an, stillen kann ich sie dann hier. Ich möchte alles ganz genau wissen. Mein Gott, bist du dünn! Wie viel hast du denn abgenommen?«

»Sadie?«

»Ja?« Sie wandte sich im Türrahmen um.

»Kann ich bleiben?«

»Bleiben?«

»Nicht lange.«

»Natürlich. Es wundert mich bloß, dass du das willst. Du weißt ja, ich habe nur das alte Sofa, bei dem die Federung längst hinüber ist, und Pippa wacht nachts ständig auf.«

»Das macht nichts.«

»Das hast du letztes Mal auch gesagt, bis es dann so weit war.«

»Letztes Mal?«

»Ja.« Sie musterte mich mit einem seltsamen Blick.

»Ich kann mich nicht daran erinnern.«

»Was?«

»Ich kann mich nicht daran erinnern«, wiederholte ich. Ich hatte plötzlich das Gefühl, vor Müdigkeit vornüber zu kippen.

»Hör zu, mach es dir gemütlich«, sagte Sadie. »Ich bin gleich wieder da. Fünf Minuten, Maximum.«

Ich entkorkte den Wein und schenkte zwei Gläser voll. Nachdem ich einen Schluck genommen hatte, wurde mir sofort schummrig. Ich brauchte unbedingt etwas zu essen. Ich stöberte in Sadies Schränken und stieß auf eine Tüte Chips, von denen ich mir einen Teil im Stehen in den Mund stopfte, nahm einen weiteren vorsichtigen Schluck von dem Wein und ließ mich wieder auf dem Sofa nieder. In meinem Kopf pochte es, meine Augen brannten vor Müdigkeit, und der Schnitt an meiner Seite kribbelte. Dabei war es hier im Souterrain so wundervoll warm und gemütlich. Über den Heizkörpern hingen Babysachen, und auf dem Tisch stand eine große Vase mit dunkelorangeroten Chrysanthemen, die wie Flammen aussahen.

»Alles in Ordnung?« Sadie war wieder da. Sie nahm neben mir auf dem Sofa Platz und knöpfte ihre Bluse auf. Nachdem sie Pippa an ihre Brust gelegt hatte, lehnte sie sich mit einem Seufzer zurück. »Jetzt schieß los. Es war dieser verdammte Terry, nicht wahr? Dein armes Gesicht, es ist immer noch ganz blau. Du hättest nicht zu ihm zurückgehen sollen. Ich dachte, du wärst in Urlaub gefahren.«

»Urlaub?«, wiederholte ich.

»Du hast gesagt, du wolltest eine Reise buchen.«

»Ich war nicht im Urlaub.«

»Was hat er denn diesmal gemacht?«

»Wer?«

»Terry.« Sie sah mich fragend an. »Geht es dir nicht gut?«

»Wieso glaubst du, dass es Terry war?«

»Das liegt doch auf der Hand. Nach allem, was beim letzten Mal passiert ist. Oh, Abbie!«

»Wie meinst du das, beim letzten Mal?«

»Als er dich geschlagen hat.«

»Dann hat er mich also doch geschlagen.«

»Ja, und zwar ziemlich heftig. Abbie? Du musst dich doch daran erinnern.«

»Erzähl es mir trotzdem.«

Sie starrte mich verwirrt an, als würde sie sich fragen, ob ich sie irgendwie veräppelte.

»Du bist heute aber seltsam. Jedenfalls habt ihr euch gestritten. Er hat dich geschlagen, du hast mit ihm Schluss gemacht und bist hergekommen. Du hast sehr entschlossen gewirkt. Fast ein bisschen euphorisch. Offenbar bist du aber trotzdem zu ihm zurück.«

»Nein.« Ich schüttelte den Kopf. »Nicht dass ich wüsste. Er war es nicht.«

»Ich verstehe nicht recht.« Einen Moment starrte sie mich stirnrunzelnd an, dann wandte sie sich wieder Pippa zu.

»Ich habe einen Schlag auf den Kopf bekommen«, erklärte ich. »Deswegen kann ich mich an einige Dinge nicht mehr erinnern. Ich kann mich weder daran erinnern, dass ich Terry verlassen habe, noch, dass ich hierhergekommen bin.«

Sadie stieß einen Pfiff aus. Ich konnte nicht beurteilen, ob aus Schock oder Ungläubigkeit. »Du meinst, du hattest eine Gehirnerschütterung?«

»Etwas in der Art.«

»Dann kannst du dich wirklich nicht erinnern?«

»Nein, wirklich nicht.«

»Du weißt nicht mehr, dass du Terry verlassen hast?«

»Nein.«

»Auch nicht, dass du zu mir gekommen bist?«

»Nein.«

»Und dass du hier nicht lang geblieben bist?«

»Ich bin nicht geblieben? Tja, sieht ganz danach aus – sonst wären ein paar meiner Sachen hier, nicht wahr? Wo wollte ich denn hin?«

»Du kannst dich wirklich nicht erinnern?«

»Nein.« Allmählich verlor ich die Geduld.

»Du bist zu Sheila und Guy.«

»Das war dann wohl am Sonntag?«

»Wahrscheinlich. Ja, ich glaube, du hast Recht. Für mich ist zur Zeit jeder Tag wie der andere.«

»Du hast mich seitdem nicht mehr gesehen? Bis jetzt, meine ich.«

»Nein. Ich dachte, du wärst weggefahren.«

»Verstehe.«

»Erzähl mir, was passiert ist, Abbie. Die ganze Geschichte.«

Die ganze Geschichte. Ich nahm einen Schluck Wein und betrachtete Sadie, die ihrem Baby gerade Koseworte ins Ohr flüsterte. Ich musste mir dringend Luft machen, endlich jemandem von alledem erzählen, dem Entsetzen in der Dunkelheit, der Scham, der schrecklichen, endgültigen Einsamkeit, dem Gefühl, tot zu sein. Ich musste mit jemandem über die Reaktion der Polizei sprechen, die Art, wie all diese Emotionen gegen mich verwendet wurden – und dieser Jemand musste felsenfest an mich glauben. Wenn dem nicht so war, dann... ich leerte mein Glas und schenkte nach. Wenn nicht Sadie, wer dann? Sie war meine beste, meine älteste Freundin. Ich war diejenige gewesen, an die sie sich gewandt hatte, nachdem Bob sie im achten Monat hatte sitzen lassen. Wenn Sadie mir nicht glaubte, wer dann? Ich holte tief Luft.

Und erzählte ihr alles. Von dem Mauervorsprung, der Kapuze, dem Kübel, dem pfeifenden Lachen in der Dunkelheit. Meiner Gewissheit, sterben zu müssen. Sie hörte mir zu, ohne mich zu unterbrechen, wenngleich sie hin und wieder kleine Laute des Erstaunens ausstieß. Ich erzählte ihr alles, ohne zu weinen. Ich hatte angenommen, irgendwann in Tränen auszu-

brechen, woraufhin sie mich dann in den Arm nehmen und mir
übers Haar streichen würde, wie sie es bei Pippa getan hatte.
Aber meine Augen blieben trocken, und ich erzählte meine
Geschichte ruhig und leidenschaftslos.

»Ich bin doch nicht verrückt, oder?«, endete ich.

»Sie haben dir nicht geglaubt?! Weshalb denn nicht? Diese
Stümper!«

»Sie waren der Meinung, ich hätte mich in einem sehr ange-
schlagenen Zustand befunden und nur phantasiert.«

»Wer könnte so etwas erfinden? Warum um Himmels willen
solltest du?«

»Ich weiß es nicht. Um meiner Situation zu entfliehen. Um
Aufmerksamkeit zu bekommen. Keine Ahnung.«

»Aber *warum*? Warum haben sie dir nicht geglaubt?«, hakte
sie nach.

»Weil es keine Beweise gibt«, antwortete ich trocken.

»Gar keine?«

»Nein. Keine Spur.«

»Oh.« Ein paar Sekunden schwiegen wir beide. »Was um
alles in der Welt wirst du jetzt tun?«

»Das weiß ich auch nicht. Ich habe keine Ahnung, wo ich
anfangen soll, Sadie. Ich weiß nicht, wohin ich gehen oder an
wen ich mich wenden soll. Ich weiß nicht einmal, wer ich
eigentlich *sein* soll, wenn ich morgen früh aufstehe. Es ist, als
müsste ich wieder bei Null anfangen. Aus dem Nichts. Ich
kann dir gar nicht sagen, was das für ein seltsames Gefühl ist.
Unbeschreiblich. Als würde jemand ein Experiment mit mir
durchführen, mit dem Ziel, mich in den Wahnsinn zu treiben.«

»Du musst wirklich wütend auf die Polizei sein.«

»Ja, allerdings.«

»Und bestimmt hast du auch Angst.«

»Stimmt.« Obwohl es im Raum warm war, fröstelte ich
plötzlich.

»Denn«, fuhr Sadie fort, »denn wenn das, was du sagst,

wirklich stimmt, dann ist er noch irgendwo da draußen. Vielleicht ist er immer noch hinter dir her.«

»Ja,« sagte ich. »Genau.« Doch wir hatten beide gehört, wie sie es gesagt hatte. *Wenn.* Wenn das, was ich gesagt hatte, wahr war. Wenn ich die ganze Sache nicht erfunden hatte. Als ich sie ansah, senkte sie den Blick und begann wieder mit ihrer Babystimme auf Pippa einzureden, obwohl die Kleine inzwischen eingeschlafen war. Ihr Kopf war wie bei einem Betrunkenen nach hinten gesunken, ihr kleiner Mund stand halb offen, und an der Oberlippe hatte sie noch eine Milchblase.

»Was möchtest du zum Abendessen?«, fragte Sadie. »Du musst ja am Verhungern sein.«

Ich hatte nicht vor, das Thema einfach so fallen zu lassen.

»Du weißt nicht, ob du mir glauben sollst, stimmt's?«

»Nun sei nicht albern, Abbie. Natürlich glaube ich dir. Natürlich. Hundertprozentig.«

»Danke.« Aber ich wusste – und sie wusste, dass ich es wusste –, dass sie keineswegs hundertprozentig sicher war. Der Zweifel war gesät, würde wachsen und gedeihen. Wer konnte ihr das verdenken? Meine hysterische Schauergeschichte gegen die maßvolle, gesunde Normalität der anderen. An ihrer Stelle hätte ich ebenfalls meine Zweifel gehabt.

Während Sadie Pippa ins Bett brachte, machte ich uns etwas zu essen. Speck-Sandwiches, mit dicken Weißbrotscheiben, die ich kurz in die fettige Pfanne drückte, ehe ich sie mit Speck belegte. Es schmeckte deftig und salzig, und dazu gab es für jede von uns eine große Tasse Tee. Dass ich jetzt hier bei Sadie war, hätte mir eigentlich das Gefühl geben müssen, allem, was passiert war und womöglich wieder passieren konnte, für eine Weile entflohen zu sein. Aber ich schlief in dieser Nacht auf ihrem Sofa sehr unruhig, schreckte immer wieder schweißgebadet und mit wild pochendem Herzen aus Träumen hoch, in denen ich ununterbrochen rannte, stolperte, fiel. Pippa wachte ebenfalls oft auf, was sie mit zornigem Geschrei kundtat. Die

Wände der Wohnung waren so dünn, dass es mir vorkam, als lägen wir im selben Zimmer. Am Morgen würde ich die beiden wieder verlassen. Ich konnte unmöglich eine weitere Nacht hier verbringen.

»Das hast du letztes Mal auch gesagt«, bemerkte Sadie lachend, als ich sie um sechs Uhr morgens über meinen Entschluss informierte. Sie machte einen erstaunlich frischen Eindruck. Unter ihrer Mähne aus weichem braunen Haar wirkte ihr Gesicht geradezu rosig.

»Ich weiß nicht, wie du das schaffst. Ich brauche mindestens acht Stunden Schlaf, noch besser zehn, am Sonntag zwölf. Ich gehe zu Sheila und Guy, die beiden haben genug Platz. Nur bis ich mir darüber im Klaren bin, wie es weitergehen soll.«

»Das hast du letztes Mal auch gesagt.«

»Dann muss es eine gute Idee sein.«

Es war noch nicht richtig hell, als ich mich auf den Weg zu Sheila und Guy machte. Über Nacht hatte es geschneit, und in dem weichen Morgenlicht sah alles gespenstisch schön aus, sogar die Mülltonnen. Ich ging zu Fuß, machte aber bei einem Bäcker Halt und kaufte als Bestechung drei Croissants, so dass mir noch genau fünf Pfund zwanzig blieben. Heute würde ich bei meiner Bank anrufen. Wie lautete gleich noch meine Kontonummer? In einem Anfall von Panik befürchtete ich, dass sie mir nicht mehr einfallen würde und viele Mosaiksteinchen meines Lebens gerade im Verschwinden begriffen waren, als wäre in meinem Gehirn ein Cursor am Werk, der willkürlich Informationen löschte.

Es war knapp sieben Uhr, als ich an ihre Tür klopfte. Die Vorhänge im ersten Stock waren zugezogen. Ich wartete, wie es der Anstand gebot, und klopfte erneut, länger und lauter. Dann trat ich einen Schritt zurück und blickte nach oben. Ein Vorhang bewegte sich. Ein Gesicht und nackte Schultern tauchten am Fenster auf.

Sheila, Sadie und ich kennen uns schon länger als unser halbes Leben. In der Schule waren wir ein streitlustiges Trio, das sich ständig trennte und wieder vereinte, doch unsere Teenagerjahre haben wir gemeinsam durchgestanden: Prüfungen, die erste Menstruation, die erste Liebe. Nun hatte Sadie ein Baby, Sheila einen Mann und ich... nun ja, ich schien im Moment nicht viel zu haben, außer einer Geschichte. Ich winkte zum Fenster hinauf. Bei meinem Anblick wich Sheilas eben noch missmutige, mürrische Miene einem Ausdruck der Verblüffung und Besorgnis. Sie verschwand und tauchte wenige Augenblicke später unten an der Haustür wieder auf, in einen flauschigen weißen Bademantel gehüllt, das verschlafene Gesicht von wirren dunklen Haarsträhnen umrahmt. Ich drückte ihr die Tüte mit den Croissants in die Hand.

»Entschuldige«, sagte ich. »Aber es war noch zu früh, um vorher anzurufen. Darf ich reinkommen?«

»Du siehst wie ein Gespenst aus!«, rief sie. »Was ist mit deinem Gesicht passiert?«

Diesmal erzählte ich eine Kurzversion meiner Geschichte, nur das Wichtigste. In Bezug auf die Polizei, blieb ich vage. Sheila und Guy waren sichtlich verwirrt, aber dennoch sehr hilfsbereit. Sie machten mir sofort einen Kaffee und boten mir überschwänglich an, über alles zu verfügen: ihr Bad, ihr Geld, ihren Kleiderschrank, ihr Telefon, ihr Auto und ihr Gästezimmer, und das, so lange ich wollte.

»Wir werden natürlich die meiste Zeit im Büro sein«, fügte Sheila hinzu. »Fühl dich einfach wie zu Hause.«

»Habe ich meine Sachen bei euch gelassen?«

»Hier? Nein. Es sei denn, die eine oder andere Kleinigkeit schwirrt noch irgendwo herum.«

»Wie lange bin ich überhaupt geblieben? Nur eine Nacht?«

»Nein. Oder doch, eigentlich schon.«

»Was meinst du mit eigentlich?«

»Du hast am Sonntag hier geschlafen, bist aber am Montag

nicht wiedergekommen. Du hast angerufen, dass du anderswo übernachten würdest. Am Dienstag hast du deine Sachen abgeholt. Du hast uns einen Zettel mit einer Nachricht hinterlassen und zwei sehr teure Flaschen Wein.«

»Wohin wollte ich denn?«

Sie antworteten, das wüssten sie nicht. Ich sei ziemlich aufgedreht gewesen und hätte sie am Sonntag bis in die frühen Morgenstunden wach gehalten. Ich hätte ziemlich viel geredet und getrunken und Pläne für den Rest meines Lebens geschmiedet. Am nächsten Tag hätte ich sie dann wieder verlassen. Während sie mir das erzählten, warfen sie sich vielsagende Blicke zu, so dass ich mich zu fragen begann, was sie mir wohl verschwiegen. Hatte ich mich daneben benommen? Mich übergeben müssen? Kurz bevor sie aufbrachen, ertappte ich sie dabei, wie sie in der Küche die Köpfe zusammensteckten und aufgeregt miteinander tuschelten. Als sie mich in der Tür stehen sahen, brachen sie abrupt ab, lächelten mich an und taten so, als hätten sie nur Pläne für den Abend gemacht.

Die beiden also auch, dachte ich, und wandte den Blick ab, als hätte ich nichts bemerkt. Das würde noch öfter vorkommen, vor allem, wenn Sheila und Guy erst einmal mit Sadie gesprochen hatten, und anschließend mit Robin, Carla, Joey und Sam. Ich konnte mir lebhaft vorstellen, wie sie sich gegenseitig anrufen würden. Hast du schon gehört? Ist das nicht schrecklich? Wie denkst du darüber, ich meine, *wirklich*, ganz unter uns?

Freundschaften haben viel mit Takt zu tun. Oft will man gar nicht wissen, was Freunde gegenüber anderen Freunden oder ihrem Partner ausplaudern. Man will gar nicht wissen, was sie wirklich denken oder wie weit ihre Loyalität geht. Man sollte sehr vorsichtig damit umgehen. Vermutlich erfährt man dann nämlich Dinge, die einem gar nicht gefallen.

4

Mir war nichts mehr peinlich. Ich besaß noch rund fünf Pfund, so dass mir gar nichts anderes übrig blieb, als Sheila und Guy um Geld anzupumpen. Sie waren sehr entgegenkommend. Natürlich war ihr »Entgegenkommen« mit Schnauben und Keuchen und Zähneknirschen verbunden. Beide wühlten in ihren Taschen und Börsen und erklärten, dass sie später zur Bank gehen könnten. Am liebsten hätte ich gesagt, es sei nicht so wichtig, und ich käme auch ohne Geld klar, aber es war nun einmal wichtig, und ich war auf ihre Hilfe angewiesen. Deshalb landeten zweiundfünfzig Pfund in diversen Scheinen und Münzen in meinen aufgehaltenen Händen. Dann lieh ich mir von Sheila einen Slip und ein T-Shirt aus und warf meine getragenen Sachen in ihren Wäschekorb. Sie fragte mich, ob sie mir sonst irgendwie helfen könne, woraufhin ich sie fragte, ob sie einen alten Pulli besitze, den ich für ein, zwei Tage haben könnte. Sie antwortete, natürlich, und kam mit einem recht hübschen wieder, der überhaupt nicht alt aussah. Sheilas Kleidung war mir einige Nummern zu groß, doch nachdem ich die Ärmel hochgeschoben hatte, sah ich nicht mehr ganz so lächerlich aus. Dennoch hatte sie ihre Gesichtszüge nicht völlig unter Kontrolle.

»Entschuldige«, sagte sie. »Du siehst großartig aus, aber...«

»Als würde ich neuerdings unter der Brücke leben?«, fiel ich ihr ins Wort.

»Nein, nein«, widersprach sie vehement. »Ich bin es nur gewohnt, dass du, ich weiß auch nicht, erwachsener aussiehst.«

Als sie aufbrachen, kam es mir fast so vor, als hätten sie bei der Vorstellung, mich allein in ihrem Haus zurückzulassen, ein leicht mulmiges Gefühl. Ich weiß nicht, ob sie befürchteten, ich würde ihre Hausbar oder den Kühlschrank plündern oder von ihrem Telefon aus lange Auslandsgespräche führen. Ich erleichterte lediglich das Arzneischränkchen um ein paar Kopf-schmerztabletten und tätigte vier Anrufe, alles Ortsgespräche. Als Erstes bestellte ich mir ein Taxi, weil ich auf keinen Fall allein durch die Straßen laufen wollte. Dann rief ich Robin im Büro an. Sie sagte, sie könne sich mittags leider nicht mit mir treffen. Als ich ihr zur Antwort gab, sie müsse, erklärte sie mir, dass sie bereits mit jemand anderem zum Essen verabredet sei. Ich entgegnete, das tue mir Leid, aber sie müsse ihre Verabre-dung absagen. Sie schwieg einen Moment, dann sagte sie seuf-zend zu.

Ich forderte alle Gefallen ein, die ich meinen Freunden im Laufe meines Lebens getan hatte. Ich rief Carla an und nötigte sie, sich nachmittags auf einen Kaffee mit mir zu treffen. An-schließend rief ich Sam an und verabredete mich mit ihm eben-falls für einen Kaffee, fünfundvierzig Minuten nach meinem Termin mit Robin. Er fragte nicht nach dem Grund, ebenso-wenig wie Carla. Das beunruhigte mich ein wenig. Bestimmt wussten sie schon etwas. Was hatte Sadie erzählt? Ich kannte das Gefühl. Auch ich war schon wegen irgendeiner unglaub-lich heißen Tratschgeschichte in einen Fieberzustand verfallen, der sich wie ein Typhusvirus verbreitet hatte. Ich konnte es mir lebhaft vorstellen. Hey, alle mal herhören, habt ihr schon ge-hört, was Abbie passiert ist? Oder war es noch einfacher? Hey, alle mal herhören, Abbie ist verrückt geworden! Ach, und übrigens, sie wird bald bei euch hereinschneien, um euer ge-samtes Kleingeld einzusammeln.

Ich spähte aus dem Fenster, bis ich das Taxi kommen sah, und griff nach meiner Tasche. Es dauerte einen Augenblick, bis mir klar wurde, dass ich gar keine Tasche hatte. Alles, was ich besaß, hatte ich in meine Hosentaschen gestopft – eine kleine Geldsumme von Sadie und eine größere von Sheila und Guy. Ich bat den Taxifahrer, mich zur U-Bahn-Station Kennington zu fahren, was ihn nicht gerade in einen Freudentaumel ver-setzte. Verwirrt starrte er mich an. Es war wahrscheinlich das erste Mal in seiner Laufbahn, dass er einen Fahrgast zu einer U-Bahn-Station bringen musste, die nur wenige Straßen entfernt lag. Das Unterfangen kostete mich drei Pfund fünfzig. Ich nahm den Zug nach Euston, wechselte dort die Bahnsteigseite und stieg in die Victoria Line um. Am Oxford Circus stieg ich aus und begab mich zum Bahnsteig der Bakerloo Line. Über die Gleise hinweg studierte ich die Streckenkarte. Ja, dieser Zug führte an Ziele, die ausreichend weit von allen mir bekannten Orten entfernt lagen. Ein Zug kam im Bahnhof an, und ich stieg ein. Als sich die Türen zu schließen begannen, sprang ich flink wieder heraus. Der Zug setzte sich in Bewegung, und ich war für ein, zwei Sekunden allein, bis die nächsten Pendler auf dem Bahnsteig eintrafen. Jeder, der mir zugeschaut hätte, hätte mich bestimmt für eine Verrückte gehalten. Dabei hätte ich eigentlich wissen müssen, dass mir niemand folgte. Es *konnte* mir niemand folgen. Doch nun war ich mir sicher und fühlte mich besser. Etwas besser zumindest. Ich schlenderte zur Central Line hinüber und entschied mich für den Zug nach Tottenham Court Road.

Dort suchte ich eine Zweigstelle meiner Bank auf. Ich empfand eine große Müdigkeit, als ich mich durch die Tür schob. Die einfachen Dinge des Lebens waren so schwierig geworden. Kleidung. Geld. Ich kam mir vor wie Robinson Crusoe. Am unangenehmsten war es, dass ich fast jedem Menschen, auf den ich traf, eine Version meiner Geschichte erzählen musste. Der Frau am Schalter schilderte ich eine sehr knappe Version, woraufhin sie mich an eine »persönliche Finanzberaterin« verwies, eine korpulente Frau in einem türkisfarbenen Blazer mit Messingknöpfen, die in einer Ecke des Raums an ihrem Schreibtisch saß. Ich musste warten, bis sie für einen Mann, der offenbar kein Englisch sprach, ein Konto eröffnet hatte. Als er gegangen war, wandte sie sich mit einem Ausdruck der Erleichterung an mich. Sie wusste nicht, was ihr bevorstand. Ich erklärte ihr, dass ich Geld von meinem Konto abheben wolle, aber Opfer eines Verbrechens geworden sei und daher weder im Besitz meines Scheckbuchs noch meiner Kreditkarten sei. Kein Problem, meinte sie. Jede Form von Ausweis mit Foto sei absolut ausreichend.

Ich holte tief Luft, bevor ich ihr eröffnete, dass ich gegenwärtig über keinerlei Art von Ausweis verfügte, ihr überhaupt nichts vorlegen könne. Sie starrte mich verwirrt an. Fast schien es, als hätte sie ein wenig Angst vor mir.

»Dann tut es mir Leid…«, begann sie.

»Aber es muss doch eine Möglichkeit geben, an mein Geld heranzukommen«, unterbrach ich sie. »Außerdem muss ich meine alten Karten sperren lassen und neue beantragen. Ich unterschreibe alles, was Sie wollen, gebe Ihnen jede Information, die Sie brauchen.«

Sie starrte mich noch immer skeptisch an. Mehr als das, beinahe wie hypnotisiert. Plötzlich fiel mir Cross ein. Von allen Menschen, die mich zurück in die Welt entlassen hatten, schien mir Cross derjenige zu sein, der darüber am wenigsten glücklich gewesen war. Er hatte irgendetwas davon gemurmelt, dass er tun werde, was in seiner Macht stehe, falls ich Hilfe bräuchte.

»Es gibt da einen Polizeibeamten«, erklärte ich. »Er war mit dem Fall betraut. Sie können ihn anrufen und meine Angaben überprüfen.«

Ich schrieb ihr die Nummer auf, hatte aber sofort Bedenken. Wenn Cross sich zu kooperativ zeigte, stand ich möglicherweise noch schlimmer da als vorher. Stirnrunzelnd betrachtete sie die Zahl und verkündete, sie müsse vorher mit dem stellvertretenden Filialleiter sprechen. Er entpuppte sich als ein schon leicht kahlköpfiger Mann, der einen ausgesprochen gediegenen Anzug trug und ebenfalls eine sorgenvolle Miene aufsetzte. Ich glaube, sie wären erleichtert gewesen, wenn ich mich aufgeregt hätte und wütend aus der Bank gestürmt wäre, aber ich ließ nicht locker. Sie mussten mich wieder in mein altes Leben zurücklassen.

Die Zeit verging. Zunächst tätigten sie ein paar Anrufe, dann stellten sie mir unzählige Fragen über mein Leben, mein Konto, Rechnungen, die ich in der letzten Zeit bezahlt hatte. Sie fragten mich sogar nach dem Mädchennamen meiner Mutter. Ich unterschrieb zahllose Formulare, und die Bankangestellte tippte permanent verschiedene Angaben in den Computer auf ihrem Schreibtisch. Am Ende händigten sie mir mit sichtlichem Widerwillen zweihundert Pfund aus und stellten mir in Aussicht, dass sie mir innerhalb von zwei Werktagen neue Kreditkarten und ein Scheckbuch zuschicken würden – wenn ich Glück hätte eventuell bereits am folgenden Werktag. Plötzlich wurde mir bewusst, dass auf diese Weise alles bei Terry landen würde. Ich stand schon im Begriff, sie zu bitten, die Dokumente an eine andere Adresse zu schicken, besann mich dann aber eines Besseren. Wenn ich jetzt auch noch meine Adresse änderte, würden sie mich wahrscheinlich auf der Stelle hinauswerfen. Also stopfte ich das Geldbündel in meine beiden Hosentaschen und ging. Ich hatte das Gefühl, als käme ich aus einem Wettbüro.

Sobald Robin mich sah, nahm sie mich fest in den Arm, aber ich spürte, dass sie nicht nur besorgt, sondern auch misstrauisch war. Ich verstand durchaus weshalb. Wir sahen aus, als gehörten wir unterschiedlichen Spezies an. Sie ist eine dunkelhäutige Schönheit, immer makellos gekleidet und sehr gepflegt. Ich dagegen sah aus wie das, was ich momentan tatsächlich war: eine Obdachlose, die es nicht eilig hatte, an ein bestimmtes Ziel zu kommen. Wir trafen uns vor dem Reisebüro, in dem sie arbeitete. Sie hatte nirgends für uns reserviert. Ich sagte ihr, dass mir das nichts ausmache. Es machte mir tatsächlich nichts aus. Wir gingen in eine italienische Sandwichbar, wo wir uns an der Theke niederließen. Ich bestellte mir einen großen Kaffee und ein Sandwich, das aussah wie ein ganzer Delikatessenladen zwischen zwei Scheiben Brot. Ich hatte einen Bärenhunger. Sie trank nur einen Kaffee. Als sie sich anschickte, für mich mitzubezahlen, ließ ich sie gewähren. Ich musste mit meinem Geld momentan sparsam umgehen, weil ich noch nicht wusste, welche Kosten bei dem Zigeunerleben, das ich nun führte, auf mich zukommen würden.

»Sadie hat mich angerufen«, bemerkte sie.

»Gut«, murmelte ich, den Mund voller Sandwich.

»Ich kann es einfach nicht glauben! Wir sind so entsetzt über das, was dir passiert ist. Wenn ich irgendetwas tun kann, egal, was ...«

»Was hat Sadie dir erzählt?«

»Nur die groben Fakten.«

Robin präsentierte mir eine Version meiner Geschichte. Es war richtig wohltuend, einmal zuzuhören, statt selbst erzählen zu müssen.

»Hast du jemanden?« fragte sie, als sie fertig war.

»Du meinst, einen Mann?«

»Ich dachte eher an einen Arzt.«

»Ich war im Krankenhaus.«

»Aber Sadie hat gesagt, du hättest eine Kopfverletzung.«

Ich hatte gerade ein großes Stück von meinem Sandwich abgebissen, woraufhin eine Pause entstand, während ich kaute und schluckte.

»Genau darüber wollte ich mit dir sprechen, Robin. Unter anderem. Wie du bereits von Sadie weißt, hatte ich eine Art Gehirnerschütterung. Daraus resultierten meine Probleme mit den Ärzten und der Polizei. Deshalb möchte ich unter anderem versuchen zu rekonstruieren, was in der Zeit meiner Gedächtnislücke passiert ist. Es ist mir etwas unangenehm, dir davon zu erzählen, aber mir war beispielsweise nicht mehr klar, dass ich Terry verlassen hatte. Endlich ringe ich mich zu einer der besten Entscheidungen meines Lebens durch, und dann vergesse ich sie wieder. Einmal angenommen, ich wäre ein Fahnder auf der Suche nach einer Vermissten und würde

162

dich fragen, wann du Abbie Devereaux das letzte Mal gesehen hast, was würdest du antworten?«

»Wie bitte?«

»Wann hast du mich zum letzten Mal gesehen, Robin? Das ist doch wirklich keine schwierige Frage!«

»Nein, da hast du Recht.« Sie überlegte einen Augenblick. »Ich wusste, dass du Terry verlassen hattest. Wir haben uns am folgenden Tag getroffen, am Sonntag. Am späten Vormittag.«

»Warte mal. Am Sonntag, dem dreizehnten Januar?«

»Ja. Wir waren in der Kensington High Street beim Shoppen. Daran musst du dich doch erinnern.«

»Nein, beim besten Willen nicht. Was habe ich gekauft?«

Sie starrte mich entgeistert an.

»Du kannst dich wirklich nicht erinnern? Nun ja, ich habe mir phantastische Schuhe gekauft. Sie waren auf fünfunddreißig Pfund heruntergesetzt, von absurden hundertsechzig.«

»Und ich?«

Robin lächelte.

»Jetzt erinnere ich mich wieder. Wir hatten am Vorabend telefoniert. Da hast du dich ein bisschen überdreht angehört, aber an dem Vormittag ging es dir gut. Wirklich gut. So gut gelaunt hatte ich dich seit Ewigkeiten nicht mehr gesehen. Du hast gesagt, du hättest jetzt ein positives Gefühl und wolltest dich für dein neues Leben ausstatten. Du hast dir ein wunderschönes braunes Minikleid gekauft. Aus Knittersamt. Dazu passende Schuhe, Strümpfe und ein paar Slips. Und einen spektakulären Mantel. Lang, marineblau. Du hast ein Vermögen dafür ausgeben. Aber der Mantel war wirklich toll. Du musstest ziemlich viel kichern, weil du so viel ausgegeben hast, nachdem du gerade deinen Job gekündigt hattest.«

»O nein! Erzähl mir bitte nicht, dass ich nicht nur mit Terry, sondern auch mit meinem Job Schluss gemacht habe!«

»Doch. Wusstest du das nicht? Es schien dir allerdings nichts auszumachen.«

»Dann habe ich also keinen Job mehr?«

Der Boden unter meinen Füßen schien nachzugeben. Die Welt erschien mir plötzlich grauer und kälter.

»Abbie?«

Robin sah mich besorgt an. Ich überlegte krampfhaft, was ich sie noch fragen sollte.

»Und das war wirklich das letzte Mal, dass du mich gesehen hast?«

»Wir aßen zusammen zu Mittag und vereinbarten, uns ein paar Tage später auf einen Drink zu treffen. Am Donnerstagabend, glaube ich. Aber du hast einen Tag vorher angerufen und abgesagt.«

»Warum?«

»Du hast gesagt, dir sei etwas dazwischengekommen. Du hast dich tausendmal entschuldigt.«

»War das, was mir dazwischengekommen war, etwas Gutes? Habe ich aufgeregt geklungen?«

»Hm… vielleicht ein bisschen überdreht. Wir haben nur ganz kurz miteinander gesprochen.

»Das war alles?«

»Ja.« Während ich den Rest meines Sandwiches verspeiste, musterte Robin mich eindringlich. »Könnte es sich bei der ganzen Sache nicht um ein Missverständnis handeln?«

»Du meinst, dass ich entführt und von jemandem gefangen gehalten worden bin, der zu mir gesagt hat, er wolle mich umbringen und habe bereits mehrere andere Frauen umgebracht? Du meinst diesen Teil?«

»Ich weiß nicht.«

»Robin«, sagte ich langsam. »Du bist eine von meinen ältesten Freundinnen. Ich möchte, dass du ehrlich zu mir bist. Glaubst du mir?«

Robin nahm meinen Kopf zwischen ihre schlanken Finger und küsste mich auf beide Wangen. Dann schob sie mich zurück und sah mich an.

»Die Sache ist die«, sagte sie. »Wenn es wahr ist – und ich bin
sicher, dass dem so ist –, dann kann ich die Vorstellung einfach
nicht ertragen.«

»Mir geht es nicht anders!«

Mein Treffen mit Carla bestand aus unzähligen Umarmungen,
Tränen und Freundschaftsbeteuerungen, lief jedoch auf die
Tatsache hinaus, dass sie in der betreffenden Zeit nicht da gewesen war und lediglich sagen konnte, dass ich auf ihrem Anrufbeantworter eine Nachricht hinterlassen und um Rückruf
gebeten hätte. Nach ihrer Rückkehr habe sie ihrerseits eine
Nachricht auf Terrys Band hinterlassen, aber nichts mehr von
mir gehört.

Sam ist einer meiner ältesten Freunde. Oft kann ich nicht glauben, dass der Junge, den ich auf zahlreichen Partys in Süd-Lon-
don mit einem Joint in der Hand habe herumlaufen sehen, nun
Anwalt ist, Anzug und Krawatte trägt und an Werktagen von
neun bis fünf einen Erwachsenen mimen muss. Trotzdem kann
ich mir inzwischen vorstellen, wie dieser attraktive, hippe
Sechsundzwanzigjährige aussehen wird, wenn er vierzig ist.

»Ja, wir haben uns getroffen«, sagte er. »Am Sonntagabend,
auf einen Drink.« Er lächelte. »Ich bin ein bisschen beleidigt,
dass du dich nicht daran erinnern kannst. An dem Abend hast
du bei Sheila und Guy übernachtet. Du hast kurz über Terry
gesprochen, aber nicht viel. Ich dachte eigentlich, dass du dich
mit mir treffen wolltest, um über diesen undankbaren Mistkerl
zu schimpfen. Undankbar dafür, dass er mit dir leben durfte,
meine ich. Aber du hast auf mich nicht besonders angeschlagen gewirkt, eher aufgeregt.«

O ja. Ich wusste Bescheid. Obwohl ich mich an unser Tref-
fen nicht erinnern konnte, wusste ich in etwa, was passiert war.
Sam und ich waren immer nur Freunde gewesen, nie ein Paar.
Manchmal fragte ich mich, ob er das bedauerte. Vielleicht hatte

er meinen Bruch mit Terry als Chance gesehen. Mir selbst war dieser Gedanken ebenfalls durch den Kopf gegangen, doch die Abbie, die mit ihm einen Drink genommen hatte, hatte sich offensichtlich dagegen entschieden. Es war besser, ihn als Freund zu behalten.

Ich nippte an meinem vierten Kaffee dieses Nachmittags. Mein ganzer Körper prickelte vor Koffein, und mich beschlich ein seltsames Gefühl. Im Grunde hatte ich bisher nicht viel herausgefunden, aber vielleicht lag gerade darin das Interessante. Immerhin wusste ich jetzt, dass ich es vorgezogen hatte, die letzten Tage vor meiner Entführung nicht mit meinen engsten Freunden zu verbringen. Doch mit wem hatte ich sie verbracht? Was hatte ich gemacht? Wer war ich gewesen?

»Was wirst du jetzt tun?« Wie so oft klang er dabei wie ein Gerichtsmediziner.

»Wie meinst du das?«

»Wenn das, was du sagst... ich meine, nach allem, was du sagst, muss er noch irgendwo da draußen sein, und *er* weiß, dass *du* wieder da draußen bist. Was also wirst du unternehmen?«

Ich trank einen weiteren Schluck Kaffee. Das war die Frage, die sich mir unerbittlich aufdrängte und die ich bisher zu ignorieren versucht hatte.

»Ich weiß es nicht«, antwortete ich. »Mich verstecken. Was kann ich sonst tun?«

5

Ich hatte keinen Termin, und es hieß, ich müsste mindestens fünfzig Minuten warten, bis ich an der Reihe war, aber das machte mir nichts aus. Ich hatte nichts vor, und hier war es warm. Und sicher. Ich ließ mich auf einem Sessel in der Nähe der Tür nieder und blätterte durch die letztjährigen Hochglanzmagazine. Penny, die mir die Haare schneiden würde, forderte mich auf, mir Frisuren auszusuchen, die mir gefielen. Ich studierte also Filmstars, Musikerinnen und andere Berühmtheiten und versuchte, mir mein Gesicht unter ihrem Haar vorzustellen. Dennoch würde ich immer noch so aussehen wie ich. Draußen begann es zu dämmern. Auf dem Gehsteig hasteten Passanten vorbei, in Mäntel und Schals gehüllt. Autos und Lastwagen donnerten die Straße entlang und ließen zu beiden Seiten schmutzigen Schneematsch hochspritzen. Drinnen war es hell und ruhig, man hörte nur das Schnippen der Scheren, das Geräusch des Besens, der abgeschnittene Haarsträhnen und Locken zu weichen Häufchen zusammenfegte, hin und wieder gedämpftes Stimmengemurmel. Sechs Kunden wurden die Haare geschnitten, allesamt Frauen. In schwarze Umhänge gehüllt, saßen sie in gerader Haltung auf ihren Stühlen oder mit zurückgelegtem Kopf vor den Waschbecken, wo Shampoo und Spülungen in ihre Kopfhaut massiert wurden. Es roch nach Kokosnuss, Apfel, Kamille. Ich schloss die Augen. Ich hätte den ganzen Tag hier sitzen können.

»Haben Sie sich schon entschieden?«

»Kurz«, antwortete ich und riss die Augen auf. Sie führte mich vor einen großen Spiegel und stellte sich hinter mich. Den Kopf nachdenklich zur Seite geneigt, fuhr sie mit den Händen durch mein Haar.

»Und Sie sind sicher, dass Sie es kurz wollen?«

»Ja. Richtig kurz. Keinen Bob oder so. Sie wissen schon, einen richtigen Kurzhaarschnitt. Allerdings nicht zu maskulin.«

»Leicht durchgestuft vielleicht. Damit Sie es auch wild stylen können. Aber mit weichen Konturen?«

»Ja, das klingt gut. Und eine neue Farbe möchte ich auch.«

»Dafür brauchen wir dann aber eine gute Stunde länger.«

»Das macht nichts. Zu welcher Farbe würden Sie mir denn raten?«

»Ihr Haar ist sehr schön, so wie es ist.«

»Ich möchte trotzdem eine Veränderung. Ich habe an Rot gedacht. Einen leuchtenden Rotton.«

»Rot?« Sie nahm eine Strähne meines langen hellen Haars und ließ sie durch ihre Finger gleiten. »Glauben Sie, dass Rot zu Ihrer Gesichtsfarbe passt? Wie wäre es mit einem weicheren Ton – einem dunklen Karamellton vielleicht, mit interessanten Glanzlichtern?«

»Würde mich das sehr verändern?«

»O ja, definitiv.«

Ich hatte nie wirklich kurzes Haar gehabt. Als Mädchen weigerte ich mich meist, es mir überhaupt schneiden zu lassen. Ich wollte so wie meine Freundin Chen sein, die auf ihrem blauschwarzen Haar sitzen konnte. Sie trug immer einen Zopf, der mit einer Samtschleife zusammengehalten wurde. Er schlängelte sich an ihrem Rücken hinunter, dick und glänzend, als würde er leben. Ich hob eine Hand und strich über meinen Scheitel, warf einen letzten Blick auf mein langes Haar.

»Also dann«, sagte ich. »lassen Sie uns anfangen, ehe ich es mir anders überlege.«

»Sobald die Farbe eingezogen ist, bin ich wieder bei Ihnen.«

Eine andere Friseuse färbte mir das Haar. Zunächst bestrich sie es mit einer dicken bräunlichen Paste, die unangenehm und chemisch roch. Ich musste mich unter eine warme Lampe setzen. Anschließend gab sie ein paar hellere Kleckse auf einzelne Haarsträhnen und umwickelte sie mit Alufolie. Ich sah wie ein dressiertes Huhn aus, bereit, in den Ofen geschoben zu werden. Ich schloss erneut die Augen. Ich wollte es nicht sehen.

Finger fuhren durch mein Haar, warmes Wasser lief über meine Kopfhaut. Ich roch nach Früchten und tropischen Wäldern. Ein Handtuch wurde mir wie ein Turban um den Kopf geschlungen. Jemand stellte eine Tasse Kaffee vor mich hin. Draußen hatte es wieder zu schneien begonnen.

Als Penny anfing zu schneiden, schloss ich wieder die Augen.

Ich hörte die Schere schnippen und spürte, wie eine Haarsträhne an meiner Wange hinunterglitt. Bald fühlten sich mein Nacken und meine Ohrläppchen seltsam entblößt an. Penny befeuchtete mein Haar mit Wasser aus einer Sprühflasche. Sie schnitt ruhig vor sich hin und sprach mich nur an, wenn ich mich anders hinsetzen sollte. Gelegentlich beugte sie sich vor und blies ein paar Härchen weg. Als ich dabei einmal die Augen aufschlug, sah ich ein kleines, bleiches, nacktes Gesicht vor mir. Meine Nase und mein Mund wirkten zu groß, mein Hals zu dünn. Schnell machte ich die Augen wieder zu und versuchte an andere Dinge zu denken. An Essen beispielsweise. Wenn ich hier fertig war, würde ich mir in dem Feinkostladen, den ich ein Stück straßabwärts entdeckt hatte, ein leckeres Gebäckstück kaufen, etwas Süßes, Würziges. Mit Birne und Zimt vielleicht. Oder ein Stück Möhrenkuchen. Vielleicht auch einen Apfel, einen großen, grünen, sauren Apfel.

»Was halten Sie davon?«

Ich zwang mich, in den Spiegel zu sehen. Ich hatte dunkle Augenringe, und meine Lippen wirkten bleich und ausgetrocknet. Vorsichtig berührte ich die weichen Stacheln auf meinem Kopf. »Schön«, sagte ich. »Großartig.«

Penny stellte sich mit einem zweiten Spiegel hinter mich. Von hinten sah ich aus wie ein sechzehnjähriger Junge.

»Wie finden Sie den Schnitt?«, fragte ich.

Sie betrachtete mich abschätzend. »Sehr androgyn«, antwortete sie.

»Genau das, was ich wollte.«

Eine Bürste sauste über meinen Hals und mein Gesicht, dann wurde mir der Spiegel so hingehalten, dass ich mein neues Profil aus jedem Blickwinkel betrachten konnte. Anschließend bekam ich meine Jacke in die Hand gedrückt und wurde wieder in die Welt hinausgeschickt, wo kleine Schneeflocken durch die hereinbrechende Dunkelheit wirbelten. Mein Kopf fühlte sich seltsam leicht an. Jedesmal, wenn mir aus einem Schau-

169

fenster mein neues Spiegelbild entgegenblickte, erschrak ich ein wenig. Ich kaufte mir einen riesigen Schokoladenkeks und verspeiste ihn auf dem Weg zu den Modegeschäften.

Während der letzten drei Jahre habe ich mich immer relativ gediegen gekleidet. Das gehörte zu meinem Job, und ich habe mich wahrscheinlich einfach daran gewöhnt. Kostüme, Röcke und Feinstrumpfhosen, von denen ich immer eine auf Reserve in der Tasche hatte, falls ich eine Laufmasche bekam. Lauter klassische, auf Figur geschnittene Kleidungsstücke. Deswegen kaufte ich mir jetzt von dem Rest des Geldes, das Sheila mir geliehen hatte, eine weite schwarze Hose, ein paar T-Shirts, Bikerstiefel, ein Fleece-Shirt mit Kapuze, einen langen gestreiften Schal, eine schwarze Wollmütze und warme Handschuhe. Fast hätte ich auch noch einen langen Ledermantel erstanden, hatte aber zum Glück nicht mehr genug Geld. Es reichte jedoch noch für sechs Slips, zwei BH, mehrere Paar dicke Socken, eine Zahnbürste, Zahnpasta, Lippenstift, Wimperntusche, Deo und Shampoo.

Ich stellte mich vor den hohen Ladenspiegel, drehte mich langsam um und betrachtete mich über die Schulter. Ich reckte mein Kinn in die Luft. Das war nicht mehr Abbie, die Geschäftsfrau mit dem ordentlichen Haarknoten und den flachen Pumps. Ich wirkte dünn und verwildert. Meine Schlüsselbeine standen scharf hervor, und die schwarzen Sachen ließen mich noch bleicher aussehen als sonst. Der Bluterguss an meiner Wange war inzwischen zu einem gelblichen Fleck verblasst. Mein stacheliges Haar hatte die Farbe von Birkenholz. Ich fand, dass ich eine leichte Ähnlichkeit mit einer Eule hatte und wie ein Schulmädchen aussah. Ich lächelte mir zu, der neuen Abbie, die ich dort im Spiegel sah, und nickte.

»Gut«, sagte ich laut. »Perfekt.«

6

Lieber Himmel!«, rief Sheila aus, als sie mir die Tür öffnete. »Wie findest du mich?«

»Das nenne ich einen Imagewandel. Ich habe dich fast nicht erkannt.«

»So war es gedacht. Darf ich reinkommen? Hier draußen ist es schrecklich kalt.« Eisige Flocken landeten auf meinen Wangen und meiner Nase. Mein neuer Haarschnitt war flach und feucht.

Sie trat zurück, um mich in die Wärme hineinzulassen. »Natürlich. Mein Gott, du siehst…«

»Wie sehe ich aus?«

»Ich weiß nicht. Jünger.«

»Ist das positiv?«

»Ja«, antwortete sie zögernd. »Du wirkst auch ein wenig kleiner und noch dünner. Möchtest du eine Tasse Tee? Oder lieber einen Drink?«

»Einen Drink. Ich habe Bier für uns gekauft.«

»Danke, aber das wäre wirklich nicht nötig gewesen.«

»Du brauchst dich nicht zu bedanken. Es war euer Geld. Allerdings kann ich es euch zurückzahlen, sobald meine neue Kreditkarte bei Terry eingetroffen ist, was in den nächsten Tagen der Fall sein müsste.«

»Wann auch immer, egal. Dabei fällt mir ein, dass Terry angerufen hat.«

»Hier?«

»Nein, bei Sadie. Er dachte, du wärst bei ihr. Sadie hat daraufhin bei mir angerufen. Terry lässt dir ausrichten, dass du eine Tasche bei ihm abholen sollst. Er hat gestern vergessen, sie dir zu geben. Eine große Tasche voller Post und allerlei anderem Zeug. Und dem Rest deiner Klamotten.«

»Gut. Das mache ich gleich morgen.«

»Oder er schmeißt die Sachen weg.«

»Sehr charmant. Ich hole sie jetzt gleich.«

»Jetzt? Möchtest du denn nichts essen? Wir haben Freunde zu Gast. Ein Pärchen, sehr nett, ein Kollege von Guy. Seine Freundin arbeitet mit Tapeten, glaube ich. Nichts Aufregendes, bloß wir vier. Beziehungsweise wir fünf, wenn du Zeit hast«, fügte sie tapfer hinzu.

»Lass gut sein, Sheila. Vier ist eine bessere Zahl. Vielleicht bin ich ja wieder da, wenn ihr beim Käse angelangt seid.«

»Kein Käse. Als Nachspeise gibt es Zitronenkuchen.«

»Du hast Zitronenkuchen gemacht?«

»Ja.« Sie wirkte verlegen, aber auch ein bisschen stolz.

»Lasst mir ein Stück übrig. Darf ich euer Telefon benutzen, um mir ein Taxi zu rufen?«

»Natürlich. Da brauchst du doch nicht zu fragen.«

Ich küsste sie auf beide Wangen. »Du bist sehr lieb zu mir. Ich verspreche dir, dass ich nicht lange bleiben werde.«

Es ist sehr teuer, mit dem Taxi durch ganz London zu gondeln, es warten zu lassen und dann die ganze Strecke zurückzufahren. Nervös registrierte ich, wie der Zähler auf eine zweistellige Zahl sprang. Heute Morgen hatte ich £257 besessen, von Sheila und Guy und von der Bank, aber nach meinem Haarschnitt, meiner Shoppingtour und diversen Kaffees und Taxifahrten hatte sich meine Barschaft auf £79 reduziert. Am Ende dieses Tages würde ich wieder bei etwa £60 angelangt sein.

In unserer Wohnung brannte Licht. Terrys Wohnung. Ich klingelte und wartete. Im Treppenhaus waren Schritte zu hören, dann ging in der Diele das Licht an.

»Ja?«

»Hallo, Terry.«

»Abbie?« Er starrte mich aus zusammengekniffenen Augen an. »Wie siehst du denn aus? Bist du unter den Rasenmäher geraten? Dein Haar ist…«

»Weg, ich weiß. Kann ich reinkommen und meine Sachen holen? Ich bin ein bisschen in Eile. Mein Taxi wartet.«

»Ich laufe schnell nach oben und hol dir die Sachen. Ich habe alles in Tüten verstaut. Warte hier.« Er drehte sich um und spurtete die Treppe hinauf. Da ich keine Lust hatte, in dieser Eiseskälte zu warten, folgte ich ihm. Aus der Wohnung roch es wundervoll nach Knoblauch und Gewürzen. Ich blieb im Türrahmen stehen und spähte hinein. Auf dem Tisch entdeckte ich eine halb geleerte Flasche Wein, zwei Gläser, zwei Gedecke mit Hühnchenfleisch, garniert mit Rosmarinzweigen und ganzen Knoblauchzehen. Das war mein Rezept, mein Standardgericht für besondere Gelegenheiten. Die Kerzen kamen mir auch bekannt vor – ich hatte sie gekauft. Am Tisch saß eine Frau und drehte ihr Glas zwischen zwei Fingern hin und her. Sie hatte langes, weich fallendes blondes Haar, das in dem sanften Kerzenlicht golden schimmerte. Sie trug ein anthrazitfarbenes Kostüm und als Schmuck winzige goldene Ohrstecker. Ich stand mit meiner weiten Hose und meinem stachligen Haar in der Tür und starrte sie an.

»Ich hol deine Sachen«, sagte Terry.

»Willst du uns nicht vorstellen?«

Er murmelte etwas und verschwand.

»Ich bin Abbie«, wandte ich mich betont munter an die Frau.

»Freut mich, Sie kennenzulernen«, antwortete sie leise. »Sally.«

»Hier.« Terry zerrte zwei Müllsäcke mit meinen restlichen Klamotten in den Raum und drückte mir außerdem eine prall gefüllte Plastiktüte mit Post in die Hände. Sein Gesicht war rot angelaufen.

»Ich muss wieder los«, sagte ich zu Terry. Dann wandte ich mich an die Frau. »Wissen Sie, was wirklich seltsam ist? Sie sehen mir ziemlich ähnlich.«

Sie lächelte mich an, höflich, aber ungläubig. »Das finde ich eigentlich nicht.«

Sie waren noch beim Fisch, als ich den Kopf in die Küche streckte.

»Abbie, schon zurück! Das sind Paul und Izzie. Magst du mit uns essen?«

»Hallo.« Nach der Art zu urteilen, wie Paul und Izzie mich ansahen, hatten sie bereits die ganze Geschichte gehört. »Macht euch meinetwegen keine Umstände, ich bin eigentlich gar nicht hungrig. Ich werde lieber gleich meine Post durchsehen.« Ich hob die prall gefüllte Plastiktüte hoch. »Wer weiß, vielleicht finde ich ja einen Hinweis?« Alle vier lachten verlegen und wechselten dabei nervöse Blicke. Sheila wurde rot und beugte sich vor, um nachzuschenken.

»Aber ein Glas Wein wäre schön.«

Der größte Teil meiner Post bestand aus Werbung, Prospekten mit Winterschlussverkaufsangeboten und Ähnlichem. Außerdem hatte ich zwei Postkarten bekommen, eine von Mary, die den ganzen Monat in Australien war, die andere von Alex, aus Spanien. Er musste inzwischen zurückgekehrt sein. Ich fragte mich, ob er schon davon gehört hatte. Die Tüte enthielt auch zwei Einladungen zu Partys, von denen eine bereits vorbei war, die andere aber dieses Wochenende steigen sollte. Vielleicht würde ich hingehen, tanzen und flirten, dachte ich, aber mein nächster Gedanke war: Was soll ich anziehen? Und was soll ich sagen? Und wer um alles in der Welt sollte mit einem Wesen flirten, das wie ein obdachloses Schulmädchen aussieht? Vermutlich würde ich doch nicht hingehen.

Laurence Joiner von Jay & Joiner hatte mir einen ungewöhnlich formellen Brief geschrieben, in dem er mir bestätigte, dass ich unbezahlten Urlaub hätte, meine Renten- und Krankenversicherung aber weiter bezahlt werde. Stirnrunzelnd legte ich ihn zur Seite. Ich musste auf jeden Fall im Büro vorbeischauen. Vielleicht gleich morgen.

Der nächste Umschlag enthielt einen Kontoauszug. Zu Beginn des Monats war ich glorreiche und für mich völlig untypische £1810.49 im Plus gewesen, aber inzwischen waren nur noch £597.00 übrig. Mit zusammengekniffenen Augen starrte ich auf die Zahlenreihe. Wofür um alles in der Welt hatte ich am 13. Janur £890 ausgegeben? Das musste die Kleidung sein, von denen Robin mir erzählt hatte. Welcher Teufel hatte mich da bloß geritten? War ich an dem Tag betrunken gewesen oder weggetreten? Nun wusste ich nicht einmal, wo sich die Sachen befanden. Drei Tage später hatte ich am Automaten weitere £500 abgehoben, was mich irritierte. Normalerweise hebe ich immer nur £50 ab.

Ich trank von meinem Wein und öffnete ein offiziell aussehendes Schreiben, das mich darüber informierte, dass meine Kraftfahrzeugsteuer demnächst fällig sei. Was mich nicht allzu sehr tangierte, weil ich ohnehin keine Ahnung hatte, wo mein Auto stand. Allerdings änderte sich das ziemlich schnell, denn aus dem nächsten Brief erfuhr ich, dass es in Bow auf einem Abstellplatz für amtlich abgeschleppte Fahrzeuge gelandet war.

»Bingo!« sagte ich laut. »Endlich!«

Ich nahm den Brief genauer in Augenschein. Offenbar war es abgeschleppt worden, nachdem ich es in der Tilbury Road, E1 widerrechtlich geparkt hatte – wo auch immer die Tilbury Road sein mochte. Oder das blöde E1. In dem Schreiben hieß es, ich könne das Fahrzeug zwischen neun und fünf Uhr abholen. Das würde ich morgen als Erstes machen.

Ich raste in die Küche. »Ich habe mein Auto gefunden!«, rief ich.

»Gut«, meinte Guy, den ich wohl leicht erschreckt hatte. »Großartig. Wo ist es?«

»Allem Anschein nach in Bow, von der Polizei abgeschleppt. Ich hole es gleich morgen früh. Dann brauche ich nicht mehr ständig ein Taxi.« Ich griff nach der Weinflasche und schenkte mir ein weiteres großes Glas ein.

»Wie?«, fragte Guy.

»Was meinst du damit?«

»Wie willst du es abholen? Du hast doch keinen Schlüssel.«

»Oh.« Vor Enttäuschung blieb mir fast die Luft weg. »Daran habe ich gar nicht gedacht. Was mache ich denn da?«

»Sie könnten einen Schlüsseldienst kommen lassen«, schlug Izzie in freundlichem Ton vor.

»Nein, mir fällt etwas ein. Bei Terry muss ein Ersatzschlüssel liegen. Allerdings habe ich keine Ahnung, wo. An einem sicheren Ort, den ich vergessen habe. Das heißt, ich muss noch einmal zu ihm. Herrje. Ich dachte, heute Abend wäre es das letzte Mal gewesen.«

»Wenigstens hast du dann dein Auto wieder. Das ist doch immerhin etwas.«

»Es ist zumindest ein Anfang.«

Ich fiel, fiel aus großer Höhe. Nichts konnte mich aufhalten. Um mich herum war stille schwarze Luft, und ich fiel durch diese Dunkelheit. Ich hörte mich einen Schrei ausstoßen, einen wilden Schrei in der Nacht und vernahm seinen Widerhall.

Dann wachte ich mit einem Ruck auf. Das Kissen, auf dem ich lag, war völlig verschwitzt. Über meine Wangen und meinen Hals rannen Schweißtropfen, die sich anfühlten wie Tränen. Ich schlug die Augen auf, es war noch immer dunkel. Ziemlich dunkel. Auf meinem Herzen lastete eine Schwere, als hätte jemand ein großes Gewicht auf mich fallen lassen. Ich war in der Dunkelheit gefangen, hörte mich selbst atmen, doch das Geräusch klang heiser, fast wie ein Röcheln. Irgendetwas stimmte nicht. Ich bekam nicht genügend Luft. Sie steckte in meiner Brust fest, mein Hals krampfte sich immer wieder zusammen und ließ sie einfach nicht durch. Ich musste mir erst ins Gedächtnis rufen, wie es ging. Wie man atmete. Ich musste zählen, ja, genau, das war es. Einatmen und wieder aus. Ganz langsam. Eins-zwei, eins-zwei. Ich musste Luft in meine Lungen pumpen, sie dort einen Augenblick festhalten und wieder hinauslassen.

Wer war da? Da war jemand. Eine Bodendiele knarrte. Ich

wollte mich aufsetzen, doch mein Körper bewegte sich nicht, ich wollte schreien, doch meine Stimme war tief in mir eingefroren. Wieder knarrte eine Diele. Ich hörte jemanden atmen, ganz in der Nähe, gleich draußen vor der Tür. Den Kopf fest in mein Kissen gepresst lag ich da und spürte, wie sich mein Mund zu einem Schrei verzog, aber noch immer kam kein Laut, und erneut hörte ich dieses Atmen, dann Schritte, ein leises, unterdrücktes Husten.

»Nein«, sagte ich endlich. »Nein.« Diesmal lauter. »Nein, nein, nein, nein.« Die Worte füllten meinen Kopf. Sie hallten durch den Raum, krachten gegen meinen Schädel, zerrten an meinem Hals. »Nein, nein, nein, nein!«

Die Tür ging auf, und in dem grellen Licht sah ich eine schwarze Gestalt.

»Nein!«, schrie ich wieder, noch lauter als vorher. Dann spürte ich eine Hand auf meiner Schulter, Finger auf meinem Haar. Ich warf mich im Bett herum.

»Abbie! Abbie, wach auf! Es ist alles in Ordnung. Du hast geträumt. Es war nur ein Traum.«

»Hilfe, Hilfe!«, wimmerte ich.

»Du hattest einen Alptraum.«

Ich nahm Sheilas Hand und presste sie an meine Stirn.

»Du bist ja vollkommen nassgeschwitzt! Deine Stirn fühlt sich an, als hättest du Fieber!«

»Sheila. O Sheila! Ich dachte …«

»Du hattest einen Alptraum.«

Ich setzte mich auf. »Es war schrecklich«, sagte ich.

»Du Arme. Warte, ich bringe dir ein Handtuch, das du über dein Kissen legen kannst. Gleich geht es dir wieder besser.«

»Ja. Entschuldige. Ich habe dich aufgeweckt.«

»Nein, hast du nicht. Ich war sowieso gerade auf dem Weg zum Klo. Warte einen Moment.«

Sie verließ den Raum und kam ein paar Augenblicke später mit einem großen Handtuch zurück.

»Na, geht's wieder?«, fragte sie.

»Ja.«

»Ruf mich, wenn du mich brauchst.«

»Danke. Ach, und Sheila – lass die Tür offen, ja? Und das Licht im Gang an?«

»Es ist sehr grell.«

»Das macht nichts.«

»Dann gute Nacht.«

»Gute Nacht.«

Sie ging, und ich ließ mich wieder auf mein Kissen sinken. Mein Herz schlug noch immer wie eine Pauke. Mein Hals schmerzte vom Schreien, und mich fröstelte. Außerdem war mir übel, ich fühlte mich schwach und zittrig. Durch die Tür flutete das Licht herein. Ich starrte in die Helligkeit und wartete darauf, dass es Morgen werden würde.

»Wo könnte ich ihn versteckt haben?«

»Keine Ahnung«, sagte Terry. Er war noch im Bademantel – seinem letzten Geburtstagsgeschenk von mir –, trank starken schwarzen Kaffee und rauchte eine Zigarette nach der anderen. Im gesamten Raum hing ein bläulicher Mief, der nach kalter Asche und dem Knoblauch vom Abend zuvor roch. Von der Frau war jedoch nichts zu sehen.

»In der Kommode ist er nicht. Auch nicht in der Schüssel, in der sonst der ganze Kleinkram landet. Und im Bad kann ich ihn auch nicht finden.«

»Warum sollte er im Bad sein?«

»Ist er ja nicht. Habe ich doch gerade gesagt.«

»Oh.« Er zündete sich die nächste Zigarette an. »Jedenfalls muss ich mich jetzt anziehen und aufbrechen. Ich bin sowieso schon spät dran. Brauchst du noch lange?«

»So lange, bis ich den Schlüssel habe. Mach dir deswegen keine Gedanken, ich finde allein nach draußen.«

»Das ist mir eigentlich nicht so recht.«

»Bitte?«

»Du wohnst nicht mehr hier, Abbie. Du hast mich verlassen, hast du das vergessen? Du kannst nicht mehr einfach so kommen und gehen.«

Ich hielt im Suchen inne und starrte ihn an.

»Ist das dein Ernst?«

»Während du weitersuchst, werde ich mich anziehen«, antwortete er. »Und ja, das ist mein Ernst.«

Ich zog sämtliche Schubladen in der Küche und im Wohnzimmer heraus und knallte sie wieder zu, öffnete und schloss Schranktüren, Letzteres ebenfalls ziemlich lautstark, aber der Schlüssel blieb unauffindbar. Er lag weder beim Besteck noch bei den Rechnungen, weder bei den Konservendosen noch bei den Tüten mit Mehl und Reis, den Packungen mit Frühstücksmüsli, Kaffee und Tee, den Flaschen mit Öl, Essig und Sojasauce. Er hing auch nicht an einem der Haken für die großen Teetassen. Ebensowenig lag er auf dem Sturz der Verbindungstür zwischen den beiden Räumen. Er war nicht auf einem der Bücherregale, nicht beim Briefpapier, nicht in der Glasschale, in die ich immer – bisher immer – meinen ganzen Kleinkram legte.

Terry kam zurück ins Zimmer. Er schob die Hände in seine Jackentaschen und klimperte ungeduldig mit ein paar Münzen.

»Hör zu«, sagte ich. »Du willst nicht, dass ich hier bin, ich bin genau so wenig begeistert darüber, hier zu sein. Geh doch einfach zur Arbeit, und wenn du wiederkommst, bin ich weg. Ich werde nichts stehlen. Ich werde auch nicht die Sachen mitnehmen, die mir gehören. Du kannst sie behalten, wahrscheinlich ist es sowieso besser, wenn ich bei Null anfange, ohne Altlasten. Ich werde mit meinem Lippenstift auch keine Obszönitäten auf deinen Badezimmerspiegel schmieren. Ich werde den Schlüssel finden und gehen. In Ordnung?«

Er klimperte noch immer mit seinem Kleingeld. »Sollen wir

es wirklich auf diese Weise enden lassen?«, fragte er schließlich, was mich sehr überraschte.

»Die Frau, die gestern Abend hier war, macht einen netten Eindruck«, entgegnete ich. »Wie war noch mal ihr Name? Sarah?«

»Sally«, antwortete er resigniert. »Also gut, ich lasse dich jetzt allein.«

»Danke. Mach's gut.«

»Du auch, Abbie.« An der Tür blieb er noch einen Moment lang stehen, dann ging er.

Ich machte mir einen letzten Kaffee. Mit der Tasse in der Hand spazierte ich durch die Wohnung. Ein Teil von mir überlegte, ob der Schlüssel vielleicht in diesem Krug stecken könnte oder in jenem Regalfach. Ein anderer Teil von mir sah sich einfach um, hing Erinnerungen nach. Ich fand den Schlüssel unter dem Basilikumtöpfchen. Das Basilikum war völlig ausgetrocknet, die Blätter welk. Ich goss es sorgsam. Dann spülte ich meine Tasse aus, stellte sie in den Schrank zurück und ging.

Bis nach Bow war es weit. Als ich ankam, besaß ich noch achtundvierzig Pfund und ein paar Pennies. Ich ließ mir in einer Postfiliale den Weg zum Parkplatz für abgeschleppte Fahrzeuge erklären. Wie sich herausstellte, war er mehr als einen Kilometer von der nächstgelegenen U-Bahn-Station entfernt. Eigentlich hätte man doch annehmen können, dass das Auto irgendwo abgestellt wurde, wo man es mit öffentlichen Verkehrsmitteln erreichen konnte, wenn sie es unbedingt abschleppen mussten. Ich hätte mir ein Taxi genommen, wenn ich eines gesehen hätte, doch ich konnte keines entdecken. Es gab nichts außer Autos und Lastwagen, die von den großen Pfützen auf der Straße Wasser hochspritzen ließen.

Ich ging also zu Fuß, vorbei an den BMW-Händlern, den Fabriken, die Lampen, Gaststättenbedarf und Teppiche herstellten, den Baustellen, wo Kräne mit Schneehauben reglos in den Winterhimmel ragten. Als ich den Hügel hinter mir gelassen hatte, konnte ich den Parkplatz bereits sehen: endlose Reihen von Wagen, von einem hohen Zaun mit doppelt gesicherten Toren umgeben. Die meisten Autos waren alt und verbeult. Vielleicht hatten ihre Besitzer sie einfach irgendwo stehen lassen. Meinen Wagen, der ebenfalls alt und verbeult war, konnte ich nirgends entdecken.

Ich betrat das Büro an der Ecke und überreichte einem Mann meinen Brief, der daraufhin in einem Aktenschrank herumstöberte, ein Formular herausholte, sich am Kopf kratzte und laut seufzte.

»Dann kann ich jetzt zu meinem Wagen?«, fragte ich.

»Moment, nicht so schnell, vorher müssen Sie noch bezahlen.«

»O ja, natürlich, entschuldigen Sie. Wie viel?« Nervös tastete ich in meiner Tasche nach dem immer dünner werdenden Bündel Geldscheine.

»Ich bin gerade dabei, alles zusammenzurechnen. Da wäre erst einmal das Bußgeld für widerrechtliches Parken, außerdem die Abschleppkosten und dann die Gebühr für die Zeit, die der Wagen hier stand.«

»Oh. Das klingt nach einer beachtlichen Summe.«

»Ja, allerdings, hundertdreißig Pfund.«

»Wie bitte?«

»Hundertdreißig Pfund«, wiederholte er.

»So viel Geld habe ich nicht bei mir.«

»Wir nehmen auch Schecks.«

»Ich habe kein Scheckbuch.«

»Kreditkarten.«

Ich schüttelte den Kopf.

»Oje, oje!«, sagte er, klang dabei aber nicht besonders betroffen.

»Was soll ich jetzt tun?«

»Das kann ich Ihnen auch nicht sagen.«

»Kann ich mit dem Wagen zu einer Freundin fahren, dort das Geld holen und wieder zurückkommen?«

»Nein.«

Mir blieb nichts anderes übrig, als wieder zu gehen. Ich schleppte mich zurück nach Bow, wo ich mich in ein kleines Kaffee setzte und eine weitere Tasse bitteren, lauwarmen Kaffee trank. Dann suchte ich nach einer Telefonzelle, rief Sam an und bat ihn, flehte ihn regelrecht an, mir per Kurier sechzig – nein, besser gleich achtzig oder sogar neunzig Pfund – zu dem Parkplatz zu schicken. Ich würde dort warten, bis das Geld eintraf. »Bitte, bitte, bitte«, sagte ich. »Es tut mir wirklich Leid, aber dies ist ein Notfall.« Ich wusste von dem Kurierdienst, weil Sam einmal, nachdem wir in einem Nachtklub gewesen waren und er dort seine Jacke vergessen hatte, einen Kurier geschickt hatte, weil es für ihn ein unzumutbarer Zeitaufwand gewesen wäre, die Jacke persönlich abzuholen. »Das geht auf Geschäftskosten«, hatte er gemeint.

Endlich bekam ich meinen Wagen zurück. Kurz nach halb eins überreichte ich dem Mann das gewünschte Geld und erhielt im Gegenzug einen Ausdruck, auf dem stand, von wo der Wagen abgeschleppt worden war und wie sich die Kosten zusammensetzten. Dann zeigte er mir, wo mein Wagen stand und öffnete das Doppeltor für mich. Nun besaß ich noch neunzehn Pfund.

Ich stieg ein. Der Wagen sprang sofort an. Ich drehte die Heizung auf, rieb meine Hände, die vor Kälte schon ganz steif waren, und sah mich im Wagen um. Neben mir auf dem Beifahrersitz lag ein Erste-Hilfe-Kasten. Aus dem Kassettenrekorder ragte eine Kassette. Ich schob sie hinein, aber die Musik, die einsetzte, kam mir nicht bekannt vor. Es war etwas Jazziges, Unbeschwertes. Ich drehte sie lauter und fuhr durch das Tor. Draußen hielt ich sofort wieder an, um mir die offizielle Quittung, die ich bekommen hatte, etwas genauer anzusehen. Der Wagen war am 28. Januar aus der Tilbury Road 103, E1, abgeschleppt worden. Am achtundzwanzigsten Januar – meinem letzten Tag im Krankenhaus. Das lag bestimmt hier in der Nähe. Im Handschuhfach befand sich eine Straßenkarte. Die Tilbury Road lag in einem Teil von London, der mir fremd war, und entpuppte sich als lange, triste Straße mit verlassenen Häusern, schwach beleuchteten Zeitungsläden und kleinen, rund um die Uhr geöffneten Lebensmittelgeschäften, die Grapefruits, Okra und verbeulte Dosen mit Tomaten verkauften. Ich parkte vor Nummer 103 und blieb dort ein paar Minuten stehen, ohne auszusteigen. Den Kopf aufs Lenkrad gelegt, versuchte ich mich zu erinnern. Nichts geschah, kein noch so kleines Licht begann in der Dunkelheit zu glimmen. Als ich die Straßenkarte ins Handschuhfach zurückschob, hörte ich Papier rascheln. Wie sich herausstellte, hatte ich drei Rechnungen hineingeschoben, eine Benzinrechnung über sechsundzwanzig Pfund, datiert vom Montag, dem vierzehnten Januar, eine Devisenrechnung für italienische Lire im Wert von hundertfünfzig Pfund, ausgestellt am Dienstag, dem fünfzehnten Januar, und schließlich ein Kassenbon eines indischen Restaurants mit dem Datum desselben Tages: sechzehn Pfund und achtzig Cent für zwei Portionen Pilau-Reis, einmal Gemüse-Biryani, einmal Riesengarnelen-Tikka, einmal Spinat, einmal Aubergine, eine Portion Knoblauch-Naan. Zu liefern in die Maynard Street 11, London NW1. Den Straßennamen hatte ich noch nie gehört und ebenso wenig fiel mir ein, wann ich das letzte Mal in dieser Ecke von Nord-London gewesen war.

Als ich die Rechnungen wieder ins Handschuhfach stopfte, fiel etwas zu Boden. Ich beugte mich hinab, fand eine Sonnenbrille und ein kurzes, zusammengebundenes Stück Schnur mit einem Schlüssel daran. Mein Schlüssel war es nicht. Ich hatte ihn noch nie zuvor gesehen.

Inzwischen zeigte die Uhr kurz vor vier. Ich ließ den Wagen wieder an und fuhr durch die langgezogenen Außenbezirke Londons Richtung Zentrum zurück. Es begann bereits zu dämmern. In dem düsteren Licht wirkte alles viel beängstigender. Ich fühlte mich schrecklich müde, hatte vor meiner Rückkehr zu Sheila und Guy aber noch einiges zu erledigen.

7

Du weißt, was du brauchst, oder?«

»Nein, Laurence, was brauche ich denn?«

»Eine Ruhepause.«

Laurence wusste nicht, was ich brauchte. Ich war gerade bei Jay & Joiner und starrte auf die Stelle, wo sonst immer mein Schreibtisch gestanden hatte. Das Seltsame an der Sache war, dass das Büro genau so aussah wie immer. Es ist kein besonders aufwändiges Büro, was eigentlich grotesk ist für eine Firma, die Büroeinrichtungen entwirft. Das einzig wirklich Gute ist die Lage – in einer Seitenstraße mitten in Soho, nur wenige Minuten Fußmarsch von den Feinkostgeschäften und dem Markt entfernt. Wenn ich sage, dass das Büro so aussah wie immer, dann meine ich damit, dass sich nichts verändert hatte, abgesehen von der Tatsache, dass sämtliche Spuren von mir verschwunden waren. Ich hätte es ja noch verstanden, wenn einfach jemand anderer an meinem Schreibtisch gesessen hätte, aber dem war nicht so. Vielmehr schien der Rest des Büros auf sehr subtile Weise verrutscht worden zu sein, so dass der Platz, den ich eingenommen hatte, einfach nicht mehr da war.

Carol begleitete mich. Es war eine seltsame Erfahrung, durch mein eigenes Büro geführt zu werden. Von den anderen wurde ich nicht wie sonst mit einem Nicken oder einer netten Bemerkung begrüßt. Stattdessen erntete ich überraschte Blicke, einige mussten zweimal hinsehen, ehe sie mich erkannten, und eine neue Mitarbeiterin starrte mich neugierig an, bis Andy sich zu ihr hinüberbeugte und ihr etwas zuflüsterte, woraufhin sie mich noch neugieriger anstarrte. Carol entschuldigte sich atemlos wegen meiner nicht mehr vorhandenen Sachen. Sie erklärte mir, es sei ständig jemand darüber gefallen, so dass man schließlich alles in Schachteln verpackt und ins Lager geräumt habe, wo auch immer das sein mochte. Meine Post werde geöffnet und entweder bürointern an die zuständigen Personen weitergeleitet oder an Terrys Adresse geschickt. Das hätte ich ja alles selbst so geregelt, nicht wahr? Vor meinem Weggang. Ich nickte vage.

»Geht es dir gut?«, fragte sie.

Das war eine große Frage. Ich wusste nicht, ob sie sich nur auf mein Aussehen bezog. Carol war sichtlich zusammengezuckt, als ich das Büro betreten hatte, sozusagen in Zivil. Sehr zivil. Ganz zu schweigen von meinem Haar. Außerdem hatte ich über zehn Kilo abgenommen, seit sie mich zuletzt gesehen hatte, und mein Gesicht war von den Blutergüssen immer noch leicht gelb.

»Ich habe eine ziemlich schwere Zeit hinter mir«, antwortete ich.

»Ja«, sagte Carol, wich meinem Blick jedoch aus.

»War die Polizei hier? Haben sie sich nach mir erkundigt?«

»Ja.« Nun riskierte sie doch einen vorsichtigen Blick. »Wir haben uns deinetwegen Sorgen gemacht.«

»Was wollten sie wissen?«

»Was du hier bei uns im Einzelnen gemacht hast. Und warum du aufgehört hast.«

»Was habt ihr gesagt?«

»Mich haben sie nicht gefragt. Sie haben mit Laurence gesprochen.«

»Und wie lautet *deine* Meinung?«

»Wie meinst du das?«

»Was meine Auszeit betrifft.«

Ich sagte ihr nicht, dass ich selbst keine Ahnung hatte, warum ich mich dazu entschlossen hatte, mich nicht einmal an die

Tatsache erinnern konnte, *dass* ich mich dazu entschlossen hatte. Hoffentlich würde es mir wenigstens dieses eine Mal erspart bleiben, meine ganze Geschichte zu erzählen. Ich hatte das Gefühl, es nicht ertragen zu können, auch in Carols Gesicht wieder diese Anzeichen wachsenden Zweifels zu entdecken. Sollte sie Mitleid mit mir haben? Sollte sie mir glauben? Sie sah mich nachdenklich an.

»Ich nehme an, du hattest Recht«, meinte sie schließlich. »Du konntest nicht ewig so weitermachen. Du hast dich komplett verausgabt.«

»Dann bist du also der Meinung, ich habe das Richtige getan?«

»Ich beneide dich um deine sechs Monate unbezahlten Urlaub. Ich finde das sehr mutig.«

Ein weiterer Schock. Sechs Monate! Außerdem war mir nicht entgangen, wie sie das Wort »mutig« gebraucht hatte: als beschönigenden Ausdruck für »dumm«.

»Aber ihr freut euch alle schon auf meine Rückkehr?« Diese Bemerkung war eigentlich scherzhaft gemeint. Carol starrte mich erschrocken an. Allmählich begann ich mir wirklich Sorgen zu machen. Was zum Teufel hatte ich angestellt?

»Am Ende sind wohl alle ein bisschen übers Ziel hinausgeschossen«, sagte sie. »Und es sind Dinge gesagt worden, die besser ungesagt geblieben wären.«

»Ich hatte immer schon eine große Klappe«, meinte ich, obwohl ich viel lieber gefragt hätte: »Wovon redest du überhaupt?«

»Meiner Meinung nach warst du im Großen und Ganzen im Recht«, fuhr Carol fort. »Trotzdem ist es immer auch eine Frage des Tons, nicht wahr? Und eine Frage des Zeitpunkts. Ich finde es gut, dass du gekommen bist, um noch einmal über alles zu reden.« Wir standen inzwischen vor Laurences Bürotür. »Ach, und übrigens«, fügte sie eine Spur zu beiläufig hinzu, »das mit der Polizei. Worum ging's dabei überhaupt?«

186

»Das ist ziemlich kompliziert«, antwortete ich. »Falscher Ort zur falschen Zeit.«

»Bist du..., du weißt schon...?«

Also darauf wollte sie hinaus? Offenbar machte das Gerücht die Runde, ich sei vergewaltigt worden.

»Nein, bin ich nicht.«

Nun musste ich mir von Laurence Joiner sagen lassen, was ich brauchte. Es war alles sehr peinlich. Ich beschloss spontan, mich nicht auf einen detaillierten Bericht über meine jüngste medizinische und psychiatrische Geschichte einzulassen. Offensichtlich waren meine letzten Tage bei Jay & Joiner nicht gerade glorreich verlaufen, und solange auch nur die kleinste Aussicht darauf bestand, in die Firma zurückkehren zu können, sollte ich wohl versuchen, die Sache nicht noch schlimmer zu machen.

»Gute Idee«, antwortete ich. »Ich versuche mir in der Tat so viel Ruhe zu gönnen wie nur irgend möglich.«

»Ich brauche dir ja wohl nicht zu sagen, wie wichtig du für uns bist, Abbie.«

»Doch, ich bitte darum«, gab ich zurück. »Es tut immer gut, das zu hören.«

Laurence Joiner besaß zweiundvierzig Anzüge. Einmal hatte er in seinem Haus eine Party gegeben, und eine von den Assistentinnen war in sein Schlafzimmer marschiert und hatte sie gezählt, drei Schränke voll. Das lag ein Jahr zurück, so dass mittlerweile vermutlich weitere hinzugekommen waren. Schöne Anzüge. Gerade strich er über die Kniepartie des edlen dunkelgrünen, den er heute trug, als handle es sich um ein Schoßhündchen.

»Wir haben uns Sorgen um dich gemacht«, sagte er.

»Ich habe mir auch ein bisschen Sorgen um mich gemacht.«

»Zuerst dachten wir..., na ja, ich brauche ja nicht noch einmal alles durchzukauen.«

O doch, bitte, flehte ich ihn im Geiste an. Wenn der Apfel nicht von selbst fallen wollte, musste ich den Baum eben ein wenig schütteln.

»Ich würde wirklich gerne sicherstellen«, erklärte ich krampfhaft, »dass aus deiner Sicht noch alles in Ordnung ist.«

»Wir sind alle auf derselben Seite«, antwortete Laurence.

Beide Seiten waren so überaus höflich.

»Ja, aber ich würde gern explizit hören, wie du das Ganze siehst. Ich meine, die Tatsache, dass ich unbezahlten Urlaub genommen habe. Ich möchte deine Meinung dazu hören.«

Laurence runzelte die Stirn. »Ich weiß nicht, ob es gut ist, alles wieder breitzutreten. Ich bin nicht mehr böse auf dich, das kannst du mir glauben. Mir ist inzwischen klar geworden, dass du schon eine ganze Weile völlig überarbeitet warst. Meine Schuld. Du warst so produktiv, so effektiv. Da habe ich dir einfach zu viel aufgebürdet. Ich glaube, wenn wir uns nicht wegen des Avalanche-Projekts in die Haare geraten wären, dann wäre es wegen etwas anderem passiert.«

»Ist das alles?«

»Wenn du damit meinst, ob ich dir auch verziehen habe, dass du, *nachdem* du bereits unbezahlten Urlaub genommen hattest, den Ruf der Firma geschädigt hast, indem du in der ganzen Stadt herumgefahren bist und unsere Kunden aufgefordert hast, sich zu beschweren, dann lautet die Antwort, ja. So einigermaßen zumindest. Hör zu, Abbie, ich hoffe, ich höre mich jetzt nicht wie einer der Typen aus *Der Pate* an, aber ich finde es wirklich nicht richtig, wenn du dich mit Kunden gegen die Firma verbündest. Wenn du tatsächlich der Meinung bist, sie seien schlecht beraten oder übervorteilt worden, dann wende dich doch in Zukunft bitte an mich, statt die Leute hinter meinem Rücken und nach eigenem Gutdünken zu informieren. Aber ich glaube, darüber sind wir uns inzwischen alle einig.«

»Wann, ähm – bloß zu meiner eigenen Information – ich meine, ähm, wann genau habe ich denn die Kunden zu diesen

Beschwerden veranlasst?« Ich brauchte ihn nicht zu fragen, um welche Art von Beschwerden es sich gehandelt hatte: an das Avalanche-Projekt selbst konnte ich mich noch gut genug erinnern, um zu wissen, worum es dabei gegangen war.

»Du hast aber nicht vor, von neuem auf dieser ganzen Sache herumzureiten, oder? Jetzt, wo wir gerade die schlimmsten Wogen geglättet haben?«

»Nein, nein. Ich bin bloß mit meiner Chronologie ein bisschen durcheinandergeraten, das ist alles. Mein Terminkalender ist noch hier bei euch, und…« Ich hielt inne, weil ich nicht wusste, wie ich den Satz zu Ende führen sollte.

»Sollen wir diese ganze traurige Angelegenheit nicht einfach vergessen?«, meinte Laurence.

»Ich habe die Firma am Freitag verlassen, nicht wahr? Am Freitag, den elften.«

»Stimmt.«

»Und zu den Kunden bin ich am, ähm…« Ich wartete darauf, dass er die Leerstelle füllen würde.

»Nach dem Wochenende. Die genauen Daten kenne ich selbst nicht. Ich habe erst nach und nach davon erfahren, in zwei Fällen durch Schreiben von Anwälten. Du kannst dir sicher vorstellen, wie verraten ich mich gefühlt habe.«

»So ungefähr«, antwortete ich. »Könnte ich trotzdem noch einmal einen Blick in die Avalanche-Akte werfen?«

»Wozu denn das, um Himmels willen? Das liegt zum Glück alles hinter uns. Schlafende Hunde soll man nicht wecken.«

»Laurence, ich verspreche dir hoch und heilig, dass ich dir keine Schwierigkeiten mehr bereiten werde. Ich möchte lediglich mit ein paar Leuten sprechen, die in die Sache verwickelt waren.«

»Du musst ihre Nummern doch selbst haben.«

»Bei mir herrscht zur Zeit etwas Unordnung, fürchte ich. Ich bin umgezogen.«

»Soll das heißen, du bist aus eurer Wohnung ausgezogen?«

»Ja.«

»Es tut mir Leid, das zu hören. Du kannst dir alle Informationen, die du brauchst, bei Carol holen.« Nun wirkte seine Miene noch besorgter. »Ich will mich wirklich nicht in dein Leben einmischen, aber wie ich bereits sagte – wir haben uns Sorgen um dich gemacht. Ich meine, deine Probleme bei uns, deine Trennung von Terry, und dann ist auch noch die Polizei hier aufgetaucht. Können wir irgendetwas für dich tun? Möchtest du, dass wir etwas für dich arrangieren?«

Einen Moment lang starrte ich ihn verblüfft an, dann konnte ich mir das Lachen nicht länger verkneifen. »Du glaubst, es geht um Alkohol oder Drogen?«, fragte ich. »Ich wünschte, es wäre so einfach.« Ich beugte mich zu ihm hinüber und küsste ihn auf die Stirn. »Vielen Dank. Ich muss zunächst ein, zwei Dinge klären, Laurence, dann melde ich mich wieder bei euch.«

Ich wandte mich zum Gehen.

»Hör zu«, sagte er, »wenn es etwas gibt, was wir tun können…«

Ich schüttelte den Kopf. »Als ich dich eben so reden hörte, ist mir klar geworden, wie viel ihr ohnehin schon für mich getan habt. Ich hoffe, ich habe euch nicht zu viel Kummer bereitet.« Mir kam noch ein anderer Gedanke. »Am liebsten würde ich jetzt sagen, dass ich damals ein anderer Mensch war, aber das würde vielleicht so klingen, als wollte ich die Verantwortung für mein Handeln nicht übernehmen.«

Laurence wirkte zutiefst irritiert. Kein Wunder.

Auf dem Weg nach draußen bat ich Carol um die Avalanche-Akte.

»Ist das dein Ernst?«, fragte sie.

»Warum sollte es nicht mein Ernst sein?«

Sie sah mich zweifelnd an. »Ich weiß auch nicht«, sagte sie. »Das Projekt ist abgeschlossen.«

»Ja, aber …«

»Nur für ein paar Tage«, sagte ich. »Ich werde gut darauf aufpassen.«

Nun hatte ich sie fast so weit. Vielleicht war die Vorstellung, dass ich endlich gehen würde, wenn sie mir die Akte gab, zu verlockend.

»Möchtest du die Skizzen auch haben?«

»Nur die Korrespondenz, das genügt.«

Sie holte eine dicke Akte heraus und reichte mir für den Transport eine Plastiktüte von Marks and Spencer.

»Eins noch«, sagte ich. »Hat in den letzten Tagen jemand für mich angerufen?«

Carol suchte auf ihrem Schreibtisch und reichte mir anschließend zwei Blätter, die mit Namen und Nummern vollgeschrieben waren.

»Fünfzig oder sechzig Leute. Hauptsächlich die üblichen Verdächtigen. Möchtest du mir eine Nummer hinterlassen, die ich ihnen geben kann?«

»Nein. Das ist jetzt sehr wichtig, Carol. Gib niemandem meine Nummer. Niemandem.«

»In Ordnung.« Ihr war anzusehen, dass sie über meinen eindringlichen Ton erschrocken war.

»Ich glaube, ich nehme diese Nummern einfach mit. Du brauchst sie ja nicht, oder?« Ich faltete die Seiten zusammen und schob sie in meine Hosentasche. »Ich werde mich hin und wieder telefonisch melden. Ach ja, eines wollte ich dich noch fragen.«

»Was?«

»Wie findest du meine neue Frisur?«

»Unglaublich«, antwortete sie. »Ein bisschen extrem vielleicht, aber ganz unglaublich.«

»Sehe ich sehr verändert damit aus?«

»Ich habe dich zunächst gar nicht erkannt. Na ja, jedenfalls nicht auf den ersten Blick.«

»Großartig«, sagte ich.

Nun wirkte sie wieder sehr beunruhigt.

Ich saß im Wagen und versuchte meine Gedanken zu ordnen. Avalanche. Ich hatte das Gefühl, auf einem neuen Planeten abgeworfen worden zu sein. Einem nebligen Planeten. Was wusste ich eigentlich? Ich hatte nach einem Streit meinen Job hingeschmissen, zumindest vorübergehend. Die Leute bei Jay & Joiner hielten mich für eine traumatisierte Irre. Und ich hatte meinen Freund verlassen. In den darauf folgenden Tagen war ich durch die Stadt gefahren und hatte Leute besucht, die mit dem Projekt zu tun gehabt hatten, sie allem Anschein nach ermutigt, sich wegen der Art zu beschweren, in der unsere Firma mit ihnen umgegangen war. Und ich hatte einen wahnsinnigen und mörderischen Mann kennen gelernt. Oder war es denkbar, dass ich ihn schon gekannt hatte? Das konnte nicht sein, oder doch?

Ich kam mir plötzlich vor wie ein Tier, das ohne Deckung über eine freie Fläche läuft. Ich hätte mich so gerne in Sicherheit gebracht, wusste aber nicht, in welche Richtung ich laufen sollte. Es gab Leute, die nicht wussten, was mir passiert war, und es gab andere, die es mir nicht glaubten. Einen Menschen aber gab es, der genau wusste, dass ich die Wahrheit sagte. Wo war er? Schaudernd blickte ich mich um. Vielleicht konnte ich an einen ganz weit entfernten Ort flüchten und nie wieder zurückkehren. Nach Australien. Was sollte ich tun, mit langwierigen Auswanderungsvorbereitungen beginnen? Welche Voraussetzungen musste man dafür erfüllen? Oder sollte ich einfach nach Australien in Urlaub fahren und mich weigern, das Land wieder zu verlassen? Das erschien mir auch nicht sehr erfolgversprechend.

Ich nahm die Rechnung des indischen Restaurants aus dem Handschuhfach. Maynard Street 11b, NW1. Die Adresse sagte mir nichts. Vielleicht hatte sie jemand anderer in meinem Auto zurückgelassen, und sie hatte gar nichts mit mir zu tun. Das war das eine Ende auf der Skala der Möglichkeiten. Das andere Extrem war, dass es sich dabei um die Adresse meines Entführers handelte. Nachdem mir dieser Gedanke gekommen war, wusste ich, dass ich dort hinfahren musste. Es war, als würde ich auf einem sehr hohen Sprungturm stehen, wissend, dass es im Nachhinein unaufhörlich an mir nagen würde, wenn ich nicht sprang, sondern feige die Treppe wieder hinunterstieg.

Der Tag entpuppte sich allmählich als der längste meines Lebens. Ich warf einen Blick ins Straßenverzeichnis. Es war gar nicht so weit. Außerdem sah ich inzwischen völlig anders aus. Ich konnte so tun, als hätte ich mich in der Wohnung geirrt. Wahrscheinlich würde sowieso nichts dabei herauskommen.

Die Wohnung lag im ersten Stock eines stuckverzierten Hauses in einer Seitenstraße der Camden High Street. Ich fand eine freie Parkuhr und stopfte Kleingeld für sechsunddreißig Minuten hinein. Dann holte ich tief Luft und steuerte auf das Haus zu. Die Wohnung hatte einen eigenen Eingang, der an der Seite des Gebäudes lag. Bevor ich klingelte, ging ich zum Auto zurück und holte meine Sonnenbrille aus dem Handschuhfach. An diesem kalten Winterabend war es inzwischen stockdunkel, aber die Brille würde meine Verkleidung perfekt machen. Falls mir eine Frau die Tür aufmachte, würde ich ein Gespräch mit ihr beginnen. Wenn ein Mann öffnete, würde ich auf Nummer Sicher gehen. Ich würde lediglich sagen »Tut mir Leid, ich habe mich wohl in der Hausnummer geirrt«, und zielstrebig weitergehen. Auf der Straße waren noch genügend Leute unterwegs, so dass ich kein Risiko einging.

Aber es machte niemand auf. Ich drückte noch einmal auf die Klingel. Und noch einmal. Drinnen hörte ich es läuten. Irgendwie spürt man, wenn eine Klingel in einer leeren Wohnung läutet. Ich zog den Autoschlüssel aus meiner Tasche und spielte unentschlossen damit herum. Ich konnte es bei einer der anderen Wohnungen im Haus versuchen, doch was sollte ich fragen? Ich kehrte zum Wagen zurück. Ein Blick auf die Parkuhr sagte mir, dass mir noch einunddreißig Minuten blieben. Pure Verschwendung. Ich öffnete das Handschuhfach, um die Restaurant-Rechnung wieder hineinzuschieben. Zwischen allerlei anderem – dem Fahrtenbuch, einer Broschüre, meiner Automobilklub-Mitgliedskarte – lag dieser ominöse Schlüssel, der nicht der Schlüssel zu meiner alten Wohnung war.

Obwohl ich mir dabei lächerlich vorkam, griff ich nach ihm und ging erneut zur Wohnungstür. Mit einem Gefühl völliger Irrealität schob ich den Schlüssel so sanft wie möglich ins Schloss. Die Tür ließ sich tatsächlich öffnen. Es hätte sich kaum seltsamer anfühlen können, wenn ich durch die Wand gegangen wäre. Vorsichtig spähte ich hinein. Ich sah unlackiertes Kiefernholz und einige Fotos, die an die Dielenwand gepinnt waren, Fotos, die mir nicht bekannt vorkamen. Satte Farben. Als ich die Tür weiter aufschob, bemerkte ich, dass ein Stapel Post dagegen drückte. Ich trat in die Diele und hob einen Brief auf. Josephine Hooper. Nie gehört. Sie war offenbar nicht da. Ich zog die Tür hinter mir zu. Ja, so muffig roch es nur in einer Wohnung, in der sich schon länger niemand mehr aufgehalten hatte. Irgendwo war etwas sauer geworden.

Ich konnte mich weder an das Haus noch an die Straße erinnern, kannte auch die Gegend so gut wie gar nicht. Trotzdem hatte der Wohnungsschlüssel in meinem Auto gelegen, so dass ich eigentlich nicht hätte überrascht sein dürfen, als ich ins Wohnzimmer trat, das Licht anschaltete und neben Josephine Hoopers Bildern, ihrem Tisch, Teppich und Sofa meine Stereoanlage, meinen Fernseher sowie meine CDs entdeckte. Ich hatte das Gefühl, in Ohnmacht zu fallen. Mit wackeligen Knien ließ ich mich in einen Sessel sinken. Meinen Sessel.

8

Ich wanderte im Wohnzimmer umher, fand überall Spuren von mir selbst. Zunächst sah ich sie mir lediglich an, berührte sie höchstens mit einem Finger, als könnten sie sich auflösen und wieder verschwinden. Mein kleiner Fernsehapparat auf dem Boden. Meine Stereoanlage und meine CDs. Mein Laptop auf dem Couchtisch. Ich klappte den Deckel auf und schaltete ihn an, woraufhin er mit einem lauten Piepen zum Leben erwachte. Meine grüne Glasvase auf dem Tisch, mit drei vertrockneten gelben Rosen, deren dürre Blütenblätter um den Fuß der Vase verstreut lagen. Meine Lederjacke auf dem Sofa, als wäre ich nur gerade losgelaufen, um Milch zu holen. Und im Rahmen des Spiegels über dem Kamin ein Foto von mir. Zwei, um genau zu sein: Passfotos, auf denen ich ein Lächeln zu unterdrücken versuchte. Ich sah darauf sehr glücklich aus.

Trotzdem war dies die Wohnung eines anderen Menschen, voll fremder Möbel – von meinem Sessel mal abgesehen – und Bücher, die ich nie gelesen hatte, ja nicht einmal vom Titel kannte, mit Ausnahme des Kochbuchs, das neben dem Kochfeld auf der Arbeitsfläche lag. Der ganze fremde Krimskrams in dieser Wohnung gehörte einem anderen Menschen. In einem der Regalfächer entdeckte ich ein gerahmtes Foto. Ich griff danach und betrachtete es: eine junge Frau mit lockigen, vom Winde verwehten Haaren, die Hände tief in die Taschen ihrer Steppjacke vergraben, ein breites Lachen im Gesicht. Hinter ihr erstreckte sich ein Hügelpanorama. Es war ein hübsches, fröhliches Foto, aber das Gesicht hatte ich noch nie zuvor gesehen. Zumindest konnte ich mich nicht daran erinnern. Ich sammelte die Post auf, die auf dem Boden lag, und sah sie durch. Alle Briefe waren an Jo Hooper oder Josephine Hooper oder Ms. J. Hooper adressiert. Ich stapelte sie auf den Esstisch. Sie konnte sie später selbst aufmachen. Allerdings fragte ich mich angesichts der vertrockneten Blumen auf dem Tisch und der Postmenge, die sich auf dem Boden angesammelt hatte, wann sie wohl das letzte Mal hier gewesen war.

Ich setzte mich an meinen Laptop, öffnete die E-Mail-Datei, klickte auf »Eingänge« und wartete, während auf dem Bildschirm eine kleine Uhr aufleuchtete. Dann ertönte ein melodischer Klang, und mir wurde mitgeteilt, dass ich zweiunddreißig neue Nachrichten bekommen hatte. Rasch ging ich sie durch. Lauter Nachrichten von mir unbekannten Organisationen, die mich auf Dinge aufmerksam machten, von denen ich nichts wissen wollte.

Unentschlossen blickte ich mich in dem stillen Raum um. Ich zögerte noch einen Moment, dann steuerte ich durch die Diele auf die erste von drei Türen zu. Ich schob sie auf und betrat ein Schlafzimmer. Die Vorhänge waren zurückgeschoben, die Heizung in Betrieb. Ich schaltete das Licht an. Das Doppelbett war gemacht. Am Fußende lagen drei Samtkissen, auf dem Kopfkissen ein rot karierter Schlafanzug. An einem Haken an der Tür hing ein lavendelfarbener Bademantel, und auf dem Boden stand ein Paar mokassinartige Hausschuhe. Auf der Kommode saß ein alter, fast kahler Teddy neben einer Flasche Parfum, einem kleinen Töpfchen Lippenbalsam, einem silbernen Medaillon samt einem weiteren Foto – einer Nahaufnahme eines stoppelbärtigen Männergesichts. Der Mann hatte dunkles Haar, unglaublich lange Wimpern und sah italienisch aus. Er lächelte, und rund um seine Augen waren feine Lachfältchen zu sehen. Ich trat an den Kleiderschrank, öffnete ihn, berührte aufs Geratewohl einige Kleidungsstücke – ein schwarzes Kleid, ein weiches Wollhemd, eine dünne graue Strickjacke. Es waren die Kleider einer anderen Frau. Ich hob den Deckel des Wäschekorbs und spähte hinein. Er war leer, abgesehen von einem weißen Slip und ein paar Socken.

Die nächste Tür führte ins Bad. Es war sauber, warm und weiß gefliest. Meine blau-weiße Zahnbürste stand in einem

Glasbecher, gleich neben ihrer schwarzen. Meine Zahnpastatube lag geöffnet neben der ihren, deren Deckel ordentlich zugeschraubt war. Mein Deo, meine Feuchtigkeitscreme und mein Schminkköfferchen waren ebenfalls da. Mein grünes Handtuch hing neben ihrem bunten über der Heizung. Ich wusch mir die Hände, trocknete sie an meinem eigenen Handtuch ab, starrte auf mein ungewohntes Gesicht im Spiegel. Ich rechnete fast damit, sie hinter mir stehen zu sehen, dieses breite Lächeln im Gesicht. Josephine Hooper. Jo.

Als ich den dritten Raum betrat, wusste ich gleich, dass es sich um mein Zimmer handelte – nicht weil ich auf Anhieb einzelne Gegenstände erkannte, die mir gehörten, sondern weil ich auf eine seltsame, sehr intensive Weise das Gefühl hatte, nach Hause zu kommen. Vielleicht hatte es mit dem Geruch zu tun oder der leichten Unordnung im Raum. Schuhe auf dem Boden. Mein offener Koffer unter dem Fenster, mit Shirts, Pullis und Unterwäsche gefüllt. Ein dicker, pinkfarbener Pulli auf dem Stuhl. Ein kleiner Berg Schmutzwäsche in der Ecke. Ein paar ineinander verschlungene Ketten und Ohrringe auf dem Nachttisch. Das lange Rugby-Shirt, das ich meistens als Nachthemd trage, über dem Kopfteil des Betts. Ich zog die Schranktür auf. Da hingen meine beiden klassischen Kostüme, meine Winterkleider und -röcke. Und der blaue Mantel, von dem Robin mir erzählt hatte, sowie das braune Kleid aus Knittersamt. Ich beugte mich vor, roch an seinem weichen Stoff und fragte mich, ob ich überhaupt noch dazu gekommen war, es zu tragen.

Ich ließ mich auf das Bett fallen. Ein paar Augenblicke saß ich einfach nur da und schaute mich um. Mir schwirrte ein wenig der Kopf. Dann streifte ich meine Schuhe ab, legte mich hin und lauschte mit geschlossenen Augen dem Brummen der Zentralheizung. Davon abgesehen war es sehr ruhig. Nur hin und wieder hörte ich in der Wohnung über mir gedämpfte Schritte oder in einer nahe gelegenen Straße ein Auto vorbeifahren. Ich legte den Kopf auf mein Rugby-Shirt. Irgendwo wurde eine Autotür zugeschlagen, und jemand lachte.

Ich musste eingenickt sein, denn als ich schließlich mit einem komischen Geschmack im Mund hochschreckte, hatte es draußen zu regnen begonnen. Die Straßenlampen tauchten alles in ein orangefarbenes Licht, auch den Baum vor meinem Fenster. Als ich leicht fröstelnd nach dem pinkfarbenen Pulli griff, entdeckte ich darunter meine Tasche, prall gefüllt und ordentlich geschlossen. Der Reißverschluss klemmte. Obenauf lag meine Geldbörse. Ich öffnete sie. Sie enthielt vier brandneue Zwanzig-Pfund-Scheine und etwas an Kleingeld, außerdem meine Kreditkarten, meinen Führerschein, Briefmarken, einen Zettel mit meiner Krankenversicherungsnummer, mehrere Visitenkarten. Es schien überhaupt nichts zu fehlen.

Meine Tasche unter den Arm geklemmt, ging ich in die Wohnküche. Nachdem ich die Vorhänge zugezogen hatte, schaltete ich die Stehlampe und das Licht über dem Herd an. Es war nett hier, gemütlich. Allem Anschein nach war es eine gute Entscheidung gewesen, hier einzuziehen. Ich spähte in den Kühlschrank. Er war vollgestopft mit Lebensmitteln – frischer Pasta, Butter, Käse – Cheddar, Parmesan und Feta –, zahlreichen Bechern mit Joghurt, Eiern, einem halben Laib Vollkornbrot, einer angebrochenen Flasche Weißwein. Fleisch oder Fisch konnte ich jedoch nicht entdecken – vielleicht war diese Jo Vegetarierin. Die meisten Waren waren abgelaufen, die Milch roch sauer, das Brot war hart, der Salat in seiner Plastikhülle schlapp und welk. Der Wein aber musste dringend getrunken werden, dachte ich.

Ohne nachzudenken trat ich an einen Schrank und nahm ein großes Weinglas heraus. Ich wollte gerade nach der Weinflasche greifen, als ich mitten in der Bewegung erstarrte: Ich hatte gewusst, wo die Gläser aufbewahrt wurden. Ein winziger, verschütteter Teil meines Gehirns hatte es gewusst. Ich blieb ganz still stehen und versuchte, diesen Fetzen einer verschütteten

Erinnerung wachsen zu lassen, aber ohne Erfolg. Schließlich füllte ich das Glas großzügig mit Wein – vielleicht hatte ich ihn ja sogar selbst gekauft – und legte Musik auf. Ich rechnete damit, Jo durch die Tür kommen zu sehen, und dieser Gedanke machte mich nervös und aufgeregt zugleich. Würde sie bestürzt sein, mich zu sehen, oder froh? Würde sie mich beiläufig begrüßen oder voller Missbilligung und Erstaunen? Würde sie die Augenbrauen heben oder mich in die Arme schließen? Im Grunde aber wusste ich, dass sie nicht kommen würde. Sicher war sie weggefahren. Hier in der Wohnung war schon seit Tagen niemand mehr gewesen.

Die kleine Lampe des Anrufbeantworters blinkte, und nach kurzem Zögern drückte ich den Wiedergabeknopf. Die erste Nachricht stammte von einer Frau, die sagte, sie hoffe, es sei alles in Ordnung, und sie werde abends kochen, falls Jo zu Hause bleibe. Die Stimme kam mir bekannt vor, aber dennoch vergingen einige Augenblicke, bis ich realisierte, dass es meine war.

Schaudernd spulte ich zurück, lauschte ein weiteres Mal meiner Stimme, die an diesem fremden Ort seltsam unvertraut klang. Immerhin hörte ich mich recht fröhlich an. Ich trank einen Schluck von dem leicht essigsauren Wein. Die nächste Anruferin sprach lang und in herrischem Ton über das Abgabedatum einer Arbeit und dass der Termin vorverlegt werde. Dann sagte eine Männerstimme kurz und bündig: »Hallo, Jo, ich bin's, wollen wir uns mal treffen? Ruf mich an.« Eine weitere Frau erklärte, sie sei morgen in der Stadt, vielleicht habe Jo ja Lust auf einen Drink. Die nächste Stimme, wieder eine Frau, sagte bloß: »Hallo? Hallo?«, bis die Verbindung unterbrochen wurde. Ich beschloss, die Nachrichten vorerst nicht zu löschen, und nahm einen weiteren Schluck von dem sauren, gelblichen Wein.

War ich an diesem Ort ein Eindringling, oder wohnte ich jetzt hier? Ich wollte bleiben, ein heißes Bad nehmen, in mein

Rugby-Shirt schlüpfen, Pasta essen und mich vom Fernseher – meinem Fernseher – berieseln lassen, gemütlich in meinen Sessel gekuschelt, die Füße auf ihrem Teppich. Ich wollte nicht bei Freunden bleiben, die zwar sehr nett und höflich waren, mich aber für verrückt hielten. Ich wollte hier bleiben, Jo kennen lernen und alles über den Teil von mir herausfinden, den ich verloren hatte.

Was auch immer ich später tun würde, erst einmal musste ich so viel wie möglich in Erfahrung bringen. Alles hübsch der Reihe nach. Ich ließ mich auf dem Sessel nieder und leerte den Inhalt meiner Tasche auf den Couchtisch. Der größte Gegenstand war ein dicker brauner A5-Umschlag, auf dem mein Name stand. Ich schüttelte den Inhalt heraus: zwei Pässe, einer alt und einer brandneu. Ich schlug den neuen auf und betrachtete mein Foto, das mit den beiden, die im Spiegelrahmen steckten, identisch war. Ein Flugticket: Vor zehn Tagen hätte ich nach Venedig fliegen sollen, zurückgekommen wäre ich vorgestern. Es war schon immer mein Wunsch, nach Venedig zu reisen.

Ein Paar ineinandergeschobene schwarze Handschuhe. Mein Adressbuch, dessen Rücken sich bereits aufzulösen begann. Vier schwarze Stifte, von denen einer leckte. Wimperntusche. Zwei Tampons. Eine halb volle Packung Pfefferminzbonbons – ich steckte mir eins in den Mund, was zumindest den Geschmack des Weins überdeckte. Papiertaschentücher. Ein einzelnes Bonbon. Ein Armband aus Glasperlen. Drei schmale Haarbänder, die ich nicht mehr brauchte. Ein Kamm und ein winziger Spiegel. Und ein Stück Alufolie, das zu Boden gefallen war. Ich hob es auf. Wie sich herausstellte, war es ein steifer silberfarbener Blister-Streifen mit zwei Tabletten darin – nein, mit einer Tablette, denn die zweite war bereits herausgedrückt worden. Ich hielt den Streifen unter das Licht, um den Aufdruck auf seiner Rückseite lesen zu können: Levonelle, 750-Mikrogramm-Tabletten, Levonorgestrel. Ich verspürte den absurden Drang, die noch vorhandene runde weiße Tablette einfach in den Mund zu schieben, nur um zu sehen, was passieren würde.

Natürlich tat ich es nicht. Stattdessen machte ich mir eine Tasse Kaffee und rief dann bei Sheila und Guy an, die jedoch nicht zu Hause waren. Ich sprach ihnen aufs Band, dass ich an diesem Abend nicht kommen würde, ihnen aber für alles sehr dankbar sei und mich bald bei ihnen melden würde. Ich schlüpfte in meine Lederjacke, steckte den Schlüssel und die Tablette ein und verließ die Wohnung. Mein Wagen war noch da, doch inzwischen klemmte unter seinen vereisten Scheibenwischern ein in Plastik gehüllter Strafzettel.

Darum würde ich mich später kümmern. Ich joggte durch die Dunkelheit in die Camden High Street und lief sie entlang, bis ich zu einer Apotheke kam, gerade noch rechtzeitig vor Ladenschluss. Ich trat an die Theke, wo mich ein junger Asiate fragte, ob er mir helfen könne.

»Ich hoffe. Können Sie mir vielleicht sagen, was das hier ist?« Ich zog den silbernen Streifen heraus und reichte ihn ihm.

Er warf einen kurzen Blick darauf und sah mich stirnrunzelnd an. »Gehört das Ihnen?«

»Ja«, sagte ich. »Das heißt, nein. Dann würde ich ja wissen, worum es sich handelt. Ich habe die Tablette gefunden. Im Zimmer meiner kleinen Schwester, und ich wollte nur sicherstellen, dass es nichts Gefährliches ist. Sie sehen ja, dass eine der Tabletten fehlt.«

»Wie alt ist Ihre Schwester?«

»Neun«, sagte ich aufs Geratewohl.

»Verstehe.« Er legte den Streifen auf die Theke und nahm seine Brille ab. »Es handelt sich um ein Verhütungsmittel für Notfälle.«

»Wie bitte?«

»Die Pille danach.«

»Oh.«

»Und Sie sagen, Ihre Schwester ist erst neun?«

»Oje!«

»Sie sollte einen Arzt aufsuchen.«

»Also, ehrlich gesagt…«, stammelte ich nervös. Eine andere Kundin war hinter uns getreten, verfolgte neugierig unser Gespräch.

»Wann, glauben Sie, hat sie die Tablette eingenommen?«

»Schon vor längerer Zeit. Sicher vor zehn Tagen schon. Hören Sie…«

Er sah mich äußerst missbilligend an, danach machte sich auf seinem Gesicht ein ironischer Ausdruck breit. Ich glaube, er wusste Bescheid.

»Normalerweise«, sagte er, »sollte man zwei von diesen Pillen nehmen. Die erste spätestens zweiundsiebzig Stunden, nachdem der Verkehr stattgefunden hat, vorzugsweise früher, die zweite weitere zwölf Stunden später. Ihre Schwester könnte also schwanger sein.«

Ich griff nach dem Streifen und fuchtelte damit in der Luft herum. »Ich werde mich darum kümmern, das versichere ich Ihnen. Vielen Dank. Ich werde dafür sorgen, dass alles wieder in Ordnung kommt. Nochmals vielen Dank.« Mit diesen Worten floh ich auf die Straße hinaus. Es war herrlich, den kalten Regen auf meinen brennenden Wangen zu spüren.

9

Ich wusste, was passiert war. Ich wusste es genau. Ich hatte eine Lächerlichkeit begangen, von der ich aus Erzählungen wusste, dass andere Leute sie auch schon begangen hatten. Sogar Freunde von mir. Wie erbärmlich. Sobald ich wieder in der Wohnung war, rief ich Terry an. Er klang, als hätte er geschlafen. Ich fragte ihn, ob an diesem Morgen Post für mich gekommen sei. Er murmelte, es seien zwei Briefe für mich dabei gewesen.

»Vielleicht haben sie mir meine Kreditkarte geschickt. Sie haben gesagt, sie würden es versuchen.«

»Wenn du möchtest, kann ich sie an dich weiterschicken.«

»Ich brauche die Karte wirklich dringend, und ich bin gerade in der Gegend. Ist es dir Recht, wenn ich kurz vorbeischaue?«

»Na ja, meinetwegen, aber …«

»Ich bin in einer halben Stunde bei dir.«

»Ich dachte, du wärst in der Gegend?«

Vergeblich zermarterte ich mir das Gehirn nach einer klugen Erklärung.

»Hör zu, je länger wir reden, desto länger brauche ich.«

Als ich eintraf, hatte er bereits eine Flasche Wein geöffnet. Er bot mir ein Glas an, und ich nickte. Ich musste in dieser Sache mit Fingerspitzengefühl vorgehen, mich langsam an das Thema herantasten. Er betrachtete mich mit dem abschätzenden Blick, den ich so gut kannte, als wäre ich eine schwer einzuordnende Antiquität, deren Wert es festzustellen galt.

»Du hast deine Kleider gefunden«, stellte er fest.

»Ja.«

»Wo waren sie?«

Ich hatte keine Lust, ihm das zu verraten. Das war nicht nur Sturheit von mir. Ich hielt es für ratsam, die größtmögliche Verwirrung zu stiften, was meinen Aufenthaltsort während der nächsten paar Tage betraf. Wenn die Leute, die wussten, wer ich war, nicht wussten, wo ich war, und die Leute, die wussten, wo ich war, nicht wussten, wer ich war, dann erhöhte das vielleicht für eine Weile meine Sicherheit. Auf jeden Fall gab ich dann keine ganz so leichte Beute ab.

»Ich hatte sie bei einer Freundin gelassen«, antwortete ich.

»Bei wem?«

»Du kennst sie nicht. Hast du meine Post?«

»Sie liegt auf dem Tisch.«

Ich ging hinüber und inspizierte die beiden Umschläge. Der eine enthielt einen Fragebogen über Einkaufsgewohnheiten und landete sofort im Papierkorb, auf dem anderen stand »Gesonderte Zustellung«. Er fühlte sich vielversprechend fest an. Ich riss ihn auf. Eine brandneue, glänzende Kreditkarte. A.E. Devereaux. Ich hatte einen Ort zum Schlafen, meine Kleidung, ein paar CDs und jetzt auch noch eine neue Kreditkarte. Ich war wirklich dabei, ins Leben zurückzukehren. Ich blickte mich um.

»Natürlich sind noch einige meiner Sachen hier. Möbel und Ähnliches«, stellte ich fest.

Ich nippte an meinem Wein, Terry nahm einen großen Schluck von seinem. Fast hätte ich eine Bemerkung über seinen Alkoholkonsum gemacht, aber dann fiel mir voller Erleichterung ein, dass ich dafür nicht mehr zuständig war. Das war jetzt Sallys Job. Aber vielleicht trank er bei ihr nicht.

»Du kannst deine Sachen jederzeit abholen«, sagte er.

»Ich weiß nicht recht, wohin damit«, antwortete ich. »Hat es große Eile? Zieht Sally bei dir ein?«

»Ich kenne sie doch erst seit zwei Wochen. Sie ist bloß …«

»Weißt du, Terry, wenn ich auf eins definitiv verzichten kann, dann auf eine Diskussion darüber, wie wenig sie dir bedeutet.«

»Das habe ich nicht gemeint. Ich habe über dich gesprochen. Ich wollte dir bloß sagen, dass ich nicht glücklich über all das war, was passiert ist, bevor du gegangen bist.« Er nippte an seinem leeren Glas, den Blick auf den Boden gerichtet. Dann sah er mich an. »Es tut mir Leid, Abbie. Es tut mir Leid, dass ich dich geschlagen habe. Wirklich. Es gibt dafür keinerlei Entschuldigung. Es war ganz allein meine Schuld, und ich hasse mich dafür.«

Ich kannte diesen Terry gut. Das war der Terry, dem alles Leid tat. Der alles zugab und versprach, es nie wieder zu tun, und von nun an alles anders machen würde. Ich hatte diesem

Terry zu oft geglaubt, was vielleicht daran lag, dass er es auch sich selbst immer wieder glaubte.

»Schon gut«, sagte ich schließlich. »Du brauchst dich deswegen nicht selbst zu hassen.«

»Es war bestimmt schrecklich für dich, mit mir zusammen zu leben.«

»Na ja, wahrscheinlich war ich auf meine eigene Weise auch ziemlich schwierig.«

Er schüttelte reuevoll den Kopf. »Das ist es ja gerade, du warst überhaupt nicht schwierig. Du warst fröhlich, großzügig und witzig. Okay, abgesehen von den ersten paar Minuten, nachdem morgens dein Wecker losgegangen war. Meine Freunde haben mich für den glücklichsten Mann auf der ganzen Welt gehalten. Und du hast mir immer wieder eine Chance gegeben.«

»Na ja…«, meinte ich verlegen.

»Aber diesmal nicht, stimmt's? Jetzt kriege ich keine Chance mehr.«

»Es ist vorbei, Terry.«

»Abbie…«

»Nicht«, sagte ich. »Bitte. Hör zu, Terry, ich möchte dich was fragen.«

»Du kannst mich alles fragen.« Er war inzwischen bei seinem zweiten Glas Wein angelangt.

»Aus einem bestimmten Grund, hauptsächlich meiner eigenen geistigen Gesundheit zuliebe, versuche ich, die Zeitspanne zu rekonstruieren, an die ich mich nicht erinnern kann. Ich recherchiere über mich selbst, als wäre ich eine andere Person. Also, wenn ich das richtig verstanden habe, dann hatten wir an jenem Samstag einen massiven Streit, und daraufhin habe ich dich verlassen.«

»Wie ich schon gesagt habe, es war kein richtiger Streit. Es war alles meine Schuld. Ich weiß auch nicht, was da über mich gekommen ist.«

»Terry, darum geht es mir überhaupt nicht. Ich will nur wissen, wo ich war. Unter anderem. Ich bin also gegangen, und wollte bei Sadie bleiben. Doch wenn ich wutentbrannt hinausgestürmt bin, hatte ich wohl kaum meinen Fernseher unter dem Arm.«

»Nein«, antwortete er. »Du hast nur deine große Tasche mitgenommen. Ich war der Meinung, du würdest im Laufe des Abends zurückkommen. Am folgenden Tag hast du mich angerufen, und ich habe versucht, dich umzustimmen, was mir aber nicht gelang. Du wolltest mir nicht einmal sagen, wo du warst. Ein paar Tage später hast du erneut angerufen. Du hast gesagt, du würdest vorbeikommen und ein paar Sachen holen. Du bist am Mittwoch gekommen und hast mehrere Dinge mitgenommen.«

Nun kam der schwierige Teil. »War da noch etwas?«

»Wie meinst du das?«

»Na ja, als wir diskutiert haben… als wir diesen Streit hatten, haben wir da auch, ähm…?«

»Wir haben nicht diskutiert, jedenfalls nicht richtig. Wir haben uns heftig gestritten. Daraufhin bist du gegangen. Ich habe dich gefragt, ob du zurückkommen willst. Du hast nein gesagt. Du wollest mir nicht sagen, wo du warst. Ich habe versucht, dich telefonisch zu erreichen, aber ohne Erfolg.«

»Was war, als ich vorbeigekommen bin, um meine Sachen zu holen? Was war da?«

»Da haben wir uns gar nicht gesehen. Du bist gekommen, als ich nicht da war.«

Ich spürte, wie sich mein Magen zusammenzog.

»Tut mir Leid«, sagte ich. »Ich weiß, dass ich zur Zeit ein bisschen schwer von Begriff bin. Du sagst also, wir hatten keinen Kontakt mehr, nachdem ich dich verlassen hatte?«

»Wir haben telefoniert.«

»Das meine ich nicht. Wir haben uns wirklich nicht mehr gesehen?«

»Nein. Du wolltest nicht.«

»Wer zum Teufel …«

Ich hatte einen Satz begonnen, den ich unmöglich zu Ende führen konnte.

»Hör zu, Abbie, ich möchte wirklich …«

In dem Moment klingelte es an der Haustür, und ich erfuhr nie, was Terry wirklich wollte, auch wenn ich es mir in etwa vorstellen konnte. Ich sah, wie Terry die Zähne zusammenbiss. Ihm war anzusehen, dass er wusste, wer vor der Tür stand, und deswegen wusste ich es auch.

»Das ist jetzt aber ein bisschen unangenehm«, sagte er, während er auf die Tür zusteuerte.

Ich war nicht in der Verfassung, mich mit weiteren Problemen herumzuschlagen und musste tief Luft holen, bevor ich ihm antworten konnte.

»Das ist überhaupt nicht unangenehm. Geh und lass sie rein. Ich komme mit dir runter. Ich wollte sowieso gehen.«

Hintereinander trotteten wir die Treppe hinunter. »Ich bin gerade am Gehen«, sagte ich an der Tür zu Sally. »Ich habe bloß meine Post abgeholt.« Ich schwenkte meinen Briefumschlag.

»Schon gut«, antwortete sie.

»Keine Angst, ich werde das nicht zur Gewohnheit werden lassen.«

»Ich habe damit überhaupt kein Problem.«

»Das ist ja phantastisch«, meinte ich im Vorbeigehen. »Ich bin wirklich und wahrhaftig der Meinung, dass Sie und Terry weitaus besser zusammenpassen, als Terry und ich es je getan haben.«

Ihre Miene gefror.

»Wovon sprechen Sie überhaupt? Sie kennen mich doch gar nicht.«

»Nein«, pflichtete ich ihr bei. »Aber ich kenne mich.«

Auf dem Heimweg machte ich an einem der Minisupermärkte Halt, die auf dem Gehsteig runzeliges Obst und Gemüse anbieten, was sie damit kompensieren, dass sie rund um die Uhr geöffnet haben. Ich kaufte eine Flasche Weißwein und die Zutaten für einen einfachen Salat. Zurück in Jos Wohnung, sicherte ich die Tür mit dem Vorhängeschloss und bereitete rasch den Salat zu. Ich war sogar zum Schlafengehen schon zu müde. Meine Augen brannten, mein Kopf dröhnte, mein Körper schmerzte. Ich schluckte zwei Tabletten, spülte sie mit einem Schluck kaltem Weißwein hinunter und aß allein und in völliger Stille meinen Salat. Während ich vor mich hinkaute, versuchte ich, Ordnung in das Chaos meiner Gedanken zu bringen. Mein Blick fiel auf die kleine Pyramide aus Jos Post. Das musste nicht unbedingt etwas Schlimmes bedeuten. Vielleicht hatte sie mich gebeten, für sie auf die Wohnung aufzupassen, während sie Urlaub machte oder im Ausland arbeitete. Ich blätterte durch ihre Briefe. Einer sah ganz nach einer Mahnung aus. Ich wusste nicht, ob das etwas zu bedeuten hatte. Vielleicht war Jo der Typ Mensch, der seine Rechnungen immer erst auf den letzten Drücker bezahlte. Oder sie hatte einfach eine übersehen. Genausogut konnte sie jeden Augenblick aus ihrem Urlaub zurückkehren. Ich beschloss, noch ein paar Tage zu warten, bis ich ihretwegen Nachforschungen anstellte. Erst einmal musste ich Nachforschungen in eigener Sache anstellen.

Ich ließ mich im Schneidersitz auf Jos Kiefernboden nieder und drapierte alle Objekte um mich herum: die Avalanche-Akte, die Post aus der Plastiktüte, die ich bei Terry abgeholt hatte, die Blätter von Carol, auf denen sie die Anrufe für mich notiert hatte, die Quittungen, die ich im Handschuhfach meines Wagens gefunden hatte. Anschließend trat ich an den Schreibtisch in der Ecke und öffnete ihn. Aus einer großen Teetasse, auf welche der Plan der Londoner U-Bahn aufgedruckt war, nahm ich einen Stift und aus einer Schublade ein paar weiße DIN-A4-Blätter.

Was wusste ich über die Tage, an die ich mich nicht erinnern konnte? Auf eines der weißen Blätter schrieb ich oben in die Mitte:»Verlorene Tage.« In die rechte untere Ecke notierte ich »Donnerstag, 22. Januar«. Am Ende dieses Tages, kurz vor Mitternacht, war ich auf Tony Russells Türschwelle zusammengebrochen. Wie viele Tage war ich gefangen gehalten worden? Drei? Nein, es mussten mehr gewesen sein. Vier, fünf sechs, vielleicht noch mehr. Das Letzte, was ich mit Sicherheit wusste, war, dass ich am Dienstag, dem fünfzehnten Januar, abends in einem indischen Restaurant etwas zu essen bestellt und in diese Wohnung hatte liefern lassen. Die dazwischenliegenden Tage musste ich noch auffüllen. Was hatte ich in dieser Zeit getan? Immerhin wusste ich, dass ich sie nicht mit meinen Freunden verbracht hatte.

Mir kam ein Gedanke. Ich ging in die Küche. Ich musste ein paar Schranktüren öffnen, ehe ich den Mülleimer fand. Ein fürchterlicher, faulig-süßlicher Geruch schlug mir entgegen, als ich mich darüber beugte. Trotzdem zwang ich mich, hineinzusehen. Der Eimer enthielt schreckliche Dinge, schimmelige, ranzige, schleimige Reste, aber keine Alubehälter eines Takeaway-Restaurants. Was bedeutete, dass der Eimer seitdem mindestens einmal geleert worden war und jemand neuen Müll hineingeworfen hatte. Was bedeutete, dass Jo oder ich oder Jo und ich oder ein Dritter nach besagtem Dienstag noch eine Weile hier gewesen war. Es sei denn, die Behälter des indischen Restaurants waren nicht in den Mülleimer, sondern gleich draußen in eine Tonne geworfen worden. Wie wahrscheinlich war das?

Mein Kopf schmerzte. Hatte Robin nicht erwähnt, ich hätte sie angerufen, um unseren abendlichen Drink abzusagen? Ich schrieb»Mittwoch« an den Rand der Seite und malte ein Fragezeichen daneben.

Ich begann Carols Liste mit Anrufen durchzugehen. Mehr als alles andere führten mich diese schnell hingeworfenen Notizen, diese dringenden Mitteilungen und knappen Antworten, zurück in mein altes Leben. Jene, die mir etwas sagten, strich ich nacheinander aus. Am Ende blieben drei übrig, mit denen ich nichts anfangen konnte. Neben der einen stand kein Name, sondern lediglich eine Telefonnummer. Eine andere lautete: »Pat hat angerufen«. Pat? Ich kannte ungefähr zwölf Leute namens Pat, männlich wie weiblich. Ich musste an eine Pat denken, die mit mir im Kindergarten gewesen war. Ich hatte nie wieder jemanden kennen gelernt, der so laut schreien konnte wie sie. Die dritte Nachricht beschränkte sich auf: »Ein Typ hat angerufen.« Danke, Carol.

Ich setzte mich wieder und griff nach einem weiteren leeren Blatt Papier. Oben in die Mitte schrieb ich: »Zu erledigen.« Mein allgemeines Lebensmotto lautete, wenn du im Zweifel bist, schreib eine Liste. Zuerst schrieb ich: »Telefonnummern anrufen«, darunter: »Avalanche«. Laurence hatte gesagt, nachdem ich bei Jay & Joiner hinausgestürmt sei, hätte ich meine Freizeit darauf verwendet, mit Leuten zu sprechen, die an dem Projekt beteiligt gewesen seien, und sie dazu ermutigt, sich zu beschweren. Das war einer der wenigen richtigen Hinweise auf das, was ich während meiner verlorenen Tage getan hatte.

Ich schlug die Avalanche-Akte auf und nahm die Kontaktadressenliste heraus, die obenauf lag. Sie bestand aus lauter vertrauten Namen, lauter Leute, mit denen ich in jenen hektischen Tagen Anfang Januar zu tun gehabt hatte. Ich blätterte die Akte durch, notierte mir weitere Namen, klammerte manche davon ein und unterstrich andere. Allein schon der Gedanke an die Arbeit, die ich in dieser Zeit geleistet hatte, machte mich müde.

Schließlich gelangte ich zu den Abrechnungen am Ende der Akte. Ich starrte auf die Zahlen, bis sie mir vor den Augen tanzten. Als würden sich einzelne Gestalten aus einem dichten Nebel lösen, fielen mir einige der Auseinandersetzungen wieder ein, die ich mit Laurence geführt hatte. Oder mir fiel der

Grund wieder ein, weshalb ich sie geführt hatte: das schäbige Verhalten unserer Firma ihren Subunternehmern gegenüber, die phantasievolle Buchhaltung, die vor meiner Nase praktiziert worden war. Und mir fiel Todd wieder ein.

Im Grunde war Todd ein Teil meines Lebens, den ich nie vergessen, sondern lediglich verdrängt hatte. Hinterher habe ich mich gefragt, ob ich die Zeichen nicht schon eher hätte erkennen müssen. Todd hatte das Avalanche-Projekt geleitet. Es hatte sich dabei um eine höchst komplizierte Aufgabe gehandelt, die eine Mischung aus Fingerspitzengefühl und hartem Durchgreifen erforderte. Ich hatte sehr schnell gelernt, dass bei einem solchen Projekt jeder einen Groll gegen jemand anderen hegt und jeder eine Entschuldigung für seine eigenen Unzulänglichkeiten parat hat. Wenn man einen Schritt zu viel in die eine Richtung tut, provoziert man einen Aufstand. Einen Schritt zu weit in die andere Richtung, und es geht absolut nichts voran. Da Todd und ich zum Teil mit denselben Leuten arbeiteten, kam mir zu Ohren, dass die Arbeit nur langsam voranging. Die Arbeit geht immer langsam voran, aber wenn Handwerker sagen, es gehe langsam, dann heißt das, es geht rückwärts. Ich sprach Todd ein paarmal darauf an, aber er antwortete mir jedes Mal, alles laufe sehr gut. Ich hegte allmählich den Verdacht, dass irgendetwas ernsthaft schief lief, und erzählte Laurence davon.

Daraufhin hörte ich, dass man Todd gefeuert habe und ich nun für das Avalanche-Projekt verantwortlich sei. Laurence eröffnete mir, Todd habe offenbar einen Nervenzusammenbruch erlitten, ohne jemandem davon zu erzählen, was unter anderem heiße, dass Todd bei dem Auftrag keinen Finger gerührt habe und Jay & Joiner nun der Bankrott drohe. Entsetzt erklärte ich, dass es nicht meine Absicht gewesen sei, Todd zu verraten. Laurence gab mir zur Antwort, Todd sei psychisch krank und brauche medizinische Hilfe, doch unser unmittelbares Problem sei nun, die Firma zu retten. Also marschierte ich in Todds Büro und arbeitete vierzig Stunden durch. Danach kam ich eine weitere Woche keine Nacht mehr als vier Stunden ins Bett. Wenn ich also zum Teil für das verantwortlich war, was Todd passiert war, dann war Todd auch zum Teil für das verantwortlich, was mir passierte.

Ich schrieb seinen Namen auf das Blatt, überlegte kurz und fügte dann ein Fragezeichen hinzu. Nachdenklich zeichnete ich ein Quadrat um das Fragezeichen, fügte weitere Linien hinzu, bis es aussah, als befände sich das Fragezeichen in einem Würfel. Ich schraffierte die Seiten des Würfels. Schließlich zeichnete ich strahlenartige Linien rund um den Würfel, so dass es aussah, als würde er leuchten oder explodieren.

Ein weiterer Gedanke schoss mir durch den Kopf. O verdammt. Unter »Todd« schrieb ich das Wort »Schwangerschaftstest« und unterstrich es. Ich hatte Sex mit jemandem gehabt und offensichtlich keine Vorsichtsmaßnamen ergriffen. Doch mit wem? Ich überlegte, ob ich eine weitere Liste mit Namen potenzieller Kandidaten anlegen sollte, hatte aber niemanden, den ich auf diese Liste hätte setzen können. Mit welchen Männern war ich während meiner verlorenen Woche zusammengekommen? Guy. Sehr unwahrscheinlich. Das indische Essen war mit ziemlicher Sicherheit von einem Mann ausgeliefert worden. Und dann war da natürlich noch er.

Ich machte Anstalten, das Wort »Was« zu schreiben, hielt aber mitten in der Bewegung inne. Gerade hatte ich gedacht: Was machst du da eigentlich? Prompt hatte ich begonnen, diesen Satz niederzuschreiben. Aber die Frage war berechtigt, was *tat* ich da eigentlich? Der Gedanke an diese dunklen, vergessenen Tage war unerträglich, er quälte mich unaufhörlich, Tag und Nacht. Manchmal stellte ich mir vor, dies sei die Ursache für den Schmerz in meinem Kopf. Wenn es mir gelänge, die Leerstellen zu füllen, alles zu rekonstruieren, dann würde der Schmerz verschwinden. Aber lohnte es sich, dass ich mich dafür in Gefahr brachte? Befand ich mich überhaupt in Gefahr?

War er irgendwo dort draußen in London unterwegs, auf der Suche nach mir? Vielleicht hatte er mich bereits gefunden. Womöglich stand er schon draußen vor Jos Tür und wartete darauf, dass ich herauskam. Oder ich lag in dieser Hinsicht völlig falsch. Vielleicht war der Mann auch untergetaucht. Er wusste, dass ich mich an unsere erste Begegnung nicht erinnern konnte. Ich hatte keine Ahnung, wie er aussah. Wenn er sich ruhig verhielt, konnte ihn niemand behelligen. Er konnte seelenruhig sein Unwesen treiben, andere Frauen umbringen und mich einfach vergessen. Doch konnte er sich wirklich sicher fühlen?

Ich zeichnete ein großes Fragezeichen um das Wort »Was«. Ich machte ein dreidimensionales Fragezeichen daraus, das ich anschließend schraffierte. Wenn ich nur beweisen könnte, dass ich tatsächlich gekidnappt worden war. Das war das Beste, worauf ich hoffen konnte. Wenn es mir gelänge, einen konkreten Beweis zu finden, dann würde die Polizei mir endlich glauben und mich beschützen. Sie würden eine Großfahndung einleiten, den Mann finden, und ich könnte wieder ein normales Leben führen.

Doch wie sollte dieser Beweis aussehen? Wo sollte ich mit der Suche beginnen? Ich verzierte mein Riesenfragezeichen mit einer Schar filigraner Fragezeichen, die sich an seinem Rücken aneinanderreihten, sich um sein Ende wanden und anschließend an seinem Bauch emporkletterten, bis es ganz von einer Wolke flatternder Verwirrtheit umgeben war.

10

Mit einem Ruck wachte ich auf und wusste zunächst nicht, wo ich war. Der Raum war dunkel und völlig still, es war kein Geräusch zu hören. Ich lag im Bett und wartete darauf, dass mein Gedächtnis zurückkehren würde. Ich wartete darauf, etwas zu hören, ein Geräusch in der Schwärze. Mein Herz hämmerte wie wild, mein Mund fühlte sich trocken an. Dann hörte ich ein leises Schlurfen draußen vor meinem Fenster. Vielleicht hatte mich das aufgeweckt. Aber wer war dort? Ich wandte den Kopf und warf einen Blick auf meinen Radiowecker, der neben mir auf dem Nachttisch stand. Es war zehn vor fünf und sehr kalt.

Wieder hörte ich dieses schlurfende, kratzende Geräusch. Ich konnte mich nicht bewegen, drückte den Kopf fest gegen das Kissen. Es bereitete mir Schwierigkeiten, richtig zu atmen, und in meinem Kopf pochte es erbarmungslos. Ich musste an die Kapuze und den Knebel denken, schob den Gedanken jedoch gleich wieder weg. Ich zwang mich aufzustehen und zum Fenster hinüberzugehen. Ich öffnete die Vorhänge einen Spalt und spähte zwischen den Eisblumen, die sich auf dem Glas gebildet hatten, nach draußen. Der frisch gefallene Schnee machte alles ein wenig heller, und im Licht der Straßenlaterne konnte ich unter mir etwas Dunkles erkennen. Eine fette getigerte Katze strich um den Strauch neben der Haustür, ließ ihren dicken Schwanz über die toten Blätter gleiten. Fast hätte ich erleichtert aufgelacht, doch in dem Moment hob das Tier den Kopf und schien mich mit seinen stechenden gelben Augen zu fixieren. Ein Gefühl der Angst ergriff von mir Besitz. Ich ließ den Blick die Straße hinunterschweifen, die zwischen Pfützen orangefarbenen Lichts immer wieder in Dunkelheit getaucht war. Ich konnte niemanden entdecken, doch plötzlich wurde ein paar Meter von mir entfernt ein Auto gestartet, seine Scheinwerfer erhellten die Straße, und ich erkannte in der Ferne eine Gestalt. Durch den Neuschnee verlief eine Fußspur.

Ich zog die Vorhänge wieder zu und wandte mich ab. Ich benahm mich vollkommen lächerlich, rief ich mich selbst resolut zur Vernunft. Paranoid. In London ist immer jemand wach. Es sind immer Autos, Katzen und Gestalten auf der Straße unterwegs. Egal, wann ich in der Nacht aufwachte, ich konnte jederzeit mein Gesicht gegen das Fenster pressen und jemanden draußen stehen sehen.

Ich ging wieder ins Bett und rollte mich zusammen, schlang die Arme um meinen Körper. Meine Füße waren eiskalt, deswegen versuchte ich, sie unter mein Rugby-Shirt zu ziehen, um sie zu wärmen, was mir aber nicht gelang. So stand ich erneut auf und ging ins Bad. Ich hatte eine Wärmflasche an der Tür hängen sehen. Ich setzte den Wasserkessel auf, füllte die Wärmflasche, nahm noch einmal zwei Tabletten gegen meine Kopfschmerzen und kehrte dann ins Bett zurück. Die Wärmflasche an mich gedrückt, versuchte ich, wieder einzuschlafen. Gedanken wirbelten durch meinen Kopf wie ein wilder Schneesturm, und die Dinge, die ich erledigen musste, türmten sich wie hohe Schneeverwehungen vor meinem geistigen Auge auf: die Anrufe, die ich zu tätigen hatte, die Namen der Leute aus der Avalanche-Akte, die ich aufsuchen wollte, außerdem musste ich herausfinden, wo Jo abgeblieben war, oder mehr über sie in Erfahrung bringen, und dann war da noch diese mysteriöse Pille danach. Es musste jemanden geben, der wusste, was um alles in der Welt ich im Schilde geführt hatte, aber die Frage war, ob ich nach zwei Männern oder nur nach einem suchen sollte, ob ich womöglich schwanger war? Ich dachte an mein altes Leben, das inzwischen sehr weit zurückzuliegen schien, wie ein Bild hinter Glas, während dieses düstere, bedrohliche neue Leben sich jedes Mal zu verschieben und zu verändern schien, sobald ich einen Blick darauf zu werfen versuchte.

Der Heizkörper knackte und summte, und nach wenigen Minuten war es schon nicht mehr ganz so kalt im Zimmer. Trotz des zugezogenen Vorhangs konnte ich sehen, wie es draußen allmählich hell wurde. Es hatte keinen Sinn, ich konnte nicht mehr schlafen. Solange ich hier im Bett lag, hockte die Angst wie eine große fette Kröte auf meiner Brust.

Um sie zu vertreiben, musste ich endlich anfangen, den Dingen Herr zu werden. Einen anderen Weg gab es nicht.

Ich nahm ein Bad, dessen Temperatur hart an der Grenze des Erträglichen lag, so dass ich, als ich herausstieg, krebsrote Haut und runzelige Finger hatte. Ich schlüpfte in meine weite Hose, den schwarzen Kapuzen-Fleece sowie zwei Paar Socken. Danach brühte ich mir eine Tasse Kaffee, machte die Milch dafür warm. Ich kochte ein Ei, toastete eine Scheibe von dem alten Brot und bestrich sie großzügig mit Butter. Von nun an wollte ich es mir so richtig gut gehen lassen. Ich zwang mich, mein Frühstück nicht wie sonst im Stehen, sondern in Ruhe am Tisch einzunehmen, tunkte den Toast ins Eigelb und kaute ihn langsam, nahm dazwischen immer wieder einen Schluck von meinem Milchkaffee. Anschließend ging ich ins Bad und stellte mich vor den Spiegel. Der Anblick meines nackten weißen Gesichts versetzte mir immer noch einen leichten Schreck. Ich machte mein Haar nass und kämmte es, damit es nicht mehr ganz so stark abstand, und putzte mir gründlich die Zähne, den Blick auf den Spiegel gerichtet. Kein Make-up, kein Schmuck. So, nun konnte es losgehen.

Es war erst kurz nach sieben, die meisten Leute lagen vermutlich noch im Bett. Auf jeden Fall war es zu früh, um einen Schwangerschaftstest zu besorgen. Das würde ich später erledigen. Ich ließ mich mit meinen Blättern auf der Couch nieder, ging die Listen durch, die ich die Nacht zuvor zusammengestellt hatte, und machte mir weitere Notizen. Ich durchstöberte Jos Schubladen, suchte nach etwas, womit ich meine Zettel vorübergehend an der Wand befestigen konnte. Zuerst fand ich nichts Geeignetes, doch dann entdeckte ich in einer Schublade voller Schraubenzieher, Schnüre, Sicherungen und Batterien eine Rolle Klebeband. Damit pappte ich sämtliche Blätter und Zettel an die Wand, wobei ich dazwischen Lücken ließ, die ich später zu füllen hoffte. Das gesamte Unterfangen hatte etwas seltsam Befriedigendes, als hätte ich gerade meinen

Schreibtisch aufgeräumt und meine Stifte gespitzt, bevor ich mit der eigentlichen Arbeit begann.

Ich notierte die Namen und Adressen der Männer, die ich heute besuchen wollte. Es waren Namen, die ich gut kannte. Ich ging davon aus, dass es sich dabei um die Männer handelte, die ich bereits aufgesucht hatte, nachdem ich Jay & Joiner verlassen hatte. Während meiner letzten Wochen in der Firma hatte ich täglich mit ihnen oder ihren Angestellten telefoniert. Ich wusste, dass wir ihnen übel mitgespielt hatten. Einige hatte ich auch persönlich kennen gelernt, doch diese hektische Phase war in meiner Erinnerung verblasst, als wäre ich damals zu schnell unterwegs gewesen, um richtig hinzusehen, oder als hätte sich meine Amnesie rückwärtig ausgeweitet. Vielleicht, dachte ich, verhält es sich mit meinem Gedächtnisverlust wie mit einem Tintenfleck auf Löschpapier. In der Mitte ist der Fleck dunkel und nach außen wird er immer heller, bis schließlich überhaupt nichts mehr von der Tinte zu sehen ist.

Nachdem ich sämtliche Adressen auf der Straßenkarte ausfindig gemacht hatte, plante ich meine Route und legte fest, wen ich zuerst aufsuchen wollte. Dann griff ich nach dem Telefonhörer und begann die erste Nummer zu wählen – legte jedoch sofort wieder auf. Es war besser, wenn ich unangemeldet kam. Mein einziger Vorteil bestand darin, unberechenbar zu bleiben. Ich setzte meine Wollmütze auf und zog sie mir bis über die Augenbrauen. Den unteren Teil meines Gesichts umwickelte ich mit meinem gestreiften Schal. Dann schaltete ich alle Lichter aus und sorgte dafür, dass die Vorhänge in meinem Schlafzimmer wieder genau so drapiert waren wie vor meinem Eintreffen.

Nach dem langen gestrigen Tag und der unbefriedigend kurzen Nacht fühlte ich mich an diesem Morgen nervös und ängstlich. Es gab keinen Hinterausgang, ich musste zwangsläufig die Haustür benutzen. Bevor ich auf die Straße trat, setzte ich meine dunkle Brille auf. Nun war von meinem Gesicht so gut wie nichts mehr zu sehen. Ich holte tief Luft und marschierte in den böigen Wind hinaus. Unter den vereisten Scheibenwischern meines Wagens klemmte noch immer der Strafzettel, doch das war mir gleichgültig. Heute würde ich öffentliche Verkehrsmittel benutzen.

Ken Loftings Laden war noch nicht offen, doch als ich mein Gesicht an die Glastür drückte, konnte ich sehen, dass im hinteren Teil bereits Licht brannte. Eine Klingel schien es nicht zu geben, deswegen hämmerte ich mit der Faust gegen die Tür und wartete. Schließlich sah ich Kens massige Gestalt auftauchen. Die Lichter im Geschäft gingen an – und wenn ich sage, sie gingen an, dann meine ich damit, dass ein blendendes Lichtermeer erstrahlte, als wäre wieder Weihnachten –, und Ken kam schwerfällig auf mich zu. Seine Stirn lag in Falten, vermutlich aus Ärger über meine Ungeduld. Er machte nicht sofort auf, sondern musterte mich zunächst durch die Glasscheibe. Dann breitete sich auf seinem vollen, roten Gesicht langsam der Ausdruck des Wiedererkennens aus. Er entriegelte die Tür. Obwohl mein Mund vor Angst ganz ausgetrocknet war, lächelte ich ihn an.

»Abbie?«

»Ich hab mir die Haare schneiden lassen, das ist alles. Kann ich kurz mit Ihnen sprechen?«

Er trat einen Schritt zurück und starrte mich an, bis ich verlegen wurde.

»Ich habe gehofft, dass wir uns treffen würden«, sagte er. Ich ließ seine Worte in mir nachklingen. War das die Stimme? »Ich habe oft an Sie gedacht.«

»Ich dachte, Sie hätten um diese Zeit schon geöffnet«, erklärte ich und blickte mich nervös um. Alle Lampen, Lüster und Scheinwerfer brannten, doch außer uns schien niemand hier zu sein.

»Ich mache erst in fünf bis zehn Minuten auf.«

»Haben Sie kurz Zeit für mich?«

Er ließ mich eintreten und sperrte die Tür wieder zu. Das Geräusch jagte mir eine Gänsehaut über den Rücken. Dagegen war ich machtlos.

Ken ist nicht nur ein gewöhnlicher alter Elektriker, der Drähte hinter Fußleisten versteckt: er ist ein Maestro. Natürlich kennt er sich auch mit Drähten aus, doch seine wahre Leidenschaft ist das Licht – die Art, wie es fällt, seine Reichweite, der Kontrast zwischen Hell und Dunkel. In seinem Geschäft in Stockwell kann man die seltsamsten Glühbirnen kaufen, und er bringt es fertig, stundenlang über verschiedene Beleuchtungsarten zu sprechen, direkte oder indirekte Beleuchtung, Deckenlampen, aggressive Strahler oder weiches, diffuses Licht. Bei der Ausstattung der Avalanche-Büros hatte er wahre Lichtkunstwerke geschaffen. Jeder Schreibtisch und jedes einzelne Büro waren mit hellen Lampen ausgestattet, aber dazwischen lagen zahlreiche schwächer beleuchtete Bereiche. »Kontrast«, hatte er immer wieder gesagt. »Man braucht den Kontrast, das gibt einem Raum Gestalt und Tiefe, erweckt ihn erst richtig zum Leben. Die goldene Regel lautet, dass man das Licht niemals flach und grell gestalten darf. Wer könnte damit leben?« Die Avalanche-Direktoren waren begeistert gewesen.

»Warum wollten Sie mich sehen, Ken?«

»Eins nach dem anderen. Tee?«

»Das wäre wunderbar.«

Er kochte den Tee in seinem Büro, das im hinteren Teil des Geschäfts lag und mit Pappkartons vollgestopft war. Ich saß auf dem Stuhl, er auf einem Karton. Es war sehr kalt in dem Raum, so dass ich meinen Mantel anbehielt, obwohl er selbst in Hemdsärmeln herumlief.

»Warum wollten Sie mich sehen?«

»Einen Keks? Ingwerplätzchen?«

»Nein, danke, für mich nichts.«

»Um Ihnen zu danken.«

»Wofür?«

»Dafür, dass Sie mich davor bewahrt haben, drei Riesen in den Wind zu schießen.«

»Habe ich das getan?«

»Allerdings.«

»Wie?«

»Was?«

»Tut mir Leid, Ken. Sie müssen ein bisschen Nachsicht mit mir haben. Bei uns in der Firma sind noch ein paar Fragen offen, die der Klärung bedürfen.«

Damit schien er sich zufrieden zu geben. »Sie haben mich darauf hingewiesen, dass ich zu schlecht bezahlt würde und dagegen protestieren sollte.«

»Und das haben Sie getan?«

»O ja.«

»Wann habe ich Sie darauf hingewiesen, Ken?«

»Das muss gleich am Montagmorgen gewesen sein. So früh wie heute.«

»An welchem Montag?«

»Na ja, vor drei Wochen ungefähr.«

»Am Montag, dem vierzehnten?«

Nachdem er einen Moment überlegt hatte, nickte er. »Der muss es gewesen sein.«

»Und wir haben uns seitdem nicht mehr gesehen?«

»Uns gesehen? Nein. Hätten wir uns sehen sollen?« Er schaute mich an, als würde ihm etwas dämmern. »Soll ich Ihrer Firma gegenüber behaupten, wir hätten uns gesehen? Damit Sie auf mehr Arbeitsstunden kommen, geht es Ihnen darum? Ich stehe in Ihrer Schuld, Sie brauchen mir also nur zu sagen, wann wir offiziell miteinander gearbeitet haben und wie lange.«

»Nein, darum geht es mir nicht. Es gibt noch ein paar Ungereimtheiten, die ich klären möchte. Haben wir uns seitdem wirklich nicht mehr gesehen?«

Er wirkte enttäuscht. »Nein. Obwohl ich auf eine Gelegenheit gewartet habe, mich bei Ihnen zu bedanken.« Er beugte sich vor und legte mir eine Hand auf die Schulter. »Sie haben für mich den Kopf hingehalten, nicht wahr?«

Seine Worte ließen mich schaudern. Ich musste mich erst sammeln, bevor ich weitersprechen konnte. »Dann sind Sie also sicher. Montag, der vierzehnte? Sie erinnern sich an den Tag?«

»Ich weiß noch genau, dass Sie vor lauter Wut keine Sekunde still sitzen konnten.« Er lachte ein wenig schnarrend.

»Sie müssen gleich aufsperren«, sagte ich. »Es wird Zeit, dass ich gehe. Sie haben mir sehr geholfen, Ken.«

»Das freut mich.« Er rührte sich nicht von der Stelle, doch vielleicht lag das bloß daran, dass er ein großer, langsamer Mann war. Der Blick, mit dem er mich musterte, war sicher freundlich, aber ich war mir nicht sicher. Mich beschlich ein leiser Zweifel.

»Wären Sie so nett, die Tür für mich aufzuschließen?«

Er erhob sich von seiner Kiste, und wir gingen langsam durch den hell erleuchteten Laden. Auf meiner Stirn standen Schweißperlen, meine Hände zitterten.

»O nein! Was ist denn jetzt schon wieder? Ist etwas kaputt? Etwas zusammengebrochen? Schon wieder ein Idiot, der mit dem System nicht umgehen kann? Ich sage Ihnen jetzt mal was!« Er rammte mir seinen Zeigefinger in die Brust. »Ich werde nie wieder für Ihre Firma arbeiten! Das habe ich Ihren Leuten auch schon gesagt. Nie wieder. Selbst dann nicht, wenn Sie vor mir auf die Knie gehen. Das lohnt sich nicht. Erst dieser Mann, der jedes Mal den Eindruck machte, als würde er gleich zu weinen anfangen, wenn er mich sah, und dann die blonde Frau mit der Rakete im Hintern. Sie müssen meine Ausdrucksweise entschuldigen. Am Ende stellte sich jedoch heraus, dass sie ganz akzeptabel war. Ich nehme an, Sie haben sie rausgeschmissen, nur weil sie einen Sinn für Gerechtigkeit besaß, nicht wahr?«

»Das war ich, Mr. Khan«, unterbrach ich ihn. »Ich habe Sie darauf hingewiesen, dass Sie unterbezahlt waren.«

»Nein, nein, nein, das lasse ich mir nicht einreden. Das war die andere, die mit den langen blonden Haaren. Abbie noch was, so hieß sie. Aber Sie habe ich noch nie gesehen.«

Erkannte er mich wirklich nicht? Ich nahm meine schwarze Wollmütze ab. Er verzog keine Miene. Da gab ich es auf und behauptete, jemand anders zu sein. Abbies Freundin.

»Wann haben Sie sie zum letzten Mal gesehen?« Ich bemühte mich um einen geschäftsmäßigen Ton.

»Am Freitag, dem elften Januar«, antwortete er wie aus der Pistole geschossen.

»Nein, ich meine, wann tatsächlich?«

»Das habe ich Ihnen doch gerade gesagt.«

»Die Schwierigkeiten, in denen sie steckt, können nicht mehr schlimmer werden, egal, was Sie sagen, Mr. Khan.«

»Dann steckt sie also in Schwierigkeiten? Das hab ich gewusst. Ich hab's ihr gesagt. Es schien sie überhaupt nicht zu kümmern.«

»Haben Sie sie danach noch einmal gesehen?«

Er zuckte die Achseln und warf mir einen zornigen Blick zu. Ich hätte ihn am liebsten umarmt.

»Ich bin Abbies Freundin«, erklärte ich noch einmal. Bestimmt würde er mich jeden Moment erkennen. Dann würde er mich für eine Betrügerin halten oder für ein bösartiges Biest – oder einfach für eine Irre. »Ich bin auf ihrer Seite.«

»Das behaupten andere auch«, erwiderte er.

Was meinte er damit? Bestürzt starrte ich ihn an, während er fortfuhr: »Also gut. Ich habe sie am Montag darauf noch einmal gesehen. Anschließend bin ich schnurstracks zu meinen Anwälten gegangen. Sie hat mir einen großen Gefallen getan.«

»Am Montag, dem vierzehnten.«

»Ja. Wenn Sie sie sehen, richten Sie ihr meinen Dank aus.«

»Das werde ich tun. Und Mr. Khan…«

»Was?«

»Danke.« Einen kurzen Moment lang veränderte sich sein Gesichtsausdruck. Er begann mich genauer zu mustern, aber ich wandte mich ab, setzte meine dunkle Brille auf und stülpte mir die Mütze wieder über den Kopf. »Auf Wiedersehen.«

In einem warmen, schwach beleuchteten italienischen Café in Soho aß ich zu Mittag. Ich wurde an einen Tisch ganz hinten in der Ecke gelotst. Ich konnte jeden sehen, der hereinkam, fühlte mich selbst aber unsichtbar. In dem Café drängten sich die Touristen. Von meinem Platz aus konnte ich die Leute Spanisch, Französisch und Deutsch sprechen hören. Ein Schauder des Glücks durchlief meinen Körper. Ich zog meinen Mantel aus, nahm Mütze, Schal und Brille ab und bestellte Spaghetti mit Venusmuscheln und ein Glas Rotwein. Ich verbrachte fast eine Stunde dort. Während ich langsam meine Pasta aß, lauschte ich Bruchstücken von Gesprächen und atmete den Geruch von Zigaretten, Kaffee, Tomatensauce und Kräutern ein. Anschließend bestellte ich mir einen Cappuccino und ein Stück Zitronenkuchen. Meine Zehen tauten langsam auf, und meine Kopfschmerzen ließen nach. Ich kann es schaffen, dachte ich. Wenn es mir gelingt herauszufinden, was mit mir passiert ist, und wenn ich die Leute dazu bringen kann, mir zu glauben, dann werde ich mich wieder sicher fühlen können und ohne Angst Orte wie diesen hier aufsuchen, zwischen anderen Menschen sitzen und glücklich sein. Einfach eine Tasse Kaffee trinken, ein Stück Kuchen essen und sich sicher fühlen – das ist Glück. Ich hatte diese kleinen Freuden des Lebens schon ganz vergessen.

Ich verließ das Café, um mir einen Schwangerschaftstest zu besorgen.

Ich konnte mich nicht erinnern, Ben Brody je getroffen zu haben, obwohl ich einmal in seiner Werkstatt in Highbury gewesen war. Bei leichtem Schneefall machte ich mich auf den Weg. Ich spürte, wie meine Nase – der einzige Teil von mir, der der Kälte schutzlos ausgesetzt war – wieder rot wurde. Um zu der Werkstatt zu gelangen, musste man von der Hauptstraße abbiegen und ein Stück weit eine kleine Seitenstraße hinaufgehen. Sein Name stand an der Tür: »Ben Brody, Produktdesigner«. Ich fragte mich, wie jemand Produktdesigner werden konnte. Dann kam ich mir plötzlich sehr dumm vor. Wie um Himmels willen konnte jemand Büroausstatterin werden? In dem Moment wurde mir klar, was für einen lächerlichen Job ich im Grunde gemacht hatte. Falls diese Sache je ein gutes Ende finden würde, könnte ich Gärtnerin, Bäckerin oder Schreinerin werden. Ich könnte etwas *herstellen*. Das heißt, wenn ich nicht zwei linke Hände hätte.

Ben Brody stellte tatsächlich etwas her. Zumindest baute er die Prototypen. Er hatte die Schreibtische und Stühle für Avalanche entworfen, ebenso die Raumteiler, die die riesige Bodenfläche des Büros weniger beängstigend wirken ließen. Wir hatten ihm zu wenig bezahlt und unseren Kunden zu viel berechnet.

Ich klopfte nicht an, sondern schob einfach die Tür auf und trat ein. In dem großen Raum standen Werkbänke verteilt. Zwei Männer standen neben einem Fahrradgestell. Hinten in der Ecke war jemand mit einem Bohrer am Werk. Es roch nach Sägemehl. So ähnlich roch Pippa, wenn sie aufwachte und ihr runzeliges Gesicht zu einem Gähnen verzog. Süß und holzig.

»Kann ich Ihnen helfen?«

»Mr. Brody?«

»Nein, Ben ist hinten.« Er deutete mit dem Daumen auf eine Tür. »Im Büro. Soll ich ihn holen?«

»Nein, nicht nötig, ich finde den Weg.«

Als ich die Tür öffnete, blickte der Mann von seinem

Schreibtisch auf. Ich ließ meine Wollmütze auf, setzte nur die dunkle Brille ab. In dem dunklen kleinen Raum konnte ich damit kaum etwas sehen.

»Ja?« Er starrte mich an. Einen Moment lang sah er aus, als hätte er in eine Zitrone gebissen. Er nahm ebenfalls seine Brille ab und legte sie auf den Schreibtisch. Er hatte ein schmales Gesicht, seine Hände waren groß und kräftig. »Ja?«, fragte er erneut.

»Sie erinnern sich wahrscheinlich nicht an mich. Mein Name ist Abbie Devereaux, ich bin von Jay & Joiner.«

Er starrte mich verständnislos an.

»Ich habe Sie nicht ganz vergessen«, meinte er schließlich.

»Was wollen Sie hier?« Sein Ton klang fast schon unhöflich. Ich zog einen Stuhl zu mir heran und nahm ihm gegenüber Platz.

»Ich werde Ihre Zeit nicht lange in Anspruch nehmen. Ich versuche nur ein paar Punkte zu klären, die bei uns in der Firma noch unklar sind.«

»Ich verstehe nicht recht.« Er machte in der Tat einen höchst verblüfften Eindruck. »Warum sind Sie hier?«

»Wie gesagt, ich möchte lediglich ein paar Dinge klären.« Er sah mich bloß an. Ich versuchte es noch einmal. »Es gibt da ein paar Daten, aus denen ich nicht ganz schlau werde, es ist zu kompliziert, um im Einzelnen auf die Gründe einzugehen.«

»Zu kompliziert.«

»Fragen Sie mich lieber nicht. Sie wollen es nicht wissen, das dürfen Sie mir glauben. Ich wollte Sie lediglich fragen, wann wir uns gesehen haben. Wann wir uns das letzte Mal gesehen haben, meine ich.«

Hinter ihm klingelte das Telefon, und er schwang auf seinem Stuhl herum, um das Gespräch anzunehmen. »Absolut nicht«, erklärte er in entschiedenem Ton. »Gummi. Nein. Nein. Ja, das stimmt.« Er legte auf, drehte sich jedoch nicht wieder zu mir um. »Sie haben mich am Montag aufgesucht, am Montag vor

225

drei Wochen, um mich über die Bedenken zu informieren, die Sie wegen des Avalanche-Vertrags hatten.«

»Danke«, sagte ich. Mein Nacken begann zu kribbeln, denn ich hatte plötzlich das Gefühl, seine Stimme zu kennen. Nicht so sehr den Klang, eher die Intonation. Meine Fingernägel bohrten sich in meine Handflächen. »Sind sie sicher, dass es der Montag war?«

»Es ist zu kompliziert, um im Einzelnen auf die Gründe einzugehen, aber ich bin ziemlich sicher«, antwortete er in Anlehnung an meine Ausdrucksweise.

Ich spürte, wie ich rot wurde. Als ich aufstand, erhob er sich ebenfalls.

»Entschuldigen Sie die Störung«, sagte ich sehr formell.

»Kein Problem«, antwortete er. »Auf Wiedersehen. Und weiterhin gute Besserung.«

»Gute Besserung?«

»Ja. Sie sind krank gewesen, nicht wahr?«

»Es geht mir wieder gut«, antwortete ich rasch und ging.

Den Installateur Molte Schmidt hatte ich am vierzehnten nicht aufgesucht, aber ich hatte ihn angerufen. Damit hätte ich ihm sehr geholfen, sagte er. Ich muss an dem Montag einen ziemlich stressigen Terminplan gehabt haben, dachte ich – erst dann fiel mir auf, dass der heutige Tag im Grunde eine Neuauflage des betreffenden Tages war und ich sozusagen auf meinen eigenen Spuren wandelte.

Ich genoss meine zwanzig Minuten mit Molte, weil er jung und freundlich war und mit seinem Pferdeschwanz und seinen erstaunlich blauen Augen zudem sehr gut aussah. Und weil er – wie er mir erklärte, halb finnischer und halb deutscher Abstammung war und einen extrem starken Akzent hatte.

Hier, in der hereinbrechenden Dämmerung, war ich an meiner letzten Station des Tages angelangt. Der leichte Schneefall hatte sich mittlerweile in dichtes Scheetreiben verwandelt. In den Gewächshäusern brannte überall Licht. Als ich eintrat, schlug mir ein harziger Geruch entgegen, und ich hörte Wasser laufen. Hin und wieder brachte ein Luftzug ein entferntes Windspiel zum Klingen.

Es war, als wäre ich aus meiner Welt in eine andere Dimension eingetreten. Obwohl das Gewächshaus nicht groß war, bot sich mir ein Panoramablick, als könnte ich kilometerweit sehen. Überall standen Bäume, alte und schöne Bäume mit knorrigen Stämmen und ausladenden Ästen. Ich beugte mich zu einem von ihnen hinunter und berührte ihn vorsichtig.

»Eine chinesische Ulme«, sagte eine Stimme hinter mir. »Über hundert Jahre alt.«

Ich richtete mich auf. Gordon Lockhart war ein stämmiger Mann mit Glatzenansatz. Über einem dicken blauen Pullover trug er leuchtend rote Hosenträger.

»Eine Zimmerpflanze«, fuhr er fort. »Das hier« – er deutete auf einen kleinen Baum mit flammenfarbenen Blättern – »ist ein japanischer Ahorn. Für draußen. Wir haben ihn nur zum Überwintern hier hereingestellt.«

»Er ist wunderschön«, sagte ich. »Was hier für eine seltsame, wundervolle Atmosphäre herrscht. So friedlich.«

»Da haben Sie Recht«, pflichtete er mir bei. »Sowie ich die schmutzige, laute Straße hinter mir lasse und hier hereinkomme, bin ich in einer anderen Welt. Ein alter Wald mitten in London. Dies ist eine bengalische Feige, auch Banyan genannt. Sehen Sie sich diese Luftwurzeln an.«

»Wunderschön«, sagte ich noch einmal. »Wie aus einem Traum.«

»Lassen Sie sich Zeit. Es ist nicht leicht, den richtigen Baum für sich auszusuchen. Oder ist es ein Geschenk? Als Geschenk sind sie sehr beliebt, vor allem für Hochzeiten und Jahrestage.«

»Eigentlich bin ich gekommen, um Sie etwas zu fragen«, sagte ich. »Ich glaube, wir haben schon einmal miteinander gesprochen.«

»Ich spreche mit vielen Leuten.«

»Ich bin von Jay & Joiner. Sie haben für die Avalanche-Büros am Canary Wharf zwanzig Bonsais geliefert. Ich nehme an, ich war hier, um Ihnen zu sagen, dass Sie für Ihre Arbeit mehr berechnen sollten.«

»Abbie? Abbie Devereaux? Sie haben sich Ihr schönes Haar abschneiden lassen!«

»Ja.«

»Ich habe von Ihrer Firma tatsächlich mehr Geld bekommen. Und bei Ihnen habe ich mich mit einem Geschenk bedankt, wenn ich mich richtig erinnere.«

»Ja«, antwortete ich, weil ich ihn nicht verletzen wollte. In Wirklichkeit konnte ich mich an nichts erinnern. Mir schwirrte schon wieder der Kopf. Hinter mir gurgelte Wasser. Es klang wie ein Lachen. »Sie haben mir eine chinesische Ulme geschenkt, nicht wahr?«

»Ja, eine Ulme, weil Sie gesagt haben, Sie wollten einen Baum für drinnen. Zehn Jahre alt, wenn ich mich nicht täusche. Er hatte schon einen schönen dicken Stamm. Sie haben gesagt, Sie bräuchten ihn als Geschenk.«

»Als Geschenk«, wiederholte ich. »Ja. Er war ein perfektes Geschenk. Aber heute wollte ich Sie lediglich fragen, ob Sie sich noch erinnern können, wann wir uns gesehen haben. An das genaue Datum, meine ich.«

Wie sich herausstellte, hatten wir uns zweimal gesehen, am Montag und ein zweites Mal am Mittwoch, dem sechzehnten. Ich war vor Aufregung ganz außer Atem und euphorisch zugleich. Immerhin hatte ich in meinem Zeitplan zwei Tage aufgeholt. Ich bedankte mich bei ihm und beschloss spontan, den Banyan-Baum zu kaufen. Ich konnte ihn Jo schenken, wenn ich sie endlich kennen lernte.

11

Als ich mich mit meinem Baum Jos Wohnung näherte, sah ich, dass mein Wagen inzwischen mit einer Parkkralle versehen worden war. Abgesehen von dem ursprünglichen Strafzettel, prangte auf der Windschutzscheibe jetzt ein großer Aufkleber, der mich aufforderte, nicht zu versuchen, das Fahrzeug zu bewegen. Außerdem war eine Telefonnummer angegeben, die ich wählen musste, um das Auto – nach Zahlung einer hohen Geldsumme – wieder befreien zu lassen. Ich griff in meine Taschen, fand aber keinen Stift. So, wie der Wagen aussah, war er die Auslösesumme wahrscheinlich gar nicht mehr wert. Ich würde mich zu einem späteren Zeitpunkt darum kümmern. Zumindest wusste ich im Moment, wo er war.

Ich hatte wirklich Wichtigeres zu tun. Der Schwangerschaftstest, den ich gekauft hatte, war ein Sonderangebot gewesen, fünfzehn Prozent Preisnachlass. Es dauerte eine Weile, bis es meinen kalten, zitternden Fingern gelang, die Schachtel aus ihrer Plastikumhüllung zu befreien. Ich warf einen Blick auf das Verfallsdatum. 20.04.01. Daher also der Preisnachlass. Neun Monate über dem Verfallsdatum. War das relevant? Ergab ein solcher Test womöglich ein falsches Ergebnis?

Ich ging in Jos Bad, riss die innere Plastikverpackung auf und zog das Ding, das wie ein Füller mit einer riesigen Filzspitze aussah, aus seiner Hülse. Ich studierte die Gebrauchsanleitung auf der Schachtel. »Halten Sie den rosafarbenen Urinabsorbierer mindestens eine Sekunde in Ihren Urinstrahl.« Ich tat, wie mir geheißen. Anschließend schob ich den Stift zurück in die Hülse und warf einen weiteren Blick auf die Anleitung. »Nun warten Sie vier Minuten, ehe Sie das Ergebnis ablesen.« Vier Minuten. Eine irritierend lange Zeit. Nachdem ich Slip und Hose wieder hochgezogen hatte, lohnte es sich nicht mehr, in der Zwischenzeit etwas anderes zu tun.

Nervös starrte ich auf die drei runden Sichtfenster. Sie verfärbten sich rosa, genau, wie es von ihnen erwartet wurde. Nun musste ich noch warten, bis das Rosa im mittleren Fenster wieder verschwand. Wer entwarf so etwas? Vermutlich ein Mann. Jemand wie dieser Ben aus der Designfirma. Was für eine Art, seinen Lebensunterhalt zu verdienen. Ich konnte mir aus eigener Erfahrung genau vorstellen, wie viele Besprechungen abgehalten worden waren, um über die optimale Form dieses Gegenstands zu entscheiden. Ich drehte den Stift so, dass ich das Fenster nicht sehen konnte. Es war definitiv eine wissenschaftliche Tatsache, dass der rosa Fleck im mittleren Fenster unter meinem nervösen Blick nicht in der Lage sein würde zu verblassen und ich, falls ich noch länger darauf starrte, zwangsläufig schwanger wäre.

Möglich war es. Ich hatte in meinem Kalender nachgesehen und festgestellt, dass meine Menstruation um den vierundzwanzigsten Januar herum fällig gewesen wäre. Heute war Freitag, der erste Februar. Natürlich konnte das daran liegen, dass ich mehrere Tage lang so gut wie gar nichts gegessen hatte und dabei vor Angst fast wahnsinnig geworden wäre. Der menschliche Körper reagiert in solchen Situationen sehr klug. Aber wenn ich tatsächlich schwanger war? Ich verwandte meine ganze Willenskraft darauf, mir auch nicht im Entferntesten vorzustellen, wie das wäre. Sich darauf zu konzentrieren, nicht an etwas zu denken, ist ungefähr so, als hätte man ein Nilpferd im Wohnzimmer stehen und würde krampfhaft versuchen, es nicht anzusehen. Doch ich musste ja nur zwei Minuten durchhalten oder sogar nur eine. Wahrscheinlich brauchte man gar nicht vier Minuten lang zu warten, deswegen drehte ich die Hülse wieder um und stellte fest, dass ich nicht schwanger war. Vorsichtshalber las ich noch einmal auf der Verpackung nach, um ganz sicher zu gehen, dass ich mich nicht irrte. Ich irrte mich nicht.

Ich öffnete eine Flasche von Jos Wein, um diese freudige Nachricht zu feiern. Beim ersten Schluck schoss mir durch den

Kopf, dass das vielleicht nicht richtig von mir war. Gleich am nächsten Tag würde ich eine Flasche kaufen, um die getrunkene zu ersetzen. Noch immer plagte mich ein schlechtes Gewissen, wenn ich mich hier wie zu Hause benahm, und ich musste an Jos Post denken, die bestimmt ein paar Rechnungen enthielt. Bald würden Männer vorbeikommen und das Gas, den Strom und das Telefon kappen. Ich wohnte im Moment hier. Ich musste auch Verantwortung übernehmen. Möglicherweise hatte ich mit Jo vereinbart, dass ich mich während ihrer Abwesenheit um alles kümmern würde. Ich stellte mir vor, wie sie zur Tür hereinkommen und einen Haufen unbezahlter Rechnungen vorfinden würde, während ich in der Küche saß und ihren Wein vernichtete. Ich schenkte mein Glas erneut voll – fast bis zum Rand – und begann, die Verantwortung für Jos Post zu übernehmen.

Wie sich herausstellte, enthielt sie nicht viel, worum ich mich kümmern musste. Nachdem ich die Umschläge weggeworfen und dann sämtliche Zeitschriften, Kataloge, Angebote von Versicherungen und Einladungen zu diversen Veranstaltungen aussortiert hatte, blieb noch eine Handvoll Briefe übrig. Zum Teil handelte es sich tatsächlich um Rechnungen: Telefon, Gas, Strom, Kreditkarte. Rasch blätterte ich sie durch. Nur niedrige Beträge. Kein Grund zur Beunruhigung. Ich rechnete sie im Kopf grob zusammen und kam zu dem Ergebnis, dass keine hundert Pfund nötig sein würden, um sie alle zu bezahlen. Ich konnte sogar ihre Kreditkartenrechnung begleichen, denn sie belief sich lediglich auf magere einundzwanzig Pfund. Zu Jos Talenten zählte offenbar eine zen-buddhistische Kontrolle über ihre Finanzen. Der Rest ihrer Post bestand aus drei Briefen mit handgeschriebener Adresse und zwei Postkarten, auf die ich nur einen flüchtigen Blick warf und sie gut sichtbar auf dem Kaminsims deponierte.

Das Telefon klingelte. Ich nahm nicht ab. Diesbezüglich hatte ich beschlossen, Jo noch zwei Tage zu geben. Wenn sie bis dahin nicht zurück war, würde ich anfangen, ihre Anrufe entgegenzunehmen. Bis dahin ließ ich das Band laufen und hörte zu, wenn ein Freund oder eine Freundin eine Nachricht hinterließ. Hallo, hier ist Jeff oder Paul oder Wendy, ruf mich bitte zurück. Vor dem Einschlafen dachte ich darüber nach, wen ich als Nächstes besuchen musste. Er war der letzte Mensch, den ich jetzt sehen wollte. Fast.

Todd Benson war sichtlich überrascht, mich vor seiner Tür stehen zu sehen. Ich hatte vorher nicht angerufen, war aber davon ausgegangen, ihn zu Hause anzutreffen.

»Abbie«, sagte er, als müsste er sich erst versichern, dass ich es wirklich war, oder als würde er hoffen, dass ich es nicht war.

»Carol hat mir deine Adresse gegeben«, schwindelte ich. »Ich habe sie angerufen und ihr gesagt, dass ich dich gern besuchen würde. Um mich zu erkundigen, ob bei dir alles in Ordnung ist. Da ich gerade in der Gegend war, dachte ich mir, ich schaue kurz vorbei.«

Letzteres entsprach ebenfalls nicht der Wahrheit. Todd wohnte in einer Souterrain-Wohnung an einem schicken Platz am südlichen Flussufer. Ein Stück konnte man mit der U-Bahn fahren, der restliche Weg bestand aus einem strammen Fußmarsch. Die Adresse stammte aus der Akte, und Carol hatte ich gar nichts erzählt. Ich hatte das nur behauptet, um mich ein bisschen sicherer zu fühlen.

Todd bat mich achselzuckend herein. Ich hatte damit gerechnet, dass er entweder sehr unfreundlich oder sehr deprimiert sein würde, doch er war einfach höflich und bot mir sogar einen Kaffee an. Während er ihn zubereitete, betrachtete ich ihn.

Er trug ein graues T-Shirt, eine violette Jogginghose und Mokassins, also nicht gerade ein schickes Büro-Outfit. Den letzten Überrest von Jay & Joiner verkörperte seine Designerbrille, die einen derart dicken Rahmen hatte, dass sie wie eine Schweißerbrille aussah. Nachdem er mir meine Tasse Kaffee gereicht hatte, standen wir uns in seiner Küche verlegen gegenüber. Ich legte beide Hände um die Tasse, weil meine Finger von dem eisigen Nordwind, der draußen wehte, noch immer klamm waren.

»Du siehst noch schlimmer aus als ich«, stellte er fest.

»Ich habe auch eine schwere Zeit hinter mir«, erklärte ich. »Ich habe unbezahlten Urlaub genommen.«

»Genau wie ich.«

Ich war nicht sicher, inwieweit das von ihm scherzhaft gemeint war.

»Sozusagen«, antwortete ich vorsichtig. »Aber deswegen bin ich nicht hier. Ich bin von jemandem niedergeschlagen worden.«

»Von wem?«

»Ich weiß es nicht. Sie haben noch niemanden gefasst. Ich war ernsthaft verletzt und eine Folge davon ist, dass ich mich an die letzten Wochen nur sehr vage erinnern kann.«

Er nippte an seinem Kaffee.

»Es freut mich nicht, das zu hören«, sagte er.

»Das habe ich auch nicht angenommen«, antwortete ich, eher irritiert als beruhigt.

»Ich bin nicht wütend auf dich.«

»Was passiert ist, tut mir Leid.«

»Nein«, unterbrach er mich. »Du hast mir einen Gefallen getan. Ich glaube, ich bin durchgedreht.«

»Ich bin nicht sicher ...«

»In den vergangenen Wochen stand ich die meiste Zeit völlig neben mir und sah mir selbst dabei zu, wie ich mein Leben ruinierte. Weißt du, ich wollte immer erfolgreich sein, und bis zu einem gewissen Grad hat sich der Erfolg auch eingestellt. Während der letzten zwei Wochen habe ich viel über dieses Thema nachgedacht und bin auch zu einem Ergebnis gekommen. Ich hatte vermutlich immer das Gefühl, dass mich die Leute nur dann lieben würden, wenn ich Erfolg hatte. Liebe war in meinen Augen eine Belohnung für Leistung. Ich glaube, ich musste erst alles komplett vermasseln, um endlich eine klare Trennlinie zwischen meinem Arbeits- und meinem Gefühlsleben ziehen zu können. Eigentlich sollte ich mich bei dir entschuldigen. Aufgrund meines Verhaltens warst du plötzlich gezwungen, die Dreckarbeit für mich zu erledigen. Das tut mir Leid, Abbie, es tut mir so Leid!«

Auf einmal fing Todd mitten in seiner Küche zu weinen an, bis sein Gesicht vor lauter Tränen ganz nass war. Ich stellte meine Kaffeetasse auf seinem Küchentisch ab. Ich hatte nicht vor, Todd zu umarmen, ganz bestimmt nicht. Das wäre heuchlerisch gewesen. Andererseits konnte ich auch nicht nur einfach so dastehen. Also trat ich zwei Schritte vor und legte meine Hand auf seine Schulter. Das Problem war schnell gelöst, weil Todd einfach die Arme um mich schlang und mich schluchzend an sich drückte. Eine Seite meines Halses wurde nass von seinen Tränen. Es war mir unmöglich, seine Umarmung nicht auf irgendeine Weise zu erwidern. Doch ich umarmte ihn nicht richtig fest, sondern legte locker die Arme um ihn und tätschelte leicht seine Schulterblätter.

»Todd«, sagte ich schwach. »Es tut mir Leid.«

»Nein, nein, Abbie«, schluchzte er. »Du bist wirklich ein guter Mensch.«

Für einen Moment drückte ich ihn ein wenig fester an mich, dann löste ich mich von ihm. Ich ging zum Spülbecken, riss ein Stück von seiner Küchenrolle ab und reichte es ihm, woraufhin er sich die Nase putzte und das Gesicht abtupfte.

»Ich habe viel nachgedacht«, sagte er. »Es war alles in allem wirklich eine positive Zeit für mich.«

»Das ist gut«, antwortete ich. »Das freut mich zu hören. Wenn du nichts dagegen hast, würde ich mit dir gern über das sprechen, was ich bereits erwähnt habe: meine sehr vagen Erinnerungen an die vergangenen Wochen. Zum Beispiel weiß ich beim besten Willen nicht mehr, dass ich bei Jay & Joiner unbezahlten Urlaub genommen habe. Deswegen treffe ich mich im Moment mit allen Personen, von denen ich annehme, dass sie mir etwas über diese Zeit erzählen können. Dinge, die ich vergessen habe.« Ich sah Todd in die Augen. »Manche mögen behaupten, wir hätten uns im Streit getrennt. Ich habe mich gefragt, ob wir noch Kontakt hatten, nachdem du … na ja, gegangen bist.«

Todd rieb sich die Augen. Sein Gesicht war rot und ein wenig aufgequollen.

»Ein paar Tage ist es mir ziemlich schlecht gegangen«, sagte er. »Ich war voll Bitterkeit, fühlte mich von allen verraten. doch je länger ich darüber nachdachte, desto besser wurde es. Als du dich gemeldet hast, ging es mir schon wieder richtig gut.«

»Als ich mich gemeldet habe? Wie meinst du das?«

»Du hast mich angerufen.«

»Wann war das?«

»Vor zwei, drei Wochen.«

»Ich meine, genau.«

Todd überlegte einen Moment. Nachdenklich fuhr er mit der Hand über sein stoppeliges Haar.

»Es war einer von den Tagen, an welchen ich ins Fitness-Studio gehe. Sie haben mir die Mitgliedschaft nicht gekündigt, musst du wissen. Gott sei Dank. Demnach muss es an einem Mittwoch gewesen sein. Nachmittag.«

»Am Mittwochnachmittag. Gut. Und was habe ich gesagt?«

»Nicht viel. Du warst sehr nett. Du wolltest nur wissen, ob bei mir alles in Ordnung sei.«

»Warum?«

»Aus Nettigkeit. Du hast gesagt, da wären ein paar Dinge, die dein Gewissen belasteten und die du aus der Welt schaffen wolltest. Ich gehörte auch dazu.«

»Habe ich sonst noch was gesagt?«

»Du hast mir von deinem unbezahlten Urlaub erzählt. Und von der Avalanche-Geschichte. Du warst wundervoll. Du hast dich glücklich angehört. Auf eine ehrliche Art, meine ich.«

Ich überlegte einen Moment, rekapitulierte die verlorenen Tage ein weiteres Mal. Dann blickte ich auf.

»Du glaubst also, man kann auch auf eine unehrliche Art glücklich sein?«

Ich schrieb eine Neufassung meiner »Verlorenen Tage« und unterstrich die Daten ordentlich. Das Ergebnis sah ungefähr so aus:

Freitag, 11. Januar: Showdown bei Jay & Joiner. Wütender Abgang.

Samstag, 12. Januar: Streit mit Terry. Wütender Abgang. Übernachtung bei Sadie.

Sonntag, 13. Januar: Vormittags Wechsel von Sadie zu Sheila und Guy. Shoppingorgie mit Robin, viel zu viel Geld ausgegeben. Gegen Abend Drink mit Sam. Rückkehr zu Sheila und Guy.

Montag, 14. Januar: Treffen mit Ken Lofting, Mr. Khan, Ben Brody und Gordon Lockhart. Telefongespräch mit Molte Schmidt. Wagen vollgetankt. Anruf bei Sheila und Guy, dass ich nicht bei ihnen übernachte.

Dienstag, 15. Januar: Rückkehr zu Sheila und Guy, wo ich Nachricht hinterlasse, dass ich anderswo untergekommen bin. Mitnahme meiner Sachen. Anruf bei Terry wegen Abholung meiner Sachen am folgenden Tag. Buchung eines Venedig-Urlaubs. Essenbestellung beim Inder.

Mittwoch, 16. Januar: Kauf eines Bonsai. Telefonat mit Robin. Abholung meiner Sachen bei Terry. Telefonat mit Todd.

Donnerstag, 17. Januar:

Der Donnerstag war noch eine Leerstelle. In Großbuchstaben schrieb ich: »PILLE DANACH« und »JO«. Dann machte ich mir einen Kaffee, starrte aber so lange auf mein Blatt Papier, dass er kalt wurde.

12

Solange ich etwas zu tun hatte, ging es mir gut. Ich musste lediglich dafür sorgen, dass ich immer beschäftigt war, nicht zum Nachdenken kam, denn sonst schlugen die Erinnerungen wie eisige Wassermassen über mir zusammen, und ich fand mich wieder in der Dunkelheit, wo Augen mich anstarrten und Finger mich berührten. Nein, an diesen Ort durfte ich nicht mehr denken.

Zunächst kümmerte ich mich um den Kühlschrank, entsorgte die alten Lebensmittel und säuberte die Fächer. Anschließend musste ich natürlich zum Einkaufen und die Vorräte wieder auffüllen. Ich ging in die Camden High Street, wo ich die Bank aufsuchte und zweihundertfünfzig Pfund von meinem Konto abhob. Mein noch vorhandenes Guthaben schrumpfte rasch, und es bestand keine unmittelbare Aussicht auf Nachschub. Ich kaufte Satsumas, Äpfel, Salat, Käse, Kaffee und Tee, Brot, Butter, Eier, Joghurt, Honig, zwei Flaschen Wein, eine rot, eine weiß, sechs Flaschen Weizenbier, außerdem Chips und Oliven. Anschließend besorgte ich Waschpulver und Toilettenpapier. Obwohl ich mich in Jos Wohnung immer noch ein wenig fremd und seltsam fühlte, machte ich es mir zunehmend gemütlich: Ich nahm lange Bäder, wusch meine Wäsche, stellte die Zentralheizung so ein, wie es mir angenehm war, kochte mir köstliche Mahlzeiten und zündete Kerzen an, wenn die Nacht hereinbrach. Trotzdem wartete ich stets darauf, dass sich ein Schlüssel im Schloss drehen und Jo zur Tür hereinspazieren würde, und hatte gleichzeitig Angst, dass sie niemals kommen würde. Für mich war sie in ihrer eigenen Wohnung wie ein Geist präsent, und auf unerklärliche Weise verfolgte sie mich.

Beladen mit Plastiktüten, die in meine handschuhlosen Finger einschnitten, schleppte ich mich zur Wohnung zurück. Ich musste immer wieder stehen bleiben, um mich auszuruhen und die mir langsam entgleitenden Tüten fest in die Hand zu nehmen. Ein Mann bot mir seine Hilfe an, als ich mich gerade nach Luft ringend über meine Einkäufe beugte.

»Ich komme allein zurecht«, fauchte ich ihn an. Der freundliche Ausdruck verschwand aus seinem Gesicht.

In der Wohnung nahm ich drei Umschläge aus Jos Schreibtisch und steckte in einen fünfzehn Pfund, für Terry. In dem Umschlag für Sheila und Guy landeten fünfundfünfzig, in dem dritten für Sam neunzig Pfund. Ich nahm mir fest vor, später eine Pilgerreise zu unternehmen, meine Schulden zu bezahlen und mich bei allen zu bedanken.

Plötzlich fiel mir ein, dass ich mein Handy noch nicht als vermisst gemeldet hatte. Das hätte ich längst tun sollen. Ich wählte bereits die entsprechende Nummer, als mir ein anderer Gedanke durch den Kopf schoss. Vor Schreck zogen sich meine Eingeweide zusammen, und ich legte rasch den Hörer wieder auf, als könnte er mich beißen.

Erneut verließ ich die Wohnung und ging die Maynard Street entlang, danach eine andere Straße, bis ich an eine funktionierende Telefonzelle gelangte. Drinnen roch es nach Urin, und die gesamte Zelle war mit Karten vollgeklebt, auf welchen Massagen und Französischstunden angeboten wurden. Ich warf zwanzig Pence ein und wählte. Es läutete dreimal, dann nahm jemand ab.

»Hallo?«, sagte ich.

Ich bekam keine Antwort, hörte am anderen Ende aber jemanden atmen.

»Hallo, wer ist bitte dran? Hallo? Hallo?«

Die Atemgeräusche waren immer noch zu hören. Ich musste an pfeifendes Lachen in der Dunkelheit denken, eine Kapuze, Hände, die mich von einem Mauervorsprung hoben, auf einen

Kübel setzten. Erst jetzt wurde mir vollends klar, was ich da eigentlich tat, und diese Erkenntnis ließ mich nach Luft ringen. Dennoch gelang es mir, ein paar Worte zu stammeln: »Kann ich bitte mit Abbie sprechen?«

Eine Stimme, von der ich nicht genau wusste, ob sie mir vertraut vorkam oder nicht, antwortete: »Sie ist im Moment nicht da.« Inzwischen tropfte mir der Schweiß von der Stirn, und der Telefonhörer fühlte sich in meiner Hand ganz glitschig an. Die Stimme fuhr fort: »Ich kann ihr aber ausrichten, dass Sie angerufen haben. Mit wem spreche ich?«

»Jo«, hörte ich mich sagen. Ich hatte das Gefühl, mich gleich übergeben zu müssen. In meinem Hals stieg Galle hoch.

Die Verbindung wurde unterbrochen. Einige Sekunden lang war ich wie gelähmt und behielt den Hörer in der Hand. Ein gehbehinderter Mann blieb vor der Telefonzelle stehen und klopfte mit einer seiner Krücken gegen das Glas. Ich legte den Hörer auf, stürmte aus der Zelle und rannte zur Wohnung zurück, als würde ich verfolgt werden.

Ich hatte die Tüte mit den Dingen, die ich mitgenommen hatte, als ich das Krankenhaus verließ – die Kleider, die ich getragen hatte, als ich gefunden worden war, und die Kleinigkeiten, die im Krankenhaus hinzugekommen waren –, in den Kleiderschrank gestellt. Jetzt durchwühlte ich sie hektisch und fand zu meiner großen Erleichterung die Karte, die Inspector Cross mir gegeben hatte. Ich wählte seine Nummer, er hob sofort ab.

Es war kein besonders großes Vergnügen, wieder mit Cross zu sprechen. Bei unserem letzten Treffen im Krankenhaus war er eher verlegen, aber auch recht mitfühlend gewesen. Vielleicht war auch mitleidig das treffendere Wort – doch es war ein Mitleid gewesen, das mich zu dem Zeitpunkt mit Wut, Scham und Entsetzen erfüllt hatte und mir auch jetzt noch ein mulmiges Gefühl verursachte. Ich sagte, ich hätte ihm etwas Wichtiges mitzuteilen, würde aber unter keinen Umständen einen Fuß ins Polizeipräsidium setzen, und ob er eventuell zu mir kommen könne. Er antwortete, es sei vermutlich ohnehin besser, wenn er außerhalb seiner Dienstzeit mit mir sprechen würde. Ich kam mir vor, als hätte ich ihn um etwas Illegales gebeten. Wir vereinbarten, dass er kurz nach fünf Uhr zu mir in die Wohnung kommen würde.

Unser Gespräch dauerte knapp eine Minute. Nachdem ich den Hörer aufgelegt hatte, war mir so unwohl, dass ich zwei Tabletten nehmen musste, ein Glas Wasser hinterherkippte und mich dann eine Weile auf mein Bett legte, mit dem Gesicht nach unten, die Augen geschlossen.

Hatte ich tatsächlich mit ihm gesprochen? Ich wusste es nicht, aber das Gefühl, das ich in der Telefonzelle gehabt hatte – ein Gefühl, das man sonst nur in einem Alptraum hat, kurz bevor man aus dem Schlaf hochschreckt, ein Gefühl des Fallens, als würde man in einen dunklen Abgrund stürzen –, war so stark gewesen, dass ich mich noch immer schwindlig und zittrig fühlte.

Bis zu Cross' Eintreffen blieben mir zwei Stunden. Wenn man es vor Angst und Einsamkeit kaum aushält, ist das eine lange Zeit. Ich schenkte mir ein Glas Wein ein, schüttete ihn dann aber in den Ausguss, statt ihn zu trinken. Ich bestrich eine Scheibe Toast mit Marmite. Nachdem ich sie gegessen hatte, löffelte ich ein wenig Joghurt in eine Schüssel und rührte Honig darunter. Eine wohltuende Mischung. Hinterher trank ich eine große Tasse Tee. Dann beschloss ich, mich umzuziehen. Es war wohl das Beste, wenn ich etwas Schlichtes, Respektables trüge – etwas, in dem ich wie ein rational denkendes Wesen mit gesundem Menschenverstand aussah und nicht wie eine Irre, die Geschichten über Entführungen und Mörder erfand. Ich entschied mich für eine beigefarbene Hose und einen Kaschmirpulli mit V-Ausschnitt – das Outfit, das ich immer getragen hatte, wenn ich zu einer Besprechung mit der Finanzabteilung unserer Firma musste. Das Problem bestand jedoch darin, dass ich nicht mehr dieselbe war. Meine alten Sachen schlackerten immer noch um meinen Körper, so dass ich ein bisschen aussah wie ein Kind, das sich mit Erwachsenenmode kostümierte. Meine Haare waren erbärmlich kurz und stachlig, und weder Farbe noch Schnitt passten zu Kaschmir und edlem Beige mit Bügelfalten. Resigniert betrachtete ich mein Spiegelbild. Schließlich schlüpfte ich in eine alte Jeans, die ich mit einem Gürtel zusammenzog, und in ein rotes Flanell-T-Shirt, das ich in meinem Schrank fand, obwohl ich mich nicht daran erinnern konnte, es gekauft zu haben.

Ich musste wieder an mein Handy denken. Sollte ich es nun, da ich davon ausgehen musste, dass es sich in seinem Besitz befand, sperren lassen oder nicht? Ich konnte mich nicht entscheiden. Für mich war dieses Telefon eine Art unsichtbarer Faden, der sich zwischen uns spannte. Ich konnte ihn durchschneiden oder versuchen, ihm zu folgen – aber würde ich ihm aus dem Labyrinth hinaus folgen oder wieder hinein?

Ich warf einen Blick auf die Blätter mit den Notizen, die ich an die Wand geklebt hatte. Offensichtlich war ich frühestens am Mittwoch entführt worden, am Spätnachmittag oder Abend. Half mir das weiter? Nein. Ich rief Sadie an, nur um Hallo zu sagen, doch sie war nicht zu Hause, und ich hinterließ keine Nachricht. Ich überlegte kurz, ob ich Sheila und Guy anrufen sollte, entschied mich aber dagegen. Morgen. Das würde ich morgen tun. Ich trat ans Fenster und beobachtete die vorübereilenden Menschen. Vielleicht wusste er, wo ich war. Vielleicht war dies genau der Ort, an dem ich mich vor meiner Entführung aufgehalten hatte. Versteckte ich mich womöglich an dem einzigen Ort, von dem er sicher sein konnte, dass er mich dort finden würde?

Ich wusste nicht, was ich mit mir anfangen sollte, bis Cross kam. Ich hatte das starke Bedürfnis, mich zu beschäftigen und in Bewegung zu bleiben, mir selbst dringende Aufgaben und unverschiebbare Ultimaten zu stellen, weil ich mir auf diese Weise einreden konnte, ihm immer einen Schritt voraus zu sein. Rastlos spazierte ich in Jos ordentliches Zimmer hinüber und inspizierte die Schubladen ihrer Kommode. Alles lag in Reih und Glied, fein säuberlich zusammengelegt, sogar ihre Slips. Ich öffnete die rechteckige Lederschatulle, die oben auf der Kommode stand und betrachtete die wenigen Paar Ohrringe, die feine goldene Halskette, die fischförmige Brosche. Zwischen dem Schmuck lag ein kleines Stück weiße Pappe. Als ich es umdrehte, stellte ich fest, dass es mit einem vierblättrigen Kleeblatt beklebt war. Anschließend inspizierte ich die Bücher auf ihrem Nachttisch. Es handelte sich um ein thailändisches Kochbuch, einen Roman eines Autors, dessen Namen ich noch nie gehört hatte, und eine Anthologie »101 fröhliche Gedichte«.

Außerdem lag eine unbeschriftete Videokassette auf dem Nachttisch. Ich kehrte damit ins Wohnzimmer zurück und schob sie in den Videorekorder. Nichts. Anscheinend war die Kassette leer. Ich spulte vor. Plötzlich tauchte eine verschwommene Schulter auf, dann schwenkte die Kamera ruckartig auf ein Bein. Dieses Video war offensichtlich von einem Anfänger aufgenommen worden. Ich beugte mich vor und wartete.

Jos lächelndes Gesicht tauchte auf. Bei ihrem Anblick wurde mir mulmig. Dann wich die Kamera zurück, man sah Jo in der Küche am Herd stehen und etwas umrühren. Sie wandte den Kopf und schnitt eine Grimasse, die offenbar der Person hinter der Kamera galt. Sie trug den Morgenmantel, der jetzt an ihrer Schlafzimmertür hing, und ihre mokassinähnlichen Hausschuhe. Ob das Video am Morgen oder am Abend aufgenommen war, ließ sich schwer sagen. Der Film brach ab, Linien zuckten über den flimmernden Bildschirm, dann sah ich plötzlich mich selbst. Bevor es passiert war. Ich trug eine Jogginghose und saß ungeschminkt im Schneidersitz auf meinem Sessel, ein Glas Wein in der Hand. Mein Haar – mein altes, langes Haar – war zu einer wilden Hochsteckfrisur aufgetürmt.

242

Lächelnd hob ich mein Glas zu einem Toast und warf eine Kusshand in Richtung Kamera, die sich auf mich zubewegte, bis mein Gesicht verschwamm.

Nach dem Flimmern setzte plötzlich ein Schwarzweißfilm ein, in dem eine Reiterin mit einem federverzierten Hut im Damensitz dahingaloppierte. Ich spulte weiter, doch nach dem Film, der bis zum Abspann aufgenommen war, kam nichts mehr. Ich spulte zurück und starrte ein weiteres Mal auf Jos lächelndes Gesicht. Dann auf mein eigenes. Ich konnte mich nicht daran erinnern, wann ich das letzte Mal so glücklich ausgesehen hatte. Das musste schon lange her sein. Als ich mit den Fingern über meine Wangen strich, stellte ich fest, dass ich weinte.

Ich schaltete den Fernseher aus und legte die Videokassette in Jos Zimmer zurück, auf das Buch mit den fröhlichen Gedichten. Erst jetzt entdeckte ich auf ihrem Schrank neben einem Fernglas und einem Kassettenrekorder die Videokamera. Im Wohnzimmer läutete zweimal das Telefon, ehe sich der Anrufbeantworter einschaltete. Nach einer Pause sagte eine Stimme: »Hallo, Jo, ich bin's. Wollte mich nur wegen heute Abend noch mal melden. Wenn ich nichts von dir höre, gehe ich davon aus, dass du Zeit hast.« Er hinterließ keinen Namen. Irgendwo würde abends jemand auf Jo warten, ein Freund oder ein Geliebter. Aus einem spontanen Impuls heraus wählte ich die 1471, konnte die Nummer des Anrufers aber nicht in Erfahrung bringen. Wahrscheinlich hatte er von einem Büro aus angerufen.

Ein paar Minuten später klingelte das Telefon erneut. Ich nahm sofort ab.

»Hallo?«, meldete ich mich.

»Jo?«, fragte eine weibliche Stimme am anderen Ende. Bevor ich antworten konnte, legte die Anruferin ziemlich laut und zornig los: »Jo, hier spricht Claire Benedict. Wie Sie wahrscheinlich wissen, habe ich schon Dutzende von Nachrichten

243

auf Ihrem Band hinterlassen, auf die Sie nie reagiert haben, aber …«

»Nein, hier ist …«

»Ihnen ist sicher klar, dass Ihre Arbeit mittlerweile in der Druckerei sein sollte.«

»Hören Sie, hier ist nicht Jo, sondern eine Freundin von ihr. Abbie. Tut mir Leid.«

»Oh! Können Sie mir vielleicht sagen, wo Jo ist? Wie Sie wahrscheinlich mitbekommen haben, muss ich sie dringend sprechen.«

»Ich weiß nicht, wo sie ist.«

»Oh. Wenn Sie sie sehen, dann sagen Sie ihr bitte, dass ich angerufen habe. Claire Benedict von ISP. Sie weiß dann schon, worum es geht.«

»Ja, aber das ist ja gerade das Problem. Sie scheint verschwunden zu sein. Wann hätte sie ihre Arbeit denn abgeben müssen?«

»Verschwunden?«

»Nun ja, ich bin mir nicht sicher.«

»Sie hätte ihren formatierten Text spätestens am Montag, dem einundzwanzigsten Januar bei uns einreichen sollen. Sie hat nie etwas von Terminschwierigkeiten gesagt. Sie hat sich einfach nicht mehr bei uns gemeldet.«

»Wissen Sie, ob sie sonst zuverlässig ist?«

»Ja. Sehr sogar. Hören Sie, war das vorhin Ihr Ernst? Dass sie verschwunden ist?«

»Ich werde Sie anrufen, sobald ich Genaueres weiß, in Ordnung? Moment, ich notiere mir Ihre Nummer.«

Nachdem ich sie auf die Rückseite von einem der noch ungeöffneten Briefumschläge gekritzelt hatte, legte ich auf.

In dem Augenblick klingelte es an der Tür.

Eine Schrecksekunde lang glaubte ich, aus Cross wäre ein anderer Mensch geworden. Ich hatte ihn immer nur im Anzug gesehen, mit ordentlich zurückgekämmtem Haar und undurchdringlicher Miene. Jetzt trug er eine alte braune Kordhose, einen dicken Pulli und eine blaue Steppjacke, deren Kapuze er sich über den Kopf gezogen hatte. Er sah aus, als würde er draußen im Garten stehen und in einem Lagerfeuer herumstochern. Oder mit seinen Kindern spielen. Hatte er überhaupt Kinder? Nur seine stirnrunzelnde Miene war noch dieselbe.

»Hallo«, sagte ich und trat zurück, um ihn eintreten zu lassen. »Ich bin Ihnen sehr dankbar für Ihr Kommen.«

»Abbie?«

»Mein neuer Look. Gefalle ich Ihnen?«

»Ganz schön kühn.«

»Das ist meine Tarnung.«

»Verstehe.« Er schien sich ziemlich unbehaglich zu fühlen. »Auf jeden Fall sehen Sie viel besser aus. Gesünder.«

»Möchten Sie eine Tasse Tee?«

»Gern.« Er blickte sich um. »Sie haben eine nette Wohnung gefunden.«

»Ich weiß selbst nicht so recht, wie ich sie gefunden habe.«

Cross sah mich fragend an, verfolgte das Thema aber nicht weiter. Statt dessen fragte er: »Wie geht es Ihnen?«

»Ich werde vor Angst fast wahnsinnig.« Ich war gerade dabei, das kochende Wasser über die Teebeutel zu gießen, und stand mit dem Rücken zu ihm. »Aber das ist nicht der Grund, warum ich Sie sehen wollte. Ich habe neue Informationen. Nehmen Sie Zucker?«

»Einen Löffel, bitte.«

»Ich fürchte, ich kann Ihnen nicht einmal einen Keks anbieten. Aber ich könnte Ihnen einen Toast machen.«

»Ich habe keinen Hunger, danke. Ist Ihnen etwas eingefallen?«

»Nein, leider nicht.« Ich reichte ihm den Tee und nahm ihm gegenüber auf meinem Sessel Platz. »Trotzdem würde ich gern über zwei Dinge mit Ihnen sprechen. Zum einen glaube ich, dass ich gerade mit ihm gesprochen habe.«

Er verzog keine Miene. »Mit ihm?« Sein Ton klang höflich.

»Mit dem Mann, der mich entführt hat. Mit *ihm*.«

»Sie sagen, Sie haben mit ihm gesprochen?«

»Am Telefon.«

»Er hat Sie angerufen?«

»Nein, ich habe ihn angerufen – ich meine, ich habe mein Handy angerufen, weil es verschwunden ist, und er hat den Anruf angenommen. Ich wusste es sofort. Und er wusste, dass ich es wusste.«

»Langsam. Sie haben die Nummer Ihres verloren gegangenen Mobiltelefons gewählt, es ist jemand drangegangen, und nun glauben Sie, dass es der Mann war, von dem Sie behaupten, er habe Sie entführt.«

»Ich *behaupte* gar nichts«, entgegnete ich.

Cross trank einen Schluck Tee. Er wirkte ziemlich müde. »Wie hieß der Mann, der ans Telefon gegangen ist?«

»Das weiß ich nicht, ich habe ihn nicht nach seinem Namen gefragt – er hätte ihn mir ohnehin nicht genannt. Außerdem hatte ich plötzlich schreckliche Angst und das Gefühl, gleich umzukippen. Ich habe nur gesagt, dass ich gern mit Abbie sprechen würde.«

Er rieb sich die Augen. »Oh.« Das war alles, was ihm dazu einfiel.

»Ich wollte nicht, dass er mich erkennt, aber ich glaube, er hat trotzdem gemerkt, dass ich es war.«

»Abbie, in London wird jede Sekunde irgendwo ein Handy gestohlen. Das gleicht einer Epidemie.«

»Dann hat er mich nach meinem Namen gefragt, und ich habe mich als Jo ausgegeben.«

»Jo«, wiederholte er.

»Ja. Diese Wohnung gehört einer Frau namens Jo. Josephine Hooper. Ich muss sie irgendwie kennen gelernt haben, kann mich aber nicht daran erinnern. Ich weiß lediglich, dass ich hier eingezogen bin, als sie noch da war. In der Woche vor meiner Entführung.« Letzteres sagte ich in sehr entschiedenem Ton. Er nickte und starrte dabei in seine Teetasse. »Das ist der zweite Punkt, über den ich mit Ihnen sprechen wollte: Sie ist verschwunden.«

»Verschwunden.«

»Ja. Sie ist verschwunden, und ich bin der Meinung, die Polizei sollte das ernst nehmen. Es könnte etwas mit dem zu tun haben, was mir passiert ist.«

Cross stellte seine Teetasse zwischen uns auf den Tisch. Er griff in seine Hosentasche und zog ein großes weißes Taschentuch heraus. Nachdem er sich lautstark die Nase geputzt hatte, faltete er das Taschentuch umständlich wieder zusammen und stopfte es in seine Tasche zurück.

»Sie möchten sie als vermisst melden?«

»Jedenfalls ist sie nicht hier, oder?«

»Sie sagen, Sie können sich nicht daran erinnern, wie Sie sie kennen gelernt haben?«

»Nein.«

»Obwohl Sie in ihrer Wohnung wohnen.«

»Das ist richtig.«

»Bestimmt hat diese Frau eine Familie, Freunde, Arbeitskollegen.«

»Ständig rufen Leute an. Gerade habe ich mit einer Frau gesprochen, für die sie arbeitet. Einer Art Lektorin, glaube ich.«

»Abbie, Abbie.« Sein beruhigender Tonfall machte mich wütend. »Inwiefern sind Sie der Meinung, dass diese Frau verschwunden ist?«

»Insofern, als sie nicht hier ist, aber eigentlich hier sein sollte.«

»Warum?«

»Sie hat zum Beispiel ihre Rechnungen nicht bezahlt.«

»Wenn Sie diese Jo gar nicht kennen, wie zum Teufel sind Sie dann eigentlich in diese Wohnung gekommen?«

Ich erzählte es ihm. Ich erzählte ihm von Terry, meinem abgeschleppten Auto, der Restaurantrechnung und dem Schlüssel. Von dem verrottenden Müll, den vertrockneten Blumen, der wütenden Lektorin, die mich am Telefon angeschrien hatte. Meine Geschichte klang nicht ganz so überzeugend, wie ich gehofft hatte, aber ich ließ mich nicht aus dem Konzept bringen. Schließlich zeigte ich ihm noch das Beweisvideo von Jo und mir.

»Vielleicht ist diese Frau, an die Sie sich nicht erinnern können, einfach nur in Urlaub, und Sie sollen auf die Wohnung aufpassen«, meinte er.

»Vielleicht.«

»Vielleicht hat sie Sie gebeten, sich um den Müll und die Rechnungen zu kümmern.«

»Ich habe mich darum gekümmert.«

»Na bitte.«

»Sie glauben mir nicht.«

»Was gibt es da zu glauben?«

»Sie ist verschwunden.«

»Niemand hat sie als vermisst gemeldet.«

»Hiermit melde ich sie als vermisst.«

»Aber ... aber ...« Er schien vor Verblüffung nicht die richtigen Worte zu finden. »Abbie, Sie können nicht einfach einen Menschen vermisst melden, von dem Sie so gut wie gar nichts wissen. Sie kennen diese Frau doch gar nicht. Woher wollen Sie wissen, wo sie zur Zeit sein oder nicht sein sollte?«

»Ich bin mir ganz sicher«, gab ich hartnäckig zurück. »Ich bin mir sicher, dass hier irgendetwas nicht stimmt.«

»Abbie«, sagte er in sanftem Ton. Resigniert zwang ich mich, ihm in die Augen zu sehen. Er wirkte weder gereizt noch wütend, nur sehr ernst. »Erst melden Sie sich selbst als vermisst, ohne Beweise liefern zu können. Jetzt melden Sie Jose-

248

phine Hooper als vermisst«. Er legte eine Pause ein. »Wieder ohne Beweise. Sie tun sich damit keinen Gefallen, Abbie.«

»Und damit ist die Sache für Sie erledigt? Und wenn ich Recht habe und sie in Gefahr ist oder noch schlimmer?«

»Wissen Sie was?«, antwortete er freundlich. »Ich rufe jetzt bei meinen Kollegen an und versuche herauszufinden, ob sich sonst noch jemand wegen ihres Verschwindens Sorgen gemacht hat. Einverstanden?«

»In Ordnung.«

»Darf ich Ihr Telefon benutzen?«

»Jos Telefon. Natürlich.«

Während er seine Anrufe tätigte, ging ich in Jos Schlafzimmer und setzte mich auf ihr Bett. Ich brauchte dringend einen Verbündeten, jemanden, der an mich glaubte. Ich hatte Cross angerufen, weil ich der Meinung gewesen war, er könnte trotz allem, was passiert war, auf meiner Seite stehen. Ich schaffte das nicht allein.

Ich hörte ihn sein Gespräch beenden und ging wieder zu ihm hinüber.

»Und?«

»Josephine Hooper ist bereits von jemandem als vermisst gemeldet worden«, erklärte er.

»Sehen Sie!« sagte ich. »Von einer Freundin?«

»Von Ihnen.«

»Wie bitte?«

»Sie haben sie als vermisst gemeldet. Am Donnerstag, den siebzehnten Januar haben sie vormittags um halb zwölf im Revier von Milton Green angerufen.«

»Na bitte!«, sagte ich trotzig.

»Offenbar war sie da nicht einmal einen ganzen Tag verschwunden.«

»Verstehe.«

Ich verstand tatsächlich, und zwar mehrere Dinge gleichzeitig: dass Cross nicht mein Verbündeter sein würde, auch wenn er sich noch so sehr bemühte, nett zu mir zu sein. Dass ich in seinen Augen, und vielleicht auch in den Augen der anderen, hysterisch und von einer fixen Idee besessen war. Und dass ich mich am Donnerstag, dem siebzehnten Januar, noch in Freiheit befunden hatte. Jack Cross kaute auf seiner Unterlippe. Er machte einen besorgten Eindruck, aber seine Sorge galt wohl in erster Linie mir.

»Ich würde Ihnen gerne helfen«, sagte er. »Aber ... vermutlich ist sie auf Ibiza.«

»Ja«, antwortete ich in bitterem Ton. »Danke.«

»Gehen Sie schon wieder zur Arbeit?«

»Nein«, erwiderte ich. »Das gestaltet sich komplizierter, als ich dachte.«

»Das täte Ihnen aber gut«, meinte er. »Sie brauchen wieder ein Ziel im Leben.«

»Mein Ziel ist, am Leben zu bleiben.«

Er seufzte.

»Ja. Wenn Sie auf irgendetwas stoßen, womit ich was anfangen kann, rufen Sie mich an.«

»Ich bin nicht verrückt«, erklärte ich. »Ich mag Ihnen vielleicht verrückt vorkommen, aber ich bin es nicht.«

»Ich bin nicht verrückt«, sagte ich noch einmal zu mir selbst, als ich mit einem Waschlappen über dem Gesicht in der Badewanne lag. »Ich bin nicht verrückt.«

Anschließend schlüpfte ich wieder in meine weite Jeans und mein rotes T-Shirt, wickelte ein Handtuch um mein Haar, schaltete den Fernseher ein und ließ mich im Schneidersitz auf dem Sofa nieder. Nervös zappte ich durch die Kanäle. An diesem Abend wollte ich keine Stille. Ich wollte andere Gesichter und andere Stimmen bei mir im Raum haben – freundliche Gesichter und Stimmen, die mir das Gefühl gaben, nicht mehr allein zu sein.

Wieder klingelte es an der Haustür.

13

Es gab keinen Grund, Angst zu haben. Niemand außer Cross wusste, dass ich hier war. Ich öffnete die Tür. Mir war sofort klar, dass ich ihn kannte, aber mir fiel nicht gleich ein, wo wir uns schon mal begegnet waren. »Hallo«, sagte er. »Ist Jo…?« In dem Moment erkannte er mich ebenfalls und sah, dass ich ihn erkannt hatte. Er starrte mich vollkommen verblüfft an. »Was zum Teufel machen *Sie* denn hier?«

Statt einer Antwort schlug ich ihm die Tür vor der Nase zu. Er unternahm einen schwachen Versuch, sich dagegen zu stemmen, doch ich war kräftiger, und die Tür klickte ins Schloss. Während ich die Kette vorlegte und mich dann keuchend an die Tür lehnte, hörte ich ihn draußen rufen. Inzwischen wusste ich wieder, woher ich ihn kannte. Es war Ben Brody, der Produktdesigner. Wie hatte er mich gefunden? In seiner Firma hatten sie doch nur meine Büro- und Handynummer. Ich hatte Carol ausdrücklich darum gebeten, niemandem meine Adresse zu geben. Außerdem kannte sie diese Adresse überhaupt nicht. Ebenso wenig wie Terry. Niemand kannte sie. Konnte es sein, dass er mir gefolgt war? Hatte ich bei ihm etwas liegen lassen, das ihm einen Hinweis gegeben hatte? Er klopfte an die Tür.

»Abbie«, sagte er. »Machen Sie auf.«

»Gehen Sie!«, schrie ich. »Oder ich rufe die Polizei.«

»Ich möchte mit Ihnen reden.«

Die Kette sah ziemlich stabil aus. Was konnte er mir durch einen zehn Zentimeter breiten Spalt antun? Vorsichtig öffnete ich die Tür. Er trug einen dunklen Anzug und ein weißes Hemd, aber keine Krawatte. Darüber hatte er einen langen grauen Mantel an, der ihm bis über die Knie reichte.

»Wie haben Sie mich gefunden?«

»Was meinen Sie damit? Ich bin gekommen, um Jo zu sehen.«

»Jo?«

»Ich bin ein Freund von ihr.«

»Sie ist nicht da.«

»Wo ist sie?«

»Ich weiß es nicht.«

Er wirkte immer verwirrter.

»Wohnen Sie zur Zeit bei ihr?«

»Sieht ganz so aus.«

»Weshalb können Sie mir dann nicht sagen, wo sie ist?«

Ich öffnete den Mund, wusste jedoch nicht, was ich sagen sollte.

»Das ist eine komplizierte Geschichte. Wahrscheinlich würden Sie es mir sowieso nicht glauben. Haben Sie eine Verabredung mit Jo?«

Er stieß ein kurzes, verächtliches Lachen aus und drehte gereizt den Kopf zur Seite, als könnte er nicht begreifen, dass er dieses Gespräch tatsächlich führte.

»Sind Sie ihre Empfangsdame? Ich bin versucht zu sagen, dass Sie das nichts angeht, aber ...« Er holte tief Luft. »Vor ein paar Tagen wollten Jo und ich uns auf einen Drink treffen, aber sie ist nicht aufgetaucht. Daraufhin habe ich ihr mehrere Nachrichten aufs Band gesprochen, auf die sie nicht reagiert hat.«

»Genau«, sagte ich. »Das habe ich der Polizei auch gesagt.«

»Was?«

»Ich wollte Jo als vermisst melden, aber sie haben mir nicht geglaubt.«

»Wieso denn das?«

»Vielleicht ist sie auch nur in Urlaub gefahren«, fuhr ich etwas sprunghaft fort.

»Hören Sie, Abbie, ich weiß nicht, welche Schandtaten Sie mir zutrauen, aber könnten Sie mich nicht hineinlassen?«

»Können wir uns nicht auch hier unterhalten?«

»Natürlich können wir das. Aber warum?«

»Also gut«, antwortete ich. »Ich habe allerdings nicht viel Zeit. In ein paar Minuten wird ein Detective hier sein.«

Das war ein weiterer meiner jämmerlichen Versuche, mich zu schützen.

»Weswegen?«

»Um meine Aussage aufzunehmen.«

Ich löste die Kette und ließ ihn herein. Er schien sich in Jos Wohnung erstaunlich heimisch zu fühlen. Nachdem er seinen Mantel ausgezogen hatte, warf er ihn über einen Stuhl. Ich zog das Handtuch von meinem Kopf und frottierte mir das Haar.

»Sind Sie und Jo ... Sie wissen schon«, sagte ich.

»Wie kommen Sie denn darauf?«

»Sie scheinen sich hier recht heimisch zu fühlen.«

»Nicht so heimisch wie Sie.«

»Ich brauche im Moment einfach einen Platz, wo ich unterschlüpfen kann.«

Er sah mich an.

»Geht es Ihnen wieder besser?«

Innerlich stöhnte ich erschöpft auf.

»Ich weiß, dass die Allzweckantwort auf die Frage: ›Geht's wieder besser?‹ lautet: ›Ja, geht schon wieder‹. Aber in meinem Fall lautet die kurze Antwort: Nein, es geht mir nach wie vor nicht gut. Und die mittellange Antwort ist eine längere Geschichte, die Sie bestimmt nicht hören wollen.«

Ben ging zur Kochnische und füllte den Wasserkessel. Dann nahm er zwei große Teetassen aus dem Schrank und stellte sie auf die Küchentheke.

»Ich glaube, ich verdiene es, die lange Version zu hören«, meinte er.

»Sie ist wirklich lang.«

»Glauben Sie, Sie haben noch genug Zeit?«

»Wie meinen Sie das?«

»Bevor Ihr Detective kommt.«

Ich murmelte etwas Unverständliches vor mich hin.

»Sind Sie krank?«, fragte er.

Damit erinnerte er mich an etwas. Ich holte ein paar Tabletten aus dem Fläschchen in meiner Tasche und spülte sie mit einem Schluck Leitungswasser hinunter.

»Ich habe immer noch diese Kopfschmerzanfälle«, erklärte ich. »Aber das ist nicht weiter beunruhigend.«

»Wo liegt dann das Problem?«

Ich ließ mich am Tisch nieder und stützte den Kopf in meine Hände. Manchmal, wenn ich die richtige Position für meinen Kopf fand, ließ das Pochen ein wenig nach. Ich hörte etwas Klappern. Ben goss den Tee auf. Er brachte die Tassen an den Tisch, jedoch ohne Platz zu nehmen, und lehnte sich gegen die Armlehne von Jos Sessel. Ich nahm einen Schluck Tee.

»Ich habe mich zu einer Version von Coleridges altem Seemann entwickelt. Ich treibe die Leute in eine Ecke und erzähle ihnen meine Geschichte. Langsam frage ich mich, ob das überhaupt einen Sinn hat. Die Polizei hat mir nicht geglaubt. Je öfter ich sie erzähle, desto weniger glaube ich sie selbst.«

Ben gab mir keine Antwort, sondern sah mich schweigend an.

»Müssen Sie denn nicht arbeiten?«, fragte ich ihn.

»Ich bin der Chef«, antwortete er. »Ich kann kommen und gehen, wann ich will.«

Also erzählte ich ihm eine stockende, bruchstückhafte Version meiner Geschichte. Ich berichtete ihm von meinen Problemen bei Jay & Joiner, von denen er zum Teil bereits wusste, weil er am Rande selbst damit zu tun gehabt hatte. Ich erzählte ihm von meinem unbezahlten Urlaub und meinem Bruch mit Terry. Dann holte ich tief Luft und erzählte auch noch von dem Keller, in dem ich aufgewacht war, wo auch immer er sich befinden mochte, von meinen Tagen unter der Erde, von meiner Flucht und der Zeit im Krankenhaus, von den Personen, die mir nicht geglaubt und mich wieder in die Welt entlassen hatten.

»Und um Ihre erste Frage vorwegzunehmen: Das einzige, was ich mit Sicherheit weiß, ist, dass ich einen Schlag auf den Schädel bekommen habe.« Vorsichtig fasste ich an die Stelle knapp über meinem Ohr. Sie war immer noch so empfindlich, dass ich jedes Mal von neuem zusammenzuckte, wenn ich sie berührte. »Wenn dieser Schlag Teile meines Lebens auslöschen konnte, vielleicht hat er dann andere hinzugefügt? Wissen Sie, dass ich diesen Gedanken noch nie laut ausgesprochen habe? Er ist mir öfter durch den Kopf gegangen, spätnachts, wenn ich aufwache und ans Sterben denke. Vielleicht ist das genau die Art Halluzination, die man hat, wenn man bei einem Unfall mit dem Kopf irgendwo gegengeschlagen ist. Womöglich phantasiert man dann davon, unter der Erde gefangen zu sein und in der Dunkelheit eine Stimme zu hören. Halten Sie das für möglich?«

»Ich weiß nicht«, antwortete Ben. Er machte einen benommenen Eindruck. »Was für ein Alptraum!«

»Vielleicht hat mich jemand überfallen und niedergeschlagen, oder ich wurde von einem Auto angefahren. Vielleicht bin ich nur ein paar Stunden irgendwo gelegen. Hatten Sie jemals solche Träume? Man scheint Jahre zu durchleben und dabei alt zu werden, aber dann wacht man auf und es ist nur eine einzige Nacht vergangen. Hatten Sie jemals einen solchen Traum?«

»Ich kann mich an meine Träume nicht erinnern.«

»Das ist wahrscheinlich ein Zeichen von psychischer Gesundheit. Ich habe solche Träume. Als ich in dem Keller war – wenn ich überhaupt dort war –, hatte ich auch Träume, an die ich mich ebenfalls erinnern kann. Ich habe von Seen geträumt, von schwerelosem Dahintreiben auf dem Wasser, von einem Schmetterling auf einem Blatt. Beweist das etwas? Ist es möglich einzuschlafen und zu träumen und dann in diesem Traum wieder einzuschlafen und einen weiteren Traum zu haben? Ist das möglich?«

»Ich entwerfe Wasserhähne und Schreibtischutensilien. Psychologie ist nicht gerade mein Spezialgebiet.«

»Das fällt eher in den Bereich der Neurologie. Ich kenne mich aus. Ich bin von einer Psychologin und einem Neurologen untersucht worden. Der Neurologe war der Einzige, der mir geglaubt hat. Wie auch immer, das ist meine Geschichte. Mir sind aus meinem Gehirn einige Daten abhanden gekommen, und nun klappere ich alle möglichen Leute ab, die mich wahrscheinlich für verrückt halten, und versuche die Lücken zu füllen. Gleichzeitig treffe ich alle erdenklichen Vorsichtsmaßnahmen, um mich vor jemandem zu verstecken, der vermutlich überhaupt nicht nach mir sucht. Haben Sie das als Kind jemals gemacht? Man spielt mit einer Schar anderer Kinder Verstecken und sucht sich dabei ein äußerst schwieriges Versteck. Man bleibt eine Ewigkeit dort, anfangs mit einem Gefühl des Triumphes, dann zunehmend gelangweilt, bis einem schließlich klar wird, dass alle anderen das Spiel längst abgebrochen haben. Im Moment habe ich jedoch ein ganz anderes Gefühl: Ich plappere wie eine Wahnsinnige vor mich hin, und Sie stehen wie ein Fels in der Brandung da und kommen überhaupt nicht zu Wort. Sie wollten wissen, wo Jo ist, und Sie haben mich gefragt, was ich hier mache. Nun, ich weiß nicht, wo Jo ist, und ich weiß auch nicht, was ich hier mache. Nun haben Sie Ihre Antworten und können in Ihre Werkstatt zurückkehren.«

Ben trat an den Tisch, nahm meine Tasse und ging damit zum Spülbecken. Er spülte erst meine, dann seine eigene ab und stellte sie auf das Abtropfgitter. Anschließend blickte er sich vergeblich nach einem Geschirrtuch um, so dass ihm nichts anderes übrig blieb, als das Wasser von seinen Händen zu schütteln.

»Ich glaube, ich weiß, was Sie hier tun«, sagte er. »Ich weiß auch, wie Sie Jo kennen gelernt haben.«

»Woher wollen Sie das wissen?«

»Ich habe sie Ihnen vorgestellt.«

14

Ich spürte eine Welle der Aufregung durch meinen Körper strömen, weil nun ein weiterer Teil meiner Terra incognita auf der Landkarte eingezeichnet war, doch dann wurde schnell ein schwindelerregendes Schlingern daraus.

»Wovon sprechen Sie überhaupt? Warum hätten Sie das tun sollen? Als Sie vorhin an der Tür standen, schienen Sie das noch nicht zu wissen. Sie waren genau so perplex wie ich.«

»Das stimmt«, räumte er ein. »Trotzdem muss es so gewesen sein.« Er schwieg einen Moment. »Können Sie sich allen Ernstes nicht daran erinnern, sie getroffen zu haben?«

»Ich habe mir vorhin ein Video von Jo und mir angesehen, das wir gemeinsam aufgenommen haben müssen. Da scheinen wir uns gut verstanden zu haben. Ich mache einen sehr glücklichen Eindruck. Ich wünschte, ich könnte mich erinnern. Ich könnte ein paar glückliche Erinnerungen gebrauchen. Aber nein, es tut mir Leid, da ist überhaupt nichts. Wie ist es dazu gekommen, dass Sie uns einander vorgestellt haben? Aus welchem Grund?« Ben setzte zu einer Antwort an, zögerte dann aber. »Sie wissen nicht, ob Sie mir glauben sollen, stimmt's?«, fuhr ich fort. »Na großartig! Die Polizei und die Ärzte glauben mir nicht, dass ich entführt worden bin, und nun glauben Sie mir nicht, dass ich das Gedächtnis verloren habe. Vermutlich werde ich bald Menschen kennen lernen, die nicht einmal glauben, dass ich Abbie Devereaux bin. Vielleicht bin ich es ja tatsächlich nicht. Vielleicht tue ich nur so. Womöglich handelt es sich dabei auch um eine Wahnvorstellung von mir. Möglicherweise bin ich in Wirklichkeit Jo und habe Halluzinationen von dieser Person namens Abbie.«

Ben versuchte zu lächeln, wandte dann aber den Kopf ab, als wäre ihm das Ganze ziemlich peinlich.

»Dann habe ich sie also am Montag kennen gelernt?«, fragte
ich.
»Am Dienstag«, antwortete er. »Dienstagvormittag.«
»Wenn ich mich richtig erinnere, haben Sie gesagt, wir hätten uns am Montag getroffen. Ja, ich bin mir sicher, dass Sie
Montag gesagt haben.«
»Sie sind am Dienstag noch einmal gekommen«, entgegnete
er vage. »Mit weiteren Fragen.«
»Oh. Und da war Jo bei Ihnen in der Werkstatt?«
»Wir sind einen Kaffee trinken gegangen, in einem Café
nicht weit von hier, das Jo regelmäßig aufsucht. Sie war unterwegs zu einem Termin, glaube ich. Ich hab Sie mit ihr bekannt
gemacht. Wir haben uns eine Zeit lang unterhalten, dann
musste ich aufbrechen. Wenn Sie wollen, dass ich Ihr Gespräch
mit Jo rekonstruiere, würde ich sagen, Sie haben ihr erzählt,
dass Sie eine Bleibe bräuchten. Bestimmt hat sie Ihnen daraufhin angeboten, hier bei ihr zu wohnen. Damit wäre eines der
Rätsel gelöst. Da ist nichts Geheimnisvolles dran.«
»Verstehe.«
»Und jetzt glauben Sie, sie ist verschwunden.«
»Ich habe es diesem Detective gesagt, den ich… den ich
recht gut kenne. Er hält mich für verrückt. Natürlich glaubt er
nicht wirklich, dass ich verrückt bin, sondern nur, dass ich
mich irre. Ich hoffe, ich irre mich tatsächlich. Ich weiß nicht,
was ich tun soll. Aus einem unerfindlichen Grund fühle ich
mich für sie verantwortlich. Jedes Mal, wenn ich aufblicke und
ihr Foto sehe, fühle ich mich schlecht, weil ich nicht mehr
unternehme. Als ich in diesem Keller gefangen war, dachte ich
die ganze Zeit daran, dass diejenigen, die ich kenne, meine
Freunde, nach mir suchen würden, dass sie sich meinetwegen
große Sorgen machen und alle Hebel in Bewegung setzen würden, und das half mir durchzuhalten. Wenn ich nicht ganz fest
daran geglaubt, nicht das Gefühl gehabt hätte, in den Köpfen
meiner Freunde präsent zu sein, dann hätte ich es bestimmt

258

nicht geschafft. Und mit das Schlimmste an meiner Rückkehr war die Erkenntnis, dass kein Mensch mich auch nur für eine Sekunde vermisst hatte.«

»Ich glaube…«, versuchte er mich zu unterbrechen.

»Niemandem war aufgefallen, dass ich nicht mehr da war, und wenn es doch jemandem aufgefallen war, dann dachte sich der oder die Betreffende nicht viel dabei. Es war, als wäre ich unsichtbar geworden. Oder gestorben. Man kann ihnen das in keinster Weise zum Vorwurf machen, das ist mir völlig klar – sie sind gute Freunde, und ich glaube, sie mögen mich wirklich, und wahrscheinlich hätte ich mich an ihrer Stelle genauso verhalten. Ich würde es genauso wenig merken, wenn mal jemand ein paar Tage nicht da wäre – wie sollte ich auch? Wir führen alle unser eigenes Leben, sehen uns in unregelmäßigen Abständen. Aber ich darf bei Jo nicht denselben Fehler machen. Weil ich jetzt nämlich weiß, wie das ist. Doch ich weiß nicht, was ich tun soll, um diesen Fehler nicht zu wiederholen, wenn Sie verstehen, was ich meine. Auf jeden Fall rede ich wieder zu viel und habe außerdem dieses unangenehme Gefühl, dass ich in Tränen ausbrechen werde, sobald ich zu reden aufhöre.«

Ich hielt inne, Ben beugte sich vor und legte eine Hand auf meinen Arm. Instinktiv riss ich den Arm zurück.

»Tut mir Leid«, sagte er und schien es tatsächlich so zu meinen. »Bestimmt macht es Sie nervös, einen fremden Mann hier in Ihrer Wohnung zu haben. Ich hätte daran denken müssen.«

»Ehrlich gesagt schon, ich meine, ich bin sicher, dass… Hören Sie, ich komme mir vor, als würde ich durch völlige Dunkelheit stolpern, wenn Sie verstehen, was ich meine – mit ausgestreckten Händen, verzweifelt bemüht, nicht in den Abgrund zu stürzen. Falls es überhaupt einen Abgrund gibt, den man hinunterstürzen kann. Manchmal habe ich das Gefühl, am Rand meines Gesichtsfeldes einen Schimmer wahrzunehmen, doch sobald ich mich in die Richtung drehe, verschwindet er. Ich hoffe bloß, irgendwann wieder Licht zu sehen, aber bisher sieht es nicht danach aus. Ohne mein Gedächtnis fühle ich mich vollkommen orientierungslos, ich stolpere blind durch die Gegend und ecke ständig irgendwo an, und die Schwierigkeit besteht nicht nur darin, dass ich nicht weiß, wo ich mich befinde – im Grunde weiß ich nicht einmal mehr, wer ich bin. Was ist von mir noch übrig? Vor allem, wenn die anderen nicht wissen, ob sie mir ...« Ich brach abrupt ab. »Ich plappere schon wieder vor mich hin, nicht wahr?« Er gab mir keine Antwort und starrte mich auf eine Art an, die mich nervös machte. »Wie war ich davor?«

»Wie Sie waren?« Er schien die Frage nicht zu verstehen.

»Ja.«

»Ihr Haar war länger.«

»Das weiß ich, schließlich war ich diejenige, die zum Friseur gegangen ist und es sich hat abschneiden lassen. Aber was hatten Sie sonst für einen Eindruck von mir? In welchem Zustand befand ich mich?«

»Ähm.« Einen Moment lang wirkte er unsicher und verlegen. »Auf mich haben Sie einen recht lebhaften Eindruck gemacht.«

»Worüber haben wir gesprochen? Habe ich Ihnen etwas erzählt?«

»Über die Arbeit«, antwortete er. »Berufliche Probleme.«

»Sonst nichts?«

»Sie haben gesagt, Sie hätten gerade ihren Freund verlassen.«

»Das habe ich Ihnen erzählt?«

»Sie haben mir erklärt, dass Sie vorübergehend keinen festen Wohnsitz hätten und nur über Ihr Handy zu erreichen seien, falls ich Sie geschäftlich bräuchte.«

»Habe ich sonst noch was erzählt? Vielleicht von neuen Bekanntschaften? Gab es möglicherweise einen neuen Mann in meinem Leben? Habe ich darüber etwas gesagt?«

»Nicht direkt«, antwortete er. »Aber ich war schon der Meinung. Jedenfalls hatte ich den Eindruck.«

»Unter Umständen war der Mann, den ich kennen gelernt hatte, nun ja, Sie wissen schon, er.«

»Er?«

»Der Mann, der mich entführt hat.«

»Verstehe.« Er stand auf. »Was halten Sie davon, wenn wir jetzt auf einen Drink irgendwohin gehen – in einer Menschenmenge fühlen Sie sich bestimmt sicherer als allein mit mir.«

»Eine gute Idee«, antwortete ich.

»Dann lassen Sie uns gehen.« Er griff nach seinem Mantel.

»Ein schöner Mantel.«

Der Blick, mit dem er das Kleidungsstück betrachtete, wirkte fast ein wenig überrascht, als würde es sich um einen fremden Mantel handeln, der ihm ohne sein Wissen untergejubelt worden war.

»Er ist neu.«

»Ich mag diese langen weiten Mäntel.«

»Ja, sie wirken fast wie lange Umhänge«, antwortete Ben. »Wie sie vor zweihundert Jahren getragen wurden.«

Ich runzelte die Stirn. »Warum wird mir so komisch zu Mute, wenn ich Sie das sagen höre?«

»Vielleicht, weil Sie derselben Meinung sind.«

Der Pub war beruhigend voll und verraucht.

»Ich lade Sie ein«, verkündete ich und kämpfte mich bis zur Bar durch.

Kurze Zeit später saßen wir bereits mit unseren Biergläsern und einer Tüte Chips zwischen uns an einem Tisch.

»Ich weiß gar nicht, wo ich anfangen soll. Sie sind also ein Freund von Jo, richtig?«

»Richtig.«

»Fährt sie oft weg?«

»Das kommt ganz darauf an. Sie arbeitet meist parallel an mehreren Projekten für verschiedene Verlage – hauptsächlich Zeitschriftenverlage –, und manche erfordern Recherchen. Ich weiß noch, als sie an einer Kinderenzyklopädie mitgearbeitet hat und kurze Kapitel über englische Bäume schreiben musste. Da ist sie herumgefahren und hat dreihundertjährige Eiben besichtigt, zum Beispiel.«

»Und ist sie zuverlässig?«

»Normalerweise sehr. Gezwungenermaßen, denn sie muss von ihrer Arbeit leben.«

»Versetzt sie Sie oft?«

Er sah mich nachdenklich an.

»Wie ich schon gesagt habe: Sie ist eigentlich sehr zuverlässig.«

»Folglich sollte sie eigentlich hier sein, ist es aber nicht. Sie ist auch nicht in Urlaub gefahren. Etwas stimmt da nicht.«

»Möglicherweise haben Sie Recht«, antwortete Ben leise, den Blick auf sein Bierglas gerichtet. »Es könnte auch sein, dass sie weggefahren ist, um ihre Arbeit zu Ende zu bringen. Das hat sie schon öfter getan. Ihre Eltern haben ein Cottage in Dorset, das sie ihr stets gern zur Verfügung stellen. Sie kann dort in aller Ruhe arbeiten, ohne gestört zu werden ...«

»Können Sie sie dort anrufen? Haben Sie ein Handy dabei?«

»In aller Ruhe, weil es dort nicht einmal ein Telefon gibt.«

»Was ist mit ihrem Handy?«

»Sie ist nicht erreichbar, ich habe es bereits ein paarmal probiert.«

»Oh.«

»Sie könnte allerdings auch bei ihren Eltern sein. Ihr Vater ist krank. Krebs. Vielleicht geht es ihm schlechter. Haben Sie es dort schon versucht?«

»Ich wusste nichts von ihren Eltern.«

»Dann wäre da noch der Freund, den sie phasenweise hat, Carlo. Der letzte Stand der Dinge war, dass sie sich erneut getrennt hatten, doch möglicherweise sind sie inzwischen wieder zusammen, und sie ist bei ihm. Haben Sie ihn schon angerufen?«

Ich holte tief Luft. Weshalb war mir so seltsam zumute?
»Nein«, antwortete ich. »Ich wusste nichts von einem
Freund. Ich kann mich nicht daran erinnern. Aber Ihnen hätte
sie das doch sicher erzählt, Sie waren schließlich mit ihr verab-
redet.«
Er zuckte mit den Achseln.
»Ich bin nur ihr Freund. Einen Freund kann man auch mal
versetzen.«
»Manchmal.«

»Jo leidet unter Depressionen«, sagte er langsam und mit gerunzelter Stirn. »Ich meine, sie ist oft richtig depressiv, nicht
nur schlecht gelaunt. Obwohl ich in letzter Zeit das Gefühl
hatte, dass es ihr wieder besser ging.« Er leerte sein Bierglas
und wischte sich mit dem Handrücken über den Mund. »Ich
begleite Sie jetzt zurück in die Wohnung, und dann rufen wir
alle Personen an, die ihr nahe stehen – Carlo, ihre Eltern –, und
fragen, ob sie etwas von ihr gehört haben.«
Er fischte ein Handy aus seiner Manteltasche und hielt es
mir unter die Nase.
»Hier, bitte. Geben Sie jemandem Bescheid, einer Freundin,
einer Kollegin, der Polizei, wem Sie wollen. Sagen Sie, dass Sie
mit mir unterwegs sind. Dann können wir aufbrechen und
diese Telefonate erledigen.«
»Das ist sehr nett von Ihnen«, fing ich an.
»Mit Nettigkeit hat das nichts zu tun. Jo ist meine Freundin.«
»Ich brauche niemanden anzurufen«, erklärte ich, während
eine innere Stimme mich beschwor: »O doch, du dummes,
dummes Weibsstück!«
»Wie Sie meinen.«
Auf dem Rückweg erzählte ich ihm, dass ich Jos Wohnung
im Grunde nur durch die Restaurantrechnung und den Schlüssel im Handschuhfach meines Wagens gefunden hatte.

»Er war abgeschleppt worden«, fügte ich hinzu. »Ich musste über hundert Pfund bezahlen, und jetzt hat er eine Parkkralle am Reifen. Sehen Sie!« Ich deutete auf die Stelle und sperrte überrascht den Mund auf. Der Wagen war nicht mehr da. Wo er gestanden hatte, war jetzt ein freier Parkplatz. »Er ist weg! Verdammt noch mal, er ist schon wieder weg! Wie ist das möglich? Ich dachte, der Sinn einer Parkkralle ist, dass man das Fahrzeug nicht bewegen kann!«

»Wahrscheinlich ist er wieder abgeschleppt worden.« Es kostete ihn sichtlich Mühe, sich ein Lächeln zu verkneifen.

»Mist!«

Ich machte eine Flasche Wein auf. Meine Hände hatten wieder zu zittern begonnen, und es dauerte eine Ewigkeit, bis ich den Korken entfernt hatte. Ben wählte eine Nummer, lauschte einen Moment, begann dann zu sprechen. Mir war klar, dass er nicht mit Jos Mutter sprach. Nachdem er aufgelegt hatte, wandte er sich zu mir um.

»Das war die Frau, die auf ihren Hund aufpasst. Jos Eltern sind in Urlaub und kommen erst übermorgen wieder zurück.«

Ich schenkte ihm ein Glas Wein ein, das er jedoch nicht anrührte. Statt dessen setzte er seine Brille auf und begann im Telefonbuch zu blättern.

»Carlo? Hallo, Carlo, hier ist Ben, Ben Brody… Ja, der Freund von Jo… Was? Nein, ich habe sie schon länger nicht mehr gesehen. Dasselbe wollte ich eigentlich… Nein. Nein, das richte ich ihr sicherlich nicht aus. Nein.«

Er legte auf und drehte sich zu mir um. »Anscheinend ist mit Carlo tatsächlich Schluss. Er war nicht sehr gut auf sie zu sprechen.«

»Was machen wir jetzt?« Als mir auffiel, dass ich »wir« gesagt hatte, trank ich schnell einen großen Schluck Wein.

»Haben Sie etwas zu essen da? Ich bin am Verhungern. Jo und ich wollten eigentlich essen gehen.«

Ich zog die Kühlschranktür auf. »Eier, Brot, Käse. Salat. Bestimmt sind auch Nudeln da.«

»Soll ich uns Rühreier machen?«

»Eine sehr gute Idee.«

Er zog Mantel und Jacke aus, holte eine Pfanne aus dem großen Schrank und nahm aus der obersten Schublade einen hölzernen Löffel. Er wusste, wo alles untergebracht war. Ich lehnte mich zurück und beobachtete ihn. Er ließ sich Zeit und ging sehr methodisch vor. Ich trank ein weiteres Glas Wein. Ich fühlte mich erschöpft, fast etwas zittrig und auch ein bisschen beschwipst. Außerdem war ich es leid, ständig Angst haben zu müssen und auf der Hut zu sein. Ich schaffte das einfach nicht mehr.

»Erzählen Sie mir von Jo«, bat ich.

»Gleich. Eine Scheibe Toast oder zwei?«

»Eine. Mit viel Butter.«

»Wird gemacht!«

Wir nahmen am Küchentisch Platz und aßen schweigend unser Rührei. Ich trank noch mehr Wein.

»Sie ist anfangs ziemlich schüchtern, taut erst auf, wenn man sie etwas besser kennt«, begann er, nachdem er den letzten Bissen hinuntergeschluckt hatte. »Sehr selbstständig. Sparsam. Sie kauft nur das, was sie wirklich braucht. Gehen Sie nie mit ihr shoppen. Sie braucht eine Ewigkeit, bis sie sich für die kleinste Sache entscheidet, und muss zunächst in mehreren Läden die Preise vergleichen. Sie hasst jede Art von Unordnung. Redet nicht viel, hört lieber zu. Was noch? Sie ist auf dem Land aufgewachsen, hat einen jüngeren Bruder, der als Toningenieur in Amerika arbeitet, und steht ihren Eltern sehr nah. Sie hat viele Freunde, mit denen sie sich in der Regel unter vier Augen trifft. Große Gruppen mag sie nicht besonders.«

»Was ist mit ihrer Beziehung zu diesem Carlo?«

»Ein hoffnungsloser Fall, wenn Sie mich fragen. Er ist zu jung für sie und stellt sich ziemlich idiotisch an.« Er sagte das

sehr abfällig. Anscheinend hatte er meinen überraschten Blick
bemerkt, denn er fügte hinzu: »Sie hätte etwas Besseres ver-
dient. Sie sollte jemanden kennen lernen, der sie vergöttert.«
»Tja, das sollten wir wohl alle«, antwortete ich leichthin.
»Und sie leidet unter schweren Depressionen, würde ich
sagen. Sie hat ganz schreckliche Phasen, in denen sie kaum aus
dem Bett kommt. Ein weiterer Grund, weshalb ich mir ihretwegen Sorgen mache.«

Es war schon spät. Ich fühlte mich, als hätte ich an diesem Tag
eine lange, anstrengende Reise hinter mich gebracht – Todd,
das unheimliche Telefonat, Inspector Cross, jetzt das Gespräch
mit Ben. Als er mich gähnen sah, erhob er sich und nahm
seinen Mantel von der Armlehne des Sofas.
»Zeit zu gehen«, sagte er. »Ich melde mich wieder.«
»Ist das alles?«
»Wie meinen Sie das?«
»Na ja, sie ist immer noch verschwunden, oder etwa nicht?
Wir haben nach wie vor keinen blassen Schimmer, wo sie sein
könnte. Wie soll es jetzt weitergehen? Sie können es doch nicht
einfach dabei bewenden lassen?«
»Nein, natürlich nicht. Ich glaube, ich sollte nach Dorset
fahren, zu dem Cottage. Ich war schon einmal dort und hoffe,
dass ich wieder hinfinde. Falls sie da nicht ist, werde ich ihre
Freunde anrufen. Wenn dabei immer noch nichts heraus-
kommt, fahre ich zu ihren Eltern. Und danach – na ja, ich
schätze, dann gehe ich zur Polizei.«
»Ich würde Sie gern begleiten, wenn Sie nichts dagegen
haben.« Das hatte ich eigentlich gar nicht sagen wollen. Die
Worte waren einfach aus mir herausgesprudelt. Er sah mich
überrascht an. »Wann wollen Sie denn starten?«, fragte ich.
»Na, jetzt.«
»Sie meinen, jetzt gleich? Mitten in der Nacht?«
»Ja, warum nicht? Ich bin noch nicht müde, und ich habe

kaum etwas getrunken. Außerdem habe ich morgen Nachmittag eine wichtige Besprechung, kann morgen also nicht weg. Und mittlerweile haben Sie mich mit Ihren Bedenken angesteckt.«

»Sie machen gern Nägel mit Köpfen, was?«

»Das haben Sie eben nicht ernst gemeint, dass Sie mitkommen wollen, oder?«

Schaudernd warf ich einen Blick durchs Fenster, in die kalte Dunkelheit hinaus. Ich wollte nicht nach draußen, aber ich wollte auch nicht hierbleiben, wo ich nur schweißgebadet in meinem Bett liegen und mit wild klopfendem Herzen und trockenem Mund darauf warten würde, dass es endlich zu dämmern begann und die unerträgliche Angst wieder erträglich wurde. Wenn ich hier blieb, würde ich ständig auf die Uhr blicken. Irgendwann würde ich einschlafen, aber schon nach wenigen Minuten mit einem Ruck wieder hochschrecken. Ich würde ängstlich jedem Geräusch lauschen und mich sogar vom Wind erschrecken lassen. Und ich würde an Jo denken. An sie und an mich. An ihn, wie er mich dort in der Dunkelheit beobachtete.

»Ich komme mit«, sagte ich. »Wo steht Ihr Wagen?«

»Vor meinem Haus.«

»Und wo ist Ihr Haus?«

»Belsize Park. Ein paar Stationen mit der U-Bahn.«

»Nehmen wir lieber ein Taxi.« Der Gedanke, mich in dieser Nacht noch unter die Erdoberfläche zu begeben, war furchtbar.

»Einverstanden.«

»Ich ziehe mir bloß schnell etwas Wärmeres an. Diesmal werde ich tatsächlich jemanden anrufen und sagen, mit wem ich unterwegs bin. Sorry. Ich hoffe, Sie sind mir deswegen nicht böse.«

15

Soweit ich das in der Dunkelheit beurteilen konnte, wohnte Ben Brody in einem schönen Haus, ganz in der Nähe eines Parks. Die Straße war breit und von hohen Bäumen gesäumt, die ihre kahlen Äste im Licht der Straßenlaternen wiegten.

»Warum warten Sie nicht einfach im Wagen, während ich rasch ein paar Sachen hole? Sie sehen völlig erledigt aus.«

Nachdem er mir aufgeschlossen hatte, stieg ich auf der Beifahrerseite ein. Es war eiskalt, und alle Fenster waren vereist. In Bens Auto herrschte Ordnung, bis auf eine Schachtel Kleenex und einen Straßenatlas. Ich wickelte mich noch fester in meine dicke Jacke und blies Dampfwolken in die eisige Luft, während ich wartete. Im ersten Stock von Bens Haus ging Licht an. Ein paar Minuten später erlosch es wieder. Ich warf einen Blick auf die Uhr am Armaturenbrett: schon fast zwei. Ich fragte mich, was ich hier eigentlich tat, mitten in der Nacht, in einem Teil von London, in den ich noch nie zuvor einen Fuß gesetzt hatte, im Wagen eines Mannes, den ich nicht kannte. Mir fiel keine Antwort ein, die Sinn ergab, außer dass ich kurz vor dem totalen Zusammenbruch stand.

»Wir können starten.«

Ben hatte die Fahrertür geöffnet. Er trug Jeans, einen dicken Pulli und eine alte Lederjacke.

»Was haben Sie denn da alles dabei?«

»Eine Taschenlampe, eine Decke, ein paar Orangen und Schokolade für die Reise. Die Decke ist für Sie. Legen Sie sich auf den Rücksitz, dann decke ich Sie zu.«

Ich erhob keine Einwände, sondern kletterte nach hinten und legte mich hin. Er breitete eine dicke Decke über mich aus, stieg ebenfalls ein, ließ den Motor an und drehte die Heizung auf. Eine Weile lag ich mit offenen Augen da. Ich sah Straßenlaternen und hohe Gebäude vorbeifliegen, dann Sterne, Bäume, ein weit entferntes Flugzeug am Himmel. Ich schloss die Augen.

Ich verschlief einen großen Teil der langen Fahrt, wachte aber öfter auf. Einmal hörte ich Ben einen Song vor sich hinbrummen, den ich nicht kannte. Ein anderes Mal kämpfte ich mich in eine sitzende Position und blickte aus dem Fenster. Es war noch immer dunkel, und ich konnte keine Lichter entdecken, wohin ich auch blickte. Wir waren das einzige Auto weit und breit. Ben reichte mir wortlos ein paar Rippen Schokolade. Ich aß sie langsam und legte mich wieder hin. Ich wollte nicht reden. Um halb sechs hielten wir an, um zu tanken. Es war immer noch dunkel, doch am Horizont ließ sich bereits eine Spur von verschwommenem Grau erahnen. Es kam mir noch kälter vor als bisher, und auf den Hügelkuppen konnte ich Schnee erkennen. Ben kam mit zwei Styroporbechern Kaffee zurück. Nachdem ich samt meiner Decke nach vorn auf den Beifahrersitz geklettert war, reichte er mir meinen Kaffee, und ich wärmte mir die Hände an dem Becher.

»Mit Milch, aber ohne Zucker«, sagte er.

»Wie haben Sie das erraten?«

»Wir haben schon mal miteinander Kaffee getrunken.«

»Oh. Wie weit ist es noch?«

»Nicht mehr weit. Das Cottage liegt eineinhalb Kilometer von einem Dorf namens Castleton entfernt, an der Küste. Sie können einen Blick auf die Karte werfen, wenn Sie möchten – sie liegt neben Ihren Füßen auf dem Boden. Sie müssen mich wahrscheinlich ohnehin ein bisschen lotsen.«

»Glauben Sie, dass sie dort ist?«

Er zuckte mit den Achseln. »In den frühen Morgenstunden hat man oft düstere Gedanken.«

»Es wird allmählich hell. Sie sind bestimmt schon schrecklich müde.«

»Ist nicht so schlimm. Das kommt erst später, schätze ich.«

»Mitten in Ihrer Besprechung.«

»Wahrscheinlich.«

»Wenn Sie wollen, kann ich fahren.«

»Es geht schon noch. Sie müssen mich etwas unterhalten, dann bleibe ich wach.«

»Ich werde mein Bestes tun.«

»Als wir an Stonehenge vorübergefahren sind, hätte ich sie beinahe aufgeweckt. Aber wir kommen ja auf dem Rückweg noch mal vorbei.«

»Ich war noch nie dort.«

»Noch nie?«

»Es ist erstaunlich, was ich alles noch nicht gesehen habe. Ich kenne weder Stonehenge noch Stratford noch Hampton Court. Weder Buckingham Palace noch Brighton Pier. Ich war nie in Schottland. Nicht einmal im Lake District. Ich hatte eine Venedig-Reise geplant und schon die Tickets besorgt. Während ich geknebelt in einem Keller lag, hätte ich eigentlich nach Venedig aufbrechen sollen.«

»Eines Tages werden Sie hinfahren.«

»Ja, vermutlich.«

»Was war das Schlimmste?«, fragte er nach einer Pause.

Ich sah zu ihm hinüber. Sein Blick war nach vorn gerichtet, auf die Straße und die sanft geschwungenen Hügel. Ich nahm einen Schluck von meinem Kaffee. Fast hätte ich ihm geantwortet, dass ich nicht darüber sprechen könne, doch dann schoss mir durch den Kopf, dass Ben der erste Mensch war, der mich nicht mit einem Ausdruck von Misstrauen oder Bestürzung ansah. Er behandelte mich nicht, als sei ich bemitleidenswert oder geistesgestört. Deswegen versuchte ich, ihm auf seine Frage eine Antwort zu geben. »Ich weiß es nicht. Ich kann es nicht sagen. Sein pfeifendes Lachen zu hören und zu wissen, dass er ganz in meiner Nähe war. Der Gedanke, dass ich nicht genug Luft bekam und ersticken, in mir selbst ertrinken würde. Es war – « Ich versuchte, den richtigen Ausdruck

270

zu finden, « – irgendwie *obszön*. Vielleicht war es auch nur das Warten in der Dunkelheit und das Wissen, dass ich sterben würde. Ich versuchte, mich an bestimmte Dinge zu klammern, um nicht wahnsinnig zu werden – nicht an Dinge aus meinem eigenen Leben, denn ich war der Meinung, mich auf diese Weise bloß noch mehr zu quälen und erst recht vor Einsamkeit und Entsetzen wahnsinnig zu werden –, nein, eigentlich dachte ich nur an bestimmte Bilder. Ich habe Ihnen schon davon erzählt. Schöne Bilder aus der Welt da draußen. Manchmal, wenn ich nachts aufwache, denke ich immer noch an diese Bilder. Trotzdem wusste ich, dass ich Schritt für Schritt meiner Persönlichkeit beraubt wurde. Dass ich dabei war, mich selbst zu verlieren. Darum ging es ihm – zumindest glaube ich, dass es ihm darum ging. Ich sollte nach und nach all das abstreifen, was mich zu dem Menschen machte, der ich war, bis am Ende nur diese grauenerregende Kreatur übrig blieb, die auf einem Mauervorsprung vor sich hin lallte, halb nackt, schmutzig und gedemütigt.«

Ich brach abrupt ab.

»Wie wär's, wenn Sie uns eine Orange schälen?«, wechselte Ben das Thema. »Sie liegen in der Tasche.«

Ich schälte zwei von den Orangen, deren Aroma rasch den ganzen Wagen erfüllte. Meine Finger wurden klebrig von ihrem Saft. Ich reichte ihm einige Spalten. »Sehen Sie«, sagte er plötzlich. »Das Meer!«

Es sah silbrig, weit und still aus. Man konnte kaum erkennen, wo das Wasser aufhörte und der Morgenhimmel begann – außer im Osten, wo die Sonne bereits ein blasses Licht spendete.

»So, nun brauche ich Sie als Lotsin«, fuhr er fort. »Unsere Abzweigung muss gleich kommen.«

Wir bogen rechts ab, weg von der Sonne, in eine kleine Straße, die zur Küste hinunterführte, dann links, in eine noch kleinere Straße.

»Hier muss es sein«, erklärte Ben.

271

Wir standen vor einem geschlossenen Tor, hinter dem ein schmaler Feldweg weiterführte. Ich stieg aus, öffnete das Tor, wartete, bis Ben hindurchgefahren war, und schloss es wieder.

»Das Cottage gehört Jos Eltern?«

»Ja. Sie kommen aber nicht mehr hierher. Ihr Vater ist zu krank, und es ist nicht sehr luxuriös ausgestattet. Deswegen sind sie immer froh, wenn jemand ein paar Tage hier verbringt. Es ist sehr einfach, ohne Zentralheizung, und mittlerweile auch schon ein wenig heruntergekommen. Aber vom Schlafzimmer aus kann man das Meer sehen. Dort vorne ist es.«

Das Cottage war klein und aus grauem Stein. Es hatte dicke Mauern mit winzigen Fenstern. Ein Sturm hatte ein paar Dachziegel heruntergeweht, die nun in Scherben um die Eingangstür verstreut lagen. Alles machte einen schäbigen und vernachlässigten Eindruck.

»Hier steht kein Wagen«, stellte Ben fest. »Es ist niemand da.«

»Wir sollten trotzdem nachsehen.«

»Ja, wahrscheinlich.« Er klang entmutigt, doch als ich ausstieg, folgte er mir. Das eisige Gras knirschte unter unseren Füßen. Ich trat an ein Fenster und presste mein Gesicht gegen die Scheibe, konnte jedoch kaum etwas erkennen. Ich rüttelte an der Tür, aber sie war abgeschlossen.

»Wir müssen irgendwie reinkommen.«

»Glauben Sie, dass das etwas bringt? Sie sehen doch, dass niemand hier war.«

»Sie sind gerade vier Stunden gefahren, nur um hier herzukommen. Was sollen wir tun – ein Fenster einschlagen?«

»Ich könnte versuchen, das obere Fenster zu erreichen«, meinte er skeptisch.

»Wie wollen Sie das schaffen? Außerdem scheint es ebenfalls verschlossen. Warum schlagen wir nicht einfach das Fenster ein, das ohnehin schon einen Sprung hat? Wir können es später reparieren lassen.«

Bevor er widersprechen konnte, wickelte ich meinen Schal um meine Faust, schlug damit fest gegen die gesprungene Scheibe und zog den Arm wieder zurück, um mir nicht das Handgelenk zu verletzen. Ich war ziemlich stolz auf mich – genau so machten sie es im Film auch immer. Anschließend zog ich die noch im Rahmen steckenden Glasstücke heraus und schichtete sie auf dem Boden neben dem Fenster zu einem kleinen Stapel. Dann öffnete ich das Fenster von innen.

»Wenn Sie mich auf Ihren Rücken steigen lassen, klettere ich hinein«, sagte ich zu Ben.

Stattdessen legte er die Hände um meine Taille und hob mich zum Fenster hinauf. Die Erinnerung daran, wie ich im Keller gepackt und von dem Mauervorsprung gehoben worden war, überfiel mich so plötzlich, dass ich befürchtete, hysterisch loszuschreien. Aber da stand ich schon in der Küche. Ich schaltete das Licht ein, stellte fest, dass im Kamin nasse Asche lag, und ließ Ben zur Haustür herein. Schweigend gingen wir durchs Haus. Oben gab es ein Schlafzimmer und eine Abstellkammer, unten eine Wohnküche, ein WC und eine Dusche. Das Bett war nicht bezogen, der Boiler nicht angeschaltet. Im ganzen Haus herrschte eisige Kälte. Es war definitiv nicht bewohnt.

»Wir sind umsonst hergefahren«, sagte Ben matt.

»Immerhin wissen wir jetzt, dass sie nicht hier ist.«

»Tja.« Ben stocherte mit der Spitze seines Stiefels in der nassen Asche herum. »Ich hoffe, es geht ihr gut.«

»Ich lade Sie zum Frühstück ein«, wechselte ich das Thema. »Bestimmt finden wir irgendwo am Meer ein Café, wo wir etwas Warmes bekommen. Sie müssen sich ein bisschen ausruhen und etwas Anständiges essen, bevor Sie sich wieder ans Steuer setzen.«

Da es in Castleton nur ein Postamt und einen Pub gab, fuhren wir in den nächsten größeren Ort. Dort fanden wir ein kleines Café, das in den Sommermonaten vermutlich von Touristen überquoll, jetzt aber leer war. Immerhin hatten sie geöffnet und boten englisches Frühstück an. Ich bestellte für uns beide das »Spezial« – Würstchen, Eier, Speck, Pilze, gegrillte Tomaten und Toast – und eine große Kanne Kaffee. Das fettige, vertraute Essen tat gut. Wir ließen es uns schweigend schmecken.

»Wenn Sie es rechtzeitig zu Ihrer Besprechung schaffen wollen, sollten wir langsam aufbrechen«, sagte ich, nachdem ich den letzten Bissen hinuntergeschluckt hatte.

Während der Rückfahrt sprachen wir nicht viel. Auf der Straße war jetzt mehr Verkehr, und je näher wir London kamen, desto dichter drängten sich die Autos, bis es schließlich nur noch stockend voranging. Ben blickte immer wieder besorgt auf die Uhr.

»Sie können mich an einer U-Bahn-Station rauslassen«, sagte ich, aber er bestand darauf, mich bis zur Wohnung zu chauffieren, und stieg sogar noch aus, um mich zur Tür zu begleiten.

»Auf Wiedersehen«, sagte ich verlegen. Unsere lange gemeinsame Fahrt erschien mir bereits unwirklich. »Sie halten mich auf dem Laufenden, ja?«

»Natürlich.« Er wirkte müde und niedergeschlagen. »Ich werde mit Jos Eltern reden, sobald sie aus dem Urlaub zurück sind. Recht viel mehr kann ich bis dahin nicht tun, oder? Vielleicht ist sie ja bei ihnen.«

»Ich hoffe, Ihre Besprechung läuft gut.«

Er blickte an sich hinunter und versuchte zu lächeln. »Ich sehe heute nicht gerade wie ein Geschäftsmann aus, hm? Na ja, was soll's!« Er zögerte einen Moment, als wollte er noch etwas sagen, überlegte es sich dann aber anders, drehte sich um und kehrte zu seinem Wagen zurück.

16

Den Rest des Tages wusste ich nicht so recht, was ich mit mir anfangen sollte. All meine Pläne waren im Sande verlaufen, und es schien keine weiteren Spuren zu geben, denen ich hätte folgen können. Ich nahm ein Bad, wusch mir die Haare, widmete mich meiner Wäsche. Ich hörte mir alle Nachrichten auf dem Anrufbeantworter noch einmal an. Es war nur eine einzige hinzugekommen. Dann klappte ich meinen Laptop auf und sah nach, ob ich neue E-Mails erhalten hatte. Ebenfalls nur eine. Jemand warnte mich vor einem Computervirus.

Ich wanderte im Wohnzimmer herum, sah mir ein weiteres Mal die Listen an, die ich an die Wand geheftet hatte, und versuchte mich auf das zu konzentrieren, was ich mit Sicherheit wusste: Ich war entweder schon am Donnerstagabend entführt worden oder aber am Freitag, Samstag oder Sonntag. Mein Mobiltelefon befand sich im Besitz eines Mannes. Ich hatte mit jemandem Sex gehabt. Schließlich fasste ich einen Entschluss: Von nun an würde ich jedes Mal abheben, wenn Jos Telefon klingelte. Ich würde all ihre Briefe öffnen. Außerdem konnte ich versuchen, mich mit ihren Freunden in Verbindung zu setzen.

Ich begann mit der Post, holte mir die Briefe, die ich auf dem Kaminsims deponiert hate, und schlitzte sie auf. Freunde von Jo fragten an, ob sie Lust habe, sich mit ihnen ein Ferienhaus in Spanien zu teilen. Ein Verlag unterbreitete ihr das Angebot, bei der Überarbeitung eines Schulbuchs mitzuwirken. Der nächste Brief enthielt eine Einladung zu einem Klassentreffen. Eine Freundin, die Jo seit Jahren nicht mehr gesehen hatte, wollte den Kontakt auffrischen. Eine andere Freundin schickte ihr einen Zeitungsausschnitt über die Vor- und Nachteile von Antidepressiva. Ich schrieb mir ihren Namen und ihre Telefonnummer auf, ebenso die Nummer des Mannes, der einen

Kostenvoranschlag für einen neuen Boiler geschickt hatte. Dann warf ich einen Blick auf die Postkarten, doch es handelte sich bloß um rasch hingekritzelte Urlaubsgrüße oder Dankesworte für irgendwelche Gefälligkeiten. Anschließend ging ich noch einmal sämtliche Nachrichten durch, die auf dem Anrufbeantworter gespeichert waren. Mit Jos Lektorin hatte ich bereits gesprochen. Von den übrigen Anrufern hatten nur wenige ihren Nachnamen oder ihre Nummer hinterlassen. Ich rief eine Frau namens Iris an, die sich als Jos Cousine entpuppte, und führte mit ihr ein ziemlich chaotisches Gespräch über Daten. Sie hatte Jo vor sechs Monaten das letzte Mal gesehen. Dann rief ich die Frau an, die den Ausschnitt über Antidepressiva geschickt hatte. Ihr Name war Lucy, sie kannte Jo schon seit Jahren, hatte alle ihre Höhen und Tiefen mitbekommen. Die beiden hatten sich an Silvester gesehen, und Lucy berichtete, Jo sei ihr ein wenig stiller erschienen als sonst. Zugleich aber habe sie den Eindruck gehabt, sie habe ihr Leben ein wenig besser im Griff. Nein, seitdem habe sie nichts mehr von ihr gehört, und sie könne auch nicht sagen, wie ihre weiteren Pläne ausgesehen hätten. Da Lucy allmählich besorgt klang, erklärte ich, es sei wahrscheinlich alles in Ordnung und sie solle sich keine Sorgen machen. Anschließend versuchte ich, den Klempner zu erreichen, aber er war nicht da. Ich hinterließ eine Nachricht auf seinem Band.

Danach nahm ich mir Jos Computer vor, der in einer Ecke des Raums auf ihrem Schreibtisch stand. Nachdem ich ihre Dateien durchgesehen hatte, überlegte ich, ob ich ihre Lektorin anrufen und sie darüber informieren sollte, dass das Projekt, an dem Jo gearbeitet hatte, allem Anschein nach fertig in ihrem Computer gespeichert sei. Ich klickte ihre Mailbox an und ging die neueren E-Mails durch. Ich überlegte, ob ich mit einer Standardnachricht bei allen Leuten in ihrer Adressliste anfragen sollte, ob sie etwas von ihr gehört hätten, beschloss aber, damit noch ein, zwei Tage zu warten.

Ben hatte gesagt, Jo sei ein sehr zurückhaltender Mensch, in dessen Privatsphäre ich inzwischen jedoch ziemlich tief eingedrungen war. Ich hoffte, sie würde das verstehen. Er hatte auch gesagt, sie sei sehr ordentlich. Ich beschloss, vorsichtshalber gründlich sauber zu machen. Ich spülte das Geschirr ab, das wir am Vorabend benutzt hatten, schrubbte die Badewanne und räumte alles auf, was herumlag. Dann suchte ich nach dem Staubsauger und entdeckte ihn in dem hohen Schrank neben dem Bad, wo ich außerdem eine Katzentoilette und mehrere Dosen Katzenfutter sowie einen schwarzen Müllsack fand, der ihre Skisachen enthielt. Nachdem ich erst mein Zimmer und dann ihres gesaugt hatte, war die Waschmaschine fertig, und ich verteilte die nassen Kleidungsstücke über sämtliche Heizkörper. Anschließend machte ich mir eine weitere Tasse Kaffee, obwohl ich von dem vielen Koffein schon leicht zappelig und in überdrehter Stimmung war. Ich legte eine CD auf und ließ mich auf dem Sofa nieder, fühlte mich aber ruhelos. Als ich unten jemanden eine Tür schließen hörte, kam mir der Gedanke, dass ich das Naheliegendste noch nicht getan hatte: Jos Nachbarn zu fragen, wann sie sie das letzte Mal gesehen hatten.

Ich verließ die Wohnung und umrundete das Haus bis zum Eingang der Parterrewohnung. Ich klingelte. Nach wenigen Augenblicken öffnete sich die Tür einen Spalt breit, und ein Auge spähte zu mir heraus.

»Hallo, ich bin Jos … Jos Mitbewohnerin, und ich …«

Die Tür schwang ganz auf.

»Ich weiß, wer Sie sind, meine Liebe. Jo hat uns vorgestellt, erinnern Sie sich nicht? Peter. Sie haben gesagt, Sie würden mich mal besuchen, haben es aber nie getan.«

Er war ein sehr kleiner alter Mann, viel kleiner als ich, so dass ich mich fragte, ob er mit den Jahren geschrumpft war oder immer schon die Körpergröße eines vorpubertären Schuljungen hatte. Er trug einen gelben Pulli, der sich an einem Ärmel aufzutrennen begann, einen karierten Schal und Hausschuhe. Er hatte noch einen kleinen Rest grauer Haare auf dem Kopf und ein sehr knittriges, zerfurchtes Gesicht. »Kommen Sie«, sagte er. Ich zögerte. »Kommen Sie schon, stehen Sie nicht so ungemütlich vor der Tür. Herein mit Ihnen! Ich mache uns eine Tasse Tee. Nehmen Sie Platz, Gleich dort. Lassen Sie sich von der Katze nicht stören. Nehmen Sie Platz, und machen Sie es sich gemütlich. Bestimmt möchten Sie auch ein paar Kekse, nicht wahr? Zucker? Nehmen Sie Zucker? Sie waren die letzten Tage ziemlich viel unterwegs, nicht wahr? Ich habe Sie kommen und gehen sehen. Ich habe so viel Zeit, dass mir solche Dinge auffallen.«

Im Raum war es extrem warm, und es herrschte eine penible Ordnung. Die Wände waren von Bücherregalen gesäumt. Er besaß die gesammelten Werke von Charles Dickens in einer sehr edel wirkenden, gebundenen Ausgabe. Ich ließ mich auf seinem weichen Ledersofa nieder und nahm den Tee entgegen, den er mir reichte. Die Katze zuckte im Schlaf zusammen. Sie sah wie der fette Tiger aus, den ich durch mein Fenster gesehen hatte. »Danke, Peter. Wunderbar. Frischen Sie mein Gedächtnis auf – wann genau haben wir uns kennen gelernt?«

»Am Mittwoch«, antwortete er wie aus der Pistole geschossen. »An dem Tag, an dem Sie hier eingetroffen sind. Ich war zufällig draußen auf dem Gehsteig, ein wenig Luft schnappen, als Sie gerade Ihre Sachen reintrugen und Jo uns vorstellte. Ich habe Sie eingeladen, mich doch zu besuchen, falls Ihnen langweilig sein sollte, aber Sie sind nie gekommen. Natürlich hatten Sie dann auch keine Gelegenheit mehr dazu, weil Sie ja weggefahren sind.«

»Wann war das? Wann bin ich weggefahren?«

»Sie haben wohl Ihr Gedächtnis verloren, was?« Er lachte fröhlich. »Ich habe Sie beide schon eine Weile nicht mehr gesehen. Waren Sie zusammen im Urlaub?«

»Nicht direkt.«

»Ist Jo auch wieder da? Ein nettes Mädchen, diese Jo. Immer

hilfsbereit. Sie hat mich einmal ins Krankenhaus gefahren, nachdem ich in der Wohnung gestürzt war und mir das Bein gebrochen hatte. Sie hat mich sogar besucht. Niemand sonst ist gekommen, aber sie hat mich besucht und mir Blumen mitgebracht.«

»Sie ist noch nicht zurück«, antwortete ich vage.

»Ich bin schon sechsundachtzig«, erklärte er. »Finden Sie, dass man mir das ansieht?«

»Nein«, log ich.

»Meine Mutter ist fünfundneunzig geworden. Fünfundneunzig, und dann, eines Tages, peng und vorbei. Sie fehlt mir immer noch. Ich bin ein alter Mann und denke jeden Tag an meine Mum. Ich habe noch ihre Haarbürsten, müssen Sie wissen, schöne silberne Haarbürsten mit Elfenbeinrücken und echten Pferdehaaren. Das kriegt man heute gar nicht mehr. Und ihren Serviettenring, auch aus Silber, mit ihrem Namen auf der Innenseite. Sehr hübsch.«

»Der Tee war jetzt genau das Richtige für mich. Vielen Dank.«

»Sie wollen schon gehen? Ohne Keks?«

»Ich komme bald wieder.«

»Ich bin fast immer zu Hause.«

Ich schlief sehr tief und träumte von einem Feueralarm. Ich konnte nicht sehen, wo das Feuer ausgebrochen war, und wusste auch nicht, in welche Richtung ich fliehen sollte. Diese Unwissenheit lähmte mich. Hätte ich gewusst, wo sich der Notausgang befand, hätte ich darauf zusteuern können. Hätte ich gewusst, wo das Feuer loderte, hätte ich in die andere Richtung laufen können. Als die Feuersirene erneut einsetzte, wachte ich auf. Benommen realisierte ich, dass die Türklingel schellte. Ich griff nach meinem Bademantel. Meine Augen waren schwer. Die Lider fühlten sich zusammengeklebt an. Bei einem Auge zog ich sie mit den Fingern auseinander, als wollte ich eine Traube schälen, musste mir den Weg zur Tür aber trotzdem ertasten. Dennoch stellte ich sogar in diesem schlafwandlerischen Zustand noch sicher, dass die Kette vorgelegt war. Als ich die Tür einen Spalt weit öffnete, spähte das Gesicht eines jungen Polizeibeamten zu mir herein.

»Miss Devereaux?«, fragte er.

»Wie spät ist es?«

Er warf einen Blick auf seine Uhr.

»Drei Uhr fünfundvierzig«, antwortete er.

»In der Nacht?«

Er wandte sich um. Draußen war es grau und bewölkt, aber ganz offensichtlich Tag. Allmählich bekam ich wieder einen klaren Kopf.

»Es geht um den Wagen, nicht wahr?«, sagte ich. »Ich wollte ihn eigentlich längst abholen. Erst war es der Strafzettel, dann die Autokralle. Ich wollte mich schon die ganze Zeit darum kümmern, hatte aber so viel anderes zu tun. Die Einzelheiten erspare ich Ihnen besser, Sie wollen sie bestimmt nicht hören.«

Er starrte mich verständnislos an.

»Ich bin nicht wegen eines Wagens hier«, erklärte er. »Dürfen wir reinkommen?«

»Vorher würde ich gern Ihren Dienstausweis sehen.«

Seufzend reichte er mir ein dünnes Ledermäppchen. Als ob ich einen echten Dienstausweis von einem falschen unterscheiden könnte.

»Die kann man wahrscheinlich im Internet bestellen«, sagte ich.

»Ich gebe Ihnen eine Telefonnummer, die Sie anrufen können, wenn Sie noch immer Bedenken haben.«

»Ja, und da nimmt dann ein Freund von Ihnen ab, der schon auf meinen Anruf wartet.«

»Hören Sie, Miss Devereaux, DI Cross schickt mich. Er möchte mit Ihnen reden. Wenn das für Sie ein Problem darstellt, würde ich Sie bitten, das mit ihm selbst zu klären.«

Ich entriegelte die Tür. Sie waren zu zweit. Umständlich reinigten sie auf der Türmatte ihre Schuhe und nahmen ihre Dienstmützen ab.

»Wenn Cross mit mir reden möchte, warum ist er dann nicht selbst gekommen?«

»Wir sollen Sie mitnehmen.«

Ich stand schon im Begriff, eine wütende Bemerkung zu machen, empfand jedoch gleichzeitig Erleichterung. Endlich wandte sich Cross von sich aus an mich. Ich war nicht mehr diejenige, die ihm Unannehmlichkeiten bereitete. Fünf Minuten später saß ich in einem Polizeiwagen, der in Richtung Süden brauste. Als wir an einer Ampel anhalten mussten, bemerkte ich, wie ein paar Leute zu mir hereinstarrten. Ich sah ihnen an, was sie dachten: Wer war diese Frau, die dort auf dem Rücksitz saß? War sie eine Verbrecherin oder eine Polizistin? Ich versuchte, eher wie eine Polizistin auszusehen. Als wir den Fluss überquerten, warf ich einen Blick aus dem Fenster und runzelte die Stirn.

»Das ist die falsche Richtung«, sagte ich.

»DI Cross ist auf dem Revier Castle Road.«

»Warum?«

Ich bekam keine Antwort.

Castle Road war ein brandneues Polizeirevier mit viel Glas und farbigem Stahlrohr. Wir parkten an der Rückseite des Gebäudes, wo mich die beiden Beamten rasch durch eine kleine Tür und eine Treppe hinaufführten. In dem Büro, in dem Cross mich erwartete, saß noch ein zweiter Detective, ein Mann mittleren Alters mit schütterem Haar, der mir die Hand hinstreckte und sich als Jim Burrows vorstellte.

»Danke, dass Sie gekommen sind«, sagte Cross. »Wie geht es Ihnen?«

»Hat das alles mit Jo zu tun?«

»Was?«

»Ich bin ihretwegen nämlich nach Dorset gefahren. Sie war nicht in dem Cottage, in das sie sich normalerweise gern zurückzieht. Außerdem habe ich mit einem Mann gesprochen, der sie kennt und der weitere andere Bekannte von ihr angerufen hat, doch niemand weiß, wo sie ist.«

»Ach ja, richtig«, sagte Cross und warf einen leicht verlegenen Blick zu Burrows hinüber. Es war ein typischer Wissen-Sie-jetzt-was-ich-gemeint-habe-Blick. »Aber ich wollte Sie eigentlich etwas anderes fragen«, fuhr er fort. »Bitte setzen Sie sich.« Er deutete auf einen Stuhl vor dem Schreibtisch. »Kennen Sie eine Frau namens Sally Adamson?«

»Nein.«

»Sind Sie sicher?«

»Wer soll das sein?«

»Hatten Sie inzwischen Kontakt mit Terry Wilmott?«

Plötzlich lief eine Welle der Übelkeit durch meinen Körper, vom Scheitel bis hinunter zu den Zehenspitzen. Etwas Schlimmes war passiert.

»Ich war ein paarmal bei ihm, um meine Post abzuholen.« Mir kam ein Gedanke. »Sally. Ist das nicht seine Freundin?«

»Seine Freundin?«

»Ich weiß nicht genau, wie der Stand der Dinge zwischen den beiden ist. Auf jeden Fall bin ich ihr zweimal über den Weg gelaufen. Sie kam, als ich gerade am Gehen war. Ihren Nachnamen kenne ich nicht. Ich weiß auch nicht, ob sie wirklich zusammen sind, aber meiner Meinung nach gehört Terry zu der Sorte Mensch, der nicht in der Lage ist, ohne Beziehung zu leben. Ich meine, als wir beide uns kennen gelernt haben …« Abrupt brach ich ab. »Ist etwas passiert?«

Die beiden Männer sahen sich an. Burrows stand auf und trat einen Schritt vor.

»Sie ist tot«, erklärte er. »Sally Adamson. Sie ist gestern Abend tot aufgefunden worden.«

Mein Blick wanderte von ihm zu Cross. Da mir ungefähr

282

fünfzig Fragen auf der Zunge brannten, stellte ich die dümmste zuerst.

»Tot?«

»So ist es«, antwortete Cross. »Und jetzt kommt der interessante Teil. Ihre Leiche wurde in der Westcott Street unter einer Hecke gefunden, im Vorgarten von Haus Nummer 54. Sie ist erwürgt worden. Eine natürliche Todesursache ist auszuschließen.«

Ich schauderte. Mir wurde kalt »Terry wohnt in Nummer 62.«

»Ja«, antwortete Cross.

»Oh«, sagte ich. »O mein Gott!«

»Möchten Sie etwas trinken?«, fragte Cross. »Einen Kaffee?« Ich schüttelte den Kopf. »Ein Alptraum«, murmelte ich. »Lieber Himmel! Die arme Sally! Aber weshalb brauchen Sie da *mich*?« Cross gab mir keine Antwort, sah mich unverwandt an. Es dauerte eine Weile, bis mein müdes Gehirn verstand.

»Nein«, sagte ich. »Nein, nein und noch mal nein! In der Gegend gibt es viel Kriminalität. Eine Frau, die nachts allein eine Wohnung verlässt. Bestimmt war es ein Raubüberfall.«

Cross ging zu einem Tisch in der Ecke. Er kehrte mit einer durchsichtigen Plastiktüte zurück.

»Sally Adamsons Geldbörse«, erklärte er. »Wir haben Sie in Miss Adamsons Umhängetasche gefunden, die neben der Leiche lag. Die Börse enthält fünfundvierzig Pfund in bar. Außerdem zwei Kreditkarten. Es ist offenbar nichts gestohlen worden.«

»Nein«, sagte ich mehr zu mir selbst als zu den beiden Beamten. »Nein. Das ergibt keinen Sinn. Weiß Terry schon davon?«

»Terence Wilmott befindet sich ein Stockwerk unter uns«, informierte mich Jim Burrow. »Meine Kollegen sprechen gerade mit ihm.«

»Was sagt er?«

»Nicht viel. Er ist in Begleitung seines Anwalts.«

»Sie glauben doch nicht allen Ernstes…? Sie können doch nicht…« Ich stützte den Kopf in die Hände, schloss die Augen. Vielleicht konnte ich einfach einschlafen, und wenn ich wieder aufwachte, würde sich alles verflüchtigt haben, so wie sich ein Traum oft in undeutliche Bilder auflöst, an die man sich kaum noch erinnern kann.

Burrows räusperte sich. Er nahm ein mit Schreibmaschine beschriebenes Blatt von seinem Schreibtisch und warf einen Blick darauf.

»Sie haben im November und Dezember letzten Jahres bei mindestens drei Gelegenheiten die Polizei angerufen, weil Sie Probleme mit Ihrem Freund hatten.«

»Das ist richtig«, antwortete ich. »Und die Polizei hat nicht das Geringste unternommen. Man hat mir nicht geglaubt.«

»Was hat er getan?«

»Das ist schnell erklärt. Terry hat depressive Phasen. Er wird wütend. Er betrinkt sich. Manchmal wird er dann auch handgreiflich.«

»Er hat Sie geschlagen?«

»Hören Sie, wenn Sie auch nur eine Sekunde annehmen, Terry könnte eine Frau umbringen…«

»Miss Devereaux, über Ihre Einschätzung der Sachlage können wir später sprechen. Zuerst beantworten Sie bitte unsere Fragen.«

Ich hoffte, durch die Art, wie ich meinen Mund zuklappte, meine ganze Verachtung zum Ausdruck zu bringen. »Wie Sie meinen«, sagte ich.

»Er hat Sie geschlagen?«

»Ja, aber…«

»Mit der flachen Hand?«

»Ja.«

»Hat er sie auch mit der geschlossenen Hand geschlagen?«

»Sie meinen, mit der Faust? Ein- oder zweimal.«

»Heißt das, dass er nur ein- oder zweimal zugeschlagen hat oder dass es ein- oder zweimal vorgekommen ist, dass er mit den Fäusten auf Sie losgegangen ist?«

Ich holte tief Luft. »Letzteres. Es ist zweimal passiert.«

»Hat er jemals irgendeine Art von Waffe benutzt?«

Ich warf mit einer wilden Geste die Arme hoch. »Das ist so alles nicht richtig«, erklärte ich. »Diese Ja- und Nein-Fragen treffen es nicht. Es war viel komplizierter.«

Burrow rückte noch näher an mich heran, wiederholte seine Frage in leisem Ton: »Hat er Sie je mit einer Waffe bedroht? Beispielsweise einem Messer?«

»Ich glaube schon.«

»Sie glauben?«

»Ja. Ich meine, ja, er hat es getan.«

»Hat er jemals seine Hände oder seinen Arm um Ihren Hals gelegt?«

Meine Reaktion auf diese Frage überraschte mich selbst. Ich begann hemmungslos zu weinen. Blind vor Tränen tastete ich nach einem Taschentuch, aber meine Hände schienen nicht richtig zu funktionieren. Dabei wusste ich nicht einmal, weshalb ich weinte. Ich wusste nicht, ob es wegen meiner gescheiterten Beziehung mit Terry war oder weil ich um mein Leben bangen musste. Und nun auch noch die Sache mit Sally. Sally, deren Nachnamen ich nicht gekannt hatte. Vergeblich versuchte ich, mir ihr Gesicht vorzustellen. Sie war eine Frau, der ich wahrscheinlich nichts Gutes gewünscht hätte, wenn ich überhaupt einen Gedanken an sie verschwendet hätte, und nun war ihr dieses Unglück zugestoßen. Machte mich das zu einem kleinen Grad mit verantwortlich?

Als ich mich von meinem Heulanfall einigermaßen erholt hatte, stellte ich fest, dass Cross mit zwei Pappbechern vor mir stand. Der erste, den er mir reichte, enthielt Wasser, das ich mit einem Zug austrank. In dem anderen Becher war heißer, starker Kaffee. Ich nahm vorsichtig einen Schluck.

»Ich möchte, dass Sie eine Aussage machen«, sagte er. »Falls Sie sich dazu in der Lage fühlen.« Ich nickte. »Gut. Wir holen eine Beamtin, die alles zu Protokoll nehmen wird, anschließend gehen wir das Ganze noch einmal durch.«

So kam es, dass ich die nächsten zweieinhalb Stunden einen Pappbecher Kaffee nach dem anderen trank und über all die Dinge in meiner Beziehung mit Terry sprach, die ich eigentlich hatte vergessen wollen. Es heißt ja, über schlimme Erfahrungen zu sprechen hätte eine therapeutische Wirkung. Bei mir war das Gegenteil der Fall. Obwohl es in meinem Leben ein paar Menschen gab, mit denen ich sehr gut befreundet war, hatte ich mit ihnen nie über Terry gesprochen, zumindest nicht über die ganz schlimmen Sachen. Ich hatte diese Dinge nie zur Sprache gebracht, nie beim Namen genannt. Als ich sie nun in Jim Burrows Büro laut aussprach, erwachten sie zu neuem Leben und machten mir Angst.

Viele Monate war ich einfach der Meinung gewesen, in einer etwas problematischen Beziehung zu leben, in der die Dinge bisweilen außer Kontrolle gerieten, weil wir Kommunikationsprobleme hatten. Als ich nun alles in Worte fasste, hörte sich das ganz anders an. Die Frau, die meine Aussage mitschrieb, war eine junge uniformierte Beamtin. Als ich den Abend beschrieb, an dem Terry sturzbetrunken nach einem Küchenmesser griff, damit vor mir herumfuchtelte und es mir an den Hals drückte, hörte sie zu tippen auf und starrte mich mit weit aufgerissenen Augen an. Ich erklärte, dass er das nicht ernst gemeint habe. Dass er mir niemals Schaden zugefügt hätte. WPC Hawkins, Burrow und Cross sahen mich an und wechselten viel sagende Blicke. Alle drei verzichteten darauf, laut auszusprechen, was auf der Hand lag – dass er mir sehr wohl Schaden zugefügt hatte und wem ich eigentlich etwas vormachen wollte. Allmählich begann ich mich selbst zu fragen: Hatte ich ein Problem? War ich das geborene Opfer? Während ich die Geschichte erzählte, begann ich mir ernstlich

Sorgen um diese Frau zu machen, die sich das so lange hatte gefallen lassen. Und ich dachte über die Frau nach, an die ich mich nicht erinnern konnte, die Frau, die gesagt hatte, nun sei das Maß endgültig voll, und zur Tür hinausmarschiert war. Ich versuchte, mir Sally Adamson vorzustellen, die Frau, die zu mir gesagt hatte, wir seien uns überhaupt nicht ähnlich, und die man nun starr und kalt in einem winterlichen Vorgarten gefunden hatte. Plötzlich musste ich daran denken, dass sie vielleicht noch Terrys Sperma in sich getragen hatte, während sie dort tot unter der Hecke lag. Dieser Gedanke trieb mir die Schamesröte ins Gesicht, und ich befürchtete, meine glühenden Wangen könnten Cross verraten, was mir gerade Schreckliches durch den Kopf gegangen war. Schnell fragte ich, wer sie gefunden habe. Es war der Postbote gewesen. Ich stellte mir vor, wie sie von einem Fremden gefunden wurde, während die Menschen, die sie kannten und liebten, von ihrem Tod noch keine Ahnung hatten. Und ich begann mich zu fragen, ob Terry das tatsächlich getan haben konnte. Falls ja – falls er es wirklich getan hatte, was bedeutete das dann für mich und meine Geschichte? Niemand hatte mir geglaubt, doch bis jetzt hatte ich wenigstens mir selbst geglaubt. Das war das Einzige, was mich bisher davon abgehalten hatte, wahnsinnig zu werden.

17

Nachdem ich meine Aussage beendet hatte, fühlte ich mich völlig ausgebrannt. Die Geschichte entsprach in allen Punkten der Wahrheit, aber ich hatte dennoch das unbestimmte Gefühl, dass es sich nicht um die Geschichte handelte, die ich eigentlich hatte erzählen wollen. Mir war, als müsste ich noch etwas Wichtiges hinzufügen, konnte aber vor Erschöpfung keinen klaren Gedanken mehr fassen. Cross sah das Protokoll mit kritischem Blick durch, nickte hin und wieder. Er kam mir vor wie ein Lehrer beim Korrigieren einer eher mangelhaften Hausaufgabe. Nachdem ich die Aussage dreimal unterschrieben hatte, trug WPC Hawkins den kleinen Stapel Blätter fort. Ich überlegte, was ich jetzt tun sollte, als Cross mir anbot, mich nach Hause zu fahren. Ich protestierte, doch er behauptete, ohnehin in meine Richtung zu müssen. Mir fehlte die Energie für weiteren Widerspruch.

Der erste Teil der Fahrt führte uns durch stark befahrene Straßen, die mir nicht bekannt vorkamen. Ich starrte vor mich hin und versuchte, an nichts zu denken. Ein aussichtsloses Unterfangen. Natürlich begann ich, in Gedanken alles noch einmal zu rekapitulieren, und nach kurzer Zeit konnte ich die Augen nicht mehr davor verschließen.

»Anhalten«, sagte ich.

»Was ist los?«, fragte Cross.

»Ich glaube, ich muss mich übergeben.«

»Um Himmels willen!« Er blickte sich verzweifelt um. »Hier ist überall Halteverbot, aber ich finde bestimmt gleich eine Stelle, wo ich anhalten kann.«

»Sie sind doch Polizist!«

»Moment, Moment noch! Wenn es gar nicht mehr geht, dann bitte aus dem Fenster!«

Er bog von der Hauptstraße in eine Seitenstraße ein und hielt am Randstein an. Ich riss die Tür auf und rannte hinaus. Vor mir ragte eine hohe Ziegelmauer auf, wahrscheinlich die Seite einer Fabrik oder Lagerhalle. Ich legte die Hände auf die raue Oberfläche, die sich wundervoll kalt anfühlte, und lehnte den Kopf dagegen. Plötzlich spürte ich eine Hand auf meinem Rücken.

»Geht es wieder?«

Eine warme, säuerliche Flüssigkeit stieg in meinem Hals hoch, aber ich schluckte sie hinunter und holte mehrmals tief Luft.

»Sie haben einen schweren Tag hinter sich«, meinte Cross.

»Nein, nein«, widersprach ich. »Ich meine, ja, aber das ist nicht der Grund.«

»Wie meinen Sie das?«

Ich ging ein paar Schritte und versuchte mich zu wärmen, indem ich die Arme um mich schlang. Es war Abend geworden, und mein Atem bildete vor meinem Gesicht eine weiße Wolke. Wir befanden uns am Rand eines Industriegebiets. Hinter Stacheldraht ragten hohe Gebäude auf, die trotz ihrer modernen Bauweise ein wenig verrußt wirkten. *Frazer Glass and Glazing Co. Leather Industries Centre. Tippin Memorial Masons.*

»Sie liegen völlig falsch«, sagte ich.

»Steigen Sie wieder ein.«

»Warten Sie einen Moment«, versuchte ich ihn zurückzuhalten. »Sie wissen, dass ich im Moment keine besonders herzlichen Gefühle für Terry hege.«

»Das kann ich mir vorstellen.«

»Er ist ein Mann mit ernsthaften Problemen, und wahrscheinlich braucht er jede Hilfe, die er bekommen kann, aber diesen Mord hat er nicht begangen.«

»Miss Devereaux, Abbie, steigen Sie wieder ein. Ich erfriere hier draußen.«

»Werden Sie mir im Auto ein paar Fragen beantworten?«

»Was Sie wollen. Hauptsache, ich muss nicht mehr in dieser Kälte herumstehen.«

Wir saßen eine Weile schweigend im Wagen.

»Halte ich Sie von etwas ab?« fragte ich.

»Nicht direkt«, antwortete er.

»Mir gehen ständig diese Fragen durch den Kopf, ich kann nichts dagegen tun. Ich weiß, dass Sie der Experte sind, aber trotzdem ergibt das Ganze für mich keinen Sinn. Zum einen ist Terry einfach kein Mörder. Und selbst wenn er es wäre, würde er sich meiner Meinung nach keine Frau aussuchen, mit der er gerade eine Beziehung angefangen hat. Und wenn er trotz allem beschlossen hätte, sie umzubringen, dann wäre es entweder in seiner oder ihrer Wohnung passiert. In diesem Fall hätte er die Leiche bestimmt nicht drei Häuser weiter abgelegt. Da hätte er sich die Mühe, sie zu verstecken, gleich sparen können!«

Die erste Reaktion von Jack Cross, sofern man das überhaupt eine Reaktion nennen konnte, bestand darin, den Wagen zu starten und loszufahren.

»Ich glaube, ich schaffe das auch, während ich fahre«, erklärte er. »Als Erstes sollte ich vielleicht mal klarstellen, das Terence Wilmott noch nicht angeklagt worden ist, den Mord an Sally Adamson begangen zu haben. Trotzdem ist er ein naheliegender Verdächtiger, und ich fürchte, in den meisten Fällen entpuppen sich die naheliegendsten Verdächtigen tatsächlich als Täter. Ich habe Ihre Argumente zur Kenntnis genommen...«

»Was im Klartext bedeutet, dass Sie sie ignorieren werden«, unterbrach ich ihn.

»Aber Fakt ist auch, dass die meisten Mordopfer nicht von Fremden umgebracht werden, die sie in einer dunklen Seitenstraße überfallen, sondern von Menschen, die sie kennen. Frauen sind am meisten durch ihre Sexualpartner gefährdet. Die Tatsache, dass Terry gegenüber einer anderen Partnerin – nämlich Ihnen – schon mehrfach Gewalt angewendet hat, stellt weiteres Beweismaterial dar. Sehr belastendes Beweismaterial, würde ich sagen. Was die Frage betrifft, wo er es getan hat oder warum und wo er sich der Leiche entledigt hat – falls er das getan hat – dazu kann ich nur sagen, dass es da keine Regeln gibt. Manche Menschen planen einen Mord langfristig, andere handeln völlig spontan. Manche Täter verzichten darauf, die Leiche zu verstecken, andere verstecken sie so gut, dass sie niemals gefunden wird, wieder andere verstecken sie mehr oder weniger schlecht. Vielleicht hat er sie umgebracht und ihre Leiche dann an der Straße abgeladen, um es so aussehen zu lassen, als wäre sie beim Verlassen der Wohnung einem Raubüberfall zum Opfer gefallen.«

»Wenn das seine Absicht war, wieso hat er dann ihre Geldbörse bei ihr gelassen? Außerdem wäre es ein viel zu großes Risiko gewesen, die Leiche die Straße entlangzuzerren.«

»Haben Sie je einen Mord begangen, Abbie?«

»Nein. Sie?«

»Nein.« Er zwang sich zu einem Lächeln. »Aber ich habe
mit Menschen zu tun, die einen begangen haben. Stellen Sie
sich den schlimmsten Stress vor, den Sie je erlebt haben, und
multiplizieren Sie ihn mit hundert. Sie können nicht mehr richtig atmen, Sie können nicht mehr richtig denken. In dieser
Situation machen Menschen die seltsamsten Dinge. Sie bege-
hen die verrücktesten Fehler.«

»Es gibt noch eine Möglichkeit.«

»Es gibt noch viele Möglichkeiten.«

»Nein. So ist es wirklich passiert.«

»Nämlich?«, fragte er in übertrieben geduldigem Ton.

Es fiel mir schwer, es laut auszusprechen. Ich musste mich
dazu zwingen.

»Sie wissen, dass ich mein Aussehen stark verändert habe,
seit all das passiert ist.«

»Ja, das ist mir aufgefallen.«

»Seit Sie mich einfach meinem Schicksal überlassen haben,
ohne auch nur ansatzweise für meinen Schutz zu sorgen, habe
ich aufwändige Vorkehrungen getroffen, um mögliche Verfol-
ger abzuschütteln. Kaum jemand weiß, wo ich mich aufhalte.
Und so ziemlich das Einzige, was dieser Mann – der Mann, der
mich entführt hat – von mir weiß, ist meine alte Adresse und
wo ich gearbeitet habe. Ich habe über diese Dinge mit ihm gesprochen. Daran erinnere ich mich.«

»Ja?«

»Ist Ihnen aufgefallen, dass wenn nach der Trennung eines
Paars einer von beiden gleich wieder mit jemand anderem zu-
sammenkommt, der neue Partner oft wie ein Klon des alten
aussieht?«

»Nein, darauf habe ich noch nie geachtet.«

»Ist aber so. Es ist mir sofort aufgefallen, als ich Sally in die Arme gelaufen bin. Fragen Sie Terry. Bei meinem ersten Zusammentreffen mit ihr habe ich die beiden sogar darauf aufmerksam gemacht.«

»Sehr taktvoll.«

»Sie war nicht meiner Meinung. Na ja, wäre wohl auch ein bisschen viel verlangt gewesen. Außerdem hätte sie die Ähnlichkeit ohnehin nicht mehr feststellen können. Zu dem Zeitpunkt hatte ich mein Äußeres so weit verändert, dass wir völlig unterschiedlich aussahen. Worauf ich hinaus will, ist, dass der Mann, der mich entführt hat, genau gewusst hat, dass ich wieder da draußen herumlaufe. Er ist zwar bis jetzt nicht verhaftet worden, doch er kann trotzdem nicht sicher sein, wie viel ich über ihn weiß. Ich stelle ein Risiko für ihn dar. Wenn er mich töten könnte, wäre er sicherer. Eine der wenigen Möglichkeiten, mich zu finden, war, sich in der Nähe von Terrys Wohnung aufzuhalten. Falls er gesehen hat, wie Sally mitten in der Nacht aus der Wohnung kam, hat er sicher geglaubt, ich sei es.«

»Sprechen Sie weiter.«

»Er hat sie erwürgt, weil er sie mit mir verwechselt hat. Er war der Meinung, dass es sich um meinen Hals handelte. Das ist die einzige Erklärung, die einen Sinn ergibt.«

Ich sah zu Cross hinüber. Er gab mir keine Antwort. Plötzlich schien er sich ganz auf den Verkehr zu konzentrieren. Mir kam ein weiterer Gedanke.

»Er glaubt, dass er mich umgebracht hat.«

»Was?«

»Dieser Mann. Er glaubt, dass ich tot bin. Er wähnt sich in Sicherheit. Wahrscheinlich ist ihm sein Irrtum noch nicht klar geworden. Wenn Sie die Bekanntgabe des Mordes ein wenig hinauszögern oder die Identität des Opfers noch eine Weile geheim halten könnten, gäbe mir das ein paar Tage Zeit, etwas zu unternehmen.«

»Eine sehr gute Idee«, entgegnete Cross. »Ihr Plan hat nur einen Haken.«

»Und der wäre?«

»Dass wir in der Realität leben. Wir sind leider mit ein paar lästigen Vorschriften geschlagen. Wenn jemand ermordet wird, ist eigentlich nicht vorgesehen, dass wir diese Tat geheim halten. Wir müssen die Angehörigen informieren. Und es wird von uns erwartet, dass wir herausfinden, wer es war.«

Wir schwiegen beide ein paar Minuten, bis der Wagen schließlich vor Jos Wohnung hielt.

»Wissen Sie, was wirklich lustig ist?«, fragte ich.

»Nein.«

»Sie glauben mir nicht. Sie halten mich für eine Phantastin, vielleicht sogar für eine chronische Lügnerin. Sie sind recht nett zu mir, und ich weiß, dass es Ihnen ein wenig schwerer gefallen ist als den anderen, mich einfach meinem Schicksal zu überlassen, trotzdem ist das der Stand der Dinge. Hätten Sie aber statt Sally mich in diesem Vorgarten gefunden, dann würden Sie jetzt mit Sicherheit Terry für den Täter halten, und dieser Mann wäre ungeschoren davongekommen.«

Cross beugte sich zu mir herüber und legte eine Hand auf meinen Oberarm.

»Abbie, wie ich schon gesagt habe, werden wir in Ihrem Fall unverzüglich weiterermitteln, sobald uns neues Beweismaterial vorliegt. Das versteht sich von selbst. Und wenn Ihre Freundin...«

»Jo.«

»Wenn Jo in den nächsten Tagen nicht auftaucht, sollten Sie sich auf jeden Fall wieder bei mir melden. Was Ihre Aussage betrifft, tu ich sie keineswegs als Lügengeschichte ab. Wir haben Sie auch nicht einfach Ihrem Schicksal überlassen, wie Sie es ausdrücken, wir hatten lediglich keine Beweise – außer dass Sie Ihr Freund, Terry Wilmott, in der Vergangenheit ein paarmal verprügelt hatte und es kurz vor Ihrem Gedächtnisverlust ein weiteres Mal getan hat. Mehr Anhaltspunkte hatten wir nicht. Wenn wir letzte Nacht Ihre Leiche gefunden hätten – was Gott sei Dank nicht der Fall war –, dann wäre Terry vielleicht sogar der Täter gewesen. Ist Ihnen dieser Gedanke schon einmal durch den Kopf gegangen? Meiner Meinung nach können Sie froh sein, dass Sie ihn rechtzeitig losgeworden sind.«

»Aber was ist mit meinem Verschwinden? Wollen Sie das auch ihm in die Schuhe schieben? Er hat ein Alibi, oder haben Sie das vergessen?«

Cross' Miene verhärtete sich. »Er hat nur eine Geschichte, die zu stimmen scheint, das ist alles. Dieser ganze Fall bestand bisher nur aus Geschichten, einer Menge Geschichten. Jetzt aber haben wir es mit einer Frauenleiche zu tun, sie lag nur ein paar Meter von der Haustür des Mannes entfernt, der Sie mehrfach verprügelt hat.«

Ich stieg aus, beugte mich aber noch einmal zu ihm in den Wagen. Sein Gesicht war von den Straßenlampen schwach beleuchtet. »Morgen wird Sallys Name in der Zeitung stehen. Dann wird er es wissen und wieder hinter mir her sein, aber am Ende werden Sie erkennen, dass ich die Wahrheit gesagt habe. Ich habe eine Möglichkeit, es Ihnen zu beweisen.«

»Und die wäre?«

»Sie werden es wissen, wenn Sie meine Leiche finden. Ich werde erwürgt in irgendeinem Graben liegen, und Terry wird immer noch in Untersuchungshaft sitzen. Dann wird es Ihnen Leid tun.«

»Da haben Sie Recht.«

»Wie meinen Sie das?«

»Es würde mir Leid tun.«

Ich knallte die Tür so heftig zu, dass der ganze Wagen bebte.

18

Ich blickte zu Jos Fenster hinauf. Es brannte kein Licht, die Wohnung wirkte dunkel und verlassen. Während ich den Schlüssel ins Schloss schob, stellte ich mir vor, wie ich die ganze Nacht dort oben sitzen würde, Sallys Leiche vor Augen, darauf wartend, dass es endlich Morgen wurde. Vielleicht sollte ich besser wieder zu Sadie gehen oder zu Sam oder Sheila. Allein der Gedanke erfüllte mich mit Verzweiflung. Ich würde ihnen alles erzählen müssen, was sich inzwischen ereignet hatte, und das war einfach zu viel. Obwohl es nur ein paar Tage zurücklag, dass ich sie das letzte Mal gesehen hatte, schienen uns mittlerweile Welten voneinander zu trennen. Ich war aus ihrer Welt herausgefallen und eine Fremde geworden. Wer von ihnen sollte mich jetzt noch kennen?

Ich konnte aber auch nicht hier auf der Straße stehen bleiben, wo ich die perfekte Zielscheibe abgab. Rasch drehte ich den Schlüssel im Schloss und schob die Tür auf. Als mein Blick auf die Treppe fiel, die zu den dunklen Räumen hinaufführte, kroch eine unbestimmte Angst in mir hoch. Ich zog die Tür zu und lehnte mich einen Moment dagegen, versuchte, ruhig durchzuatmen. Ein Teil von mir wäre am liebsten an der Tür zu Boden geglitten und dort liegen geblieben wie ein verendendes Tier. Ich konnte mich zusammenrollen und die Arme um den Kopf schlingen. Dann würde jemand kommen und sich um alles kümmern. Man würde mich auf eine Trage heben und an einen warmen, sicheren Ort bringen, und ich müsste nicht mehr Tag für Tag so weitermachen.

Doch ich rollte mich nicht auf dem Boden zusammen, sondern ging auf die Hauptstraße zurück, wo ich ein Taxi herbeiwinkte und den Fahrer aufforderte, mich zum Belsize Park zu fahren. Obwohl ich die Hausnummer nicht wusste, war ich überzeugt, dass ich das Haus wiedererkennen würde, wenn ich erst einmal dort war. Wahrscheinlich würde er gar nicht zu Hause sein, und wenn doch, würde ich nicht wissen, was ich zu ihm sagen sollte.

Ich fand das Haus ohne Probleme, weil mir der davorstehende Baum bekannt vorkam und ich mich noch an das schmiedeeiserne Tor erinnern konnte. Sowohl im Erdgeschoss als auch im ersten Stock brannte Licht. Ich reichte dem Fahrer eine Zehn-Pfund-Note und ging atemlos und mit wackeligen Beinen auf das Haus zu. Wahrscheinlich hatte er gerade Gäste oder vergnügte sich im Bett. Ich betätigte den Türklopfer und trat einen Schritt zurück. Als ich ihn kommen hörte, entschlüpfte mir ein kleiner Seufzer.

»Abbie?«

»Haben Sie Besuch? Störe ich?«

Er schüttelte den Kopf.

»Entschuldigen Sie«, sagte ich. »Entschuldigen Sie, dass ich Sie so überfalle, aber ich wusste mir keinen Rat mehr. Sie sind der einzige Mensch, der über die ganze Sache Bescheid weiß. Sie müssen entschuldigen.«

»Was ist passiert?«

»Ich habe Angst.«

»Kommen Sie rein. Ihnen ist bestimmt kalt. Sie sehen richtig durchgefroren aus.« Er hielt mir die Tür auf, und ich betrat seine geräumige Diele.

»Sie müssen wirklich entschuldigen.«

»Nun hören Sie um Himmels willen auf, sich ständig zu entschuldigen. Kommen Sie in die Küche, da ist es schön warm. Moment, ich nehme Ihren Mantel.«

»Danke.«

Er führte mich in eine kleine Küche. Auf dem Fensterbrett standen Topfpflanzen, auf dem Tisch Narzissen. Es roch nach Kleber, Sägemehl und Lack.

»Hier, setzen Sie sich. Schieben Sie die Sachen einfach zur

Seite. Ich mache uns etwas zu trinken. Tee? Oder lieber eine heiße Schokolade?«

»Das wäre wundervoll.«

Er goss Milch in einen Topf und stellte ihn auf den Herd.

»Haben Sie Hunger? Wann haben Sie das letzte Mal etwas gegessen?«

»Heute Morgen, erinnern Sie sich?«

»War das erst heute Morgen? Mein Gott!«

»Haben Sie Ihre Besprechung gut hinter sich gebracht?«

»Zumindest habe ich sie hinter mich gebracht. Soll ich Ihnen etwas zu essen machen?«

»Nur eine heiße Schokolade. Das wäre sehr wohltuend.«

»Wohltuend«, wiederholte er mit einem Lächeln.

Er löffelte Schokogranulat in die kochende Milch und rührte um, bevor er sie in eine große grüne Tasse goss. »So, nun trinken Sie das, Abbie, und dann erzählen Sie mir, was passiert ist.«

»Sally ist tot«, platzte ich heraus.

»Sally? Wer ist Sally?«

»Terrys neue Freundin.« Ich rechnete damit, dass er fragen würde, wer Terry sei, doch er nickte nur stirnrunzelnd.

»Das tut mir Leid, aber haben Sie sie auch gekannt? War sie eine Freundin von Ihnen?«

»Ich kannte sie eigentlich gar nicht. Aber sie ist ermordet worden.«

»Ermordet? Jemand hat sie ermordet?«

»Ganz in der Nähe von Terrys Wohnung. Die Polizei ist davon überzeugt, dass Terry es war.«

»Verstehe«, sagte er langsam.

»Aber er war es nicht. Ich weiß, dass es nicht wahr. Natürlich glaubt die Polizei wieder, dass ich in irgendeiner paranoiden Phantasiegeschichte gefangen bin. Für die ist das nur ein weiterer Beweis: Terry hat mich verprügelt, und ich habe aus einer tristen Misshandlungsgeschichte eine heroische Entführungsgeschichte gemacht. Dann führt er das Muster weiter und bringt seine nächste Freundin um.«

»Aber so war es nicht?«

»Nein. Terry könnte niemanden umbringen.«

»Viele Menschen, von denen man glaubt, sie könnten niemanden umbringen, bringen jemanden um.«

»Das sagt die Polizei auch. Aber ich kenne ihn. Hätte er sie tatsächlich umgebracht, dann wäre er hinterher vor lauter Schuldgefühlen zusammengebrochen und hätte die Polizei angerufen. Er hätte ihre Leiche ganz sicher nicht nach draußen getragen und ein paar Häuser weiter abgelegt. Selbst wenn er sie versteckt hätte, was er nicht getan hätte, weil er sie gar nicht hätte umbringen können, dann hätte er ...«

»Ich bin nicht die Polizei.«

»Nein. Entschuldigen Sie. Es ist bloß ... das alles. Ich muss ständig an den armen, dummen Terry denken. Und natürlich an Sally. Aber da ist noch etwas. Sally hat mir sehr ähnlich gesehen. Ich meine vorher, ehe ich mir meinen neuen Haarschnitt und all das andere zugelegt habe.« Ich sah, wie sich sein Gesichtsausdruck veränderte. »Ich werde einfach dieses schreckliche Gefühl nicht los, dass eigentlich ich das Opfer hätte sein sollen.«

»Oh«, sagte er. »Verstehe.«

»Er ist irgendwo da draußen und sucht nach mir. Er wird mich finden. Ich weiß es.«

»Und die Polizei nimmt Sie nicht ernst?«

»Nein. Ich kann es ihnen nicht einmal verdenken. Ich weiß nicht, ob ich mich an ihrer Stelle nicht genauso verhalten würde. Wäre ich nicht ich, würde ich mich wahrscheinlich auch nicht ernst nehmen. Wenn Sie verstehen, was ich meine.«

»Ich verstehe sehr gut, was Sie meinen.«

»Glauben Sie mir?«

»Ja«, antwortete er.

»Ich meine, ingesamt. Die ganze Geschichte.«

»Ja.«

»Wirklich? Sagen Sie das jetzt nicht bloß so?«

»Nein, ich sage das jetzt nicht bloß so.«

Ich sah ihn an. Er verzog keine Miene, wandte den Blick nicht ab. »Danke«, sagte ich. Dann griff ich nach meiner heißen Schokolade und trank sie aus. Plötzlich fühlte ich mich viel besser. »Darf ich kurz Ihr Bad benutzen? Dann gehe ich nach Hause. Ich hätte Sie nicht so überfallen dürfen, das war dumm von mir.«

»Einfach die Treppe rauf, Sie können es nicht verfehlen.«

Mit weichen Knien stieg ich die Treppe hoch. Im Bad wusch ich mir am Waschbecken mein fleckiges Gesicht. Ich sah wie ein ins Wasser gefallenes Schulmädchen aus. Als ich die Treppe wieder hinunterging, blickte ich mich um. Es war ein schönes Haus. Ich fragte mich, ob hier auch eine Frau lebte. An den Wänden hingen Bilder, und überall stapelten sich Bücher. In der Ecke, wo die Treppe einen Knick machte, stand eine große Pflanze. Wie vom Donner gerührt blieb ich stehen und betrachtete ihren alten knorrigen Stamm und ihre dunkelgrünen Blätter. Ich beugte mich hinunter und drückte einen Finger in die feuchte, moosige Erde. Dann ließ ich mich neben ihr nieder und stützte das Kinn in die Hände. Ich wusste nicht, ob ich weinen, kichern oder schreien sollte. Am Ende tat ich nichts davon, sondern stand einfach auf und ging ganz langsam die restlichen Stufen hinunter. Als ich zurück in die Küche kam, saß Ben noch immer am Tisch. Er tat nichts Bestimmtes, starrte einfach nur in die Luft. Auch er wirkte müde. Müde und ein bisschen niedergeschlagen vielleicht.

Wie in einem Traum – meinem Traum, dem Traum von einem Leben, das ich einmal gelebt hatte, an das ich mich aber nicht mehr erinnern konnte – ging ich um den Tisch herum und legte eine Hand an sein Gesicht. Ich sah, wie sein Gesichtsausdruck ein wenig von seiner Härte verlor. »War es so?«, fragte ich. Ich beugte mich über ihn und küsste ihn auf den Mundwinkel. Er schloss die Augen. Ich küsste seine Augenlider. Dann küsste ich ihn auf den Mund, bis er die Lippen öffnete. Er fühlte sich weich und neu an. »War es so?«

»Nein, so war es nicht.«

»Wie war es dann?«

»Du hast zu mir gesagt, du würdest dich so hässlich fühlen. Du hast über Terry gesprochen. Deswegen habe ich dich an die Hand genommen.« Er nahm meine Hand und führte mich in die Diele, wo ein großer Spiegel an der Wand hing. Er stellte mich davor, so dass ich mein Spiegelbild betrachten musste, die zerzauste, fleckige, blässliche, klapprige, ausgemergelte Abigail. Er stand hinter mir, und unsere Blicke begegneten sich im Spiegel. »Ich habe dich hier herübergeführt und zu dir gesagt, dass du einen Blick in den Spiegel werfen sollst. Ich habe dir gesagt, wie schön du bist.«

»Ich sehe aus, als hättest du mich auf der Müllkippe aufgelesen.«

»Sei still, Abbie. Jetzt rede ich. Du warst damals schön, und du bist es immer noch. Ich habe dir gesagt, wie wundervoll ich dich finde, und plötzlich konnte ich nicht anders. Ich musste dich einfach küssen, so wie jetzt, auf deinen zarten Hals. Und du hast den Kopf geneigt, ja, genau so.«

»Und dann?«, fragte ich. Ich hatte das Gefühl, gleich in Ohnmacht zu fallen.

»Ich habe dich geküsst, so, und mit den Händen über dein Gesicht und deinen Hals gestreichelt. Dann habe ich folgendermaßen weitergemacht.«

Er küsste meinen Hals, während er gleichzeitig meine Bluse aufknöpfte.

»Wirklich?«, murmelte ich, nicht gerade geistreich.

Er griff von hinten unter meine Bluse, öffnete meinen BH und zog ihn vorne hoch. Dann waren seine Hände auf meinen Brüsten. Seine weichen Lippen waren noch immer an meinem Hals, wo sie meine Haut mehr streichelten als küssten.

»So«, sagte er.

Ich wollte etwas sagen, brachte aber nichts heraus. Seine rechte Hand strich sanft über meinen Bauch, bewegte sich langsam nach unten. Geschickt öffnete er den Knopf meiner Hose und zog den Reißverschluss auf. Dann kniete er hinter mir nieder, ließ den Mund an meiner Wirbelsäule hinabgleiten. Seine Hände schoben sich unter meinen Hosenbund, und er zog die Hose samt Slip bis zu meinen Knöcheln hinunter. Er stand wieder auf, legte von hinten die Arme um mich.

»Sieh dich an«, sagte er, und ich betrachtete erst meinen Körper, dann ihn, dann wieder meinen Körper, mit seinen Augen. Und während ich so in den Spiegel sah, ging mir durch den Kopf, wie mein nackter Körper wohl beim letzten Mal ausgesehen hatte, vor... wie lange war das nun her? Zehn Tage? Als ich endlich wieder etwas herausbrachte, war meine Stimme heiser vor Erregung.

»Ich sehe völlig würdelos aus«, erklärte ich.

»Du siehst wundervoll aus.«

»Und ich kann nicht weglaufen.«

»Nein, du kannst nicht weglaufen.«

»Was habe ich als Nächstes gemacht?«

Er zeigte es mir. Ich musste auf höchst lächerliche Weise in sein Schlafzimmer hüpfen, wo ich mich aufs Bett fallen ließ, meine Schuhe in eine Ecke kickte und meine Kleider abschüttelte, die er mir im Grunde sowieso schon ausgezogen hatte. Nachdem er seinerseits langsam und bedächtig seine Sachen ausgezogen hatte, streckte er die Hand aus, holte aus einer Schublade ein Kondom heraus, riss das Päckchen mit den Zähnen auf. Ich half ihm, es überzustreifen.

»Davon weiß ich«, sagte ich. »Ich habe bei meinen Sachen die Pille danach gefunden.«

»O Gott!«, sagte er. »Das tut mir Leid. Wir hatten nicht genug Zeit.«

»Ich bin sicher, dass es auch meine Schuld war.«

»Allerdings«, antwortete er, inzwischen keuchend. »Das war es!«

Wir sahen uns an. Er streckte eine Hand aus und berührte mein Gesicht, meinen Hals, meine Brüste.

»Ich dachte, ich könnte dich nie wieder berühren«, sagte er.

»War es so?«

»Ja.«

»So?«

»Ja. Hör nicht auf.«

Wir hörten nicht auf. Wir sahen uns die ganze Zeit in die Augen, lächelten uns immer wieder an. Als er kam, schrie er auf. Ich zog ihn an mich und hielt ihn fest, küsste sein feuchtes Haar.

»Besser kann es nicht gewesen sein«, flüsterte ich.

Er drückte seine Lippen auf den Puls an meinem Hals und stöhnte etwas in meine Haut hinein.

»Was hast du gesagt?«

»Ich habe gesagt, dass nicht eine Stunde vergangen ist, in der ich dich nicht vermisst habe.«

»Vielleicht habe ich dich auch vermisst, wusste es aber nicht.«

»Was hat dich darauf gebracht?«

»Der Bonsai.« Ich löste mich von ihm und funkelte ihn an. »Warum zum Teufel hast du mir nichts gesagt?«

»Tut mir Leid, ich wusste einfach nicht, was ich tun sollte. Ich wollte, dass du von selbst etwas für mich empfindest, wollte dich nicht erst dazu auffordern müssen, etwas zu empfinden. Kannst du das verstehen?«

»Ich weiß nicht. Ein Teil von mir wäre jetzt gern wütend auf dich. So richtig wütend. Das ist kein Witz. Die ganze Zeit habe ich nach diesen verloren gegangenen Stückchen von mir gesucht, bin herumgestolpert wie eine verängstigte Blinde, und du hast das genau gewusst und hättest mir von Anfang an helfen können. Aber du hast es nicht getan. Du hast dich dazu entschieden, es lieber sein zu lassen. Du hast Dinge über mich gewusst, die ich selbst nicht wusste. Du weißt immer noch viel mehr über mich als ich selbst. Du kannst dich an die alte Abbie erinnern, die ich völlig vergessen habe. Du kennst dieses andere Ich, das ich verborgen halte. Du weißt, wie ich war, während ich keine Ahnung habe, wie du warst, wie wir beide waren. Was weißt du noch über mich? Woher soll ich wissen, dass du mir alles erzählt hast? Das kann ich nicht wissen. Du besitzt kleine Stücke meines Lebens. Das ist nicht richtig, oder?«

»Nein.«

»Ist das alles, was du dazu zu sagen hast?«

»Tut mir Leid. Ich wusste einfach nicht, was ich tun sollte«, antwortete er hilflos. »Ich wollte es dir sagen, aber was genau hätte ich sagen sollen?«

»Die Wahrheit«, antwortete ich. »Das wäre zumindest ein guter Ausgangspunkt gewesen.«

»Es tut mir Leid«, sagte er noch einmal.

Sanft streichelte ich seine Brust. Bevor ich entführt und in einen Keller gesperrt worden war, war ich glücklich gewesen. Das hatten alle gesagt. Ich war glücklich gewesen, weil ich einen Mann verlassen hatte, der mich geschlagen hatte. Weil ich einen ungeliebten Job hingeworfen hatte. Und weil ich Ben begegnet war. Seit meiner Entlassung aus dem Krankenhaus hatte mich die Vorstellung gequält, dass die Tage, die ich verloren hatte, Tage voller schöner Erinnerungen gewesen waren. Ich hatte genau die Stückchen verloren, die ich gern behalten hätte, und diejenigen behalten, auf die ich gern verzichtet hätte. Gedanken schwirrten durch meinen Kopf, vielleicht waren es auch nur Bruchstücke von Gedanken. Sie hatten etwas damit zu tun, ja zum Leben zu sagen und nicht den Rest meiner Tage in Angst zu verbringen.

Später nahmen wir gemeinsam ein Bad. Dann ging Ben hinunter und machte für uns beide Sandwiches. Er brachte sie auf einem Tablett nach oben, mit einer Flasche Rotwein. Ich saß im Bett, die Kissen im Rücken.

»Ständig machst du mir etwas zu essen«, stellte ich fest.

»Wir haben schon zusammen Austern gegessen.«

»Wirklich? Ich liebe Austern.«

»Ich weiß. Deswegen haben wir sie gegessen. Wir werden wieder welche essen.«

Ich griff nach seiner Hand und küsste sie. »Demnach war es also ein Mittwochabend, richtig?«

»Montag.«

»Montag! Bist du sicher? Gleich nachdem wir uns kennen gelernt hatten?«

»Genau.«

Ich runzelte die Stirn.

»Und du hast kein Kondom benutzt?«

»Doch.«

»Das verstehe ich jetzt nicht. Du hast doch gesagt…«

»Du bist wiedergekommen.«

»Am Mittwoch?«

»Ja.«

»Das hättest du mir sagen sollen!«

»Ich weiß.«

»Aber du hast nicht…«

»Nein.«

»Warum nicht?«

»Du bist aus einem spontanen Impuls heraus gekommen. Mit dem Baum. Wir hatten eigentlich vereinbart, uns erst am nächsten Abend – am Donnerstag – wiederzusehen, weil ich am Mittwoch Gäste hatte. Kunden. Sie waren schon da, als du an die Tür geklopft und mir den Baum überreicht hast. Ich habe dich geküsst.«

»Und?«

»Es wurde ein längerer Kuss daraus.«

»Erzähl weiter.«

»Du hast mein Hemd aufgeknöpft. Im Nebenraum konnten wir meine Gäste miteinander reden hören.«

»Und?«

»Wir sind ins Bad gegangen, haben die Tür zugesperrt und
es miteinander getrieben.«

»Im Stehen?«

»Ja. Es hat ungefähr dreißig Sekunden gedauert.«

»Das musst du mir zeigen«, sagte ich.

Ich blieb die Nacht bei Ben. Ich schlief tief und fest, und als ich
am Morgen aufwachte, duftete es nach Kaffee und Toast.
Durch die Vorhänge lugte ein blauer Himmel herein. Mein
plötzliches Glück machte mir fast ein bisschen Angst. Es war,
als läge der Frühling schon in der Luft.

19

Wir verspeisten unseren Frühstückstoast im Bett. Obwohl
Krümel auf dem Laken landeten, schien sich Ben recht behag-
lich zu fühlen, als er in seine Kissen zurücksank und sich die
Bettdecke bis unters Kinn zog.

»Musst du denn nicht zur Arbeit?«, fragte ich ihn.

Er beugte sich über mich, um einen Blick auf seinen Wecker
zu werfen. Seltsam, wie schnell man sich neben einem anderen
Körper wohl fühlte.

»In achtzehn Minuten«, meinte er.

»Schaffst du das überhaupt noch?«

»Ich bin schon viel zu spät dran. Noch dazu habe ich heute
einen Termin. Der Kunde ist extra aus Amsterdam angereist.
Wenn ich nicht bereitstehe, wenn er kommt, bin ich nicht nur
unpünktlich, sondern auch noch extrem unhöflich.«

Ich küsste ihn.

»Du musst damit aufhören«, meinte er. »Sonst kann ich
mich einfach nicht losreißen.«

»Weißt du, wenn ich du wäre und du ich«, sagte ich im Flüsterton, weil sich unsere Gesichter fast berührten, »dann würde ich dich für komplett verrückt halten. Oder mich selbst. Wenn du verstehst, was ich meine.«

»Jetzt hast du mich in der Tat ein bisschen verwirrt.«

»Mal angenommen, ein Mann, den ich gerade erst kennen gelernt habe, würde plötzlich verschwinden, nach zwei Wochen wieder auftauchen und behaupten, sich überhaupt nicht an mich erinnern zu können. Ich würde ihn für vollkommen verrückt halten. Oder für einen Lügner. Wie du weißt, ist die Polizei in meinem Fall zwischen diesen beiden Sichtweisen hin und her gerissen.

»Ich dachte erst, *ich* wäre verrückt. Dann dachte ich, du wärst es. Irgendwann kannte ich mich überhaupt nicht mehr aus.« Er streichelte mein Haar. Ich schauderte vor Behagen. »Ich wusste nicht, was ich tun sollte«, fuhr er fort. »Wie hätte ich es dir erklären sollen? Irgendwie war ich der Meinung, ich müsste dich dazu bringen, mich von neuem ins Herz zu schließen. Die Alternative wäre gewesen, zu dir zu sagen: ›Hör zu, du magst mich oder hast mich gemocht, auch wenn du dich nicht mehr daran erinnern kannst.‹ Das schien mir keine besonders gute Idee zu sein.«

»Du hast keine Designerhände«, wechselte ich das Thema.

»Du meinst, weil sie rau und schwielig sind?«

»Das gefällt mir.«

Er betrachtete seine Hände. »Ich baue viele meiner Prototypen selbst. Dabei schütte ich mir oft Chemikalien über die Hände. Sie bekommen auch mal einen Kratzer oder einen Hammerschlag ab, aber das macht mir nichts aus. Ich mag es so. Mein alter Herr ist Schweißer. Er hat sich daheim eine Werkstatt eingerichtet und verbringt seine Wochenenden damit, alles Mögliche auseinanderzubauen und wieder zusammenzusetzen. Wenn ich als Junge mit ihm kommunizieren wollte, konnte ich das nur, indem ich zu ihm in die Werkstatt ging und ihm den Schraubenschlüssel reichte oder das, was er gerade brauchte. Mir blieb gar nichts anderes übrig, als mir die Hände schmutzig zu machen. Etwas anderes mache ich im Grunde heute auch nicht. Ich habe einen Weg gefunden, mich für das bezahlen zu lassen, was mein Dad als Hobby gemacht hat.«

»Ganz so ist es bei mir nicht«, antwortete ich. »Weder, was meinen Dad, noch, was meine Arbeit betrifft.«

»Du bist phantastisch in deinem Job. Du hast die ganze Sache wieder in Ordnung gebracht. Wir hatten alle einen Mordsrespekt vor dir.«

»Manchmal kann ich nicht glauben, was ich tue – oder getan habe. Hast du gewusst, dass man für ein Büro eine Risikobeurteilung erstellen kann? Bei einer Ölbohrinsel oder einer Polarexpedition leuchtet das ja ohne weiteres ein, aber bei einem Büro? Trotzdem wollte die Versicherung eine Risikobeurteilung, also habe ich eine erstellt. Im Moment bin ich der Welt größte Expertin für alle furchtbaren Dinge, die einem in einem Büro passieren können. Hast du gewusst, dass sich in Großbritannien letztes Jahr einundneunzig Büroangestellte mit Tipp-Ex verletzt haben? Ich meine, wie schafft man es überhaupt, sich mit Tipp-Ex zu verletzen?«

»Ich weiß genau, wie. Man benutzt es, bekommt etwas auf die Finger und reibt sich dann die Augen.«

»Siebenunddreißig Leute haben sich mit ihren Taschenrechnern Verletzungen zugezogen. Wie schafft man das? Die Dinger wiegen höchstens so viel wie ein Eierkarton. Ich könnte diesen Menschen ein, zwei interessante Sachen zum Thema Risiko erzählen.«

Plötzlich erschien mir das Ganze nicht mehr so amüsant. Ich setzte mich auf. »Ich schätze, wir sollten beide allmählich in die Gänge kommen«, meinte ich mit einem Blick auf die Uhr.

Wir gingen zusammen unter die Dusche, bewiesen dabei aber große Disziplin, indem wir uns darauf beschränkten, einander zu waschen und hinterher abzutrocknen. Dann halfen wir uns gegenseitig beim Anziehen. Ben anzuziehen war fast so aufregend wie ihn auszuziehen. Er hatte es definitiv besser als ich, weil er in frische Sachen schlüpfen konnte. Ich trug noch die vom Vorabend. Ich musste in die Wohnung zurück, um mich umzuziehen. Ben wuschelte mir durchs Haar und drückte mir einen Kuss auf die Stirn.

»Ein komisches Gefühl, dich in Jos Sachen zu sehen«, bemerkte er.

Ich schüttelte den Kopf.

»Wir haben wohl einen ähnlichen Geschmack«, entgegnete ich. »Das sind meine eigenen Sachen. Die Bluse habe ich getragen, als ich entführt wurde. Erst wollte ich sie in den Müll werfen – dachte mir aber, schade um das schöne Stück. Selbst wenn ich die Sachen verbrenne, werde ich deswegen nicht weniger an das Ganze denken ...«

»Die Bluse hast du von Jo. Sie hat sie in Barcelona gekauft. Es sei denn, du warst auch in Barcelona beim Shoppen.«

»Bist du sicher?«

»Ganz sicher.«

Ich verstummte. Meine Gedanken rasten. Das war wichtig. Es hatte etwas zu bedeuten. Aber was?

Vor der Tür küssten wir uns noch einmal. Am liebsten hätte ich ihn gar nicht mehr losgelassen. Wenn ich einfach an ihm hängenblieb, würde mir niemand etwas tun können. Dann rief ich mich selbst zur Ordnung. Ich durfte mich nicht so gehen lassen.

»Ich muss in die schreckliche Welt zurück«, erklärte ich.

»Was wirst du tun?«

»Zunächst nach Hause gehen – ich meine, zu Jo – und mich umziehen. Ich kann nicht noch einen Tag in diesen Kleidern herumlaufen.«

»Das habe ich nicht gemeint.«

»Ich bin nicht sicher. Heute oder morgen wird dieser Mann feststellen, dass er die Falsche umgebracht hat. Er wird sich wieder auf die Suche nach mir begeben. Vielleicht kann ich herausfinden, wo Jo ist. Obwohl ich nicht weiß, ob das irgendetwas bringen wird.«

Ben spielte gedankenverloren mit seinem Autoschlüssel herum. »Ich werde heute ihre Eltern anrufen«, sagte er. »Inzwischen müssten sie eigentlich zurück sein. Dann sehen wir weiter.«

Ich küsste ihn. Ich musste mich dazu auf die Zehenspitzen stellen. »Das heißt ›danke‹«, erklärte ich. »Und dass du dir meinetwegen keine Umstände zu machen brauchst.«

»Jetzt hör aber auf, Abbie. Ich rufe dich später an.« Er reichte mir seine Visitenkarte, und wir mussten beide über diese formelle Geste lachen. »Du kannst mich jederzeit unter einer dieser Nummern erreichen.«

Wir küssten uns wieder. Ich spürte, wie seine Finger zu meiner Brust hinauf wanderten. Rasch legte ich meine Hand auf seine. »Ich denke gerade an diesen Mann aus Amsterdam«, sagte ich.

Ich lag in der Badewanne, einen Waschlappen auf dem Gesicht, und versuchte mir vorzustellen, was er jetzt wohl dachte. Demnächst würde er erfahren, dass ich noch am Leben war. Vielleicht wusste er es bereits. Aber es gab noch etwas. Dieser leichtsinnige Anruf auf meinem eigenen Handy. Er hatte es behalten, als eine Art Trophäe. Und ich hatte mich als Jo ausgegeben. Ob er glaubte, dass ich ihm auf der Spur war?

Ich vergriff mich an Jos Kleiderschrank, suchte mir bewusst Kleider aus, die sich von meinem früheren Kleidungsstil vollkommen unterschieden, eine graue Kordhose und einen dicken cremefarbenen Strickpulli. Abbie Devereaux musste weiterhin verschwunden bleiben, tot und begraben. Ich würde nur eine von den unzähligen Frauen sein, die in London herumliefen. Wie sollte er mich finden? Andererseits – wie sollte ich *ihn* dann finden?

Dann tat ich das, was ich schon längst hätte tun sollen. Ich hatte die Nummer im Kopf. Terrys Vater nahm ab.

»Ja?« meldete er sich.

»Richard, hier ist Abbie.«

»Abbie.« Sein Ton war höflich, aber frostig.

»Ja, hör zu, ich weiß, wie schrecklich das alles im Moment für euch sein muss…«

»So, weißt du das?«

»Ja. Und es tut mir Leid für Terry.«

»Ein starkes Stück, dass ausgerechnet du das sagst!«

»Haben sie ihn schon auf freien Fuß gesetzt?«

»Nein, bis jetzt noch nicht.«

»Ich wollte nur sagen, dass ich weiß, dass er es nicht war, und dass ich alles in meiner Macht Stehende tun werde, um ihm zu helfen. Vielleicht könntest du das seinem Anwalt sagen.«

»Das werde ich.«

»Ich gebe dir meine Nummer. Oder nein, ich rufe dich wieder an oder Terry, wenn er zurück ist. In Ordnung?«

»Ja.«

Wir schwiegen beide einen Moment, dann verabschiedeten wir uns.

Ich stand in Jos Wohnküche und sah mich um. Wenn man krampfhaft nach etwas sucht, beginnt irgendwann diese schreckliche Phase, in der man anfängt, überall dort, wo man bereits nachgesehen hat, ein zweites Mal nachzusehen. Noch schlimmer war, dass ich gar nicht wusste, wonach ich eigentlich suchte. Ein Tagebuch wäre hilfreich gewesen. Es hätte mir Aufschluss über ihre Pläne geben können, doch ich hatte in ihrem Schreibtisch nichts gefunden. Ziellos wanderte ich im Raum herum, nahm Gegenstände aus den Regalen und stellte sie wieder zurück. In dem Fach neben dem Fenster stand eine Topfpflanze. Meine Mutter hätte sie identifizieren können, bestimmt sogar ihren lateinischen Namen gewusst, aber selbst ich konnte sehen, dass sie am Vertrocknen war. Die Erde war hart und von Rissen durchzogen. Ich holte ein Glas Wasser aus der Küche und goss vorsichtig die traurige Pflanze. Das Wasser lief in die Erdrisse hinein. Würde eine verantwortungsvolle junge Frau wie Jo einfach in Urlaub fahren und ihre Pflanzen vertrocknen lassen? Ich goss auch den Banyanbaum.

Alles, was ich an Beweisen fand, ähnelte einer Fata Morgana. Es schimmerte in der Luft, doch sowie ich hinlief, um danach zu greifen, löste es sich in Nichts auf. Immerhin war ich bei Jo eingezogen. Es war gut möglich, dass Jo in der Annahme in Urlaub gefahren war, dass ich auf ihre Wohnung aufpassen und ihre Pflanzen gießen würde.

Mein Blick fiel auf den Stapel Post, den ich bereits auf Hinweise untersucht hatte. Da mir nichts Besseres einfiel, blätterte ich die Briefe erneut durch. Einer von Ihnen erregte meine Aufmerksamkeit. Es handelte sich um die Gasrechnung, die ich noch nicht bezahlt hatte, weil meine Ressourcen mittlerweile erschöpft waren. Der Umschlag wies eines jener transparenten Sichtfenster auf, durch die man die Adresse lesen kann. Als ich mir den Namen genauer ansah, stieß ich einen erstaunten kleinen Schrei aus: »Miss L.J. Hooper«, stand da. Wie in Trance zog ich Bens Karte heraus und wählte seine Handynummer. Er klang beschäftigt und ein wenig zertreut, aber als er meine Stimme hörte, wurde sein Ton weicher. Ich musste lächeln. Es war mehr als das, ein warmes Gefühl durchströmte meinen ganzen Körper. Ich kam mir wie eine verliebte Vierzehnjährige vor. Konnte man auf eine derart alberne Weise in jemanden verliebt sein, mit dem man erst eine Nacht verbracht hatte?

»Wie lautet Jos erster Vorname?«

»Was?«

»Ich weiß, es ist eine blöde Frage, aber ich habe gerade eine ihrer Rechnungen vor mir liegen, und da ist mir eine Initiale aufgefallen, ein L. vor dem J. Wofür steht es?«

Ich hörte ihn am anderen Ende der Leitung leise lachen. »Lauren«, antwortete er. »Wie Lauren Bacall. Die Leute haben sie deswegen immer aufgezogen.«

»Lauren«, wiederholte ich wie betäubt. Ich spürte, wie meine Beine zu zittern begannen, und musste mich an die Wand lehnen, um nicht zusammenzubrechen. »Kelly, Kath, Fran, Gail, Lauren.«

»Was?«

»Dieser Mann, er hat mir die Namen der Frauen genannt, die er bereits umgebracht hatte. Einer davon war Lauren.«

»Aber…« Er schwieg eine ganze Weile. »Es könnte sich um einen Zufall handeln…«

»Lauren? Der Name ist nicht gerade in den Top Ten.«

»Ich weiß nicht. Heutzutage sind recht seltsame Namen in den Top Ten. Außerdem hat sie den Namen nicht benutzt. Sie hat ihn gehasst.«

Ich murmelte etwas vor mich hin, das mehr für mich selbst gedacht war als für Ben.

»Entschuldige«, sagte ich, als er nachfragte, »ich habe nur gemeint, dass ich weiß, wie sie sich wahrscheinlich gefühlt hat. Vielleicht hat sie ihm diesen Namen genannt, weil sie darin eine Möglichkeit sah, sich nicht von ihm fertig machen zu lassen. Es war nicht die wirkliche Jo, die er erniedrigte und ängstigte, sondern ihr anderes, offizielles Ich.«

Nachdem ich das Gespräch mit Ben beendet hatte, zwang ich mich, mir seine Worte ins Gedächtnis zu rufen. Was hatte er über Lauren gesagt? Kelly hatte geweint. Gail hatte gebetet. Was hatte Lauren getan? Lauren hatte sich gewehrt. Lauren hatte nicht lange gelebt.

Bei dem Gedanken wurde mir übel. Nun wusste ich, dass sie tot war.

Der Ton von Jack Cross wurde nicht weicher, als er meine Stimme hörte. Eher düsterer. Er klang genervt.

»Oh, Abbie«, sagte er. »Wie geht es Ihnen?«

»Sie hieß Lauren«, stieß ich hervor. Ich musste mich sehr zusammennehmen, um nicht in Tränen auszubrechen.

»Was?«

»Jo. Ihr erster Vorname war Lauren. Erinnern Sie sich denn nicht? Lauren war auf der Liste der Frauen, die er bereits umgebracht hatte.«

»Das war mir entfallen.«

»Halten Sie das nicht für wichtig?«

»Ich werde es mir notieren.«

Ich erzählte ihm auch von der Kleidung, Jos Sachen, die ich angehabt hatte. Er wirkte nach wie vor skeptisch.

»Das muss nicht notwendigerweise etwas bedeuten«, meinte er. »Wie wir inzwischen wissen, haben Sie bereits vor Ihrem Verschwinden bei Jo gewohnt. Vielleicht haben Sie sich einfach etwas von ihr ausgeliehen?«

Ich blickte an mir hinunter, betrachtete einen Moment Jos graue Kordhose, ehe ich brüllte: »Mein Gott, welche Beweise brauchen Sie denn noch?«

Ich hörte ihn seufzen. »Abbie, Sie müssen mir glauben, dass ich auf Ihrer Seite bin. Gerade eben habe ich mir Ihre Akte angesehen und beschlossen, wieder einen meiner Männer darauf anzusetzen. Wir haben Sie nicht vergessen. Doch um auf Ihre Frage zurückzukommen – ich brauche die Sorte von Beweisen, die auch jemanden überzeugen, der Ihnen nicht ohnehin schon glaubt.«

»Und die werden Sie verdammt noch mal auch bekommen«, gab ich zurück. »Warten Sie's ab!«

Am liebsten hätte ich den Hörer auf die Gabel geknallt, aber es handelte sich um eines jener schnurlosen Telefone, bei denen das nicht mehr möglich ist, so dass ich mich darauf beschränken musste, besonders heftig auf den Aus-Knopf zu drücken.

»O Abbie, Abbie, Abbie! Wie kann man nur so dumm sein!«, hörte ich mich selbst stöhnen. Tröstliche Worte.

20

Ich wusste, dass Jo tot war. Egal, was Cross sagte, ich wusste es einfach. Ich musste an das Geflüster in der Dunkelheit denken: »Kelly, Kath. Fran. Gail. Lauren.« Lauren war Jo. Sie hatte ihm nie gesagt, wie sie für ihre Lieben hieß, ihm stattdessen den Namen einer Fremden genannt. Auf diese Weise hatte sie versucht, ein menschliches Wesen zu bleiben, nicht verrückt zu werden. Jetzt konnte er seiner Litanei einen weiteren Namen hinzufügen: Sally. Obwohl Sally für ihn vielleicht nicht zählte. Er hatte sie nur aus Versehen getötet. An ihrer Stelle hätte eigentlich ich sterben sollen. Ich schauderte. Niemand wusste, wo ich war, mit Ausnahme von Carol bei Jay & Joiner und Peter ein Stockwerk tiefer. Und Cross und natürlich Ben. Ich sagte mir, dass ich in Sicherheit war, auch wenn ich mich alles andere als sicher fühlte.

Ich zog im großen Zimmer die Vorhänge zu und hörte die neuen Nachrichten auf Jos Anrufbeantworter ab. Es waren nicht viele, ein Anruf von einer Frau, die erklärte, Jos Vorhänge seien fertig, sie könne sie abholen, und ein zweiter von einem Mann namens Alexis, der sie mit »Hallo, Fremde, lange nicht gesehen« begrüßte und dann fortfuhr, er sei endlich wieder im Lande und vielleicht könne man sich bald mal treffen.

Ich öffnete den Brief, der an diesem Morgen für sie gekommen war – eine Aufforderung, ihr *National Geographic*-Abo zu verlängern. Ich erledigte das für sie. Dann rief ich Sadie an, wobei ich von vornherein davon ausging, dass sie nicht zu Hause sein würde, und sprach ihr aufs Band, dass sie mir fehle und dass wir uns unbedingt bald sehen müssten. Während ich das sagte, wurde mir bewusst, dass es stimmte. Ich hinterließ eine ähnliche Nachricht auf dem Anrufbeantworter von Sheila und Guy. Sam schickte ich eine fröhliche, wenn auch etwas vage E-Mail. Ich war noch nicht wieder in der Verfassung für ein Gespräch oder ein Treffen mit ihnen, wollte aber den Kontakt nicht abreißen lassen.

Anschließend machte ich mir ein Avocado-Schinken-Mozzarella-Sandwich. Ich hatte nicht wirklich Hunger, aber es tat mir gut, das Sandwich zuzubereiten und mich anschließend damit aufs Sofa zu setzen und das weiche Brot zu kauen, ohne an etwas Bestimmtes zu denken. Mein Versuch, alle Gedanken auszublenden und einen völlig leeren Kopf zu bekommen, endete damit, dass ich wieder die Bilder sah, die ich heraufbeschworen hatte, als ich im Dunkeln gefangen gehalten wurde: den Schmetterling, den Fluss, den See, den Baum. Ich stellte sie gegen die ganze Hässlichkeit, die ganze Angst. Mit geschlossenen Augen wartete ich, bis mein Kopf mit diesen schönen Bildern der Freiheit erfüllt war. Dann hörte ich mich plötzlich laut sagen: »Aber wo ist die Katze?«

Ich wusste nicht, wo diese Frage hergekommen war, die nun wie ein großes Fragezeichen in dem stillen Raum schwebte. Ich begann zu überlegen. Jo hatte keine Katze. Die Einzige, die ich in der Gegend gesehen hatte, war die von Peter, der Tiger mit den bernsteinfarbenen Augen, der mich nachts aufgeweckt und erschreckt hatte. Doch während ich über die Frage nachdachte, bekam ich ein ganz seltsames Gefühl, eine Art Kribbeln in meinem Gehirn, als würde eine vage Erinnerung an meinem Bewusstsein kratzen.

Warum hatte ich an eine Katze denken müssen? Weil Jo Dinge besaß, die zu einer Katze gehörten. Dinge, die ich gesehen hatte, ohne sie richtig wahrzunehmen. Wo? Ich ging in den Küchenbereich, öffnete Schränke, zog Schubladen heraus. Nichts. Dann fiel es mir wieder ein, und ich eilte zu dem großen Schrank neben dem Bad, wo ich auf den Staubsauger und Jos Skisachen gestoßen war. Neben der Mülltüte mit Skiklamotten fand ich ein Katzenklo, das ganz neu aussah, vielleicht aber nur blitzblank geschrubbt war, und sechs kleine

Dosen Katzenfutter. Ich kehrte zum Sofa zurück, wo ich nach meinem Sandwich griff, es aber gleich wieder hinlegte. Na und? Jo hatte mal eine Katze gehabt. Vielleicht gab es die Katze immer noch, und sie hatte sich abgesetzt, weil ihr Frauchen verschwunden war und niemand mehr da war, der sie fütterte und streichelte. Oder sie ist tot, dachte ich, genau wie… Ich dachte den Gedanken nicht zu Ende. Oder Jo hatte vorgehabt, sich eine Katze ins Haus zu holen. Ich ging zurück zu dem Schrank und sah mir die sechs Dosen genauer an. Das Futter war für Katzenkinder. Es sah also tatsächlich so aus, als hätte Jo geplant, sich ein Kätzchen zuzulegen. Weshalb hatte ich das Gefühl, dass das wichtig war?

Ich zog meine Jacke an, setzte meine Wollmütze auf, rannte hinunter auf die Straße und klingelte bei Peter. Er machte sofort auf, als hätte er die ganze Zeit durchs Fenster nach mir Ausschau gehalten. Seine Katze lag auf dem Sofa. Obwohl sie schlief, zuckte ihr Schwanz ganz leicht.

»Das ist aber eine nette Überraschung!«, sagte Peter. Ich spürte einen Anflug von schlechtem Gewissen. »Tee? Kaffee? Oder vielleicht einen Sherry? Bei diesem Wetter hat ein Sherry eine wärmende Wirkung.«

»Tee wäre wunderbar.«

»Ich habe gerade eine Kanne gemacht. Als hätte ich gewusst, dass Sie kommen. Ohne Zucker, stimmt's?«

»Stimmt.«

»Diesmal nehmen Sie aber einen Keks dazu, ja? Obwohl Sie es immer so eilig haben. Ich sehe Sie bloß im Laufschritt kommen und gehen. Sie sollten sich ein bisschen mehr Zeit lassen.«

Ich nahm ein Ingwerplätzchen aus der Dose, die er mir reichte. Es war schon ein wenig weich.

»Ich wollte Sie fragen, ob ich ein paar Einkäufe für Sie erledigen könnte«, sagte ich. »Sie gehen bei diesem Wetter wahrscheinlich nicht so gern aus dem Haus.«

»Das ist der Anfang vom Ende«, antwortete er.

»Wie bitte?«

»Wenn man aufhört, seine Sachen selbst zu erledigen. Ich verlasse das Haus dreimal täglich. Morgens hole ich mir am Kiosk meine Zeitung. Kurz vor dem Mittagessen mache ich einen kleinen Spaziergang, auch wenn es regnet, so wie heute, oder eiskalt ist. Nachmittags gehe ich mein Abendessen einkaufen.«

»Wenn Sie trotzdem etwas brauchen…«

»Es ist sehr lieb von Ihnen, an mich zu denken.«

»Wie heißt Ihre Katze?« Ich streichelte ihren getigerten Rücken. Sie streckte sich genüsslich und öffnete ein goldenes Auge.

»Patience. Sie ist inzwischen fast vierzehn. Das ist alt für eine Katze, müssen Sie wissen. Du bist eine alte Dame geworden«, fügte er an das Tier gewandt hinzu.

»Hatte Jo eigentlich auch eine Katze?«

»Sie wollte eine. Sie hat gesagt, sie bräuchte ein wenig Gesellschaft. Manche Leute lieben Hunde, andere bevorzugen Katzen. Jo war der Katzentyp. Was sind Sie?«

»Ich bin nicht sicher. Sie wollte sich also eine Katze zulegen?«

»Sie ist zu mir gekommen und hat mich gefragt, wo sie eine bekommen könnte. Sie hat gewusst, dass ich Katzen liebe. Ich habe immer welche gehabt, seit meiner Kindheit.«

»Wann war das? Wann ist sie deswegen zu Ihnen gekommen?«

»Oh, vor ein paar Wochen. Kurz bevor Sie eingezogen sind, glaube ich. Das müssten Sie eigentlich wissen.«

»Woher sollte ich das wissen?«

»Wir haben zu dritt darüber gesprochen, an dem Tag, als Sie Ihre Sachen gebracht haben und wir uns draußen auf dem Gehsteig begegnet sind.«

»An dem Mittwoch?«

»Möglich, dass es ein Mittwoch war. Erinnern Sie sich denn nicht mehr daran? Jo hat gesagt, sie wolle sich eine zulegen.«

»Wann?«

»Noch am gleichen Nachmittag, falls irgendwo eine aufzutreiben wäre. Ihr schien sehr viel daran zu liegen. Sie hat gesagt, dass sie in ihrem Leben etwas ändern müsse. Mit dem Kätzchen wollte sie anfangen.«

»Welchen Rat haben Sie ihr gegeben, als sie Sie gefragt hat, wo sie eines bekommen könnte?«

»Es gibt viele Möglichkeiten, an ein kleines Kätzchen zu kommen. Als Erstes kann man die Karten bei den Zeitungshändlern oder im Postamt durchsehen. Die meisten machen es so, glaube ich. Da findet sich immer etwas. Erst heute ist mir eine dieser Karten aufgefallen, als ich mir meine Zeitung holte.« Das Telefon läutete, und er sagte: »Tut mir Leid, meine Liebe, nun müssen Sie mich kurz entschuldigen. Ich glaube, das ist meine Tochter. Sie lebt in Australien, müssen Sie wissen.«

Während er abnahm, stellte ich meine Tasse ins Spülbecken. Ich winkte ihm zum Abschied zu, doch er hob kaum den Kopf.

Am liebsten hätte ich Ben angerufen, nur um seine Stimme zu hören. Es wurde bereits dunkel, obwohl es nicht einmal vier Uhr war. Einer jener düsteren, nieseligen Tage, an denen es nie richtig hell zu werden schien. Ich schaute durch das Fenster auf die Straße, die noch vor wenigen Tagen schneebedeckt gewesen war. Jede Spur von Farbe schien sich verflüchtigt zu haben. Alles war anthrazit und grau. Die Leute, die mit eingezogenem Kopf vorübereilten, sahen wie Gestalten aus einem Schwarzweißfilm aus.

Ich schrieb eine Neufassung meiner »Verlorenen Tage«.

Freitag, 11. Januar: Showdown bei Jay & Joiner. Wütender Abgang.

Samstag, 12. Januar: Streit mit Terry. Wütender Abgang. Übernachtung bei Sadie.

Sonntag, 13. Januar: Vormittags Wechsel von Sadie zu Sheila und Guy. Shoppingtour mit Robin, viel zu viel Geld ausgegeben. Gegen Abend Drink mit Sam. Rückkehr zu Sheila und Guy.

Montag, 14. Januar: Treffen mit Ken Lofting, Mr. Khan, Ben Brody und Gordon Lockhart. Telefongespräch mit Molte Schmidt. Wagen vollgetankt. Treffen mit Ben auf einen Drink, dann gemeinsames Essen. Sex mit Ben. Anruf bei Sheila und Guy, dass ich nicht bei ihnen übernachte. Nacht bei Ben.

Dienstag, 15. Januar: Cafébesuch mit Ben, Begegnung mit Jo. Aufbruch von Ben. Gespräch mit Jo, die mir Zimmer in ihrer Wohnung anbietet. Rückkehr zu Sheila und Guy, wo ich Nachricht hinterlasse, dass ich anderswo untergekommen bin. Mitnahme meiner Sachen. Fahrt zu Jos Wohnung. Buchung eines Venedig-Urlaubs. Anruf bei Terry wegen Abholung meiner Sachen am folgenden Tag. Essensbestellung beim Inder. Aufnahme eines Videos?

Mittwoch, 16. Januar: Abholung meiner Sachen bei Terry, Transfer zu Jo. Treffen mit Peter, Gespräch über Jos Vorhaben, sich eine Katze zuzulegen. Telefonat mit Todd. Kauf eines Bonsai. Gegen Abend Besuch bei Ben. Sex ohne Kondom. Rückkehr in Jos Wohnung.

Donnerstag, 17. Januar: Anruf im Polizeirevier Camden, um Jo als vermisst zu melden. Einnahme der ersten Pille danach.

Ich ging die Liste noch einmal durch. Demnach war Jo am Mittwoch verschwunden. Auf der Suche nach einem Kätzchen. Ich schrieb in Großbuchstaben »KÄTZCHEN« unter die Liste und starrte ratlos auf das Wort. Das Telefon klingelte. Es war Carol von Jay & Joiner.

»Hallo Abbie«, begrüßte sie mich in herzlichem Ton. »Tut mir Leid, wenn ich dich störe.«

»Tust du nicht.«

»Ich habe gerade ein seltsames Telefongespräch mit einem Mann geführt, der wollte, dass ich dir etwas ausrichte.«

»Ja?« Ich hatte plötzlich einen trockenen Mund.

»Sein Name war – Moment, ich habe ihn irgendwo aufgeschrieben. Na bitte, da ist der Zettel. Gordon Lockhart.« Eine Welle der Erleichterung durchflutete mich. »Er wollte deine Adresse oder Telefonnummer.«

»Du hast sie ihm doch nicht gegeben, oder?«

»Nein, du hast ja gesagt, dass ich das nicht soll.«

»Danke. Erzähl weiter.«

»Ich habe ihm geraten, einen Brief an uns zu schreiben, den wir dann an dich weiterleiten würden, aber er hat gesagt, er wolle sich bloß noch mal bedanken.«

»Oh. Verstehe.«

»Und er hat gesagt, du sollst die Wurzeln alle zwei Jahre stutzen, dann würde er nicht weiterwachsen. Kannst du damit was anfangen? Das hat er mir immer wieder gesagt. Konnte gar nicht mehr davon aufhören. Im Frühling, hat er gesagt. März oder April.«

»Danke, Carol. Da geht's bloß um einen Baum. Halt mich weiter auf dem Laufenden, ja?«

»Klar. Hat sich dein alter Herr schon bei dir gemeldet?«

»Mein Dad?«

»Er versucht wahrscheinlich gerade, dich anzurufen.«

»Dad?«

»Er hat gesagt, er könne dich nicht erreichen. Anscheinend will er dir ein Geschenk schicken, hat aber deine neue Adresse verlegt.«

»Hast du sie ihm gegeben?«

»Na ja, es war doch dein Dad.«

»Schon gut«, stieß ich hervor. »Ich ruf dich später wieder an. Bis dann.«

Ich beendete das Gespräch, holte ein paarmal tief Luft und wählte dann von neuem.

»Hallo.«

»Dad? Hallo, hier ist Abbie. Dad, bist du das?«

»Natürlich bin ich das.«

»Du hast bei mir im Büro angerufen.«

»In welchem Büro?«

»Gerade eben. Du hast bei Jay & Joiner angerufen.«

»Warum sollte ich dort anrufen? Ich war gerade im Garten. Der Schnee hat die orangefarbene Kletterrose heruntergerissen. Ich glaube aber, ich kann sie retten.«

Mir war plötzlich kalt, als hätte sich die Sonne hinter den Wolken versteckt und ein eisiger Wind eingesetzt.

»Heißt das, du hast nicht in der Firma angerufen?«

»Nein. Das habe ich dir doch gerade gesagt. Du hast dich schon ein paar Wochen nicht mehr gemeldet. Wie geht es dir?«

Ich öffnete den Mund, um etwas zu antworten, als es an der Tür klingelte. Einmal, lang und gleichmäßig. Keuchend rang ich nach Luft. »Ich muss aufhören«, stieß ich hervor und sprang auf. Aus dem Hörer drang weiter die leise Stimme meines Vaters. Ich rannte aus dem Wohnzimmer in Jos Schlafzimmer hinüber und griff im Laufen nach meiner Tasche und meinem Schlüsselbund. Es läutete erneut, zweimal kurz und heftig.

Ich fummelte ein paar Sekunden am Riegel herum, ehe es mir gelang, das Fenster hochzuschieben. Ich lehnte mich hinaus. Bis in Peters kleinen, verwucherten Garten waren es nur zweieinhalb Meter, aber es schien trotzdem schrecklich tief, und unter dem Fenster war der Boden betoniert. Ich überlegte, ob ich ins Wohnzimmer zurückkehren und die Polizei anrufen sollte, aber alles in mir drängte zur Flucht. Ich kletterte auf das Fensterbrett und drehte mich um, so dass ich mit dem Gesicht zum Haus kauerte. Ich holte einmal tief Luft und stieß mich ab.

Ich landete sehr unsanft, spürte die Wucht des Aufpralls mit dem ganzen Körper, verlor dabei das Gleichgewicht und schrammte ein paar Sekunden lang mit ausgestreckten Armen über den kalten Betonboden. Dann richtete ich mich auf und rannte los. Ich bildete mir ein, aus der Wohnung ein Geräusch zu hören. Meine Beine fühlten sich bleiern an, es kam mir vor, als könnte ich sie kaum dazu bringen, sich zu bewegen, als müsste ich sie mit aller Kraft über den durchweichten Rasen schleppen. Es war wie in einem Traum – einem Alptraum, in dem man rennt und rennt, ohne voranzukommen. Der Garten wurde von einer hohen Mauer begrenzt. Sie war von zahlreichen Rissen durchzogen, und an einigen Stellen hatten sich Stücke aus dem brüchig gewordenen Mauerwerk gelöst. Eine Kletterpflanze, deren dunkelrote Äste bereits dick wie Schläuche waren, rankte in die Höhe. Ich fand ein Loch für eine Hand, für einen Fuß, versuchte mich hinaufzuziehen, glitt jedoch aus. Erst beim zweiten Versuch fand ich genug Halt. Ich hörte mich keuchen, oder war es ein Schluchzen? Ich konnte es nicht sagen. Schließlich hatte ich es geschafft, meine Hände erreichten den oberen Rand der Mauer, ich schwang erst das eine Bein hinüber, dann das zweite. Ohne zu überlegen, ließ ich mich in den angrenzenden Garten fallen, wo ich mit schmerzhaft verdrehtem Knöchel aufkam. Während ich mich aufrichtete und zu dem kleinen Weg humpelte, der auf die Straße hinausführte, sah ich aus dem Erdgeschoss des Hauses ein Frauengesicht zu mir herausspähen.

Ich wusste nicht, in welche Richtung ich mich wenden sollte. Im Grunde war es egal, Hauptsache, ich verschwand von hier. Obwohl mein Knöchel höllisch schmerzte, eilte ich im Laufschritt die Straße entlang. Ich spürte, wie mir das Blut an der Wange hinunterlief. Ein paar Meter weiter hielt ein Bus an. Ich humpelte auf ihn zu und sprang auf, als er gerade wieder losfuhr. Obwohl mehrere Bänke frei waren, setzte ich mich neben eine Frau mit einem Einkaufskorb und blickte mich ängstlich um. Niemand war mir gefolgt.

Der Bus fuhr nach Vauxhall. Ich stieg am Russell Square aus und ging ins British Museum. Ich war seit meiner Kindheit nicht mehr dort gewesen. Alles war ganz anders, als ich es in Erinnerung gehabt hatte. Der Hof wurde von einem großen

Glasdach überspannt, und Licht flutete auf mich herab. Ich ging durch Räume mit antiken Töpferwaren, Räume mit großen Steinskulpturen, ohne die Ausstellungsstücke zu registrieren. Schließlich gelangte ich in einen Raum, der von großen, ledergebundenen Büchern gesäumt war. Einige waren auf Ständern ausgestellt und aufgeschlagen, damit die Besucher die kunstvollen Buchmalereien bewundern konnten. Das Licht in diesem Raum war weich, die Atmosphäre ruhig. Wenn überhaupt jemand etwas sagte, dann im Flüsterton. Ich saß eine ganze Stunde dort und starrte auf die Bücherreihen, ohne etwas wahrzunehmen. Ich ging erst, als das Museum schloss. Mir war klar, dass ich nicht mehr nach Hause zurückkehren konnte.

21

Als ich aus dem Museum trat, wurde mir bewusst, dass ich fror. Ich war ohne Jacke aus der Wohnung geflohen, trug nur einen leichten Pulli. Deshalb ging ich in der Oxford Street in den erstbesten Laden und verschwendete fünfzig Pfund für eine rote Steppjacke, in der ich aussah, als sollte ich eigentlich auf einem Bahnsteig stehen und mich um Zugnummern kümmern. Immerhin war sie warm. Ich fuhr mit der U-Bahn in den Norden der Stadt und stand kurze Zeit später vor Bens Haus. Doch er war nicht zu Hause. Ich betrat ein Café, bestellte einen teuren Milchkaffee und gestattete mir nachzudenken.

Jos Wohnung war von nun an tabu für mich. Er hatte mich wiedergefunden und gleich wieder verloren, zumindest vorübergehend. Ich zermarterte mir den Kopf nach einer anderen Möglichkeit, aber es gab keine. Ein Mann hatte sich Carol gegenüber als mein Vater ausgegeben und ihr auf diese Weise meine Adresse entlockt. Ich unternahm einen schwachen Versuch, in die Rolle eines skeptischen Polizisten zu schlüpfen.

Ich versuchte mir einen wütenden Kunden vorzustellen oder einen unserer Subunternehmer, der mich so dringend persönlich sprechen wollte, dass er zu dieser ausgefeilten List gegriffen hatte, doch das war Unsinn. Es konnte sich nur um ihn handeln. Was würde er nun tun? Er hatte herausgefunden, wo ich wohnte, wusste aber nicht, dass ich das wusste. Zumindest nahm ich an, dass er es noch nicht wusste. Vielleicht glaubte er, dass ich unterwegs war und er nur auf mich zu warten brauchte. Falls dem so war, konnte ich jetzt die Polizei anrufen, sie konnten hinfahren und ihn verhaften, und alles wäre vorbei.

Dieser Gedanke war so verlockend, dass ich mich kaum zurückhalten konnte. Der Haken an der Sache war, dass Jack Cross definitiv nur noch einen Millimeter davon entfernt war, endgültig die Geduld mit mir zu verlieren. Wenn ich jetzt wegen irgendeines Verdachts die Polizei rief, konnte es sein, dass sie gar nicht kommen würden. Und wenn doch, würden sie womöglich feststellen, dass er nicht da war. Was sollte ich dann zu ihnen sagen: Schnappt euch den nächstbesten Mann, der gerade des Weges kommt, und fragt ihn, ob er mein Entführer ist?

Ich trank meinen Kaffee aus und ging zu Bens Wohnung zurück. Es brannte noch immer kein Licht. Da ich nicht wusste, was ich tun sollte, trieb ich mich vor dem Haus herum, stampfte mit den Füßen auf und rieb mir die Hände, um mich zu wärmen. Und wenn Ben noch eine Besprechung hatte? Wenn er plötzlich beschlossen hatte, sich mit jemandem auf einen Drink zu treffen, zum Essen oder ins Kino zu gehen? Ich versuchte, mir eine andere Übernachtungsmöglichkeit einfallen zu lassen, begann im Geiste eine Liste von Freunden zusammenzustellen, die ich überfallen konnte. Abigail Devereaux, die fliegende Holländerin, die von Haus zu Haus wanderte, auf der Suche nach einer Mahlzeit und einem Bett für die Nacht. Die Leute würden sich hinter dem Sofa verstecken, wenn ich an der Tür klingelte. Als Ben schließlich die Treppe heraufkam, tat ich mir schon selbst richtig Leid. Er blickte überrascht hoch, als ich aus dem Schatten trat, und ich begann mich prompt für meine Anwesenheit zu entschuldigen, doch mitten in meiner Entschuldigung brach ich in Tränen aus, was mich mit großer Wut auf mich selbst erfüllte, weil ich mich so erbärmlich aufführte, so dass ich anfing, mich wegen meiner Tränen zu entschuldigen. Ben stand also auf der Treppe vor seiner Wohnung und sah sich mit einer schluchzend vor sich hinstammelnden Frau konfrontiert. Recht viel schlimmer konnte es nicht mehr werden. Trotz alledem schaffte er es, die Arme um mich zu legen, seinen Schlüssel aus der Tasche zu fischen und die Tür aufzusperren. Ich wollte ihm erklären, was in Jos Wohnung passiert war, brachte aber keinen zusammenhängenden Satz heraus, entweder weil ich vor Kälte nur so schlotterte oder weil mein Vorhaben, es laut auszusprechen, mir erst richtig klar machte, wie beängstigend das Ganze gewesen war. Ben murmelte mir beruhigende Worte ins Ohr, führte mich ins Bad und drehte an der Wanne die Wasserhähne auf. Dann begann er die Reißverschlüsse und Knöpfe meiner Sachen zu öffnen.

»Schöne Jacke«, meinte er.

»Mir war kalt«, antwortete ich.

»Nein, wirklich.«

Er zog mir meinen Pulli über den Kopf und befreite mich aus meiner Hose. Mein Blick fiel auf mein Spiegelbild. Ich hatte von der Kälte ein rotes Gesicht und vom Weinen gerötete Augen. Mein ganzer Körper wirkte rot und wund, als wäre mir mit meinen Kleidern auch die Haut abgezogen worden. Das heiße Badewasser brannte im ersten Moment, fühlte sich dann aber wundervoll an. Am liebsten hätte ich die Wanne nie wieder verlassen und den Rest meiner Tage wie ein urzeitliches Sumpflebewesen im Wasser verbracht. Ben verschwand und kehrte mit zwei großen Tassen Tee zurück, die er auf dem

Wannenrand abstellte. Dann begann er sich auszuziehen. Eine gute Idee, fand ich. Er kletterte zu mir herein, verschränkte seine Beine in meine und benahm sich ansonsten wie ein vollendeter Gentleman: Er setzte sich nämlich auf die Seite mit den Wasserhähnen. Nachdem er einen Waschlappen über sie drapiert hatte, konnte er sich einigermaßen bequem zurücklehnen. Mittlerweile funktionierte mein Mund wieder, so dass es mir gelang, relativ gefasst über meine Flucht zu berichten – wenn man das überhaupt so nennen konnte.

Ben wirkte ehrlich überrascht. »Um Gottes willen!«, sagte er. »Du bist hinten zum Fenster raus?«

»Ich hielt es nicht für ratsam, die Tür aufzumachen und ihn zum Tee einzuladen.«

»Und du bist ganz sicher, dass *er* es war?«

»Ich habe hin und her überlegt, welche andere Erklärung es geben könnte. Wenn dir etwas Plausibles einfällt, wäre ich dir ungemein dankbar.«

»Schade, dass du keinen Blick auf ihn werfen konntest.«

»Jos Wohnungstür hat keinen Spion. Außerdem wäre mir vor Angst beinahe das Herz stehen geblieben. Ich muss gestehen, dass sich ein Teil von mir am liebsten hingelegt und darauf gewartet hätte, bis er kommen und mir den Garaus machen würde, damit das alles endlich vorbei wäre.«

Ben griff nach einem zweiten Waschlappen und legte ihn auf sein Gesicht. Unter dem dicken Frotteestoff drang leises Gemurmel hervor.

»Tut mir Leid«, sagte ich.

Er zog den Waschlappen weg. »Was tut dir Leid?«, fragte er.

»Das alles. Es ist schon für mich allein schlimm genug, aber daran lässt sich nun mal nichts ändern. Mir tut es so Leid, dass du dich jetzt auch noch damit herumschlagen musst. Vielleicht haben wir uns einfach zum falschen Zeitpunkt kennen gelernt.«

»Du musst dich deswegen nicht entschuldigen.«

»O doch, das muss ich. Außerdem entschuldige ich mich schon im Voraus.«

»Wie meinst du das?«

»Ich möchte dich um einen Gefallen bitten.«

»Na, dann schieß los!«

»Ich wollte dich bitten, für mich in Jos Wohnung zu gehen und meine Sachen zu holen.« Ben war anzusehen, dass er von dieser Idee nicht gerade begeistert war. Rasch schob ich eine hektische Erklärung nach: »Du verstehst bestimmt, dass ich selbst nicht mehr dorthin kann. Ich darf auf keinen Fall in die Wohnung zurückkehren. Er könnte mich beobachten. Aber dir wird nichts passieren. Er hat es nur auf mich abgesehen. Wenn er dich kommen sieht, denkt er höchstens, dass er sich in der Wohnung geirrt hat.«

»Verstehe«, sagte Ben, noch weniger begeistert als zuvor. »Ja, klar, ich mache es.«

Die Atmosphäre hatte sich verändert. Ein Weile schwiegen wir beide.

»Bist du jetzt genervt?«, fragte ich schließlich, um das Schweigen zu brechen.

»Ich hatte eigentlich andere Pläne«, antwortete er.

»Ich weiß, ich weiß, für dich wäre es viel leichter gewesen, wenn du eine halbwegs normale Person kennen gelernt hättest. Nicht mit dieser blöden Geschichte.«

»Das habe ich damit nicht gemeint. Ich habe von uns beiden hier in diesem Bad gesprochen, jetzt in diesem Moment. Ich hatte eigentlich vor, dir zu helfen, dich zu waschen. Ich hätte deine Schultern abgerubbelt und mich anschließend zu deinen Brüsten vorgearbeitet. Dann wären wir miteinander ins Bett gegangen. Stattdessen muss ich mich wieder anziehen und womöglich auch noch umbringen lassen. Oder er foltert mich, um herauszubekommen, wo du bist.«

»Du musst nicht, wenn du nicht willst«, sagte ich.

Das Ganze endete damit, dass Ben einen Freund namens

Scud anrief. »Das ist nicht sein wirklicher Name«, erklärte er. Scud machte etwas mit Computergrafik, und in seiner Freizeit spielte er in einer Rugby-Mannschaft. »Er ist ein Schrank von einem Mann und hat außerdem einen Sprung in der Schüssel«, fügte Ben hinzu. Es gelang ihm, Scud zu überreden, gleich zu uns zu kommen. »Ja, jetzt sofort«, hörte ich ihn am Telefon sagen. Fünfzehn Minuten später stand Scud vor der Tür. Er war tatsächlich von recht kräftiger Statur. Es schien ihn zu amüsieren, eine neue Frau in Bens Bademantel kennen zu lernen, aber die knappe Version meiner Geschichte, die Ben ihm erzählte, verwirrte ihn sichtlich. Trotzdem zuckte er mit den Achseln und meinte, das wäre kein Problem.

Ich beschrieb den beiden kurz, wo meine Sachen zu finden waren.

»Und wenn ihr wieder geht, dann stellt bitte sicher, dass euch niemand folgt«, schloss ich.

Scud starrte mich an. Allem Anschein nach war er nun doch beunruhigt. Ich hatte nicht daran gedacht, dass vieles von dem, was ich von mir gab, auf normale, nicht vorbereitete Menschen wie das Geplapper einer Wahnsinnigen wirkte. Ben schnitt eine Grimasse.

»Du hast doch gesagt, es wäre nicht gefährlich.«

»Für euch nicht. Aber er könnte auf die Idee kommen, dass ihr zu mir gehört, und euch folgen. Haltet einfach die Augen offen.«

Die beiden Männer wechselten einen Blick.

Nach einer knappen Stunde war Ben zurück, einer Stunde, in der ich ein ganzes Glas Whisky trank und nervös Bens Zeitschriften durchblätterte. Als er hereinkam, sah er aus, als hätte er seine Weihnachtseinkäufe erledigt. Er ließ die prall gefüllten Plastiktüten auf den Boden fallen.

»Jetzt hat Scud etwas gut bei mir«, meinte er.

»Warum? Was ist passiert?«

»Immerhin habe ich ihn seiner Gattin und seinen Kindern entrissen und dazu angestiftet, gemeinsam mit mir die Wohnung einer Frau zu durchwühlen, die er gar nicht kennt. Und womöglich habe ich ihn dabei auch noch in kriminelle Aktivitäten verwickelt.«

»Wie meinst du das?«

»Jos Wohnungstür war offen. Gewaltsam aufgebrochen.«

»Aber es war doch die Kette vorgehängt.«

»Jemand muss sie eingetreten haben. Der ganze Türrahmen war kaputt.«

»Lieber Himmel!«

»Ja. Wir wussten nicht so recht, was wir tun sollten. Es ist wahrscheinlich nicht legal, am Ort eines Verbrechens herumzustöbern und Sachen einzupacken, die einem nicht gehören.«

»Er ist eingebrochen«, murmelte ich gedankenverloren vor mich hin.

»Ich glaube, ich habe alles«, fuhr Ben fort. »Deine Kleider, in erster Linie. Außerdem die Dinge, die du sonst noch wolltest. Deine Papiere, Sachen aus dem Bad. Allerdings ohne Garantie, dass nicht ein Teil davon Jo gehört. Je länger ich darüber nachdenke, desto weniger legal erscheint mir die ganze Sache.«

»Großartig«, antwortete ich zerstreut. Ich hatte ihm bloß mit einem Ohr zugehört.

»Und hier ist das Foto von Jo, um das du gebeten hast.«

Er legte es auf den Tisch, und wir betrachteten es beide schweigend.

»Ich nehme an«, sagte Ben schließlich, »du weißt im Moment nicht, wo du hin sollst, und ich möchte auch keine große Sache daraus machen, aber du kannst gerne hier bleiben. So lange du magst.«

Ich musste schlucken. »Bist du sicher?«, fragte ich. »Du brauchst dich nicht verpflichtet fühlen, mir das anzubieten, nur weil ich mich gerade in dieser misslichen Lage befinde. Ich könnte sicher auch anderswo unterkommen.«

»Sei nicht albern.«

»Ich gefalle mir gar nicht in der Rolle der bemitleidenswerten, bedürftigen Frau, die sich einem Mann aufdrängt, der zu höflich ist, um sie wieder hinauszukomplimentieren.«

Er hob abwehrend die Hand. »Hör auf«, sagte er. »Halt einfach den Mund. Lass uns lieber schauen, wo wir die Sachen unterbringen.«

Gemeinsam fingen wir an, das seltsame Sortiment durchzugehen, das sich in den letzten paar Tagen angesammelt hatte.

»Ich wollte noch etwas sagen«, fuhr er fort, während er meine Unterwäsche sortierte. »Zumindest wollte ich die Möglichkeit ansprechen, dass es sich bei der Sache um einen normalen Einbruch gehandelt haben könnte.«

»Und was ist mit dem Typen, der bei mir in der Arbeit angerufen und sich als mein Vater ausgegeben hat?«

»Ich weiß nicht. Vielleicht irgendeine Art von Missverständnis. Möglicherweise war das, was du an der Tür gehört hast, tatsächlich ein Einbrecher. Es kommt öfter vor, dass sie erst klingeln, um festzustellen, ob jemand zu Hause ist. Du hast nicht reagiert, ganz wie es deine Art ist, woraufhin der Übeltäter davon ausgeht, dass niemand da ist und einbricht. Das passiert in der Gegend öfter. Erst vor ein paar Tagen haben Freunde von mir, die gleich da um die Ecke wohnen, mitten in der Nacht ein lautes Krachen gehört. Als sie nach unten liefen, mussten sie feststellen, dass genau das Gleiche passiert war. Jemand hatte die Tür eingetreten und sich eine Tasche und eine Kamera geschnappt. Vielleicht war es in deinem Fall ähnlich.«

»Hat etwas gefehlt?«

»Schwer zu sagen. Ein paar Schubladen standen offen. Der Videorekorder war noch da.«

»Hmmm.« Ich war immer noch skeptisch.

Ben sah mich stirnrunzelnd an. Er schien angestrengt über

etwas nachzudenken. »Was möchtest du heute zum Abendessen?«, fragte er schließlich.

Das gefiel mir. Mehr als das, ich war völlig begeistert. Mitten in dem Chaos, das in meinem Leben gerade herrschte, stellte er mir diese Frage, als würden wir wie ein Paar zusammen leben. Was wir im Moment ja eigentlich auch taten.

»Egal«, antwortete ich. »Was du hast. Aber um noch mal auf deinen Einwand zurückzukommen: Jo ist verschwunden, ein Typ verschafft sich unter einem falschen Namen meine Adresse, ich höre jemanden an der Tür. Ich springe hinten aus dem Fenster, und er bricht ein. So viele Zufälle gibt es nicht.«

Ben stand reglos wie ein Statue vor mir – allerdings eine Statue mit einem Damenslip in der Hand. Ich entriss ihm das Ding.

»Morgen rufe ich bei der Polizei an«, erklärte er. »Inzwischen müssten Jos Eltern zurück sein. Wir werden nachher mit ihnen sprechen, und falls sie keine guten Nachrichten für uns haben, bleibt uns nichts anderes übrig, als Jo als vermisst zu melden.«

Ich legte meine Hand auf seine. »Danke, Ben.«

»Ist das Whisky?«, fragte er. Sein Blick war auf mein Glas gefallen. Beziehungsweise *sein* Glas, streng genommen.

»Ja, du musst entschuldigen«, sagte ich. »Ich brauchte ganz dringend was für meine Nerven.«

Er griff nach dem Glas und nahm einen Schluck. Seine Hand zitterte.

»Geht es dir nicht gut?«, fragte ich.

Er schüttelte den Kopf. »Erinnerst du dich, dass du vorhin zu mir gesagt hast, wir hätten uns vielleicht zum falschen Zeitpunkt kennen gelernt? Ich hoffe, du hast damit Unrecht. Für mich fühlt sich das mit uns beiden sehr richtig an, und zwar in vielerlei Hinsicht. Ich fürchte nur, dass ich nicht der Typ bin, der in der Lage sein wird, dich mit den Fäusten zu verteidigen oder sich vor dich zu werfen, wenn jemand auf dich schießt.

Im Grunde meines Herzens bin ich ein ziemlicher Angsthase, um ehrlich zu sein.«

Ich küsste ihn, und unsere Hände fanden sich.

»Die meisten Menschen würden das nie zugeben«, sagte ich. »Sie würden sich nur eine Ausrede einfallen lassen, um mich nicht im Haus haben zu müssen. Aber im Moment interessiert mich eigentlich nur dein Plan.«

»Was für ein Plan?«

»Er ging damit los, dass du mir die Schultern waschen wolltest. Den Waschteil können wir gerne weglassen.«

»Oh, *der* Plan«, sagte er grinsend.

22

»Weißt du, ich bin heute Morgen schon früh aufgewacht und konnte nicht mehr schlafen, und da habe ich nachgedacht. Du kennst das bestimmt, wenn man in der Dunkelheit liegt und die Gedanken durch den Kopf wirbeln? Wie auch immer, die Situation ist Folgende: Er ist hinter mir her, aber irgendwie bin ich auch hinter ihm her. Ich muss ihn kriegen, bevor er mich kriegt. Meinst du nicht auch?« Ich saß an Bens Küchentisch, bekleidet mit einem T-Shirt von ihm, und tauchte gerade eine Brioche in meinen Kaffee. Draußen war alles mit Raureif überzogen. In der Küche roch es nach frischem Brot und Hyazinthen.

»Vielleicht hast du Recht«, meinte er.

»Was weiß er über mich? Er kennt meinen Namen. Er weiß, wie ich aussehe, zumindest ungefähr, wo ich bis vor ein paar Wochen gelebt habe, wo ich bis gestern gewohnt habe, wo ich arbeite beziehungsweise gearbeitet habe. Und was weiß ich über ihn?« Ich hielt einen Moment inne, um einen Schluck Kaffee zu trinken. »Nichts.«

»Nichts?«

»Gar nichts. Nicht das Geringste. Ich habe nur einen einzigen Vorteil: Er weiß nicht, dass ich weiß, dass er mir auf den Fersen ist. Er glaubt, er kann sich einfach von hinten an mich heranschleichen, aber in Wirklichkeit spielen wir das Kinderspiel, bei dem man um den Baum herumläuft und sich gegenseitig fängt und gleichzeitig voreinander davonläuft. Ihm ist nicht klar, dass ich weiß, dass er es nach wie vor auf mich abgesehen hat. Wenn du verstehst, was ich meine.«

»Abbie …«

»Da ist noch etwas. Ich folge nicht nur ihm – oder plane, ihm zu folgen, sobald ich einen Ausgangspunkt gefunden habe –, nein, ich folge auch mir selbst, der Abbie, an die ich mich nicht erinnern kann. Ich wandle sozusagen auf meinen eigenen Spuren.«

»Nicht so schnell, ich …«

»Vielleicht habe ich es nicht richtig ausgedrückt, aber ich gehe davon aus, dass die Abbie, an die ich mich nicht erinnern kann, bereits versucht hat, Jo zu finden. Das habe ich bestimmt getan, meinst du nicht auch? Wenn ich es jetzt tue, dann habe ich es sicher auch schon damals getan. Hältst du das nicht für plausibel? Das ist es, was mir heute Morgen durch den Kopf gegangen ist.«

»Wann bist du aufgewacht?«

»Gegen fünf, glaube ich. Mir schwirrte so vieles im Kopf herum. Was ich jetzt brauche, ist ein konkreter Beweis, den ich Cross bringen kann. Dann werden sie endlich anfangen zu ermitteln. Wenn ich also meinen eigenen Spuren folge, die aller Wahrscheinlichkeit nach Jos Spuren folgen, dann lande ich am Ende vielleicht wieder dort, wo ich beim letzten Mal gelandet bin.«

»Was sich nach keiner guten Idee anhört, wenn man bedenkt, was passiert ist.«

»Der Haken an der Sache ist natürlich, dass ich meinen Spuren nicht folgen kann, weil ich mich an nichts erinnere.«

»Möchtest du noch Kaffee?«

»Ja, bitte. Leider weiß ich auch nicht, wohin Jo unterwegs war. Jedenfalls lag zwischen dem Zeitpunkt ihres Verschwindens und meiner Entführung nur eine kurze Zeitspanne. Jedenfalls weiß ich, dass Jo am Mittwochvormittag noch da war. Das hat mir ihr Nachbar Peter erzählt. Und ich bin mit ziemlicher Sicherheit am Donnerstagabend verschwunden.«

»Abbie.« Ben nahm meine Hände und hielt sie zwischen seinen fest. »Nun mal langsam!«

»Rede ich wirres Zeug?«

»Es ist erst zehn nach sieben, und wir sind spät ins Bett. Ich bin noch nicht im Vollbesitz meiner geistigen Kräfte.«

»Ich glaube, ich muss die Sache mit der Katze weiterverfolgen.«

»Wie bitte?«

»Jo wollte sich ein Kätzchen zulegen. Das weiß ich ebenfalls von Peter. Sie hatte schon alles Nötige gekauft. Ich nehme an, sie hatte vor, sich so schnell wie möglich eins zu besorgen. Wenn ich herausbekäme, an wen sie sich deswegen wenden wollte, dann – na ja, mir fällt jedenfalls nichts Besseres ein. Irgendwo muss ich ja anfangen.«

»Folglich planst du jetzt, eine Katze aufzuspüren?«

»Ich werde in der Tierhandlung und in der Post nachfragen, wo die Leute oft Zettel aushängen. Und beim Tierarzt. Bei Tierärzten hängen bestimmt auch solche Notizen, meinst du nicht? Na ja, wahrscheinlich ist das Ganze sowieso ein sinnloses Unterfangen. Wenn du bessere Ideen hast, dann raus damit!«

Ben sah mich lange an. Mir ging durch den Kopf, dass er jetzt wahrscheinlich dachte: Lohnt sich das wirklich? Bis zu einem gewissen Grad war ich mir über meinen Zustand durchaus im Klaren. Ich mochte wirres Zeug reden, aber wenigstens war ich mir dessen noch bewusst.

»Ich mache dir einen Vorschlag«, sagte er. »Ich muss im

Büro ein paar Briefe abholen und den Jungs Instruktionen erteilen. In zwei Stunden bin ich wieder da, dann machen wir uns gemeinsam auf den Weg.«

»Wirklich?«

»Mir gefällt die Vorstellung nicht, dass du allein durch die Gegend läufst.«

»Du weißt, dass du das nicht zu tun brauchst. Du bist nicht für mich verantwortlich.«

»Das Thema haben wir doch gestern Abend schon geklärt, wenn du dich erinnerst.«

»Danke«, sagte ich. »Vielen Dank.«

»Wie wirst du dir die Zeit vertreiben, bis ich wieder da bin?«

»Ich werde noch mal mit Cross sprechen, auch wenn ich mir nicht vorstellen kann, dass er begeistert sein wird, von mir zu hören.«

»Du musst ihn trotzdem anrufen.«

»Ich weiß.«

»Ich werde es vom Büro aus noch mal bei Jos Eltern versuchen. Gestern Abend hat niemand abgenommen. Wir sollten auf jeden Fall mit ihnen reden, bevor wir uns an die Polizei wenden.«

»Ja, du hast Recht.«

Kurz vor acht brach Ben auf. Ich duschte so heiß, dass ich es gerade noch aushielt, und machte mir anschließend frischen Kaffee. Dann rief ich Cross an, erhielt aber nur die Auskunft, er werde erst nachmittags wieder in seinem Büro sein. Ich wäre vor Ungeduld fast in Tränen ausgebrochen. Ein halber Tag ist eine lange Zeit, wenn man das Gefühl hat, dass jede Minute zählt.

Ben würde erst in zwei Stunden zurückkehren. Ich räumte die Küche auf und bezog das Bett frisch. Sein Haus wirkte erwachsener als alles, was ich bisher gewohnt gewesen war. Ich fand, dass Terry und ich ein bisschen wie Studenten gehaust hatten. Alles in unserem Leben – auch wo und wie wir wohnten – hatte etwas leicht Provisorisches gehabt, sich einfach irgendwie ergeben. Wir waren einigermaßen zurechtgekommen, aber es war immer chaotisch gewesen und am Ende in Gewalt eskaliert. Bens Lebensweise dagegen war beständig. Er hatte sich einen Beruf ausgesucht, der ihm lag, und er lebte in einem schönen Haus, in dem jeder Raum in einer anderen Farbe gestrichen und mit sorgfältig ausgewählten Gegenständen ausgestattet war. Ich öffnete seinen Kleiderschrank. Er besaß nur zwei Anzüge, die aber sehr teuer aussahen. Seine Hemden hingen ordentlich auf Bügeln, und auf dem Boden des Schranks standen drei Paar Lederschuhe. Bei ihm ergaben sich die Dinge nicht bloß zufällig, dachte ich. Er wählte sie bewusst aus. Genau so hatte er mich ausgewählt, und er hatte mich vermisst, als ich fort war. Ich schauderte vor Freude.

Kurz nach zehn Uhr kam er zurück. Ich wartete schon auf ihn, eingehüllt in warme Sachen, ein Notizbuch in der Tasche. Ich hatte auch das Foto von Jo eingepackt, weil ich hoffte, dass es vielleicht eine gute Gedächtnisstütze für die Leute sein würde.

»Jos Eltern kommen erst morgen zurück«, erklärte er. »Ich habe wieder mit der Frau gesprochen, die auf ihren Hund aufpasst. Sie haben noch eine Nacht in Paris angehängt. Am besten, wir fahren morgen Nachmittag zu ihnen. Es ist nicht so weit, gleich auf der anderen Seite der M25.«

»Das wird nicht einfach.«

»Ja.« Einen Moment lang wirkte sein Gesicht völlig ausdruckslos. Dann fügte er in betont fröhlichem Ton hinzu: »So, nun aber los. Zeit für die Katzenjagd.«

»Bist du sicher, dass du dir das antun willst? Ich meine, es ist wahrscheinlich sowieso für die Katz, im wahrsten Sinne des Wortes.«

»Immerhin werde ich dich als Gesellschaft haben.« Er schlang einen Arm um mich, und wir gingen zu seinem Wagen. Ich musste kurz an mein eigenes Auto denken, das schon wieder auf einem Parkplatz für abgeschleppte Fahrzeuge stand, schob den Gedanken aber sofort wieder weg. Mit diesen Dingen würde ich mich später auseinandersetzen. Freundschaften, Familie, Arbeit, Geld (chronischer Mangel), Steuererklärungen, Strafzettel, längst überfällige Leihbücher aus der Bibliothek – das alles musste warten.

Wir parkten in einer kleinen Straße wenige hundert Meter von Jos Wohnung entfernt. Wir wollten eine Runde durch das Viertel drehen, aber es wurde ein langweiliges und frustrierendes Unterfangen. Unser Besuch beim Tierarzt brachte gar nichts. Von den Zeitungshändlern erkannte keiner Jos Foto, und nur in wenigen Läden gab es Karten, auf denen Haustiere angeboten wurden.

Nach fast zwei Stunden hatte ich mir lediglich drei Telefonnummern notiert. Während wir zum Wagen zurückgingen, rief Ben die Leute von seinem Handy aus an. Wie sich herausstellte, waren zwei der Karten erst in den letzten paar Tagen aufgehängt worden und somit irrelevant. Die dritte Karte hing schon länger, und als Ben anrief, erklärte die Frau, es sei noch ein Kätzchen übrig, für das sie bisher kein Zuhause gefunden habe, aber wir würden es wahrscheinlich nicht wollen.

Sie wohnte gleich um die Ecke, und wir beschlossen, sofort bei ihr vorbeizuschauen. Das Kätzchen war getigert und noch sehr klein. Die Frau, die groß und kräftig gebaut war, erklärte uns, es sei das schwächste Tier des Wurfs gewesen und deswegen so zart und zerbrechlich. Außerdem räumte sie ein, dass mit seinen Augen etwas nicht in Ordnung sei. Es stoße überall an, erklärte sie, und trete in seinen Fressnapf. Sie nahm es hoch und setzte es auf ihre große, schwielige Hand, wo es herzzerreißend miaute.

Ich holte Jos Foto aus der Tasche und zeigte es ihr.

»Hat sich diese Freundin von uns bei Ihnen nach einer Katze erkundigt?«, fragte ich.«

»Was?« Sie setzte den kleinen Tiger wieder auf den Boden

und sah sich das Foto an. »Nein, nicht dass ich wüsste. Ich würde mich bestimmt an sie erinnern. Warum?«

»Oh, das ist eine zu lange Geschichte«, antwortete ich, und sie hakte nicht nach. »Wir gehen dann wieder. Ich hoffe, Sie finden bald ein Zuhause für Ihr Kätzchen.«

»Wohl kaum«, meinte sie. »Wer will schon eine blinde Katze? Ich werde sie ins Katzenasyl bringen müssen. Betty wird sie schon aufnehmen.«

»Katzenasyl?«

»Na ja, das klingt vielleicht zu offiziell. Betty ist einfach eine Katzennärrin. Total verrückt. Ihr ganzes Leben dreht sich nur um Katzen, etwas anderes interessiert sie nicht. Sie nimmt alle auf, die heimatlos herumstreunen. Mittlerweile hat sie bestimmt an die fünfzig, und sie bekommen ständig Junge. Dabei ist ihr Haus nur klein. Das muss man wirklich gesehen haben. Bestimmt treibt es ihre Nachbarn in den Wahnsinn. Wenn Sie nach einem Kätzchen suchen, sollten Sie bei ihr vorbeischauen.«

»Wo wohnt sie?«, fragte ich und zückte mein Notizbuch.

»Lewin Crescent. Die Nummer weiß ich nicht, aber Sie können es nicht verfehlen. Ein winziges Häuschen, bei dem im ersten Stock alle Fenster mit Brettern zugenagelt sind. Es sieht verlassen aus.«

»Danke.«

Wir gingen zum Wagen zurück.

»Lewin Crescent?«, fragte Ben.

»Warum nicht, nachdem wir schon mal hier sind.«

Wir sahen auf dem Stadtplan nach und fuhren hin. Im Wagen war es wunderbar gemütlich, doch draußen blies ein eisiger, schneidender Wind. Unser Atem bildete weiße Wolken. Ben nahm meine Hand und lächelte zu mir herunter. Seine Finger waren warm und stark.

Das Haus machte tatsächlich einen sehr heruntergekommenen Eindruck. Die Haustür wurde von erfrorenem Unkraut und ein paar halb verfaulten, mit Reif überzogenen Sonnenblumen eingerahmt, die Mülltonne quoll über. An der Hauswand zog sich ein breiter Riss nach oben, und die Farbe der Fensterbretter blätterte ab. Ich drückte auf den Klingelknopf, hörte aber kein Klingeln, so dass ich vorsichtshalber auch kräftig klopfte.

»Hör dir das an«, sagte Ben. Durch die Tür waren Miauen, Fauchen und seltsame Kratzgeräusche zu vernehmen. »Habe ich eigentlich schon erwähnt, dass ich auf Katzen allergisch reagiere? Ich bekomme Asthma, und meine Augen werden feuerrot.«

Die Tür öffnete sich einen Spalt. Ein Gesicht spähte zu uns heraus.

»Hallo«, sagte ich. »Entschuldigen Sie die Störung.«

»Sind Sie von der Stadt?«

»Nein. Uns hat bloß jemand erzählt, dass Sie viele Katzen haben.«

Die Tür schwang ein Stück weiter auf. »Dann kommen Sie rein – aber passen Sie auf, dass keine entwischt. Schnell!«

Ich weiß nicht, was uns als Erstes entgegenschlug, die Wand aus Hitze oder der Geruch nach Katzenfutter, Ammoniak und Exkrementen. Überall tummelten sich Katzen. Sie lagen auf dem Sofa und den Sesseln, zusammengerollt vor dem elektrischen Heizkörper, als weiche braune Häufchen auf dem Boden. Einige putzten sich, ein paar schnurrten, zwei weniger friedliche Exemplare standen sich mit hohem Buckel und zuckendem Schwanz gegenüber und fauchten einander an. Neben der Küchentür waren mehrere Schalen mit Futter aufgereiht, daneben drei oder vier Katzenklos. Das Ganze wirkte wie die widerliche Version eines Walt-Disney-Films. Ben blieb mit entsetzter Miene an der Tür stehen.

»Sie sind Betty, nicht wahr?« Ich versuchte, meine Gesichtszüge unter Kontrolle zu halten. Eine Katze schmiegte sich an meine Beine.

»Das ist richtig.«

Betty war schon alt. Ihr Gesicht war runzlig, die Haut an ihrem Hals faltig und schlaff. Ihre Finger und Handgelenke waren blau. Sie trug ein dickes, blaues Hemdblusenkleid, bei dem mehrere Knöpfe fehlten, und war von oben bis unten voller Katzenhaare. Aus ihrem zerfurchten Gesicht funkelten mich zwei gewitzte braune Augen an.

»Jemand hat uns erzählt, dass Sie streunende Katzen aufnehmen und manchmal an Leute abgeben, die ein Haustier suchen«, erklärte ich.

»Ich muss aber sicher sein, dass es sich um einen guten Platz handelt«, antwortete sie in scharfem Ton. »Da achte ich sehr darauf. Ich gebe sie nicht einfach an irgendjemanden ab. Das sage ich den Leuten immer wieder.«

»Wir glauben, dass eventuell eine Freundin von uns hier war.« Ich zog das Foto heraus.

»Natürlich war sie hier.«

»Wann?« Ich trat einen Schritt auf sie zu.

»Man dreht sich im Leben oft im Kreis, nicht wahr? Aber sie kam nicht in Frage. Sie schien der Meinung zu sein, dass man eine Katze hinein- und hinausspazieren lassen kann, wie es ihr beliebt. Wissen Sie, wie viele Katzen jedes Jahr überfahren werden?«

»Nein«, antwortete ich. »Das weiß ich nicht. Sie wollten also nicht, dass sie eine von ihren Katzen bekam?«

»Sie schien sowieso nicht besonders erpicht darauf«, erwiderte Betty. »Sobald ich meine Zweifel an ihr geäußert hatte, war sie wieder draußen.«

»Und sie können sich nicht daran erinnern, wann das war?«

»Sagen Sie es mir.«

»Während der Woche? Am Wochenende?«

»Es war an dem Tag, an dem die Müllabfuhr kommt. Die Männer klapperten gerade draußen herum, als sie da war.«

»An welchem Tag kommt denn bei Ihnen die Müllabfuhr?«

»Am Mittwoch.«

»Dann war es also ein Mittwoch«, schaltete sich Ben ein, der noch immer an die Haustür gelehnt stand. »Können Sie sich an die Uhrzeit erinnern?«

»Ich weiß nicht, wieso Sie das so interessiert.«

»Wir wollen Sie nicht…«, begann ich.

»Vormittags oder nachmittags?«, fragte Ben.

»Nachmittags«, antwortete sie widerwillig. »Meistens kommt die Müllabfuhr, wenn ich den Katzen gerade ihren Tee gebe. Nicht wahr, meine Lieben?« fügte sie an den ganzen Raum gewandt hinzu, der seltsam zu brodeln und zu wogen schien, weil sich überall Katzen bewegten.

»Vielen Dank«, sagte ich. »Sie haben mir sehr geholfen.«

»Das haben Sie beim letzten Mal auch gesagt.«

Ich hatte bereits die Hand nach dem Türgriff ausgestreckt und erstarrte mitten in der Bewegung. »Ich war schon mal hier?«

»Natürlich. Allerdings allein.«

»Betty, können Sie mir sagen, wann das war?«

»Sie brauchen nicht so zu schreien, ich bin weder taub noch blöd. Sie sind am Tag darauf gekommen. Haben Sie Ihr Gedächtnis verloren?«

»Nach Hause?«, fragte Ben.

»Nach Hause«, stimmte ich zu, lief aber sofort knallrot an, als mir bewusst wurde, was ich da eben gesagt hatte. Ben, der meine Verlegenheit bemerkte, legte mir lächelnd eine Hand aufs Knie. Ich drehte mich zu ihm um, und wir küssten uns. Es war ein sehr sanfter Kuss, bei dem sich unsere Lippen nur ganz leicht berührten, und wir ließen dabei die Augen offen, so dass ich in seinen Pupillen mein Spiegelbild sehen konnte.

»Nach Hause«, sagte er noch einmal. »Heimwärts zu Toast und Tee.«

Nach dem Toast und dem Tee gingen wir ins Bett und liebten uns. Wir machten kein Licht, und während es draußen immer kälter und dunkler wurde, hielten wir uns fest und wärmten einander. Ausnahmsweise sprachen wir mal nicht über düstere Themen, sondern taten das, was alle frisch gebackenen Liebespaare tun: Wir fragten einander über unsere amouröse Vergangenheit aus. Zumindest fragte ich ihn.

»Das habe ich dir schon erzählt«, antwortete er.

»Wirklich? Ach, du meinst, davor?«

»Ja.«

»Ist das nicht seltsam? Sich vorzustellen, dass ich all diese Dinge in mir trage – Dinge, die mir passiert sind, die du mir erzählt hast, Geheimnisse, Geschenke – und mich nicht mehr an sie erinnern kann? Wenn man sich an etwas nicht erinnert, dann ist das doch genau so, als wäre es nie passiert, oder?«

»Ich weiß nicht«, antwortete er. Ich fuhr mit einem Finger seine Lippen nach. Er lächelte in der Dunkelheit.

»Du wirst es mir noch mal erzählen müssen. Wer war meine Vorgängerin?«

»Leah. Eine Innenarchitektin.«

»War sie schön?«

»Ich weiß es nicht. Irgendwie schon. Sie war eine halbe Marokkanerin, mit sehr markanten Gesichtszügen.«

»Hat sie hier gewohnt?«

»Nein. Na ja, nicht richtig.«

»Wie lange wart ihr zusammen?«

»Zwei Jahre.«

»Zwei Jahre – eine lange Zeit. Was ist passiert?«

»Vor knapp einem Jahr hat sie sich in einen anderen verliebt und mich verlassen.«

»Ganz schön dumm von ihr«, sagte ich. »Wie kann man dich nur verlassen?« Ich streichelte sein weiches Haar. Wir lagen unter der Bettdecke wie in einer kleinen Höhle, während sich die Welt draußen verdunkelte. »Warst du sehr verletzt?«

»Ja«, antwortete er. »Ich glaube schon.«

»Aber jetzt geht es dir wieder gut, oder?«

»Ja. Und wie!«

»Wir müssen über Jo reden«, sagte ich nach einer Weile.

»Ich weiß. Ich habe fast ein schlechtes Gewissen, weil ich so glücklich bin.« Er streckte den Arm aus und schaltete die Nachttischlampe an. Die plötzliche Helligkeit blendete uns so, dass wir beide blinzeln mussten. »Sie war also am Mittwochnachmittag auf der Suche nach einer Katze, und du warst am Donnerstag auf der Suche nach ihr.«

»Ja.«

»Du folgst deinen eigenen Spuren.«

»Wie diese verrückte Katzenfrau gesagt hat – man dreht sich im Leben oft im Kreis.«

23

Nachdem Ben gegangen war, um fürs Abendessen einzukaufen, rief ich aus einem spontanen Impuls heraus Sadie an.

»Hallo«, sagte ich. »Rate mal, wer hier ist!«

»Abbie? Mein Gott, Abbie, wo steckst du bloß? Ist dir eigentlich klar, dass ich nicht mal eine Telefonnummer von dir habe? Ich war gestern Abend bei Sam, er hat eine kleine Geburtstagsparty gegeben, und wir haben alle gesagt, wie seltsam es ist, dass du nicht bei uns bist. Wir haben sogar auf dich angestoßen. Na ja, eigentlich haben wir auf alle abwesenden Freunde angestoßen, aber damit warst hauptsächlich du gemeint. Keiner von uns hat gewusst, wie man dich erreichen kann. Du bist völlig von der Bildfläche verschwunden.«

»Ich weiß, ich weiß, und es tut mir Leid. Ihr fehlt mir alle sehr, aber ich – ich kann es jetzt nicht erklären. Ich hätte an seinen Geburtstag denken sollen, ich habe ihn noch nie vergessen, aber im Moment ist alles, na ja, ziemlich dramatisch.«

»Geht es dir gut?«

»Mehr oder weniger. Einerseits ja, andererseits nein.«

»Klingt sehr geheimnisvoll. Wann kann ich dich sehen? Wo wohnst du?«

»Bei einem Freund«, antwortete ich vage. »Und wir sehen uns bestimmt bald. Ich muss nur noch ein paar Dinge klären. Du weißt schon.« Am liebsten hätte ich gesagt: Ich muss vorher noch mein Leben retten. Aber das klang zu verrückt. Es fühlte sich auch verrückt an, jedenfalls hier in Bens Haus, wo die Lichter brannten, die Heizkörper summten und aus der Küche das Geräusch der Geschirrspülmaschine herüberdrang.

»Ja, aber eins muss ich dir noch erzählen, Abbie: Ich habe mit Terry gesprochen.«

»Wie geht es ihm? Hat ihn die Polizei inzwischen auf freien Fuß gesetzt?«

»Ja. Ich glaube allerdings, sie haben ihn nur freigelassen, weil sie es gesetzlich nicht mehr vertreten konnten, ihn noch länger einzusperren.«

»Gott sei Dank. Ist er wieder viel auf der Piste?«

»Könnte man sagen. Er hat versucht, dich zu erreichen.«

»Ich werde ihn anrufen. Jetzt gleich. Demnach steht er immer noch unter Verdacht, oder wie?«

»Ich weiß es nicht. Er war nicht gerade in Höchstform, als ich mit ihm gesprochen habe. Ich glaube, er hatte schon einiges intus.«

»Sadie, ich muss jetzt aufhören. Ich werde gleich Terry anrufen. Und ich komme dich bestimmt bald besuchen, ganz bald.«

»Tu das.«

»Geht es Pippa gut?«

»Ja. Sie ist wundervoll.«

»Ich weiß. Du auch, Sadie.«

»Was?«

»Wundervoll. Du bist wundervoll. Ich bin froh, Freunde wie euch zu haben. Sag allen, dass ich sie liebe.«

»Abbie?«

»Allen. Sheila und Guy und Sam und Robin und – na ja, einfach allen. Wenn du sie siehst, dann sag ihnen, dass ich…« In dem Moment fiel mein Blick auf den Spiegel über dem Kamin. Ich fuchtelte hysterisch mit der Hand herum, wie eine Opernsängerin. »Na ja, du weißt schon. Richte ihnen zumindest ganz liebe Grüße aus.«

»Geht es dir wirklich gut?«

»Das ist alles so seltsam, Sadie.«

»Hör zu…«

»Ich muss aufhören. Ich ruf dich wieder an.«

Ich wählte Terrys Nummer, ließ es sehr lange klingeln. Gerade, als ich auflegen wollte, ging er ran.

»Hallo?« Seine Stimme klang undeutlich.

»Terry? Ich bin's, Abbie.«

»Abbie«, sagte er. »O Abbie!«

»Sie haben dich gehen lassen.«

»Abbie«, wiederholte er.

»Es tut mir so Leid, Terry. Ich habe Ihnen gesagt, dass du es nicht gewesen sein kannst. Hat dein Dad dir erzählt, dass ich angerufen habe? Das mit Sally tut mir so Leid. Ich kann dir gar nicht sagen, wie Leid mir das tut.«

»Sally«, sagte er. »Sie dachten, ich hätte sie umgebracht.«

»Ich weiß.«

»Bitte«, sagte er.

»Was? Was kann ich tun?«

»Ich muss dich sehen. Bitte, Abbie.«

»Das ist im Moment schwierig.« Ich konnte nicht in seine Wohnung – womöglich wartete er dort auf mich.

Die Haustür ging auf, und Ben kam mit zwei Tragetüten herein.

»Ich rufe dich gleich noch mal an«, sagte ich. »In ein paar Minuten. Geh nicht weg.« Nachdem ich aufgelegt hatte, drehte ich mich zu Ben um und erklärte: »Ich muss mich mit Terry treffen. Er hört sich fürchterlich an, und das ist alles nur meinetwegen. Ich bin es ihm schuldig.«

Seufzend stellte er die Tüten ab. »Und ich habe ein romantisches Abendessen für zwei geplant. Schön blöd!«

»Mir bleibt keine andere Wahl, oder? Verstehst du das?«

»Wo?«

»Wo was?«

»Wo willst du dich mit ihm treffen?«

»Nicht in seiner Wohnung, soviel steht fest.«

»Hier?«

»Das fände ich irgendwie seltsam.«

»Seltsam? Na dann – seltsame Sachen sind ja gar nicht unser Ding, stimmt's?«

»Ein Café oder so was wäre besser. Kein Pub – er klingt sowieso schon betrunken genug. Wo kann man hier in der Nähe hingehen?«

»In der Belmont Avenue gibt es was, am Park am Ende der Straße. Das Soundso-Diner.«

»Ben?«

»Was?«

»Kommst du mit?«

»Ich fahre dich hin und warte im Wagen.«

»Ich bin dir dafür sehr dankbar.«

»Dann ist es jede Mühe wert«, antwortete er trocken.

Fünfundvierzig Minuten später saß ich in besagtem Diner (es hieß einfach nur *The Diner*), trank Cappuccino und beobachtete die Tür. Terry kam zehn Minuten später. Er war in einen alten Überzieher gehüllt und trug eine Wollmütze. Sein Gang wirkte etwas unsicher, sein Gesichtsausdruck wild.

Er kam an meinen Tisch und ließ sich etwas zu laut nieder. Als er seine Mütze abnahm, sah ich, dass sein Haar leicht fettig glänzte und seine Wangen zwar von der Kälte oder vom

Alkohol gerötet waren, ansonsten aber ungewohnt eingefallen aussahen.

»Hallo Terry«, begrüßte ich ihn und legte meine Hände auf seine.

»Dein Haar wird wieder länger.«

»Tatsächlich?«

»O mein Gott!« Er schloss die Augen und lehnte sich in seinem Stuhl zurück. »Oh, ich bin so fertig! Ich könnte hundert Stunden durchschlafen.«

»Was darf ich dir bestellen?«

»Kaffee.«

Ich winkte der Kellnerin.

»Einen doppelten Espresso und noch mal einen Cappuccino.«

Terry zündete sich mit zittrigen Händen eine Zigarette an und nahm sofort einen langen, tiefen Zug, was sein Gesicht noch eingefallener aussehen ließ.

»Ich habe der Polizei gesagt, dass du es nicht warst, Terry. Und wenn du möchtest, spreche ich auch mit deinem Anwalt. Das ist alles ein riesengroßer Irrtum.«

»Sie haben immer wieder behauptet, ich sei ein gewalttätiger Mann.« Die Kellnerin stellte den Kaffee auf den Tisch, doch Terry schien sie gar nicht zu bemerken. »Es war, als würde sich mein ganzer Kopf mit Blut füllen. Ich hätte dir niemals etwas getan. Sie haben geredet, als wäre ich ein bösartiger Mistkerl. Sie haben gesagt, ich hätte dich in den Nervenzusammenbruch getrieben…«

»Das haben sie gesagt?«

»Und Sally… Sally… O verdammt!«

»Terry. Nicht.«

Er begann zu weinen. Dicke Tränen liefen ihm über die Wangen und in den Mund. Er griff nach seiner Tasse, aber seine Hände zitterten so sehr, dass er große Pfützen Kaffee über den Tisch verschüttete.

»Ich weiß nicht, was passiert ist«, sagte er, während er ohne großen Erfolg versuchte, den verschütteten Kaffee mit einer Serviette aufzuwischen. »Erst lief alles ganz normal, und dann ging plötzlich alles zum Teufel. Die ganze Zeit dachte ich, ich würde irgendwann aufwachen und feststellen, dass es nur ein schlimmer Traum war, und du würdest neben mir liegen oder Sally. Aber stattdessen bist du hier, und Sally ist tot, und die Polizei glaubt noch immer, dass ich es war. Ich weiß genau, dass sie das glauben.«

»Die Hauptsache ist, dass sie dich freigelassen haben«, antwortete ich. »Du warst es nicht, und sie dürfen das auch nicht länger behaupten. Du hast jetzt nichts mehr zu befürchten.«

Aber er hörte mir gar nicht zu. »Ich fühle mich so verdammt einsam«, sagte er. »Warum ich?«

Angesichts seines Selbstmitleids empfand ich einen Anflug von Zorn. »Oder warum Sally?«, erwiderte ich.

Am nächsten Morgen rief Ben bei Jos Eltern an. Sie waren aus dem Urlaub zurückgekehrt, ich konnte die Stimme der Mutter hören. Nein, erklärte sie, Jo sei nicht mit ihnen in Urlaub gefahren. Sie hätten sie vor ihrer Abreise das letzte Mal gesehen. Ja, natürlich, sie würden sich sehr über Bens Besuch freuen, wenn er in der Gegend wäre, und selbstverständlich sei es in Ordnung, wenn er eine Freundin mitbringe. Bens Gesichtszüge wirkten angespannt, seine Mundwinkel waren nach unten gezogen, als hätte er etwas Saures gegessen. Er sagte, wir würden gegen elf kommen.

Schweigend fuhren wir durch Nord-London zu ihrem Haus in Hertfortshire. Es war ein nebliger, feuchter Tag. Die Bäume und Häuser, an denen wir vorbeifuhren, hatten etwas Düsteres, Bedrohliches. Jos Eltern lebten am Rand eines Dorfes, in einem flachen weißen Haus am Ende einer gekiesten Zufahrt. Nachdem wir von der Hauptstraße abgebogen waren, hielt Ben einen Moment an.

»Mir ist richtig übel«, erklärte er in wütendem Ton, als wäre das meine Schuld. Dann fuhr er weiter.

Jos Mutter hieß Pam und war eine gut aussehende, kräftige Frau mit einem festen Händedruck. Ihr Vater dagegen war dürr wie ein Skelett. Mit seinem ausgemergelten, von unzähligen Falten durchzogenen Gesicht wirkte er um Jahrzehnte älter als seine Frau, und als ich seine Hand schüttelte, hatte ich das Gefühl, ein Bündel Knochen in der Hand zu halten. Wir nahmen in der Küche Platz, und Pam bewirtete uns mit Tee und Keksen.

»Dann erzähl mal, wie es dir so geht, Ben. Es ist ja schon eine Ewigkeit her, dass Jo dich das letzte Mal mitgebracht hat …«

»Ich bin aus einem bestimmten Grund gekommen«, unterbrach Ben sie abrupt.

»Jo?«, fragte sie.

»Ja. Ich mache mir Sorgen um sie.«

»Was ist mit ihr?«

»Wir wissen nicht, wo sie ist. Sie ist verschwunden. Ihr habt gar nichts von ihr gehört?«

»Nein«, antwortete sie im Flüsterton. Dann fügte sie lauter hinzu: »Aber du weißt ja, wie das bei ihr ist, sie verschwindet ständig irgendwohin, ohne uns etwas davon zu sagen. Manchmal meldet sie sich wochenlang nicht.«

»Ich weiß. Aber Abbie wohnt seit ein paar Wochen bei ihr, und Jo ist eines Tages einfach nicht nach Hause gekommen.«

»Nicht nach Hause gekommen«, wiederholte sie.

»Du hast keine Ahnung, wo sie sein könnte?«

»Im Cottage?« Ihr Miene hellte sich hoffnungsvoll auf. »Sie fährt manchmal hin und haust eine Weile dort.«

»Da waren wir schon.«

»Oder bei ihrem Freund?«

»Nein.«

»Ich verstehe nicht so recht«, schaltete sich der Vater ein. »Wie lange ist sie denn schon verschwunden?«

»Seit dem sechzehnten Januar«, antwortete ich. »Zumindest nehmen wir das an.«

»Und heute haben wir den wie vielten? Den sechsten Februar? Das sind ja schon drei Wochen!« Pam stand auf. Sie starrte einen Moment auf uns herunter und rief dann: »Wir müssen sofort anfangen, nach ihr zu suchen! Auf der Stelle!«

»Ich gehe zur Polizei«, erklärte Ben und erhob sich ebenfalls. »Wir fahren gleich von hier aus hin. Wir haben schon mit ihnen gesprochen – zumindest hat Abbie das getan, aber sie nehmen so etwas nicht ernst, es sei denn, es handelt sich um ein Kind.«

»Und was soll ich machen?«, fragte Pam. »Ich kann doch nicht einfach herumsitzen und warten. Ich werde mich an die Strippe hängen und einen Rundruf starten. Bestimmt gibt es eine ganz einfache Erklärung. Mit wem habt ihr schon gesprochen?«

»Vielleicht hat es wirklich nichts zu bedeuten«, antwortete Ben hilflos. »Womöglich geht es ihr bestens. Es gehen schließlich dauernd Leute verloren und tauchen wieder auf.«

»Ja, natürlich«, antwortete Pam. »Du hast völlig Recht. Das Wichtigste ist, dass wir nicht in Panik geraten.«

»Wir fahren jetzt schnurstracks zur Polizei«, sagte Ben. »Ich rufe euch später an. In Ordnung?« Er legte seine Hände auf Pams Schultern und küsste sie auf beide Wangen. Sie drückte ihn einen Moment an sich. Jos Vater saß immer noch am Tisch. Ich betrachtete seine pergamentartige Haut, die Leberflecken auf seinen zerbrechlichen Händen.

»Auf Wiedersehen«, sagte ich. Ich wusste nicht, was ich sonst noch hinzufügen sollte. Es gab nichts hinzuzufügen.

»Ben, das ist Detective Inspector Jack Cross. Das ist Ben Brody. Er ist ein Freund von Josephine Hooper, von der ich Ihnen erzählt habe, als ich letzt ...«

»Ich weiß. Ich habe Sie in ihrer Wohnung besucht, erinnern

Sie sich? Sie haben mir gesagt, dass Sie ihre Sachen anhatten und dass Jo mit erstem Vornamen Lauren heißt.«

»Ich bin froh, dass Sie Terry freigelassen haben«, erklärte ich. »Nun, da Sie wissen, dass er es nicht wahr, muss Ihnen klar geworden sein, dass der wahre Schuldige noch frei herumläuft und dass Jo vielleicht…«

»Dazu kann ich im Moment noch keinen Kommentar abgeben«, antwortete Cross vorsichtig.

»Sollen wir Detective Inspector Cross erst einmal sagen, was wir mit Sicherheit wissen, Abbie?«

Cross sah ihn leicht überrascht an. Vielleicht hatte er gedacht, dass jeder, der mit mir zu tun hatte, verrückt sein musste: Kontaminierung durch schlechten Umgang.

Das meiste hatte ich ihm natürlich schon erzählt, aber aus meinem Mund hatte es bloß wie eine weitere Bestätigung meiner Paranoia geklungen. Es hörte sich wesentlich plausibler an, wenn jemand anders es aussprach.

Wir gingen sämtliche Punkte mehrmals durch. Das Ganze lief sehr formal ab, wie das Ausfüllen eines komplizierten Steuerformulars. Ich schrieb die Zeiten und Daten auf, die ich für die fehlende Woche zusammengetragen hatte, sowohl für mich als auch für Jo. Dann überreichte ich Cross Jos Foto. Ben gab ihm die Telefonnummern ihrer Eltern und ihres Ex-Freunds und nannte ihm die Namen der Verlage, für die sie regelmäßig arbeitete.

»Was halten Sie davon?«, fragte ich Cross.

»Ich werde darüber nachdenken«, antwortete er. »Aber ich bin nicht…«

»Die Sache ist…« Ich hielt inne und warf einen Blick zu Ben hinüber, bevor ich weitersprach. »Nun ja, falls ich Recht habe und Jo von dem gleichen Mann geschnappt wurde wie ich, dann habe ich die schlimme Befürchtung, dass sie mit ziemlicher Sicherheit oder zumindest mit großer Wahrscheinlichkeit, Sie wissen schon…« Ich konnte das Wort nicht aussprechen – nicht, wenn Ben neben mir saß. Ich erinnerte mich nicht mal an die kurze Zeit, die ich Jo gekannt hatte. Er dagegen kannte sie schon sein halbes Leben.

Auf Cross' Gesicht spiegelten sich gemischte Gefühle wider. Als wir uns das erste Mal begegnet waren, hatte er mir meine Geschichte ohne Zögern geglaubt, mich definitiv als Opfer gesehen. Dann hatte man ihn dazu gebracht, mir überhaupt nicht mehr zu glauben, und ich war in seinen Augen zum Opfer meiner eigenen Wahnvorstellungen geworden – eine arme Irre, mit der man Mitleid haben musste. Nun war er von Zweifeln erfüllt.

»Lassen Sie uns Schritt für Schritt vorgehen«, sagte er diplomatisch. »Als Erstes werden wir uns mit Ms. Hoopers Eltern in Verbindung setzen. Wo sind Sie derzeit zu erreichen?«

»Bei mir«, antwortete Ben. Cross sah ihn ein paar Sekunden lang an, dann nickte er.

»Gut.« Er stand auf. »Ich melde mich bei Ihnen.«

»Allmählich glaubt er mir, meinst du nicht auch?«

Ben griff nach meiner Hand und begann mit meinem Ring herumzuspielen. »Meinst du, was dich oder was Jo betrifft?«

»Gibt es da einen Unterschied?«

»Ich weiß nicht«, antwortete er.

»Das mit Jo tut mir so Leid, Ben. Es tut mir wirklich sehr, sehr Leid. Ich weiß gar nicht, wie ich es ausdrücken soll.«

»Ich hoffe immer noch, dass irgendwann das Telefon klingelt und sie am Apparat ist.«

»Das wäre schön«, sagte ich.

Er schenkte uns Wein nach.

»Musst du oft an die Tage denken, als du seine Gefangene warst?«

»Manchmal kommt es mir vor, als wäre es nur ein schrecklicher Alptraum gewesen, und dann denke ich: Vielleicht habe ich wirklich alles nur geträumt. Bei anderen Gelegenheiten –

meistens in der Nacht oder wenn ich allein bin und mich besonders verwundbar fühle – ist es plötzlich wieder derart präsent, dass ich das Gefühl habe, alles von neuem zu durchleben. Als würde ich tatsächlich wieder in der Situation stecken. Als wäre ich nie aus jenem Raum entkommen und all das hier« – ich machte eine Handbewegung, die die hell erleuchtete Küche mit einschloss – »wäre der Traum. Alles purzelt durcheinander, meine Erinnerungen, meine Phantasien, meine Ängste. Weißt du, was ich manchmal für ein Gefühl habe, wenn ich in den frühen Morgenstunden aufwache und mir alles so düster und traurig erscheint? Dann habe ich das Gefühl, dass ich mich auf einem Rad befinde, das sich endlos dreht. Und dass ich alles schon mal getan habe – was ja in gewisser Hinsicht auch stimmt, ich habe tatsächlich schon nach Jo gesucht, mich in dich verliebt – und demnächst wieder in der Dunkelheit verschwinden werde.«

»Jetzt ist es bald vorbei.«

»Glaubst du wirklich?«

»Ja. Die Polizei wird sich darum kümmern – und glaub mir, diesmal ist ihnen bestimmt daran gelegen, alles richtig zu machen. Du versteckst dich einfach ein paar Tage hier bei mir, und dann ist dieser Alptraum vorbei, da bin ich sicher. Dann bist du abgesprungen von deinem Rad.«

24

Ben war im Büro, und ich gönnte mir mitten am Vormittag eine Dusche. Das war einer der vielen Vorteile von Bens Haus. Es war modern und technisch auf dem neuesten Stand, und die Dinge funktionierten auf eine Weise, wie ich es mir bis dahin kaum hatte vorstellen können. Terrys so genannte Dusche war ein Art tröpfelnder Wasserhahn knapp zwei Meter über der Badewanne gewesen. Selbst wenn das Wasser heiß war, wurden die Tropfen auf dem Weg nach unten kalt. Bens Dusche dagegen war eine richtige Hochleistungsmaschine mit einem scheinbar unerschöpflichen Vorrat an heißem Wasser und der Kraft und Konzentration eines Feuerwehrschlauchs. Hinzu kam, dass die Dusche kein Teil der Badewanne, sondern in einer eigenen Nische untergebracht und mit einer Tür versehen war. Ich kauerte in einer Ecke und stellte mir vor, mich auf einem Planeten zu befinden, der ununterbrochen mit heißem Regen bombardiert wurde. Natürlich war so ein Planet weniger vorteilhaft, wenn man essen, schlafen oder ein Buch lesen wollte, aber für eine Weile tat das Prasseln sehr gut. Ein heißer Wasserstrahl, der mit beträchtlicher Wucht meinen Kopf traf, war eine gute Art, mich vom Denken abzuhalten.

Am liebsten wäre ich bis zum Frühjahr dort geblieben oder wenigstens, bis der Mann gefasst war, aber irgendwann drehte ich doch das Wasser ab und trocknete mich so langsam und sorgfältig ab, wie sich das nur eine Frau ohne dringenden Termin leisten kann. Dann schlenderte ich in Bens Schlafzimmer hinüber und zog fast ausschließlich Sachen von ihm an: eine Jogginghose und ein schlabberiges blaues T-Shirt, das mir mehrere Nummern zu groß war, außerdem riesige Fußballsocken und ein Paar Hausschuhe, die ich ganz hinten in seinem Schrank fand. Anschließend schaltete ich in der Küche den Wasserkocher an und machte mir eine halbe Kanne Kaffee. Eines Tages würde ich anfangen müssen, darüber nachzudenken, wie ich meine berufliche Karriere aus ihrem derzeitigen Ruhezustand erwecken und wieder in Schwung bringen sollte, aber das konnte warten. Alles konnte warten.

Ich trank meinen Kaffee und unternahm ein paar halbherzige Versuche zu putzen und aufzuräumen, wusste in Bens Haus aber nicht gut genug Bescheid, um viel auszurichten. Ich hatte keine Ahnung, was in welche Schublade oder an welchen Haken gehörte, war andererseits aber auch nicht arbeitswütig genug, um den Boden zu schrubben oder etwas Ähnliches anzufangen, so dass ich mich am Ende darauf beschränkte, das Geschirr zu spülen, die Flächen abzuwischen und die Bettdecke glatt zu streichen. Selbst das nahm nur knapp eine Stunde in Anspruch. Noch immer galt es, einen leeren Tag zu füllen, bis Ben zurückkommen würde. Das bot mir Gelegenheit, meine Zeit auf eine Weise zu verbringen, wie ich es schon immer vorgehabt, aus Zeitmangel aber nie geschafft hatte: Ich konnte mich auf ein Sofa lümmeln, Kaffee trinken, Musik hören, ein Buch lesen und mich wie eine Frau mit Muße fühlen.

Frauen mit Muße hörten bestimmt nicht die klimpernde Popmusik, die den Großteil meiner eigenen Sammlung ausmachte. Sie verlangten nach etwas Kultivierterem. Ich ging Bens CDs durch, bis ich auf etwas stieß, das jazzig und anspruchsvoll aussah. Ich legte es ein. Es klang sehr erwachsen, ein bisschen wie ein Soundtrack zu einem Film, auf jeden Fall nicht wie etwas, das man sich einfach so anhörte, doch das war mir ganz recht so. Ich wollte in erster Linie lesen und Kaffee trinken und brauchte die Musik lediglich als Hintergrund. Das Problem mit so einem ganzen freien Tag war, sich auf ein bestimmtes Buch festzulegen. Ich war nicht in der Stimmung, mich mit einem ernsten Buch auseinanderzusetzen, und es hatte auch keinen Sinn, einen dicken Thriller in Angriff zu nehmen. Während ich einen Band nach dem anderen aus dem Regal zog und inspizierte, wurde schnell klar, dass ich gar nicht richtig in der Stimmung war, eine echte Frau mit Muße zu sein. Trotz meiner ausgiebigen Dusche und meines leeren Terminkalenders war ich noch immer sehr aufgeregt. Ich konnte mich auf nichts konzentrieren, konnte nicht aufhören, an die eine Sache zu denken, die ich eigentlich aus meinem Kopf verbannen wollte.

Ben besaß einen Stapel Fotobücher, die ich unentschlossen durchblätterte. Es fiel mir schwer, mich auf eines festzulegen. Schließlich entschied ich mich für das dickste, eine Sammlung von Fotos aus dem neunzehnten Jahrhundert. Es waren Bilder von exotischen Landschaften und dramatischen Ereignissen, Schlachten und Revolutionen und Katastrophen, aber ich achtete nur auf die Gesichter der abgebildeten Männer, Frauen und Kinder. Manche wirkten beunruhigt oder angstvoll. Andere feierten auf Jahrmärkten oder Festen. Hin und wieder blickte sich ein Gesicht mit einem verschwörerischen Lächeln nach der Kamera um.

Was mir am meisten auffiel, war die Fremdheit dieser Gesichter. Ich musste daran denken – und konnte plötzlich an gar nichts anderes mehr denken –, dass all diese Menschen, die schönen und die hässlichen, die reichen und die armen, die Glückspilze und die Pechvögel, die bösen und die tugendhaften, die frommen und die gottlosen, eines gemeinsam hatten: Sie waren tot. Jeder einzelne von ihnen war irgendwo gestorben, letztendlich ganz allein, auf einer Straße, auf einem Schlachtfeld oder in einem Bett. All die Menschen in jener Welt gab es nicht mehr. Ich dachte über diese Tatsache nach, aber es war mehr als ein bloßes Nachdenken, eher eine schmerzhafte Empfindung, wie Zahnweh. Das war ein Teil dessen, worüber ich hinwegkommen musste. Ich ließ den Blick zu den höheren Regalfächern hinaufwandern, über die Rücken der kleineren Bücher, die keine Bilder enthielten. Lyrik. Genau das brauchte ich jetzt. Wahrscheinlich hatte ich seit meiner Schulzeit höchstens zehn Gedichte in die Hände bekommen, doch nun empfand ich plötzlich das dringende Bedürfnis, ein Gedicht zu lesen. So ein Gedicht hatte außerdem den Vorteil, dass es kurz war.

Ben war offensichtlich auch kein großer Lyrikleser, aber es gab in seiner Sammlung ein paar Anthologien von der Art, wie sie Großeltern und Paten gern verschenken, wenn ihnen nichts anderes mehr einfällt. Die meisten von ihnen wirkten auf mich wie Schulbücher oder behandelten Themen, die mich nicht interessierten, wie zum Beispiel das Landleben, das Meer oder

356

die Natur im Allgemeinen. Dann aber fiel mein Blick auf einen Band mit dem Titel *Gedichte von Sehnsucht und Verlust*, und obwohl ich mir vorkam wie ein Alkoholiker, der nach einer Wodkaflasche griff, konnte ich der Versuchung nicht widerstehen. Ich ließ mich mit meinem Kaffee auf der Couch nieder und tauchte in das Buch ein. Die Bedeutung der einzelnen Gedichte drang kaum in mein Bewusstsein. Stattdessen schien mir das Ganze eine ineinander verschwimmende Anhäufung von Kummer, Bedauern und Sehnsucht zu sein, unterlegt von grauen Landschaften. Ich kam mir vor wie bei einer Party, wo sich Depressive versammelt hatten, aber das war ein gutes Gefühl. Mein Versuch, so zu tun, als wäre ich glücklich und entspannt, war ein Fehler gewesen. Viel besser war es festzustellen, dass es noch andere verlorene Seelen gab, die ähnlich fühlten wie ich. Ich befand mich unter Freunden, und nach einer Weile ertappte ich mich dabei, wie ich lächelte, weil mir die beschriebenen Empfindungen so vertraut waren.

Da mir das Buch so gut gefiel, blätterte ich zum Anfang zurück, um zu sehen, wer diesen wundervoll düsteren Band zusammengestellt hatte, und fand bei dieser Gelegenheit heraus, dass jemand eine Widmung auf die Titelseite geschrieben hatte. Für den Bruchteil einer Sekunde hörte ich eine innere Stimme flüstern, dass es falsch war, die Widmung zu lesen. Ich ignorierte die Warnung. Schließlich hatte ich nicht in Bens Schreibtisch herumgestöbert und dabei sein Tagebuch oder alte Liebesbriefe gefunden. Eine Buchwidmung ist wie eine Postkarte, die man an eine Wand gepinnt hat. Selbst wenn sie an eine einzelne Person gerichtet ist, handelt es sich doch um eine Art öffentliche Erklärung. Zumindest redete ich mir das in diesem Sekundenbruchteil ein, doch als ich sah, dass die ersten drei Worte »Ben, mein Liebster« lauteten, begann ich zu ahnen, dass es wohl doch nicht als öffentliche Erklärung gedacht war, aber zu diesem Zeitpunkt hatte ich bereits weitergelesen: »Ben, mein Liebster. Dieses Buch enthält traurige Worte, die meine

Gefühle besser zum Ausdruck bringen, als ich das könnte. Das alles tut mir so Leid, und du hast wahrscheinlich Recht, aber ich fühle mich trotzdem wie entzweigerissen und in vielerlei Hinsicht ganz furchtbar. Und so etwas als Widmung in ein Buch zu schreiben, ist auch furchtbar. All meine Liebe, Jo.« Die Widmung war mit November 2001 datiert.

Kein noch so winziger Teil von mir zog auch nur ansatzweise in Betracht, dass es sich um eine andere Jo handeln könnte. Ich hatte mehrere Tage in ihrer Wohnung verbracht und überall ihre Schrift gesehen, auf Einkaufslisten, Notizzetteln, Hüllen von Videokassetten. Ich kannte diese Schrift fast so gut wie meine eigene. Mir wurde plötzlich siedend heiß, bis in die Finger- und Zehenspitzen, und dann begann ich heftig zu zittern. Dieser verdammte Ben. Dieser verfluchte Ben. Er hatte mir alles über diese Leah erzählt, recht empfindlich getan, was ihre Beziehung betraf, mir beschrieben, was für eine schöne Frau sie gewesen sei und all das, und hatte dabei das unwichtige kleine Detail zu erwähnen vergessen, dass er nach der Trennung von ihr rein zufällig die Frau gevögelt hatte, in deren Wohnung ich zur Zeit wohnte – die Frau, die rein zufällig vor kurzem verschwunden war. Ich musste daran denken, wie er an ihrer Tür geklingelt hatte. Die beiden waren Freunde, da war das keine große Sache. Wir hatten viel Zeit damit verbracht, uns zu fragen, wo Jo sein könnte. Jedenfalls hatte ich mich das gefragt. Was hatte er sich dabei gedacht? Fieberhaft ließ ich im Geist die Gespräche Revue passieren, die ich mit ihm geführt hatte. Was hatte er über Jo gesagt? Er hatte sie im selben Bett gevögelt wie mich, es aber nicht für nötig gehalten, das zu erwähnen. Wobei er anfangs ja auch nicht erwähnt hatte, dass er mich bereits vor meinem Verschwinden gevögelt hatte. Was er mir sonst wohl noch alles verschwieg?

Ich versuchte mir harmlose Erklärungen für seine Geheimniskrämerei zu überlegen. Er wollte mich nicht aufregen. Vielleicht wäre es peinlich gewesen. Doch die anderen Gründe drängten sich immer wieder in den Vordergrund. Ich musste in Ruhe über alles nachdenken, das Chaos in meinem Kopf auseinandersortieren. Ich begann im Geist bereits, mir verschiedene Geschichten zu erzählen, und jede von ihnen machte es dringend erforderlich, dass ich so schnell wie möglich aus Bens Haus verschwand. Ich warf einen Blick auf meine Uhr. Der Tag erschien mir gar nicht mehr so lang. Ich lief in Bens Schlafzimmer und riss mir meine Sachen – seine Sachen – vom Leib, als wären sie verseucht. Dabei murmelte ich wie eine Geisteskranke vor mich hin. Ich war nicht sicher, ob ich es schaffen würde, eine sinnvolle Erklärung für all das zu finden, aber das Einzige, was Jo und ich definitiv gemeinsam hatten, war die Tatsache, dass wir eine sexuelle Beziehung mit Ben gehabt hatten. Nicht nur das – wir hatten beide mehr oder weniger kurz vor unserem Verschwinden eine sexuelle Beziehung mit ihm gehabt. Rasch schlüpfte ich in meine eigene Kleidung. Es ergab einfach keinen Sinn. Ich musste anderswo darüber nachdenken, an einem ruhigen Ort, wo ich in Sicherheit war. Denn hier war ich nicht mehr sicher. Die Stille des Hauses erschien mir plötzlich bedrohlich.

Als ich mit dem Anziehen fertig war, sammelte ich eilig ein, was ich unbedingt brauchte. Schuhe, Tasche, Pulli, Börse, meine schreckliche rote Winterjacke. Spielte er mit mir? Er hatte mich angelogen oder es unterlassen, mir die volle Wahrheit zu sagen, und ich würde bestimmt nicht hier herumsitzen und warten, bis er nach Hause kam. Ich versuchte mir jene Stimme aus der Dunkelheit vorzustellen. Ich hatte auch Bens Stimme in der Dunkelheit gehört, neben mir im Bett. Er hatte mir ins Ohr geflüstert, gestöhnt, mir gesagt, dass er mich über alles liebte. Konnte es sich um dieselbe Stimme handeln?

Ich musste weiter Jos Spuren folgen, das war der Schlüssel. Ich hatte die Leute gefragt, ob sie Jo gesehen hätten. Vielleicht hätte ich ihnen noch eine andere Frage stellen sollen. Ich rannte zu Bens Schreibtisch hinüber und begann in den Schubladen herumzuwühlen. Ungeduldig schob ich Akten und Notizbücher zur Seite, bis ich endlich fand, was ich suchte. Einen Streifen Passfotos von Ben. Einen Moment lang betrachtete ich die Aufnahmen. O Gott, er war wirklich ein gut aussehender Mann. Ich hatte die Leute nach Jo gefragt, aber ich war nie auf die Idee gekommen, sie auch nach Ben zu fragen. Bisher war ich meinen eigenen Spuren gefolgt, die ihrerseits Jos Spuren folgten. Nun überlegte ich, ob es vielleicht sinnvoller war, Bens Spuren zu folgen. Ich zögerte einen Moment, dann griff ich nach seinem Mobiltelefon. Ich brauchte es dringender als er.

Bevor ich ging, drehte ich mich noch einmal um und blickte zurück, als wollte ich mich von einem Ort verabschieden, an dem ich kurze Zeit glücklich gewesen war.

Jetzt konnte ich mich auf niemanden mehr verlassen. Ich musste schnell handeln. Mir gingen langsam die sicheren Orte aus.

25

Ich rannte. Rannte die Straße entlang, wo mir ein bitterkalter Wind ins Gesicht schlug und meine Füße auf dem eisigen Gehsteig ständig ausrutschten. Wo wollte ich hin? Ich wusste es nicht, ich wusste bloß, dass ich weg musste, einfach nur weg, an einen anderen Ort. Ich hatte das warme Haus verlassen, in dem es so angenehm nach Sägemehl roch, hatte die Tür hinter mir zugezogen und nicht einmal einen Schlüssel mitgenommen. Ich war wieder allein. Mir kam in den Sinn, dass ich mit meiner scheußlichen Jacke ein weithin sichtbares Ziel abgab, aber der Gedanke huschte mir nur ganz vage durch den Kopf, wie eine Schneeflocke, die rasch schmolz. Ich lief einfach weiter, an Häusern, Bäumen und Autos vorbei, die ich kaum registrierte. Selbst die Gesichter der mir entgegenkommenden Menschen nahm ich nur verschwommen wahr.

Am Ende der Straße zwang ich mich, stehen zu bleiben und mich umzublicken. Niemand schien von mir Notiz zu nehmen, auch wenn man sich nie so sicher sein konnte. Denk nach, Abbie, befahl ich mir selbst. Denk nach, es geht um dein Leben. Aber ich konnte keinen klaren Gedanken fassen. Ich konnte nur fühlen und sehen. Vor meinem geistigen Auge tauchten Bilder auf. Ben und Jo, wie sie einander im Arm hielten. Erschöpft schloss ich die Augen und sah nur noch Schwärze, eine Schwärze, die sich anfühlte wie die Dunkelheit meiner verlorenen Zeit. Ich spürte, wie sie sich ein weiteres Mal um mich legte, spürte wieder den Blick seiner Augen, die mich aus der Finsternis anstarrten. Erst Jo und dann mich. Ich sah einen Schmetterling auf einem grünen Blatt, einen Baum auf einem Hügel, einen träge dahinströmenden Fluss, das stille, tiefe Wasser eines Sees. Ich schlug die Augen auf. Die schnöde graue Welt verdrängte alle anderen Bilder.

Ich setzte mich wieder in Bewegung, diesmal langsamer, ohne ein konkretes Ziel zu haben. Ich ging am Park vorbei und den Hügel hinunter. Es zog mich zu Jos Wohnung, obwohl mir klar war, dass ich nicht dorthin durfte. Auf der belebten Hauptstraße, die von Läden gesäumt war, sah ich plötzlich Jos Gesicht. Blinzelnd starrte ich sie an, aber natürlich war es gar nicht Jo, sondern irgendeine Frau, die ihrer Wege ging, ohne zu ahnen, was sie für ein Glück hatte.

Ich wusste in groben Zügen, wie Jo ihre letzten Stunden in Freiheit verbracht hatte: Mittwochnachmittag war sie auf der Suche nach einem Kätzchen gewesen. Im Laufe dieses Mittwochnachmittags war sie verloren gegangen, und am nächsten Tag war ich ebenfalls verschwunden. Nun suchte ich schon seit Tagen nach Anhaltspunkten, aber mehr hatte ich nicht in Erfahrung bringen können. Nur dieses erbärmliche Fitzelchen einer Information. Im Grunde tappte ich noch immer im Dunkeln.

Ich machte auf dem Absatz kehrt, lief die Hauptstraße ein

Stück zurück und bog dann in eine Straße ein, die Richtung Lewin Crescent führte. Ich ging die schmale Gasse entlang, bis ich zu dem schmuddeligen Häuschen mit den zugenagelten Fenstern kam, und klopfte an die Tür. Drinnen konnte ich Miauen hören, glaubte sogar einen schwachen Uringeruch wahrzunehmen. Dann kam jemand zur Tür geschlurft. Die Tür ging einen Spalt weit auf, und die alte Frau spähte misstrauisch zu mir heraus.

»Ja?«

»Betty?«

»Ja? Wer sind Sie?«

»Abbie. Ich war vor zwei Tagen schon mal hier. Ich habe Sie nach meiner Freundin gefragt.«

»Ja?«, sagte sie noch einmal.

»Darf ich reinkommen?«

Sie löste die Kette und machte die Tür ganz auf. Mir schlug heiße, abgestandene Luft entgegen, und ich hatte sofort wieder diesen scharfen Geruch in der Nase. Wie beim letzten Mal bewegte sich im ganzen Raum ein Teppich aus Katzen. Betty trug dasselbe blaue, mit Katzenhaaren bedeckte Hemdblusenkleid, dieselben abgewetzten Hausschuhe und dicken braunen Strümpfe. Ich hatte den Eindruck, dass zumindest ein Teil des Ammoniakgeruchs von ihr ausging. Sie war so dünn, dass ihre Arme wie Stöcke und ihre Finger wie dürre Zweige aussahen.

»Soso, Sie schon wieder. Sie zieht es wohl immer wieder her, was?«

»Ich habe Sie etwas zu fragen vergessen.«

»Was denn?«

»Sie sagten, dass meine Freundin bei Ihnen war. Jo.« Sie reagierte nicht. »Die, die wegen eines Kätzchens zu Ihnen gekommen ist, der sie aber keines geben wollten, weil...«

»Ich weiß, wen Sie meinen«, fiel sie mir ins Wort.

»Ich habe Sie aber nicht nach dem Mann gefragt, mit dem

ich da war. Moment.« Ich wühlte in meiner Tasche herum und holte den Streifen mit Bens Passfotos heraus. »Hier, das ist er.«

Sie warf einen raschen Blick auf die Bilder. »Und?«

»Erkennen Sie ihn wieder?«

»Ich glaube schon.«

»Nein, ich meine, *haben* Sie ihn schon beim letzten Mal wiedererkannt? Als ich mit ihm hier war?«

»Sie sind eine sehr konfuse junge Dame«, erklärte sie, während sie sich zu einer roten Katze hinunterbeugte, die gerade mit dem Kopf gegen ihre Beine stupste. Das Tier schmiegte das Kinn an ihre Hand und begann laut zu schnurren.

»Mich würde bloß interessieren, ob sie ihn vorher schon einmal gesehen haben. Bevor ich mit ihm hier war.«

»Vorher?«

Ungeduldig unternahm ich einen weiteren Versuch: »Haben Sie diesen Mann öfter als einmal gesehen?«

»Die Frage ist, wann?«

»Ja, genau.«

»Was?«

»Ich meine, ja genau, wann haben Sie ihn gesehen?« Allmählich wurde mir leicht schummrig.

»Aber das wollte ich doch gerade von Ihnen wissen – wann ich ihn Ihrer Meinung nach gesehen haben soll. Ja ist keine Antwort.«

Ich rieb mir die Augen. »Ich wollte bloß wissen, ob Sie ihn schon einmal gesehen hatten, bevor ich vor zwei Tagen mit ihm hier bei Ihnen war. Das ist alles.«

»Zu mir kommen alle möglichen Leute. Ist er von der Stadt?«

»Nein, er ist …«

»Denn wenn er von der Stadt ist, lasse ich ihn nicht mehr ins Haus.«

»Er ist nicht von der Stadt.«

»Katzen sind nämlich von Natur aus reinliche Wesen, müssen Sie wissen.«

»Ja«, antwortete ich dumpf.

»Manche Leute finden es auch nicht in Ordnung, dass sie so viel jagen. Aber das liegt nun mal in ihrer Natur.«

»Ich weiß.«

»Ich gebe meine Kätzchen nicht an Leute ab, die sie rauslassen. Das habe ich auch Ihrer Freundin gesagt. Als sie mir eröffnet hat, dass sie die Katze rauslassen will, habe ich ihr gesagt, dass ihr Heim kein geeigneter Platz für ein Kätzchen von mir ist, weil es sowieso bloß überfahren würde.«

»Ja. Danke. Entschuldigen Sie die Störung.« Ich wandte mich zur Tür.

»Ich bin nicht wie dieses Hippie-Pack.«

»Hippie-Pack?«

»Ja. Denen ist es egal, wo die Tiere landen.« Sie schnaubte missbilligend.

»Diese, ähm, diese Hippies haben auch so viele Katzen wie Sie?«

»Nicht so viele wie ich«, antwortete sie. »Nein.«

»Haben Sie Jo von ihnen erzählt?«

»Kann schon sein.«

»Betty, wo finde ich diese Leute?«

Ich weiß nicht, warum ich es so eilig hatte. Vielleicht aus Angst, die heiße Spur könnte kalt werden. Ich wusste, wo Jo nach ihrem Besuch bei Betty hingefahren war – oder wo sie möglicherweise hingefahren war, und das genügte mir. Nun war ich bis zur letzten oder vorletzten Stunde ihres letzten Tages vorgestoßen. Alles andere war verblasst, ich sah nur noch ihre zurückweichende Gestalt, in deren Fußspuren ich dahinstolperte. Aber wer folgte meiner Spur? Wer war hinter mir her?

Betty hatte von Hippies gesprochen, aber nach allem, was sie mir über sie gesagt hatte – ihre Dreadlocks und ihre Flickenklamotten –, ging ich davon aus, dass es sich um New-Age-Reisende handelte. Sie hatte mir erzählt, sie würden in einer verlassenen Kirche drüben in Islington hausen, und ich betete, dass sie noch nicht weitergezogen waren. Im Laufschritt eilte ich zur Hauptstraße zurück und winkte einem Taxi. Während der Fahrt blickte ich mich immer wieder über die Schulter um, hielt nach einem Gesicht Ausschau, das mir bekannt vorkam. Obwohl ich niemanden entdecken konnte, hatte ich das beängstigende Gefühl, dass mir nicht mehr viel Zeit blieb. Ich saß auf der Kante der Sitzbank und zappelte jedes Mal ungeduldig vor mich hin, wenn sich der Verkehr staute oder wir an einer roten Ampel anhalten mussten.

Als wir es endlich bis nach Islington geschafft hatten, wurde es bereits dunkel. Ich hatte jedes Zeitgefühl verloren und konnte nicht einmal mehr sagen, welcher Tag gerade war. Ein Wochentag, so viel wusste ich. Die meisten Leute waren noch im Büro, saßen in geheizten Zimmern, tranken Kaffee aus einem Automaten, führten Besprechungen, die sie für ungemein wichtig hielten. Ich bezahlte die Taxifahrerin, stieg aus und musste gleich einer gefrorenen Pfütze ausweichen. Aus dem tief hängenden, sich verdunkelnden Himmel rieselten Schneeflocken herab. Ich schlug den Kragen meiner Jacke hoch und setzte mich in Bewegung.

Ein Teil der Kirche war bunt gestrichen, und über die Holzrippen der großen Eingangstür spannte sich ein asymmetrischer Regenbogen. An der Wand lehnte ein rostiges, rosa besprühtes Fahrrad, daneben ein alter Kinderwagen mit Holz und ein weiterer voller Konservendosen. An der Seite der Kirche parkte ein mit Spiralen und Blumen bemalter Lieferwagen, bei dem an sämtlichen Fenstern Jalousien heruntergelassen waren. Ein großer graubrauner Hund schnüffelte an den Reifen herum.

Ich hob den Türklopfer an und ließ ihn mit Schwung gegen die Tür prallen, die bereits einen Spalt offen stand.

»Einfach aufschieben und reinkommen!«, rief eine Frauenstimme.

Das Innere der Kirche war düster und verqualmt. Auf dem Boden war eine provisorische Feuerstelle mit ein paar Steinen errichtet, um die sich eine Gruppe von Leuten scharte. Fast alle waren in Decken oder Schlafsäcke gehüllt. Ein Mann hielt eine Gitarre, schien aber nicht darauf spielen zu wollen. Im hinteren Teil der Kirche, wo noch ein paar Bänke standen, sah ich weitere Gestalten. Matratzen und Taschen waren über den Boden verteilt. Eines der Buntglasfenster hatte einen großen Sprung.

»Hallo«, sagte ich unsicher. »Entschuldigung, dass ich einfach so hereinschneie.«

»Du bist hier jederzeit willkommen«, antwortete eine Frau mit kurz geschorenem Haar und Piercings in Augenbrauen, Nase, Lippen und Kinn. Als sie sich vorbeugte, um mir die Hand zu geben, klirrten an ihrem Arm dicke Kupferarmreifen.

»Ich heiße Abbie«, stellte ich mich vor und schüttelte ihre Hand, die in einem dicken Wollhandschuh steckte. »Ich wollte nur fragen...«

»Wir wissen, dass du Abbie heißt – zumindest ich weiß es. Ein paar von uns sind erst in den letzten Tagen eingetroffen. Ich bin Crystal – erinnerst du dich? Du hast dir die Haare schneiden lassen, stimmt's?«, fügte sie hinzu. »Möchtest du eine Tasse Tee? Boby hat gerade welchen gemacht. Boby! Noch eine Tasse Tee, bitte – wir haben Besuch! Du nimmst keinen Zucker, richtig? Ich merke mir immer, wie die Leute ihren Tee trinken.«

Boby kam mit einer Zinntasse voll schlammfarbenem Tee zu uns herüber. Er war klein und dünn, bleich und nervös. Seine Armyhose war ihm viel zu weit, und sein Hals wirkte durch seinen dicken Strickpullover noch dünner.

»Danke«, sagte ich. »Ich bin schon mal hier gewesen, nicht wahr?«

»Wir haben ein bisschen Bohnengemüse übrig. Möchtest du welches?«

»Ich habe keinen Hunger«, sagte ich. »Vielen Dank.«

Der Mann mit der Gitarre strich mit den Fingern über den Hals seines Instruments und produzierte ein paar schräge Akkorde. Als er mich angrinste, sah ich, dass sein Mund voller schwarzer, zum Teil abgebrochener Zähne war. »Ich bin Ramsay«, stellte er sich vor. »Oder einfach Ram. Ich bin gestern von einer Umweltaktion auf hoher See zurückgekommen. Seit Wochen meine erste Nacht auf festem Boden. Und was hat dich hierher verschlagen?«

Da wurde mir klar, dass ich inzwischen aussah wie eine Streunerin. Ich war eine von ihnen geworden. Hier musste ich mir keine Mühe geben, um verstanden zu werden. Ich ließ mich am Feuer nieder und nahm einen Schluck von meinem lauwarmen, bitteren Tee. Der Rauch des Feuers brannte in meinen Augen.

»Das weiß ich ehrlich gesagt nicht so genau«, antwortete ich. »Aber Betty hat mir von euch erzählt.«

»Betty?«

»Die alte Frau mit den vielen Katzen«, mischte sich Crystal ein. »Du hast uns letztes Mal schon von ihr erzählt.«

Ich nickte. Mir war plötzlich friedlich zumute. Die Anspannung war von mir abgefallen. Vielleicht wäre es gar nicht so schlimm, tot zu sein. »Ja, wahrscheinlich«, antwortete ich. »Wahrscheinlich habe ich euch auch schon nach meiner Freundin Jo gefragt.«

»Stimmt. Jo.«

»Ich habe euch gefragt, ob sie hier war.«

»Möchtest du eine Kippe?«, fragte Boby.

»Gern.« Ich griff nach der dünnen, selbstgedrehten Zigarette, die er mir hinhielt. Ram gab mir Feuer. Ich inhalierte und musste sofort husten, spürte einen Anflug von Übelkeit. Trotzdem zog ich gleich noch einmal. »War sie hier?«

»Ja«, antwortete Crystal. Sie sah mich an. »Bist du okay?«

»Ja.«

»Hier. Iss ein paar Bohnen.« Sie griff nach einer der Bohnendosen, die am Feuer standen, steckte einen Plastiklöffel hinein und reichte sie mir. Ich schob mir einen Löffel voll in den Mund. Widerlich. Noch einen. Dann saugte ich wieder an der Zigarette, sog den beißenden Rauch in meine Lungen.

»Großartig«, sagte ich. »Danke. Demnach war Jo also wirklich hier?«

»Ja. Aber das habe ich dir schon beim letzten Mal erzählt.«

»Ich kann mich an vieles nicht erinnern«, erklärte ich.

»Das geht mir auch immer öfter so«, bemerkte Ram und versuchte sich an einem weiteren Akkord. Die Kirchentür ging auf, und ein Mann schob den Kinderwagen mit dem Holz herein. Nachdem er ein paar Scheite ins Feuer geworfen hatte, beugte er sich zu Crystal und küsste sie lange.

»Sie war also auf der Suche nach einem Kätzchen?«, fuhr ich schließlich fort.

»Weil diese verrückte Betty sich einbildet, dass wir hier Katzen haben.«

»Habt ihr denn keine?«

»Siehst du welche?«

»Nein.«

»Natürlich verirren sich hin und wieder ein paar Streuner zu uns, weil wir ihnen Milch und Futter geben. Und letzten Monat haben ein paar von uns an einer Aktion teilgenommen, bei der Katzen aus einem Labor befreit wurden. Trotzdem kann ich mir nicht vorstellen, wie diese Betty von uns erfahren hat.«

»Das weiß ich auch nicht«, sagte ich. »Dann ist sie also einfach wieder gegangen?«

»Jo?«

»Ja.«

»Sie hat uns ein bisschen Geld für unsere Projekte gegeben. Einen Fünfer, glaube ich.«

»Und das war's dann?«

»Ja.«

»Aha.« Ich blickte mich um. Vielleicht konnte ich mich ihnen anschließen, auch eine Reisende werden, mich wie sie von Bohnen ernähren, auf Steinböden oder auf Bäumen schlafen und Zigaretten drehen, bis meine Finger davon ganz gelb waren. Das wäre zumindest etwas anderes, als Büroeinrichtungen zu entwerfen.

»Ich habe ihr allerdings noch den Tipp gegeben, es bei Arnold Slater zu versuchen.«

»Arnold Slater?«

»Das ist der alte Mann, zu dem wir ein paar von den Streunern gebracht haben. Als die Hunde anfingen, Jagd auf sie zu machen. Er sitzt im Rollstuhl, kümmert sich aber trotzdem um sie.«

»Und zu ihm wollte Jo von hier aus?«

»Ich nehme es an. Hat sie jedenfalls gesagt. Du übrigens auch – beim letzten Mal, meine ich. Seltsam, nicht wahr? Wie ein *Déja-vu*-Erlebnis. Glaubst du an so was?«

»Natürlich. Mein Leben ist wie eine Karussellfahrt, eine Runde nach der anderen.« Ich warf das Ende der selbstgedrehten Zigarette ins Feuer und trank meinen Tee aus. »Danke«, sagte ich. Dann wandte ich mich mit einem Ruck zu Boby um. »Du hast eine große Spinnentätowierung, stimmt's?«

Er lief knallrot an. Verlegen schob er seinen dicken Pulli hoch. Auf seinem flachen weißen Bauch prangte ein tätowiertes Netz, das sich offenbar bis nach hinten über seinen Rücken erstreckte, auch wenn ich diesen Teil nicht sehen konnte. »Schau«, sagte er.

»Aber wo ist die Spinne geblieben?«, fragte ich.

»Das hast du letztes Mal auch gefragt.«

»Folglich bin ich eine konsequente Person«, meinte ich.

Beim Verlassen der Kirche stellte ich fest, dass es inzwischen dunkel geworden war. Hinter den Wolken konnte ich eine schmale Mondsichel ausmachen. Arnold Slater wohnte zwei Minuten von der Kirche entfernt, ein alter Mann im Rollstuhl. Jo hatte mit dem Gedanken gespielt, ihn aufzusuchen, und ich hatte mit dem Gedanken gespielt, Jo zu folgen und ihn ebenfalls aufzusuchen... Genau in dem Moment, als ich auf die Straße hinaustrat, begann das Handy, das ich mir beim Verlassen von Bens Wohnung geschnappt hatte, laut zu läuten, und ich zuckte erschrocken zusammen. Rasch holte ich das Telefon aus der Tasche und nahm, ohne nachzudenken, den Anruf entgegen.

»Hallo?«

»Abbie! Wo zum Teufel steckst du, Abbie? Was machst du? Ich bin schon halb wahnsinnig vor lauter Sorge um dich. Den ganzen Tag habe ich versucht, dich zu Hause auf dem Festnetz zu erreichen, aber du hast nicht abgehoben, deswegen habe ich eher zu arbeiten aufgehört, aber als ich nach Hause kam, warst du nicht da...«

»Ben«, sagte ich schwach.

»Ich habe gewartet und gewartet. Ich dachte, du bist vielleicht einkaufen gegangen, aber dann fiel mir plötzlich auf, dass mein Handy nicht mehr am Ladegerät hing, und da habe ich es aufs Geratewohl probiert. Wann kommst du nach Hause?«

»Nach Hause?«

»Abbie, wann kommst du zurück?«

»Ich komme nicht zurück«, antwortete ich.

»Was?«

»Du und Jo. Ich weiß von Jo. Ich weiß, dass du mit ihr zusammen warst.«

»Jetzt hör mir mal zu, Abbie...«

»Warum hast du mir das nicht gesagt? Warum, Ben?«

»Ich hatte Angst, dass...«

»*Du* hattest Angst«, unterbrach ich ihn. »*Du.*«

»Lieber Himmel, Abbie!«, sagte er, doch ich beendete das Gespräch mit einem raschen Knopfdruck. Eine Weile starrte ich auf das Telefon in meiner Hand, als könnte es mich beißen. Dann ging ich die Namen in seinem Adressspeicher durch. Ich kannte keinen davon, bis ich Jo Hooper erreichte. Ich erkannte die Nummer, es war die ihrer Wohnung, aber dann folgte eine weitere Jo Hooper (mobil). Ich drückte auf den Knopf und hörte das Freizeichen. Gerade als ich auflegen wollte, nahm jemand ab. »Hallo«, flüsterte eine Stimme. So leise, dass ich es kaum verstand.

Ich sagte nichts, stand nur reglos da, das Handy gegen meine Wange gepresst. Während ich versuchte, die Luft anzuhalten, hörte ich ihn ganz leise atmen. Ein und aus, ein und aus. In meinen Adern breitete sich ein Gefühl von Kälte aus. Ich schloss die Augen und lauschte. Er sagte auch nichts mehr. Ich hatte ganz stark das Gefühl, dass er wusste, dass ich es war, und dass er wusste, dass ich wusste, dass er in der Leitung war. Ich konnte spüren, wie er lächelte.

26

Mir war, als würde ich im Traum einen Hang hinunterlaufen, der immer abschüssiger wurde, so dass ich nicht mehr anhalten konnte. Nichts an der Straße kam mir bekannt vor – weder der verkümmerte Baum, von dem ein abgebrochener Ast herabhing, noch die riesigen Holzstreben, die eine baufällige Häuserreihe am Einstürzen hinderten. Ich hatte einen seltsamen Geruch in der Nase und bildete mir ein, ein Stück weiter vor mir Schritte zu hören. Die von Jo. Meine eigenen. Wenn ich mich ein wenig beeilte, würde ich sie einholen.

Ich hatte mir Arnold Slaters Hausnummer auf den Handrücken geschrieben. Zwölf. Ganz am Ende der Straße. Mich beruhigte der Gedanke, dass ich zu einem alten Mann unterwegs war, der noch dazu im Rollstuhl saß. Er konnte es nicht sein. Außerdem hätte ich mich sowieso nicht mehr aufhalten lassen – nun, da ich Jo so knapp auf den Fersen war. Ich stellte mir vor, wie sie voller Ungeduld hier entlangmarschiert war. Konnte es denn wirklich so schwierig sein, eine Katze aufzutreiben? Entlang der Straße fand sich die übliche Mischung aus restaurierten, verlassenen und vernachlässigten Häusern. Nummer zwölf sah noch recht passabel aus. Offenbar gehörte das Gebäude der Stadt, denn es war ziemlich viel dafür getan worden, den Zugang zum Haus rollstuhlgerecht zu gestalten. Es gab eine Betonrampe und ein stabiles Geländer. Ich drückte auf den Klingelknopf.

Arnold Slater saß nicht in seinem Rollstuhl. Über seine Schulter sah ich den Stuhl zusammengeklappt in der Diele stehen. Trotzdem stellte der alte Mann für niemanden, der schneller war als eine Schildkröte, eine Bedrohung dar. Er trug einen Regenmantel und hielt sich am Türknauf fest, als würde er sonst umfallen. Mit zusammengekniffenen Augen und gerunzelter Stirn starrte er mich an. Ich musterte ihn ebenfalls aufmerksam, fragte mich, ob mir irgendetwas an ihm bekannt vorkam. Fragte er sich auch gerade, ob er mich schon einmal gesehen hatte?

»Hallo«, begrüßte ich ihn in fröhlichem Ton. »Sind Sie Arnold Slater? Ich habe gehört, dass Sie eventuell eine Katze zu verkaufen haben.«

»Herrgott noch mal!«, gab er zurück.

»Entschuldigen Sie«, sagte ich. »Haben Sie keine Katzen?«

Er schlurfte ein Stück zur Seite, um mich eintreten zu lassen.

»Doch, ein paar«, antwortete er mit einem kehligen Lachen. »Kommen Sie herein.«

Ich warf einen Blick auf die dünnen, sehnigen Handgelenke, die aus seinem Regenmantel herausragten, überzeugte mich noch einmal davon, dass dieser Mann keine Gefahr für mich darstellte. Erst dann trat ich ein.

»Ich habe in der Tat Katzen«, erklärte er. »Darf ich vorstellen? Merry, Poppy und Cassie. Und das da drüben, das ist Prospero.«

Wie aufs Stichwort schoss eine senffarbene Gestalt den Gang hinunter und verschwand in der Dunkelheit. Plötzlich hatte ich das Bild einer geheimen Gesellschaft vor Augen, ein Freimaurerbund etwa, in dem alle über London verteilten Katzennarren zusammengeschlossen waren, durch ihre Obsession miteinander verbunden wie die geheimen Flüsse unter der Stadt.

»Schöne Namen«, bemerkte ich.

»Katzen haben ihre eigenen Namen«, erklärte er. »Man muss sie nur erkennen.«

Mir war, als hätte ich Fieber. Seine Worte schienen von weit weg zu kommen und lange Zeit zu brauchen, bis sie mich erreichten. Ich fühlte mich wie jemand, der zu viel getrunken hatte, sich das aber nicht anmerken lassen wollte. Ich bemühte mich nach Kräften, eine fröhliche junge Frau zu spielen, die ganz versessen darauf war, ein Gespräch über Katzen zu führen.

»Katzen sind ein bisschen wie Kinder, nehme ich an.«

Er warf mir einen pikierten Blick zu.

»Nein, nicht wie Kinder. Jedenfalls nicht wie *meine* Kinder. Im Gegensatz zu denen können sie nämlich auf sich selbst aufpassen.«

Mir schwirrte der Kopf, und ich trat ungeduldig von einem Fuß auf den anderen.

»Die Leute in der Kirche haben mich an Sie verwiesen. Sie haben gesagt, Sie hätten Katzen zu verkaufen.«

Wieder lachte er so heiser, als wäre etwas in seinem Hals stecken geblieben.

»Ich habe keine Katzen zu verkaufen. Warum sollte ich eine verkaufen wollen? Wie kommen die Leute bloß immer auf diese Idee?«

»Unter anderem darüber wollte ich mit Ihnen sprechen. Waren noch andere Leute hier, die Ihnen eine Katze abkaufen wollten?«

»Die sind doch alle verrückt. Nur weil ich ihnen mal eine Katze abgenommen habe, schicken sie jetzt dauernd Leute zu mir, als wäre hier eine Zoohandlung.«

»Welche Leute?«

»Törichte Frauenzimmer, die unbedingt eine Katze wollen.«

Ich zwang mich zu einem Lachen.

»Sie meinen, hier sind schon öfter Frauen aufgetaucht, die eine Katze kaufen wollten? Wie viele denn?«

»Zwei. Ich habe beiden gesagt, dass meine Katzen nicht zu verkaufen sind.«

»Das ist ja lustig«, sagte ich so beiläufig, wie es mir möglich war. »Ich glaube nämlich, dass es sich bei einer von den Frauen, die man zu Ihnen geschickt hat, möglicherweise um eine Freundin von mir gehandelt hat. War es vielleicht diese hier?«

Ich hatte das Foto von Jo schon die ganze Zeit in meiner Jackentasche bereitgehalten. Nun zog ich es heraus und zeigte es Arnold. Einen Moment lang starrte er mich verwirrt an, dann wurde sein Blick misstrauisch.

»Was soll das? Warum wollen Sie das wissen?«

»Ich habe mich nur gefragt, ob sie vielleicht eine von den Frauen war, die auf der Suche nach einer Katze zu Ihnen gekommen sind.«

»Warum wollen Sie das wissen? Ich dachte, *Sie* wollten eine Katze? Sind Sie von der Polizei oder so was?«

Meine Gedanken purzelten durcheinander, ich konnte fast hören, wie mein Gehirn in meinem Kopf vor Anstrengung summte. Ich fühlte mich total gehetzt, auf der Flucht vor und gleichzeitig auf der Jagd nach etwas, und nun musste ich mir auch noch eine halbwegs plausible Erklärung einfallen lassen, um diesem Mann begreiflich zu machen, was um alles in der Welt ich von ihm wollte.

»Ich bin auch auf der Suche nach einer Katze«, sagte ich.
»Ich wollte nur sicherstellen, dass ich tatsächlich da gelandet
bin, wo meine Freundin war.«

»Warum fragen Sie sie nicht selbst?«

Am liebsten hätte ich laut losgeschrien. Verdammt noch mal,
warum war er so begriffsstutzig? Ich musste einfach in das
nächste Quadrat dieses lächerlichen Spiels gelangen, das ich da
gerade spielte, und er war der Einzige, der mir dabei helfen
konnte. Ich versuchte klar zu denken, aber es fiel mir schwer.
Jedenfalls hatte die arme Jo ihre Katze hier nicht bekommen,
so viel war klar.

»Tut mir Leid, Mr. Slater«, sagte ich. »Arnold. Ich möchte
einfach nur eine Katze.«

»Das behaupten sie alle.«

»Wer?«

»Die Frau auf dem Bild.«

»Gott sei Dank!«, sagte ich zu mir selbst.

»Sie wollen alle eine Katze, und es muss unbedingt gleich
heute sein. Es kann auf keinen Fall bis morgen warten.«

»Ich kenne dieses Gefühl. Man setzt sich etwas in den Kopf,
und sei es nur ein Hamburger, und dann muss man einfach
einen haben. Vorher kann man keine Ruhe geben.«

»Einen Hamburger?«

»Hören Sie, Mr. Slater, wenn ich zu Ihnen käme und Sie
wegen einer Katze fragen würde, was ich ja in der Tat getan
habe, und Sie zu mir sagen würden, dass Ihre nicht zu verkaufen sind, was sie ja tatsächlich nicht sind – was würden Sie mir
dann empfehlen? Wohin würden Sie mich schicken?« Arnold
Slaters Blick war immer noch auf Jos Foto gerichtet. Ich
steckte es wieder in meine Tasche. »Arnold«, sagte ich, diesmal
leiser und drängender. »Wohin haben Sie sie geschickt?«

»Wer war die andere?«

Er musterte mich jetzt aufmerksamer. Womöglich däm-
merte ihm allmählich, dass er mich schon einmal gesehen hatte.

Ich zögerte einen Moment, aber es hatte keinen Sinn. Mir fiel keine Möglichkeit ein, ihm eine Antwort zu geben, die auch nur annähernd an die Wahrheit herankam.

»Das spielt keine Rolle. Es ist keine große Sache, Arnold. Es geht nur um eine Katze. Ich möchte nur wissen, wo Sie die Frau hingeschickt haben.«

»Es gibt Zoohandlungen«, antwortete er. »Anzeigen in der Zeitung. Das ist der beste Weg.«

»Oh«, sagte ich. War es das? Eine Sackgasse?

»Ich habe sie zu einem Laden hier in der Nähe geschickt, gleich um die Ecke.«

Ich biss mir auf die Lippe und versuchte ruhig zu bleiben, als wäre das alles total unwichtig.

»Haben Sie noch mal etwas von ihr gehört?«, fragte ich.

»Ich habe sie lediglich weitergeschickt.«

»Dann hat sie ihre Katze wahrscheinlich bekommen.«

»Keine Ahnung. Ich habe nichts mehr von ihr gehört.«

»Jedenfalls klingt es, als wäre es die richtige Adresse für mich«, fuhr ich fort. »Eine gute Adresse, wenn man auf der Suche nach einer Katze ist.«

»So genau weiß ich das auch nicht«, antwortete er. »Aber es ist gleich um die Ecke. Sie verkaufen dort alles Mögliche. In der Weihnachtszeit hauptsächlich Weihnachtsbäume. Ich habe dort Brennholz für meinen Kamin erstanden. Er hat es mir geliefert. Er hatte ein paar kleine Kätzchen. Ich wusste allerdings nicht, ob sie schon weg waren.«

»Wie heißt der Laden, Arnold?«

»Er hat keinen Namen. Erst war es eine Gemüsehandlung, aber nachdem sie die Ladenmiete erhöht hatten, waren mehrere andere Geschäfte drin, und dann kam Vic Murphy.«

»Vic Murphy«, wiederholte ich.

»Stimmt. Ich habe sie zu Vic geschickt. Aber auf dem Schild draußen steht immer noch Gemüsehandlung. Nein, nicht Gemüsehandlung. *Buckley's Fruit and Vegetable.*«

»Wie komme ich da hin?«

»Es sind bloß zwei Minuten zu gehen.«

Allerdings dauerte es länger als zwei Minuten, bis Arnold mir den Weg erklärt hatte und ich ihn mit seinen Katzen und seiner verwirrten Miene zurücklassen konnte. Wahrscheinlich dachte er immer noch über das Foto nach und fragte sich, was um alles in der Welt ich wohl im Schilde führte. Ich warf einen Blick auf meine Uhr. Es war erst kurz nach halb sieben. Ich würde nichts Leichtsinniges tun. Ich würde nur dort hingehen und aus sicherer Entfernung einen Blick auf den Laden werfen. Schließlich sah ich inzwischen völlig anders aus. Mir würde nichts passieren. Trotzdem hatte ich ein beklemmendes Gefühl in der Brust, das mich nach Luft ringen ließ.

Um zu dem Laden zu gelangen, musste ich eine lange, triste Straße entlanggehen, vorbei an Häusern, deren Türen und Fenster zum größten Teil mit Brettern vernagelt waren. Ich kannte die Straße. Zuerst dachte ich, ein Teil meines verlorenen Gedächtnisses käme zurück, doch dann sah ich das Schild mit dem Straßennamen. Tilbury Road. Von hier war mein Wagen abgeschleppt worden.

Obwohl es in erster Linie eine Wohnstraße war, gab es ein paar schäbige Läden. Eine Wäscherei, ein kleines Lebensmittelgeschäft mit Ständern voll Gemüse und Obst vor der Tür, ein Wettbüro und *Buckley's Fruit and Vegetable Shop*. Er war geschlossen. Sehr geschlossen. Ein grünes Metallgitter war heruntergezogen, und es sah aus, als wäre der Laden schon seit Wochen nicht mehr offen. Auf dem Gitter klebten Poster, die mit Graffitis übersprüht waren. Ich trat vor das Gitter und drückte dagegen, aber es rührte sich nichts. Ich spähte durch den Briefschlitz und konnte auf dem Boden einen hohen Stapel Post liegen sehen. Schließlich ging ich in den Laden nebenan. Hinter der Ladentheke standen zwei Asiaten. Der Jüngere füllte gerade den Zigarettenständer auf, während der andere, ein älterer Mann mit weißem Bart, die Abendzeitung las.

377

»Ich suche Vic Murphy«, sagte ich zu ihm.

Er schüttelte den Kopf. »Kenne ich nicht«, antwortete er.

»Er hat den Laden nebenan betrieben. Wo es Holz und Weihnachtsbäume zu kaufen gab.«

Der Mann zuckte mit den Schultern. »Den gibt es nicht mehr. Geschlossen.«

»Wissen Sie, was aus dem Mann geworden ist?«

»Nein. Der Laden taugt nichts. Ständig kommen neue Leute, aber am Ende müssen sie alle wieder schließen.«

»Es ist wirklich wichtig, dass ich diesen Vic Murphy finde«, erklärte ich.

Die beiden Männer grinsten sich an. »Schuldet er Ihnen Geld?«

»Nein«, antwortete ich.

»Ich glaube, er hat ein paar Rechnungen nicht bezahlt. Es waren schon ein paar Leute seinetwegen hier. Aber da war er längst weg.«

»Es gibt also keine Möglichkeit, Kontakt mit ihm aufzunehmen?«

Der Mann zuckte erneut mit den Schultern. »Es sei denn, Sie fragen den Typen, der immer das Zeug für ihn ausgeliefert hat.«

»Wer ist das?«

»Er heißt George.«

»Haben Sie seine Telefonnummer?«

»Nein. Ich weiß aber, wo er wohnt.«

»Können Sie mir die Adresse sagen?«

»Baylham Road. Nummer neununddreißig, glaube ich.«

»Wie hat dieser Vic Murphy ausgesehen?«

»Ziemlich seltsam«, antwortete der Mann. »Aber man muss auch ziemlich seltsam sein, um so einen Laden zu betreiben. Ich meine, Holz und Weihnachtsbäume. Schätzungsweise war der Typ nur irgendwie an einen Schwung Holz gekommen. Den wollte er verhökern, und anschließend ist er weitergezogen.«

»Hatte er Katzen?«

»Katzen?«

»Ich möchte eine Katze kaufen.«

»Dann sollten Sie in eine Zoohandlung gehen, meine Liebe.«

»Ich habe gehört, Vic Murphy habe Katzen verkauft.«

»Davon weiß ich nichts. Vielleicht hatte er eine. Es laufen immer ein paar Katzen herum, aber man weiß nie genau, wem sie gehören, stimmt's?«

»Darüber habe ich noch nicht so genau nachgedacht«, antwortete ich.

»Sie mögen jeden, der sie füttert. Katzen, meine ich.«

»Wirklich?«

»Ganz anders als Hunde. Mit einem Hund ist man besser dran. Ein Hund ist ein richtiger Freund.«

»Das werde ich mir merken.«

»Und außerdem ein Schutz.«

»Ja.«

»Ich glaube nicht, dass Sie Ihr Geld zurückbekommen werden.«

»Was?«

»Von diesem Vic Murphy.«

»Ich habe Ihnen doch schon gesagt, dass er mir kein Geld schuldet.«

»Das haben die anderen auch gesagt. Sie haben behauptet, sie seien Freunde von ihm. Um zu verhindern, dass er gleich Reißaus nimmt.«

Ich holte mein Foto von Jo aus der Tasche.

»War dieses Mädchen auch dabei?«, fragte ich.

Der Mann warf einen Blick auf das Bild.

»Sie ist eine Frau«, sagte er.

»Das stimmt.«

»Es waren lauter Männer. Bis auf Sie.«

27

Ich brach ein weiteres Mal auf. Inzwischen hatten die Leute
ihre Büros verlassen und trotteten durch die kalten, dunklen
Straßen nach Hause. Männer und Frauen, die mit gesenktem
Kopf gegen den Wind ankämpften und nichts anderes im Sinn
hatten, als möglichst schnell an einen warmen Ort zu gelangen.
Ich dagegen hatte nichts anderes im Sinn, als möglichst schnell
diese Adresse aufzusuchen. Mir war klar, dass ich Jos Spur
ebenso verloren hatte wie meine eigene. Dennoch hatte ich
mein Ziel so verlockend nahe vor Augen gehabt, dass ich fest
entschlossen war, auch noch dem letzten Anhaltspunkt zu folgen.
Ein Lastwagen donnerte vorbei und bespritzte mich von
oben bis unten mit Matsch. Fluchend wischte ich mir die Sprit-
zer aus dem Gesicht. Vielleicht sollte ich einfach nach Hause
gehen? Aber wo war mein Zuhause? Ich würde wieder bei
Sadie unterschlüpfen müssen. Allerdings konnte ich den Gedanken, dort wieder aufzutauchen, kaum ertragen – den Kreis
zu schließen und genau dort zu enden, wo der Alptraum seinen Anfang genommen hatte, ohne das Geringste erreicht zu
haben. Ohne auf etwas anderes gestoßen zu sein als auf Angst.
Ich blieb auf dem Gehsteig stehen, holte Bens Handy aus der
Tasche und hielt es eine Minute lang reglos in der Hand, während links und rechts die Leute an mir vorbeidrängten.
Schließlich schaltete ich es ein. Auf der Mailbox waren zwölf
neue Nachrichten. Ich hörte sie ab. Drei waren für Ben, von
Leuten, deren Namen mir nichts sagten. Acht waren von Ben
an mich, wobei jede verzweifelter klang als die vorherige. Die
achte lautete einfach nur: »Abbie.« Das war alles. »Abbie.« Es
hörte sich an, als würde mir jemand aus weiter Ferne zurufen.
Die letzte Nachricht war ebenfalls für mich, von Cross.
»Abbie«, begann er mit strenger Stimme. »Hören Sie mir zu.

380

Ich habe gerade mit Mr. Brody gesprochen, der sich offenbar große Sorgen um Sie macht. Ich würde Ihnen dringend raten, uns zumindest wissen zu lassen, wo Sie sich aufhalten und ob Sie in Sicherheit sind. Bitte rufen Sie mich an, sobald Sie diese Nachricht erhalten.« Nach einer kurzen Pause fügte er hinzu: »Ich meine es ernst, Abbie. Setzen Sie sich mit uns in Verbindung. Sofort.«

Ich schaltete das Handy aus und steckte es wieder in meine Tasche. Jack Cross hatte Recht. Ich musste ihn sofort anrufen und ihm mitteilen, was ich entdeckt hatte. Auf der anderen Straßenseite lag ein Pub, *The Three Kings.* Ein warmer Raum voller Rauch und Lachen, verschüttetem Bier und Klatschgeschichten. Ich würde schnell bei dem Typen mit dem Lieferwagen vorbeischauen und mir die Adresse von Vic Murphy geben lassen. Dann würde ich in den Pub gehen, mir einen Drink und Chips bestellen und anschließend Cross anrufen, um ihm mitzuteilen, was ich herausgefunden hatte. Dann konnte er damit machen, was er wollte. Ben würde ich auch anrufen. Ich musste ihm zumindest sein Handy zurückgeben. Und danach… aber ich wollte noch nicht daran denken, was ich danach tun würde, denn das war, als müsste ich über eine weite Fläche brackigen braunen Wassers blicken.

Nachdem ich mich zu dieser Entscheidung durchgerungen hatte, fühlte ich mich besser. Noch diese Adresse, dann würde ich es sein lassen. Wenn es nur nicht so schrecklich kalt wäre. Meine Zehen schmerzten vor Kälte, meine Finger wurden taub, und die Haut in meinem Gesicht spannte und brannte, als würde der Wind sie mit groben Sandkörnern bombardieren. Der Gehsteig glitzerte vor Frost. Die parkenden Autos überzogen sich langsam mit einer dünnen Eisschicht. Ich ging schneller. Mein Atem bildete in der Kälte weiße Wolken, und das Luftholen tat mir in der Nase weh. Ich würde die Nacht auf Sadies Couch verbringen und mich am Morgen auf Wohnungssuche begeben. Ich musste mir auch einen neuen Job suchen, wieder ganz von vorn beginnen. Zum einen brauchte ich das Geld, aber noch dringender brauchte ich das Gefühl, wieder ein normales Leben zu führen. Als Erstes würde ich mir morgen einen Wecker kaufen und ihn auf halb acht stellen. Dann musste ich bei Ben meine Sachen abholen und Cross dazu bringen, mich zu Jos Wohnung zu eskortieren, damit ich dort meine restlichen Habseligkeiten holen konnte. Mein Leben war über ganz London verteilt. Ich musste es wieder einsammeln.

Ich bog nach links in eine schmalere, dunklere Straße ein. Der Himmel war klar, über mir glitzerten Sterne und eine dünne, kalte Mondsichel. In den Häusern, die ich passierte, waren die Vorhänge zugezogen, und das Licht, das das Leben anderer Menschen erhellte, fiel nur gedämpft zu mir heraus. Ich hatte alles in meiner Macht Stehende getan, dachte ich. Ich hatte nach Jo und nach mir selbst gesucht, doch keine von uns beiden gefunden. Wir waren verloren, und ich glaubte nicht mehr daran, dass Cross uns je finden würde, aber vielleicht würde er ihn finden, und ich wäre wieder sicher.

Eigentlich glaubte ich an gar nichts mehr. Die Vorstellung, nicht in Gefahr zu sein, erschien mir inzwischen genauso abwegig wie der Gedanke, dass mich jemand entführt und an einem dunklen Ort gefangen gehalten hatte, von wo mir schließlich die Flucht gelungen war. Die erinnerte und die verlorene Zeit schienen in meinem Kopf miteinander zu verschmelzen. Der Ben, den ich gekannt und vergessen hatte, schien sich von dem Ben, den ich neu entdeckt und dann wieder verloren hatte, nicht mehr trennen zu lassen. Die Jo, die ich kennen gelernt und mit der ich gelacht hatte, war verschwunden, sogar aus meinem Gedächtnis. Nichts davon hatte Substanz, alles war gleichermaßen Schall und Rauch. Dass ich es schaffte, einen Fuß vor den anderen zu setzen, lag nur daran, dass ich mir selbst den Befehl dazu erteilt hatte.

Mit Fingern, die sich wie gefrorene Klauen anfühlten, zog

ich die Wegbeschreibung aus der Tasche und warf einen Blick
darauf. Ich bog in die zweite Straße rechts ein, Baylham Road,
die von Bodenschwellen durchsetzt und von hohen Liguster-
hecken gesäumt war. Die Straße führte einen kleinen Hügel hinauf und dann auf der anderen Seite wieder hinunter. Auf beiden Seiten standen Häuser. In den meisten brannte Licht, und
aus den Kaminen stiegen Rauchsäulen auf, friedliche Zeugen
vom Leben anderer Leute.

Laut den Männern aus dem Laden lag Nummer neununddreißig auf der linken Straßenseite, direkt am Fuß des kleinen
Hügels. Aus der Ferne war kein Licht zu sehen. Obwohl ich
ohne große Erwartungen gekommen war, verstärkte sich mein
trauriges Gefühl, einer falschen Spur zu folgen. Frustriert trot-
tete ich den Hügel hinunter und blieb vor Nummer neununddreißig stehen.

Im Gegensatz zu den anderen Häusern war das Gebäude ein
Stück von der Straße zurückgesetzt. Man betrat das Grund-
stück durch ein halb verrottetes Holztor, das locker in den An-
geln hing und bei jedem Windstoß knarrte. Ich schob es auf. Es
war mein letzter Versuch. Ein paar Minuten noch, dann hatte
ich es geschafft. Dann hatte ich wirklich alles getan, was in meiner Macht stand. Vor mir erstreckte sich ein Hof voll zugefro-
rener Schlaglöcher. Allerlei Gerümpel ragte aus der Dunkelheit auf: ein Berg Holzspäne, ein Schubkarren, ein rostiger
Anhänger, ein Stapel Gummireifen, zwei Gebilde, die wie
Nachtspeicheröfen aussahen, ein auf dem Rücken liegender
Stuhl, von dem ein Bein fehlte. Das Haus lag auf der linken
Seite des Hofs, ein zweistöckiges Ziegelgebäude mit einem
kleinen Vorbau über dem Eingang. Neben der Tür standen ein
gesprungener Terrakottatopf und ein Paar riesige Gummistie-
fel, die mich einen Moment lang hoffen ließen, dass der Mann
doch zu Hause war. Ich drückte den Klingelknopf, hörte es
drinnen aber nicht läuten, so dass ich stattdessen mit den Fäusten ein paarmal heftig gegen die Tür schlug. Während ich war-

383

tete, trat ich fest von einem Bein aufs andere, um meine Zehen wieder zu spüren. Im Haus regte sich nichts, niemand reagierte auf mein Klopfen. Ich presste das Ohr an die Tür und lauschte. Kein Laut war zu hören.

Dann war es das gewesen. Ich wandte mich zum Gehen. Erst jetzt bemerkte ich, dass der große Hof vor dem Haus früher Teil eines Pferdestalls gewesen sein musste. Unter dem klaren Himmel konnte ich einzelne Pferdeboxen erkennen, und bei genauerem Hinschauen sah ich, dass über jedem Tor in verblassten Großbuchstaben ein Name prangte. Spider, Bonnie, Douglas, Bungle, Caspian, Twinkle. Pferde aber waren keine mehr da, und alles deutete darauf hin, dass das schon seit langer Zeit so war. Bei den meisten Boxen fehlte das Tor. Statt nach Stroh und Pferdemist roch es nach Öl, Farbe, Werkzeug. Bei einer der Boxen stand der obere Teil des Tors offen. Der Innenraum war feucht und mit allerlei Unrat vollgestellt – Farbdosen, Holzplanken, Glasscheiben. Statt des Wieherns und Schnaubens von Pferden hing eine drückende Stille in der Luft.

Dann hörte ich plötzlich ein Geräusch. Ich hatte den Eindruck, dass es aus dem flachen Gebäude kam, gegenüber dem Haus auf der anderen Hofseite. Vielleicht war dieser George doch da. Ich machte ein paar Schritte in die Richtung des Geräuschs.

»Hallo?«, rief ich. »Hallo, ist jemand zu Hause?«

Keine Antwort. Ich blieb stehen und lauschte. In der Ferne waren Autos zu hören, und irgendwo spielte Musik, das schwache Dröhnen von Bässen bebte durch die Nachtluft.

»Hallo?«

Ich ging zu dem Gebäude hinüber und blieb zögernd davor stehen. Es war aus Ytongblöcken errichtet und hatte keine Fenster. Das große Tor war mit einem schweren Riegel verschlossen. Wieder hörte ich ein Geräusch, es klang wie ein langgezogenes Summen oder Stöhnen. Ich hielt die Luft an. Da hörte ich es ein weiteres Mal.

»Ist hier jemand?«, rief ich wieder.

Dann schob ich den Riegel hoch und stemmte mich gegen das schwere Tor, bis es so weit aufschwang, dass ich hineinspähen konnte, aber drinnen war es kalt und finster – wo das schwache Mondlicht nicht hinfiel, sogar stockfinster. Dort war bestimmt niemand, außer möglicherweise einem Tier. Ich dachte erst an Mäuse und Fledermäuse, dann an Ratten, die auch nie fern waren und sich von Essensresten und toten Tieren ernährten, von denen sie dick und aufgedunsen wurden. Ich stellte mir vor, wie sie hier unter den Bodenbrettern herumkrochen, mit ihren scharfen gelben Zähnen und dicken Schwänzen... Wieder hörte ich dieses seltsame Geräusch. Der Gedanke an die Ratten ließ mich einen Moment zögern, doch ich schob das Tor auf und trat ein.

Nachdem sich meine Augen ein wenig an die Dunkelheit gewöhnt hatten, konnte ich schemenhafte Umrisse ausmachen: Strohballen, die am einen Ende des Raums aufgerichtet waren, ganz in meiner Nähe eine Maschine, vermutlich ein alter Pflug. Am anderen Ende etwas Undefinierbares. Was war das? Langsam schlich ich mich vorwärts. Hinter mir fiel das Tor knarrend ins Schloss, und ich streckte die Hände aus. Unter meinen Füßen spürte ich jetzt feuchtes Stroh.

»Hallo«, sagte ich noch einmal. Meine Stimme klang dünn und zittrig. Inzwischen hatte ich einen scharfen Geruch in der Nase – den Geruch von Kot und Urin.

»Ich bin da«, sagte ich. »Ich bin da.« Ich ging noch ein paar Schritte weiter, obwohl in meiner Brust ein Felsbrocken aus Angst saß, der meine Beine fast einknicken ließ. »Jo?«, fragte ich. »Jo? Ich bin's, Abbie.«

Sie saß auf ein paar Strohballen am hinteren Ende des Gebäudes, von dem sie sich nur als dunkler Fleck abhob. Ich tastete nach ihr: schmale Schultern unter meinen Händen. Sie roch ranzig – nach Angst und Kot und altem Schweiß. Ich ließ meine Hände nach oben gleiten, spürte den rauen Stoff, wo

385

eigentlich ihr Gesicht sein sollte. Sie stieß durch den Stoff kleine Geräusche aus, und ihr Körper zuckte unter meiner Berührung zusammen. Als ich die Hand an ihren Hals legte, spürte ich den Draht. Vorsichtig tastete ich mich an ihrem Rücken hinunter, bis ich auf das steife, kalte Seil stieß, das um ihre Handgelenke gebunden war und von dort zur Wand hinter ihr führte. Als ich daran zog, spannte es sich, gab aber nicht nach. Sie war angebunden wie ein Pferd.

»Schsch!«, murmelte ich. »Ist ja gut!« Aus ihrem verhüllten Gesicht drang ein hohes Geräusch. »Beweg dich nicht, bleib ganz ruhig. Ich mache das. Ich werde dich retten. O bitte, bitte, halt still!«

Ich zerrte an der Kapuze. Meine Finger zitterten so heftig, dass ich es erst nicht schaffte, doch schließlich gelang es mir, sie ihr vom Kopf zu ziehen. In der Dunkelheit konnte ich ihr Gesicht nicht sehen, und ihr Haar war nur ein fettiges Wirrwarr unter meinen Fingern. Ihre eisigen Wangen waren tränennass. Sie stieß immer noch diese hohen, schrillen Geräusche aus, wie ein Tier, das in einer Falle festsaß.

»Schsch!«, zischte ich. »Sei still, bitte, nicht schreien! Ich tu ja, was ich kann!«

Danach befreite ich sie von dem Draht um ihren Hals. Er schien an der Decke befestigt zu sein, weshalb sie den Kopf nach hinten legen musste. Da ich nicht sehen konnte, was ich tat, dauerte es eine Ewigkeit, und ich drehte erst in die falsche Richtung, so dass die Schlinge noch enger wurde. Ich spürte das heftige Pulsieren ihrer Halsschlagader. Immer wieder flüsterte ich ihr zu, dass alles gut werden würde, doch wir konnten beide das Entsetzen in meiner Stimme hören.

Ihre Fußgelenke waren ebenfalls zusammengebunden, das restliche Seil immer wieder um ihre Waden geschlungen, bis hinauf zu den Knien. Diesmal aber ging es leichter, als ich erwartet hatte. Bald waren ihre Beine frei, und sie trat um sich wie eine Ertrinkende, die versuchte, um jeden Preis an die Wasseroberfläche zu gelangen. Ihr linker Fuß stieß in meinen Bauch, ihr rechter traf mich am Arm. Ich warf meine Arme wie ein Rugbyspieler um ihre Knie und hielt sie fest.

»Bleib ganz still sitzen!«, flehte ich. »Ich tu wirklich mein Bestes!«

Als Nächstes tastete ich den Knoten hinter ihrem Rücken ab. Soweit ich das beurteilen konnte, saß er extrem fest. Ich zog und zerrte vergeblich daran, konnte auch mit meinen Fingernägeln nichts ausrichten. Schließlich kniete ich mich hinter sie und bohrte meine Zähne in das Seil, das stark nach Öl schmeckte. Ich erinnerte mich an den Ölgeschmack, und ich erinnerte mich auch an den Geruch nach Exkrementen, der den Raum und meine Lungen erfüllte. Und an den Geruch der Angst. Daran, wie mein Herz gegen meine Rippen schlug und ich keuchend nach Luft rang, die Galle in meinem Hals hochstieg und alles rundherum finster war...

»Moment«, keuchte ich. »Ich versuche es vom anderen Ende. Keine Angst, ich lasse dich nicht allein. Bitte, bitte, bitte, hör auf, dieses Geräusch zu machen!«

Ich folgte dem Seil von ihren Handgelenken bis zur Wand, wo es offenbar an einem Metallhaken befestigt war. Wenn ich nur etwas sehen könnte. Ich wühlte in meiner Tasche, in der Hoffnung, dort wie durch ein Wunder Zündhölzer zu finden, oder ein Feuerzeug, irgendetwas. Das Einzige, was ich fand, war mein alter Autoschlüssel. Ich stieß die Spitze des Schlüssels in den dicken Knoten, grub sie so tief wie möglich hinein und bewegte sie hin und her, bis ich spürte, dass das Seil ein wenig nachgab. Meine Finger waren vor Kälte ganz steif. Einmal ließ ich den Schlüssel fallen, so dass ich zwischen dem Stroh auf dem Boden herumkriechen und den rauen Untergrund nach dem Schlüssel abtasten musste. Sie fing wieder an, durch ihren Knebel gedämpfte Schreie auszustoßen, und richtete sich halb auf, ehe sie auf den Strohballen zusammenbrach.

»Halt den Mund!«, zischte ich. »Halt den Mund, halt den

Mund, halt den Mund! Zerr nicht so an dem Seil, dadurch ziehst du den Knoten doch wieder fest! Halt still! Lass das Seil durchhängen. O Gott! Bitte, bitte, bitte!«

Ich mühte mich weiter mit dem Schlüssel ab, spürte, wie sich der Knoten lockerte, aber o Gott, es dauerte so lange! Mir stand der kalte Schweiß auf der Stirn. Plötzlich schoss mir durch den Kopf, dass ich einfach weglaufen konnte. Schnell! Lauf, Abbie, und hol Hilfe! Warum rannte ich nicht auf die Straße hinaus und schrie kreischend nach Hilfe? Ich konnte an sämtliche Türen hämmern und jeden Wagen anhalten. Ich musste sofort hier raus. Ich durfte auf gar keinen Fall hierbleiben. Das Seil gab weiter nach.

»Fast!« keuchte ich. »Ein paar Minuten noch, dann bist du frei. Schsch, sei bitte still!«

Geschafft! Ich richtete mich auf, zerrte ihr den Knebel aus dem Mund. Sie stieß ein schreckliches, heulendes Geräusch aus.

»Jo?«, flüsterte ich. »Bist du Jo?«

»Ich bin Sarah. Sarah. Hilf mir! Bitte hilf mir! O Gott, o Gott, o Gott!«

Mir wurde vor Enttäuschung ganz flau, doch dafür war jetzt keine Zeit. Keine Zeit für etwas anderes außer Flucht.

»Steh auf!«, sagte ich und packte sie am Unterarm.

Sie richtete sich halb auf, war aber so schwach, dass sie sich auf mich stützen musste.

»Still! Was ist das?«, keuchte ich.

Draußen war jemand. Auf dem Hof waren Schritte zu hören. In einiger Entfernung klackte etwas Metallenes.

Ich stieß Sarah zurück auf die Strohballen, stopfte ihr den Knebel wieder in den Mund. Sie stieß ein gurgelndes Geräusch aus und begann sich schwach zu wehren.

»Sarah! Das ist unsere einzige Chance! Lass mich machen. Lass mich einfach *machen*. Ich bin hier, Sarah. Ich werde dich retten? Okay?«

Ihre Augen flackerten vor Entsetzen. Ich tastete nach dem Draht, der wie ein überdimensionaler Spinnenfaden über mir hing, und legte ihn ihr wieder um den Hals, zog die Schlinge enger. Die Schritte kamen näher. Hektisch wickelte ich ihr das Seil um die Beine. Die Handgelenke. Ich musste das Seilende finden. Ich beugte mich hinunter und ließ die Hände über den rauen Boden gleiten, bis ich es hatte. Die Schritte kamen immer näher. Ein pfeifendes Husten. Tief unten in meinem Hals brannte ein Schrei, aber ich schluckte ihn hinunter. Übelkeit. Pochendes Blut in meinen Ohren. Ich tastete erst den Boden und dann die Strohballen neben Sarahs zitternder Gestalt nach der Kapuze ab. Als ich sie endlich fand, zerrte ich sie ihr grob über den Kopf, spürte ihren Hals zurückzucken.

»Bleib ganz ruhig!«, zischte ich, ehe ich mich auf die andere Seite des Raums warf, hinter etwas Metallenes, an dem ich mir heftig das Schienbein anstieß. Mein Herz veranstaltete einen Trommelwirbel, den er garantiert hören würde, meine Atemgeräusche kamen mir wie laute Schluchzer vor, die er zwangsläufig registrieren musste, sobald er den Riegel hochgeschoben hatte, das Tor aufmachte und hereinkam.

28

Ich hatte mich rechts hinten in die Ecke zurückgezogen, möglichst weit vom Tor entfernt. Ich stand tief im Schatten, hinter einer undefinierbaren, vor sich hin rostenden Maschine, einer Ansammlung von Zahnrädern und Bolzen, die jedoch nicht miteinander verbunden waren. Selbst wenn er in meine Richtung blickte, würde er mich wahrscheinlich nicht sehen können. Wahrscheinlich. Das war das problematische Wort. Ich wich so weit zurück, wie ich nur konnte. Ich spürte die eisige Feuchtigkeit der Wand an meinem Hals und durch mein kurzes Haar auch an meiner Kopfhaut. Inzwischen hatte er den

Raum betreten. Ich hatte ihn durch Zufall gefunden. Mit einer Mischung aus Schwindelgefühl und Übelkeit stürzte ich zurück in meinen Alptraum.

Als es mir schließlich gelang, einen Blick auf ihn zu werfen, war meine erste Reaktion: Das muss ein Irrtum sein. Solange er nur eine Stimme aus der Dunkelheit gewesen war, hatte ich ihn mir riesengroß und mächtig vorgestellt, wie ein Monstrum. Er war der finstere Gott gewesen, der mich bestrafen oder belohnen konnte, mich fütterte oder hungern ließ und der darüber entschied, ob ich leben oder sterben würde.

Nun erhaschte ich hin und wieder einen Blick auf ihn, wenn er in das schwache Mondlicht eintauchte, das durch das offen stehende Tor hereinfiel. Ich sah nur Teile von ihm, einen dicken Mantel und strähniges, teilweise ergrautes Haar, das er über seinen Glatzenansatz gekämmt trug. Von seinem Gesicht sah ich fast gar nichts. Es war größtenteils von etwas bedeckt, das wie der geblümte Schal einer alten Frau aussah. Ein unvoreingenommener Beobachter hätte es vielleicht für einen Schutz gegen Staub gehalten, ich aber wusste, was es war. Damit verfälschte er seine Stimme. Leise vor sich hinmurmelnd trug er einen Metalleimer herein, den er mit lautem Scheppern auf den Boden abstellte. Es gelang mir einfach nicht, meine Erinnerungen mit diesem schlurfenden, heruntergekommenen, unscheinbaren Mann in Einklang zu bringen. Wäre er in mein altes Büro gekommen, um dort die Fenster zu putzen oder den Boden zu fegen, hätte ich ihn vermutlich völlig übersehen. Er redete mit Sarah, als wäre sie ein etwas störrisches Schwein, dessen Stall ausgemistet werden musste.

»Na, wie geht's dir?«, fragte er, während er neben ihr mit irgendwelchen Dingen hantierte, die ich nicht sehen konnte. »Tut mir Leid, dass ich so lange weg war. Hatte viel zu tun. Dafür werde ich jetzt eine Weile hier bleiben. Ich habe mir extra Zeit genommen für dich.«

Er ging wieder hinaus, und für einen Moment spielte ich mit

dem Gedanken, die Flucht zu wagen, doch er kam sofort zurück und stellte etwas Rechteckiges auf dem Boden ab, in dem es schepperte, wahrscheinlich einen Werkzeugkasten. Immer wieder ging er auf den Hof und trug oder zerrte von dort Dinge herein. Das meiste davon konnte ich nicht erkennen, weil es so dunkel war, aber ich identifizierte eine Laterne, eine Lötlampe und mehrere leere Kunststofftaschen, wie sie viele für ihre Sportsachen verwendeten. Mir blieb nichts anderes übrig, als weiter reglos in der Dunkelheit zu kauern und möglichst leise zu atmen. Jedes Mal, wenn ich die Position wechselte, raschelte das Stroh unter meinen Füßen. Auch meine Schluckgeräusche erschienen mir schrecklich laut. Bestimmt hörte er das Donnern meines Herzens, das Rauschen meines Blutes, den Schrei in meinem Hals?

Während einer seiner kurzen Abwesenheiten griff ich in meine Tasche, und meine Finger schlossen sich um Bens Mobiltelefon. Langsam, ganz langsam zog ich es heraus und hielt es direkt unter mein Gesicht, wobei ich es, so gut es ging, mit der Hand abschirmte. Ich drückte einen Knopf, um das winzige Display zu beleuchten. Das Gerät gab einen leisen Piepton von sich. Für mich klang er laut wie Glockengeläut. Hatte er ihn gehört? Ein Gespräch kam nicht in Frage, doch vielleicht konnte ich eine Nachricht absenden oder eine Notrufnummer anwählen? Ich starrte auf das Display. Würde er das Licht in der Dunkelheit nicht sofort bemerken? In der rechten oberen Ecke waren drei gestrichelte Linien zu sehen, die anzeigten, dass der Akku fast voll war. In der linken Ecke hätten eigentlich vier blütenförmige Symbole die Stärke des Empfangs anzeigen sollen, doch es war nur eine einzige Blüte dort, was bedeutete, dass ich überhaupt keinen Empfang hatte. Keine Chance. Ich konnte weder telefonieren noch eine SMS versenden und auch keine Anrufe oder Nachrichten empfangen. Ich schob das Telefon zurück in meine Tasche.

Am liebsten hätte ich losgeheult. Sofort nachdem ich Sarah

entdeckt hatte, hätte ich nach draußen laufen und um Hilfe rufen sollen. Es wäre so einfach gewesen. Stattdessen war ich mir selbst zurück in die Falle gefolgt. Ich war wirklich mit Dummheit geschlagen. Mutlos blickte ich zu der Stelle hinüber, wo sich seine Silhouette von dem schwachen Licht abhob, das von draußen hereinfiel.

Im Geiste wog ich die Optionen gegeneinander ab. Ich konnte versuchen, durch die Tür zu entkommen, um Hilfe zu holen. Ein völlig hoffnungsloses Unterfangen. Er stand direkt neben dem Tor. Selbst wenn es mir gelang, ihn zu überraschen, hatte ich keine Chance. Ich konnte auf ihn losgehen, ihm eine über den Kopf ziehen, ihn vielleicht sogar k.o. schlagen. Würde ich es schaffen, mich an ihn heranzuschleichen, ohne dass er mich hörte? Konnte ich ihn überraschen? Unwahrscheinlich. Nein, meine einzige Chance war zu warten und zu hoffen, dass er irgendwann wieder gehen würde und ich dadurch meine Chance bekäme.

Die Vorstellung, weiterhin reglos im Schatten verharren zu müssen, weckte in mir den Wunsch, mich auf den kalten Steinboden zu werfen und loszuheulen. Ich fühlte mich so schrecklich müde, hätte so gern geschlafen. Ich wollte nicht sterben, doch ich war trotzdem nicht weit davon entfernt, mir zu wünschen, tot zu sein. Zumindest sind die Toten von Schmerz und Angst erlöst. Worin lag der Sinn, noch länger dagegen anzukämpfen?

Aber dann, fast ohne dass ich selbst es merkte, gewann ein anderes Gefühl die Oberhand. Während ich ihm zusah, wie er geschäftig herumhantierte und dieses arme Mädchen völlig verschnürt auf den Heuballen saß, kam es mir allmählich vor, als würde ich mich selbst betrachten. Ich erinnerte mich an die Tage, als ich diejenige mit dem Draht um den Hals und der Kapuze über dem Kopf gewesen war. Ich hatte dort gesessen, die Zehen über dem Abgrund, und darauf gewartet, getötet zu werden, und ich wusste wieder genau, wie sich das angefühlt hatte. Damals hatte ich jede Hoffnung aufgegeben, all das zu überleben. Ich hatte nur noch um eine Chance gebetet, auf ihn losgehen zu können, ihm ein Auge auszukratzen, ihm etwas Schlimmes anzutun, bevor ich starb. Nun war diese Chance gekommen. Ich konnte ihn nicht überwältigen, das wäre zu viel verlangt gewesen, aber wenn er mich fand, konnte ich ihm zumindest Schaden zufügen. Ich brauchte unbedingt eine Waffe. Wie dumm, dass ich nichts eingesteckt hatte. In dem Moment hätte ich ohne Zögern alles, was ich je besessen hatte, gegen ein Küchenmesser oder eine Dose Reizgas eingetauscht. Doch ich zwang mich, nicht zu hadern. Ich war hier. Ich hatte keine Waffe. Alles, was ich in die Hände bekam, war ein Gewinn.

Ich kauerte mich auf den Boden und begann in der Dunkelheit herumzutasten, ganz vorsichtig, um nirgendwo dagegenzustoßen. Meine rechte Hand berührte etwas Kaltes. Eine Metalldose, der Größe nach eine Farbdose. Ich stupste versuchsweise dagegen. Sie war leer und somit nutzlos für mich. Daneben schlossen sich meine Finger um einen Griff. Er fühlte sich vielversprechender an, entpuppte sich aber als ein Pinsel mit steifen, verklebten Borsten. Sonst gab es nichts. Keinen Meißel, keinen Schraubenzieher, keine Metallstange. Nichts Spitzes, was ich umklammern konnte. Als ich mich wieder aufrichtete, knackten meine Knie. Wie war es möglich, dass er das nicht gehört hatte? Ich musste einfach warten, bis er weg war. Wenn er weg war, konnte ich hinauslaufen und die Polizei anrufen. Sarah befreien.

Der Mann bereitete etwas vor. Ich konnte nicht genau ausmachen, was er tat, hörte ihn aber leise vor sich hinmurmeln. Er erinnerte mich an meinen Vater, wie er an den Wochenenden war, den einzigen glücklichen Zeiten seines Lebens, wenn er den Gartenzaun reparierte, einen Fensterrahmen strich oder ein Bücherregal zusammenbaute.

Der Mann lockerte die Drahtschlinge um Sarahs Hals. Ach

ja, der Kübel. Die Gestalt mit der Kapuze wurde von den Heuballen gehoben, ihre Hose heruntergezogen. Während sie sich über den Kübel kauerte, hatte er die Hände an ihrem Hals. Ich hörte es im Kübel plätschern.

»Gut gemacht, meine Schöne«, murmelte er, während er ihr die Hose wieder hochzog.

Mit lässiger, geübter Hand brachte er die Drahtschlinge um ihren Hals wieder so an, dass sie völlig hilflos war, legte dabei aber eine gewisse Zärtlichkeit an den Tag. Er schien sie mehr zu mögen, als er mich gemocht hatte. Mich hatte er nie seine Schöne genannt, sein Ton war stets abweisend gewesen. Er hatte versucht, meinen Willen zu brechen.

»Du hast abgenommen«, stellte er fest. »Ich glaube, wir sind so weit. Du bist wundervoll, Sarah. Einfach wundervoll. Nicht wie die anderen.«

Er trat einen Schritt zurück, damit er sie besser betrachten konnte. Ich hörte ein metallisches, kratzendes Geräusch, dann flackerte plötzlich eine Flamme hoch. Er hatte die Laterne angezündet. Licht flutete durch den Raum. Erschrocken wich ich noch weiter hinter die Maschine zurück. Er musterte Sarah mit wohlgefälligem Gemurmel, befühlte ihre nackten Arme, ließ seine Finger an ihnen entlanggleiten, wie man ein Pferd befühlte, um zu sehen, ob sein Fieber nachgelassen hatte. Schließlich stellte er die Laterne auf dem Boden ab. Er hob die Arme, legte die Hände in den Nacken. Einen Moment lang kam er mir vor wie jemand, der gerade aufgewacht war und sich gähnend streckte, doch dann wurde mir klar, dass er seinen Schal löste. Er musste eine ganze Weile an dem komplizierten Knoten zerren und zupfen, bis er sich löste und ich im flackernden, orangefarbenen Licht der Laterne zum ersten Mal einen Blick auf sein Gesicht werfen konnte.

Das Gesicht sagte mir nichts. Es kam mir nicht vertraut vor. Ich kannte ihn nicht. Schlagartig hatte ich das seltsame Gefühl, dass der Zeiger ein ganz kleines Stück nach vorne bewegt worden war und ich von einer Sekunde auf die andere einen klaren Blick bekam. Sogar in dem flackernden Laternenlicht nahm ich die Dinge plötzlich deutlich und scharf umrissen wahr. Von meinem Fieber war nichts mehr zu spüren. Sogar meine Angst hatte sich verflüchtigt. Ich hatte etwas wissen wollen, und nun wusste ich es. Selbst meine Gedanken waren jetzt klar und gradlinig. Ich konnte mich noch immer nicht erinnern, mein Gedächtnis war nicht zurückgekehrt. Der Anblick seines groben Gesichts löste keinen Schock des Wiedererkennens aus. Dennoch wusste ich jetzt, was ich so dringend wissen wollte.

Ich hatte geglaubt, es habe mit mir zu tun. Ich hatte in meinem chaotischen Leben festgesteckt, in meinem anstrengenden Job und meiner katastrophalen Beziehung, und hatte geglaubt und befürchtet und mir zusammengereimt, dass er – dieser Mann dort drüben – all das in mir gesehen hatte. Ich war auf eine Katastrophe zugesteuert, hatte sie geradezu selbst heraufbeschworen. Er hatte das in mir erkannt, und deswegen waren wir füreinander geschaffen gewesen, hatten einander gebraucht. Ich hatte mich danach gesehnt, vernichtet zu werden.

Nun wusste ich, dass das nicht stimmte. Möglicherweise war ich unvorsichtig gewesen, erschöpft und durcheinander, aber ich war ihm dennoch rein zufällig in die Hände geraten. Nein, nicht einmal das. Ich würde es nie mit Sicherheit wissen, doch ich nahm an, dass Jo ihm über den Weg gelaufen war, verletzlich, verzweifelt und krampfhaft auf der Suche nach etwas – das perfekte Opfer für ihn. Ich hatte mir Sorgen um Jo gemacht und war ihrer Spur gefolgt und ebenfalls bei ihm gelandet. Dieser erbärmliche Verlierer dort drüben hatte nichts mit meinem Leben zu tun. Er war nur der Meteor, der auf mich herabgestürzt, das Erdbeben, das unter meinen Füßen losgebrochen war. Und gerade das war so komisch. Nun, da ich hier in der Dunkelheit kauerte und genau wusste, dass ich wieder in der Falle saß, fühlte ich mich plötzlich von ihm befreit.

Ich konnte mich nicht daran erinnern, was passiert war.

Wahrscheinlich würde ich mich nie daran erinnern können. Trotzdem wusste ich jetzt genauer, was vor ein paar Wochen passiert war. Ich war dort draußen gewesen, im Land der Lebenden, und war dann versehentlich in sein Revier geraten, an den Ort, wo er seinem Hobby frönte. Wie war das bei einem Zweikampf? Ich hatte gehört, dass erfahrungsgemäß derjenige gewann, der als Erster zuschlug. Jedenfalls konnte ich mir in etwa denken, was passiert war. Ich war auf der Suche nach Jo gewesen. Dieser unscheinbare Mann war Teil des Hintergrundes gewesen, Teil des Mobiliars. Plötzlich war er in den Vordergrund gesprungen. Er hatte mich aus meiner Welt in die seine gezerrt. Diese Welt hatte nichts mit meiner zu tun, außer dass ich in ihr sterben sollte. Ich stellte mir vor, dass ich von diesem Mann, den ich vermutlich kaum richtig bemerkt hatte, überrascht worden war und mich zu spät zur Wehr gesetzt hatte. Ich hatte nicht mehr verhindern können, dass er meinen Kopf gegen die Wand schlug oder mir mit dem Knüppel eins überzog.

Ich zwang mich nachzudenken: Wenn er mich sieht, was wird er tun? Ich zwang mich, mir ins Gedächtnis zu rufen, was er mir angetan hatte. Nachdem ich wochenlang versucht hatte, diese fürchterlichen Erinnerungen zu verdrängen, kramte ich sie nun ganz bewusst wieder hervor. Diese Erinnerungen waren wie ein entzündeter, infizierter, verfaulender Zahn, den ich so fest wie möglich mit der Zunge bearbeitete, um mir ins Gedächtnis zu rufen, wie sich Schmerz anfühlen konnte. Dann richtete ich den Blick wieder auf diesen Mann, der um Sarah herumscharwenzelte wie um ein Schaf, das zurück in den Stall geschafft werden musste. Koseworte vor sich hinmurmelnd, versetzte er ihr einen leichten Klaps und fuhr dann fort, Werkzeuge vorzubereiten. Er war zugleich der geduldige, sie umsorgende Geliebte und der geschäftige, leidenschaftslose Schlachter.

Offenbar setzte sie sich zur Wehr, denn er verpasste ihr einen weiteren leichten Klaps.

»Was ist denn los, mein Liebes?«, fragte er. Ich nahm an, dass sie unter ihrer Kapuze mit einem Stöhnen reagierte, auch wenn ich es nicht hören konnte. »Tu ich dir weh? Was? Was ist? Einen Moment, Liebes.«

Während er sie von ihrem Knebel befreite, konnte ich seinen keuchenden Atem hören. O ja, ich erinnerte mich nur allzu gut an dieses heisere Atemgeräusch.

»Was ist los?«, fragte er noch einmal. »Du hast versucht, dich zu befreien.«

Nun, da sie den Knebel los war, musste sie erst einmal husten.

»Ist ja gut, mein Liebling. Nicht so hektisch, denk an die Schlinge um deinen Hals!«

»Ich habe keine Luft mehr bekommen!«, stieß sie hervor. »Ich dachte, ich muss sterben!«

»Ist das alles?«

»Nein, nein!«

Ein Verdacht begann sich in mir auszubreiten wie ein Tintenfleck, wurde rasch zur Gewissheit. Obwohl mir nun klar war, was gleich passieren würde, hatte ich keine Angst. Ich war bereits gestorben. Es spielte keine Rolle mehr.

»Was denn noch?«

»Ich will nicht sterben«, sagte sie. »Ich werde alles tun, um am Leben zu bleiben.«

»Du dummes kleines Luder. Ich hab es dir doch gesagt. Ich will nichts von dir. Sie haben das Lösegeld nicht bezahlt. Habe ich dir das schon gesagt? Sie haben das Lösegeld nicht bezahlt. Und weißt du, warum nicht? Weil ich gar keines verlangt habe. Ha, ha, ha.«

Er lachte über seinen eigenen Witz.

»Und wenn ich Ihnen etwas verraten würde? Etwas wirklich Wichtiges? Würden Sie mich dann leben lassen?«

»Was denn zum Beispiel?«

»Würden Sie?«

397

Er schwieg einen Moment. Offenbar war er tatsächlich beunruhigt.

»Sag mir erst, was du weißt«, antwortete er in sanfterem Ton.

Sarah sagte nichts, schluchzte bloß.

»Raus damit, verdammt noch mal!«

»Versprechen Sie es mir? Versprechen Sie mir, mich am Leben zu lassen?«

»Erst musst du es mir sagen«, entgegnete er. »Dann lasse ich dich gehen.«

Nun folgte eine lange Pause. Ich konnte Sarah keuchen hören. Ich wusste genau, was sie sagen würde.

»Es ist jemand hier. Jetzt lassen Sie mich gehen.«

»Was sagst du da?«

Im selben Moment, als er aufstand, um sich umzusehen, trat ich aus dem Schatten. Ich hatte mit dem Gedanken gespielt, mich auf ihn zu stürzen, doch es wäre zwecklos gewesen. Uns trennten fast zehn Meter. Ihm blieb zu viel Zeit. Ich warf einen Blick auf das Tor hinter ihm. Es hätte genausogut auf dem Mond sein können. Er kniff die Augen zusammen. Im hinteren Teil des Raums, wo ich stand, weit weg vom Tor, war es nach wie vor ziemlich dunkel.

»Du?« fragte er und vergaß vor Verblüffung, den Mund wieder zuzuklappen. »Abbie. Wie zum Teufel bist du …?«

Ohne Sarah anzusehen, trat ich einen Schritt auf ihn zu. Dabei blickte ich ihm direkt in die Augen.

»Ich habe dich gefunden«, sagte ich. »Ich wollte dich finden. Es hat mich einfach wieder hergezogen.«

»Ich habe überall nach dir gesucht.« Er blickte sich um. Offenbar befürchtete er, es könnte noch jemand hier sein.

»Ich bin allein«, beruhigte ich hin. Ich hielt ihm meine Handflächen hin. »Schau. Ich habe nichts.«

»Was zum Teufel tust du hier?«, fragte er. »Jetzt hab ich dich. Du bist mir entwischt, aber jetzt hab ich dich.«

Ich lächelte ihn an. Inzwischen war ich völlig ruhig. Nichts spielte mehr eine Rolle. Ich dachte wieder an jene Tage in der Dunkelheit. Stellte mir vor, wie meine Zunge gegen den faulig schmeckenden Knebel drückte. Versuchte mich zu erinnern. Alles noch einmal zu durchleben.

»Was meinst du mit: ›Du hast mich?‹«, fragte ich. »Ich bin zurückgekommen. Ich wollte zurückkommen.«

»Das wird dir noch Leid tun«, entgegnete er. »Das wird dir noch verdammt Leid tun.«

Ich trat einen weiteren Schritt vor.

»Was willst du mit ihr?«, fragte ich. »Ich habe euch zugehört.« Ich wagte gleich noch einen Schritt. Nun trennten uns nur noch wenige Meter. »Ich habe gehört, wie du sie Liebes genannt hast. Dabei hatte ich das Gefühl, das hätte eigentlich ich sein sollen. Ist das nicht komisch?«

Sein Blick wurde wieder misstrauisch.

»Das ist gar nicht komisch«, antwortete er.

Ich trat noch einen Schritt auf ihn zu.

»Du hast mir gefehlt«, erklärte ich.

»Warum bist du dann davongelaufen?«, fragte er.

»Ich hatte Angst«, antwortete ich. »Aber hinterher habe ich nachgedacht. Du hast mich verstanden. Mir gesagt, was ich zu tun habe. Niemand hat mich jemals so verstanden wie du. Ich möchte dich auch verstehen.«

Er lächelte.

»Du bist verrückt, weißt du das?«

»Das macht nichts«, antwortete ich. »Ich bin hier. In deiner Hand. Um eines möchte ich dich allerdings bitten.« Ich trat wieder einen Schritt vor. Nun stand ich schon fast vor ihm.

»Und das wäre?«

»Die ganze Zeit, die wir zusammen waren, warst du für mich nur diese Stimme in der Dunkelheit, die sich um mich kümmerte, mich fütterte. Ich habe die ganze Zeit über dich nachgedacht, mich gefragt, wie du wohl bist. Erlaubst du mir, dass ich dich ein einziges Mal küsse?« Ich ging die letzten paar Schritte, beugte mich ein Stück vor. Er roch unangenehm, süß und chemisch.»Nur ein einziges Mal. Das schadet doch nichts.« Aus der Nähe betrachtet, wirkte sein Gesicht sehr gewöhnlich. Es hatte nichts Beängstigendes an sich, nichts Besonderes.»Schau«, sagte ich und hielt ihm meine leeren Hände hin, »ich möchte dich nur ein einziges Mal berühren.« Als ich mich zu ihm vorbeugte, stellte ich ihn mir nicht als Menschen vor, sondern als Schafskopf. Das war entscheidend. Ich stellte mir den Kopf eines toten Schafs vor, der vom Körper abgetrennt worden war.»Nur einen einzigen Kuss. Wir sind beide einsam. So einsam. Nur einen.« Sanft berührte ich seine Lippen mit meinen. Nun hatte ich es fast geschafft. Fast. Ganz langsam.»Darauf habe ich so lange gewartet.« Während ich ihn ein weiteres Mal küsste, hob ich die Hände an sein Gesicht, berührte seine Schläfen ganz sanft mit meinen Handflächen. Warte. Warte. Der Kopf eines toten Schafs. Zunge am fauligen Zahn. Ich wich mit meinem Gesicht ein Stück zurück, sah ihn einen Moment wehmütig an und schob ihm dann meine Daumen in die Augen. Es waren bloß die Augen im Schädel eines toten Schafs. Eines toten Schafs, das mich in der Dunkelheit festgehalten und gequält hatte. Ich wusste, dass meine Daumennägel sehr lang waren. Während ich meine übrigen Finger wie Krallen in seine Schläfen schlug, bohrte ich ihm diese Nägel in die Augen. Mit Interesse registrierte ich, dass meine Daumen, nachdem sie sich tief in seinen Kopf gedrückt und in seinen Augenhöhlen herumgekratzt hatten, mit einer Flüssigkeit bedeckt waren, einer wässrigen Flüssigkeit, durchzogen von gelben Schlieren, die wie Eiter aussahen.

Ich hatte damit gerechnet, dass er mich packen und in Stücke reißen würde. Dass er mich töten würde. Aber er fasste mich nicht mal an. Ich konnte einfach zurücktreten und meine schmierigen Daumen herausziehen. Tief aus seinem Inneren drang ein seltsamer Schrei, wie das Heulen eines Tiers. Er riss die Hand an den Kopf, sein Körper klappte in sich zusammen, und einen Moment später lag er sabbernd und wimmernd vor mir auf dem Boden. Ich trat einen Schritt zurück, außer Reichweite dieser winselnden Kreatur, die sich jetzt wie eine Larve auf dem Boden wand. Ich zog ein Taschentuch heraus und wischte mir damit die Daumen ab. Dann holte ich ein paarmal tief Luft, saugte meine Lungen voll Sauerstoff. Ich fühlte mich wie eine Ertrinkende, die es wieder an die Wasseroberfläche geschafft hatte und nun die wundervolle, saubere, lebenspendende Luft einatmete.

29

Der Mond war immer noch da, wie die Sterne auch. Alles glitzerte vor Frost. Eine Welt aus Eis und Schnee und Stille. Die Kälte schnitt mir ins Gesicht. Ich atmete tief ein, spürte, wie die saubere Luft in meinen Mund und meinen Hals hinunterströmte. Als ich wieder ausatmete, blieb mein Atem als weiße Wolke in der Luft hängen.

»Oh-oh-ohhh, nu-nu.«

Die Geräusche, die Sarah ausstieß, klangen fast wie Tierlaute, ein mitleiderregender, schriller Wirrwarr aus Silben. Für mich ergaben sie keinen Sinn. Ich legte den Arm noch fester um ihre Schultern, um sie zu stützen. Kraftlos hing sie an mir, weiter vor sich hinwimmernd. Ihr Körper fühlte sich so klein und schmächtig an, dass ich mich fragte, wie alt sie wohl war. Sie sah aus wie ein rotznasiges, ungewaschenes kleines Mädchen. Erschöpft ließ sie den Kopf auf meine Brust sinken. Ich konnte ihr fettiges Haar und ihren sauren Schweiß riechen.

Ich zog Bens Handy aus meiner Jackentasche. Inzwischen hatte es wieder Empfang. Ich wählte die Notrufnummer. »Welchen Service benötigen Sie?«, fragte eine Frauenstimme. Einen Moment lang wusste ich nicht, was ich sagen sollte.

Eigentlich alle, bis auf die Feuerwehr. Ich erklärte, es handle sich um schlimme Verletzungen und ein schlimmes Verbrechen. Wir würden zwei Krankenwagen benötigen und die Polizei.

Nachdem ich das Telefon wieder verstaut hatte, betrachtete ich Sarah. Ihr kleines, leicht flaches Gesicht war gespenstisch bleich, ihre gesamte Stirn mit Pickeln übersät. Ihr Mund war geschwollen, die Lippen zu einem stummen Ausruf des Entsetzens verzogen. Sie sah wie ein gefangenes Tier aus. Dort, wo der Draht in ihren Hals eingeschnitten hatte, konnte ich einen blauen Streifen ausmachen. Sie zitterte am ganzen Körper. Sie trug nur ein langärmeliges T-Shirt und eine Baumwollhose, dazu dicke Socken, aber keine Schuhe.

»Moment.« Ich zog meine Steppjacke aus und legte sie um ihre Schultern. Ich klappte den Kragen hoch, damit auch ihr Gesicht vor der Kälte geschützt war. »Du hast mein Shirt an«, stellte ich fest und legte von neuem den Arm um sie.

Ein Laut entrang sich ihrem zitternden Körper. Offenbar wollte sie mir etwas sagen, aber ich konnte sie nicht verstehen.

»Sie werden gleich hier sein«, versuchte ich sie zu beruhigen. »Du bist jetzt in Sicherheit.«

»Es tut mir so Leid!«, stieß sie hervor.

»Ach, das.«

»Das war nicht ich. Nicht ich. Ich war wahnsinnig vor Angst. Ich dachte, ich müsste sterben.« Sie fing zu weinen an. »Ich wusste, dass ich gleich sterben würde. Ich war wahnsinnig!«

»Ja«, antwortete ich. »Ich war genauso wahnsinnig. Aber jetzt bin ich es nicht mehr.«

Die Wagen kamen mit Blaulicht und Sirene den Hügel herunter. Zwei Ambulanzen und zwei Polizeiwagen. Türen schwangen auf. Sanitäter sprangen heraus und eilten auf uns zu. Gesichter blickten auf uns herunter, Hände schoben uns auseinander. Tragbahren wurden auf dem Boden abgestellt. Ich schickte ein paar von den Männern nach drinnen. Neben mir hörte ich Sarah weiterweinen, bis nur noch ein raues, heiseres Schluchzen aus ihrer Kehle drang. Mehrere Stimmen redeten beruhigend auf sie ein. Das Wort »Mummy« schnitt durch das Stimmengewirr. »Wo ist Mummy?«

Jemand legte mir eine Decke um die Schultern.

»Mir fehlt nichts«, erklärte ich.

»So, nun legen Sie sich bitte hier drauf.«

»Ich kann gehen.«

Drinnen wurden Rufe laut. Einer von den Männern in grünen Overalls kam herausgerannt und flüsterte einem jungen Polizisten etwas zu.

»Lieber Himmel!« Der Polizist starrte mich an.

»Er ist ein Killer«, sagte ich.

»Ein Killer?«

»Jetzt sind wir vor ihm sicher. Er kann nichts mehr sehen. Er ist nicht mehr gefährlich.«

»Nun wollen wir Sie in den Krankenwagen bringen, meine Liebe.« Der Mann bemühte sich um einen beruhigenden Ton, als wäre ich vor Schock hysterisch.

»Sie sollten Detective Inspector Jack Cross informieren«, fuhr ich fort. »Mein Name ist Abigail Devereaux. Abbie. Ich habe ihm die Augen ausgestochen. Er wird mich nie wieder ansehen.«

Sie brachten Sarah als Erste weg. Ich kletterte in den zweiten Krankenwagen, noch immer in die Decke gehüllt. Zwei Leute stiegen nach mir ein, ein Sanitäter und eine Polizeibeamtin. Ich hörte noch, dass der Geräuschpegel hinter mir anschwoll, Stimmen hektisch durcheinanderriefen, ein dritter Krankenwagen mit heulender Sirene die Straße herunterkam, doch darum musste ich mich nicht mehr kümmern. Ich ließ mich auf meinem Sitz zurücksinken und schloss die Augen, nicht weil ich müde war – das war ich nicht, ich fühlte mich sogar sehr wach und klar im Kopf, als hätte ich lange und gut geschlafen –, sondern, um die Lichter und das Durcheinander um mich herum auszublenden und all den Fragen ein Ende zu setzen.

Ich fühlte mich so sauber und warm. Mein Haar war frisch gewaschen, meine Haut geschrubbt, meine Finger- und Zehennägel kurz geschnitten. Ich hatte mir dreimal die Zähne geputzt und anschließend mit einer grünen Flüssigkeit gegurgelt, dank der sich mein Atem bis in meine Lungen hinunter minzfrisch anfühlte. Ich saß im Bett, bekleidet mit einem lächerlichen rosafarbenen Nachthemd, zugedeckt mit einem steifen, hygienischen Laken und mehreren Schichten dünner, kratziger Decken, trank Tee und aß Toast. Drei Tassen siedend heißen, stark gezuckerten Tee und ein Stück schlaffen weißen Toast mit Butter. Oder Margarine, das war wahrscheinlicher. Im Krankenhaus bekommt man keine Butter. Auf dem Schränkchen neben meinem Bett stand ein Plastikkrug mit Narzissen.

Ein anderes Krankenhaus, ein anderes Zimmer, eine andere Aussicht, andere Krankenschwestern, die mit Thermometern, Bettpfannen und Teewagen herumsausten, andere Ärzte mit Klemmbrettern und müden Gesichtern, andere Polizisten, die mir nervöse Blicke zuwarfen und gleich wieder wegsahen, aber immer noch derselbe alte Jack Cross, der mit gebeugten Schulter neben meinem Bett saß und dabei selbst ein bisschen wie ein Kranker aussah. Er hatte die Hand an die Wange gelegt, als hätte er Zahnschmerzen, und starrte mich an, als würde ich ihm Angst machen.

»Hallo, Jack«, sagte ich.

»Abbie …«, begann er, brach aber gleich wieder ab. Seine Hand verlagerte sich ein Stück, so dass sie nun seinen Mund bedeckte. Ich wartete. Schließlich wagte er einen zweiten Anlauf. »Fühlen Sie sich einigermaßen?«

»Ja«, antwortete ich.

»Die Ärzte haben gesagt…«

»Es geht mir gut. Sie wollen mich nur noch ein paar Tage zur Beobachtung dabehalten.«

»Das überrascht mich nicht, ich weiß gar nicht, wo ich anfangen soll, ich…« Er rutschte auf seinem Stuhl herum und rieb sich die Augen. Dann setzte er sich aufrechter hin, holte tief Luft und sah mir direkt in die Augen. »Wir hatten Unrecht. Es gibt dafür keine Entschuldigung.« Ich sah ihm an, dass er trotzdem einen Moment versucht war, all die Gründe und Entschuldigungen vorzubringen, sie dann aber hinunterschluckte. »Ich kann einfach nicht glauben, dass Sie das wirklich getan haben.« Er ließ sich wieder zurücksinken und legte wie vorher die Hand ans Gesicht. »Was für ein Chaos, von Anfang bis Ende. Sie können uns alle in die Pfanne hauen.«

»Ist er tot?«

»Nein, er ist in einer Spezialklinik.«

»Oh.«

»Wissen Sie, was Sie mit ihm gemacht haben?«

»Ja.«

»Seine Augen.« Er sagte das ganz leise. Mir war nicht recht klar, ob er mich dabei mit Bewunderung, Entsetzen oder Abscheu ansah. »Sie haben sie ihm halb ins Gehirn geschoben. Ich meine… lieber Himmel!«

»Mit den Daumen«, sagte ich.

»Mein Gott, Abbie, bestimmt sind Sie…«

»Ich hatte nichts anderes.«

»Wir müssen später eine formelle Aussage von Ihnen aufnehmen.«

»Natürlich. Wie geht es Sarah?«

»Sarah Maginnis steht unter Schock und befindet sich in einem Zustand der Unterernährung. Wie Sie damals. Es wird ihr bald wieder besser gehen. Möchten Sie sie sehen?«

Ich überlegte einen Moment. »Nein.«

»Es tut ihr sehr Leid, Abbie.«

»Sie wissen Bescheid?«

»Sie kann über nichts anderes reden.«

Ich zuckte mit den Achseln.

»Vielleicht war es Glück für mich«, sagte ich. »Er wollte sie töten. Er hatte seinen Schal abgenommen. Ich weiß nicht, was ich getan hätte. Vielleicht wäre ich nur dagestanden und hätte ihm dabei zugesehen. Niemand hätte es mir zum Vorwurf machen können, oder? Die arme, traumatisierte Abbie.«

»Ich glaube nicht, dass Sie einfach nur so dagestanden wären.«

»Gibt es etwas Neues in Sachen Jo? Hat er etwas gesagt?«

»Ich denke, er wird noch eine ganze Weile nichts sagen. Was Miss Hoopers Verschwinden betrifft, beginnen wir gerade mit unseren Ermittlungen.«

»Sie kommen zu spät.«

Er hob die Hände, ließ sie dann aber resigniert auf seinen Schoß zurückfallen. Ein paar Minuten lang saßen wir beide schweigend da. Eine Krankenschwester kam herein und sagte, jemand habe an der Rezeption Blumen für mich abgegeben. Sie legte einen Strauß feuchter Anemonen auf mein Schränkchen. Ich griff danach und roch an den Blumen. Sie hatten Wassertropfen auf ihren leuchtenden Blütenblättern und dufteten nach Frische. Ich legte sie zurück. Cross' Gesicht wirkte vor Erschöpfung ganz grau.

»Sagen Sie mir, was Sie über ihn wissen«, bat ich ihn.

»Wir sind erst ganz am Anfang. Sein Name ist George Ronald Sheppy. Er ist einundfünfzig Jahre alt. Er ist vorher nur ein einziges Mal straffällig geworden, wegen Tierquälerei. Die Sache liegt Jahre zurück. Er ist mit einer kleinen Strafe davongekommen. Recht viel mehr wissen wir noch nicht. Wir haben mit einigen Nachbarn von ihm gesprochen. Er hat sich mit verschiedenen Jobs durchgeschlagen – ein bisschen von diesem, ein bisschen von jenem. Möbelpacker, Volksfestmechaniker, Lastwagenfahrer. Alles nicht sehr aufschlussreich.«

»Und die anderen Frauen?«

»Die anderen Namen«, berichtigte mich Cross. »Natürlich werden wir auch in diese Richtung weiter ermitteln, vor allem jetzt – wir werden überprüfen, ob vermisste Frauen aus den Gegenden, in denen er gearbeitet hat, in Frage kommen. Vielleicht, wenn wir mehr wissen...« Er zuckte resigniert mit den Achseln. »Besser, Sie erwarten sich nicht zu viel davon.«

Dann waren die Namen also nach wie vor nur Silben, die mir in der Dunkelheit zugeflüstert worden waren.

»Kümmert sich jemand um Sie?«, fragte er.

»Mehrere Ärzte, aber mir fehlt nichts.«

»Nein – ich habe gemeint, jemand, der Ihnen hilft. Mit dem Sie reden können. Nach allem, was Sie durchgemacht haben.«

»Ich brauche keine Hilfe.«

»Abbie, ich war dort, ich habe gesehen, was von ihm übrig ist.«

»Sie meinen, ich müsste deswegen traumatisiert sein?«

»Nun ja...«

»Ich habe ihm die Augen ausgestochen.« Ich hielt beide Hände hoch und starrte auf meine Finger. »Ich habe meine Daumen in seine Augäpfel gedrückt und ihm auf diese Weise die Augen ausgestochen. Das war kein traumatisches Erlebnis, Jack. Das traumatische Erlebnis war die Entführung. In einem Keller gefangen gehalten zu werden, eine Kapuze über dem Kopf, einen Knebel im Mund und in der Dunkelheit von Augen angestarrt, von Händen berührt zu werden. Das war traumatisch. Zu wissen, dass ich sterben würde und niemand mir helfen konnte. Das war traumatisch. Ihm zu entkommen und dann herauszufinden, dass niemand mir glaubte. Von neuem in Gefahr zu sein, wo ich doch eigentlich in Sicherheit hätte sein sollen. Das war traumatisch. Das andere nicht. Das war lediglich Notwehr. Mein letzter verzweifelter Versuch, am Leben zu bleiben. Nein, ich glaube nicht, dass ich noch Hilfe brauche. Vielen Dank.«

Während meines Monologs war er zurückgesunken, als würde ich mit den Fäusten auf ihn eintrommeln. Als ich fertig war, nickte er und ging.

Ben kam in der Mittagspause – seiner Mittagspause. Im Krankenhaus ist schon gegen halb zwölf Mittagszeit, und das Abendessen gibt es um fünf. Danach zieht sich der Abend endlos hin, bis es Nacht wird, dann zieht sich die Nacht endlos hin, bis es endlich wieder Morgen wird. Er beugte sich über mich, um mir mit kalten Lippen einen nervösen Kuss auf die Wange zu drücken. Er trug wieder seinen wundervollen langen Mantel. Verlegen hielt er mir eine Schachtel Pralinen hin, die ich wortlos entgegennahm und auf mein Kissen legte. Er setzte sich, und wir sahen uns an.

»Ich habe dir noch etwas mitgebracht«, sagte er schließlich und zog ein glattes hölzernes Oval aus seiner Tasche. Es war honigfarben und von dunkleren Linien durchzogen. »Hainbuche«, erklärte er. »Ein ganz besonderes Holz. Ich habe es gestern Abend in meiner Werkstatt für dich gemacht, während ich auf dich gewartet habe. Ich habe so sehr gehofft, dass du doch noch kommen würdest.«

Ich schloss meine Faust um das Holz. »Es ist wunderschön. Vielen Dank.«

»Möchtest du schon darüber sprechen?«

»Eigentlich nicht.«

»Kannst du dich inzwischen an irgendwas erinnern? Ist dein Gedächtnis zurückgekehrt?«

»Nein.«

Einen Moment schwiegen wir beide.

»Das mit Jo tut mir Leid«, fügte ich dann hinzu. »Sie ist tot.«

»Das weißt du doch gar nicht. Jedenfalls nicht mit Sicherheit.«

»Sie ist tot, Ben.«

Er stand auf, trat an das kleine, geschlossene Fenster und

blickte starr über die Hausdächer hinweg in den blauen Himmel. Er verharrte ein paar Minuten reglos. Ich nehme an, er weinte.

»Abbie«, sagte er, als er sich wieder dem Bett zuwandte, »ich war halb wahnsinnig vor Sorge um dich. Ich wollte dir helfen. Ich wollte nicht, dass du das allein durchstehen musst. Egal, was du wegen mir und Jo empfunden hast, du hättest nicht einfach davonlaufen sollen, als würdest du mich für den Mörder halten. Ich weiß, dass du durcheinander warst und böse auf mich. Das verstehe ich ja auch. Aber du hättest sterben können. Und es war nicht richtig, Abbie«, sagte er. »Es war nicht in Ordnung.«

»Ben.«

»Okay, okay ... hör zu, das wegen mir und Jo tut mir Leid – zumindest tut es mir Leid, dass du es auf diese Weise erfahren hast. Was aber nicht heißen soll, dass es mir Leid tut, dass ich eine Affäre mit ihr hatte. Das ist eine andere Geschichte, und wenn du möchtest, werde ich sie dir eines Tages erzählen. Es soll auch nicht heißen, dass ich mein Schweigen in diesem Punkt inzwischen für völlig falsch halte. Wir beide, du und ich, haben am verkehrten Ende angefangen. Unserer Beziehung fehlte die übliche Reihenfolge. Wäre alles ganz normal gelaufen, hätten wir uns langsam kennen gelernt und einander irgendwann unsere Vergangenheit gebeichtet, aber wir kannten uns noch kaum, und plötzlich warst du bei mir im Haus und hattest Angst um dein Leben, und alles war so hektisch und unsicher. Ich wollte unsere Beziehung nicht damit beginnen, gleich alle meine Karten auf den Tisch zu legen. Ich hatte Angst, dich wieder zu verlieren.«

»Und deswegen hast du unsere Beziehung lieber mit einer Lüge begonnen«, stellte ich fest.

»Es war keine Lüge.«

»Streng genommen nicht. Moralisch gesehen schon.«

»Es tut mir Leid, dass ich dir nicht die Wahrheit gesagt

habe«. Er setzte sich wieder neben mich, und ich hob die Hand, um über sein schönes weiches Haar zu streichen.

»Und mir tut es Leid, dass ich einfach so davongelaufen bin«, sagte ich. »Hier, nimm eine Praline.«

»Nein, danke.«

Ich nahm eine. Karamell.

»Es gibt inzwischen ein paar Worte, die für mich eine andere Bedeutung haben als beispielsweise für dich«, fuhr ich fort. »Dunkelheit. Stille. Winter.« Ich suchte eine weitere Praline aus. »Gedächtnis«, fügte ich hinzu und schob mir die Schokolade in den Mund.

Ben griff nach meiner freien Hand. Mit der anderen hielt ich noch immer sein Holzei umklammert. Er drückte sie an sein Gesicht. »Ich liebe dich«, sagte er.

»Ich glaube, ich war eine Weile wahnsinnig. Das ist jetzt vorbei.«

»Du siehst auch anders aus«, stellte er fest. »Wunderschön.«

»Ich fühle mich tatsächlich anders.«

»Was wirst du jetzt tun?«

»Ein bisschen Geld verdienen. Mir mein Haar wieder wachsen lassen. Nach Venedig reisen.«

»Möchtest du weiter bei mir wohnen?«

»Ben…«

»Ich würde mich freuen.«

»Nein. Ich meine, ich glaube nicht, dass du dich wirklich freuen würdest, auch wenn es sehr nett von dir ist, mir das anzubieten. Jedenfalls möchte ich es nicht.«

»Verstehe.« Er legte meine Hand aufs Bett und strich dann behutsam über meine Finger, einen nach dem anderen, ohne mich anzusehen.

»Du könntest mit mir ausgehen«, fuhr ich fort. »Wir könnten uns zu einem Rendezvous verabreden. Uns einen Film ansehen. Miteinander Cocktails trinken. Schön essen gehen.«

Er starrte mich mit einem fragenden, unsicheren Blick an.

Dann begann sich ein Lächeln auf seinem Gesicht auszubreiten. Die Haut um seine Augen verzog sich zu Lachfältchen. Er war wirklich ein netter Mann. Alles andere hatte ich mir nur eingebildet.

»Es wird Frühling«, sagte ich. »Da kann alles Mögliche passieren. Wer weiß.«

Noch jemand kam mich besuchen. Nun ja, natürlich kamen mich viele Leute besuchen, meine Freunde, einzeln oder in Gruppen, die meisten mit Blumen, manche mit Tränen in den Augen, andere verlegen kichernd. Ich umarmte liebe Menschen, bis mir die Rippen weh taten. Es war, als fände in meinem Zimmer eine endlose Party statt – die Party, die ich mir eigentlich gewünscht hatte, als ich das erste Mal von den Toten zurückgekehrt war, mit dem Ergebnis, das ich stattdessen in eine Welt des Schweigens und der Scham eingetreten war –, doch jetzt musste ich feststellen, dass ich auf meiner eigenen Party eine Fremde war, die den anderen dabei zusah, wie sie Spaß hatten, und sich zwang mitzulachen, auch wenn sie den Witz nicht so richtig verstand.

Aber es kam noch jemand. Er klopfte höflich an, obwohl die Tür halb offen stand, und wartete, bis ich ihn aufforderte hereinzukommen.

»Ich weiß nicht, ob Sie sich an mich erinnern«, sagte er. »Ich bin…«

»Natürlich erinnere ich mich«, fiel ich ihm ins Wort. »Sie haben zu mir gesagt, ich hätte ein sehr gutes Gehirn. Sie sind Professor Mulligan, der Gedächtnismann, der einzige Mensch, den ich wirklich sehen möchte.«

»Dabei habe ich Ihnen gar keine Blumen mitgebracht.«

»Das ist mir sehr recht, ich werde nämlich heute Nachmittag entlassen.«

»Wie geht es Ihnen?«

»Gut.«

»Sie haben sich tapfer geschlagen«, sagte er. Wie beim letzten Mal empfand ich seine Art als sehr wohltuend. Er gab mir ein gutes Gefühl.

»Jack Cross hat mir erzählt, dass Sie damals für mich eingetreten sind.«

»Na ja…« Er machte eine wegwerfende Handbewegung.

»Sie haben die Besprechung unter Protest verlassen.«

»Genutzt hat das leider auch nichts. Sagen Sie, ist Ihr Gedächtnis inzwischen zurückgekehrt?«

»Nein. Nicht wirklich«, antwortete ich. »Manchmal habe ich das Gefühl, da ist etwas, ganz am Rand meines Bewusstseins, aber ich kriege es nicht zu fassen, und sobald ich den Kopf ein wenig drehe, ist es wieder weg. Manchmal kommt mir die verlorene Zeit wie eine Flutwelle vor, die über mir zusammengeschlagen ist und jetzt ganz langsam zurückebbt. So unendlich langsam, dass ich es gar nicht richtig wahrnehmen kann. Aber vielleicht bilde ich mir das auch nur ein. Oder die Erinnerung kommt irgendwann Stück für Stück zurück. Halten Sie das für möglich?«

Er beugte sich vor und sah mich an. »Ich würde an Ihrer Stelle nicht darauf zählen«, antwortete er. »Alles ist möglich, aber wissen kann man es nie.«

»Lange habe ich gedacht, dass ich am Ende eine Antwort bekommen würde«, erklärte ich. »Ich dachte, ich würde ihn sehen, und alles würde mir wieder einfallen. Ich war davon überzeugt, die verlorenen Dinge irgendwann wiederfinden zu können. Aber so wird es nicht sein, habe ich Recht?«

»Was wollten Sie denn finden?«

»Mich.«

»Aha. Ja dann.«

»Ich werde diese verlorene Abbie nie zurückbekommen, stimmt's?«

Professor Mulligan nahm eine der Blumen und roch daran. Er brach sie am Stielende ab und steckte sie sich ans Revers.

»Sie haben hoffentlich nichts dagegen?«, fragte er. Ich schüttelte lächelnd den Kopf. »Versuchen Sie, nicht so viel darüber zu brüten, woran Sie sich nicht erinnern können. Setzen Sie sich lieber mit dem anderen auseinander. Mit den Dingen, an die Sie sich erinnern.«

Woran ich mich nicht erinnern kann. Manchmal zähle ich es an den Fingern ab: die Trennung von Terry, die Begegnung mit Jo, die Begegnung mit Ben, die Begegnung mit ihm. Für mich ist er immer noch namenlos, einfach nur »er«, der Mann, eine dunkle Gestalt, eine Stimme in der Dunkelheit. Ich kann mich nicht daran erinnern, wie ich mich in Ben verliebt habe. Ich erinnere mich auch nicht an die Woche, in der ich einfach nur glücklich war, auf eine glorreiche Weise glücklich. Ich kann mich nicht daran erinnern, wie ich aus meinem Leben gerissen wurde. Ich erinnere mich nicht daran, wie ich mich selbst verlor.

Woran ich mich erinnere: eine Kapuze über meinem Kopf, eine Drahtschlinge um meinen Hals, einen Knebel in meinem Mund, ein Schluchzen in meiner Kehle, eine Stimme in der Nacht, ein Lachen in der Dunkelheit, unsichtbare Hände, die mich berühren, Augen, die mich beobachten, Entsetzen, Einsamkeit, Wahnsinn, Scham. Ich erinnere mich daran, gestorben zu sein, und ich erinnere mich daran, wie es war, tot zu sein. Ich erinnere mich an den Klang meines weiterschlagenden Herzens, an das Geräusch meiner nicht aussetzenden Atmung, an einen gelben Schmetterling auf einem grünen Blatt, einen silbrigen Baum auf einem kleinen Hügel, einen trägen Fluss, einen klaren See. An Dinge, die ich nicht gesehen habe und nie vergessen werde. Daran, noch am Leben zu sein. Ich erinnere mich.